浙江青年“文学之星”评述集

文星雕龙

浙江文学院 主编

作家出版社

图书在版编目（CIP）数据

文星雕龙：浙江青年“文学之星”评述集 / 浙江文学院编. -- 北京：作家出版社，2017. 10

ISBN 978-7-5063-9754-4

Ⅰ. ①文… Ⅱ. ①浙… Ⅲ. ①中国文学 - 当代文学- 文学评论 - 文集 Ⅳ. ①I206.7-53

中国版本图书馆CIP数据核字（2017）第260642号

文星雕龙：浙江青年“文学之星”评述集

编　　者：浙江文学院
责任编辑：向　尚
装帧设计：王汉军
出版发行：作家出版社
社　　址：北京农展馆南里10号　　　**邮　　编：**100125
电话传真：86-10-65930756（出版发行部）
86-10-65004079（总编室）
86-10-65015116（邮购部）
E-mail:zuojia@zuojia.net.cn
http://www.haozuojia.com（作家在线）
印　　刷：三河市北燕印装有限公司
成品尺寸：170×240
字　　数：528千
印　　张：30.75
版　　次：2017年12月第1版
印　　次：2017年12月第1次印刷
ISBN 978-7-5063-9754-4
定　　价：68.00元

目　录

序

星光灿烂　满目生辉

孟繁华

浙江是中国当代文学的重镇。21世纪以后，浙江的青年作家群异军突起，他们的创作引起了文学界和读者的惊呼与好评。这些青年作家先后获得了“浙江省青年文学之星”的称号。这一美誉自然是一种奖赏。从1998年到2016年，先后有19位作家获得这一殊荣。他们是：艾伟（1998年）、洪治纲（1999年）、赵柏田（2000年）、夏季风（2001年）、畀愚（2002年）、柳营（2003年）、海飞（2004年）、赵海虹（2005年）、俞梁波（2006年）、张忌（2007年）、东君（2008年）、陈集益（2009年）、杨怡芬（2010年）、鲍贝（2011年）、哲贵（2012年）、高鹏程（2013年）、夏烈（2014年）、雷默（2015年）、祁媛（2016年）。这个庞大的阵容并没有囊括浙江已经取得很大文学成就、有全国影响的所有作家。余华、麦家已经是“庞然大物”，不在其列，钟求是、吴玄、王手、黄咏梅、苏沧桑、朱个等，亦不在这个名单之中。由此可见浙江文学力量之强大。特别是近年来，浙江中、短篇小说创作名满天下，其成就世人瞩目。

艾伟是名家，有很多脍炙人口的作品流传。比如《爱人同志》《爱人有罪》《小姐们》等。但在我看来，艾伟最重要的作品还是《风和日丽》。这是一部大作品，也是我期待已久的小说。他用文学的方式揭开了革命内部的隐秘，同时用理性的方式处理了对革命历史的态度。

主人公杨小翼是一个“革命”的私生女。这个身份与革命构成了一种“吊诡”关系：一方面她身上流淌着革命者的血液，是革命者的后代；另一方面她的身份不具有合法性，因此她是一个“革命弃儿”。虽然革命是风流、浪漫的孪生兄弟，革命文学也多在浪漫主义范畴内展开。但革命的感召力本身具有鲜明的道德色彩，一切与“私”有关的事物都是与革命格格不入的：“私情”“私通”“私人”“私仇”“私心”“私利”，更不要说“私生子”了。“私”是革命的禁忌，是被严格排斥在革命话语和道德之外的。因此，杨小翼只因革命家尹桂泽和“革命情人”杨泸的一夜风流而出生，实属偶然和意外。革命具有强烈的流动性，它天上人间居无定所，风驰电掣。尹桂泽从此没了消息，他只对革命负责而不对“私”的领域负责。问题是杨小翼作为“私”的产物总要有人对她负责，她也有权利知道自己的来处。于是，革命内部的隐秘就这样在一个他者的寻觅中逐渐呈现出来。

革命的风流气质决定了革命家的风流。将军的合法妻子周楠是在延安时组织安排的，因此将军以及所有人对“革命情人”杨泸以及在法国里昂留学时的法兰西姑娘守口如瓶，讳莫如深。革命家的风流史是不能言说的，这不仅关系到将军个人的命运前程，更重要的是与革命禁忌构成了尖锐的对立，与革命的信仰以及革命教义是不相容的。如果谈到，那也是“年轻时代的一件荒唐事而已”。将军的情感世界不会向任何人打开，但他并不是一个没有情感的人，只是将个人的感情掩藏在最深处而已。他可以不见杨泸、多次拒绝杨小翼，但当外孙伍天安被警察带走后，是他亲自出面把天安接走了；当天安在逃亡路上意外车祸死不见尸时，是他找到了外孙的尸体并安葬在香山旁的墓地。这些细节遭遇在紧要处，同时也是在险要处表达了将军作为人的情感和伦理。《风和日丽》是一部深怀艾伟巨大文学抱负的作品：在后革命时代，如何认识20世纪漫长的革命历史，如何揭示隐藏在革命这个巨型符号下的诸多秘密，是他的期待所在。应该说艾伟部分地实现了自己的期许，小说那些和革命相关的浪漫场景、人物以及历史，是我们记忆或亲历的一部分。它虽然过去了许多年，但它仍在我们记忆的深处，因此读来仍有热血沸腾般的感动。

洪治纲是在国内有广泛影响的著名批评家。多年来，他一直站在当代文学批评的最前沿，并且以敢于直言著称。他的《守望先锋》《余华评传》等，是当代文学研究重要成果的一部分。早早成名的他说：“我写批评还是比较率性的，没有太多的因素干扰自己的评判。但我觉得，评论要做得比较严谨且令人信服，最大的困难还在于你对作品的细读、理解和思考，尤其是对作家的创作进行整体评论时，你必须要弄清楚作家创作的内在轨迹，这不仅需要耐心，还需要智慧。批评也是一种创造，它是一个灵魂与另一个灵魂的交锋。没有交锋，只有拥抱的批评是没有什么价值的。”敢于批评和认真细读，是洪治纲文学批评的两个重要特征。他得到作家朋友的信任和批评界的赞许，与他在这两方面的努力分不开。记得他在评莫言《檀香刑》时说：“莫言的长篇小说《檀香刑》既是一部汪洋恣肆、激情迸射的新历史主义典范之作，又是一部借刑场为舞台、以施刑为高潮的现代寓言体戏剧。它以极度民间化的传奇故事为底色，借助那种看似非常传统的文本结构，充分展示了作者内心深处非凡的艺术想象力和高超的叙事独创性，张扬了作者长期所崇尚的那种生命内在的强悍美、悲壮美。同时，在这种强悍和悲壮的背后，莫言又以其故事自身的隐喻特质，将小说的审美内涵延伸到中国传统文化的内部，并直指极权话语的深层结构，使古老文明掩饰下的国家权力体系和伦理道德体系再一次受到尖锐的审视。”这样的评论，我想作家也会心悦诚服吧。

作为学者，洪治纲治学严谨、一丝不苟；生活中的洪治纲，却是一个与人为善、心气平和的人。他曾有一篇写黄侃的文章——《黄侃：率性而活 谨慎而学》，其在文中曾说：

黄侃为学，最讨厌学者慕浮名而弃实学，重著述而轻习研。仅《广韵》一书，黄侃便循回往复，无虑数十百遍，并综合清代顾炎武、江永、戴震、段玉裁、王念孙至章太炎等人之说，运用大量文献材料，综合排比，定古声十九类、古韵二十八部之目，集乾嘉以来之大成。他把声、韵二者结合起来，形成了一个完整精密的上古声韵系统，这在汉语音韵史上是一个划时代的里程碑，标志着清代以来古音学研究取得的最大成就，达到的最高阶段，为后学者指出了一条新路并提供了新的方法。

日常生活中的黄侃，素性狂傲，拓落不羁，但求一个“真”字。他言语机智幽默，风趣之中潜隐刻薄；他为人秉持真情，从不趋炎附势，被视为北大“怪才”之一。他与陈汉章同为北大国学门教授，两人“言小学不相中，至欲以刀杖相决”；他对胡适的西学以及白话文极不认同，每见胡适，便讥而讽之，弄得胡教授常常下不了台。对黄侃来说，与其推崇“君子和而不同”，还不如“率性而活”来得痛快。

这大概也是洪治纲对自己的期许吧。

东君的小说创作起始于21世纪，他的第一篇小说《人·狗·猫》就发表在2000年第2期的《大家》上。东君的创作生涯已近二十年。东君出道时的小说，有明显的西方现代派文学的痕迹，比如《人·狗·猫》，比如《荒诞人》，这些作品明显地受到萨特、加缪以及卡夫卡等人的影响。对生活和人与人之间关系的荒诞性的揭示，是这些作品的主旨。这个路数是许多青年作家介入小说创作的普遍路数。一方面是西方作家的强大的影响力，一方面是我们对生活的普遍感受。20世纪90年代以后的中国文学，带着西方文学的影响和记忆开始了整体性的“后退”，这个“后退”就是向传统文学和文化寻找资源，开始了又一轮的探索。值得注意的是，这个探索是在总体性瓦解之后的探索，因此它有更多的个人性。东君的创作是在这样的背景下展开的，写过短篇、中篇和长篇不同的文体。2008年长篇小说《树巢》发表后，评论界好评如潮。这是一部家族小说，同时也是一部超越家族小说的作品。它的基本元素是本土或地域性的，但它的形式和表达却是多种文化元素融会的结果。最重要的是东君的家族小说打破了“史传传统”的结构，没有将家族盛衰消长与国家民族命运简单地缝合在一起。而是在极具东方情调的日常生活中，特别是不可思议的虚构和想象中，展现出了一个历史时段特殊的生活样态。它非常具体，又似是而非地逼真。或者说，东君本质地把握和理解了中国的生活方式和情感方式。

东君被谈论最多的可能是中篇小说。比如《阿拙仙传》《黑白业》《子虚先生在乌有乡》等。这些中篇小说应该说都属于当下最好的中篇小说之列，它们曾获得各种奖项、被选入不同的选本已经证实了小说的价值。古代文人阶层是一个非常特殊的阶层，他们迷恋琴棋书画，纵酒好色，在边缘处清谈，视功名如浮云等。艺术趣味对颓废、伤别、风花雪月等情有独钟。同时处世清高，同功名利禄分子绝对划清界限。东君对古代文人的这些内心要求和表现形式了如指掌。比如他写洪素手弹琴、写白大生没落文人的痴情、写“梅竹双清阁”的苏教授、写一个拳师的内心境界，都有六朝高士的趣味和气质。东君小说多与水有关。作为传统美学趣味的“清”，本义就是水清，与澄互训。《诗经》中的清主要形容人娴淑的品貌；在《论语》和《楚辞》中是形容人峻洁的品德。魏晋以后，作为士大夫的美学趣味，日渐成为文人的自觉意识并予以深切体会。东君对清的理解和意属在他的作品中就经常有所表现。也就是这样一个“清”字，使东君的小说具有了一股超拔脱俗之气。但更重要的是，东君要写的是这“清”的背后的故事，是“清”的形式掩盖下的内容。于是，东君的小说就有意思了。“清”是东君的坚持而不是小说人物的内心世界和行为方式。无论是《风月谈》中的白大生、《听洪素手弹琴》中的徐三白，还是《拳师之死》中的拳师，他们最后的命运怎样不重要，重要的是他们面对世俗世界的气节、行为和操守。东君对这些人物的塑造的动机，背后显然隐含了他个人的趣味和追求。从某种程度上说，他写的是“叙事”的小说，又是“言志”的诗篇。

哲贵是当下最活跃、最有创造性的青年作家之一。他先后出版过中短篇小说集《金属心》《信河街传奇》《施耐德的一日三餐》，以及长篇小说《迷路》《猛虎图》等。哲贵的小说产量并不是很高，但是，就这为数不多的小说作品，却使哲贵在文坛声名鹊起，炙手可热。他应该是“70后”作家中被关注和讨论最多的作家之一。哲贵之所以能够在当下的文学环境中异军突起，在我看来，最主要的是他改写了一个司空见惯、耳熟能详的社会观念以及文学本质化书写的传统，即对商人“为富不仁”“无商不奸”“商人重利轻别离”“唯利是图”“钱权交易”“钱色交易”等成见的改写。在哲贵之前，对商人那种本质化的观念预设已经被普遍接受。因此，古今中外的文学作品，凡与商人有关的形象大多不怎么样，更遑论可爱了。应该说，在资本主义萌芽过程中，商人对利益不择手段的攫取和各种欲望的膨胀是不争的事实。但是，在这样一个“不争”的事实里，同样隐含着商人的商业活动对推动人类历史走向现代文明的巨大价值和作用。当然，这是一个历史学家或社会学家思考的问题。而文学在“征用”商人这一符号时却先在地赋予了它既定的含义。哲贵的小说既没有传承这一社会观念和文学谱系，当然也没有刻意反其道而行之。他有自己的世界观和打量世道人心的眼光，他是以“不怀偏见”的心态书写信河街上的富人们的。

《猛虎图》重新书写了在信河街上奋斗的英雄们。小说以陈震东经商的经历为主线，他白手起家，从家里、朋友那里融资几千块钱，开了一家“多美丽”服装店，并迅速脱颖而出。成功会膨胀一个人的欲望，陈震东当然希望越做越大，他潜意识里甚至希望吞噬整个世界。后来，时代英雄陈震东从人生的巅峰状态被打回原形。小说如果只是写了陈震东个人经商的履历，《猛虎图》并无惊人之处。这样的故事几乎是改革开放四十年来最司空见惯的故事，现在这样的故事已经庸常无比。《猛虎图》的过人之处，在于哲贵用极为简约的方式，在商场丛林法则面前，写出了人性的温暖与善。小说写到了长辈：父亲陈文化、母亲胡虹；师傅胡长清，柯又绿的父亲柯无涯等。师傅胡长清是陈震东的亲生父亲，父亲陈文化知道并秘而不宣。这个故事本来有无尽的艳体想象，但哲贵没有沿着这个路线展开，他为前辈留了足够的面子。这些长辈有各种问题，但他们都善良得可爱。刘发展与李美丽、伍大卫与丁香芹、霍军与丁香芹、王万千与许琼等的情感与婚姻，如果不厌其烦，可以写得洋洋洒洒兴致盎然。但哲贵在这里，既写出了他们各不相同且复杂的情感经历，又删繁就简一览无余。现在的小说往往越写越复杂，越写越哲学，但好的作品可以既能标新立异，又能满目青山。《猛虎图》就是这样的小说。

畀愚的小说题目大多是“三字经”：《邮递员》《田园诗》《罗曼史》《欢乐颂》《氰化钾》《丽人行》《叛逆者》等。对身处困境的普通人的书写确实有自己独到的体会。他的《欢乐颂》《田园诗》和《罗曼史》等，之所以得到批评界广泛的认同和好评，是因为畀愚对当下生活变迁的敏锐感知和真实表达。那些寻找工作的底层人、那些被玩弄的女性、那些不得不放弃尊严的男人等，在界愚笔下被讲述得惨烈无比。社会生活最深处鲜为人知的景观，就这样被界愚发现并打捞出来。

海飞近年来的小说声名鹊起，作家王祥夫曾评论说：

海飞的小说像是特别适合改编电影电视剧，读他的小说就像是行走于闾里巷尾之间，又像是打开了一个魔法的故事口袋，故事、人物、场景会从口袋里源源不断地飞出来，东西很多，交织着，纠缠着，很浓稠。读这样浓稠的小说你一定要把心情和速度稍稍放慢一些，否则会忽略一些东西。我以为好的中篇小说应该具有这种“浓稠”的品质，需要读者在阅读过程中把自己的分析一点一点介入进去，把浓稠一点一点化开。海飞的中篇小说共有的特点就是“交织”与“浓稠”，海飞极善于把当代底层人们的生活和情感，事件和人物交织在一起而呈现给读者，海飞的小说状态也一如当下生活的纷乱和纠结不清。小说能把当下的生活表现到如此，也体现了作者“国手置棋，置者明白，观者迷离”的写作功夫。说到海飞的小说，新时期以来的底层文学大多以农村生活为背景，而海飞却是城市底层生活的关注者。有一句话这样总评海飞的小说集《像老子一样生活》——“在这部小说中，我们都可以找到自己的影子。”而我把这句话稍做改变，则应该是：“在海飞的小说中，我们可以看到这个时代的影子。”这其实是解读海飞小说的最好钥匙。

青年作家张忌获得“浙江省青年文学之星”称号时，有媒体报道说：

张忌微胖，穿着格子的帆布鞋，很有些潮人的气质。他现供职于宁海县新闻中心，从2002年开始小说创作，先后在《人民文学》《钟山》等多家刊物上发表小说30余万字，2006年出版长篇小说《二人世界》，小说集《小京》即将出版。

已故浙江文学院院长、评论家盛子潮对他的评语很到位：

张忌的小说以熟练的叙述技巧、饱满的细节、富有意蕴的语言，表现了对底层小人物艰辛生活和内心世界的关注和关怀，在当下的“底层写作”中具有独特的思想价值和审美价值。

那时的张忌还没有写出《出家》，而这部作品最有可能代表张忌目前的创作水准。小说一出好评如潮，艾伟、弋舟、金理等纷纷发言表示激赏。小说被誉为“十年来极特殊的话语小说”。还有报道说“路遥文学奖”2016下半年度评选在北京揭晓，张忌的长篇小说《出家》夺冠。这些消息都证明了小说《出家》在这一时期的重要性。张忌写的仍是底层生活，而他在俗世与佛门间书写人物的整体构思，的确出手不凡。

祁媛是近年来异军突起的“80后”作家。她发表的作品包括《奔丧》《我准备不发疯》《美丽的高楼》《脉》和《跟踪》在内，总共大约不超过十篇。一个发表作品不到十篇的年轻女作家却能广受赞誉，在业内几乎无人不知无人不晓，这就是奇迹。《脉》是一个失眠者的心理自白。因为失眠便要求医，于是就认识了文医生。医患关系熟了以后，就有一个单独接触的机会，文医生先谈到了自己生活的无聊，逐渐谈到了“脉”。这个“脉”是文医生每天都要把的、也是所有中医都要把的那个脉。但文医生对这个“脉”并不相信。文医生的理论正确与否对一个首饰售货员来说并不重要，重要的是文医生的坦率和诚恳。一个普通患者听到一个医生如此谈论自己的专业，那他不把自己当作知己还会当作什么。但是，这个文医生真的是一个坦率、诚恳的男人吗？他的办公室里就挂着全家福，但他还是与一个心仪的女患者在一个私密空间约会，甚至已经把手放到了售货员的大腿上，而那女售货员患者穿的竟是超短牛仔短裤。就在险象环生的时候，这个女孩主动站起身来——事情化险为夷。

《跟踪》以一个男性视角，写一个青年男性的失意人生，写他的无所事事、一事无成以及对生活无聊感的体认。祁媛创作中展示出的这种人物谱系关系和感觉，最直接地大概来自她的老师吴玄。吴玄老师是写无聊感的迷恋者和顶尖高手，他的《同居》《陌生人》就是这方面的代表作。祁媛《跟踪》写得随心所欲。一个跟踪者、失业者、幻想狂，对自由的快乐体悟几近极端。《脉》和《跟踪》两篇小说的主角，一个是现实中的中医文医生，一个是想象中只有“背影”的美人。两部作品人物性别不同，场景不同，人物间的关系甚至包括小说的内在结构都大相径庭，但这两者之间是有相通之处的。通过一显一隐的男人女人，祁媛试图告诫我们：诗意只存在于想象中，它与真实的生活没有关系。女患者的“站起”和“玫瑰红”的“纵身一跃”，就是祁媛与诗意美学的诀别。

《晕眩》写的是一个屌丝北漂的故事。《晕眩》不是一部励志的小说，当然也不是一个痛诉青春史的“底层写作”。这是一篇以极端的方式讲述人的绝望的小说，是一篇表达人的脆弱和不堪一击的小说。它细节的真实和整体的隐喻性，使这篇小说成为一个真正具有现代意义的作品。

有批评家把鲍贝的创作同“新感觉派”联系起来。王春林认为：

> 只有把鲍贝的写作与现代文学史上的“新感觉派”联系起来，在充分显示中国城市叙事的现代性意义这样一个艺术层面上，把鲍贝的小说创作看作“新感觉派”的精神与艺术传承者，方才算得上是对鲍贝一种比较准确到位的把握与理解。要想表现一种充满了现代性的现代都市生活，一个无法回避的客观事物，就是形形色色欲望的切实存在。所以，鲍贝的小说中自然就少不了对于欲望的关注。然而，鲍贝所关注的中心事物虽然也可以被归结为以情欲为中心的所谓欲望世界，但是，与其他大多数只是停留在欲望书写层面上的作家形成鲜明对照的是，鲍贝很显然已经超越了欲望世界，而成功地抵达了人物堪称复杂深邃的精神世界。如果非得寻找一句合适的话语对此进行准确的概括描述，那便是：鲍贝在用一种妖娆的文字捕捉并形象生动地表现人心深处真切的疼痛与绝望。

他通过分析鲍贝的长篇小说《四神》《撕夜》《空瓶子》和中、短篇小说《曼陀萝》《深井里的蛇》《瘦楼》《我爱张曼玉》《松开》等得出了这一结论。

夏烈是著名的青年批评家，近年来特别潜心于对网络文学的研究，并已深有体会。同时，他也是网络文学的组织者和营销策划专家。毫无疑问，他是为新时代应运而生的新型批评家，这个时代显然需要这样的新型人才。赵柏田的《南华录：晚明南方士人生活史》，夏季风的《学习写作》，柳营的《窗口的男人》，赵海虹的《伊俄卡斯达》，俞梁波的《爆炸的河》，陈集益的《长翅膀的人》，杨怡芬的《棋牌室》，高鹏程的《海边书》，雷默的《雷默短篇小说自选集》等，都产生了广泛的影响。他们不仅是浙江青年“文学之星”，同时也是我们这个时代的文学之星。

文学创作是一个如此寂寥和清贫的行当。在这个精神极度匮乏的时代，敢于将文学作为自己的“志业”，实在是一个了不起的选择。我们得承认，当下文学处在一个极度困难的时期。传统文学和作家受到来自多方面的挑战，迷茫、彷徨甚至自我怀疑不时在我们心头涌起，文学的方向感似乎正在失去。但是我想，这种情况终是暂时的。我们一定还会迎来文学崛起和复兴的那一刻。浙江青年作家不懈的努力和探索，将是我们这个时代文学蓄势待发的重要的一部分。

2017年6月26日于北京

艾伟

艾　伟

出生于浙江上虞，“60后”代表作家之一。现为浙江省作协副主席、杭州市文联副主席、杭州市作家协会主席。著有长篇小说《风和日丽》《爱人同志》《爱人有罪》《越野赛跑》《盛夏》《南方》，小说集《乡村电影》《水上的声音》《小姐们》《战俘》《整个宇宙在和我说话》等，另有《艾伟作品集》五卷。

曾获得1998年“浙江省青年文学之星”奖、《当代》文学奖、《人民文学》长篇小说双年奖、春申原创文学年度最佳小说奖、首届花地年度小说榜短篇小说金奖等。作品多次荣登中国小说学会年度小说排行榜。部分作品被翻译成德语、日语、西班牙语、波兰语、希腊语、俄语等。

评论〉〉〉

贴着地面飞翔

吴义勤　　房　伟

艾伟是新生代作家艺术感觉极为奇特的一位：他的小说既有强烈的现实感，又融入了很多超现实的、魔幻的、寓言的成分；他有着对于艺术近乎虔诚的追求，同时又保持了知识分子清醒的质疑与追问的姿态。他是一位能够让我们感受到艺术巨大力量的小说家，这力量既来自于他对现实的批判、对人性的解剖、对自我的拷问，也来自于他非凡的想象力、与众不同的思想和对艺术的热情。他的创作历程不长，但他的创作道路坚实而令人惊喜，著有《小姐们》《乡村电影》《水上的声音》《水中花》等中短篇小说集，《越野赛跑》《爱人同志》《爱人有罪》等长篇小说。艾伟，无疑是一个令人充满期待的"增长"的小说家。

一、月光下的电影："诗性"的童年记忆

在艾伟笔下，经常有一个诗性的童年世界。这是作家个人童年体验的烙印，又是他最柔情的诗意所栖居的世界，更是他悬置历史所进行的超越性思考的落脚点。在这个世界，"乡村"和"小镇"是两个空间坐标，而"童年"和"60年代"是两个不容忽视的时间坐标。艾伟用一种回忆的方式，将诗意的童年变成了测量人性的一种标尺。《少年杨淇佩着刀》写了乡村中学生杨淇和教师老克之间的故事。"刀"既象征着成人欲望对少年的一种伤害，也象征着少年决绝的反抗方式。杨淇佩刀，源于一种自我保护意识；而"刀"在老克眼中，却成了性苦闷的自残工具。然而，当杨淇发现，佩刀不仅让他赢得了安全，更赢得了权力，事情就变得复杂起来。刀成了他介入成人世界的一种方式，并以此获得了少女红的爱情。锋利的刀，成了一个伤人又伤己的物件。它最终促成了老克的死亡和杨淇的退学。艾伟为我们揭示了一个封闭时代的人性

三、悬崖边的舞蹈：极端化写作的人性之光

艾伟是一个喜欢挑战难度的作家。这不仅体现在他对故事题材敏感性的关注上，也体现在他喜欢处理对于体验和想象力都非常挑剔的“极端化写作”上，批评家汪政曾称之为“绝处逢生”的艺术。艾伟擅长将一种人性的尖锐冲突放置于一个大的文化背景下进行考察。就这一点而言，艾伟的创作和余华、莫言等作家在20世纪80年代中后期带有先锋实验性质的写作，有着相似之处，却更多地带有一种质的不同。在余华的“暴力叙事”和莫言的“审丑体验”之中，作家极力为我们塑造一个封闭的、哲学化的抽象时空，话语叙述方式带有很大的游戏性和探索性。而在艾伟的“极端化写作”之中，作家却致力于现实与想象关系的探讨，致力于对“极端状态下的人性”的内在现实逻辑的探究，致力于对人性的多样性和复杂性的好奇心的展现。这些小说对艾伟而言，不是一只只在阳光下飞翔的鸽子，也不是一只只沉没在黑暗海水中的沉船，而更像一场场在悬崖边演出的盛大舞蹈，或者说，是一把把在现实的砧铁上反复锻炼的匕首。这些匕首拥有着锋利的思想之刃和火光四溅的人性之光。正是在“极端化写作”中，历史与现实被超越了，文学和人性意想不到的可能性被发现了。

这种极端化写作，一方面，表现为艾伟对暴力叙事与道德叙事的结合。暴力不仅随时发生在艾伟小说的文本中，且随处可见于他努力建构的情境与人物的关系中。为了一颗玻璃弹子，弄瞎了眼睛的少年（《七种颜色的玻璃弹子》）；女人腿上的肉被割下来油煎后下酒（《老实人》）；穿手而过的血淋淋的匕首（《杀人者王肯》）；充满复仇气息的血雨腥风的爆炸（《回故乡之路》）；水中不断漂浮的尸体（《水中花》）；被人殴打的女疯子（《亲骨肉》）；险被打死的“四类分子”（《乡村电影》）……由于“同情和怜悯”这一“更高生命法则”的预设，艾伟不再为营造感官惊悚和哲学观念而努力。相反，因为人道立场介入，暴力与道德美学联结的目的和效果就展示了极端化状态下人性深处隐秘的渴望与救赎。《中篇1或短篇2》就将人性冲突放置于战争暴力这样极端的状态中。艾伟要在小说中说明志愿军俘虏和美军俘虏匪夷所思的结局的必然性。对志愿军俘虏而言，绝处逢生的成功出逃并不意味着事件的结束；而对美军俘虏来说，被俘获却恰恰是噩梦的开始。小说一开始就指涉着两个人内心复杂的活动，而意识形态的对立与好奇、人性的残忍和怜悯，都

在不同文化背景的碰撞之中被展现出来。是生命的意义高于意识形态，还是崇高的英雄主义理想战胜了人性的懦弱？在一个有关生死存亡的暴力事件描绘中，特定的意识形态、特定的价值体系、特定的历史传统以及特定的生命观念为我们展示了一种人类的复杂性。小说《杀人者王肯》，则用黑色幽默的笔法，暴露了我们内心阴暗的渴望。小说为我们划定了一条理性底线——杀人，而我们所有的紧张都来自一个真真假假的叙述者王肯。在这条底线周围，王肯不知虚实的杀人记忆、王肯对价值认同的焦虑、周保政对王肯轻蔑的挑衅，都构成了一个个极具张力的细节点。最终，王肯戳穿了周保政的右手，也戳穿了一个文明神话的谎言。《亲骨肉》的故事背景发生在60年代"文革"前夕。造船厂劳模王申夫的儿子朝阳意外落水身亡，紧接而来的是一系列残酷的打击：妻子发疯、女儿朝卉失踪、自己被诬为反革命……小说执意表现特定话语年代中人在无常命运的摆布下的思维方式。"文革"前紧张的社会形势，被融入王申夫寻找妻女的疯狂举动中。在王申夫的逻辑中，个人命运应由集体决定，个人困难也应求助组织，而当组织的化身——多年寡居的女书记郝冬秀以组织关怀的名义加入寻找行列时，整个寻找妻女的道义理由，却耐人寻味地变成了郝冬秀引诱王申夫的契机。于是，当郝冬秀从党委书记变成一个躺在他身下呻吟的女人，一切曾经井井有条的秩序开始变得混乱而暧昧。其后，疯狂的王妻在一条破船上和女儿朝卉过起了隐居生活，而王申夫却在造反派的逼供中出卖了郝冬秀。在小说中，王申夫先是因集体工作而拒绝了私人的家庭生活，后又因组织的权威而拒绝了作为活生生女人的郝冬秀。在一个宏大叙事话语膨胀的年代，王申夫以自己的生活悲剧验证了个体的人被异化的结局。

另一方面，这种极端化叙事表现为他对当代中国意识形态和人性扭曲的关注。《爱人同志》《爱人有罪》是艾伟"爱人三部曲"长篇小说的前两部。二者有着一个共同特点，就是用极端状态下的人性冲突，展示当代中国社会在精神气质上的诸多暗伤。《爱人同志》涉及英雄主义主题，其实际指涉的却是另一个重大命题：当一个社会的话语状态从集体主义宏大叙事走向一个新的权力控制下的欲望叙事，人类要如何渡过这种转型危机？如何为自己找到精神的信仰和支撑？这期间作为个体的人的尊严和自由在哪里？艾伟在这部长篇小说中显示了他对精神分析的偏嗜和对人类灵魂的近乎固执的关注。正是在对人性的不断考问的追寻之中，艾伟表现出了巨大的想象才华。女学生张小影不顾家庭的阻拦，和越战残废军人刘亚军结成夫妻，如愿以偿地享受到了话语权所带来的荣誉和实惠。然而，刘亚军却比妻子更早、更深刻地洞见了这种荣耀背后的人性悲剧。刘亚军从战争硝烟中走来，在荣誉与肉体痛苦交织的情形下，一方面，他热衷于对张小影英雄—圣女情结的破坏，他怀疑张小影的动机，对社会将他符号化的情形冷嘲热讽。另一个方面，他拼尽全力与张小影对抗，包括性的对抗，证明自己男人的尊严，证明一个残缺的躯体所拥有的力量。然而，对于刘亚军和张小影来说，更大的打击，却来自中国社会转型后对“战争英雄”价值观和信仰的抛弃。张小影从热闹的会场重新走回了烦琐的学校教员生活，而刘亚军则面临着更大的危机：他先是被战争抛弃了，接着又要被社会抛弃。他们每况愈下的经济条件，甚至不允许他们养活一个孩子。这时候的刘亚军，不仅要对抗张小影，对抗自己的自卑感，更要对抗整个社会对他的不公平待遇。这个对抗的结果，就是一连串的失败，刘亚军做过门卫、看车人、黄牛，最后沦落为一个拾垃圾者。而更为残忍的是，刘亚军最终发现，所谓的对抗，原来不过是一种幻觉，他们根本被这个世界遗弃了。“他原本以为他的存在是强大的，但现在看来，谁也没把他当作一个对手。他原本以为这个世界是他的敌人，没想到这世界根本就是虚无，你想找一个明确的敌人也找不到。如果没了敌人，那么我这么多年的不平、愤懑、仇恨就失去了任何意义。这一切意味着我过去根本就是自娱自乐。”最后，刘亚军自焚于拆迁工程隆隆的机器声中。只有这个时候，体制才终于想起“刘亚军”作为一个过期“英雄”政治符号的廉价作用。张小影也终于等来了媒体记者和领导的再次关注。在刘亚军风光的葬礼上，张小影用响亮的哭声为自己的人生梦想进行了最后的谢幕。

《爱人有罪》继承了《爱人同志》的意识形态批判性和人性深度的挖掘，更为敏感而尖锐地提出了“当代中国人灵魂救赎”的主题。这本小说为我们呈现的又是一个极端化的语境。鲁建被诬判强奸罪入狱8年，出狱后，他欲找当年的初恋情人、害他入狱的俞智丽复仇。不料旧情复发，一个备受折磨的男人和一个深怀负罪的女人之间进行了一场爱恨交加的纠缠。艾伟严肃地探讨了人性中的欲望、救赎、信仰、幸福等体验之间的内在关系，并严格按照普通人的身体和精神的现实境遇、思维方式来展现当代人在道德和个体生存上的困境。他致力于探讨普通人身上潜在的超凡脱俗因素如何成为可能，比如俞智丽的转变。他总是善意地用准确的汉语词汇描述普通而善良的人们内心的挣扎和期待；他没有高高在上地揣测普通人身上的恶习与堕落，而是满怀悲悯地看待这一切问题的发生，在批判的同时予以精神的宽容和理解。跟踪、流泪、注视，是男女主人公在小说文本中最频繁出现的动作，而在这种人性关系的逼视中，“身体”更是作家关注的重点，“身体是多余的东西。”当精神救赎的努力，遭遇人类身体本能的抵制；当精神的伤口，不得不借助欲望的满足来缝合；当精神纯洁的目标，在一个欲望化的社会成为一种新诱惑的能指，爱情在什么地方？理性在哪里？这是一个残忍的过程，一个人在权力与欲望的罗网前无比绝望的过程，作者无情地折磨着我们的情感、羞耻心和道德感，也考验着人类的精神忍耐力，从而引发人们对现实深刻的思考。

《重案调查》则是一本表现“文化时空错位”的小说。小说文本以一桩杀人案件的调查笔录的形式展开，分别从警察、记者、顾信仰、顾妻、顾信仰的儿子顾主义等几个人物的视角追述了顾信仰杀人案的始末和动机。小说在艺术上最大的特点，就是用调查笔录的形式保持了案件的原生状态，又利用不同人物视角形成文本内部的互文性，从而揭示了案件背后的文化悖谬性。这里所说的“文化时空错位”是指顾主义的个体文化时空与现实的巨大反差和错位。顾主义是单位的劳动模范，在祖国边界的小岛上坚守了二十多年。时间虽然在流逝，顾主义却永远地活在70年代的文化时空中。于是，当顾主义回到了现实的90年代的中国，巨大的认识鸿沟就将顾主义和整个时代无情地割裂开来。顾主义对集体主义的信仰、对干部腐败的痛恨，特别是对卖淫女的仇视，都成了我们这个道德日益沦丧的社会的一道“奇观”。小说的高明之处在于，艾伟并没有将对两个时代的思考对立起来，而是深入到人性的内部，不断地追问：到底是顾主义错了，还是我们错了？到底是欲望解放好，还是道德激情好？正是在追问之中，中国当代社会转型的种种价值观念，以悖论的方式得到了审视和批判。

四、贴着地面的飞翔：艾伟小说的气度

要对艾伟小说的风格和气度进行简单概括，是一件困难的事。因为，它们常常包含着许多看似矛盾的因子。这也是艾伟小说的丰富性所在。比如说，艾伟的小说语言是简约的，文字干净而优美；艾伟的小说又是丰繁的，有着华美的意象和深刻复杂的心理描写。艾伟的小说充满了现实主义的批判力量和乌托邦的超验色彩，却不排斥对世俗人生的理解和同情。艾伟曾经说：“我希望我的小说能关注人类生活的真实境况，同时我也希望我的小说充满了蓬勃的世俗性，也就是我希望我的小说充满了思想的力量和世俗的力量。”艾伟的小说拥有卡尔维诺式的轻逸，在他灵动飞扬的叙事中，想象的奇观不断出现在小说文本中。我们在他煞有其事的讲述之中，可以轻松地体验阅读对于启智的快乐。

艾伟曾被一些批评家誉为"中国新锐作家中的轻逸诗人"。但是，艾伟的书写同样拥有现实的沉重感，当我们在《越野赛跑》中看到步年精灵般的女儿死于守仁的枪下，当我们在《爱人有罪》中看到无辜的鲁建一次次被体制的权力玩弄于股掌之间，我们又怎能感受不到那北风般呼啸而来的绝望和那无边的沉重？艾伟的小说是柔软而温暖的，我们在其中收获了眼泪的光亮、肉体拥抱的柔情、昆虫飞翔时颤动的羞涩。艾伟的小说又是坚硬而冰冷的，拥有着内在的道德激情和毫不妥协的人性立场。当他在《爱人同志》中，将一个战争的英雄还原为一个大都市里拾垃圾的残疾人，当他在《中篇1或短篇2》中，让一个中国军人因为政治恐惧向一个手无寸铁的美军俘虏举起了枪，我们看到了一个坚定的人道主义者锋利的批判和严峻的反思。

也许，我们可以用"贴着地面飞翔"这样的姿态，来大致概括艾伟小说中的风格和气质。"飞翔"代表了他诗性的轻逸气质和自由蓬勃的想象力，"贴着地面"则形容他对现实的关注和思考。在这种"贴着地面的飞翔"之中，我们能够体验到小说叙事的速度、力量和冲击力，体验到小说美学里开阔的时空视野和隐秘的文化信息，感受到艾伟小说文本中弥漫着的叙述光亮、诗意的解脱、浪漫的超越和无处不在的同情的泪水。具体而言，艾伟在作品中是通过诗化的小说语言、想象力的飞扬和细节至上的审美追求几个方面来实现这种风格和气度的塑造的。他的小说语言有着诗性的质地，在《越野赛跑》中，艾伟的语言充满了魔力，让人体验到一种白马在旷野中奔跑的快乐。而他的小说中又不乏对生活细节、情节的描摹与飞翔的想象。在《越野赛跑》的想象之地——"天柱"，艾伟在小荷花和步年的伊甸园中匪夷所思地安插了一些"四类分子"的灵魂，在情节上出乎意料，却又符合历史批判的内在真实逻辑。他还在这本小说的最后，为我们安排了一次疯狂而盛大的越野赛跑。在那满天飞舞的虫子、鸟、动物、人和机械装置的狂欢式赛跑之中，人类的欲望所呈现出的智慧、愚蠢、激情和创造力，是如此惊心动魄。同样，在小说《标本》中，艾伟用成千上万的昆虫为我们编织了一桩谋杀案的故事线索；在《水中花》中，他给我们带来了水面上巨大而漂浮的尸体之花；在小说《家园》中，艾伟将对饥饿年代的回忆和反思，放逐于疯狂的想象之中。亚哥通过喝汽油而产生大量的幻觉，在那些盛开在墙上的超现实主义的花朵、动物之间，历史的荒谬遭到了强有力的反讽和解构。艾伟的小说中还充满着对细节的逼视。细节，是小说真实性和力量的一种展示，也是对小说家体验和表现生活能力的最好检验之一。对于小说细节，艾伟习惯采取逼视的态度，他不厌其烦地执着于对个人内心的探幽烛微，试图在细节中拷问人性的底线，努力发掘蕴藏于小说细节中的复杂的人物内心冲突和哲学意味。这也使他的短篇小说呈现出含蓄化的特点，而某些长篇小说呈现出哲学化的、精神分析化的倾向。例如，短篇小说《表姐和她养的猫》中，表姐和猫出人意料的结局耐人寻味。短篇小说《乡村电影》中，作家通过“所有的人都流下了眼泪”这一细节，凸显了人性的同情和悲悯，而在长篇小说《爱人有罪》中，艾伟却不惜用加长的篇幅纠缠于鲁建和俞智丽第一次不成功的性爱，并努力在此追问人性中救赎和复仇的符号学意义。

也许，艾伟的小说创作对于当今中国文坛来说，其意义在于昭示一种新的可能性的出现。90年代中后期的先锋浪潮之后，汉语小说写作似乎一直在面临着一些困惑，诸如我们如何处理现实和想象的关系？如何面对形式创新的热情和挥之不去的现实批判感之间的紧张？无疑，艾伟希望通过自己的创作解答这些问题，试图以其奇特的艺术感觉弥补新时期以来“怎么写”和“写什么”之间的断裂和对立。也许，正如艾伟所说，他理想的小说是人性内在深度和广泛隐喻性写作的结合。它深入到人类情感的最深处，体验着人性的一次次不经意的颤动，记录着人们内心无处诉说的恐惧和寂寞。它诚实、自省，拥有意想不到的智慧，它最终像一把刀子插入了现实之中，剖开黑暗的绝望，释放的却是美好、温暖而无限飞越的声音。

作品展示〉〉〉

乡村电影

村头的香樟树下一大帮孩子翘首望着南方。他们在等待电影放映员小李的到来，因为在乡村间轮流放映的露天电影这回轮到他们村了。放映机是在早上由守仁他们几个用手拉车运到村里的，但电影片子是由放映员小李随身带的，小李没出现，孩子们就不知道今晚放什么片子。

初夏时节，天气已很热了，附近的苦楝树丛显得蓬勃而苍翠，细碎的叶子绿得发黑；一条小河从香樟树底下流过，河水清澈见底，河面荡着天空的一块，碧蓝碧蓝，使河道看上去像一块巨大的陶瓷碎片。放映员小李迟迟没有出现，孩子们不免有点着急，加上天热，一些孩子跳进了河里游水。这是今年他们第一次下水，气温虽高但水还是很冷的，所以孩子们一跳进水里便大呼小叫起来。

另一些孩子没有下水，他们围在一起说话。一个叫萝卜的孩子在猜测今晚放映什么电影。萝卜的爷爷在城里，他在城里的电影院看过一部叫《卖花姑娘》的电影，但村里的孩子似乎不相信或不以为然，他盼望有一天村里也能放这部片子。

萝卜说："我猜今晚一定放《卖花姑娘》这部电影。"

大家没理萝卜，眯着眼看前方一个骑自行车的人向村里驶来，试图辨认那人是不是放映员小李。那人不是。

虽然没人睬萝卜，他依然自顾自地说话："城里的电影院白天也能放电影，因为电影院是黑的。我看《卖花姑娘》就是在白天。那是一部朝鲜电影，非常感人，当时电影院里几乎所有的人都哭了。"

孩子们都笑出声来。有人嘲笑萝卜竟喜欢这样一部没有战争的电影。那个叫强牯的孩子粗暴地骂萝卜娘娘腔。强牯是这帮孩子的头，孩子们都讨好地附和强牯，笑萝卜像娘们儿似的。

萝卜感到很孤独。他不知道为什么他的伙伴不相信他的话，处处和他对着干。显然他比他的伙伴有更多的见识，但他的伙伴却还嘲笑他。

萝卜喜欢和比他大一点的小伙子和姑娘待在一起，他因此有点怀念村子里没电的日子。因为那时小伙子和姑娘们会坐在油灯下，谈论刚刚读到的一本书或一部手抄本，从他们的嘴唇中还会吐出像“恩维尔·霍查、铁托”这样的异帮人的名字。萝卜喜欢这样的场景，他觉得他们比起他那些愚蠢的伙伴来显得目光远大、见多识广；同时萝卜还嗅到了爱情的气息在油灯下滋长，他发现在油灯照不见的地方，姑娘和小伙又在肌肤相亲。但有了电灯以后，小伙子和姑娘即使聚在一起也分得很开，他们之间存在着不可逾越的距离。

孩子们还在谈论电影，这回他们在讨论为什么从电影机里会蹦出那么多活人来这件事。孩子们感到不可思议。一个孩子听说过孙悟空的故事，就说，一定是像孙悟空用毛变小猴子那样变出来的。另一个则说，我去幕布上摸过，并没有人。萝卜听了他们的话，不自觉地摇了摇头，想他们是太愚蠢了，他真的不想理睬他们，但萝卜还是遏制不住站到太阳底下，让自己的影子做了几个动作，然后说：“你们见到的活人只不过是这个东西。”但没有一个孩子认同他的说法。

就在这时，放映员小李骑着自行车进村了，他路过村头时一脸矜持，没理睬孩子们的纠缠就径直到了守仁家。孩子们也跟着来到守仁家。守仁家的门口一下子围满了孩子。放映员小李从自行车后架上把一只铁皮箱子拿了下来，孩子们都知道那上面放着电影胶卷。那个叫强牯的孩子眼尖，他看到了铁皮盖子上面已被磨损得模糊不清的片名，就大声对萝卜说：

“今天晚上的电影是《南征北战》，根本不是他妈的《卖花姑娘》。”

但萝卜不相信，他继续往里挤。萝卜好不容易才挤到守仁家里，想问守仁或放映员小李今晚放什么电影。萝卜站在门口不敢靠近守仁，因为萝卜很怕守仁，守仁是个有名的暴戾的家伙。

谁也不敢惹守仁，守仁是村里最狠的打手。守仁有一双高筒雨鞋，穿上后确实十分威风，走在村里的石板路上“咯咯”作响，很像电影里的日本宪兵。虽然村里的人都在喊“割资本主义尾巴”的口号，但实际上家家户户都是养着几只鸡或者鸭的。鸡和鸭一般不怕人，但它们怕守仁，见到守仁都像老鼠见着猫一样溜之大吉。这是因为守仁操着它们的生杀大权。如果村里的男人或女人打死别家的一只鸡或者鸭必会引起一场纠纷，但如果守仁打死一只鸡或者鸭，大家都会觉得合理，割“尾巴”嘛。守仁打了，大家就没意见。守仁是个凶神。每次孩子们调皮时，父母们就会吓唬他们："让守仁抓去算了。"每每听到这样的话，孩子们都会钻到母亲怀里。在这样的灌输下，几乎所有的孩子都怕守仁。

守仁正在为放映员小李泡茶。守仁似乎很紧张，他一直绷着脸，倒茶时双手也在微微颤抖。萝卜觉得守仁有点反常，他虽对村里的人凶，但对外乡人特别是像放映员小李这样有身份的人一直是笑脸相迎的。萝卜很想知道晚上放什么电影，他也不顾守仁心情不好，问守仁今晚放什么片子。谁知守仁"砰"地把茶壶放到桌上，来到门边，抓住萝卜的胸口，把萝卜掷到屋外的人堆里。萝卜的脸顿时煞白。

守仁对孩子们吼道："都给我滚开，再来烦我，当心打断你们的腿。"

孩子们惊恐地离去。他们虽然心里恨恨的，但都不敢骂出声来，怕守仁听到了没好果子吃。

萝卜的家就在守仁家隔壁，所以没理由走开。萝卜在不远处的泥地上玩那种旋转"不倒翁"，萝卜十分用力地抽打它，故意把抽打声弄得很响，他是用这种方法抗议守仁对他的粗暴。

放映员小李对守仁今天的行为很奇怪，他说："你怎么啦，守仁，发那么大脾气。"

守仁的脸变得有些苍白，眼中露出一丝残忍的光芒，说："他娘的，'四类分子'都不听话了，看我不揍死他，这个老家伙。"

外乡人小李不知道守仁在说什么，问："谁得罪你了？"

守仁说："得罪我，他敢，只不过是个'四类分子'。"

小李说："何苦为一个'四类分子'生那么大气。"

守仁说："上回轮到他，他竟敢不去……"

外乡人小李慢慢听明白怎么一回事了。村里有了电就可以放电影了。乡村电影一般在晒谷场放映。晒谷场不干净，每次轮到放电影时就要有人打扫。村里决定让"四类分子"干这活。村里共有十二个"四类分子"，两个人一组，分六组轮流值班。开始一切正常，"四类分子"老老实实尽义务，没异议。但当轮到四类分子滕松时，就出了问题。滕松坚决不干。

守仁还在滔滔不绝地说，他好像越说越气愤，脸色变得越来越黑。他说："他竟敢不去。我用棍子打他，他也不去，我用手抓着他的头发拖着他去晒谷场，他的头发都给我揪下来了，但我一放手，他就往回跑。我用棍子打他的屁股，打出了血，直打得他爬不起来他还是不去。打到后来他当然去不了晒谷场了，他不能走路了，他起码得在床上睡上半个月。”

外乡人小李说：“这个人怎么那么傻？”

守仁说：“这个人顽固不化，死不改悔。今天又轮到他了，我早上已通知他扫地去，他没说去还是不去。中午我去晒谷场看了看，地还是没扫。”

小李说：“他大概还欠揍。”

守仁说：“如果三点钟他还没去扫地，我会打断他的腿。”

萝卜听了守仁和放映员小李的对话就神色慌张地跑了。他来到晒谷场，晒谷场上已放了一些条凳，一些孩子正在晒谷场中间的水泥地上玩滑轮车。但那个叫滕松的“四类分子”不在，另一个和他搭档的“四类分子”则拿着扫把坐在一堆草上。他叫有灿，是个富农分子。他没有开工，因为滕松没来，他开工就吃亏了。有灿很瘦，因是“四类分子”，平时抬不起头，背就驼了，走路的样子像虾米一样，好像总在点头哈腰。

萝卜就来到有灿跟前，有灿很远就在向他媚笑，萝卜没同他笑，一脸严肃地站在有灿前面，说：“你为什么还不打扫，再不打扫天就要黑了。”

有灿眨了眨眼，说：“滕……松他不……来，我有什么办法。凭……什么一……定让……我一个人打扫。”

有灿有结巴的毛病，这几年是越来越严重了，萝卜听了有点不耐烦，就打断有灿，说：“你不会去叫他一声！”

有灿滋地笑了一声，露出一脸嘲笑，说：“我叫他？我算什么，我又不是守仁，就是守仁也叫他不来。”

萝卜很想教训有灿几句，但一时想不出合适的口号，就跑开了。他预感到滕松像上回一样是不会来扫地的，他想守仁肯定不会放过这人的。上回守仁把他打得浑身是血，那场面看了真的让人害怕。萝卜想守仁疯了，那个叫滕松的老头肯定也疯了。如果滕松不疯，他干吗吃这样的眼前亏。

萝卜听住在城里的爷爷讲过滕松。爷爷说滕松是个国民党军官，本来可以逃到台湾去的，但他不愿意去（有人说那是因为他的妻儿在村里），就脱了军装回来了。爷爷问萝卜滕松现在怎么样。萝卜说，滕松一天到晚不说话，好像哑巴一样。爷爷说，他一回来就不大说话，新中国成立初共产党审问他，他也是一声不吭，为此他吃了不少苦头。萝卜告诉爷爷，现在滕松除了骂他的老婆就没别的话，骂他老婆嗓门大得吓人。爷爷噢了一声，自语道：“他的老婆是很贤惠的。”

午后天空突然下起雨来，云层在村子的上空滚动，从天空掉下来的雨滴十分粗却有点稀疏，但在西边依然阳光灿烂。萝卜希望雨下得更大一些，最好今晚的电影取消，放来放去都是老片子，萝卜已经看腻了。如果不放电影，就不用打扫晒谷场了，那守仁也许就不会揍滕松了。

但一会儿，天又转晴了。萝卜看到守仁带着一根棍子，黑着脸来到晒谷场。守仁来到有灿前边，见有灿坐着，就给了有灿一棍子。

守仁说："你他妈还不快点扫地。"

有灿抱着头，带着哭腔说："我一个人怎么扫地。"

守仁又给了有灿一棍，说："谁规定一个人就不能扫地？"

有灿站起来开始扫地。嘴里念念有词的。守仁斥了他一声，让他老实点。有灿就不吭声了。

萝卜看到守仁向村北走去，他知道守仁一定是去教训滕松了。强牯对孩子们喊了起来："有好戏看了，有好戏看了，守仁要揍滕松了。"一帮孩子跟着守仁朝村北走去。萝卜也跟了过去。

滕松正坐在自己的屋前。他住的是平房，因年久失修，平房看上去十分破旧。滕松的脸上没任何表情，当守仁和跟在守仁身后的孩子们来到他前面，他甚至看也没有看守仁一眼。他似乎在等待守仁的到来。

守仁走过去，二话不说举起棍子向滕松头上砸去。滕松的头顷刻就开裂了，如注的鲜血把他的脸染得通红。滕松却没有站起来，纹丝不动坐着，任守仁打。守仁显得很激动，他的脸完全扭曲了，他每打一下都要喊叫一声，然后说："让你硬，他妈让你硬。"

滕松的老婆站在一边，不敢看这场面，她低着头，背对着滕松哀求道："你就去扫地吧，你这是何苦呢。"滕松突然站了起来，冲到老婆前面，愤怒地训斥道："你给我安静一点！"滕松的老婆显然吓了一跳，就不喊了。就在这时，守仁的棍子向滕松的腿砸去，"啪"一声，棍子打断了。与此同时，滕松应声倒在屋檐下，他的头磕在一块石头上。

守仁依旧不肯罢休，他从附近的猪栅里抽了根木棍继续打滕松。围观的孩子们见此情景脸色变得苍白起来，他们的脸上布满了痛苦的神情。滕松的老婆见这样下去滕松非被揍死不可，就冲过来用身体护住滕松。守仁用脚踢了女人一下，掷下棍子就走了。

孩子们见守仁走了，这才如梦方醒，他们看到守仁眼中挂着泪滴，都不明白究竟发生了什么事。孩子们跟在守仁背后，发现守仁越哭越响了，竟有点泣不成声。

萝卜没跟去，他看到滕松的老婆把滕松拖进屋后就木然坐在地上。萝卜见周围没人，就走了进去，他替滕松倒了一杯水。滕松接过水时对萝卜笑了笑。他说出萝卜爷爷的名字，问是不是他的孙子，萝卜点点头。滕松说："我和你爷爷从小在一起玩，你爷爷比我滑头。"说着滕松苦笑了一下。

一会儿，萝卜来到屋外，他看到强牯带着一帮孩子站在不远处。他想避他们而去，但强牯叫住了他。他只好过去。

强牯双手插在腰上，用陌生的眼光打量萝卜。强牯说："你刚才在干什么?"

萝卜的脸就红了。他想他们一定看到他替滕松倒水了。但萝卜的脸上本能地露出迷惘的神色，他说："我没干什么呀!"

强牯踢了萝卜一脚说："还想赖，我们都看见了。你为什么要讨好一个'四类分子'?"

萝卜知道抵赖不掉这事，他讨好地对强牯说："我替'四类分子'倒水，是因为我在专他的政。其实我在水里吐了很多唾沫，还撒了尿。我是在捉弄他。"

强牯对萝卜的回答很不满意，但又找不出什么理由反驳，就气愤地揪住萝卜的头发，说："你小心点。"强牯旁边的人趁机在萝卜身上打了几拳。

强牯带着手下走了。萝卜木然站在那里。他想自己的阶级立场存在问题，他不应该替滕松倒水的。但萝卜的爷爷说，滕松是个孝子，滕松母亲死时，滕松从前线逃了回来替母亲奔丧，差点被他的上司枪毙。爷爷还说，从前家乡人找他帮忙，他二话不说一定尽心尽力。因此当守仁打这个人时，萝卜挺同情这个人的。萝卜想自己的阶级立场确实存在问题。

当萝卜他们村真的迎来《卖花姑娘》这部电影时，已是这年的深秋了。村子里遍地都是早已脱落的苦楝树丛的叶子，枝丫光秃秃的，立在秋风中。天已透出凉意，孩子们穿得已经有点厚了，他们在晒谷场上玩各种游戏。萝卜这天很高兴，因为终于要放映这部《卖花姑娘》了，而他的同伴这之前一直不相信这部影片的存在，他们应该见识一下这部真正的电影。

午后，萝卜突然觉得有点不对劲。他发现今天打扫晒谷场的"四类分子"一直没有出现。他一算发现今天又轮到滕松和有灿打扫卫生。但滕松没有出现（这是意料中的），连有灿也没有出现（这在意料之外）。萝卜觉得空气中一下子充满了火药味。萝卜想，守仁肯定不会放过他们的。

就在这时，萝卜发现守仁叼着劣质香烟、操着棍子向晒谷场走来。守仁的

洪治纲

洪治纲

1965年10月出生于安徽省东至县。文学博士。杭州师范大学人文学院教授。曾入选教育部“新世纪优秀人才支持计划”，浙江省高校“钱江学者”特聘教授。中国小说学会副会长，中国当代文学研究会常务理事。

主要从事中国现当代文学研究与批评，曾在《中国社会科学》《文学评论》《文艺研究》等刊物发表论文及评论200余万字。出版有《守望先锋》《余华评传》《无边的迁徙》《中国六十年代出生作家群研究》《主体性的弥散》《心灵的见证》《邀约与重构》《中国新时期作家代际差别研究》等个人专著十余部，以及《国学大师经典文存》《最新争议小说选》《年度中国短篇小说选》等编著三十余部。

曾获1999年“浙江省青年文学之星”奖、教育部第七届高等学校科学研究优秀成果（人文社会科学）二等奖、浙江省第十八届哲学社会科学优秀成果一等奖、广东省哲学社会科学优秀成果一等奖、第四届全国鲁迅文学奖、首届“当代中国文学评论家奖”等多种奖项。

批评家的责任与正义意愿

李咏吟

应该说，洪治纲文学批评的一个主导性方向是对当代作家作品的解释。他的解释面相当宽泛，尤其是对先锋文学作品的解释，通过读解他的这类批评文字，我觉得洪治纲始终在一个"自由的"批评家与"半自由"的批评家之间挣扎，因为他还不够"勇毅"，颇有同情心，还缺乏一种彻底的批评或否定精神。但是，在观察洪治纲近年来自觉努力的另一个主导批评方向时，则让人有些敬畏，因为他"说出了"许多批评家因为怯懦而不敢说出的真实想法，这就是他对新时期以来历届小说评奖的系列反思文章。其中既有对权威评奖与小说本质之背离所引发的双重正义（批评正义与生命正义）问题的思考，又有对小说的真正理解和价值追求。事实上，在这些反思文章中，我们不仅可以看到洪治纲的历史理性主义批评精神，而且可以看到他对小说艺术的深入理解，更为重要的是，他由此进行了关于"批评家的责任"和"批评的正义"的深刻反思，这些问题对于批评实践而言具有重要的意义。因此，它自然就成了我这篇"批评的批评"所论述的基本主题。①

论及洪治纲的系列反思文章，并由此表现一个批评解释者对他的欣赏和认同应该不至于被看作对批评家的非理性解释，因为我确实被他这种严峻与深刻的批评姿态所感动。这几篇大气之作在"学院批评界"未引起应有的反省和思考其实并不正常，因为批评者是严格按照学院的批评解释方式来完成他的质疑与论证的。也许在学院批评家看来，这种评奖的结果在本质上是由体制决定的，不必看重，也不必大惊小怪。实际上，这是一种错误的态度，因为它涉及

① 我曾就洪治纲的批评写过《个人的声音与批评的智慧》一文，主要论及他对先锋作家作品的理解，并就"职业批评家"和"学院批评家"做了一些有趣的比较分析。本文试图换一个视角，从洪治纲的小说反思系列出发，论及我所感兴趣的"批评家的责任与批评的正义"这一重要问题。这一论题承继了我对批评本质的有关探讨。

但是否适宜于所有的优秀作品还有待论证。我赞同洪治纲对近二十年中国中篇小说的一般判断和评价，而且我以为他的评价是符合事实的，因为《天云山传奇》《人到中年》《爸爸爸》《小鲍庄》《一地鸡毛》《黑骏马》《北方的河》《棋王》《神鞭》《人生》《美食家》《烟壶》《你别无选择》等获奖作品依然能唤起人们的美好记忆。这些作品中共有的一种倾向是：一个抒情的故事长久地在读者心中生根，一段苦难的生活通过生动的形象创造和电影再创造烙印在一代人的心灵深处，这种怀念苦难和人心温暖的美丽抒情将在一个较长时期支持着中国作家的创作。相对长篇小说和短篇小说而言，中国大多数作家的才能和抒情品质以及思想能够触及的灵魂深度似乎更适宜创作中篇小说。

事实上，洪治纲并没有执着于对中篇小说特质的探讨，他很快转向了对五届中篇小说评奖作品的反思以及对评价标准的质询。在他看来，五届评奖可以找到几个简单的词来作为标识，即第一届：严肃与谨慎，第二届：宽泛与严谨，第三届：守旧与迎合，第四届：容纳与平衡，第五届：倾斜与失位。从这几个主题词的陈述中不难理解他的个人态度。一方面，洪治纲看到，一些优秀的作品毕竟被纳入了文学奖系列之中；另一方面，他也看到了优秀作品在排位上的不公正，更为重要的是有些作品本不应纳入评奖系列之中。所以，他为一些优秀作品未能获奖而愤愤不平。他认为中篇小说的评奖越来越失去公正性，这是由许多原因造成的，最根本的原因是一种观念的陈旧性和对艺术自身进行时代意识形态的图解。在对这些作品进行评价时，洪治纲充分重视了比较原则的自由运用，因为同类题材作品的评奖，只能选择思想与艺术的优秀者。他的批评解释基本上是冷静和客观的，而不是像一些哗众取宠的批评家靠一些极端矫情的大胆宣言和卖酷而引人注目——虽然那样也会引起喧哗和骚动，实质上却一点审美意义和思想意义也没有。洪治纲在对中篇小说评奖进行反思时不如他评价短篇小说和长篇小说那样尖锐，这可能与中篇小说作品成就较高而且公认的优秀作品基本上能够在历次评选中入选有关。事实上，当代中国中篇小说为何成功，这些作品中包含着怎样的生命文化内容，中篇小说为何在20世纪90年代初的中国开始衰败，作家们的长篇小说创作转向是否合理，中篇小说独有的美学价值是什么……诸如此类的问题显然需要更为精细的文化历史理性的解释。所以，就这一问题，洪治纲又起到了振臂一呼的作用，但他依然在一个现象平面上讨论问题，还未将问题本身引向一种历史的细节真实和解剖式证明。

最后，是对长篇小说的理解与评价问题。至此，洪治纲完成了对小说形态学、文体学和小说价值学的全面的初步的反思。我不得不承认，对于我这个多年教文学理论并重视文学批评的文体意识的人来说有一种“震动”，因为他选择“设问自答”的方式不仅将所有的批评问题引向一种尖锐的反思，而且使个人的思想表达具有一种质朴的简洁性和直观性。而这正是许多批评家梦想的一种方式。当然，这种批评方式难以形成系统而深刻的理性认识和逻辑论证。事实上，思想要有一种逼人心魂的力量并不仅仅是通过欧式句法或古奥的文言完成的，它也可以有一种简洁而深刻的方式，例如，鲁迅的批评文章并不复杂古奥，但他的批评话语中的几个质朴的思想陈述句总能让人永世难忘。洪治纲的《无边的质疑：关于历届“茅盾文学奖”的二十二个设问和一个设想》无疑是一篇有着轻骑兵作用的尖锐而有效的批评文章，当然，我们用不着以“胡塞尔式的解释”来否定它。这篇论文既涉及长篇小说文体的深入理解问题，也涉及小说批评或评奖的一种程序正义或价值公正问题。应该说，从“茅盾文学奖”出发是一种导入当代中国长篇小说思考的独特的道路，因为目前中国最有影响的长篇小说评奖就是“茅盾文学奖”。

自然，问题本身不能局限于评奖，首先必须回到对长篇小说的文体和价值形态的内在思考上来。从近二十年中国小说的审美趣味的转变来看，人们纷纷转向长篇小说创作，从根本上说，这是由长篇小说的特质决定的，因为在一个多元化的时代，只有长篇小说这种极具包容力的文体才能把握一种历史与生活的真实与深刻。严格说来，长篇小说就是通过多重人物关系和复杂故事情节，创造人物形象，表达创作者对历史文化与生命存在的深刻理解和价值观照。长篇小说创作的难度不仅在于故事的结构能力、叙述语言的创造能力、人物心灵透视的能力上，也在于对历史文化的深刻洞察力、对人性本质的穿透力、对生命存在的真正认知力上。长篇小说可以是历史世界也可以是史诗传奇，可以是隐喻哲学也可以是人生大剧场，它具有最不确立的精神创造特质，它对创作者的无限的艺术才华形成了一种“自由的召唤”，你有怎样的天才都可以在长篇小说创作中体现出来。它期盼深刻、丰富和哲理，它期待神秘、真实和勇气，它希望天才、自由和智慧。同时，也应看到，一部长篇小说也是对小说家的一种本质考验，假如你是一个平庸的小说家，你的笨拙、你的无聊、你的缺乏想象及诸多的缺陷将会暴露无遗；假如你是一个真正的小说家，你的天才、你的语言、你的判断、你的人物就会永放异彩。

宕开一点说，西方长篇小说的成熟得益于历史叙述观念、史诗传奇想象以及英雄史意识，其中充满了冒险性；中国长篇小说的成熟得益于民间口头讲唱、民间文化精神和历史学的人物构造方式，其中充满了历史性。西方长篇小说创作中有一种对人物生活的生命理想性要求和宗教拯救性要求，所以，其中总要有一种英雄主义的气质贯穿始终；中国长篇小说基于一种娱乐的需要，崇尚英雄精神更崇尚侠义的传奇性，近代以来，则转向小人物的生命悲剧史的叙述。西方的长篇小说能够“讲活”几个人物；中国的长篇小说则可以“讲活”几十个乃至上百个人物。西方长篇小说更重人物的生命内在精神和价值信念的表达；中国长篇小说强调的是更多人物的命运谱和人物的生存现实性。西方长篇小说的诗学解释极为发达，至巴赫金的长篇小说诗学为一高峰；中国的长篇小说诗学则满足于情节评点和人物品鉴，系统而深入的现代长篇小说诗学总难形成。在中外长篇小说传统的共同作用之下，当代作家的长篇小说中出现了一些好作品，不过许多作品的创作选择或者以古典为宗，结果流于模仿而缺乏创新，在民族文化生命趣味中沉沦；或者以翻译小说为宗，追求叙述的试验和潜意识心理的描摹，结果常流于浅显。所以，中国当代作家每年以近千部的数量生产长篇小说却难有一两个精品。

这实际上说明了长篇小说创作需要进行深刻的理论反思。事实上，长篇小说的创作或诗学问题最为严峻，因而长篇小说创作迫切需要研究和诗学规范，即应该追思这样一个基本问题：真正的长篇小说应当何为？所以，洪治纲从“茅盾文学奖”的获奖作品出发来评判当代中国长篇小说的价值认识或价值失范问题极有意义。我与洪治纲的感受是相似的，总以为每次“茅盾文学奖”的获奖作品皆“评”得太多了，而且太多的平庸作品获奖，已经破坏了它应有的公正性和权威性。因为文学评奖不是以权谋私更不是送人情，它只能维护艺术的真理和生命的理想。他论及四届“茅盾文学奖”获奖作品的实际审美价值并客观分析了不同作品的成败得失，其分析本身具有相当的合理性。实际上，我与洪治纲的看法相近，只有《白鹿原》真正能当得起这一荣誉，不仅以前是这样，今天依然如此。不过，也应看到，陈忠实乃一位极幸运的作家，在《白鹿原》之前他无好作品，在《白鹿原》之后亦无好作品，可能在他有生之年也不可能再写出像《白鹿原》一样的好作品。然而，仅此一部作品亦可使他永恒，这真是一个奇迹，我常常为此而困惑。《白鹿原》的神奇之处在于它是中国文化的一个特殊标本，它不仅隐喻历史而且指向未来，不仅直视生命神秘而且透视人性苍凉，不仅超越党派而且雄视古今，尽管我对他处置“田小娥”这一角色极为不满，因为在我看来，这可能是陈忠实思想局限造成的最大败笔，然而，就是这一败笔也使他具有失败的特殊反思意义，因为没有缺陷的作品就不会具有无穷讨论的价值。《白鹿原》正如它所正视的历史文化生命一样具有无穷的复杂性，而复杂性正是长篇小说可以被无穷解释的关键，也是长篇小说显示内在的深度、自由思想空间的魅力所在。

事实上，如果每一届评一部好作品而且以《白鹿原》作为一个基本水准，那么，“茅盾文学奖”就会显示出它特殊的权威意义。中国文学评奖的失衡除了评价者自身的人格缺陷以外，因为他们不在乎个人的理性正义所可能获得的荣誉而只沉迷于权力并屈从于权力，最根本的原因是现代中国的艺术评价体系缺乏历史继承性和真理认识的相对确定性，因而常常在错误观念的支配下评出一些让人啼笑皆非的作品。这并不是说，评出的长篇小说缺乏可读性或一无是处，不是的，因为凡作品皆有意义寻求处和文学功用，关键在于，文学评奖只能给予最优秀者。从世界文学范围来看，虽然“诺贝尔文学奖”在评选过程亦有失察之处，然而它的主要评奖作品还是能够证明它的理想性与权威性，或者说，“诺贝尔文学奖”的失误更多地来自于观念平衡的结果，因为瑞典科学院的元老们实在太老而且有时缺乏审美判断力，只要他们更多地尊重理想与理性，就可能减少失误，而且，世界文学每年要选出一位优秀者也实在难为了他们，因为世界文学有时实在太平淡。“茅盾文学奖”的评价失误显然不能简单地归结为观念的失误，因为它从根本上说是由批评家自身具有的审美缺陷和人格思想缺陷所造成的。

“茅盾文学奖”的评奖失误既源于现代文学自由观念的被中断、被误置，也源于正义性的缺乏和批评主体性的理性尊严的丧失，因为即使按照茅盾文学奖的现行评价水准，也理应选入一些真正好的作品，而不应是已评出的部分平庸作品。事实上，洪治纲为之打抱不平的几部作品，例如，张炜的《古船》《九月寓言》，贾平凹的《浮躁》，张承志的《金牧场》，杨绛的《洗澡》，王蒙的《活动变人形》，张抗抗的《隐形伴侣》，铁凝的《玫瑰门》等，如果按照严格的文学审美标准和理想性标准来看的话，其实都各有各的问题。张炜的《古船》语言不够节制，叙事有些枝蔓，《九月寓言》确实很有深度，就是缺少一点质朴，而失去质朴的艺术难免有些矫情，不过，我个人也以为张炜至少可以获得一次奖励。贾平凹是一个散文高手，小说的语言也极有特色，而且据我所知被几个极有天分的作家所欣赏，但他的小说确实少了些美丽精神和野性的深度。张承志自己也不满意《金牧场》，而且当时就生发了重写的愿望，随后还改写成《金草地》。杨绛的文学语言修养无可挑剔，但历史气度确实小了些。余华按理可以得一次奖，因为《许三观卖血记》确实显得质朴冷酷和深刻，但也使人感到作品还缺乏一种真正的自由生命理性精神。其他的作品总感觉少了保持着最深刻的理解。只有这样，批评家才能对文学形成真正的批评和引导，才能同时为新艺术、为批评自身建立自由而富有生命价值的精神立法。批评家是一个艺术的、地道的理解者与领悟者，一个真正自由的思想家。

作为自由的批评家与半自由的批评家，如何通过批评解释获得一种深刻，还有待自我思想与判断。一个批评家能够通过批评显示自己存在的价值，这是一件了不起的事情，因为它至少标志着一种成功，这种成功的几率可能比成为“作家”还要小得多，但仅有高产的批评还不能完全体现一个批评家的真正自由的思想与原创。洪治纲除了对小说评奖的质疑之外，他更多的就是对文学现象和先锋创作进行解释，我已肯定过洪治纲在中国先锋文学批评中的智慧劳作。[①]也许先锋本身就意味着一种思想的不确定性，正如先锋性思想自身的混乱那样，洪治纲显然还在先锋文学领域进行探索或思想突围。洪治纲能否在先锋文学解释中找到真正属于自己的思想武器看来还需要不懈的努力，因为这并不仅仅是洪治纲的问题，当代中国的所有批评家也未能就此显示出自己的深刻性和原创精神，我们还不能不跟着西方的后现代主义实验者一道思考而且思想明显地滞后。中国文学批评的问题在反思视野中最能获得一种一目了然的理解和清醒，我借此机会想进行一次严肃的追问：自由的批评家与半自由的批评家到底能给现代中国文学带来些什么？我们肯定不能指望“伪批评家”或“异化了的批评家”，显然，道路还没有尽头。

---

① 李咏吟：《个人的声音及其批评智慧——我对洪治纲文学批评的一种理解》，《南方文坛》，1999年第4期。

困顿中的挣扎

——贾平凹论

对于中国文坛来说，贾平凹是一个奇异而又复杂的存在。他的创作，几乎集中了20世纪50年代出生并从乡村走到城市的作家们所共有的矛盾，同时，又隐含了他个人在艺术超越上所出现的某些耐人寻味的困顿。一方面，他试图容纳一些现代意识和审美观念；另一方面，他又无法挣脱沉重的乡土羁绊。在主观上，他渴望回到民间，回到自我独立自治的精神空间，但是，落实到具体的艺术实践中，他又显得顾虑重重而巧取中庸。他的作品在读者群中总会引起一波又一波的巨大反响，但他对一些批评又保持着高度的敏感、警惕甚至是耿耿于怀。他崇尚一种憨实、木讷、谦逊、低调的人生哲学，但又常常被内心的自由冲动折磨得焦灼不安……他的创作，在很大程度上是在与自己混沌无序的思想做斗争，是在与自身困顿焦灼的精神意绪相抗争。他试图从中寻找某种理想的平衡方式，但是，就目前的情形来看，他依然是一个非常典型的“西西弗斯”。

因此，面对贾平凹的创作，我们所看到的，不只是他在散文和小说中所呈现出来的两种截然不同的审美情趣，不只是他对人性的强烈不满和对自然的极度迷恋，更重要的，是他在传统思维中对一些现代艺术小心翼翼拥抱的尴尬姿态，是他在自我超越的冲动中所体现出来的优柔寡断、辗转反侧，是他融自卑与自信于一体的徊徨和焦虑。正是这些隐秘的原委，使他的创作（特别是后期创作）一直缺乏本质性的超越，始终处于一种困顿中的挣扎状态。

一、悲苦背后的精神质色

审度贾平凹的创作，有必要先从他的人生心态入手。因为与其他作家相比，贾平凹对自己的人生经历和个性禀赋，总是有着异乎寻常的表达欲望，而且每每充满了某种悲天悯人的无奈之绪。他反复强调自己这一辈子，除了没有坐过牢，“经历了人所能经受的种种事变”，[①]其言辞之中，饱含着浓烈的凄苦与沧桑。那么，细察他的人生历程，是否果真如此？

贾平凹，1952年古历2月21日出生于陕西南部的丹凤县棣花村。1972年被推荐到西北大学中文系读书，毕业后留在省城西安至今，历任陕西人民出版社编辑、《长安》编辑、陕西省作家协会副主席、专业作家以及《美文》杂志社主编等职。

纵观贾平凹的生活经历，有两次较大的打击对他的人生构成了一定程度上的影响：一是1970年贾平凹的父亲被打成“历史反革命”而开除了公职，“家庭由小康人家变得一贫如洗”。[②]二是1984年患上“乙肝”，断断续续治疗多年方得痊愈，有一次甚至“度过了变相牢狱的一年多医院生活，注射的针眼集中起来，又可以说经受了万箭穿身，吃过大包小包的药草，这些草足能喂大一头牛”。[③]这两次打击，曾被他无数次在相关的文章、访谈或后记中谈起，甚至广涉世态之炎凉。但是，我觉得，这种打击或伤害的深度仍然是可以考量的。一是在他的父亲被开除公职的第三年，他就被幸运地推荐到西北大学读书——根据当时的历史情形，被推荐到大学的工农兵学员在政审上极为严格，贾平凹能进入大学，至少说明父亲的命运并没有给他带来致命的影响。二是漫长的“乙肝”虽然给他的生活带来了巨大的影响，甚至有几次让他死里逃生，但从他此后庞大的创作数量来看，并没有受到太大的制约。如果将他与莫言、韩少功、路遥、陈忠实、史铁生等同时代的作家相比，就生活经历而言，贾平凹并没有更醒目、更尖锐的苦难史。而其他同时代的作家很少频繁地提及自己的悲苦，唯独贾平凹一直认为“吾一生是孤独悲苦，吾一生也是清静自在”。[④]那么，“吾一生是孤独悲苦”这句话，是他有些夸大其词的自我言说，还是这悲苦中存有另外的“深义”？

我相信还有另外的“深义”。因为同他的“悲苦人生说”一样，不断地被他频繁提及的，还有他的作品一直饱受争议，毁誉不休。“从我20岁开始写东西，一直争议到五十多岁。”[⑤]在这些争议中，赞誉他倒说得不多，而一些相关

---

① 贾平凹：《高老庄·后记》，太白文艺出版社1998年版。
② 李星、孙见喜：《贾平凹评传》，第186页，郑州大学出版社2005年版。
③ 贾平凹：《贾平凹文集》（第14卷），第294页，陕西人民出版社1998年版。
④ 李星、孙见喜：《贾平凹评传》，第191页，郑州大学出版社2005年版。
⑤ 贾平凹、谢有顺：《贾平凹谢有顺对话录》，第17页，苏州大学出版社2003年版。

的批评，却被他无数次在相关的文章或访谈中愤懑而又幽怨地提及。这使我们不得不思考，这些批评与他的“悲苦人生说”是否存在着密切的关联。所以，我们有必要将审察的眼光转向他的创作历程。

贾平凹的真正创作从1978年开始。在《废都》出版之前，他的创作一直保持着较为平稳的态势，曾获得过一次全国短篇小说奖（《满月儿》）、一次全国中篇小说奖（《腊月·正月》）、一次全国散文奖（《爱的踪迹》）、一次美国美孚飞马文学奖（《浮躁》），至于各种杂志社和省市文学奖，更是不计其数。其中，只有20世纪80年代初期的一些中短篇（如《二月杏》等）受到过当时文坛的争鸣或批评，但辐射面非常有限，且那时被争鸣的作品也非常多。这样的创作实绩，在当时的文坛上即使不是绝无仅有，但也属于凤毛麟角。至少，主流意识给予了其作品充分的认可；至少，他对此不会有太多的抱怨。

问题可能出在1993年《废都》的遭禁事件。我一直无法理解，贾平凹究竟出于一种怎样的审美意图，在小说中留下了一些空格代替叙事，并在宣传上将这部小说与《金瓶梅》勾连在一起，以致该书在出版之后，不久便遭到质疑和禁售。一般而言，被现行体制所明令禁售的书，如果政策上没有出现根本性的变化，是不可能会再版的，贾平凹应该非常清楚这一事实。但是，十余年来，他每每提及《废都》事件，都充满了感伤和愤懑，甚至还写了一幅“默雷止谤，转毁为缘”的条幅挂在书房里自我抚慰。“我自《废都》后已经被烟雾笼罩得无法让别人走近。”[①]《废都》出版之后，“这十年里我的窘境却只有我受了”。[②]“《废都》留给我的阴影影响了我整个90年代，现在也没有完全消除。”[③]

贾平凹之所以对《废都》事件耿耿于怀，可能并不在于他企盼此书能够获得再版的机会，而是在这一事件过程中，有两个方面超出了他的心理承受能力：一是有媒体将他由一个干净的作家演绎成一个流氓作家，认为其中男权主义思想过重，性描写过于泛滥，特别是将小说中的庄之蝶当成了他的个人投影，“在《废都》以前，我在文坛上属于比较干净的人和纯洁的作家，突然一夜之间变成了阴暗的人和流氓作家”[④]；二是有些批评超出了文学范畴，逐渐向政治上靠近，有些上纲上线的倾向——而这，是贾平凹最为恐惧的事。正是这两个方面，构成了贾平凹所幽怨的“谤”和“毁”。

---

① 贾平凹：《高老庄·后记》，太白文艺出版社1998年版。
② 贾平凹：《病相报告》，第307页，上海文艺出版社2002年版。
③ 贾平凹、谢有顺：《贾平凹谢有顺对话录》，第22页，苏州大学出版社2003年版。
④ 贾平凹、谢有顺：《贾平凹谢有顺对话录》，第23页，苏州大学出版社2003年版。

现在，重新来审度这一事件的大致过程，我们会发现，事实远没有贾平凹自己所强调的那么严重。先看政治上的压力，贾平凹所愤怒的“上纲上线”，从他自己所提供的例证来看，仅仅是一封没有寄出的检举信，即“陕西一位老作家给中央写信，说诲淫诲盗，反党反社会主义，他让一些人签名，因没人签名，那信才没寄出。”[①]而客观上的情况，就我们目前所查证到的，只是某直辖市新闻出版局于1994年1月20日下达的《关于收缴〈废都〉一书通知》。从中共中央宣传部到陕西省内的有关部门，主要是对他进行批评教育，积极地安排他到江苏、浙江等地深入生活，并没有给他在政治上进行明确而严厉的定性。这一点，从贾平凹与时任中共中央宣传部副部长、中国作家协会党组书记翟泰丰之间的个人通信中可以看出。1995年12月12日，贾平凹在给翟泰丰的一封信中曾写道：“上次在京得以接见，留下深刻印象，您对我的关怀和指导，将终生难以忘怀。后经张锲同志通知，得知您及部里别的领导决定我去华西村生活一事，更感激您的关怀和鼓励支持之情。……我不会辜负领导的，并在此真诚地感谢您!”[②]1995年12月21日，翟泰丰在给贾平凹的回信中，有关《废都》的评述是这样的：“老实说，你的《废都》的确不是成功之作，内中明显模仿《金》作之处甚多，且又多不成功，特别是性的描写过分了，方块（□□）这一‘创造’实不高明。对人物内心描写，也有败笔。这不足为奇，老君爷还被孙悟空偷去金丹呢，何况人乎？问题是一定要吸取教训。”[③]尽管我们不清楚翟泰丰接见贾平凹时谈了些什么，但是从贾平凹的信来看，主要是“关怀和指导”而没有“批评”；而翟泰丰在信中也主要是强调《废都》乃不成功之作，且“不足为奇”，不仅没有给他政治上施以压力，而且多有宽慰之语。更重要的是，翟泰丰此后还不断地给他以鼓励，如1996年2月18日和1996年4月23日，翟泰丰分别致信贾平凹均以鼓励和肯定为主，“我在你的作品中，往往能看到我国古籍大著之长，特别是明清间作品之痕迹，看到文学大家之文采，看到希望。”[④]因为有了这些关键人物的关键评价，可以想象，贾平凹并没有必要因此而负上特别沉重的政治包袱。事实也是如此。1997年4月16日，贾平凹在致翟泰丰的信中也表达了类似的心境：

……在我困难的日子里，您在关心着我，帮助着我。古人讲，树有色容鸟

---

① 贾平凹、谢有顺:《贾平凹谢有顺对话录》,第209页,苏州大学出版社2003年版。
② 翟泰丰:《翟泰丰文集》(第4卷),第110页,作家出版社2004年版。
③ 翟泰丰:《翟泰丰文集》(第4卷),第108页,作家出版社2004年版。
④ 翟泰丰:《翟泰丰文集》(第4卷),第131—134页,作家出版社2004年版。

亦知，我是知色容之恩的。但有人以此来为难您，这令我不安，唯一让我不安！这些人实在是不了解我，但有什么办法呢，只能让时间去作答复吧。

在我向您问候病情的时候，我却说了这些话，实在不妥，但又想，实话说了是中听的，我以一个年轻的朋友的身份，对您说这些心中实情，您也会高兴的，而高兴对身体是有益无害的。我不能为您做任何事情，我在此唯一能做的是向您问候，盼您早日康复！现在我在此为您唱一首《好人一生平安》的歌，让上天听到，让风能传到北京去。①

从贾平凹的这些话中，可以看出他对翟泰丰的关心和鼓励饱含了感恩之情，也表明了《废都》出版之后的三四年里，贾平凹所承受的政治压力是非常有限的。

再看《废都》在文坛上引起的反响。为了慎重，我特地根据“中国期刊全文数据库”进行查阅，得出的大致情况如下：《废都》于1993年6月出版，《当代作家评论》双月刊旋即在当年的第6期和次年的第1期给予了多篇积极的评价；《小说评论》亦在1994年进行了跟踪式的积极评述。只有《文艺理论与批评》发表过两三篇批评文章。后来，还有一些完全是学术化的探讨文章，其主要观点均列于李星和孙见喜所著的《贾平凹评传》中。至于那些小杂感式的议论，均见诸不是文学界有影响的刊物。更多的议论或批评，可能来自报纸媒体——而在那个时期，媒体的新闻资讯已较为发达，所谓新闻炒作，也不是什么新鲜的事物。这些并没有多少学理的炒作性文章，在一些出版社的商业诱惑中，迅速地以各种面貌结集成册。一般的读者都知道这些东西是怎么回事，当事人更应该明白是怎么回事。

我这样说，不是想苛责贾平凹过于胆小或心智不够强壮，更不是想说贾平凹对此表现得过于矫情，而是想通过这个事件的回顾，说明贾平凹在自身的创作历程中虽然经历了一些风雨，但并没有像他自己所不断强调的那样“从事写作是二十一年，文章总是毁誉不休”。②事实上，看看莫言、李佩甫、韩少功、王跃文等作家，也都曾有过这样或那样的类似际遇。我想，这种杯弓蛇影式的反复诉说，或许是作者寻找自我保护的一种手段，因为贾平凹曾说：“懦弱阻碍了我，懦弱又帮助了我。从小我恨那些能言善辩的人，我不愿和他们来往。遇到一起，他们愈是夸夸其谈，我愈是沉默不语；他愈是表现，我愈是隐蔽；以此抗争。但神差鬼使般，我却总是最后胜利了。”③就贾平凹的创作来说，他

① 翟泰丰：《翟泰丰文集》（第4卷），第236页，作家出版社2004年版。
② 贾平凹：《土门·后记》，第336页，春风文艺出版社1996年版。
③ 李星、孙见喜：《贾平凹评传》，第185页，郑州大学出版社2005年版。

的的确确是个胜利者。20世纪90年代之前，文学是社会核心价值的代言，他的作品就曾多次获奖，为他的社会地位和社会角色的确定提供了有力的支撑。90年代之后，文学逐步向市场化迈进，他的作品又立即引起了巨大的市场反响，几乎每部小说都发行在十万甚至数十万册以上，一直到最近的《秦腔》。

所以，无论是人生经历和创作经历，对于贾平凹来说，命运都是不错的。对于这样的命运，换了一般的人，可能除了得意，便是宽慰。但贾平凹依然如故地反复说“我这一生除了没杀人没偷人和坐牢，别的事都经历过”①，“经历了人所能经受的种种事变（除过坐牢），我自信我是一个坚强的男人”，②言外之意，他是历经了人世间的太多坎坷，这确实有点让人费解。更重要的是，贾平凹一生崇尚豁达、退让、隐忍，追求传统的儒道佛之真义，向往“青天一鹤见精神”的超然境界，渴望能“战胜自己”，走向“神形于虚”之大境界，但他又总是在一些小小的挫折面前显得“懦弱”不堪，诉说不已，面对一些人生的轻波微澜偏偏超脱不了，甚至说道：“我搞创作以来，一直受到争议，一直受到批评。中国作协也不把我当主流作家来对待。中国作协不停地请人出国旅游，从来没有轮到我。”③这种彼此冲突、相互抵牾的内心情状，在很大程度上负载了他的“悲苦人生说”之内涵，折射了他在自我超越上极为艰难的精神质地，也直接影响了他的创作在精神境界上的本质性飞跃。

二、农民意识中的现代愿景

在不停地诉说自己一生悲苦的同时，贾平凹还一直在极力强调自己的农民身份，“我是农民，善良本分，又自私好强，能出大力，有了苦不对人说。……可后来，做起城里人了，我才发现，我的本性依旧是农民，如乌鸡一样，那是乌在了骨头里的。”④但同时，他又充满了现代愿景，“这么多年，西方现代派的东西给我的影响很大。但我主张在作品的境界、内涵上一定要借鉴西方现代意识，而形式上又坚持民族的。……西方有西方人的生存经验，这种生存经验即民主、自由，注意人，人的个性，同时，工业对人的异化，高科技使人

---

① 李星、孙见喜：《贾平凹评传》，第228页，郑州大学出版社2005年版。
② 贾平凹：《高老庄·后记》，太白文艺出版社1998年版。
③ 贾平凹、王尧：《在传统与现代之间的新汉语写作》，《当代作家评论》2002年第6期。
④ 林建法、乔阳：《中国当代作家面面观：汉语写作与世界文学》上册，第139—140页，春风文艺出版社2006年版。

产生的种种病相等等。而我们的生存又是什么呢，这就不用我在这里多说了。他们的经验和我们的经验结合参照，我想应该是我们写作的内容，我们强调现代文学，得了解它的背景，寻找生命，精神里的因素，再是寻找一种语感，所以，因其语感的背景不一样，硬性模仿就失去了精神。必须加入现代，改变思维，才能用现代的语言来发掘我们文化中的矿藏。”[①]我将贾平凹的这两段话放在一起，并不是说一个农民就不应该去追求现代意识，而是想突出这样一种逻辑关系：农民意识已“乌在了骨头里的”贾平凹，一直在试图建立自己所特有的现代意识——用他自己的话说：“现代意识的表达往往具有具象的、抽象的、意象的东西，更注意人的心理感受，讲究意味的形式，就需要去把握原始与现代的精神契合点，把握如何地去诠释传统。”[②]“以中国传统的美的表现方法，真实地表达现代中国人的生活和情绪，这是我创作追求的东西。”[③]这里，我不想讨论贾平凹的“现代意识”是否具有更深刻的思考和发现，是否确立了文学中的现代意识所具备的一些基本内涵，作为一种艺术“愿景”，这种现代意识在他的创作实践中的确有所表现。但遗憾的是，这种表现，始终与他的农民意识形成了种种奇特的纠缠，以至于人们很难看清他的现代精神，常常将他归为传统现实主义的作家。

到目前为止，贾平凹的创作大致可分为三个阶段：《浮躁》之前的初期阶段，主要表达现实生活中某些显在问题，与当时的文学潮流保持着同步姿态；《浮躁》至《废都》之前的自我突破阶段，贾平凹开始自觉地寻找属于自己的审美领地，尤其偏重于商州文化中奇人异事的传奇性表达；《废都》之后的社会“病相”叙事。如果着眼于贾平凹所说的“现代意识”来考察，我以为，在20世纪80年代中期之后的创作中，他已开始有所努力。特别是随着“寻根文学”大潮的兴起以及域外现代派文学在中国的大面积登陆，从《小月前本》《腊月·正月》中走来的贾平凹，开始积极地寻找自身的突破，并由此写出了一系列具有传奇特征的《美好的侏人》《故里》《马角》《古堡》《龙卷风》《美穴地》《五魁》《白朗》等小说。应该说，贾平凹这一时期的小说带着明显的寻根意识，或者说，至少受到了当时文化寻根大潮的影响，犹如他自己所说的那样，“大风刮来，所有的草木都要摇曳”，[④]但是，一般的文学研究者却又很少

---

① 贾平凹:《病相报告》,第312—313页,上海文艺出版社2002年版。
② 贾平凹:《病相报告》,第313—314页,上海文艺出版社2002年版。
③ 贾平凹:《造一座房子住梦》,第2页,人民日报出版社1998年版。
④ 贾平凹:《高老庄·后记》,太白文艺出版社1998年版。

将他归为寻根文学的代表性作家。究其因，我以为，最关键的因素就在于他在文化寻根的过程中，并没有明确地立足于“文化反思”的现代立场之上，没有真正地从现代性的角度去认真地“理一理我们的根”，而是将审美触角探入古老的商州文化中某些具有奇质异色的生活经验，包括奇风异俗、神秘景象以及乡间传说等，用文化的猎奇取代了文化的寻根与反思。除了《黑氏》《天狗》等作品在现实人伦上进行了一定限度的质疑之外，他的很多作品中的人物要么是土匪，要么是风水先生，故事离奇曲折，却缺少寻根文学所普遍尊崇的理性审视和文化隐喻意味，而且其叙述也是充满了某种迷恋式的审美情调。

这种迷恋式的叙述姿态，在很大程度上来源于贾平凹农民意识的潜在规约。记得汪政先生曾说：“对贾平凹执着地说‘我是农民’，许多人表示不理解，其实，这对一个作家来讲是相当重要的，因为它表明的不仅是普通意义上的身份认同，而且同时标明了自己的文化谱系、价值承传和审美趣味，它具有创作心理上的意义。”[①]的确，当贾平凹强调自己的农民角色时，他实际上已经意识到了自己的文化谱系及审美趣味被乡土情结所控制，以及它在更变上的艰难性。“农村是一片大树林子，里边什么鸟儿都有，我在其中长高了、长壮了，什么饭菜都能下咽，什么辛苦都能耐得，不怕了狼，不怕了鬼，不怕了不卫生，但农村同时也是一个大染缸，它使我学会了贪婪、自私、狭隘和小小的狡猾。”但是，作为一个作家，作为一个纯粹的精神劳作者，他同样也明白现代意识是不可或缺的精神品质。于是，在很多言谈中，他反复强调“中学为体，西学为用”这一经典性法则。这当然是一个不错的进化论法则。问题在于，如何建立自己深厚的“中学之体”，又如何将西学娴熟的化为“用”，这是一个巨大的命题，至少，对于中国当代作家来说，都是不可能做到的。当年的洋务重臣张之洞之所以抛出这样的言论，其目的就是为了“中学治身心，西学应世事”——也就是说，只有骨子里拥有了中国传统文化的精髓（而不是农民意识），只有在精神内部建立了深厚的国学基础，才有可能用“西学”来应对世事。但贾平凹并没有清晰地意识到此点。他觉得“中学”和“西学”在文学创作中最终都是同一种东西，即终极境界——“文学或多或少，或大或小，都是要阐述着人生的一种境界，这个最高境界反倒是我们要借鉴的，无论古人与洋人。中国的儒释道，扩而大之，中国的宗教、哲学与西方的宗教、哲学，若

① 汪政：《论贾平凹》，《钟山》2002年第4期。
② 贾平凹：《我是农民》，第65页，陕西旅游出版社2000年版。

究竟起来，最高的境界是一回事，正应了云层上面的都是一片阳光的灿烂。”①这里，如果我们撇开宗教这一复杂问题（严格来说，中国并没有自身的宗教。佛教到中古时期才传入中国），单就哲学来说，无论儒或道，与西方哲学最终要解决的问题，就完全不是一回事。这一点，从胡适、钱穆到牟宗三都早有论及。

我这样说，不是为了追究贾平凹在理性思考上的片面性，而是要说明贾平凹对现代意识的理解过于简单，以为在抽象的精神境界上进行一种综合，就会获得“中西通达”的精神品格。正因如此，在那篇他自己十分看重的《四十岁说》中，无论“中体”还是“西用”，他都想要，但都不清楚如何要，所以语焉不详，一片混沌，无论对文坛现状，还是对社会现实，都充满了某种尴尬和无奈的意绪，最后只好用禅语来进行自我消解。这正是一种农民式的狡猾思维之所在，犹如鲁迅笔下的阿Q，遇上自己解决不了的问题，便使出自己的杀手锏——精神胜利法。如果我们将乡村文化作为一种农民意识的主要载体，城市文化作为现代意识的关键符号，那么，贾平凹内心的矛盾和分裂就像他自己说的那样：“乡村曾经使我贫穷过，城市却使我心神苦累。两股风的力量形成了龙卷，这或许是时代的困惑，但我如一片叶子一样搅在其中，又怯懦而敏感，就只有痛苦了。我的大部分作品，可以说，是在这种‘绞杀’中的呼喊，或者是迷惘中的聊以自救吧。”②无论是“呼喊”还是“自救”，就贾平凹本身的创作实践来说，乡土文化的制约要远远大于其现代意识的觉醒。所以，他的很多作品一旦将叙事背景放到了商州，放到了真正底层的乡村社会，其叙述话语便显得安宁、自由甚至放纵；而一旦进入城市，则充满了焦灼、迷惘甚至是怨怼。无论是《土门》《白夜》，还是《废都》《高老庄》，其中的城与乡始终处于二元对立的价值系统中。在这些小说中，人物的命运和精神只要出了问题，其原委都是来自城市化进程的加快，就像《土门》中所说的那样，“人为什么生病？”就是因为“离开了土地和地气”；《高老庄》里的大学教授子路回到故乡，试图通过现代思维来解决一些乡村冲突，结果不但一败涂地，而且还弄得夫妻反目。即使是像《秦腔》这样纯粹的乡土小说，也是充满了今与昔的对抗，并且是今不如昔。

城市不如乡村，乡村的今天不如它的往日，这是贾平凹的小说一直贯穿的

---

① 贾平凹：《造一座房子住梦》，第5—6页，人民日报出版社1998年版。
② 李遇春、贾平凹：《传统暗影中的现代灵魂——贾平凹访谈录》，《小说评论》2003年第6期。

价值主题。我无意于批评他的这种思想观念，只是觉得，这种过于简单的二元对立式的价值判断，在本质上凸显了贾平凹那种带有“狭隘和小小的狡猾”的农民意识，使他从骨子里永远对现代文明保持着高度的警惕甚至是排斥。他自己也承认：“说到根子上，咱还有小农经济思想。从根子上咱还是农民。虽然你到了城市，竭力想摆脱农民意识，但打下的烙印怎么也抹不去。农裔作家都是这样。有形无形中对城市有一种愤恨心理，有一种潜在的反感，虽然从理智上知道城市代表着文明。”[①]而这，无疑也从根本上钳制了贾平凹对现代意识的积极迎纳，甚至直接影响了他在写作立场上的明确性。譬如，他能够意识到一切艺术的反抗性特质，意识到创作与现实生存之间的紧张关系，“在写作过程中，常常出现一些摩擦，当然不是和政府，而是和整个社会的价值观产生一种摩擦，产生一种紧张感，这种紧张感把你弄得手足无措，你也不知道该怎么办，但是你不这样，好像也不行。”[②]按理，贾平凹如果具有一种自觉的现代意识，如果深知现代社会同样充满了各种悖论性的存在，那么，对于这种紧张感他也许并不会产生太多的矛盾心理。马尔库塞早就说过，“在其先进的位置上，艺术是大拒绝，即对现成事物的抗议。”[③]略萨也曾明确地说过，文学存在的秘密理由，亦即文学抱负存在的理由，便是它的怀疑态度和反抗精神，“凡是刻苦创作与现实生活不同生活的人们，就用这种间接的方式表示对这一现实生活的拒绝和批评，表示用这样的拒绝和批评以及自己的想象和希望制造出来的世界替代现实世界的愿望。”[④]所以，略萨认为，无论对生活提出何种质疑都是不重要的，“重要的是，对现实生活的拒绝和批评应该坚决、彻底和深入，永远保持这样的行动热情——如同堂·吉诃德那样挺起长矛冲向风车，即用敏锐和短暂的虚构天地通过幻想的方式来代替这个经过生活体验的具体和客观的世界。”一个真正意义上的现代作家，他所操持的价值立场和艺术观念，在本质上应该体现为他必须与现实秩序及其表象经验保持必要的距离。贾平凹对现代文明的对抗性价值立场，似乎恰恰表明了他的某种怀疑和拒绝精神，但是，如果循着他那“城市不如乡村，乡村的今天不如以前，甚至人不如其他动物”的价值链来省察，我们便会发现，他的这种怀疑和拒绝并非真正的反抗，而是

① 贾平凹、韩鲁华：《关于小说创作的答问》，《当代作家评论》1993年第1期。
② 贾平凹、谢有顺：《贾平凹谢有顺对话录》，第13页，苏州大学出版社2003年版。
③ [美]赫伯特·马尔库塞著，刘继译：《单向度的人——发达工业社会意识形态研究》，第59页，上海译文出版社1989年版。
④ [秘]马里奥·巴尔加斯·略萨：《给青年小说家的信》，第6页，上海译文出版社2004年版。

一种对现实的逃避，其手段就是向远古和自然皈依——当然，说得好听一点，这叫回归自然，回归本源，就像《土门》中的“我”最后回归到母亲的子宫里，只有那里才是真正的家园，只有在那里才能看到“神禾源”。而这，恰恰是贾平凹农民意识的痼疾之所在。

我们无法要求一个作家必须对各种充满悖谬的现代社会做出有效的思考，更不能要求他们必须对人类的现代生存困境提供有效的出路，但是，面对这种焦灼和困境，作家有责任在揭示和呈现它们的同时，行使自己作为知识分子的启蒙和拯救义务，这是必须的。所以，福克纳说：“作家的天职在于使人的心灵变得高尚，使他的勇气、荣誉感、希望、自尊心、同情心、怜悯心和自我牺牲精神——这些情操正是昔日人类的光荣——复活起来，帮助他挺立起来。”[①] 我不敢说贾平凹对文明持有一种敌视的态度，但是，他的“返古式”价值倾向，的确没有给我们展示一种积极的救赎意愿，也使我们不得不怀疑他的逃避姿态，不得不认为他的现代意识，可能更多的只是一种“现代愿景”，而没有深入到现代精神的内部。

三、卑琐人性中的绝望

贾平凹有理由觉得自己一生悲苦，因为他对现代社会充满了无奈和绝望，对一切病态的东西有着异乎寻常的敏感。他渴望回到狼性的世界，回到没有被文明伤害的古朴的自然之中，而这种愿望在现实面前却又显然不堪一击。更重要的是，他又非常清楚自己的写作基础和叙事资源，“我的出身和我的生存的环境决定了我的平民地位和写作的民间视角，关怀和忧患时下的中国是我的天职。”[②]可以说，面对繁复驳杂的现实生存，他不能也无法轻易地绕过去；面对纯朴温馨的自然，他想以断裂的方式来重构却又觉得不切合实际，这构成了贾平凹内心深处的一种困顿。

有趣的是，贾平凹并不是从艺术观乃至人生观上来调整自己的某种局限，使自己从历史的整体性和社会的整体性上来重新打量现代人的生存境域，而是动用自己特有的“现代意识”，开始对现代文明内部的“恶之花”进行倾力的关注和表达。我之所以认为这是贾平凹自己认定的“现代意识”，是因为他曾

---

① 刘保瑞等译:《美国作家论文学》,第368页,北京三联书店1984年版。
② 贾平凹:《高老庄·后记》,太白文艺出版社1998年版。

这样说过："中国的汉民族是一个大的民族，又是一个苦难的民族，它长期的封建专制，形成了民族的政治情结的潜意识。文学自然受其影响，便有了颂歌式的作品和揭露性的作品。……而外国呢，西方呢，当然也有这两种形态的作品，但其最主要的特点是分析人性。……故对人性中的缺陷与丑恶，如贪婪、狠毒、嫉妒、吝啬、啰唆、畏缩、卑怯等等无不进行鞭挞，产生许许多多的杰作。愈到现代文学，愈是如此。"①不错，现代文学尤其是域外的现代文学，的确充满了对人性阴暗的揭示与控诉，充满了对各种文明秩序掩盖下的生命扭曲给予的尖锐的表达，但是，在揭露与控诉的同时，它们不是在否定现代性的历史进程，不是在质疑人类赖以生存的人道主义基石，以及人之为人所必须拥有的尊严和梦想。

而贾平凹自《废都》之后不断引人非议的核心问题恰恰就在于这里。在《废都》之后，他的所有小说所极力彰显的核心目标就是人性的丑陋、自私和卑劣，是一曲又一曲没有哀婉只有无奈、没有悲悯只有绝望的"病相报告"，尤其是到了《怀念狼》里，贾平凹更是将人性还原成连兽性都不如的一种生命存在。这种"剑走偏锋"式的审美追求，在很大程度上，源于他对人生的失望，对现实的迷惘，对苦与恶的混淆（或者说是苦与恶之间的简单转换）。这里，我不想就其发生逆转的关键性作品《废都》来进行详细分析，因为无论是肯定还是否定，有关《废都》的论述，早已成为一种"过度阐释"的文化存在。在《废都》的后记里，贾平凹曾如此写道："让我记住这本书带给我的无法给人说清的苦难，记住在生命的苦难中又唯一能安妥我破碎了的灵魂的这本书。"②说《废都》能安妥作家自己破碎的灵魂，我觉得，主要就在于创作主体首度将自己完全打碎和撕裂了——它通过一种罕见的勇气，将自身作为知识分子在现实伦理中必须不断被掩饰、被扭曲的灵魂，坦然地公之于众；同时也将创作主体的内心困惑与愿景和盘托出。不过，如果将《废都》与库切的《耻》稍做比较，我们就可以发现，同样是写知识分子灵魂的卑微与丑恶，思想内蕴却大相径庭。库切从"代价"入手，通过大学教授戴维·卢里因对女性的玩弄，尖锐地指出了这种人性的丑陋所带来的尊严的丢失和命运的残酷，甚至在"僭越"之中对种族问题进行了深刻的反思；而《废都》中庄之蝶却始终在文化名人的光环下苦闷地游走，在沉沦中"泼烦"，在"泼烦"中走向更深的沉

---

① 贾平凹:《病相报告》,第303—304页,上海文艺出版社2002年版。
② 贾平凹:《废都·后记》,北京出版社1993版。

沦，完全是一个在名利场的角逐中逐渐走向畸形的生命形象。所以，阿城说《废都》的“废”不是颓废的“废”，而是残废的“废”。[①]

不仅对现实绝望，对历史、对人性、甚至对人类充满缅想的爱情，贾平凹也同样充满了绝望。这一点，可以从《病相报告》中清楚地看到。在贾平凹的后期创作中，《病相报告》多少显得有些“另类”，它试图在巨大的历史跨度中，以人物命运的激荡沉浮，来重构一种有关爱情的神话。但是，读完整部小说，我感受不到胡方和江岚之间爱情的圣洁，感受不到那种超越了历史恩怨和肉体原欲的执着，也感受不到一种在历史劫难和爱情幻想中所建立起来的应有的尊严。在小说的后记里，贾平凹曾叙述了胡方的原型，说这个老人每晚都要给远方的情人写信，“一个年龄老朽的人如此狂热爱情，这已经是公开的秘密，大家都不避讳，而且故意逗他，老头那一刻纯真如儿童，脸颊给红的，眼睛放光，说一些很幼稚可笑的话。”可是，在小说的叙述过程中，即使是到了晚年，胡方也仍不见那种因爱而变得纯真的表现，而只是不断地将爱化为欲的冲动，或者是一种近乎卑琐的畸恋式跟踪。“与其说我在写老头的爱情，不如说我在写老头有病，与其说写老头病了，不如说社会沉疴已久。”“爱情更是一种病。”[②]这是贾平凹的立足点。古今中外，人们对于爱情的叙述当然很多，将爱情视为一种悲剧的根源来探讨人性本质的小说也并不少见，但将爱情作为一种“病”来演绎的，却并不多见。所以，我们可以从马尔克斯《霍乱时期的爱情》中看到一对年迈的男女终于走到一起时，彼此的脸上还会散发出孩童般的羞涩和天真，他们第一次躺在床上还像少男少女那样激动不安而又小心翼翼。而在《病相报告》里，所有圣洁的情感都变成了病态的、乖张的言行，很难看出作者所说的“凄美”特征。胡方因为几十年如一日地爱着江岚，总是将那枚戒指戴在手上，继而藏在狗腿里，后来又缝进自己的小腿里；当他发现一个小饭馆里的服务员长得像江岚，便每天到那里吃午饭，得到的却是一次次地受辱。他没有尊严，当然他也不需要尊严。他看起来坚贞不渝，而背后却分明是为了真正的肉体占有。所以，作者最后让他带着春药完成了与江岚的聚会，并暴死逍遥床。

至于对乡村，对他终身所倚重的土地，他也同样充满了无奈和绝望。如果说《白夜》中的夜郎在城市中的游走和钻营还带有某种于连式的影子，是受控于都市欲望和畸恋的产物，那么《土门》中的成义以及由成义所掌控的仁厚村

---

① 阿城：《闲话闲说：中国世俗与中国小说》，第161页，作家出版社1998年版。

② 贾平凹：《病相报告·后记》，上海文艺出版社2002年版。

则是被市场化现实彻底蛀空了灵魂的躯壳。我甚至觉得，《土门》完全是《秦腔》的一次预演。它将背景选择在城乡结合部，将仁厚村作为一个虚拟的历史，不仅展示了人性的退化，而且叙述了人种的退化（尾骨突出、人兽恋等）。小说中，作者曾借胖子的口吻说过这样一句话："眉子是仁厚村的，不当人认了，阿冰是狗，仁厚村却当人使唤。"[①]这种人畜倒置的观念，正是作者对仁厚村伦理变化的深切理解。一切乡村原有的"仁厚"伦理被完全颠覆，面对现代化的进程，人们充满了敌视和对抗。这一切到了《秦腔》中，终于获得了全面的爆发。《秦腔》以半疯子张引生作为叙述者，以他的视角和口吻演绎了一个叫清风街的西部村落的变迁史。作者说："我决心以这本书为故乡树起一块碑子。"[②]那么，这是一块怎样的"碑子"？

我们看到，在一种家族式的人物结构中，通过一种碎片式的拼接，《秦腔》所展现出来的，完全是一幅乡村败落史，是传统被现代冲刷后的荒凉和无助。清风街的老村长夏天义不仅性格暴烈、刚愎自用、独断专行，而且目光短浅，领导无方，导致许多事务和决策的失误，使清风街变得日益困顿；新任村长夏君亭虽然精于制衡，动用各种市场时代的潜规则，在权力的背后不断地将乡村土地转换为眼前的利益，但是，古老的清风街还是一步步在现代化的进程中瓦解了——大片土地荒芜、女人进城卖淫、男人进城卖力、乡村选举作弊、孩子失学辍学、矿工职业病泛滥、群体暴力抗法……苍劲雄浑的秦腔，终于在现代社会中逐渐沦为替村民们送葬的挽歌。有人说，这是一部当代乡村社会的史诗；更有人说，这是一部通过反史诗的写法而完成的一部乡村史诗；还有人说，它是一曲乡村文明的挽歌。而我读出来的，则是一曲生命存在的葬歌，是"人不如狗"的自毁之歌，是人类最基本的尊严和道义沦丧的哀歌。如果说《废都》是写了一座灵魂废败、信念沦丧的当代城市，那么《秦腔》写的是一座从精神到物质、从伦理到人性都完全废败的村庄。小说中有两个重要情节很耐人寻味。一是疯子引生因爱白雪而无法自控，在偷了白雪胸罩之后被痛打一顿，羞愧之余在家自我阉割。作者是这样叙述的：

我的一生，最悲惨的事件就是从被饱打之后发生的。我记得我跑回家，非常地后悔，后悔我怎么就干了那样的事呢？……我掏出裤裆里的东西，它耷拉

---

① 贾平凹:《土门》,第282页,春风文艺出版社1996年版。
② 贾平凹:《秦腔·后记》,作家出版社2005年版。

着，一言不发，我的心思，它给暴露了，一世的名声，它给毁了，我就拿巴掌扇它，给猫说："你把它吃了去！"猫不吃，猫都不肯吃，我说："我杀你！"拿了把剃头刀子就去杀，一下子杀下来了。血流下来，染红了我的裤子，我不觉得疼，走到了院门外，院门外竟然站了那么多人，他们用指头戳我，用口水吐我。我对他们说："我杀了！"染坊的白恩杰说："你把啥杀了？"我说："我把X杀了！"白恩杰第一个跑进我的家，他果然看见X在地上还蹦着，像只青蛙，他一抓没抓住，再一抓还没抓住，后来是用脚踩住了，大声喊："疯子把X割了！割了X了！"①

从这个情节里，我们看到，引生的这种自我阉割，与其说是对人的原始欲望的自我否定，还不如说是作者对生命存在的绝望和否定，因为在一个半疯子的精神世界里，他所畸恋的白雪不只是一个美人，而是一种古老文化的隐喻。引生的自宫，其实表明了在清风街这座废墟之中，现代化进程所带来的只有伤害，只有自取其辱，只有绝望的毁灭。这里，作者不仅仅对乡村伦理和现代文明抱着深深的失望，而且对维持人类社会最基本的道义也感到不再相信，是一种看不到精神底线的彻底性的绝望叙事，就像他自己在后记中说的那样，犹如"一泡脓水"。

正是在这个巨大隐喻的笼罩之下，作者又安排了另一个时隐时现的情节，即人与狗的对立性叙述，它散落在很多章节中。小说中有两条狗非常引人注目，即村长家的"来运"和乡政府的"赛虎"。作为一种权力化的符号，它们享尽了一般村民所不敢奢求的荣耀，也使我们看到在整个清风街，只在它们身上可以看到某种类似于爱情的高兴事儿，而在村民们的身上却没有半点高兴事儿。来运与赛虎在偷情时，往往有秦腔伴奏，而且充满了激情和乐趣；但是村民们在做爱时，却最怕响起秦腔，也没有人去放秦腔。不错，就小说的整体意蕴而言，贾平凹确实把一个后改革时代的中国农村现实描述得淋漓尽致，其具象的真实性几乎不容置疑。然而，透过一个又一个无法预测的灾难，我们又分明可以感受到作者在面对这种时代的变迁时，内心充满了迷茫和无奈，无助和绝望。旧的为什么要流失，新的为什么要冲来，作家自己就困惑不已，甚至是不满。因此，他只能对过去的点点滴滴施以凭吊和怀念式的表达，让话语沉浸在无边的困惑、无奈甚至是痛苦之中，以致这种绝望的心绪贯穿了整个叙事。但是，有人却说它超越了一般的爱与恨，对每一个人物都给予了充分的尊重，

---

① 贾平凹：《秦腔》，第46页，作家出版社2005年版。

其实在这种尊重的背后，却布满了创作主体的焦灼和迷惘。

虽然，我们不能以此认定贾平凹的后期写作带有某种反现代的意味，但是，如果要从“文明反思”的角度来审度他的一些作品，我觉得这种反思是一种逆向的、退化性的反思，即城不如乡，今不如昔，人不如兽。记得贾平凹自己曾说：“道被确立之后，德将重新定位。”[①]如果我们认定贾平凹所凸显的这些观念是一种新的“道”与“德”，那么，这种价值标杆，无疑大大影响了他对现实和人性的批判力度。记得有人曾将他的《阿吉》与鲁迅的《阿Q正传》做比较，以为《阿吉》承传了鲁迅对国民劣根性探讨的意旨，但是，如果稍稍熟悉鲁迅的思想，就会明白鲁迅对国民性的批判并不是为了否定，更不是为了展示自己的绝望，相反，他是为了积极的改造。鲁迅曾无数次地强调改革的必要，社会前进的必要，“一面有残毁者，一面也有保全，补救，推进者，世界这才不至于荒废。我是愿意属于后一类，也分明属于后一类的。”[②]所以，面对现实的铁屋子，他要呐喊，因为他坚信“革命有血，有污秽，但有婴孩。”[③]但是，在贾平凹的后期作品中，我看不到这意味着新生的“婴孩”究竟在哪里？

其实，对于贾平凹内心深处的这种逆向性、退化性思想倾向，也有学者已经发现。如孟繁华先生在一篇论文中所说：

> 《秦腔》的感伤是对传统文化越来越遥远的凭吊，它是一曲关于传统文化的挽歌，也是对“现代”的叩问和疑惑。这样的思想贾平凹在《土门》《怀念狼》等作品中也表达过。如果是这样的话，我同时也不免踌躇：《秦腔》站在过去的立场，或怀旧的立场面对今日的生活，它对敦厚、仁义、淳朴等乡村中国伦理文化的认同，是否也影响或阻碍了他对“现代”生活的理解和认识，因为对任何一种生活的理解和描述，都不免片面甚至夸张。《秦腔》的“反现代”的现代性，在这个意义上也是值得讨论的。[④]

这里，作者运用了一种“‘反现代’的现代性”来描述贾平凹“过去的立场”和“怀旧的立场”，看起来是在为贾平凹的这种思想在进行辩护，其实已表明了他“不免踌躇”的心绪——因为他同样明白，反文明式的思想对抗，绝

---

① 贾平凹：《高老庄·后记》，太白文艺出版社1998年版。
② 鲁迅：《鲁迅全集》(第10卷)，第409页，人民文学出版社1981年版。
③ 鲁迅：《鲁迅全集》(第10卷)，第336页，人民文学出版社1981年版。
④ 孟繁华：《文化消费时代的镜中之像——2005年长篇小说》，《小说评论》2006年第2期。

不是真正意义上的文学写作。

值得一提的是，贾平凹的后期小说不仅充满了绝望的意绪，而且遍布了类似“垢甲”的粗俗细节，包括一些类似手机短信的黄色笑料、乖张反胃的大小便描写、原欲化的性暗示以及各种畸形的情恋叙述（如《猎人》中的熊奸人）。这些细节有很多是没有必要的，也看不出有多少是真正产生于人物身上的“垢甲”，是真正源于人物精神本源上的“垢甲”，而贾平凹却每每对之进行自然主义式的叙述，以至于让人觉得“脏”，与他早期的唯美性叙事构成了一种巨大的反差。而这，也同样在很大程度上降低了其作品的审美格调，削减了作者对人性恶的揭示效果和批判的力量。

贾平凹的创作存在着很多隐秘的内部矛盾，犹如他本人丰富的内心冲突一样，呈现出各种难以调和的复杂状态。由于文章的篇幅所限，我无法再对贾平凹的叙述技术进行分析。事实上，在他那种集民间诡异与现代魔幻于一体的荒诞性细节叙述上，在他那种虚与实的对应性表达技巧上，在他那碎片式拼接与他强调的“混沌美学”之间的理论实践上，在他对叙述视角的随意性改变与转换中，都存在着或多或少、值得辨析的问题。

但是，我要说明的是，贾平凹在创作中所体现的这些无法协调的矛盾，绝不只是贾平凹一个作家所独有的，它们同样或多或少地分布在与他同时代出生的作家群中，只不过贾平凹更显突出、更显集中。这也意味着，任何只关注其矛盾一方面的研究，都会导致判断的片面性，所以，近些年来，贾平凹的作品常常在评论界呈现出两极化的价值评判。而这，又无疑为他的“人生悲苦说”增添了不少苦涩的内涵。

赵柏田

赵柏田

当代作家、人文学者。1969年8月生于浙江余姚。20世纪90年代开始写作，著述400万字。现为宁波市文联创研室主任，浙江省作协全委会委员，中国作协会员。

在《收获》《江南》《天涯》等刊发表《扫烟囱的男孩》《地震之年》等一系列充满探索风格的小说，引起文学界关注。著有长篇小说《买办的女儿》《赫德的情人》，文集《南华录：晚明南方士人生活史》《岩中花树》等20部。

曾获2000年“浙江省青年文学之星”奖、《南华录：晚明南方士人生活史》曾入选新浪好书榜、新华网影响力书榜、腾讯网原创好书榜、《新京报》年度好书榜、《中华读书报》百佳图书等多种榜单。该书一年内印刷七次，使其荣获了第十四届华语文学传媒大奖年度散文家、腾讯·商报华文好书评委会特别奖，中央电视台还因此推出了《南华录》读书专题节日。

当小说遭遇历史

——评《帝国的迷津》

汪　政

在《帝国的迷津》自序里，小说家赵柏田对自己的写作有这样的表述："进入新世纪的第一个十年，我的足迹和心迹可用一个词加以概括——大幅度后撤：从生活世界到文字世界，从理想主义到经验主义，从对当下生活的描摹到历史书写，从文学走到学术边缘。"这一后撤的收获便是从明代到现代并且侧重于江南一带的历史人物书写的系列作品《岩中花树——十六至十八世纪的江南文人》《历史碎影——日常视野中的现代知识分子》和《帝国的迷津——近代变局中的知识、人性与爱欲》的问世。

《帝国的迷津》的主要内容及写作意图作者在自序中已做了具体的说明，读者可以通过对全书的阅读以自己的体会与作者互证对话，我更感兴趣的是作品的叙事方式，一种穿梭于文学与历史之间的从容和睿智以及由此而显露出来的作者对历史的理解。在《岩中花树》的自序里，赵柏田说他的这一写作方式"起自对历史与叙事的双重热情"。他说："小说以想象取胜，历史用事实资证，小说中交织着历史影像，而历史也不妨写得如小说一般生动。小说家和历史学家从各自的领地出发向着对方走去，相会于幻想与事实、历史与虚构之间的中间地带，即便是叙事的国度。"这一段话我以为是把握作者这一系列作品风格的关键。一开始读到赵柏田的这些历史作品，会让人对作者写作的目的产生许多疑惑，作者想干什么，是想治史还是想给我们讲叙一些历史故事？他提供的是历史上有案可稽的史实还是纯属作者的文学虚构？也许进而还会发问，这些在通常的历史研究之外的叙述的价值到底在什么地方？

即以《帝国的迷津》而言，似乎看不出全书体系上完整的架构，倒仿佛是作者兴之所至的偶然点染。《迷津——林则徐与徐继畬的一次交锋》《先觉者悲歌——王韬和他生活的年代》《从暴民到顺民——1852年春夏宁波纪事》《一场殖民地爱情的始末——罗伯特・赫德在中国的最初十年》……接下来还有《纵横四海——海盗布兴有事迹考》《庸人列传——上海往事里的道台们》《名士风流——李慈铭在北京》《如云漂泊——杨度在1898年》，等等，有的记事，有的写人，而不管记事与写人，又似乎缺乏连贯，特别是整体。作者总似乎对一些事件、对一些片断、一些时间与场景有着特别的兴趣，这显然不是我们早已见惯了的历史的研究方式与表达风格。从叙事角度讲，与其说是历史，倒不如说是文学，或具体地说是小说更为恰当。细节、描写、动作、心理与语言是作者主要的叙事手段，《先觉者的悲歌》写王韬，作者这样开始他对笔下人物的叙述："咸丰五年一月的一天下午，墨海书馆中文编辑王韬和几个朋友清谈后到酒楼小饮，乘着酒兴又到勾栏访艳。厮混到傍晚，几个人才散去。王韬还是没有回到他位于书馆后面租住的小屋，踩着冬日满街的夕照，去老闸访了一个有些时日未见的朋友，又一同赶往另一家妓院……"这显然是一个很沉着的小说的开头。而随着叙述的展开，更丰沛更生动的细节纷至沓来。他写王韬第一次到上海墨海书馆："在外来世界的事物面前好奇地瞪大了眼睛。他发现，书馆窗户的玻璃纤尘无染，室内则像琉璃世界一般敞亮。"他幻想王韬在巴黎"喜欢塞纳河上的米拉博桥，站在桥上看夕阳下逝水汤汤，真有今夕何夕之感。"在记叙杨度的1898年时，笔致也相当的细腻，他写杨度与梁启超首次会面，少年气盛，很见二人性格，"梁启超过分的傲分激怒了他，他对梁启超的评价很低，说他是一个大骗子，'是欲张其门面以骗馆地耳'。争论到了天色昏暮，梁没有留饭的意思，口干舌燥的杨度拱手而出，只觉说不出的懊恼与空虚。"确实如此，我们时时觉得，赵柏田似乎用意固然在剖析人物的思想，却也不缺少对人物所处的大时代大背景的交代点染，但是从具体的情境出发去刻画人物的性格更是作者之用功所在。书中写英国人罗伯特・赫德，这个大清的海关总税务司，不去叙述他四十八年任内对中国海关的影响，以及他在中外交流中的作用，却把笔墨集中在他到中国任职前十年的漂泊，聚焦到这个英国人在中国的所谓爱情上，刻画了一个具有宗教背景的西方人在未开化的中国于情感、婚姻和两性交往中的矛盾、焦虑、虚伪与放纵，塑造了一个具有双重人格的特殊形象。作品对李慈铭的刻画也十分生动，通过对人物日常生活的描摹和他与诸多人物的关系梳理，将一个被冠以一代文豪的名士的内心世界刻画得淋漓尽致，贪婪、嫉妒、虚伪、腐朽、无能，把一个历史人物活脱脱地推到了现代读者面前，似乎就生活在我们当中。即使像《庸人列传》，并不专写某一人物，却也能于简约的叙述与精练的笔墨中，通过典型的情节与场景，将上海的道台们各自的个性呈现出来，宫慕久的开拓与无奈，咸龄的无能与可笑，吴健彰的贪婪与胆小，麟桂的粗鲁和优雅共生下的愚蠢，着墨不多，均跃然纸上。

不知这有没有误谈了赵柏田，但作者的这一系列写作确实具有多种阅读的可能。细心的读者当然会从那些细致的叙述与生动的场景中感受历史，将作者的文学叙事归于历史的深思。许多学者都认为赵柏田对历史的叙述方式受到黄仁宇《万历十五年》的影响，其实，当代史学的潮流之一就是力图还原历史的现场，将田野考察的证据与文字档案化作当时的场景，恢复历史事件原初的面目，复活历史人物的真实生活，特别是社会史研究兴起后，对历史的日常生活式的叙述越来越受到人们的重视。这样的方式不满足于给出现成的结论，而是让人感性地面对历史，体验到历史的氛围，感受到特定时空的生活意韵。赵柏田在书中引述过学者杨念群有关“历史现场”的阐述，如果用来评价赵柏田的写作我以为是十分恰当的，“历史现场”，“就是那种特别逼近个人日常生活状态的网络关系和历史氛围，它们往往由特别具有个人经验的具体细节构成，好像如涓涓细流淌出的一种舒缓有序、波澜不惊的节奏，属于相当鲜活细腻的动态现象。哪怕是一段乡绅瞬间表露的心态，一宗人们习以为常的家庭琐事，一件乡间司空见惯的民事纠纷，都值得我们去细心体味，因为其中每个细节都可能完全不同于我们原先设想的历史剧情主线的设置。”这就不仅仅是叙事方式的问题，同时也是一种历史观。只是，当历史已成往事而不可复见时，我们如何抵达现场，这便为想象留下了空间。事实上，历史都是面对材料的想象，是倚重逻辑的力量去进行推衍，将历史用大事去连缀，还是凭借描写的魅力，将历史还原日常生活，这才是差别。毫无疑问，我们惯常的“历史”总是遗忘后者，而赵柏田的叙述正是从这遗忘处开始。

作品展示 〉〉〉

扫烟囱的男孩

扫烟囱的男人来到村子里，他的身后跟着一大群村里的孩子。这是下午四点钟光景，太阳斜到了西面，被屋子挡住，切下了一块块的阴影投在地上。有人端了满满的一盆水往天井里泼，灰尘扬了起来，水滋滋地渗了下去，一会儿就没有了影子。扫烟囱的男人就在这个时候出现在村口的石桥上，他又高又瘦，背着一只大口袋，手里拿着一根长长的竹竿，一筒卷起来的又黑又脏的苇席，径直向男孩家的方向走来。

男孩就在那群跟着的孩子里面。一整个下午，他们都泡在河水里，又是打水仗又是摸河蚌，夏天的太阳把他们的背脊晒得又黑又亮，他们的眼睛都像害了一种叫"偷针"的眼病一样发红。男孩把一只大木盆顶在头上，里面是他花了一整个下午捞来的河蚌和螺蛳。他们好奇地跟在扫烟囱的男人后面，滴滴答答的水从木盆里和身子上流下来，一会儿就把扬起来的灰尘盖了下去。他们跟着扫烟囱的男人来到男孩家门口，这时扫烟囱的男人停下了脚步，他从屋旁边的草垛里抽了一把稻草，扎成一个草结缚在竹竿的顶头，做完了这一切，他从口袋里摸出一个灰颜色的大口罩戴上。

"李亮，他来捅你家的烟囱了。"

被叫作李亮的那个男孩很不高兴，因为他听人说烟囱不能老捅，老捅的话就会把灶也给捅倒了。他沉着脸走回家去，扫烟囱的男人擎着长竹竿正要跨进门去，看到男孩，讨好地向他笑笑。就在他回头的时候，竹竿梢头扫落了屋檐的一片瓦。"哗啦"——，瓦片跌得四碎，看得出来他被瓦片打碎的声音吓了一跳。男孩不理他，自顾自把木盆重重地在地上一蹾，一群鸭子"嘎嘎"地叫唤着围住了男孩。男孩拿起一块石头，蹲着一下一下砸河蚌，碎的壳片和汁水四溅开来，他把砸碎了的河蚌丢出去，鸭子拍打着翅膀抢夺起来。

"李亮哎——"，男孩的母亲从屋里走出来，她刚张开嘴，一眼看见男孩蹲在屋角，她摸出一把零钞说："没什么下饭，趁村东市头还没散，买半边猪耳朵来。"

男孩应了一声，跑出没几步，又折回来向灶间跑去。男孩家的灶间跟屋子中间连着一条走道，又长又暗，刚从外头进来，男孩有一会儿什么也看不见，但是当他看见扫烟囱的男人时，还是吃了一惊。扫烟囱的男人立在灶膛里，他现在已经不戴口罩了，一张脸黑得像锅底，更衬出了眼睛和牙齿的白。他咧嘴向男孩笑笑，这些白全都动了起来，要多难看有多难看。他的脚边摊着一张席子，席子上是扫下来的一堆烟煤。

男孩的母亲问："你还回来做什么？"

男孩说："碗，我还没拿碗。"

扫烟囱的男人这时从灶膛里拔出了脚，他站在灶前用力拍打着衣服，数不清的煤尘从他的身体里面飞出来，落在屋里的什物上。男孩的母亲递给他一碗水，他仰起头喝水，男孩只看到他的喉结一上一下骨碌骨碌地动，水从他的嘴角流下来，在他黑乎乎的胸前冲出了白白的两道痕。喝好了水，他低下头收拾东西，不留神时在男孩母亲的屁股上捏了一下，男孩母亲的屁股上印上了黑黑的指头印，她暗淡下去的眼睛亮了，她的脸像生气时候一样变得红红的。

晚饭有猪耳朵，有韭菜炒蛋（男孩养的鸭子这几天刚下蛋），男孩的爹话就比平时多了。男孩的爹在邻村的一个采石场做石工，那地方他带男孩去过，简易的工棚里石子粉碎机"咔啦咔啦"地响，一个个石工都是腰上系着绳子，把自己挂在山崖上干活。男孩的爹咂一口酒，"吱"地回一下味，把猪耳朵咬得"咯吱咯吱"响，好像再也没有比这更好吃的东西了。十五支光的电灯泡挂在三个人的头顶，像一颗发亮的土豆。男孩的爹一吃酒就要出汗，这会儿他的鼻尖已经冒出了细细亮亮的汗珠子。他说着这一天里采石场里的事情，谁谁让钢钎砸了脚背，谁谁放炮的时候额头让石片划了一个大口子，男孩听得有滋有味的。他想爹在吃猪耳朵喝酒的时候还是很好的一个人，不会虎着个脸也不骂人，要是天天有猪耳朵吃该有多好啊。

夜里，男孩起来尿尿，听到隔着一块布帘的那边他们在说话。

"你身上怎么有一股烟煤的气味？"

"嫌我啦？我一日三餐要弄，大半天的踮着脚趴在灶膛里烧火，怎么会没有烟煤味？"

"窸窸窣窣"的，好像是竹榻下面的草在翻动。

再接下去，是眠床摇动的声音，"吱嘎"，"吱嘎"，像干木匠活，男孩在这单调的声响里睡了过去。

九月的一天，扫烟囱的男人又来了村里。这是他第三次来了，前两次，他去男孩家扫烟囱，他走后，男孩家里都吃了肉。这对平时菜里面吃不到一点油星子的男孩来说是多么值得快乐的事啊。他已经有点喜欢上这个长得瘦瘦长长的扫烟囱的男人了，他巴望着扫烟囱的男人能多来几次，这样吃肉的次数就可以更加多了。所以这天男孩在晒场上玩耍的时候，看到那个男人从村口进来，就撒开脚丫子往家里跑。没有人知道他为什么跑得这样飞快。男孩牵了他母亲的衣角走出来，扫烟囱的男人已经到了他家的门口。他盯着男孩母亲的眼睛说："我好久没来捅了。"男孩的母亲红着脸笑骂了一句什么。男孩跟着男人到了灶间，看着他往灶膛边摊开苇席，把草结缚在竹竿上。他希望那个男人早点儿把烟煤给捅下来，他猜测这种黑乎乎的东西是能卖钱的，要不怎么扫烟囱的男人来了后，家里就有钱买肉了呢？

但扫烟囱的男人一直没有动作，口罩也没有戴，他好像是渴坏了，坐在烧火凳上一杯接一杯地喝男孩的母亲倒上的茶。男孩看着他的喉结像一只小老鼠一样滑上滑下，他已经喝到第三杯了。男孩等得有点儿不耐烦了，还好这时候他母亲摸出来钱让他赶市头去买肉了。扫烟囱的男人把一个五分的角子也放进了男孩张开的手掌，他说："买一根赤豆棒冰解解暑气吧，我看你头顶心都热得冒烟了呢。"

男孩去村东的市头切了半斤槽头肉，又在小店里买了棒冰，一路蹦跳着往家走。棒冰凉丝丝的，舌尖碰到了整个人都好像轻得要飞起来。他怕棒冰化得太快，嘴巴咂一下就抽出来，白花花的水汽在他面前绕来绕去。男孩的爹从后面走上来，他扛着一把大铁锤子，在肩上一翘一翘的。

"还不快滚回去？"

"娘让我去市头称肉呢。"

"好啊，你把找头买棒冰吃了，看我到家不拆你骨头！"

男孩嘟起了嘴。

"才不呢，这钱是扫烟囱的人给的。"

男孩没有看到他爹的脸黑了。

"他人呢？"

"扫我家的烟囱呢。"

他爹的脸青得发着光，肩上的铁锤子晃悠得更厉害了，男孩要小跑着才能跟上他。

晚饭有肉，还有酒，但爹这回没说采石场里的事。十五支光的电灯泡下，三个人像哑巴一样，只有“呼噜呼噜”喝汤的声音，调羹碰碗的声音。半夜，男孩起来解手，看见屋里灯还是亮着的。

“你的身上怎么老是有股烟煤味?”

“我不是洗过了吗?”

“洗上十遍百遍也洗不干净。”

“你说清楚一点，这是什么意思嘛!”

男孩听到“啪”的一声，好像是市头上屠夫拍打案板上的猪肉。“什么意思？这就是我的意思!”男孩听到他母亲低低的嚎叫，是从喉咙底里憋出来的。“你打死我好了，你这杀千刀的，你打死我啊。”男孩撩起布幔，伸了一下头，他看到娘被剥得光光的，手和脚捆在一块像一只粽子，被扔在床角。“滚回去!”爹向他瞪起眼睛。男孩忙又把头缩进。

“他弄过你身子?”

“没。”

“啪”的一声。

“还嘴硬?”

“是真没。”

“臭婊子，这么说倒是我错怪你了?”

“噗”，“噗”，这声音很沉，好像打在什么软塌塌的东西上。

“你打死我吧，打死我吧……”

“我不会打死你的，杀人偿命这我懂，我只要你承认，他是真的弄过你了。”

“我说过没弄。”

“没弄？你听外面人家在怎么说你……算了，求求你还是老实说算了，要不后面还有更厉害的。”

“那就……算弄了吧。”

“不是算不算的，真弄了就真弄了。”

“真弄了。”

“这不是说了就没事了嘛，他弄了你几回?”

“好像两回，可能三回吧，你把我打糊涂了。”

“我打你？我还要把灶扒了呢，省得他脚板朝天老往这跑!”

“你扒吧，有种你现在就起来扒，你李家菜缸里的咸菜梗我也不想吃了……”

男孩听他们说话声越来越轻，眼皮就沉沉地合了起来。他的脑袋里像是有一个小人在跑，小人的脚在长满青草的田塍上一起一落，越跑越快的脚把他带到了梦里。在梦里，他听到有一个人在哭。然后，他睁开了眼睛。屋里的灯早就灭了，窗外的星闪着银光。他又听到了哭声，这一回男孩听清了，是屋子那边爹在哭。爹也会哭？男孩怕自己还是在梦里，黑暗中他掐了一下胳膊，生疼生疼的，他知道这是真的了。爹边哭还边说着什么，男孩一句也没有听清。慢慢的，爹的哭声就像一块没有绞干的湿布，只是在床边滴答了。

秋天，村里的孩子玩起了滚铁环，他们用一根装了铁钩的竹竿，推着铁环在村子里跑来跑去，每天黄昏，铁环在青石板上“唧唧”滚动，溅出一点点明亮的火星子。男孩没有铁环，只好眼巴巴看着别的孩子神气地跑来跑去。后来，他推着一只箩箍也加入了他们的队伍。箩箍比别的孩子的铁环要大上整整一圈，滚起来没有一点声音，更要命的是它遇到土坷垃一碰就死了，不会像铁环一样跳起来飞过去。在别的孩子的嘲笑声中，男孩流下了委屈的泪水。

男孩做梦都想着有一只自己的铁环。他打听过，只要花两毛钱就可以在村口的小店里买上一根钢丝，然后再花一毛钱央社办厂的人焊起来就可以做成一只铁环了。男孩的手头已经有了捡牙膏壳换来的八分钱，但要攒到够做成一只铁环的三毛钱还差得很远。男孩在村里晃悠的时候看到自家的烟囱，心里暗暗地笑了，他好像看见一只圆圆的铁环从烟囱里飘了出来。

男孩学着扫烟囱的男人到他家灶间干活的样子，他拆了一个晾衣服的三脚棚，抽出一根竹竿，再在上面绑上一个草结，没有苇席，就从屋角找出一张破的塑料雨披将就。他跨进灶膛，看见头顶是补丁大的一块蓝汪汪的天空，蓬松的草灰盖住了他的脚，温温的，说不出的舒服。

他把竹竿一点点地往烟囱里伸，忽然想起扫烟囱的男人在干活时是戴口罩的。他把汗背心脱下来，胡乱地包在脸上，只剩一双眼睛在外面扑棱扑棱。

烟煤一点点地飞落下来，像黑乎乎的雨，落在他的头发里，眼睛里，落在他光着的背脊上。他的眼睛很快就睁不开了。他想怎么只有这么一点烟煤呢，再用力一扫，“轰隆隆”的，头顶的那片蓝豁地大了，不知是烟煤末子落进眼里还是涌进来的亮光的缘故，男孩的眼里流出了泪水，他一下子还不知道发生了什么。断砖“噼里啪啦”往下掉，有一块还打在了他的额头上，肿起了一个大包，他的耳朵里好像有数不清的蜜蜂在“嗡嗡”。男孩现在知道发生什么了：倒灶了，我真的把烟囱给捅倒了。

他的脚背火燎火燎地疼，低头一看，灶膛里焐着的粥甏打碎了，白的米粥，黑的草灰混在了一起。男孩像一只灰猴子般跳出灶膛，扯下包在脸上的破背心，他的脚像是一对煨熟了的番薯，上面还有一个个鼓着的水泡。

男孩“哇哇”哭了起来，因为痛，也因为害怕。鼻涕和眼泪把一张脸抹成了大花脸。过去家里有一只猫，打碎了爹的酒瓶，被爹打得拉了十天半个月的烂屎，男孩感到现在自己跟那只闯了祸的猫差不多。

听男孩的母亲说完这件事，爹伸手在男孩的头顶摸了摸，说：“你干的好事！”

男孩想爆栗要敲下来了，但没有，爹倒了一点酱油在手上，搓了搓，用力按在男孩烫伤的脚背上。男孩杀猪一般尖叫起来。

男孩的爹说：“酱油抹过了，伤口好了就不会结疤。”

第二天一早，太阳还没出来，爹把男孩叫醒了。

“儿子，跟我上屋顶。”

“上屋顶？”

“对，你拉屎我揩屁股，把你捅倒的烟囱全拆了，把那个洞给补起来。”他的脸上一点也没有男孩想象中生气的样子。

“烟囱堵上了，以后还怎么做饭？”男孩的母亲叫了起来。

“不理她，”爹向儿子快活地眨眨眼，“儿子，我们上去。”

“好咧。”

花了半天工夫，男孩的爹把烟囱堵上了，他把用剩的砖头在屋里砌了一个小灶。他干活的时候，男孩一直帮他和泥，递砖头，在男孩的眼里，他的爹真是十分能干。小灶的烟囱小得多了，海碗大的一个洞开在了东墙。

以后男孩跟村里别的孩子打了架，那群野小子就偷偷地跑来，踮着脚把那个洞用泥巴或是石头堵起来。他们生火做饭的时候，常常熏得鼻子里都是黑黑的。男孩的爹就多了一件事做，他带着一身烟味从屋里蹿出来，怒气冲冲地骂着那些孩子父母的名字，边骂边把烟囱洞里的石头和泥巴掏出来。那些野小子跑老远了，还“叽叽呱呱”地笑成一团。

夏季风

夏季风

1969年生于浙江。中国作家协会会员。北京蜂巢当代艺术中心馆长，北京画廊协会会长。

曾出版小说集《罪少年》，诗集《学习写作》、《感伤言辞》等；作品三度获浙江省优秀文学作品奖，并获2001年“浙江省青年文学之星”奖。

2006年后开始涉足中国当代艺术评论，以所经历和熟知的文学思潮来观照当代艺术的流变，介入并致力于推动中国当代艺术的发展。在国内外策划重要展览数十个，编著出版《蓄素守中：梁铨三十年绘画作品》、《地粮：段建伟》《重现的镜子——宋陵1985—2015》等画册数十部。

让心灵在时间之外延伸

——夏季风小说论

洪治纲

夏季风的小说对时间有着异乎寻常的敏感。作为一位极力推崇内心生活质量的作家，夏季风并不像其他现代作家那样，常常通过颠覆客观时间的正常秩序来实现创作主体对人物内在精神的深度再现，而是试图在有限的客观时间内，千方百计地拓展人物的精神空间，让故事呈现出更为丰饶的生命质感。所以，读夏季风的小说，我们不一定能感受到故事情节的浩波巨澜，也不一定能体会到人物命运的跌宕起伏，但是，我们会被那些丰盈缜密、高度戏剧化的情境所折服，会被一个个人物独标真愫的内心场景所震慑，会被一些充满智性的叙事结构所吸引。这种极具张力的场景化叙事追求，使得夏季风的小说既遵循了客观时间的自然法则，赢得了文本外在的某种统一，又摆脱了时间自身的一维性局限，让人物的心灵在时间之外获得了有效的延伸。

建立有效的时间观，使时间成为故事发展的重要标识，由此打开特定时空中人物的精神世界，展示那些被日常生活经验所遮蔽的内心存在真相，这是夏季风惯常使用的叙事策略。在很多小说中，夏季风总是选择十分清晰的客观时空作为叙事背景，让人物的活动严格地限定在一种明确有效的时间范围内。如《我作为丈夫的开始》就是将叙事限定在新婚之夜，《马的寓言》也是将故事设定在一个雨夜，《马兵出狱后经历的一百十九分钟》《肉香浸入梦境》则将事件背景限制在一天之内，《迷幻滑行》《该死的鲸鱼》《一个男人的仇恨》《战争是如何开始的》等故事中的时间也只有几天，《罪少年》在时间跨度上虽然稍微长些，但也只有短短数月。即使是像《苏门答腊的犀牛》《现实与传说》《杀羊吃肉》等，看似有着漫长的历史跨度，但作者仍然通过独特的叙事结构，牢牢地将话语控制在极为有限的时间之内。

这种异常紧凑的时间设置，迫使夏季风必须动用一些高密度的话语手段，使叙事保持着某种迅捷的姿态，即，一种快速进入人物隐秘内心的叙事语势，一种解除外在因果关系纠缠的叙事故事节奏。所以，在这些作品中，我们很少看到夏季风对故事的起承转合进行合乎逻辑的推衍——他似乎从来不喜欢步步为营的叙事思维，不喜欢对事件的来龙去脉进行交代，但这又不妨碍他对故事完整性的建构——他常常借助某种突发性的生存事件，直接将叙事介入人物潜在的精神部位，然后通过内心场景的自由转换来推动叙事的发展，完成整个事件的展示。如《马的寓言》通过一匹牝马的强制性闯入，迅速打开了一个单身男人孤独而又躁动、无奈而又无助的尴尬生活，使“我”面对交流的阻碍慢慢地陷入空前的绝境。《我作为丈夫的开始》由婚礼之后的饥饿入手，很快便撕开了现代青年在婚姻与家庭认识上的心理盲区，既展示了关蒙和瓦蓝对未来家庭生活毫无准备的心理现实，又促动他们为寻找家庭生活的某种感觉而渐行渐远，最后自觉地为一个小饭馆做了整整一夜的肉包子。《肉香浸入梦境》也是通过一盘红烧肉的梦想与实现，果断而又尖锐地揭示了一个贫困家庭内部所笼罩的强大的精神负重——它不仅触及生存的信心，做人的尊严，还涉及体恤、无奈与悲悯的情感力量。《一个男人的仇恨》中的男人宗佑在做完绝育手术之后，便在蒙昧的乡村文化观念中迅速地陷进“太监”的角色之中。从表面上看，宗佑一次次地提着牛鞭寻找自己的敌人卖肉韩，似乎是为了对谣言制造者进行复仇，而实质上却暴露出他那内心隐秘的恐惧感、脆弱的尊严感以及岌岌可危的自信心。《该死的鲸鱼》也是通过短短的几天时间，将一个渔村的村民由惊喜到恐惧、由恐惧到迁徙的复杂过程生动地演绎出来，并由此折射出乡村社会中异常复杂的文化伦理基质。

这种对待时间的叙事策略，无疑使夏季风的小说充满了某种特殊的内在张力——它不只来自事件本身的内在冲突，还来自时间生活与价值生活的双重对抗和叠合。事实上，夏季风的创作在很大程度上就是为了摆脱时间生活与价值生活的游离和对抗，并努力使它们在叙事话语的背后形成紧密的关联。英国作家福斯特曾说：“故事叙述的是时间生活，但小说呢——如果是好小说——则要同时包含价值生活。”在福斯特看来，不管哪种生活，其实都是由两种生活，即时间生活和价值生活，构成，所以作家的所作所为必须显示出双重的忠诚。但如何在有效的时间生活中聚集、容纳丰富复杂的价值生活，使时间变得真正地具有深度和厚度，并不是每个作家都能轻松解决的。而夏季风的小说却让我们看到了这种成功的努力。在《苏门答腊的犀牛》中，尽管故事的核心时间只是日本在第二次世界大战投降后的短短数日，但是其中所包裹的价值信息却穿透了异常深邃的历史——不仅仅有民族文化的精神史（如日本宪兵的武士道精神、郁达夫的国家使命意识等），还有个体生命的自然欲望，人性本源上的价值判断，以及历史对真相掩饰的诡秘方式，等等。同样，《迷幻滑行》也不只是对一场电视娱乐节目拍摄过程的记录，在滑行比赛的过程中，许多隐秘的人性状况，如吸毒，造假，主持人之间的竞争，体育圈和影视圈内乖张的生存形态……都在有意无意之间不断地被揭示出来，使时间生活变得异常沉重。

凸显时间的价值含量，以便在有限的时间内，揭示人物隐秘的内在精神真相，传达人类在现实生存中所遭遇的许多难以言说的荒诞感，并以此建立创作主体对现实世界的独特体察，这是夏季风最为核心的审美意图。但他又并不想放弃故事自身的阅读情趣，不愿以极端主观化的话语来替代叙事的自然特质，所以，他常常选择一些颇具冲突的戏剧情境作为故事载体，却又很少根据这些外在化的冲突情境去推动故事的发展，而是以此作为前提和背景，让人物迅速地转入潜在的精神空间，呈现那些被现实表象所不断掩饰的精神状态。像《该死的鲸鱼》，作者从一开始就将一头巨鲸的死亡以及由此而引起的弥天奇臭叙述得登峰造极，但是，随之而来的却是渔民们对神秘命运的恐惧，对灾难前景的预感。在这种恐惧的极度追压下，全村人终于开始了离乡背井式的大迁徙。如果从叙事上看，作者只是从容地讲述了一个有关鲸鱼被搁浅致死的故事。但是，围绕着如何处理这条鲸鱼，村里却发生了许多颇有意思的事情：看到一条从未见过的大鱼自己跑到岸上来，这对于靠捕鱼为生的村民们来说，不啻是天上掉下个无与伦比的大馅饼，瓜而分之，分而食之，都是自然而然的事。问题是，大家的涎水刚流出来，守灯塔的老人就以死抗争，并认定它就是海神。海神跑到岸上来自杀，这显然是一种非同小可的事情，于是大家鼎力救之，而后又隆重葬之，直到最后全村人被它那冲天的腐烂臭气熏得离乡背井。这里，作者非常巧妙地为我们设置了多种叙事上的不确定性元素：一位来历不明的守塔老人，一个被轻易认可了的具象化的海神，一座牢固而庄严的鲸墓，一种具有无边威力的鲸尸臭气——这些不确定性的叙述元素环环相扣，只要其中任何一个元素遭到摧毁，小说的隐喻功能就会破灭。但作者又不是非常刻意地突出这些元素，它们像作品中的其他一些情节一样，被一种真实的叙述话语掩盖得天衣无缝，从而在整体上形成了故事的两极状态——在指证现实状态的同时，又引向生存命运的虚无。它在传达一个很简单很偶然的事件中，非常自然地促使人们对这一现象进行复杂化和深刻化的思考。所以，它所透露出来的审美信息，与其说是一条死去的鲸鱼成功地摧毁了一个渔村，还不如说是人对自身命运的恐惧瓦解了自己的生活。

《我作为丈夫的开始》也是如此。它果断地撇开了空洞而千篇一律的盛大婚礼，将价值生活直接建立在婚礼结束之后的首次家庭生活中。于是，围绕着饥饿问题如何解决，夫妻俩进行了一次看似毫无意义的荒诞式冒险——他们热情高涨地替饭馆整整做了一夜的面点。但是，这种看似“无意义”的荒诞行为，其实却成为他们对未来家庭生活的一次积极的预演，生动地体现了人物在自我角色的转换完成之后，如何有效地进入这种新的文化符号之中，理解、品味并承担起丈夫与妻子的独特义务。《罪少年》以酒徒父亲充满暴力的乖张言行为开端，将少年慎生慢慢地推向青年女教师田宁的生活空间，然后通过他与田宁之间的欲望纠葛，对一个少年生理成长与心理成长的艰难过程进行了尖锐的演示。这里，重要的不是少年赵慎生的曲折经历，而是酒鬼父亲和朱老师、田宁和朱茵隐秘而又缭乱、无奈而又疼痛的生活，正是他们那些内心深处无法言说的生存之痛以及由此形成的一系列独特言行和个性，引领慎生接受了青春期的生理、心理以及道德上的艰难启蒙。《肉香浸入梦境》将刘丽萍的一家置入极度困顿的生活之中，但是作者却借助红烧肉这一特殊的幸福道具，不断沉入刘丽萍的内心，凸显人物由物质的挤压而导致的尊严被伤害的绝望情形。《马兵出狱后经历的一百十九分钟》选择马兵获得自由作为叙事的开端，以迅捷而又合情合理的方式，在两个小时之内便再次将马兵投入狱中，隐喻了性格与命运的复杂关系。《现实与传说》以杀象取胆作为故事的主线，以一个域外传教士的视角，对大清帝国的生存形态和文化价值进行了一番特殊的审视。而表弟的故事作为一种现实生活补充，又将叙事引向对当下生存的思考……尽管这些小说都带着明确的后现代主义审美趣味，但是，作者很少故意颠覆时间内在的自然逻辑，而是清醒地规避了后现代作家所普遍袭用的“内心时间观”，在确保时空真实的前提下，充分发挥创作主体强劲的想象力，让叙事不断突破时间的外在障碍，直指人性的隐秘空间，从而为人物拓展自身隐秘的精神空间提供了有效的现实通道，使人物的内心生活得以无限的延伸。

在真实的时间维度中，让叙事重返生活现场，然后借助稳定可靠的故事框架，使文本保持在一种真实、客观、严谨的内在结构之中，这是夏季风惯常采用的叙事手段。这种叙事追求，不仅确保了小说在文本上的完整和紧凑，而且进一步凸显了时间生活中的价值含量，使文本结构变成对时间内在容量的再度拓展。因此，我们看到，夏季风常常根据时间的有效长度，将叙事严格地控制在一种看似自我封闭、实则自我解构的结构之中。也就是说，他在叙事的表层常常会预设一个真实而清晰的时间，让故事沿着这个时间的延伸朝预设的方向发展，如：《现实与传说》就是通过叙述者阅读一封信开始，故事随着信的读完而结束。《苏门答腊的犀牛》也是通过一位无从知晓的资料提供者，将历史全面地打开，资料的终结也便是故事的终结。但是，叙事的真正内核却又在不知不觉中走向预设的反面，并最终以解构的方式完成对时间生活的全新重构。像《罪少年》中的父亲将儿子慎生推向县城的达旦中学，原本是想让儿子脱离家庭的乖张环境，结果却使儿子步入一个隐秘的人性禁区，并成为生命原罪的承担者。《马兵出狱后经历的一百十九分钟》通过马兵出狱后不到两小时又被捕入狱的短暂过程，将故事牢牢地控制在一个封闭的圆圈之中，使马兵出狱的过程变得十分可疑，仿佛是他在狱中所经历的一个梦境。《一个男人的仇恨》中的宗佑一次次地暴露出复仇的强烈欲望，其实内心极度孱弱，最后却在完美的夫妻生活中自我消解了内心的仇恨。《泊城故事》中的王军极力炫耀自己与吴小姗之间的恋人关系，结果李高以自己的幕后行动对他们的真实关系进行了无情的瓦解。《战争是如何开始的》中的博士李一吾受导师之命，前往千里之外的托亚什地区，对那里的部落械斗进行实地考察，结果是历经曲折却毫无收获，只好用想象来拼接一场惨烈的械斗。这种结构在叙事表层环环相扣、严谨而完整，但它所形成的叙事内涵却是故事自行的解构——不仅人物的主观意愿和努力结果不断出现错位，情节发展的过程也常常被自身所颠覆。

为了促成人物内在世界的丰富性，强化叙事时间的丰沛内涵，夏季风还不断通过多重文本叠加的方法，将多重叙事隐蔽地附着在主体故事之中，使之负载多向度的审美信息。如《迷幻滑行》将一次所谓的“电视吉尼斯”比赛过程作为故事外壳，将大众传媒文化的迷乱性发展、参赛选手的迷幻性精神状态以及主持人焦灼性心理层层包裹起来，形成了一种圈套式的叙事形态。《杀羊吃肉》在土地测量员来动迁张元材所在的村庄时，在对一棵枇杷树的宿命式预言的讲述中糅进了枇杷树成长与马元材的关系和命运。《现实与传说》通过“我”对一个叫巴多明的法国神父所留下来的历史信件的解读，将三百多年前的历史故事与现在“我表弟”的故事进行往返叙述，使历史记忆中的人物命运与表弟命运通过大象形成一种叠合。《苏门答腊的犀牛》也是借助一些具有强烈实证性的神秘资料，将日本宪兵的战败心态与郁达夫的南洋生活轨迹紧密地结合在一起，同时又将史料提供者作为历史见证人或事件参与者的隐秘身份潜藏在叙事的背后。即使是像《战争是如何开始的》之类的短篇，也在叙事的表象之中夹裹着丰富的历史风貌与文化传说。

由于时间具有内在规定性，场景便成为夏季风对主观叙事进行逻辑修复的重要手段，也是他的小说最具灵性的魅力所在。在夏季风的小说中，我们可以体会到大量鲜活生动、精致亮丽的生存场景，如巨鲸腐烂后所发出的那种让人无处躲藏的奇臭（《该死的鲸鱼》），酒徒父亲醉酒施暴的神态和言行（《罪少年》），牝马入室后的种种奇特动作（《马的寓言》），红烧肉油光发亮的色泽以及香气（《肉香浸入梦境》），杀象取胆的壮观场景（《现实与传说》），日本宪兵剖腹自杀的精致过程（《苏门答腊的犀牛》），马元材提着砍刀找张昆算账的张扬神态与他的虚弱内心之间蒙太奇式的自由切换（《杀羊吃肉》），乡村草狗们在等待宗佑复仇时的相互交流（《一个男人的仇恨》）……品味这些高度具象化的细节，我们就像欣赏技艺高超的外科医生在解剖肉体，其经络、其纹理、其骨骼，不但清晰可见，而且充满质感，使我们有一种身临其境的真实感。这种场景化的叙事细节，不仅有效地充实了时间内在的审美价值，使时间生活和价值生活紧密地融为一体，还使时间在叙事话语中赢得了客观真实的内在逻辑。

但是，夏季风并不仅仅满足于这种场景化的细节展示，他在进行充分具象化叙事的同时，还不断地挣脱那种纯粹的写实性话语，将故事推向隐喻和象征，使作品呈现出鲜明的现代寓言化特征。如《该死的鲸鱼》就是通过鲸鱼的意外死亡，展示了乡村渔民对生存威胁的极度不安；《迷幻滑行》通过戏剧性的轮滑比赛，一步步地隐喻了马丽在空虚心灵上的滑行；《肉香浸入梦境》围绕着一顿红烧肉，折射出人物内心的绝望与无奈；《罪少年》则在少年慎生的嫉妒与盲动中，寄寓了某种人性上的原罪意旨；而《苏门答腊的犀牛》而将精灵般的犀牛与郁达夫的生命构成了一种隐秘的象征。此外，像《一个男人的仇恨》中的那条“像鳗鱼一样”的牛鞭，《马的寓言》中那匹多少有些异性化的、特征暧昧的牝马，《我作为丈夫的开始》中的肉包子，《杀羊吃肉》中的枇杷树与马元材命运的关系等，都具有某种明显的隐喻功能。

也就是说，它们在承担叙事过程的特定角色的同时，又以自身的非确定性和延展性，将叙事话语不断地推向了多义化与象征化。这种高度具象化的叙事与高度抽象化的象征相结合，既体现了夏季风在写实与虚构上的双重功底，也展示了他在驾驭叙事上的潜在能力。它至少表明，夏季风的写作，不仅有着清醒的文体意识和对生命存在的一种特殊思考，而且懂得如何运用一些非颠覆性的方式，使叙事超越客观时空的局限。

作品展示〉〉〉

马兵出狱后经历的一百十九分钟

【15：30分】

狱警周德山前来开锁的时候，我已经身体笔直地在铁门后面站了很长时间了。想着自己将马上可以获得自由，可以爱往哪儿走就往哪儿走，我的手心就不停地冒汗。我的双手紧贴在大腿的两侧，尽量把干瘪的腹部往里收，把有限的胸肌挺起来。同时，为了不使黑熊和大傻过于伤心，不让他们觉得我故意在他们面前摆谱，我又尽可能地让自己的脑袋耷拉下来，装出离开他们我会很难过的样子。

他俩是我的室友，黑熊和大傻。从前他们一个贩假币，一个撬保险柜，他们在这个拥挤而潮湿的地方仅仅比我多住了一年，就自认为是老资格。我肚里想进来比我早出去却要比我迟，这种老资格只有白痴才会争着去当。我刚进来时他们揍了我一顿。我说我睡在马桶边还不行吗？实际上他们并不坏，大概是有关黑社会的港片录像看多了，才没头没脑地揍了我一顿。时间长了，我就知道他们不过是鸡鸣狗盗的角色而已。后来我们居然成了好朋友。

知道我要出去了，我这两位朋友就没完没了地跟我说话。他们不但不为我高兴，反而觉得我要被拉出去枪毙了，再不抓紧说点话以后就没时间了似的，唠叨得像昏头昏脑的老太婆。我可没心思再听了，那都是些不知重复了多少遍的废话，说来说去就那么点儿屁事儿。他们不知道我这么人模狗样地站着有多累，我哪有心思再听这些？我嘴里有一搭没一搭地应付着，耳朵却竖得像猎狗一样，听着周德山是不是甩着大串的钥匙从走廊那头走过来。大约他们也感觉到了，说着说着也没话了。我知道他们虽然不说话，却贼眼溜溜地始终没离开我，用女人被男人抛弃后的那种目光，哀怨地看着我。他们的目光从我的后脑勺自上而下地扫到屁股，又从屁股自下而上地扫到后脑勺，这来来回回的扫视，让我心里一阵发虚。时间长了，大概站的姿势又不对，我发觉自己的尿袋胀得厉害，胀得快要爆炸了。可我不想在这里草草了事，我有义务与责任带着这泡尿一起获得自由。

好在周德山总算来了。这是个不错的狱警，是个没有辜负党和人民对他培育的干部，至少我是这样认为的。他不像有的狱警那样，动不动就训孙子那样把我们训一顿，训了还不算还要给我们小鞋穿。周德山不一样，他爱讲道理，爱与你谈心，爱把你看作一个三岁的小孩，爱把他自己装成个慈祥可亲的老奶奶。为了让我们这些迷途的羔羊早日获得新生，他现身说法，举一些不需要我们费脑汁的例子给我们听。

比如他说他对我们的服刑生活很眼红，“知道为什么吗？”说这话的时候，他眼光盯着我们，咄咄逼人，那种神态仿佛恨不得要跟我们对换一下位置似的。我们惶恐地避开他的目光，弄不明白一个完全可以坐在我们头上作威作福的人民警察，为什么这样说，心想没准他说的是反话吧？看看我们几个傻瓜般地一个劲摇头，他的笑声既灿烂又开心。“谅你们也不知道，”周德山有点得意地说，“你们判的是有期徒刑，而我呢，我被判的却是无期徒刑，除非你们这批杂种都他妈的立地成佛。”他这么一说，让我们心里觉得很是过意不去，原以为自己被判了刑已经罪有应得，没想到落到这种地步了，还是连累了别人。

如此想来，比起狱警的可怜生活，自己服刑的日子还不算很坏，还有什么理由不好好服刑呢？该吃时吃，该睡时睡，该劳动时卖力去干，争取早日改造好自己，永远不再踏进这个鬼地方。我不知道黑熊与大傻是怎么看的，至少我是这么想这么去做的，我认为自己被减刑，并提前获得假释，都亏了周德山同志的教导。我真心真意想喊他一声同志，如果他看得起我不嫌弃的话。

看着周德山打开牢门，我心花怒放，恨不得一步就跨到监狱外头去。但我明白越是到这种紧要关头，越不能焦急。我拎着那个阿迪达斯旅行包，包里装着这三年来我所有换洗的旧衣服，老老实实地听周德山训着黑熊和大傻。从他身上我悟到这么一个真理，那就是一个优秀的管教是不会放过任何教育的机会的。周德山拿他们的事例与我的比较，说我的表现如何如何好，而他们有些方面是如何不够好；尤其是说我出去后将是如何如何地自由，广阔的天地任我游，而他们只能待在屁股蹭着屁股的号子里，是如何如何不自由，等等，婆婆妈妈地说了一大堆。说得我那两个朋友万分惭愧，恨不得钻进臭烘烘的被头里睡觉去。

我当然很得意，不仅仅得意，心里都有些骄傲了。这样的情况下人不犯错误都难，但明白这一道理已经迟了。在迈出牢门的时候，我居然小娘们似的向黑熊和大傻挥挥手，还潇洒地说了一声“再见”。已经等在外头的周德山听后，扑哧地笑出声来，我就知道自己犯了一个错误，一个没法挽回的低级错误。

立即，我觉得膀胱里的尿忍不住要喷出来了。

【15：40分】

周德山在领我到监狱办公室办理出狱手续的路上，一五一十地跟我说着出去后要注意的种种事。我觉得他就像我的老父亲，面对我这个即将出远门的儿子是一万个不放心。

他特别交代我出去后要找个工作，这相当重要。如果工作真的难找，就去摆个烟摊做点儿小生意什么的，千万不要再去干蠢事了，尤其不要去找赵华报仇。他说赵华没有白白抢我的女朋友，做什么事都得付出代价的。他的后脚跟被你砍了一刀，走路一拐一瘸的，活像撑船老大，周德山说，这就叫罪有应得。我心里很不服气，我想我不但被抢了女人还被关了三年的牢房，我吃的亏比赵华这个狗娘养的大了去了。但我现在不想说，我怕自己一不小心，又会说出没轻没重的话来。临出狱时我可不想给警官大人留下值得担忧的印象。

见我闷声不响，周德山知道我对这事想不开。毕竟和犯人打的交道多了，我的阴暗心思被他一眼就看穿了。他用两枚硬币捻着下巴稀稀拉拉的几根胡子茬，他倒翻着眼球，就那么捻啊捻的。过了会儿他指着我手里提着的包，开始用里面的衣服来比喻我那已被抢走了的女朋友。他说女人就像衣服，穿旧了可以再换一件，不要跟自己过不去嘛。我想谁跟自己过不去了？问题是我那件衣服穿都没穿过，还崭新挺括的，就叫赵华狗日的拿了去，你说懊恼不懊恼？再说，如果女人真的像衣服的话，你周德山领个女的来跟我换得了，别说一件，我还愿意拿出两件来呢。当然，这话我也是不好说出口的，说出来要得罪周德山同志的。

就这样，我一声不响，拿笔在几张准许出狱的手续上，签了一个又一个的名字。我一笔一画地把自己的名字写得恭恭敬敬的，比每天出操时的身板都要端正，担心潦草了给他们留下什么借口，临时反悔不放我走。事实上他们对我用尽吃奶力气的签名，都懒得瞧上一眼，收回那些纸头后，他们随手扔回一包零碎的东西给我，就像杂货店买烟的那种感觉。纸包里都是我进来时被他们没收走的零碎，有皮带一条，钥匙一串，还有一只冒牌欧米茄手表。让我感到奇怪的是那只手表，虽然值不了几个钱，但我把它贴在耳朵边晃了晃，居然又不紧不慢地走了起来。我把手表和透着一股霉味的皮带拢到了背包里。至于如何处理那一大串钥匙，倒让我为难了老半天，看上去它已经很陌生了。原先的单位把我除名了，住的房子也给收了回去，那些本来用来开门、用来打开杂七杂八抽屉的钥匙，这时候就像从马路上捡来的一样，一点儿用途都没有了。我随手把它扔进了墙脚的垃圾桶，钥匙串发出杂乱的响声，就像打碎了一只装满罪恶的玻璃瓶，让我心里感到一阵轻松。

周德山送我来到监狱大门。门外的灰尘虽然多了点，声音也吵得很，但视野开阔，阳光比里头明亮多了。我抬头看着晕乎乎的太阳，突然想起不知道现在是几点钟。我又掏出那块糊弄乡下人的欧米茄手表，麻烦周德山让我对一下时间。我照着他的表把表针拨到下午3点58分的地方。我想我应该要弄清楚自己出狱的时间。从这一刻开始，我就是一个自由人了，虽然是假释，但不管怎么说，从现在起，只要我不干坏事，时间爱怎么花就怎么花。

周德山拍了拍我的肩膀，说："好好干小伙子，好好干。"

我向他弯了一下腰，表示感谢，接着直起腰，向他挥挥手，不由自主地就说了声"再见"。

周德山笑着骂了我一句，"狗改不了吃屎。"说最好别在这里再见，"你说对不对?"

我连声说，"对，对。"我觉得自己的声音在喉咙口里发抖。

【16：00分】

直到我的表弟马典来接我之前，我都在为刚才说的"再见"两个字懊恼，也莫名感到害怕。我浑身发抖，上颌的牙齿与下颌的牙齿就像有人说的那样在打架，我像快要被冻死的人，脑子都转不动了。眼看着周德山返回狱内，关上那扇生锈的大铁门，门轴发出刺耳的"吱嘎"声，我才想起自己还憋着一泡尿的事儿来。本来是想出了狱就先处理这件大事的，可说来说去的，我把这泡尿给忘了。现在，尿袋都撑不住了，并且已经有一些零碎的尿落到裤裆里了。我想再不找个地方先方便一下，恐怕尿袋就要撑坏了。尿袋坏了就像破了的热水袋，就没法继续为我服务了。

我把背包扔到一边，横着胯部挪到监狱的高墙根下。大概憋得太久了的缘故，这泡尿撒得没规没矩的，停停歇歇，抖抖索索的。到后来才稍许流畅了一点儿，但撒着撒着好像把里面的内脏都撒出来了，弄得我的小腹隐隐作疼。我看着狂飞乱舞的尿液，咬着牙根骂天，骂地，骂监狱的高墙，骂自己没本事的尿袋，但骂得最多的还是自己的愚蠢。我居然说了两次“再见”，两次！说出口的话，就像眼前撒出来的尿，再怎么着也没办法收回了。

实际上，我的表弟马典知道我要出狱了，在给我送了一只旅行包的同时，就警告过我，出门的时候千万不能说“再见”。他是三进三出的老油条了，经验丰富。他以过来人的口气对我说，出狱和医院出院是同一个道理的，只要你说再见，迟早一天你还会倒霉的。从进去的那天起，我就天天想着，只要自己出来，就老老实实做人，好好生活，再也不干不该干的事了。我想起黑熊和大傻合伙欺侮我的事儿，他们揍我，他们让我睡在马桶边，不但让臭气熏得我要呕吐，他们三更半夜起来小便，还把冰凉的尿液溅到我的额头、我的脸上。还有那些黄褐色的米饭，没有半点儿油星的菜皮子，想起这些我的心头就发酸，就想好好哭一场。如果哭出来，眼泪肯定不会比刚才的尿少。我可不愿再回到里面去了。

我撒完了尿，说是来接我的马典还未出现。太阳依旧半死不活的样子，不往前走，当然也不会“哐啷”一声掉下来。我忽然想起我妈曾经教过我的一招——虽然她在我被送进监狱的当天，就口口声声称我不再是她的儿子，说生我这个儿子还不如生个鸡蛋，鸡蛋虽然小，不管怎么说好歹还能煎出一锅子的喷香，说我除了把她的好名声弄得臭烘烘之外，什么好处也没捞着。尽管如此，我想她教我的招数大概不会因为这个原因失效的，据说碰上晦气的事儿来上这么一手，就给冲了，就给抵消了。

我四下张望，发现连条狗也不愿在这鬼地方溜达，别说什么人了，心中大喜，赶紧劈开双腿，把脑袋张到胯裆中间。还没等我把满满的一口唾沫啐到屁股后头，我就看见我的表弟马典，他脑袋朝下向我走来。

从我的胯裆向后望出去，我发现马典的脑袋不但倒着，而且巨大无比，就像一只马蜂窝吊在我的胯裆中间。

【16：05分】

马典不知从哪里弄来了一辆破车，他把我的包扔到后座，让我坐到副驾驶室的位置上。他说三年不见了，我们可得好好聊聊。可上车后也没听他跟我聊些什么，他一边开车一边就不停地给人拨手机，叫对方到一个什么饭店去等他，听口气牛得很。我坐在那儿提心吊胆地看着车窗前方，生怕在他打电话的时候，蹿出个自己找死的家伙，突然从马路上横穿过去。

这辆看上去快要报废的拉达车，居然能挣扎着跑得这么快，也真算马典有本事了。车内尘土飞扬，奇怪的是那些尘土，并不是从车窗里扑进来的，而是一股股从车座底下冒出来。马典终于通完电话，他把手机搁在仪表盘上，这才问我怎么样？我说能怎么样呢，里面的事你比我清楚多了。马典说这三年来，外面世界的变化真是天翻地覆啊。他双手拍着方向盘说："你看这些车，这些房子，还有手机，他说这三年许多事情都颠倒着在变。"

这个世界许多事儿是颠倒了，连马典这个小混混都有车，有手机没准还有房子，你说变化大不大？可我就是懒得去理会，装作听不懂他说话的意思。我说我怎么看也看不出这三年有什么变化，到处灰蒙蒙的，人还是那么一批鸟人，至于车与手机，如果没错的话，我记得在我坐牢前就发明了，对吧？马典有点儿不好意思，说："你瞧你瞧，三年的牢把你坐木了。"

车到市区，在一个亮着红灯的十字路口停了下来。不知什么事儿，一个警察朝我们的车走过来。我紧张得连肛门口的肌肉都缩紧起来，双手不知道该怎么放好。幸亏那个警察经过我们的车朝后头走去了。我长长地吁了一口气。马典笑我胆小，说别人又不知道你是蹲过班房的。想想也对，如果我不说，别人怎么会知道我是坐过牢的呢，我的额头上又没有像林冲一样被烫上犯罪的标志。

快到饭店时，马典突然问我在里头谁是我的管教。"周德山，周管教，"我说，"这个家伙待人还不错。"

"不错？你知道这狗日的原先有多横，如果不是我好好教训了他一顿，你就不会这么说了。"他斜着眼看着我，眼神就像一把冰冷的刀刺在我的脸上，好像我就是周德山。

我问他这是怎么回事儿。马典说他第三次进去的时候，管教他的也正是周德山。一次为点屁大的事儿他顶撞了他，周德山就狠狠揍了他一顿。他用警棍专拣马典的软肋揍，往死里揍，一边揍一边还说他是警察他怕谁，我一个犯人还不是他手心的泥巴，爱怎么捏就怎么捏？末了又关了马典一个星期的禁闭。

"他以为我学乖了，"马典接着说，他的口气很骄傲，"我前脚出了监狱的门后脚就去找了个拜把子弟兄，开车去撞他才读小学的儿子。当然不能撞死，撞死麻烦就大了，我的意思让他明白他的儿子随时都有被人暗算的机会。当晚，我打了一个电话给他，表示慰问。我说：'周管教啊周管教，你一门心思把所有的精力都扑在工作上，怎么就不抽点时间照顾家人呢？听说你儿子被车撞了，不要紧吧？开车的家伙大概眼睛瞎了，怎么撞到我们周管教的儿子身上？’没等我说完，电话那头的周德山就呜呜大哭起来，他边哭边求我放过他的儿子，说他知道错了，以后再也不敢了。后来，我听里面的弟兄说周德山学乖了，再也没敢随意打人了。”

“这事还没完呢，”马典最后说道，“等他脱下那身狗皮的那天，看我如何收拾他。他把老子的软肋揍得到现在还疼，一到阴天就疼。”

我觉得这些事情与我无关，反正我认为周德山对我还是挺不错的，人可不能昧着良心说话。我转了个话题问马典，知道不知道我从前的女朋友现在干吗。

这时的马典已经把车停在一家酒楼门外的空地上了，脑袋探出车窗往后看，正在手忙脚乱地倒车，好不容易才把车停妥当了。他拔下车钥匙对我说：“你怎么还记着那个女的啊，这世上女人多的是，何必非得在一棵树上吊死？”

我说我又不想怎么样，只不过随便问问。

“这样吧，”马典下车后，没忘在车门上狠劲踹一脚，不这样的话那车门恐怕根本上不了锁。他一边带我往酒楼里走，一边说，“现在什么事都不用说，我们先吃饭，吃完饭再商量其他的事，你说好不好？”

【16：26分】

包厢里已经坐着三个男人和五个女人，加上我和马典，正好凑一大桌。一个男人摊上一个女人，或者说一个女人刚好摊上一个男人。马典点菜一样点了一个高个子的女人，叫她坐在我的身旁，好好服侍我。这个女人袒胸露背的，身上散发出的浓烈香气，让我的脑袋感到一阵眩晕。她在我身边坐下来后，就把脑袋靠在我的肩上，染得跟稻草般枯黄的头发像一个鸟窝筑在我的肩膀上。另一只手毫不客气地就往我的裆部伸来，好像顽皮的孩子，吃饭的时候手里总得抓个玩具什么的。

我的心脏“怦怦”乱跳，尽量装出无动于衷的样子。实际上我在牢里的三年，别说女人碰过我，就是连个女人的影子都没看到过。至于这样的待遇，就是在服刑前，在我还是自由公民的时候，我也没有遇到过。我和我的女朋友除了牵牵手外什么事也没干过，所以想起赵华的不仁不义，我就怒火攻心。我结结巴巴地对马典说：“我们还是先吃，吃，吃饭吧。”

他们看我这副狼狈的样子，都笑了起来，尤其是我身边的那个女人，笑得最响亮，花枝乱颤。我脸颊发烫，好像被人甩了一记耳光。我说我真的饿了，里面的东西太难吃，就是给猪吃，猪也不一定愿意吃。

马典收住了笑，拿满满的一杯啤酒在桌沿上敲了敲，接着又把它举了起来。他说：“这一杯酒为我的大哥洗尘，洗洗霉头，干了它。”他们直着喉咙都把它干了。我分作两口才喝完，三年来这是我第一次喝酒，啤酒细腻的泡沫沿着喉咙蜿蜒而下，我感到从前那种美妙的东西又回到我的身上来了。

马典举起第二杯酒，对在座的几个说：“马兵是我的大哥，以后，也就是你们的大哥，干了它。”他们把酒杯举到我的面前，齐声叫了我一声大哥。我双腿抖索着想站起来，却一把被马典按住了。我惶惑不安地看着他们一仰脖子，干脆利索地把淡黄的啤酒倒进脸部那个深邃的洞里。

酒杯再次被加满，马典第三次举起酒杯。他的胳膊直伸，把溢着泡沫的酒杯递到了桌子中央，老半天想不起这次该说些什么。他的眼球朝着天花板滴溜溜地转了好几圈。好像转也是白转，转完了还是想不出半个词来。后来干脆说喝酒，喝酒。

我松了一口气，心想现在总算可以吃东西了。菜非常丰盛，摆了满满一桌，香气诱人。马典看穿了我的心思，不但为我点了一个女人，还特意为我点了一只红烧猪肘子。三年来，为了得到这么一只油晃晃的猪肘子，可以说我是日思夜想，梦牵魂绕。我用筷子夹了两下，都由于那个猪肘子太大太沉，像一颗炸弹重新落到盘子里，汤汁四溅，弄得我非常狼狈。

马典他们对我的焦急非常理解，也非常宽容。他们的眼睛满怀柔情地看着我，就像监狱里的新生合唱团那样，齐声唱道：“用手抓，用手抓。”

我也顾不上假斯文了，抓起那只肥硕的猪肘子，放在自己那排被清汤淡饭磨得异常尖利的牙齿中间，然后小心翼翼地咬了下去。我不是担心猪肘子，我是担心自己还没尝到味道就会囫囵吞了下去。咬破猪肘子柔嫩的肉皮的瞬间，我听见肉皮发出轻微的破裂声，细腻的油脂迅速盈满了我的牙缝，接着又顺着舌头的两侧，缓慢地渗到了舌根。我全身的神经一齐鸣叫起来，好像被电流击中了一般，我觉得自己快要晕过去了。我想象不出还有什么事，比出狱后吃红烧猪肘子更幸福的事了。

【16：41分】

一顿饭吃了十五分钟左右，对我来说已经漫长得超出想象了。在狱中，我必须在五分钟内，把政府分配给我的半斤米饭一碗菜，一点儿不剩地填到胃里去，否则的话，就很有可能被别人填到肚子里去。与我关在一起的黑熊和大傻，依仗着一身蛮力，经常抢我的饭菜，所以我学会了在五分钟内甚至更短的时间就把肚子填饱的本领。对于这顿丰盛的饭，我也不例外，我啃完猪肘子，又零星地吃了点其他东西，就觉得该结束了。

马典，这个好了伤疤忘了疼的家伙，大概出狱的时间太久了，对里面的生活习惯已经生疏了。他还在从容不迫地吃，还在不紧不慢地喝着酒，他嘴巴忙着手也没闲着，那只白嫩的手，在女人身上就像一个疲于奔命的中国足球运动员，从这头跑到那头，看上去就差一记进球了。他用眼角瞟我："你怎么吃得这么快呀？"我不知道该如何回答，实际上我是吃呆了。菜还很多，基本上都还没动过，大概是我吃得太急的缘故，我觉得自己的肚子已经堆不下任何东西了，哪怕是一张青菜叶子。我有点忧郁地看着那只被我啃得只剩下骨头的猪肘子。肘子惨白的筒骨搁在盘子上，像一支刚刚出土的短笛。马典说："那你就再吃一只吧。"没等我表态他又给我叫了一只。这一只猪肘子比先前的那只，更肥更壮，搁在盘子上像翘着屁股的烤鹅。

原先分配给我的那个高个子女人，在我身上忙碌了一阵子后，见我像头猪只知道吃，毫无反应，也就失去了继续忙碌的兴头。我想这状况就和一个农夫的遭遇差不多，如果他花了劳力而得不到任何回报，的确没理由再继续在老地方耕耘下去。她转身和邻座的那个家伙调情去了。坐在我右边的那个家伙长得白白净净，看上去就像一个中学生。后来我知道他实际上就是中学生，只不过由于偷窃早已让学校给开除了。他们叫他小鸡。别看这小子人小，玩起女人来却一套套的。他左手拥一个右手抱一个，不知使了什么手段，不断地让两个女人发出"咯咯"的尖叫声，弄得她们恍如得了癫痫，浑身抖个不停。

我打了一个长长的饱嗝，喉管里泛上来的油脂让我醉了一般。我全身的骨头酥软无力，困极了。我咕哝着说我困死了。

马典问我说什么？他说他没听清楚。

我清了清喉咙说我想睡觉。

马典说："你也太急了点吧，我们连饭都还没吃好呢。"说着嘎嘎笑了起来。

我说："你们慢慢吃，我找个地方先躺一会儿，我真的想睡了。你知道自从他们批准了我的假释，我都快三天没睡好觉了。"

"这么点儿事儿值得这样兴奋吗？"马典的口气中透露出不屑和责怪的味儿，"菜都还没动呢。你看，你看，你没喝什么酒，还有一个猪肘子也没吃掉。"

过了会儿，他又说道："要不这样吧，菜让他们先别撤掉，我们睡了后，再过来接着吃，运动一下菜就吃得多了。”

我被搞糊涂了，我弄不明白我说要睡觉大家为什么非要跟着睡觉呢。直到马典嘀嘀咕咕和他身边的那个陪酒的女人谈价钱，我才知道他们误会了。我呢，也误会了。

他们谈了很长时间，几次我想说话都被他制止了，马典说他比我清楚，让我别插嘴。

那个女的好像给出了一个价格，至于多少因为人声嘈杂的，我没听见。马典让她们便宜点，说他一次就要了五个，多少也得打个折什么的。

女的说这是最低价了，陪酒是陪酒，睡觉是睡觉，两码事。

马典说：“就是我买五斤猪肉，也还可以与卖肉的还个价呢。”

“这是最低价了。”女的说得很坚决，双手拢在胸前，一副谁都别想占她便宜的表情。

马典说：“你不给我面子。”说完拿起筷子，夹一片猪耳朵放到嘴巴里。猪耳朵像橡皮筋被他的牙齿嚼得吱咯乱响。那个女的还冷着那张粉面，后来大约觉得把关系弄僵了也不好，就叹了一口气，给马典倒了一杯酒，说：“大哥，你也知道我们挣钱不容易。”

马典一言不发，他接过酒后突然朝她的脸泼去，然后把酒杯摔在地上，吼道：“你挣钱不容易，难道我挣钱就容易吗？滚你妈的——”

【16：50分】

那五个女人走后，马典依然怒气冲冲。我认为都是我不好，饭吃得好好的非得提什么睡觉的事。马典说这不关我的事，说这几个女的不吃敬酒，下次撞见非把她们揍得满地找牙不可。

我知道他是想给我找点乐子。考虑到我坐了三年的牢，最好的招待方式除了吃当然就是女人了。他没想到这几个女人根本不买他的账。我说他的情我已领了，同时劝他想开点。我说这些女人有什么好的呢，别看她们把自己打扮得像只金丝雀似的，动不动还理理自己的羽毛，可没准一身的性病呢，什么梅毒、淋病、尖锐湿疣什么的，应有尽有，叫我上她们我还真没这个胆量呢。

我的邻座，那个别人叫他小鸡的家伙说我说得没错，他说这年头人不可貌相，海水不可斗量，别说性病，没准还有艾滋病呐。其他几个家伙也频频点头，表示赞同他的说法。

马典的气似乎消了点儿，像个人物似的吸着烟，一声不吭。

真是饱汉不知饿汉饥，我不过用来安慰马典的话，他们居然当了真。他们不知道我这一身的铜皮铁骨，是多么需要一个如水一般的女人来滋润呢。性病艾滋病又怎么啦，不就是几个连肉眼都看不见的小细菌吗？无非再戴个安全套罢了。别以为我坐了三年牢，就以为到了阴间地狱，世上什么事儿都搞不明白了。这么一来，我又想起我从前的女朋友来，如果不是赵华，我想也不至于贱到这种饥不择食的地步，尽管这仅仅是一个无耻的想法。

真是说曹操，曹操就到。这时候，包厢的门打开，一个一瘸一拐的家伙走了进来，不用说你也猜到这是谁了。赵华的身后跟着的女人，不用说你同样也可以猜到，正是我三年前的女朋友。仇人相见分外眼红，我猛地站了起来，没料到站得急了点，急骤上涌的血液让我的脑袋和肩膀一阵麻木。我问是哪个狗杂种把这个狗杂种叫来的，我把手在席间乱指一气，然后明确地指向赵华。赵华和我从前的女朋友，他们脸上的表情，好像早就商量好了似的，都奴才般地诚惶诚恐。我可管不了这么多，见没人搭理我就趁势敲了一只啤酒瓶。虽然我手中掂量着满是锋利碴口的半截子玻璃瓶，但心中的嚣张气焰实际上反而萎缩了一半，我心里嘀咕自己的动作是不是太夸张了。

马典倒镇定得很，示意坐在我身旁的家伙下了我凶器。说实在的，想着把大把的玻璃碴扎到一个人的肉里，我还真是有这个心没这个胆，我说过我是假释，打心底根本不想再搬回到牢房里去住了。我虚张声势地和身旁的家伙推搡了两回，顺势让他把瓶子给下了。马典点上了一支烟，深吸了一口后说叫赵华来是他的安排。“实际上也用不着我安排，这酒店就是他开的，他说他要请你吃饭，要向你赔礼道歉，你说我怎么办?”

我愣在那里，怎么着我都没想到这场戏是马典安排的。

赵华虽然被我废了一条腿，但脑袋肯定没有因此受到半点影响，狗日的很会看人脸色，他见我的神色缓和下来，赶紧一瘸一拐地过来给我斟酒。我拿手挡开酒瓶，话中有话地说：“我的手我的脚又没有被人废了，用不着别人来给我倒酒。”既然别的事情大势已去，我想嘴巴上可不能再便宜了他。

大概马典认为我还是余心不死，这时他朝一直站在门边的女人招招手，叫她到他的面前去。接下去发生的事我们无论如何想不到——那个女人更想不到，混蛋马典会当着她男人的面，她以前男朋友的面，还有那么多人的面，伸手去摸她的乳房。马典碰到她的时候她的身体颤抖了一下，然而当她想退回去已经来不及了，她的那个部位被马典敏捷的手抓住，拉成长条，活像一块从未被使用过的富于弹性的橡胶制品。她不得不又朝前跨了一步。马典掂着她松弛的乳房，就像一个可恶的无赖掂着他干瘪的钱袋，满脸坏笑地对我说："你瞧瞧，你瞧瞧，现在这东西就是白送给你，你还要不要，马兵大哥？"

我整个人怔住了。尽管觉得马典这么做太过分，但自从她进门一露面，我已不再把她看作我的女朋友了。三年来，这个女人的变化实在是太大了。臃肿肥厚的背部，垂挂到肚皮上的胸部，还有又阔又瘪的臀部，如果不是眉间依然隐约有那么点儿淡淡的忧郁，打死我也不敢相信，她就是我从前爱得死去活来并为她拼命的女朋友。女人用怪异的眼光看了我一眼，转身离去。

"既然这样，这事就算了了。"马典说，"不喝酒也可以，你们就握个手。"

赵华弓着背，脸上堆满笑，有点讨好的意思。事到如今，我再拿腔拿调的，等于不给马典面子，让他下不了台了，弄不好也会让自己下不了台。看他把手伸过来，我也就潦草地捏了一下。我抓过猪肘子的手，满是黏乎乎的油花，黏了赵华一手，搞得他擦也不是，不擦也不是。后来他给马典敬酒，嘴里说着够朋友之类的话，手不停地往他背部拍，我想不出除了趁机把满手掌的油花抹在马典的身上外，他还会有别的什么意思。

这个可恶的瘸子！

【16：58分】

一直让马典耿耿于怀的女人问题，最后落实在赵华的头上，算是客气，看得起他了。当他领着那个名叫赵艳的女孩进来时，我趴在桌子上差不多快睡着了。我不知道自己究竟是因为了却了一桩心事的缘故，还是仅仅想维持剩下的那一丁点儿可怜的面子，反正喝了不少酒。长久不喝酒，真是连啤酒也能醉死人，我的太阳穴又胀又痛，里头好像撑着一根弹簧。一班人嘻嘻哈哈地架着我往歌厅里走，马典手搂着那个女孩的肩，走在前头。他特意交代赵华不要撤掉酒菜，说唱歌唱饿了还要接着吃，我们要乐一个通宵。

所讲的歌厅就在餐厅包厢的隔壁，属于套间关系，里面摆着两排颜色很暧昧的沙发，一台电视机吊在半空的墙角。进来后，我就把身子放倒在沙发上，想继续睡我的觉，可是没容我弄清楚沙发上散发的是什么怪味，他们就重新把我拉了起来。他们说酒喝多了应该吼它几声，把酒劲吼出来就好了。他们把话筒塞给我，接着把电视的声音开得像打雷一样，震得我太阳穴里的那根弹簧快要蹦出来了。

我捏着那根萝卜一般沉甸甸的话筒，不知道该唱什么好，电视里头播放的一些音乐，可能是最新流行的，我听也没听过，更不用说唱了。马典把赵艳推过来，说给我伴唱，还说这是赵华特意给我叫的，算是弥补他抢了我女朋友的过错。他边说还边向我挤眉弄眼。这个女的倒大方得很，双眼看着我，说要不唱首老歌吧。就是老歌我也不知道唱什么好，恰巧这时电视里响起了一首非常耳熟的乐曲，我一看片名是电影《地道战》的主题歌，就说这个我会唱，就对赵艳说，不如就唱这个吧。

说起《地道战》，我都记不清自己到底看过几遍。那时候在露天操场里，各个乡村轮着放，我和马典他们就跟着放电影的屁股后头跑。到后来别说主题歌，差不多每一句台词我们都会背了。虽然，卡拉OK里播放的是熟得不能再熟的歌曲，但出现的画面却叫我目瞪口呆，一个袒胸露背的大美人，代替了往日那些在地道里钻来钻去，在敌人背后放冷枪的英雄好汉们。只见那个大美人儿，斜歪在满是绸缎绫罗的床上，很爱惜地抚摸着自己光洁的大腿。她的眼睛忽闪忽闪地看着坐在她床前的一个男人。男人像个体面而虚伪的知识分子，手里托着一盏鲜红的葡萄酒，眼睛装模作样地望着窗外。《地道战》的主题歌就好像从他们的床底下发出来似的，听起来瓮声瓮气的，令人气闷得很。

我结结巴巴地唱完这一首，就不想再唱了。经过这番吼叫，酒劲儿非但没有散去，喉咙反倒渴得直冒烟。我把话筒递给跟着我起哄的马典，推说自己在里头三年，已经不会唱歌了，还不如听他们唱。

马典大概早就想露一手了，推都没推一下，接过话筒说："这年头变化快，别说你了，就是我好多歌也不会唱哩。"话虽然这么说，但我看他唱起歌来，没有一首是不会唱的。他一边唱一边搂着赵艳的肩头，得意时还不忘亲上她一口，好像早就忘了自己说过，这个女人是赵华替我叫的。

说实在的，我从来没听过有谁唱的歌比马典还难听，平日讲的话都好端端的，没想到唱出来简直就是用一把锯子在杀人。我在里头还真的听说过一个专做细木活的木匠用锯子杀人的事儿。这个木匠一次干完活后把东家给杀了。不晓得那个倒霉蛋什么地方开罪了他，反正他剥光了他的衣服，绑在刚刚做好的床架上，然后拿尺子在他身上丈量尺寸，并用墨斗描上墨线。木匠仔细的劲头，好像面对的不是一个活生生的身体，而是一段上好的金丝楠木。他先锯那个人的十个脚趾头，再锯他的十个手指头，就像通常干活时那样，去掉树段上的多余枝节。接着才认真地按着墨线，从脚到头把他的东家锯成了无数个片断。我不知道被锯的感觉是怎么样的，但我估计听马典的歌声，大概与被人活活锯死也不会有太大的差别。

我觉得身上的肌肉好像被泼了硫酸，一片一片地往下掉，最后只剩下一副骨架及一颗勉强能跳动的心脏。那根一直撑在脑袋中的弹簧，此刻从太阳穴里蹿了出来，不停地上下颤抖，划破了空气，还发出了微弱的嗡鸣。马典的几个马仔，对他们老大难听的歌声，好像没有任何感觉，不但如此，还合着他的声音跟着在唱。我说我想躺一会儿，他们朝我挥挥手，嘴里唱歌一样说："睡吧，睡吧，好好睡吧。"

看他们的屁股霸着沙发，并没有给我挪一挪的意思，我只得朝门外的餐厅走去。我把几张椅子并在一起，躺上去后发觉比牢房里的床还要舒坦。我把胳膊挡在眼睛上，睡了一会儿。睡了一会儿后，总觉得有什么事不对劲，于是又坐起身四下张望。这下子终于发现通往歌厅的那扇门还敞开着，里面恶毒的音乐就像一条蛇弯弯曲曲地游出来，在我的头顶盘旋，没完没了。

我恶狠狠地甩上门，门板把那条音乐的蛇活生生地夹成两段，没有想象中的哀鸣。

【17：20分】

我弄不清楚自己有没有睡着，即使睡着了恐怕也没睡沉。事情明摆着，首先是这环境太陌生了，我想眼前这一阵子，肯定什么样的房间什么样的床我都会睡不好的；另外就是他们唱歌的劲头太大，震天动地的声音，吵得我头昏脑涨，要想好好地在这里睡觉，除非是个聋子。我躺在椅子上，闭着眼皮，突然间居然怀念起监狱来。我就像一个离家出走的小孩，并且离家的时间太久了，非常怀念那里的水泥地，铁栅栏，周德山，大傻和黑熊，还有那张冰冷的硬板床。

我也不知道自己睡了多长时间，后来觉得闭着眼睛干躺着也无聊，恰好那时肚子又有点饿了，于是就起身想再吃点什么。

一桌子的菜几乎没动，仿佛等待迟迟不来的客人，已经都凉了。那只肥硕的猪肘子还在，只是先前红润的色泽已暗淡无光，看上去了无生气。我不愿意再去碰它，第一只猪肘子把我的胃口给倒了，看到油腻的东西就让我犯恶心。我捡了些青菜吃，又掰开一只梭子蟹，蘸上醋，一个腿一个腿仔细地啃，仔细地吮。本来我最烦的就是吃这个的，现在倒好，它让我找到了消磨时间的好方法。细嫩的蟹肉和它特有的腥味，并没有如我想的那么糟。

现在，我明白先前感觉到肚子饱了，实际上是一种虚假的现象，它和我健康的胃无关。在咋咋呼呼的氛围中，你就是不吃东西也会感到饱的。我一刻不停地吃，还动手打开三瓶啤酒。我吃东西，再喝酒，接着又吃东西，碗盘中的食物一层一层地在我的胃中堆积起来，我充分感受到吃东西的乐趣，同时还体会到真正的饱带来的那种踏实感。

菜还是剩下很多，当酒差不多喝完时，通往歌厅的那扇门打开了，震耳欲聋的音乐突然扑面而来。我为自己的得意忘形恐慌，以为是管教来查房了，条件反射般地站了起来。门里走进来的是马典他们。门里黑洞洞的，好像一个深不可测的地狱，那憋坏了似的一浪接着一浪往外冲的音乐，仿佛也是黑色的。他们鱼贯而出，走在最后的是还没发育的小鸡，正手忙脚乱地提拎着裤子，一不小心他还被自己的裤子绊了一脚，差点没摔个跟头。

我手中举着一个王八壳，结结巴巴地说你们不唱啦。不知道是酒喝多了，还是在吃东西的缘故，我总觉得自己的舌根上压着一块铁，说话直打结。马典走到我的身旁，拍拍我的肩膀把我压回椅子，说早着呢，叫我慢慢吃，喝好吃好。我把王八壳朝桌上一扔，说自己吃饱了，如果现在需要走，根本用不着为我的肚子担心，接下去的三天没准都用不着吃东西了。我还指着桌上的酒瓶，骄傲地告诉他我喝了那么多的酒。

马典把我按在椅子里，他使的劲有点儿大，把我的肩膀都弄疼了。我觉得他脸色很难看，就问他是不是唱累了，累的话就再吃点东西，身子架重要，歌呢是逃不了的，可以等会儿再唱。我说："你瞧，还有这么多好东西，浪费了多可惜呢。"

马典突然间笑了起来，笑声像风里扬起一堆秕糠，他说是有点累，尤其是嗓子累得直冒烟。他叫我先吃着等他，他们去上个厕所。

"狗日的酒店，连撒泡尿都害得我们楼上楼下地跑。"他骂道。

我也骂了一句："狗日的，老子什么时候高兴就砸了它。"

"对，砸了它。"然后他们就走了。他们就像刚才那样鱼贯而出，马典当然走在最前面，小鸡当然走在最后面，他出去后还不忘小心地带上门。马典走后，我就发觉自己的小腹实际上也胀得很厉害，应该去方便一下了。自从在监狱大门口撒了一泡尿，我还没有正式地用过外头的厕所呢。

但我想到这么多人挤在一个厕所里的情景，又看到那只啃了一半的王八壳，就决定到时候再说。我重新把王八从一堆骨头中拣出来，接着啃，仔细地把上面粉条一样的裙边啃干净。我想这么好的菜浪费了简直就是犯罪，他们根本想不到我在里面吃的是什么东西。同时我也知道粮食千万浪费不得，假如你不打算检讨，不打算被罚站，更不打算给周管教留下不好印象的话。

“能不能减刑，能不能假释，那得看你自己的表现了”，这是他的口头禅。

【17：25分】

他们出去后就一直没有回来。我继续有滋有味地吃，又喝掉了几瓶酒，他们还没有回来，好像他们从这个世界上消失了一般。我开始怀疑这些是不是自己凭空虚构出来的。我刚出了监狱，想享受一下的心情是迫切的，也是可以理解的，于是来到这里，叫了一大堆的菜，一大堆的酒，一个人自斟自饮。没准这么一来还觉得太无聊太寂寞，顺便编造了马典这么一个人，以及他那班乱七八糟的弟兄。消失就消失了吧，无所谓。唯一担心的，没有他们，恐怕我没有足够的能力来付这顿饭钱。如果这一切真是这样的话，我就觉得自己太过分了。但是，过分就怎么样呢，不就是吃你狗日赵华的一顿饭吗？吃你的还是给你面子呢。

歌厅的门依旧敞开着，里面的音乐有时像隔夜的一泡尿，又快又急；有时慢得不行，抒情得像一首蹩脚的诗。我觉得还有人在摆弄，决定到歌厅里瞧瞧。里面很暗，电视机不稳定的闪烁，加上震天响的音乐，让人很不舒服。我关掉了它。接着我拉开厚实的窗帘，打开了窗门，户外清新的空气让我辨别出弥漫在室内的呛人烟臭，还有一股说不出有多恶心的咸腥味道。然后看到了趴在沙发上的那个叫赵艳的女孩。

赵艳好像睡着了。她头发凌乱，身上几乎没穿衣服，裤子揉成一堆，像一团用过的卫生纸，被扔在一旁。如果不是不久前自己还与她一起唱过《地道战》，我简直都认不出她来了。窗外有些风吹进来，掀动了她的头发。面对着这么一个差不多裸体的女人，我突然觉得自己失重一般，骨头很轻，头脑眩晕。我模模糊糊地感到首先给她穿上衣服，要不难保不出什么问题，我说过我关了三年，不打算再回监狱了。

我捡起裤子盖在她的身上。对于她整个身子来说，裤子显然太小了，盖住她的上身，她的下身就露了出来，反过来盖住她的下身，上身就露了出来，弄得我不知如何是好。我盯着她的身体看了一会儿，内心慢慢地安静了下来。她的后背光洁但有点脏，身上还散发着一股怪怪的味儿。后来我决心叫醒她，让她穿上衣服，可以的话再让她吃点菜什么的。

我拍拍她的肩膀，还“喂”地叫了一声。赵艳毫无动静，仿佛早就死掉了，死了还不止一两个小时。她的肩膀冰冷。我又拍重了点，这下好像拍在佯装睡着的母豹身上，她敏捷地跳了起来，转身就给了我一爪子。她号叫了起来。我弄不明白她怎么会这样的。我摸着自己的脸颊，那地方有几道凸出来的痕迹，并火辣辣地痛。

她在号叫着。我一手捂着脸，一手把裤子递给她。她的两个胳膊肘抵在沙发的拐角处，惊恐地看着我。她的眼眶里满是可怕的眼白。我朝前迈了一步，意思再明白不过了，是叫她把裤子拿去穿上。她又号叫起来，并且前倾着身体往窗口奔去，她尖锐的声音刀子般快要划到我的骨头里去了。我担心她靠近窗口太危险了，我张开双臂跑过去。她又跑了回来。她的声音像刀子在墙上来回地刮。我也退了回来。经过这么一番折腾，我的头痛得厉害，好在同时也有点清醒过来了。此时我感觉到事情有点不妙，但究竟不妙在哪儿我还不太清楚。我明白得让她安静下来。要让她安静的话，只有我不再理她。我退到门口，把裤子扔了过去。裤子蒙住了她的头，这个女人的双手乱抓一气，但可怕的号叫并没有就此停下来。

此时，餐厅包厢的门被踢开，赵华领着两个穿警服的人冲进来。我明白了问题出在哪里了，我惊奇地看到周德山也在其中。我说，队长你怎么也在这里啊？周德山仿佛没看到我这个人，拿胳膊把我划拉到一边，与那个掂着手枪的警察一道往歌厅里走。赵华在门口缩头缩脑的，不敢进来。我看着他们掀翻了沙发，又把半个身子探出窗外去张望，接着还用枪管挑起了窗帘，好像墙壁与窗帘之间，也藏着什么见不得人的东西。现在，那个女人停止了尖叫，大张着嘴巴，与我一起饶有兴趣地看着他们忙碌。我们都搞不懂他们在找什么东西。

忙完了歌厅那一摊子，他们又来到餐厅。这次更让人摸不着头脑，他们不但钻到桌子底下，周德山还爬到了桌子上，碗碟被他踩得哗啦乱响。他拿手枪柄敲着每一块天花板，又撬开其中的一块，脑袋探进去，他的脖子转了一圈，说明他伸在天花板里的脑袋也转了一圈。扑簌簌的灰尘接连不断地掉了下来，我很心疼地看着那一桌子的酒菜。

等到找完了该找的地方，并确信没有什么东西逃过自己的眼睛，周德山这才来到我的身边。我来了一个立正，立得不太正，小腹被尿胀得紧。但我说话很响亮，就像在里头那样，大声说：“队长好！”狗日的赵华看我这副样子，在一旁幸灾乐祸地偷着笑。周德山上下打量着我，脑袋向赵艳那边一歪，说：“你干的好事。”

我说不是我干的，我一直在吃东西。

“不是你干的，难道是我干的？”周德山显得很烦躁，看得出来他根本没工夫跟我说废话。他说：“告诉我马典在哪里？老实说，要不没你好处。”

我说他们撒尿去了。我想着他们撒尿肯定痛快得不得了。

狗日的赵华就爱多事，我们说着话他插了进来，一点儿都不懂规矩。我敢打赌，要是他在里头他妈的不倒霉的话，我就倒过来走三圈给他看看。他说：“真是不见棺材不掉泪，死到临头还他妈胡扯。我整个下午都在楼下候着，他们什么时候上过厕所了？”

周德山的脸色一下子变得难看起来，他意味深长地看着我，把那支六四式手枪的枪栓拉得哗啦响。我心中有点急。我发誓说他们真的撒尿去了，我告诉他们马典就是这么跟我说的。我恨不得自己变成混蛋马典，把他们走时的场景一五一十地表演给他们看。

周德山还在问我的话，他的那位警察朋友就跑去看究竟了。一会儿后他回来说厕所里没人，但他看到通往后院的那个窗户打开了，窗台上布满了乱七八糟的脚印。“如果我没搞错的话，他们应该早就从那儿溜掉了。”他说话的口气低沉，神情有点儿忧郁。

我松了一口气，心中非常感激这位细心、业务精通的警察。我不无得意地对周德山说，我只要得意话就会变得啰唆起来。我说：“没错吧，我跟他们一块儿来的，我都快被尿憋死了，难道他们就没有尿？至于他们是真的去撒尿还是骗骗我，我就没方法搞清楚了。”我还说我这个人其他的方面都不行，唯一的好处就是从来不撒谎。

“这么说你除了就是在这里吃东西，真的什么事都没干过？”周德山问道。

“没错，没错。”我讨好地说，看来吃的毛病，我这个人是永远改不掉啦。

“那就让你吃个够。”周德山一把抓起那只硬邦邦的猪肘子，他用另一只手按住我的头，一边把那个大玩意儿往我嘴里塞，一边说：“吃，吃，吃死你！”

除了嘴巴撕裂般地疼痛，我同时尝到了猪肘子上面灰尘的味道。灰尘的味道不太好，似乎有点儿发霉了，又苦又涩。

【17：59分】

我坐在车上时，天色开始暗下来了。说坐在车上，真是打肿脸充胖子，我不过是给自己一点儿面子罢了。周德山打开警车的后背箱，他叫我蹲在一只破轮胎上面。如果不蹲在那上面，就没其他空地方让我蹲了。

我们从赵华的酒店里出来后，他们给我上了手铐。尽管这样，我还是屁颠屁颠地小跑着来到那辆长安牌小面包警车旁，讨好地先给他们拉开车的前门，然后再给自己开车门。我想人家免费让我坐车，就得自觉点儿，总不至于还麻烦人家给我开车门吧。我正想钻到车的后排座位上，周德山一把把我拉了出来。他说这是你坐的地方吗？

我蹲在废轮胎上，就像蹲在野外的一口露天粪缸上，只不过地方狭窄了点，还颠簸得厉害。这可苦了我的膀胱了。车子一颠，我的小腹就压一下膀胱，恶作剧似的不把膀胱压点儿尿出来就没意思的样子。我的双手紧紧地抠住前面座椅的后背，这样多少减轻点膀胱的压力。

天色越来越暗，我看不清车是往哪儿开的。就是天还亮着，我这么蹲着也没法看见外面的道路。要是我不吃力地仰起脖子，就连街灯顶端的也无法看见。此刻的氖灯发着淡紫的光，像一张张病恹恹的脸俯瞰着我们。

他们坐在前面，好像是周德山的朋友在开车，俩人都闷声不响。隔着后排的空座位，我觉得他们离我非常遥远，远得恍如在一列火车上，他们坐在车头，我坐在车尾。

我想他们假如说点什么话，情况就会好一点儿，我就不至于心慌兮兮的没个着落。正这么想着，他们突然来了一个紧急刹车，我的脑门猛撞在座背上。只听到周德山的头伸出窗外大声呵斥："找死啊！"我没来得及猜测那个胆敢蹿到警车前面准备找死的，是一个走路的人，还是骑自行车的人，是一个男人还是女人，我就觉得膀胱撕裂般的痛。我双手尽可能地捂住小腹，像一个难产的妇女那样呻吟起来。

大概刹得太急，车子熄了火，老半天发动不起来。我抓住这个机会对他们说我要撒尿，我把这句话分成一个字一个字，艰难地从嘴巴里吐出来。我一边要呻吟一边又要说话，嘴巴都忙不过来了，因此也就没法把话说得更响亮一点。

我说的话那么轻，中间又隔了一排空座位，他们可能根本就没听见，发动车后接着往前开。我想这么下去可不得了，尿撒在裤裆里是小事，弄不好小命都会丢在这后备箱，像一橛毫不起眼的屎团，掉到废轮胎的洞里。我就试着让自己的呻吟声响一点，就调试收音机声音那样慢慢地调高起来，用呻吟来表达我的狼狈不堪。他们终于听到了我的痛苦。"怎么回事？"周德山转过头来，粗暴地问我，"你欠揍啊？"

我说我要撒尿，没准我的尿袋早已给撑破了。

车子打了一个趔趄，他们同时哈哈大笑起来。待他们笑够了，周德山说快要到了，让我忍着点儿。“没听说过还有活人给尿憋死的。”他说，“对不对?”

此后，不知道是路糟糕的缘故，还是其他原因，车子越来越颠。车子——尤其是车的后部，就像汹涌的浪头，一下接一下地把我往上抛，我的头顶碰到车顶，不停地发出沉闷的撞击声。

我只能苦苦熬着。当发现再怎么呻吟也没什么用，我就把音量渐渐地降低下来。我如同怀胎六个月的孕妇，双手护着膀胱，心中充满了悲伤与绝望。车子在黑暗中蹦跳，像一只受惊的蚂蚱往前蹦跳，我又觉得自己就是蚂蚱那由一节节甲壳组成的肚子里的卵，已经成熟的黄澄澄的卵，就差那么一点排出体外了。我佝偻着身体，极力把自己包裹在微弱的呻吟中。

我不知道他们要送我到什么地方去，是送到派出所去，还是重新送回监狱。我倒希望他们直接把我送回监狱，不要再给公务繁忙的公安干警添乱了，不要从头到尾再来上一遍，审讯，录口供，提起公诉，判刑，反正最后的结果还是要送到监狱里来。这样的话，还不如直接回到监狱。我也就有了一个充分理由，不用再憋着这泡该死的尿了。

这是我刚刚想定的，回到监狱后，我要送给大傻和黑熊一份礼物。我想来思去的，想起今晚的菜单是油豆腐烧大白菜，我要送给他们的只能是这点不足挂齿的东西，可怜的朋友。因为没有给他们带点更好的礼物我感到无比歉疚。至于亲爱的监狱，无论如何，也要送给它一份礼物。我也想好了，我要把膀胱中憋着的这泡尿，不管千山万水，也要不辞劳苦地带回去，馈赠给它，作为我重新回到它的怀抱的小小礼物。

我看看表，差一分钟就六点钟整了，这么算来我出狱已经一百十九分钟了。我盼着能在外面待到六点整，等足两个小时，凑个整数。然而，当我盯着秒针认真地数着数时，发现它突然间停了，活像眼睁睁地看着一个人的心脏突然停止了跳动。我使劲地晃动手腕，它还是不走。本来只不过希望它走慢点的，最后一分钟，就这样变得漫无边际，仿佛一个人永远走不完他不可思议的一生。

畀愚

畀　愚

男，1970年生。1999年开始小说创作，中国作家协会会员，国家一级作家。

至今已在《人民文学》《上海文学》《青年文学》《收获》《当代》《十月》等期刊发表小说作品数百万字。部分小说入选《小说选刊》《小说月报》《中篇小说选刊》《短篇小说选刊》《中华文学选刊》《21世纪小说年选》《21世纪文学大系》《学府年选》等国内各大选刊及各出版社的年度选本、排行榜。部分小说被改编成影视作品并译介到国外。

曾获2002年“浙江省青年文学之星”称号、《钟山》文学奖、新浪优秀中篇小说奖、数届浙江省优秀中篇小说奖、第八届“上海文学奖”、第二届“四小名旦”青年文学奖、首届“中环杯”上海文学中篇小说大奖、《人民文学》中篇小说金奖、《人民文学》柔石小说奖、第十二届“人民文学奖”、中国作家出版集团奖、第二届《小说选刊》年度大奖、第六届鲁迅文学提名奖等。

在繁荣的背后

——论畀愚小说的现实感

郭春林

好作家的素质当然有很多，譬如想象力、艺术感受力、语言表达力、形式感，等等。然而，在如今急剧变动的时代，一个好作家恐怕还必须具备较普通人更出色、更敏锐的现实感。

"现实感"当然是一个并不新鲜的概念。但我并不想稽考其源头，甚至也不想为其下一个中规中矩的定义。虽然就文艺理论史或批评史的角度而言，源头的稽考和使用情况的梳理无疑是学术史乃至思想史的重要组成，但毕竟，就"现实感"一词来说，它似乎并不是一个像模像样的概念，我们多半可以从词面把握其大致的意涵。我理解，现实感的核心就是基于现实判断之上的基本感觉。现实感其实人人皆有。但是，实在地说，正确的现实感并不易得。因为所有人对现实的感觉千差万别，更要紧的是，绝大多数人的现实感或多或少地受制于意识形态化的观念，也可以说，是建立在意识形态之上的，即使我们不在卡尔·曼海姆所谓意识形态即是虚假观念的意义上来理解。意识形态对历史和现实中人的强大影响力、建构力已是不争的事实，更兼如今高度发达的技术支撑和各种资本力量渗透的传播媒介，以及文化霸权直接或间接垄断的各种媒体，已经使我们目迷五色，诸臭莫辨。连基本的身体感觉都遭遇被塑造的命运，而要在纷乱杂陈的现实中发现并确立自己真实的感觉，更是谈何容易。也正是在这个意义上，我特别看重来自发达的浙江小镇的畀愚为我们奉献的这些作品。

一、以繁荣的小镇为切入口

畀愚自1999年开始小说写作，在近十年的创作过程中已发表百万字作品。

就我目前所读到的畀愚作品来看，绝大多数均以浙江东部某小镇为故事的发生地。自然，这与创作学的理论完全相符，作家既出生在这里，也在这里生活、工作，作品以此为主要的空间概念似乎在情理之中。但问题的复杂性显然不是创作理论就可以阐明的。畀愚在作品中所表现出来的批判倾向一方面体现在时间上，即所谓传统与现代；一方面体现在空间上，而在空间上所体现的不只是我们已经从中国近现代文学传统，乃至当代文学写作中总结出来的乡村与城市的二元对立，南与北也成为一个解释性的构架。而这其中也就包含着畀愚对当代中国的理解。

南方的小镇是他的故乡，也是他此时此刻的家乡。但畀愚的出发点却不是这里，而是遥远的北方乡村，即《寻夫记》中女主角李龙香的故乡。李龙香从遥远的北方出发，去南方的小镇寻找在此打工的丈夫。就小说而言，李龙香所遭遇到的冷漠是畀愚要表现的一方面，当然还有她为儿子读书的理想和寻找的坚忍；而另一方面极有可能被读者，甚至也被作者忽略，即这一空间顺序所反映的现实。20世纪80年代中后期在中国开始的新一轮现代化之路乃是从南方启动的，南方之得风气之先并迅速发展也是有目共睹的；而北方，尤其是广大的北方内陆地区，其发展的速度和程度，即便在三十年后的今天来看，也还不能相提并论。但要紧的是南北间互相错位的想象耐人寻味。已经发达了的南方却有人羡慕起贫困的北方所有的朴素、节俭，特别是其依然存留的传统的民风民俗以及伦理道德；而尚未发达的北方却丝毫体会不到这些，一心渴望着摆脱贫困。其中最根本的问题显然就是现代化至今仍无法彻底解决的物质的丰裕与精神的贫困间的矛盾。所以，即使《寻夫记》在艺术上尚不够成熟，我依然要将它看成畀愚迄今为止的小说写作的一个出发点，而我们则可以在这里看到畀愚直觉式的敏锐洞察力和现实感。

从遥远的北方出发是为了回到故乡，然而，故乡早已今非昔比。故乡已经成为中国现代化乡村的典型，乡镇企业、个体经营、政府倡导等早就使这些江南小镇呈现出一派繁荣的大好景象，百强县、百强镇、百强乡镇企业等名目繁多、名列前茅的先进单位也早就传遍大江南北，在国外闻名遐迩，甚至走向了世界。按一般的逻辑，生于斯长于斯的畀愚理应有一种强烈的自豪感和由衷的认同感，然而，畀愚偏偏看见了繁荣背后的不太被注意，也不应被"过多"关注、"过度"夸大，也不足为外人道的那一道不雅的风景，风景中的主体从未成为发达经济潮流中的主体，他们甚至连客体都不是，只是一群或一个个被抛出了现代化轨道的"障碍物"。

在《我们的生活多美好》中，性欲亢奋的方喜华被迫离了婚（他亢奋的性欲虽然受到了嘲笑，可如此公开地谈论性和欲无疑是一个现代性事件的表征，也许方喜华是先天的病态，病态的亢奋在现实愈益强劲的刺激下只能走向更激烈的状态），搬回到集体宿舍，也有了新欢。可工厂的宿舍和食堂很快被关闭了（这显然是对社会主义大锅饭的撤销，想一想80年代中后期以来的国有企业改革，也多半是从这些日常生活的方面下手的，随之而来的就是市场经济和生存竞争），接下来是裁员，工人下岗，买断工龄，自谋生路，工厂不久之后便倒闭，再被承包。死了丈夫的陈玲妹正是他最好的去处，既可以满足性的需要，也为他解决了无地可栖的困难，待真的要结婚的时候，女人却罹疾而去。而在这之前他们商定的结婚协议（其实就是财产公证）同样透露了现代性的消息。他不得不回到那个已经被承包了的工厂，看大门，住传达室，偷情，成为发廊的常客，继而丢掉工作。尔后他成了歌舞厅的保安，最后跟随一个跳艳舞的歌舞团跑江湖去了，用他自己的说法是，"我的好日子开始了，我就要活到花堆里去了"。在他看来，欲望的满足就是美好生活的全部。

在小说中，畀愚以一种略带嘲讽的语言进行叙述，而主人公方喜华的语言则是另一副玩世不恭、冷嘲热讽的幽默风格。玩世不恭其实是失败者的方式，是看破世事的结果，于是方喜华只要属于他的那一份快乐；而冷嘲热讽则是无力者的反应，是无可奈何的化解，是挣扎却也是一种自娱自乐的方式，所以，方喜华用嘲讽化解了来自生存的压力，他并不去想小镇为什么会变成这样，工厂为什么会倒闭，他的生活又为什么会变成现在这副模样，就像畀愚笔下的其他人物一样。他们从来不去想这样的问题，他们只有最基本的"船到桥头自然直"的生活态度。但并不是他们不愿意想，更不是畀愚不让他们想，实际上是他们根本没有这样的思考能力，他们只能被迫地接受。他们如果不愿意接受，他们就只能挣扎，在挣扎中慢慢地变得麻木起来。

畀愚作品中的人物或是主动应对，或是被迫接受，方式各不一样，源于个体的差异，也源于生活智慧和生存能力的不同。《站在到处是人的地方》的女主人公李明珠是餐饮业市场化后被淘汰的中年妇女，就因为年龄大了，不再有年轻时的容颜，也就不再能胜任竞争激烈的工作（这就是市场的逻辑，也是如今随处可见的美女经济学的反例），她下岗了。普通工人家庭的生存压力使她无法从四十多岁就开始安度晚年，她竟无师自通地做起了导游。繁荣繁荣，再繁荣。小镇开发了旅游业，旅游业的繁荣继而带来了餐饮业的激烈竞争和市场对导游数量的增加。一个无证无照的个体导游除了回扣没有其他收入，而导游们的回扣，无论是国营还是民营，都早就是这个市场无须置喙的潜规则。然而，李明珠即使回扣拿得比别人少，她依然不能自由地做她的个体导游，工商局、城管局乃至警察局等政府机构，加上旅游公司为了保证市容市貌和市场的规范自然要介入。最后，李明珠不得不手里拿一块“为人民服务”的牌子，要做免费导游了。虽然畀愚没有告诉我们后来的事，但可以肯定的是，李明珠绝对不可能继续做下去。因为这实在与小镇繁荣的面貌很不协调。李明珠同样不知道为什么她就不能做个体导游，更不知道她沦落到这个地步的真正原因，她只知道“坐吃山空”“待在家里就等于是在等死”这样浅显的道理。

这样的人在畀愚的小说还有不少，可是他们似乎只能生活在畀愚的小说里，在现实的世界中就愣是没有他们的立锥之地。他们的存在就像繁花锦簇的绸缎上的污渍，有碍观瞻；但他们更像历史的包袱，当现实如奔驰的列车向前飞跑的时候，他们就是负担，就是阻碍，就是必须被抛弃的牺牲品。可是，重要的是有多少人看到了他们的存在？难道他们就只能这样被遗弃？又为什么是他们被遗弃？被遗弃的他们又将怎样生活？同时，我们还要追问，难道繁荣就一定得付出这样的代价？如果这样的代价堪称巨大，那么我们又为什么一定要追求这种繁荣？进而言之，既然如此，作为一种意识形态的现代化观念为什么如此深入人心，或者从现代媒介的角度说，为什么主流媒体在有意无意地将他们置于阴影之中，他们似乎很难成为聚光灯下的对象？畀愚没有回答这些问题，但他将这些问题以故事的形式呈现给了我们。回答问题原本就不是小说家的任务，那么这些问题该由谁来回答呢？

二、以反讽为基调和手段

畀愚似乎有一种特别出色的反讽能力，也可以说，他对反讽有一种特别的偏爱。在诸如《荒日》《通往天堂的路》等篇中，这样的反讽俯拾皆是，可在我看来，那些夹杂在叙述、对话中的反讽，更像是80年代中后期红极一时的王朔的遗风。畀愚最出色的是题目与文本之间构成的反讽，这样的反讽不只是为了增强阅读的快感，一方面，它给我们读后思索的空间；而另一方面，它将作者的倾向明确地表达了出来。《我们的生活多美好》《罗曼史》《欢乐颂》《没有什么是不可能的》等篇，均可以使人在读完后体味到，这些篇名与作品中所叙述的故事之间存在着强烈的反讽意味，或者也可以称为“张力”。

但是，真正的张力是内在的，而不是刻意制造出来的。实际上，它来自小说家对文本中所叙述的人物及其生活的态度，来自现实本身所昭示的状态与我们对它的体认和想象之间的距离。

在我看来，《通往天堂的路》是畀愚非常出色的短篇佳作之一。火化场迁到了孙家浜，无论如何，即使没有被骗，村民们也不会轻易同意。领导安抚，并且指示“要因地制宜地搞经济，还要换个脑袋来看问题”。于是，就在这个相信“人民币最有说服力”的小镇开始了他们最为独特的“经济发展”之路：用钱铺就通往天堂的路。孙一定正是在这场最为独特，也最为荒唐的“经济”迅速发展的过程中成长起来的“领头羊”，他凭借敏锐的嗅觉，率先打破了传统销售商品的经营模式，将“服务”的概念引入丧葬，不仅如此，他还极富超前意识地将“文化”的概念引到殡葬中来。而他的儿子更是青出于蓝，要将资本主义最为成功的经验之一——垄断作为自己的目标。然而，只上过一年半小学的孙一定没有采纳儿子的建议，而权力与资本的结合使村长的小舅子很快抢走了原本属于他的“市场份额”，并迅速垄断了该“行业”。初生牛犊不怕虎，儿子还崇尚资本主义的另一个东西——竞争，他要以此激活整个“市场”，在“竞争”中占领“市场”，最终形成垄断。就在儿子为他的“宏图大业”奔波的时候，意外发生了，儿子车祸夭亡。从此，孙一定一家灾祸连连，妻子一悲成疯，最后失踪，冻死在遥远的喀什，铺子的生意难以为继，失去所有亲人的孙一定只能相信巫婆这个似乎能在生死之间建立联系的唯一的人，于是，为儿子促成一门冥亲成了他全部的生活。终于，他在医院里找到了一个连父母也不要的病危临死的女孩，女孩成了他的儿媳妇。而这恰恰正是儿子在生前早就设计好的：“将来的服务不光要有灵车接送，还要说阴媒、办阴亲、拜阴寿，这是一驾‘三套马车’。”结尾依然是畀愚擅长的方式，他又给了我们一个看似开放的结局：女孩并没有如医院推断的那样死去，虽然孙一定一定会继续等待下去，但他要等的是女孩的死！究竟会有怎样的结果呢？如果奇迹发生，女孩从死亡的边缘回来了，孙一定会照料她么？也许他们会相依为命，因为他们都是被亲人抛弃的人？然而，相信读过小说的人都不会有这样一厢情愿的想象，毕竟这只是我们的美好愿望，就像我们总是将天堂想象成无与伦比、美轮美奂的所在一样。

畀愚以“通往天堂的路”唤起我们对于阅读如同想象天堂般的美好期待，在最后彻底落空、破灭，留给我们的只有这一条现在普遍被人们所接受的“真理”：通往天堂的路是钱铺就的。这正是90年代以来在经济建设为中心的大背景下迅速形成的意识形态，其核心就是经济至上，说白了，一切为了钱，由此形成钱可以解决一切的结论。正是在这样的意识的形态影响下，社会开始转型，日常人伦随之发生变形，整个社会心理几乎完全被此垄断，经济生活、社会生活乃至家庭生活迅速地被其左右、操纵。"每天要过的日子"里"没有什么是不可能的"（均为畀愚小说的篇名），金子诱人的成色又怎么能不被当作天堂灿烂的阳光呢？

然而，绝不是人人都能看见金子诱人的光芒，或者说，那光芒绝不可能照到每一个人的身上，就如同世界上总有阳光照不到的角落一样。可是，我们要问，阳光为什么就照不到他们的身上，在没有阳光的日子里他们将怎样生活？在畀愚的写作中，他以一种反讽的方式呈现了出来，可这样的反讽呈现出来的是一种生活的态度或者哲学，他们无可奈何地在生活之流中沉沉浮浮，对那只操纵着他们的看不见的手似乎也并无多少怨言。同时，也正是这样一种对反讽手法的运用，使我们这些读者——旁观者在心底生出一种痛切，以及对这种艰辛的体认。

三、以现实感为立场

就叙述的方法而言，畀愚迄今为止的小说写作似乎也只为我们提供了不多的尝试。我们可以简单地将其归纳为反讽和直叙两种；就语言来说，畀愚的小说语言似乎也已经有风格化的趋向，即将嘲讽、诙谑、幽默、反讽的语言融入相对较为平直、朴素而客观的叙述中；就叙事视角看，也似乎多为第三人称；其所展示的多半是浙江小镇的生活图景，其中又可以分为现实和历史两个方向，尤以现实为主。但是，就已有的写作而言，作为一位70年代出生的小说家，畀愚却在这似乎还不够丰富的小镇上捕捉到了一种内在的丰富性，并在其中通过自己的尝试，寻找着更多的可能性空间。这一内在的丰富性恰恰就是小镇人相同而又有不同的生活状态。

除了《胭脂》和长篇小说《荒日》等篇外，畀愚的绝大多数作品属于现实题材，而在对现实的关注中，他又对被主流话语忽略或遮蔽的那一群人投注了特别的关怀，他们或者是下了岗的工人，或者是离了婚、丧了偶的鳏寡之人，或者是努力想着发达却苦无门路的乡人，或者是来自外地的怀揣城市梦、发达梦的男女青年等，这一部分人正是小镇的主体，但他们是被意识形态遮蔽的现实主体，是被繁荣掩盖的处于艰难中的人群。同时，他们的生活状况、情感方式又正是小镇作为一种文化、一种生活方式在当下的象征。

是畀愚的写作使他们呈现在我们面前，使昨日的小镇和今非昔比的小镇并陈在我们的视野中，呈现了发达小镇不为人知的内在的尴尬、紧张乃至不堪的一面。这样的现实逼使我们面对这样的问题：经济的发达需要社会为之承担怎样的后果？而在这个后果中，为什么是这一群人来承担？传统的伦理道德、情感方式等在现代化的进程中为什么会被抛弃？是它们确实不好，还是新意识形态太过强大，太具侵蚀力？而失去了这样的价值观的社会又将靠什么来维系？……虽然畀愚没有为我们提供答案，但这样的呈现却为我们提供了思想的起点。

罗曼史

一

后半夜开始下雨。春天的雨悄无声息，邢美玉睡不着，躺在床上总觉得有什么东西在心头一点一点地滋长。隔壁的房里静悄悄的。儿子还没结婚，却已经像做了人家的上门女婿，一个月也难得在自己的床上睡上两晚。但这又能怪谁呢？邢美玉心里清楚，要怪就只能怪她自己。有些夜里，明明知道儿子把女朋友带上了床，可就是忍不住，要出去隔着房门“关心”上一句，哪怕就是问一下明天早上吃什么也好。当妈的总是这样，还小的时候担心儿子吃亏，会让人欺负；大了，有了对象，就怕他在那上头太贪，过度了，那可是要乐极生悲的。怎么说身体是自己的，而女朋友就算成了老婆也不定是谁的呢。以后的日子还长。这话，邢美玉对儿子说过不知多少遍了，可儿子听不进去。一个在这上头没吃过亏的人，是永远不会明白的。邢美玉就吃过这样的亏。那种羞辱，隔了二十年回想起来，还能恨得把牙齿都咬碎了。邢美玉就是这么一个记仇的人。

二十年前的邢美玉烫着一头的大波浪，儿子都上幼儿园了，她还俏得像个没出阁的大姑娘。那个时候的男人看她，都会忍不住把目光落在她的胸上。按照她老公的说法，它们就是两只活蹦乱跳的小兔子，而且还是剥了皮的。老公在沉醉的时候，经常把脸贴在上面，像吃奶时的儿子，那样的馋，那样的贪，动不动就说要吃一辈子，还说就算让他死在上面也甘心。男人就知道在舒服的时候胡说八道，但邢美玉心里还是笑开花的，那样的摇曳，那样的荡漾。一个女人任劳任怨的图什么？不就是男人甜言蜜语。看着一个硬邦邦的男人，在自己身上一点一点变得柔情似水，邢美玉满眼都是幸福。

然而，邢美玉做梦都没想到的是老公会死，会在人家的怀抱里心肌梗塞死了。一连三天，她坐在镜子前看着自己的脸，可怎么看，都不像是个悲伤的寡妇。邢美玉的脸上看不出一点儿表情。直到出殡回来的那天下午，她一声不响地进了房间，关上门，拉起窗帘，打开灯，站在镜子前看着自己，心里想的却是那个女人。那女人一脸雀斑不说，大女儿都快初中毕业了，下面还连着生了两个，别说是两个胸早挂到了屁股上，就算割下屁股那两块肉扣在胸口，那也是两只死兔子。邢美玉看着自己，忽然伸手解开扣子，一件件地，把自己脱光。镜子里的女人是那样的白净与水灵。那才是要人命的一个身子。邢美玉垂下眼睛就流泪了，无声无息的，泪水一滴一滴滑过脸颊，沿着脖子一直淌到胸脯上，凉得就像冰。邢美玉咬紧了牙齿，默默地穿上衣服，出去洗了把脸后，又梳了梳头，瞥了眼搁在桌子上的骨灰盒，一扭脸出了家门。

亲戚们都担心她这是“想不通”去了，赶上去想拦，可邢美玉的眼神就像一把刀，从那么多人中间杀出了一条路来，头也不回地去了百货商店。亲戚们只好一个个跟在屁股后头，远远地看着。邢美玉就像一个口袋里没钱的顾客，在店里转了一圈后站在针织柜台前，低着脑袋，说得很轻，口气很软，就像一个垂死的人。她说要跟那女人谈一谈。

邢美玉上牙齿咬着嘴唇，把那女人领到大街上，没开口，上下看了她一眼，还是咬着嘴唇。女人等了会儿，说没事她就进去了，她还要盘账呢。就在女人回身的时候，邢美玉一把就撕开了人家的衬衫。女人叫了一声，看了眼掉在地上的一个纽扣，伸手就回了邢美玉一个耳光。“啪”的一声，打得邢美玉反倒愣在了那里。看不惯的是那些亲戚们，大家一拥而上，女人很快倒在地上。邢美玉十分从容，跪在大街上，就像撕开一块破布扎拖把那样，一把一把地撕，一把一把地扯。最后，她连皮带肉地从女人身上揪下一把毛来，才拍了拍手，站起来，说她就是要看清楚，那女人身上到底长了什么要人命的东西。到了派出所里，邢美玉还是这句话——她就是要看清楚，那女人到底长了什么要人命的东西。

邢美玉被判了三年。罪名是污辱妇女。

现在，二十年一晃过去了，可邢美玉在许多夜里醒来，还以为是躺在监狱那张木板床上。她睁大了眼睛，不敢动，呆呆地瞪在黑暗中。黑夜是不分牢里牢外的，都是一样的静谧与幽长。邢美玉常常是在半梦半醒中发现天亮了。

这天早上，儿子忽然回家了。邢美玉刚把头发盘起来，儿子拎着一大包羊毛衫进来了，话都顾不上说几句，扔下就走，说是要送货去上海，车在下面等着呢。儿子是羊毛衫厂的业务员，整天除了接单，就是送货，要么赔着客户吃吃喝喝的。邢美玉连儿子的脸都没看清楚，只听见一阵下楼的脚步声。邢美玉跑到阳台上，见儿子一头钻进了小货车里，一下就远去了，消失了，就像汽车发动时喷出的那一屁股白烟。

儿子长得像那个死鬼，高高瘦瘦的，有棱有角的。但静下心来细看，眉宇之间还是有一点儿邢美玉的影子在的，秀气，忧郁。尤其是他心事重重的时候，咬着下嘴唇，不说话，一个人默默地坐在那里，那神情活脱活现就是一个年轻时的邢美玉。有好几次，都是邢美玉特意跟儿子扯起婚事的，都二十六了。可是，儿子不说话，从来都没在这事上面开过口。邢美玉说起了，他就抬起眼睛看着她，然后又一点一点地从她脸上移开，落在屋子的某个角落里。其实，邢美玉是有打算的，把这房子好好地装一下，自己腾到北面的小屋里去。邢美玉表示过，愿意替他们操持这个家，等有了孩子，她就是一个不花钱的保姆。

话是从儿子的女朋友嘴里掏出来的。小姑娘叫小芹，没心没肺的，还没结婚呢，就好像是这个家里的儿媳妇了，肚子里的话，动不动就会搬到脸上来，摆在那儿。她直截了当地告诉邢美玉，他们要过的是两人世界。邢美玉一下子愣在了那里，什么叫“两人世界”？那是娶了老婆忘了娘。邢美玉人坐在凳子上，却更像是一脚踩空了，身不由己地悬在了那里。儿子不声不响的，原来想的是这个。看来小两口躺在被窝里面不知道合计过多少次了。邢美玉在床上躺到后半夜，爬起来，打开抽屉，对着那几张存折一直坐到天亮。邢美玉恨不得找支笔，在每张存单后面都添上个零。

邢美玉筑不起儿子的“两人世界”。这个事实，她的公婆早在多年前就看出来了。老公婆俩在一天晚上忽然来找邢美玉，拎着一串香蕉，站在屋里，看上去有点低三下四。公婆俩怕邢美玉，这大家都知道。邢美玉出狱干的第一件事就是要给儿子改姓。那怎么行？爷爷听说孙子要姓邢，急得嘴角都哆嗦了，就这么一个儿子死了，剩下的这个孙子可是他们老两口的命根子。可再宝贝的命根子也是人家的儿子。老人家都善于用妥协来争取胜利。妥协的方法除了割地，就是赔款。邢美玉的公公在退休前是小学里的历史教师，深知历史的功过得用发展的眼光来看。老两口每月掏了三百元的抚养费，才把孙子的姓氏保住了，协议签到了孩子十八岁。而那晚，儿子十八岁的生日才过了几天，这老两口就来了。邢美玉坐在对面看着他们，心里面在冷笑，这是黄鼠狼给鸡拜年来了。可是，让邢美玉做梦都没想到，这么平常的一个晚上，老两口送上门来的不光是一串香蕉，还给她儿子送来了一套房子。

房子在教师公寓的二楼，三房一厅，八十二个平方。公公说到后来，有点忘乎所以了，站起来，大手一挥，好像把历史课讲到了天安门城楼上。公公说老天爷还是长眼睛的，还是让他赶上了这趟末班车。但更激动的是邢美玉，又不好过分地流露出来，还得把屁股死死地摁在椅子上，强忍着，憋着。可忍不住的是泪水，不知不觉就悄悄地蒙上了眼睛。邢美玉是太需要一套房子了，这里的三十来个平方是那死鬼单位的宿舍。人走茶凉，何况是死了。死鬼那单位改制好几年了，每年都有人来催，要么让你买，要么让你搬。邢美玉哪来的钱买？又能搬哪里去？为这，好几次差点儿就找个人把自己嫁出去了。现在好了，邢美玉长长地吐出一口气，老天还真是开了一次眼。谁知，老两口临走时却一人一只手，拉住十八岁的孙子，再三强调，要他一定要记住了，这是爷爷跟奶奶留给他，是为了让他将来派用场的。说完，抬起眼，意味深长地看了眼邢美玉。那意思就是你邢美玉高兴归高兴，激动归激动，你住得再舒服，仍然是一个房客，东家是他们的孙子。

邢美玉才不管那么多呢。你说签协议，她就签协议；你说按手印，她就按手印。那个时候，邢美玉想的就是搬，快点搬，快点进到那八十二平方的三房一厅里面去。邢美玉就是想不到时间过起来会这么快，一转眼，儿子二十六了。许多时候，她停下手里的活仔细想想看，记忆真是个奇怪的东西，能一下把人拉回到过去，可时间呢？时间更不可思议，甚至有点可怕，不知不觉就把你推到了现在，逼进了死角里。现在，邢美玉的工作是往女式羊毛衫上钉珠片。活是儿子厂里面接来的，两块钱一件。每天，她坐在桌子前钉珠片，一针一线的，让一件单调的毛衣复杂起来，变得漂亮，变得有了层次，让人眼花缭乱。

邢美玉从来不在早上去菜场，通常都要到了下午三四点的时候，才放下手里的活，洗把脸，换件衣服，一本正经地下楼，就像是个上幼儿园去接小孩的外祖母。邢美玉上菜场，大部分都不是为了买菜，而是散散心，活动活动坐了一天的两条腿。对于那些五十出头的家庭妇女来说，菜市场就是她们的健身房，就是她们的茶馆。大家凑在一块东拉西扯的，当面说当面的话，背后扯背后的蛋。邢美玉是在豆腐摊前碰上小芹她妈的。小两口虽说没结婚，两个大人见了面却比俩亲家还热络，有话没话都要扯上好一会儿。可是，这一次有点反常，邢美玉叫声“小芹她妈”，人家扭头就走。邢美玉又叫了声，小芹的妈走得更快了，夹着两条腿，匆匆忙忙的，好像裤裆里面憋着一大泡尿，在急着找厕所。邢美玉愣在了那里，看着她的背影十分不解，想了很多，晚饭都没怎么吃，就打电话给儿子，非要他马上回家不可。儿子正在陪客户吃饭，可邢美玉不能等，对着话筒，话说得很阴沉。邢美玉说："你忙，就这辈子都别回来了。"

儿子还是回来了，喝了酒的脸，一块红，一块白的，坐在那里，疑惑地看着母亲。邢美玉是说着说着才嗓门大起来的。许多话，都是当妈的不该对儿子直说的，可这个晚上，邢美玉说了，而且说得毫不掩饰，都有点儿赤裸裸了。她问儿子跟小芹谈了几年了？去医院刮过多少个了？到底是怎么个打算法？儿子什么话也不说，还是看着母亲。邢美玉仍在说，人家也是有父母的，你们这样天天睡在一个被窝里，就顾着眼前这点儿乐子，刮到以后生不出来了怎么办？人家的父母会怎么想？会怎么看她这个当妈的？说到这里，邢美玉忽地站起来，去房里拿出那几张存折，一股脑儿地摊在桌上，说她省吃俭用，就攒了这点儿家底。说完，她一张一张地看几张存折，全部看了一遍后，抽出其中的一张，坐下，继续说这是她留给自己的，将来要防着万一的。儿子在这个时候叫了声妈，声音拖得老长，听上去远得就像是从天边传来的。儿子不是没有苦衷，这一声妈里面，邢美玉都听出来了。她闭上嘴，把脸别到一边，长长地吐出一口气后，邢美玉说："这家是你的，我搬。"

儿子沉默，点了根烟，低着脑袋一口一口地抽。

邢美玉等了会儿，说，结吧。

二

还是找房子先搬。邢美玉想好，就动起来了，她几乎把镇上的中介公司都跑遍了，房子是看了不少，可不是嫌大，就是嫌小。不过，中介公司里的人倒是看出来了，这女人是嫌贵。再便宜的房子都嫌贵。大家都对她爱理不理起来，问三句，也难得懒洋洋地答上一句，有个别心直口快的直截了当地告诉她，想要住得称心，别租，买块地自个造去。这是什么态度？邢美玉恼火，但她不跟这种人废话，扭头就走。满世界哪里不是房子？不靠这帮人，还省掉一笔中介费呢。邢美玉穿街走巷，自己去打听，自己去找，就当是散步，还锻炼身体呢。这天，好不容易找到一家合适的，有厨房还带着卫生间，邢美玉站在院子里，正想跟房东再还还价的，就发现问题了。隔壁住的怎么都是外地人？老老小小的一大帮，就像建筑工地的大门口，他们放着凳子不坐，一个个光着膀子不是靠着墙，就是蹲在了屋檐下。而且，那些人看人的目光都是由下往上挑的，恨不得眼睛里面长出只手来，把人家的裙子都撩起来。邢美玉怕。五十多岁的女人不怕难为情，是想得多了。跟这么一群民工住在一个院里，那不等于是老母鸡住进了黄鼠狼的窝里。

想不到找间房子都这么难。邢美玉无可奈何，回到家里，只能继续往羊毛衫上钉珠片，但还是忍不住要对王师母唠叨几句。王师母是邢美玉的邻居，一梯两户就住在隔壁，退休的护士长，上班的时候在医院里伺候病人，退了没几年，老男人瘫了，看来她这个护士长是要当一辈子了。王师母在家坐不住，又不敢走远，每天王老师一打盹，她就要来敲邢美玉的门，哪怕聊上两句也是聊。爱说话的人都热心，王师母刚搬来那会儿，就要给邢美玉做介绍。用她当年的话说，哪怕找个男人给你抚养儿子也好。现在，换汤不换药，王师母还是差不多的一句话：找房子租，不如找男人嫁。

当护士的见得多了，什么话都敢说，说什么都不脸红。邢美玉嘴上不顺应，心里还是动了一下的。说老实话，一个人躺在床上时，什么没想过？不知想过多少回了。但结果是两个字：死心。对男人死心，对自己更死心。这天晚上，邢美玉躺在床上又在想了。细细想来，自己这一辈子，说穿了是毁在了男人的手里。那死鬼是一个，另一个就是刘奎新了。那个时候的邢美玉刚刑满释放，工作没了，可日子还得一天天地往下过。然而，哪个单位会要一个牢里出来的女人呢？那些天里，邢美玉真是走投无路，心里面除了恨，就剩下后悔了。有好几次，她把自己关在屋子里，对着镜子狠狠地抽自己耳光，骂自己，也骂那个女人，骂完了，就自己抱紧自己哭。邢美玉是真后悔了，那么毒的一只×，都能让男人死在上头，自己干吗非要去看这一眼？这一眼，邢美玉觉得是把自己都看到头了。

是表姐主动找上门来的，说是她们家的“木头”点头了，让邢美玉准备准备就上粮管所里帮着收粮去。表姐家的“木头”，就是邢美玉的表姐夫刘奎新，粮管所的副所长。但表姐更像是他们所里的正书记，比刘奎新都来得说一不二。邢美玉落泪了，不光是感激，还有一股温暖荡漾在心头。这才是亲人。

粮管所里一年收三季的粮，早稻、中稻、晚稻。邢美玉每天坐在码头的磅秤后面，穿着蓝大褂，戴着乌兜帽，在大太阳底下，跟什么人都客客气气的，说什么话都是轻声细语的。可这不管用，邢美玉才收了一季的谷子就看出来了，临时工就是临时工，这条界线没划在脸上，却刻在了每个人的心底里。

邢美玉花了一个月的工资，买了老酒、香烟、水果，还有一双女式皮鞋，送到表姐家里。表姐毫不客气地收下了，在试新皮鞋的时候，她小声关照邢美玉好好干，找机会转正。邢美玉听进去了，拿眼睛看坐在沙发里的表姐夫。邢美玉发现这个表姐夫不光是块“木头”，简直就是“石头”。在所里从没跟自己说过半句话，到了家里还是屁都不放一个，就知道一口茶、一口烟地盯着电视机。邢美玉也是没话找话，叫了声表姐夫，说他的烟瘾可真大，屋子里都像在生炉子了。刘奎新这才呵呵地笑了笑，扭过头来看了眼邢美玉，又呵呵地笑了声，继续抽他的烟，看他的电视。可是，不会说的人会做。过了没几天，还在食堂里吃着午饭，刘奎新像是忽然想起了什么来，板着一张瘦脸，让邢美玉吃完了来一下。

太阳火辣辣的，照得人睁不开眼睛。刘奎新带着邢美玉从粮管所的后门出来，沿着河堤一直骑到了他家里。一路上，邢美玉心事重重，一肚子的疑问，可看着刘奎新的后脑勺，就是不敢问，也不敢说，坐在自行车后架上，只知道两只手死死地抓紧坐垫上的两根弹簧。一直等看到了刘奎新家里那张床，邢美玉有点儿明白了，回身想跑，刘奎新用身体挡住房门口。邢美玉睁大眼睛，叫了声表姐夫。刘奎新笑了笑，抓住她就往床上摁。邢美玉不能喊，哀求表姐夫放开她吧，他们两个是不能这样的。刘奎新摁在那里，想了想，说明天一早上保管组报到去。邢美玉一下睁大了眼睛，不动了。

事后，邢美玉想哭，却又哭不出来，趴在床上就觉得痛，浑身上下都在痛，可这种痛又很不真切，有点儿装腔作势，有点儿得了便宜在卖乖。邢美玉一声不响地抱起衣服下床时，刘奎新叫了声美玉。好像还是第一次听他这么叫。邢美玉愣了愣，回过身来。刘奎新躺在那里，眯着眼睛，脸上的表情很是满足，还有那么一点儿灿烂。邢美玉竟然有了一丝莫名其妙的温暖，站在床边等着他往下说。刘奎新在床上坐起来，声音一下回到了办公室里。他对邢美玉说：“先去适应适应，慢慢来。”

邢美玉不说话，站在床边一件一件地穿上衣服。临走，又看了眼刘奎新那张板着的瘦脸。刘奎新不光是脸瘦，身上更瘦，而且还黑，仔细回想一下，压在身上，就像怀里抱着的一捆柴火，真不知道他那一身劲儿是哪儿来的？刘奎新基本上每天中午都要让邢美玉“来一下”。要是特别来劲了，还会连着再来一下，邢美玉躲都不能躲。有一次，她咬紧了牙关，就是不去。刘奎新在床上空等了两个小时后，端着茶杯就上保管组里来坐了一下午，脸板地就像那只翘起的鸡巴，不说话，坐在那里，弄得谁也不敢开口，又不敢走，老老实实地陪着坐了一下午。下班的时候，组里的人你看我，我看你，都搞不懂副所长的哪根筋搭错了，在跟谁生那么大的气。只有邢美玉知道，这是在给她看颜色呢。邢美玉还知道，自己是怎么也斗不过刘奎新的。主要是保管组里太舒服了，跟坐码头是不能比的，每天就是查一回仓，穿上胶鞋在仓库里转一转，拔出插在谷子上的温度计看一看。那些日子里，邢美玉什么都不想，就想快点儿转正，成了正式工连仓库里都不用转，每天就剩下喝茶吃瓜子了。为这，邢美玉在刘奎新的床上是加过一把劲儿的，又巴结，又奉承，从没这么下作过，想起来都恶心。刘奎新有点儿惊讶，但非常满意，咧着嘴，一脸都是回味。可在转正的问题上，却还是那句话："慢慢来，得一步一步走。"

这天，表姐忽然来了，一点儿预兆都没有。邢美玉刚从刘奎新那里回来，匆匆忙忙到了所里，一进保管组的门，就见表姐正坐在她位置上。本来，一屋子人都有说有笑的，一见她站在了大门口，一下全都闭嘴了，抬着脑袋一起看着她。说到底，邢美玉还是做贼心虚的，站在那里一下子都不知道怎么好了。表姐这时走过来，笑吟吟的，瞥了她一眼，随口说了句玩笑话，说她的脸红得就像刚从被窝钻出来。保管组里的人都笑了，邢美玉慌张得不得了，赶紧用两只手捂着脸，来回地拭，红了吗？没有，热，是热。

邢美玉做梦都没想到表姐这是来给她介绍对象来了。那人叫王新华，加油站里的正式工，一个月光奖金跟夜班费就好几百呢，但主要还是人老实。表姐强调，老实得连老婆都看不住，去年跟人跑了。邢美玉不出声，两个人沿着仓库边上的一条阳沟一直往前走。表姐的语气是不容置疑的，就像邢美玉的妈，吐出来的每个字都能一锤定音。表姐说男人只要人品好，家里条件好，在单位里面吃得开。她依次扳完三根手指后，站住了，盯着邢美玉问，还有什么好考虑的？邢美玉不出声。表姐却是个喜欢自作主张的人，第二天就带着王新华上家里来了，连瓜子、话梅都带上了。说得好听，是来串串门的。邢美玉没法子，只能应酬着。三个人坐在桌子的三面，那姓王的还真老实，坐得毕恭毕敬不说，瓜子都嗑得小心翼翼的。但越是老实的人，说话越不知道轻重，冷场的时候，他没话找话，冷不丁地问邢美玉几岁了。哪有一见面就问女同志年龄的？邢美玉随口说三十三了。说完，发现错了。52年12月份生的，怎么说都该三十五了，就算阴历也该是三十四。邢美玉自己都不知道怎么蹦出这个三十三来的。表姐却看在眼里，撇了撇嘴，心里有数了，说了没几句站起身来，忽然想起件事来，要回家一趟。

表姐一走，邢美玉还是不自在，不知道跟这个姓王的说什么好，只能偷偷地打量他。从长相说，王新华比那死鬼强，比刘奎新更像个男人，结结实实的，隔着衬衫都能透出里面的栗子肉来。尤其笑起来，嘴巴一咧，有种说不出来的憨厚。说心里话，邢美玉从小就喜欢男人这样的面相，像他的父亲。王新华也在看她，两个人的眼睛在桌子中间碰上了，一接头，马上又都缩了回去。瓜子在这个时候派了大用场，两个人面对面坐着，不说话，就像是比赛，只知道一粒一粒地嗑。

王新华一个星期上三个夜班，来邢美玉家里谈三个晚上，星期天就在家里陪儿子。每次来的时候，手里拎着一包瓜子，一包话梅。瓜子是两个人看电视吃的，话梅用来打发邢美玉的儿子。谁说老实人拎不清了？王新华人是木讷了点儿，但手巧，来了没几天，就把邢美玉家里的抽水马桶、下水道、煤气灶都调理顺畅了。邢美玉不是不动心，这心早动了，里面还带着很多感激的成分，人家这么好的条件，不嫌自己坐过牢，不嫌自己没工作，还拖着一个“油瓶”。有一回，邢美玉特意试了一下，在厨房里洗衣服，洗着洗着，“啊呀”一声把手给扭了。王新华心疼得不得了，从坐的沙发里几步就蹿进来，搓了两下手，一把抓起水池里的衣服，非要他来洗。那可都是女人家贴身的小衣服。邢美玉从来没见过一个大男人给女人洗三角裤，而且洗得那么细致，搓了正面，搓反面，搓完了还要举到灯光下照一照，抹上肥皂再细细地搓上一遍。邢美玉都快看呆了，仿佛那两只手不是在搓自己的三角裤，而是在搓她的心，一下一下，搓软了，搓皱了，什么滋味都有，揉成了团，拧成了块。但静下来就不这样了。王新华走后，邢美玉不敢躺下，都好几天了，一躺到床上这心就痛，像被撕出了一条大口子，就连做梦，都像有两个人在扯着她的两条腿，痛得让人哭都哭不出来。忍了好几次，邢美玉忍不住对刘奎新开口了。那天，一到刘奎新的床上，她就宣布这是最后一次了。刘奎新不作声，板着脸，上上下下忙完了，邢美玉又说她以后不来了，她真的有人了。刘奎新说这不冲突。邢美玉默默地穿上衣服，临走，回头认真地看了刘奎新一眼，说：“我真的不来了。”

刘奎新连着咳嗽了两声，说：“过了晚稻就要招工了。”

邢美玉愣在门口，握着门把好一会儿，慢慢地走回来，走到床跟前，坐下，一点一点地趴到刘奎新胸前，埋在那里。邢美玉说她真是对不起王新华。刘奎新笑了笑，没动，看着她，等着。

可是，邢美玉进不了粮管所，这辈子都别想转正。那时候，她跟王新华的恋爱已经谈到了床上。瓜子是没空嗑了，一个星期三晚上，两个人忙着上床都来不及，就等孩子睡着了。这是没办法的事，要把男人的心留住，就得敞开自己那两条腿。邢美玉清楚得很，也难受得很，每次跟王新华上床，总是带着一股歉疚的心情，所以做起来特别认真，尤其小心，想迁就，又不敢放得太开，王新华可是个老实人。但老实人也知道打算，知道差不多了，该把事情办了。

结过一次婚的人都是实干家，不来花里胡哨的那一套。话是一天晚上在枕头边说的，王新华说电视机、录像机、录音机、电冰箱、煤气淋浴器这些现存他都有现成的，但床一定要新的。他让邢美玉放心，他已经让家具厂的朋友在做了。邢美玉不说话，直挺挺地躺在床上，看着黑暗中的天花板，上牙齿咬着下嘴唇，一颗心总算放到了肚子里，踏实了，落定了。邢美玉长长地吐出一口气，说心里话，这一天，早在头一回上床那一刻就在盼了。

按照王新华的意思“十一”就办了，用不着铺张，家里人一起吃顿饭，两个人再上杭州去度个蜜月。毕竟是二婚嘛。可邢美玉坚持要等到元旦。邢美玉有邢美玉的想法，不能对人说，这是她心里面的小秘密。邢美玉想来个双喜临门。工作与婚姻一起来个双丰收。早在好几个星期前，埋在刘奎新肚子下面那会儿，刘奎新就透露了——已经差不多了，该打的招呼他都打过了，就剩下时间问题了。邢美玉一下子抬起头来，嘴巴张得比眼睛都圆，瞪在那里，顷刻间就心潮起伏了，都有点儿热泪盈眶了。刘奎新正在兴头上，伸手一按她脑袋：“别愣着呀，继续，继续呀。”

而事情就是黄在刘奎兴的床上。邢美玉都想好了，只等转了正，就再也不跟刘奎新“来一下”了。一个女人家该过河拆桥的时候，就得过河拆桥。邢美玉是狠下了一条心的。所以，那段时候特别温顺，刘奎新在食堂里都用不着开口，丢下个眼神，邢美玉就会乖乖地跟在屁股后头，远远的，走得若无其事的样子，就像是饭吃撑了，一个人在河边散步呢。那天也是这样子，邢美玉不急不缓，赶到刘奎新家里还要了根火柴，对着镜子剔了好一阵的牙。中午吃牛肉了嘛。刘奎新有点儿等不及了，咳了两声没见动静，就用力一拍棕棚，邢美玉这才脱光了爬上去。表姐就是这个时候推门进来的，早就布置好了的，后面还跟着王新华。邢美玉以为表姐会扇自己耳光，揪着头发一边打，一边骂。但是没有。表姐都不像表姐了，站在床跟前，就像个服务员，甚至还拿起床头柜上的胸罩递到邢美玉手里。受不了的人是王新华，一根手指隔着大老远指了好几下，嘴巴张开又闭上，闭上后又张开，可就是一句话都说不出来。王新华掉头就走，表姐从柜子里取出一双皮鞋，往邢美玉怀里一塞，说：“走吧。”

这天下午，邢美玉没去保管组里，而是直接回了家。走过中塘桥时，她看清楚了，抱在怀里的正是自己送给表姐的那双皮鞋，已经破得不像样子了，上面一个一个的小口子，密密麻麻的，都是剪刀戳的。表姐戳了多久？不知道。可邢美玉看得出来，那一刀一刀的，每一刀都是能戳得死人的。

王新华是在黄昏时分来的，蹬着一辆小三轮，停在了邢美玉的家门外。王新华一句话都不说，进了门就低着脑袋往车上搬东西，把他这小半年里支起来的电水壶、录像机、音响、毛巾被还有自己平日里的替换衣服，一样一样搬到车上。最后，他看了邢美玉一眼，低头要走，邢美玉忽然说："别走。"

邢美玉说完，解开纽扣，脱下王新华托人从广州捎来的牛仔服，一把扔了过去后，蹲下去抓起儿子的脚，两下就扒下那双回力牌白球鞋，又一下，这回扔到了王新华身上。儿子这一年还不到十岁，吓坏了，光着两只脚站在地上，"哇"的一声就哭了。邢美玉不出声，拉起儿子的手，直挺挺地站在那里，瞪着王新华，上牙齿咬紧下嘴唇。邢美玉忍住眼泪不往下掉。一个女人家，拍掉牙齿也只能自己往肚子里吞。

三

儿子在做结婚准备了，却什么话也没对邢美玉说。先是拉了一车复合地板来，堆在了楼下的车库里，过了没几天，又拉来一车瓷砖与水泥，都把整个车库塞满了，才上来看着邢美玉，支支吾吾的，说木料定了，就等人家送货上门了。邢美玉看了眼儿子，站起来，把摊了一桌子的羊毛衫，一件件叠整齐了，抱进怀里，一声不响地进了房间，关上门，坐在床沿上，手里还是抱着这堆羊毛衫。儿子的声音是从门缝里传来的，说他在外面借了间房子，哪天让小芹陪着邢美玉先去看看，要是看不中，他再想办法。

儿子说完就走了。整个下午，邢美玉都抱着这堆羊毛衫，就像月子里抱着吃奶的儿子，一坐就是一个下午。

邢美玉决定把自己嫁出去。而要娶她的男人在哪里？不知道。一连好几天，她都在心里面盘算，把印象中的那些男人一个个都过了一遍，没有着落。又过一遍，还是没着落。邢美玉多少是有点儿发急的。这天傍晚，她盛了两碗绿豆汤，叫开王师母家的门，说是让他们老两口尝一尝，可一屁股坐进椅子里就不走了，又不知道怎么开口好，扯来扯去的，一脸都是心事，偏偏又要装轻松，咧着嘴巴笑得都没样子了，还是不愿意合上这张嘴。王师母一眼就看出来了，老寡妇这是门栓松动了，在急着让人说出去呢。可王师母偏就不提这档子事，吊在那里，有一搭没一搭的，尽说那些不着边际的话，要不就是撅着屁股，一口一口地往老头子嘴里喂绿豆汤。

王师母最后还是给指了条路的，说得像个没事人似的，说着说着就说起了她的一个远房亲戚，都离过三回了，最近又结了，而且嫁得还是个返聘的教授，就在上个月，两口子办了护照，上非洲开灯泡厂去了。王师母特别强调，人家可是在婚介所里对上的，要不然，一个棉纺厂的下岗女工，上哪找教授去。邢美玉心跳得厉害，喉咙头热辣辣的，都快要脱口而出了。可回到家里静下来又一想，婚介所不就是中介公司吗？开口闭口要的就是钱，看套房子都得收你十五块。邢美玉是舍不得这钱，但在床上翻了大半夜后，第二天还是忍不住上了婚介所。

邢美玉找了家门面不大的，来来回回在大街上走了好几趟，才低着脑袋进去，还让人当成是来给孩子看照片的。接待的小姑娘说最好是让本人来，看完资料就可以安排见面了。邢美玉盯着桌上的电话机，好一会儿才说她自己就是本人。邢美玉脸都红了，可人家小姑娘根本不在意，麻利得很，指着表格让她尽量填明白点，尤其是电话，一定要写清楚，填完就进里面去拍张数码照片。小姑娘说得很清楚，登记是免费的，拍照也是免费。那什么是收费的？邢美玉关心的是钱。小姑娘说见面，见一个，就收一次费。小姑娘说他们这里还有俱乐部呢，办张贵宾卡就可以享受优惠了，见三个免费送一个。邢美玉在心里面撇嘴，还贵什么宾，都到这里来找男人了，那就等于是贱卖。

可婚介所的电脑里不这样，那么多的男女老光棍，进去的时候孤苦伶仃的，但一出来，一个个都优雅了，温柔体贴了，不光有气质，大部分还都有房有车的。邢美玉挑得眼都花了，越看就越是拿不定主意，原来全世界的好男人都躲进了婚介所的电脑里。还是小姑娘说了句大实话：自行车也是车嘛。小姑娘建议她多挑几个，多接触接触，余地大一点儿。邢美玉才不理她呢，不能拿人民币去打水漂。邢美玉最后挑了个文化馆里退休的干事，付了五十块钱后，一直等到第三天，婚介所里才打电话来，都替她约好了，就在望吴楼门前的柱子边，时间是傍晚的六点钟。邢美玉一下子紧张起来，开始慌乱了，整个下午什么都干不成，就知道站在大衣柜前照镜子，一会儿把头发盘上去，一会儿又放下，看了好一会儿，还是盘起来的好看。邢美玉对着镜子，拿定主意了，要是谈得还可以，明天就去小温州那里烫个头。

老干事比照片上要年轻，一点儿都不像六十好几的人。站在望吴楼前的台阶上，邢美玉拘束得很，甚至还有点儿扭捏。她以为老干事会请她上望吴楼里坐坐，喝喝茶，嗑嗑瓜子，好好地聊上一聊。可是没有。老干事请邢美玉坐到柳树底下的一张长凳上，很随意，有点儿老相好的意思，这是饭后出来散散心，透透气的。老干事话说得很清楚，他女儿嫁人了，住在北京，儿子也成家了，住在南京。老干事说就他一个人住着一套公寓房，三室两厅的。邢美玉相当地满意，抿着嘴笑了笑，身不由己地点了点头，飞快地瞥了一眼，见人家正拿脸对着自己，赶紧快速地收回目光，低头看着自己的两个脚尖。这些，老干事都看在了眼里，他搓了两下手站起来，请邢美玉要不上他家里去坐坐，顺便参观一下他的房子。邢美玉不吱声，眼神一下子落到了河水面上，心想怎么可以一来就请人上家去的。老干事等了会儿，不见动静，只好重新坐下来，请邢美玉不用担心，他不是坏人，哪有他这样的坏人的？为了证明，他从随身的包里面掏出好几张旧报纸，一张一张摊开来，非要邢美玉看一看，那可都是他发表的诗。邢美玉可不想看什么诗，也看不懂。老干事却一定要往她怀里塞，“看看嘛”。邢美玉只好接过来，上面的好多字都已经不认得了，不过阿拉伯数字邢美玉会看，1985年报纸。1985年，那时候自己正在牢改农场里扎扫帚，而人家在写诗。邢美玉无端地心酸起来，拿着报纸，上面那么多黑压压的字都挡不住，一下子汹涌上来，弥漫开来，把眼睛都快蒙住了，看上去那么迷离与涣散。眼睛是心灵的窗户，可眼神也会让一个女人不知置身何处。

老干事忽然抓起她的一只手，一个劲往自己胸口拉，就像电视里的白马王子，跪下去的心思都有。文化人就是不同凡响。老干事说，你就是我的红颜知己。这可吓坏了邢美玉，心思一下收了回来，赶紧摇头，说不是的，她可不敢当。老干事用力点头，非要说敢当，就是这样的，他看着邢美玉，说要为她写一首诗。老干事眯着眼睛，又把邢美玉上上下下打量了一遍，好像那诗就藏她身上的哪个旮旯里，就等着他去探索，去发现、去挖掘出来。老干事憋了好一阵，说，小邢，还是上我家里坐吧。

原来这就是老干事的诗。邢美玉那口气一点一点松了，取而代之的是失望，她轻轻地抽回自己那只手，人也坐正了，低下头去。邢美玉轻轻地说她要回去了。话虽这么说，人却坐着没动，还是低着头。老干事连连点头，说：“也好，上你家也好，一样的，一样的。”

邢美玉是看出来了，老干事又是一个刘奎新，穿着衣服像教授，脱了裤子就是禽兽。五十多岁的女人可不能再让人家往床上摁了，邢美玉什么话都没了，站起来，走了。老干事慌忙赶上去，一手捏着旧报纸，一手提着包，笑呵呵的，请她走慢点，不用急，时间有的是。邢美玉不理人，咬紧了下嘴唇，只顾自己走。老干事倒是神色从容，不声不响的，跟在屁股后头，像个通情达理的老丈夫，脸上还挂着微笑，好像在对每个过路的人说，有什么办法，这年头，女人就是这脾气。邢美玉忽然站住了，回头直视着他，问他跟着干什么。老干事叹了口气，两手一摊，让邢美玉自己看嘛，两个人好好的，不要说闹就闹嘛。老干事很会做，一脸的无辜，还有点儿委屈，声音里充满文化人的苦口婆心，他劝小邢同志要珍惜，这都是缘分嘛，很难得的。老干事说着，再次拉起邢美玉那只手，轻轻地托在手心里，就像是拍婚纱照，优雅，并且旁若无人，满目深情地看着邢美玉。老干事清了清嗓子，忽然吟诵道："如果我是一只鸟，我就用嘶哑的声音为你歌唱。"

女人会为一个字死，也会为一句话生。老干事深知这个道理，把女人的耳朵打通，那她身上的什么门也都敞开了，他要往灶膛里再加把火了。他把脸凑过去，很神秘，也很自信，得意扬扬地对邢美玉说了一句心里话——别看他年纪大了，人老雄心在。他说他这是六十多的年纪，五十多的长相，至于这身体嘛……老干事卖了个关子，顿了顿，笑眯眯的，把嘴凑得更近了，说，最多只有四十岁。老干事不光色，原来还口臭，闻着就像隔夜的马桶。邢美玉皱紧了眉头，抽了一下手，没抽出来，还紧紧地攥在人家手里，她赶紧别过脸去。老干事是有点儿急切了，上了年纪的男人都这样，急于表明，急于证实。他拉着邢美玉一个劲儿地说："真的，不骗你的。"老干事真诚地说："试一试你就知道了。"

邢美玉一下回过头来，脸色已经不对头了，说："试什么？"

可是，老干事没看出来。经验有时是害死人的。老干事说："五十块都花了，我们总得试一试嘛。"

邢美玉自己都不知道怎么了，根本没想过要打人的。她用力抽出手来，就想走，就想快点儿回家去。可那只手不听话，也不知怎么搞的，一下就甩了过去。声音不响，却扎扎实实地打在人家脸上。打完了，邢美玉也吓坏了，像杀了人，两边看看，却什么也没看进眼里去。邢美玉扭头就走，比跑都来得快，扔下老干事一个人，孤零零地站在暮色中，好一会儿才醒过神来。老干事捂着脸，见一旁望着他的两个年轻人，垂下手来，叹了口气，说真是神经病。可那两个年轻人还在看着他，只好又补充了一句："明天就送她精神病院去。"

第二天，邢美玉一大早就闯进婚介所，非要要回那五十块的见面费不可。她涨红着一张脸，很不讲理，大声地问："这叫相亲吗？这叫给人做介绍吗？"没有人回答，大家都在直愣愣地看着她。邢美玉就自己回答自己，同时，也是告诉在场的所有人："这是拉皮条，是耍流氓。"还是没有人搭腔，但这不重要，重要的是那五十块钱。不还就不走了。邢美玉一屁股坐进一张椅子里，胸脯一起一伏地。谁知，老板也是个认死理的人，就是不肯还，还说这不是钱不钱的问题，这是规矩，是原则。他问邢美玉人见到了没有？邢美玉反问他这算是人吗？邢美玉说："这是个老流氓。"

老板笑了笑，手往门外的街对面一指，派出所的门开着呢，让她找警察说去。老板说，流氓归派出所管。

可邢美玉就是要要回那五十块钱。老板没办法，都快僵持到中午了，老板上了趟派出所，叫来了两个穿制服的协警，一指邢美玉，问他们怎么办，他还要不要做生意了。协警答不上来，但很客气，请邢美玉到派出所里去坐，有什么话对他们两个说。邢美玉却很不客气，说她没啥好说的，她就是要要回那五十块钱。协警不高兴了，有道理讲道理，生意总得先让人家做下去嘛。协警给邢美玉出了个主意，请她找工商所去，这买卖上的纠纷，说穿了也不归他们派出所管。不过临走，协警还是警告了一下的，让邢美玉，别闹事，谁闹事，谁吃亏，治安条例是帮理不帮人的。

说到底，坐过牢的人对制服是敬畏的，邢美玉不敢扯着嗓子要钱了。可不吹胡子瞪眼的，谁当你是个人？就像是个影子。邢美玉完全是自己给自己找台阶下，忽地站起来，让他们等着，这事不会就这么了结的，她让他们等着。邢美玉在众目睽睽下走到大门口，忽然回过头来，用力一指，大声说："有你们好看的。"

邢美玉气呼呼地回到家里，才记起来今天是星期天。儿子与小芹都在，摆了大半桌的菜，都是摊上买来的熟食。邢美玉最忌熟食了，费钱不说，主要是不卫生，可儿子就知道图方便。邢美玉一进门，儿子一见她的脸色，什么话都不说，赶紧起身盛了碗饭。开口的是小芹，很亲热，叫了妈后，用筷子一指，说这些都是国强去买的，他们俩已经好几天没在家吃饭了。小姑娘都管这里叫家了。邢美玉鼻子里出了口气，坐下，让她多吃点，不要客气。小芹又开口了，小心翼翼地对着邢美玉，说下午她没事。邢美玉一愣，放下筷子，看着她，等着她往下说。小芹脸垂下一对长睫毛，盖住那双不大的眼睛，话却说得毫不含糊。小芹说木料都到了，都已经冲开了，摊在了木行里，一天的保管费就要十块钱。说着，她抬起眼睛，又说："妈，吃了饭我们去看看那房子，我带你认认路去。"

那房子就在老街上。窗外是条混浊的河，来凤桥就横在河上面，名字是老名字了，桥是新的，造得很有气势，像座庙。谁说现代的能工巧匠们不伟大？都能把桥造出庙的气势来。

搬出教师公寓没几天，儿子拎着一大包羊毛衫来了。邢美玉正在洗头，儿子就一声不吭地等着，趴在窗口，一口一口地抽烟。洗完头，邢美玉一声不响地站在儿子背后。儿子回过身来，被母亲的神情吓了一跳。邢美玉站在暗淡的光线里，披头散发的，就像个刚从河里爬上来的落水鬼。但更可怕的是她的眼睛，亮得出奇，黑白分明得出奇，一动不动地盯在他脸上。儿子扭头看了眼窗外的河，马上又回过来盯着邢美玉。邢美玉什么话都没说，抓起那一脸盆的洗头水，走过去从窗口泼了出来，“哗”的一声，水在河面上撞得粉碎。

四

夏天说来就来，一点儿前奏都没有，心急火燎的，一来就让人脱衣服。不过，细心的人还是发现了，比夏天来的更快的是蚊子，就像电视里的轰炸机，密密麻麻的，从四面八方来了就到处挑衅，就想发动战争。蚊子的敌人就是人。可以说，夏天就是那么多蚊子用它们的小翅膀扇动起来的。但是，女人们喜欢夏天。蚊叮虫咬没关系，汗流浃背也没关系。女人要的就是身上的衣服少一点儿，薄一点儿，再少一点儿，再薄一点儿。把该露的都露出来，把不该露的也半遮半掩着。夏天是个让女人变得轻快的季节，让上了年纪的女人变得年轻，让漂亮的女人变得性感，让不漂亮的女人变得迷人。夏天就是女人们的魔术师，是老天爷亲手给女人们搭起来的一个大舞台。邢美玉同样喜欢夏天。夏天把白昼拉长了，把黑夜压缩了。说到底，一个女人最难熬的还是黑夜。

现在，邢美玉的每一天都从那个窗口开始。她把桌子移到了窗边，喝完粥，就埋着脑袋往羊毛衫上钉珠片。屋子里面静悄悄的，前几天墙壁上还潮得长出白毛来，这天一热反倒干燥了，而且还阴凉。潮湿与黑暗的好处就在于阴凉。让人受不了的是蚊子，还有河水中那种腐烂的气息，怎么闻都是一股没倒干净的臭马桶味。邢美玉真是触景伤情，想想自己都已经坐惯抽水马桶了，到头来搬进了破屋子不说，还要天天蹲床背后那个木马桶，撒泡尿都不敢坐踏实，就怕里面的粪水溅屁股。

有一天，居委员会的两位女同志忽然找上门来。她们笑容可掬的，问长问短的，不是查户口，但就是查户口。要不然，翻开笔记簿记什么记？邢美玉说家里正装修呢，她这是暂时住一下。居委会的同志很宽容，告诉她没关系的，住多久都没关系，本地人是不用办暂住证的。那人说着，举头在屋子里望了会儿，提醒邢美玉一定要注意，这间是危房，去年一场台风刚把屋顶掀了，虽说修是修了，还是得注意，安全第一。邢美玉也跟着在屋里张望，有点儿担心了，问她该怎么个注意法。那人想了想，留了个电话，说有事找社区。邢美玉心想，找了社区这台风就不来了？这屋顶就不塌了？可嘴上没说，就知道一个劲地道谢。两位女同志起身告辞的时候，其中的一位忽然想起来，说街道上正开展全民健身走活动呢。那人说着，扭头像是跟另一位商量，又像是自言自语，说像邢美玉这种情况，应该是有资格参加的。另一位想了想，一点头，语气相当的肯定了，说暂住的也是居民嘛，重在参与。邢美玉才不会去全什么民，健什么身，不稀罕，也没那闲工夫。但那女同志邀请得十分诚恳，说来吧，有一条毛巾，还有两块香皂发呢。

完全是看在香皂与毛巾的份儿上，邢美玉去了，但带回来的不光是香皂与毛巾，更大的收获在心里。邢美玉碰上了一个男人。说出来都没人相信的，就这么一次的全民健身走活动，在人民广场上跑了两圈，那个男人却好比是个跳水运动员，一个猛子就扎进了邢美玉的心里。有点儿实在，又有点儿虚幻，溅起了数不清的水珠子，白花花的一大片，可一眨眼都落下去了。落下去，但静不下来，还在那里一圈一圈地荡漾。排在大太阳底下，邢美玉顷刻间无限地落寞，扭头看了眼那男人。那男人正高举着一条胳膊，在发号施令："各就各位，预备……"那男人忽然垂下手，跑了过来，就站到了邢美玉的面前，示范了个起跑的姿势，说："得这样，肩，肩要往前送。"可邢美玉的肩就是送不出去，怎么弄都摆不出"送"姿势来。男人笑了，温和地开了句玩笑，说邢美玉这是在抱孩子呢。邢美玉本来就热，这一下脸更红了，瞄了他一眼，嘴抿得像个大姑娘。这个时候有个女居民捣乱了，叫邹主席，这不是奥运会，还让他看看头顶的大太阳，都快晒死人了。

那个男人是工会里退下来的邹副主席。跟邢美玉比起来，邹副主席年纪是偏大了一点儿，两鬓都发白了，可人长得精神，还那么腰是腰背是背的，挺拔得很，穿了一身短袖的运动装，脖子里面挂着个哨子，就像邢美玉上中学那会儿的体育老师。这点儿经验邢美玉是有的，男人怎么样，用不着眼睛去看，拿耳朵来听就够了。两圈跑下去，一边擦汗，一边喝水的时候，三言两语的，邢美玉基本上就心中有数了。居委会里举办的运动会，有的是多嘴多舌的人。只要提个头，比如说就这么嘀咕上一句："这邹主席倒还真看不出岁数来啊。"就有人纠正了："副的，早退了，都快十来年了。"但这些都不重要，有一句话，邢美玉听进去了："邹副主席的老婆去年死了，真是个没福气的女人。"邢美玉心里"怦"地一下，好像自己一下成了那个有福气的。她忍不住要抬头，又要去望一眼这位去年死了老婆的邹副主席。可是没见到，转了一圈后，邹副主席就站在她身后面，拿了瓶矿泉水，咧着嘴巴笑得很亲切，对邢美玉点了点头，说生命在于运动。这回，邢美玉的心"怦怦"跳了两下，不知道答什么好，用力一点头，有点儿慌，有点儿乱，但一脸都是认真。

其实，邢美玉早就见过邹副主席，每天都见得着。大清早，只要推开窗户，邹副主席就站在来凤桥上，比北京时间都准时。六点钟来，七点半走，一手托着鸟笼，一手捧着保温杯，逗上一会儿鸟，耍上一套太极拳，再一边压腿，一边还在逗鸟。每天都是这样，风雨无阻，阴晴不改。邢美玉坐在窗口，都能听到他逗鸟的口哨声，就像吹在耳边。邢美玉的心一下就成了笼子里那只鸟，就知道拍着翅膀在里面扑棱，"叽叽喳喳"地叫个不停。

邢美玉开始早锻炼了。在上来凤桥之前，她是做了一点儿准备工作的，到街上去扯了一块白色的人造棉，花了一整天给自己做了一身练功服，穿在身上相当飘逸，要是腰里扎条带子都能去演牧羊女了。可在镜子前照了好一会儿，还是发现有点儿美中不足，于是，又去夜市上买了双白色的跳舞鞋。这才叫配套嘛。邢美玉以为邹副主席一见她，就会露出亲切的微笑，然而没有。邹副主席始终耷拉着眼皮，一门心思沉浸在他的一招一式里面，就知道怀中抱月，就知道白鹤亮翅。邢美玉站在一边叫了声"老邹"，他这才勉强抬了下眼皮，像是嗯了声，但更像是两个鼻孔里面放了个闷屁。邢美玉很是下不了台，看了看两边那些打拳、压腿的人，好在谁都没注意她。邢美玉走也不是，站着更不是，只好背了个身，一个人在那里上牙齿咬着嘴唇，不知道干什么好，只能踢踢腿、伸伸腰、拍拍手。

太阳光很快就贴到了湖面上，虽然照不到桥廊下的人，可还是热得不行。老话说隔水晒死人。邢美玉头上在冒汗，心却越来越凉，慢慢就结成了冰，硬邦邦地堵在胸口，在那里膨胀，同时也收缩。恨谁都不如恨自己。邢美玉毫无理由地埋怨起自己来，扯什么人造棉？买什么跳舞鞋？而邹副主席就是在这个时候站到她跟前的，满头大汗的，一手捧着保温杯，一手托着杯子盖，看了会儿，晃了晃脑袋，说这不成，练得有个章法。邢美玉不理人，就像是个聋哑人，哼都没哼一下。她把睁着的眼睛合上，一下子投入了，也沉迷了，把腿踢得更高，把手拍得更响。邹副主席笑了笑，喝了口茶水后，又说，女同志还是要耍木兰拳的好。

五

邢美玉一下子就迷上了木兰拳。她找出儿子学英语那会儿的录音机，摆到了桥头上，伴音磁带是邹副主席带来的。他们一个教的认真，而学的人更是用上了心。这可不光的是一个教与学的过程，来凤桥上一起锻炼的人都看出来了，两个人眉来眼去的，功夫都在拳外了。然而，眼看一套拳学得差不多了，邢美玉有点儿沉不住气了，想趁着这股东风再推波助澜一下，掀起一个高潮来。她“哎呀”一声，这天早上把脚给扭了，蹲下去就站不起来了。桥上的好几个人都回过头来，都想上前帮忙，可个个都是有心无力、插不上手的模样，眼睛看着邹副主席。邹副主席不像王新华，没搓手，也不着急，站在一边请邢美玉去美人靠上坐一下，先歇会儿。邢美玉很是失望，抬着眼睛，两边看看，既无助，又痛楚，都快要忍不住了。可一转脸，她竟然拿出了一副一不怕苦、二不怕死的劲头，坚持着站起来，说不要紧，她还行。说着就要摆架势，邹副主席过去关了录音机，说：“今天就到这里，到这里吧。”

看样子邹副主席更关心笼子那只画眉鸟，说完扭头逗他的鸟去了，扔下邢美玉一个人踮着脚尖站在那里。邢美玉一赌气，抱起录音机，跷着脚，一瘸一拐就回了桥下的小屋里，站在窗口，隔着窗玻璃眼睛盯着他看。邹副主席一门心思在逗鸟。邢美玉是听不到他噘着嘴巴吹出来的口哨声，但此时无声胜有声，时间一长，那音声就成了一把刀，悄无声息地钻进来，一刀一刀都在挖她的心头肉。整个上午，邢美玉什么都懒得做，没钉珠片，连饭也不想做，就坐在窗口，而心里面空得什么都搁不住。邢美玉再也不想学什么木兰拳了。

谁知，中午太阳最热烈的时候，邹副主席忽然来了，折扇遮在脑袋上，给邢美玉送药来了。这是邹副主席第一次上家里，不请自来。他把红花油与止痛膏一起放在桌上，摇着折扇一个劲儿地说这天真热，真是热，像火在烧。邢美玉这才从无措中缓过神来，如梦方醒，赶紧把电风扇开到最大的档位上，对准他吹。在吹的时候，她又想起来了，去倒了一杯水。邹副主席坐在桌边说了什么话，邢美玉一句都没听进去，自己说了什么话，也记不起来了，反正耳朵与嘴巴一下子都不知道是谁的了。但有一句话，邢美玉听进去了，还在心里转了个弯，深深地扎下了根。临走的时候，邹副主席满脸都是关切，站在门口说他有医保卡的。他让邢美玉说往后小毛小病的就对他说。邹副主席强调：“一定要说。”邢美玉吸了口气，原来人家早明白了，都拿自己当自己人了。邢美玉必须要有所回应，要有所表示，这回她没叫老邹，垂着眼帘子，冷不丁地说了句，往后别带茶杯了。邹副主席一愣。邢美玉把头抬起来，白了他一眼，一撇嘴，像是在埋怨，还带着一点儿俏皮，又十分地亲密，说：“也不嫌麻烦。”最后，邢美玉认真地说：“往后，我给你沏着。”

邹副主席咧着嘴，点了点头，沉吟一下后，却说：“不急，还是注意点儿影响的好。”

说完，邹副主席走了，张着折扇遮在脑袋上，一头扎进了烈日里。邢美玉一下就不高兴了，什么叫不急？什么叫要注意点儿影响？邢美玉想不通，都快想进牛角尖里去了。一直到了晚上，才开始释然起来，躺在床上劝慰自己说，男人跟男人是不一样的，看来这位邹副主席是个慢性子。邢美玉长长地吐出一口气。其实，邹副主席有邹副主席的难处。邢美玉是好，相比起来年轻，人也漂亮，看着都开胃，可这中间还夹着一个姚老师呢，就在不久前人家介绍刚认识的。邹副主席十分为难，在心里面自己跟自己战斗过好几个回合了，都是不分胜负。说起来，这位姚老师邢美玉也认识，中心小学里退休的教导主任，就住在教师公寓里面。退了休，还整天板着一张苦瓜脸，好像全世界的人都想揩她一把油一样。不过，姚老师的长处也是显而易见的：有文化，还有退休金，但对于一个丧偶的老男人来说，最主要是人家还没结过婚，都快一辈子了，连对象都是头一次谈。六十岁的处女意味着什么？邹副主席在心里打过一个比方的，那就好比是只大熊猫，珍稀得很啊。

邹副主席跟姚老师从不在公共场所碰头。障碍来自女方，年轻时都没跟谁约过的会，老了更拉不下这张脸去搞什么花前月下的了。为此，姚老师红着脸，拒绝得很婉转，说还是别让她破这个例了。她还再三关照邹副主席，这来来去去的要尽量避着人一点儿，她可是一辈子都没让人说过半句闲话的。可以说，完全是顾着姚老师的好名声，邹副主席每次上她那里都是偷偷摸摸的，连楼梯都爬得像个贼，高抬腿，轻落步。邹副主席每次去，姚老师都会提早把耳朵贴在门背后，听着他一步一步地上楼，到了门外，一把拉开，就像放进了一阵风，很隐秘，很默契，相当会心。邹副主席喜欢这感觉，到了屋里都不敢大声说话，基本上是以眼睛交流为主的。这可是非同一般的，邹副主席很是受用，人都跟着年轻起来。两个人通常坐的地方在书房，面对面，茶倒是黄山的毛峰，喷喷香的，就是姚老师这长相没法跟邢美玉比，老，而且干。有一次，邹副主席喝着茶，姚老师忽然拿出一幅肖像画来，涨红着脸，说这是她凭印象替邹副主席画的。姚老师当过三十年的美术教师，这一笔一画里千丝万缕的，邹副主席能看不出来吗？男人感动了，也就离冲动不远了。邹副主席站起，要去拉姚老师的手，可人家六十岁了也是大姑娘，顿时慌了神。姚老师惊叫一声，把桌上的茶杯都打翻了，溅了一桌子不说，还烫着了邹副主席。这回，轮到邹副主席脸红了，站着都不知道手放哪里好，伸也不是，收回来更不是，只能摊在那里。姚老师更不安，像是犯了大错误，一声不响地把桌子抹干净后，坐回椅子里，低着脑袋主动向邹副主席做检讨，同时也表明了心迹。她请邹副主席不要怪她，他们不能这样，真的不能。说着，她抬起脑袋来，请邹副主席要理解她，要多给她一点儿时间。邹副主席不吱声，却用眼睛问了好几声为什么。姚老师忽然眼睛红了，一把埋下脸去，声音比蚊子叫的还要轻。邹副主席俯到她跟前，花了很大的力气，总算听清楚了。姚老师说："是你的，迟早是你的。"

大姑娘就是大姑娘，都六十岁了还能羞成这样子。邹副主席相当感慨，而更多的还是为难，两头都好，两头都舍不得。这可怎么好？真是的，年轻的时候都没这样抢手过，老了，反倒俏了。这真是的，怎么就这么讨人欢喜呢？邹副主席这几天空下来就在卫生间里照镜子。可是，镜子里是不会有答案的，里面仍旧那么一张脸。邹副主席使劲搓了两下手，出了卫生间，站在客厅里仔细地想了想，这三角恋爱的味道还真是不错的，看来男人是越老越值钱啊，就像古董，像字画。邹副主席一下子就心血来潮了，在饭桌上铺开一张宣纸，大笔一挥写下四个行书：左右逢源。想了想后，另起一行，又写了四个：乐在其中。

六

七点半一过，来凤桥上锻炼的人都陆续地回家了。毕竟这是座桥嘛，要把道让给上班、上学、买菜、开店、摆地摊的居民们。可是，邹副主席没急着走，坐在美人靠上。邢美玉上屋里给他续了杯茶水，顺便还拿了块毛巾来，一屁股坐在了他边上。邢美玉是故意的，趁着邹副主席喝茶的工夫，举起毛巾拭了拭他额头的汗珠子。这说穿了也纯粹是个动作，一种意思，让人感觉就像是对风雨同舟了几十年的老夫妻。姚老师就在这个时候忽然来了，撑着一把遮阳伞，站在了他俩跟前。她涨红了脸不说，还瞪圆了眼睛。邹副主席慌忙站起来，伸出手想给两个人做个介绍，姚老师却开口了，说人家说了她还不信。姚老师一字一句的，每一个字都是从牙齿缝里挤出来的。她说，原来这是真的。

说完，姚老师扭头就走，根本没看邢美玉一眼。邹副主席是彻底乱了阵脚，对着她的背影一扬手，"哎"了一声，想赶上去，可看了看坐着的邢美玉，就是挪不开步子，尴尬与难堪都堆在了一张老脸上。要说邢美玉就是见过世面的人，不动声色，捧着他的鸟笼站起来，递到他手里，看着他，说"还不快追"。邹副主席站着没动，邢美玉就象征性地推了他一把，语气也跟着加重了，但看起来是真心实意的。邢美玉说：“去吧，快。”

对男人邢美玉真是看穿了。都这把年纪了，这一个个的不是想吃白食，就是吃着碗里，看着锅里的，这是什么世道？简直就是一个师傅教出来的。回到自己的小屋里，邢美玉趴在桌子上想哭，却怎么也流不出眼泪来。也真是怪事了，连泪水都不帮衬着自己。邢美玉索性躺到床上，瞪大着眼睛，什么也不看，什么也不想，就那样一动不动地瞪着。

邢美玉没想到姚老师会来杀个回马枪，已经在吃晚饭了，她忽然闯了进来。而且，进了门也不入座，就这么站着，摆出她那张当过教导主任的青皮脸，一动不动地看着邢美玉好一会儿，才说她不会跟人争的，尤其是争男同志，以前她没争过，现在也不会争，将来更是不可能。邢美玉不理她，埋头吃饭，就当她是脱裤子放屁。姚老师很是没趣，脸一下涨得更红了，看了会儿，忽然蹦出一句：“做人要有自知之明。”

邢美玉一下抬起了头，姚老师却一扬下巴，扭脸，走了。邢美玉“啪”地把饭碗蹾在饭桌上，盯着那扇敞开的门，过了很久，这口气还堵在胸口出不来，窝在那里。她对着门口忽然大声问了一句——什么叫自知之明？谁没自知之明了？问完了，还不解气，抓起饭碗，一股脑都倒进了河里。

第二天，邢美玉一大早就上了来凤桥。可是，邹副主席没来，一连三天都不见人影。邢美玉有点儿慌了，心中没底，好像掉了什么东西，这大白天的，在屋里钉珠片，钉着钉着忍不住要站起来，要到外面去找一下。邢美玉去的地方很明确，就在邹副主席住的田园新村门口，哪怕是转上一圈也是转，再带着一身的大汗回来，想想自己真傻，真像个十七八岁的小女孩。第四天的上午下起了雷阵雨，却一点儿都不凉爽，又闷又热。雷阵雨的好处就是把人往屋子里面赶。邢美玉一手撑伞，一手提着一个大西瓜，在田园新村里转了好几圈，打听了好几回，才进了一个楼梯口，上了二楼，敲开了邹副主席家的门。

邢美玉的脸相当红，屁股一挨凳子，就只会一把一把地在脖子里抹汗水。邹副主席递了条毛巾过来。邹副主席这是在生病，吃坏了，拉了三天的肚子，到今天才算止住了，可还虚弱得不行，看着都让人心疼。邢美玉叹了口气，仿佛是自说自话，眼睛看着窗外的雨珠，说：“一个男人家没个人照料怎么行？看这家乱的？真是的。”邢美玉摇了摇头，站起来，开始收拾起屋子来，就像在自己的家里。邹副主席赶紧拦着：“那怎么成，怎么能让你动手呢。”邢美玉不管，几乎是不由分说，而且还多此一举，硬把邹副主席扶进藤椅里，非要他躺着，好好养养神。可邹副主席怎么躺得下去？好几次都要翘起来，邢美玉用眼睛摁住他，就像看着一个不听话的儿子，但说的话却十分感伤。邢美玉垂下眼睛说这是不放心她，嫌她笨手笨脚的。邹副主席赶紧说他可不是这个意思，他一点儿也没有这个意思。邢美玉忽然扭脸一笑，抿着嘴就在屋里忙开了。邢美玉是个能干人，这是一眼就看得出来的，来来回回没几趟，屋子里就有了条理，桌子更像桌子，椅子更像椅子了，还好像宽敞了，亮堂了，邢美玉的脸上也挂满了汗珠。但这些汗是值得的，从邹副主席的眼睛里，邢美玉看到了成果。比练了这么多天木兰拳显著多了。最后，她找了把刀，把拎来的西瓜剖开，一半放进冰箱里，另一半再剖开，再剖开，一刀一刀的，剖成小小的一瓣，送到邹副主席嘴边，让吃，说拉了肚子要补充水分，不然会脱水的。邢美玉就像是个医生，邹副主席却成了听话的孩子，都能从西瓜里啃出奶花香来。这个时候的幸福是什么？幸福就是一块送到嘴边来的西瓜，就一个字：甜。临走的时候，邢美玉说了，下午她还要来，要给邹副主席做好吃的来。说完，她就发觉太轻挑了，跟自己一惯的表现不相符，随即红着脸又补充了一句："你就当是请个保姆嘛。"

这真是忙碌的一天，天空中阵雨不断，邢美玉的两只脚也没停过，匆匆忙忙回了趟家，从枕头套子里拿了钱，上店里一下就扯了好几块真丝面料，一点儿都没手软。到了裁缝铺还要让师傅加快，加钱没关系，就是要快。钱是花在刀刃上的，现在就是这个关键的时刻。连着三天，邢美玉天天翻花样。可以说，邢美玉就是用每天两身的连衫裙，连同葱花鲫鱼汤、毛豆排骨汤、百合莲子羹、桂花绿豆汤，彻底征服了邹副主席。说穿了，要征服一个男人，不就是要他眼花缭乱，要他馋，要他吃了还想吃吗？一个七十岁的男人，除了眼睛跟嘴巴以外，还有什么地方搞不定的？第三天的午后，邢美玉靠在邹副主席的藤椅里，累是累，可心里面是憋着一股劲儿的，就想那姓姚的女人忽然闯进来，让她好好地看看，邹副主席正在边上给自己打着折扇呢。

邹副主席忽然合起折扇，由衷地说："小邢，真是辛苦你了。"

邢美玉很不好意思，说："应该的。"

邹副主席摇了摇头，想了想，没说什么，而是一把抓起邢美玉的一只手，很是突兀，还有点儿紧张，看着她，要说的话却都到了手指上，用力捏了一把，又是一把。邢美玉坐起来了，抬起眼睛，一动不动地盯在邹副主席脸上。但邢美玉的眼睛很快垂了下去，一下子羞得都不像样子了，脑袋挂到了胸口，可手还在人家的掌心里握着，不敢动。邢美玉看着自己的两条大腿，在心里面长长地吐出一口气。

现在，邢美玉每天的生活起了变化。羊毛衫上的珠片是没工夫钉了，重心都移到了邹副主席那头，不是保姆，胜似保姆，而且还是往里贴钱的那种。但是，邢美玉坚信一个道理：舍不得孩子套不着狼。跟往后的大好日子比起来，这几个钱算得了什么？每天早上，两个人在来凤桥上练完了，气归丹田后，坐着喝上一会儿茶，逗上一会儿鸟，邢美玉就急着要上菜场去了。得给邹副主席做好吃的。然而，邹副主席这人喜欢凑热闹，有事没事的，系上围裙挤进厨房里，一定要帮把手。当过领导的同志就是喜欢掺和，还好瞎指挥，常常要在老方法上搞创新。明明是煲个鲫鱼汤的，最多往里面搁块豆腐，那都是上得了菜谱的做法。但邹副主席不，他要改革，要推陈出新，相当主观，自说自话地加进了紫菜、蛋皮与胡萝卜丝。这汤的颜色是好看了，像块调色板，可味道呢？邢美玉尝了一口，邹副主席也跟着尝了一口，味道就在两个人皱紧的眉头里。不过，失败并没有使邹副主席气馁，他人坐在饭桌边，神情却像回到了镇工会的办公室里，拿筷子一指那个汤，解释说："我们得辩证地看待这个问题，至少营养还是很丰富的嘛。"

邹副主席这人话不算多，三言两语的，却总能通过剖析概括出一个道理来，并且还能一把提上去，让本来很平常的一件事情，一下子有了高度，变得意义深远，高高在上了。邢美玉是真心地喜欢听他摆事实，讲道理，凝视着他，会发现他整个人都会变得高大起来，那样神采奕奕。邢美玉常常是支着下巴，专心得像个小学生，而且两只眼睛不忽闪都不行。邢美玉一个人的时候，在心里面也对这个男人概括了一下，不光是有工资与房子，总的来说，邹副主席这个人在想法上有深度，在做法上有风度，除了握一握手，偶尔用上一点儿劲儿外，从不拉拉扯扯的。每次在他家里吃完晚饭，洗干净了饭碗，都是邹副主席主动提出来的，上外头去逛一逛，饭后散百步嘛。当过领导的就是不一样，邹副主席在时间与空间的把握上很有分寸，逛得差不多了，也就到了来凤桥畔的小屋门口。邹副主席每次都是目送邢美玉进了屋，关上门，才转身一步一回头地往回走。有一次，邢美玉贴着门缝往外张望时很纳闷，男人嘛，难道还真有削尖了脑袋不往里面钻的？

邢美玉首先想到的是岁数。那晚，她躺在床上辗转反侧，几乎可以断定了，都七十岁的男人了，只怕是"不行了"。邢美玉没想到"不行了"这三个字会这样尖锐，每一次想起来都像一根针，一下扎在心头上，痛得都能激出一身的汗来。可是，等到天一亮，邢美玉摸着心口，很快又说服了自己，"不行了"就"不行了"，这行不行的又不能当饭吃。自己这是太贪心了。历史已经有过这样的教训了：一个人太贪心了，是绝没好果子吃的。

而事情出在一天上午。两个人从菜场里出来，肩并肩的，一个托着鸟笼子，一个拎着一马甲袋的菜，都有点儿夫妻双双把家回的味道了。谁知，就在出口处碰上了姚老师。邢美玉心里一跳，一下子兴奋起来，还故意挺了挺胸，斜眼一看邹副主席，想一把挎住他的。可邹副主席的眼睛早躲进鸟笼子里去了。姚老师却不躲不避，一脸迎难而上的架势，直视着他们，又像眼睛里根本就没这两个人，有的只是一对狗男女。邢美玉做梦都没想到，这个老处女竟敢“呸”的一声，把一口唾沫就吐在了她脚跟前。完全是碍着邹副主席的面子，邢美玉忍住了，扭头狠狠瞪了这女人一眼。姚老师竟然也回过头来，横眉冷对，又一低头，“呸”的一声，第二口唾沫，吐在了他俩身背后的水泥地上。但邢美玉还是忍住了，对着那口白森森的唾沫冷冷地一笑后，一扬脸，上牙齿咬紧下嘴唇，扭着屁股，走得头也不回。

话是到了邹副主席家里说开的。一进家门，邢美玉就盯着他，问为什么。邹副主席装愣，看着她，挑起眉毛，一脸的无辜。邢美玉说，她凭什么吐唾沫?

邹副主席伸出脖子：“谁?”

邢美玉说：“她。”

邹副主席拧着眉头，想好一会儿，还是明知故问：“她？哪个她?”

邢美玉极其失望，男人个个是无赖，邹副主席也不例外。她把盯在邹副主席脸上的眼睛收回来，一点一点地垂下去，落到自己的脚尖上，老半天才摇了摇脑袋。邢美玉扬起脸来，又摇了摇脑袋后，扭身就走。受了委屈的女人都是这动作，扔下邹副主席一个人愣在那里。可回到自己那小屋里，邢美玉也愣住了，睁大了眼睛怎么回想都不敢相信，自己就是这么扭着屁股走回来的。坐在窗口那张桌子前，她一个劲儿地问自己这是干什么呢？跟谁较这么大的劲儿呢？这人绝不是邹副主席，也不可能是那老处女。那就只能是她自己。想到深处，邢美玉就在肚子里面狠狠地骂自己。但这还不解恨，邢美玉忽然一巴掌抽在大腿上，“啪”的一声，当场就起了五个手指印。然而，邢美玉不觉得疼。邢美玉有的只是后悔。除了后悔，就剩下揪心了。发什么火呢？生什么气呢？邹副主席可不光是个男人，他还是一张医保卡，还是一套三室两厅的公寓房。

七

除了养鸟、打太极，邹副主席还好跳个舞、拉个二胡什么的，说穿了这也是多年工会工作中培养出来的兴趣。三天不跳，两条腿就要发痒。邹副主席跳舞，一般都在下午，外面烈日当头，里边却黑灯瞎火的，就当是乘凉。邹副主席算过这笔账的，花五块钱打上一个下午的空调，怎么算都是划得来的。可邢美玉看不惯这种地方，男男女女的，搂完了这个抱那个，看着都让人喘不过气来。邹副主席请邢美玉去过一次，那也算是在公共场所里首次亮相。谁知，茶都没喝一口，邢美玉就嘀咕着要回去了。那一次，邢美玉显得相当有涵养，一副很害羞的样子，低着脑袋说她是个喜欢清静的人，这种场合，她适应不了。然而，这天下午，邢美玉主动上了新新商场二楼的舞厅里。她穿着一件真丝的连衫裙，还在脖子里洒了好几滴花露水。邢美玉不会跳，就沿着舞池逛了一圈，在邹副主席面前亮了个相后，一声不响地坐到角落里，谁也不看，坐在那里像是练气功，眼观鼻，鼻观口。邢美玉以为邹副主席会过来的，但是没有。邹副主席就像个没事人，异常活跃，三步跳完跳四步，把探戈与恰恰也跳了后，连桑巴都不肯漏下，没有舞伴就一个人在那里扭屁股。邢美玉眼睛不看，心里面清楚，男人就知道装腔作势。她在鼻子里"哼"了一声，忽地站起来，三步并作两步闯到邹副主席跟前，在人家看来很有点兴师问罪的气势，惹得好几双眼睛都睁大了，盯着她。邢美玉在众目睽睽之下看着邹副主席，深吸了一口气，叫了声老邹后就说不出来了，平白无故的，一下子觉得那么委屈，心酸得要命，几乎都想哭了。舞厅里黑咕隆咚的，而音乐又是那么轻快，每一个节奏都像打在嗓子眼上。邢美玉说不出话来，四下看了看。她用力地睁大眼睛，强忍着，老半天总算想出一句话来。邢美玉轻轻地说："歇会吧，小心累着了。"

邹副主席听不到，耳朵里灌满了音乐。听不到，可是看明白了。邹副主席看到了两颗泪，顺着脸颊从邢美玉眼睛里滑下来。女人的眼泪不值钱，那是没流对时间，也没流对地方。邢美玉坚信，此刻这两颗泪对她的一生都至关重要。她索性站在那里，看着邹副主席，让泪尽情地在脸上流。

邢美玉终于在邹副主席家里过夜了。顺利得很，老天爷都像是在帮忙，气温一下子突破了一百年来的最高点，就连电视里的气象播报员都喘上了粗气，再三提醒广大市民一定要做好防暑降温工作。可邢美玉还跟往常一样，侍候邹副主席吃完了，把碗洗了，桌子也抹干净了，捋了捋头发，随手拿起笤帚在客厅里面找灰尘。邹副主席忽然叫了声小邢，让她别忙活了。邢美玉说没事儿，闲着也是闲着。邹副主席说有事要跟她商量。邢美玉这才直起腰来，注意到邹副主席的脸，红得就像刚刚喝了半斤白酒。邢美玉的心里"怦"地一跳，站在那里不动了。邹副主席捏着折扇又叫了声小邢，语气相当郑重，说这几天还是别回去了。说完，没等邢美玉缓过神来，他已经把道理摆开了，主要是因为天气，太热；另外还有屋里这空调，一个人是开，两个人一样也是开。最后，邹副主席把折扇往手心一敲，匆匆忙忙地下了结论："这也是为节约用电出点力嘛。"

邢美玉一颗心狂跳着，人却窘在了那里，不敢动，来回地捏着笤帚柄，又怕邹副主席等急了，低着脑袋慌忙应付了一句："人家的替换衣服都没带呢。"

邹副主席笑了，一招手，让邢美玉来。邹副主席把什么都准备了，马甲袋里不光放着胸罩短裤，就连睡裙与连衫裙都挂在了房间的大衣柜里。站在打开的柜门前，邹副主席脸还是那样红，扇子却摇得像是蝴蝶在飞舞。轻得都没骨头了。但看着那几件衣服，邢美玉马上想到了他那个死鬼老婆。这个念头忽地从心底钻出来，反而让人平静了。邢美玉不说话，像是被这些衣服迷住，拿在手里一件一件地看，里里外外地翻，细心得就像服装厂里的检验员。衣服是全新的，吊牌都还在上面挂着呢，而且，邹副主席也说了，要是尺码不对头，明天就去换。他在买的时候跟营业员是打过招呼的。邢美玉长长地吐出一口气，心潮又澎湃起来，这回是无遮无拦了，汹涌得很。她把那件连衫裙捂在胸口，一点一点地扭过身来，慢慢地抬起眼睛。邢美玉又不知道说什么好了。

让邢美玉没料到的是邹副主席在床上"还行"，"不行"的反倒是她自己，一方面生疏了，另一方面是生出了许多记忆。邹副主席都还没来得及进去，那些人一个一个已经伸着脑袋挤出来了，一会儿是刘奎新，一会儿是王新华，就连那死鬼也来赶热闹，在邢美玉心里面翻腾，来来去去的，好像那里是个跑马场。可以说，邢美玉在床上表现得一塌糊涂，好在邹副主席没在意，草草收场后，还反过来宽慰她："没事的，不要紧的，一回生，二回熟嘛。"邹副主席说完，抹了把额头上的汗，坐起来打开电视机。邢美玉蜷缩在一边，越想就越觉得自己不应该，太对不起邹副主席。她翻了个身，一把搂住他。邹副主席误会了，想要回应一下，就是不见反应，只好笑了笑，有点儿尴尬，说等会儿吧，等他先把《新闻联播》看完了再来。

其实，邢美玉没睡着。《新闻联播》还没完呢，邹副主席的鼾声就上来了，一起一伏的，邢美玉在这鼾声里打了个盹，醒过来也不知道几点钟了，却怎么也睡不着了。邹副主席的鼾声已经换了个调，就像有个人在枕边锯木头。邢美玉悄悄地支起身，打开灯，是想偷偷地看上一眼身边这个男人，却被邹副主席的脸吓了一跳。邹副主席的脸塌陷了一大块，在灯光里下巴翘得特别高，尖尖的，像只杀白了的鸡屁股。邢美玉找了好一会儿，才在床头柜的玻璃杯里发现了他的假牙。没有牙齿的男人根本就不像是个人。邢美玉无声地叹了口气，看他看得都有点儿走神了。而邹副主席对邢美玉相当满意，几天下来，把路走顺了，睁开眼睛就盼天黑，动不动就要往上爬。上了年纪的人在这事上头就是喜欢逞强，不服老，好表现。这些，邢美玉是看在眼里的，可好说好话地劝，他听不进，又不好把话挑明了，让他悠着点儿。那是很伤人自尊心的。邢美玉只能在床上帮衬着，用得可多是虚劲，有好几次真是累得气都喘不上来，骨头都好像散了架。哪想，这让邹副主席更来劲了，追求得也更高远，不光要持久力，还要什么爆发力。而且，邹副主席本身就是个认真的人，只要有一次觉得不到位，他都会趴在床上挠着头皮，寻根源。

完全是为邹副主席的身体着想，邢美玉才想了这个法子。上街去买一包卫生巾回来，抹上一点番茄酱后，又淋了几点红酱油，扔在抽水马桶边上的废纸篓里，再在自己身上夹上一条。这一个星期，邹副主席在床上是消停了，可人更静不下来，越发壮志不已，老是一个人在屋里转圈，一边搓手心，好像捡到了什么宝。要不就是冲着邢美玉笑，咧着嘴，跟个小孩子似的，笑一笑，就朝她眯起眼睛，带着一点儿隐秘，而更多的还是兴奋。看来这个男人是入迷了。邢美玉总算松了口气，可提起来却是一块石头。邢美玉要的可不光是个男人。女人永远是这样子，给出去巴掌大的一块地方，就想着把整个世界都装进来。

天气稍稍转凉一点儿后，邢美玉忽然提出来要回去了。说这话的时候，邹副主席已经率先躺在了床上，翘在那里，睁着眼睛，一眨不眨地盯着邢美玉，好半天才问她这是干什么呢？好端端的，回去干什么呢？邢美玉笑了笑，说去了还会来，鸡都杀了，她明天还要来做葱油鸡呢。邹副主席是个明白人，一眼就从笑容里看出这个女人有心事。不然，邢美玉不会笑成这个样子。邹副主席从床上坐起来，拉过她的一只手，引导着在自己身边坐下来，问她到底是怎么回事？邹副主席的语气既关切，又温和，让她慢慢地说。邢美玉并没有马上开口，她的半只屁股搭在床沿上，垂着脑袋，一缕头发从额头上挂下来，随着胸脯的起伏，在那里一颤一颤的。等了好一阵儿，邹副主席有点沉不住气了，两只手使劲把她扳过来。邢美玉这才抬起眼睛，里面竟然全是泪，像凝固了，在眼眶里面一动不动。邹副主席慌了，拖长了调子："你这是干什么嘛?"邢美玉抬着眼睛，声音很轻，说她听到闲话了。邹副主席一愣，忙问什么闲话？邢美玉没说，看着他，那神情是欲述无言的，大不了还是生离死别的。邹副主席一下子明白了，随手一掸，让他们嚼舌头去。说完，趁势搂住邢美玉，一笑，把脸贴上来。邢美玉笑不出来，那两颗泪蓄不住了，滑过脸颊，挂到了下巴上，整个人也僵在了那里。可邹副主席在动，舌头活跃得像小狗，欢快凑到她的耳朵边，轻轻地说了一句。邢美玉人一下子挺了起来。邹副主席停了停，一本正经地看着她，说："时间你来定。"

邢美玉一时还真定不下这个时间来。想要快的，可总不能在六月里面结婚，叫人笑掉牙齿不说，都这把年纪了，只怕还会让人戳断脊梁骨。主要是邹副主席这人太固执，按邢美玉的意思，两个人去把证领了也就行了。邹副主席不肯，说什么也不能亏待了"新娘子"，非要学着年轻人也把房子装一下，还拖着她上县城里去了一趟，看中了一张水床垫，二话不说先买了回来，插上电源，连夜就在高科技上折腾出了一身汗。这些让邢美玉很感慨，晚到总好过不到。后半辈子总算遇上了一个好男人。有一天，两个人正在水床上面打午觉，电话忽然响了。是邹副主席的女儿要来，车子已经在路上了。

邹副主席的女儿嫁在县城里，四十好几了，儿子都上高中了。可是，他们一家人邢美玉没见过，在这里住了两个多月了，电话每个星期都来，一般都在四点半左右。邢美玉从不接电话，怕的就是他女儿。女人还是了解女人的。邢美玉想回避一下，下了床匆匆忙忙换了条裙子，邹副主席问她这是干什么？邢美玉不好说什么，意思都在看过去的那一眼里面。邹副主席一摆手，说："怕什么？丑媳妇总要见公婆的嘛。"说完，他笑了，知道自己说错了。说心里话，邢美玉是很想见见他女儿的，这一面谁也躲不过去。晚见不如早碰面。

邹副主席的女儿长得肯定像她妈。坐在客厅里，邢美玉冷眼旁观，就见她瘦瘦的，看上去比实际年龄要轻得多，最多三十七八的样子。但小邹不看她，进了门就没看过邢美玉一眼，好像这个人根本不存在，就算在，那也只是个影子。倒是她老公挺懂规矩的，长得也斯文，白白胖胖的，还带着副金丝边眼镜。邢美玉刚把茶端上去，人家就弯着手指磕了磕了桌面，还对着邢美玉点了点头，一笑。女儿见了爸无非也就问长问短的，说来说去逃不出这几句话：天气热，身体要当心；该吃的就去吃，别不舍得花钱；他们一家都好，就是工作忙了点儿。可是，小邹始终不看邢美玉，这让邹副主席有点儿挂不下面子了，看了看女儿，又看了看女婿，问他们干吗不带儿子来？小邹说儿子跟着学校夏令营去了。邹副主席沉下一张脸，说："外孙不来，你们来干什么？"

邢美玉知道，邹副主席这是在为她摆脸色。可父女俩要是真为这翻了脸，那自己往后的日子肯定也好过不到哪儿去。邢美玉还是很会做人的，赶紧站起来，冲着夫妻俩一笑，话却是对那女婿说的，让他们先喝着茶，吃了晚饭再回县城，她去菜场上转转就回来。邹副主席正在气头上，一摆手，让她别去，这么热的天买什么菜。邢美玉还是笑着，让他们慢慢聊，她去去就来。说着，她朝邹副主席使了个眼色，意思是耐着点儿性子。

邢美玉出了门哪里都没去，就站在楼梯间里，屋里说的话一句不漏地都钻进了她耳朵里。邹副主席的女儿是个厉害角色，说话就像连珠炮，盯着父亲问他知道找的是个什么样的女人吗？她的口气一点儿都不像妇联里的女干事，倒像是公安局政治处的，一个劲地问自己的父亲，知不知道那个女人坐过牢？知不知道那个女人让人捉奸在床过？女儿的声音里都带上了哭腔，最后问父亲什么样的女人不好找，偏偏要给她找这么一双破鞋做后妈？邢美玉都快被一肚子的火点着了，恨不得一脚踹开门，进去就给那女儿两个大耳光。好在邹副主席这个时候下了结论，他先是一拍桌子，嗓门大得就像吼。邹副主席在屋里说："翻什么老账？历史本来就是越捣越臭的，就算是，我也既往不咎。"

邢美玉总算能往肚子吸口气了，她站直了身子，抹了把额头上的汗，捋了捋头发，一步一步地下楼。等到她提着菜回来，夫妻俩已经走了。邢美玉留心了一下，从邹副主席脸上也没看出一点儿反常来，他戴着老花镜，脑袋埋在一张《广播电视报》里。邢美玉也像什么事都没发生，进了厨房后，又从里面伸出头来，问："买了这么多菜怎么办啊？"

邹副主席说，吃，吃不完就搁冰箱里。

比较起来还是邢美玉的儿子识大体，他跟邹副主席也碰过面了，就在没几天后的早上。邹副主席急着在想装修了，非要去邢美玉儿子那新房里"取取经"。两个人是在来凤桥上打完了拳，顺路去转转的，衣服都没换。谁知，儿子跟小芹早在那里了，工匠的活儿刚干完，小两口这是趁早上凉快在收拾呢。邢美玉一开门，四个人都愣了愣。大家都没这个准备。要说还是女孩子脑子活络，小芹上来，笑嘻嘻地叫了声妈，眼睛一瞄邹副主席，说邹伯伯吧？邢美玉这才转过弯来，一招手，让儿子叫人呀。好像儿子还是七八岁的小孩子。儿子当然叫不出口，冲着邹副主席点了点头，想起口袋里的烟，赶紧掏出来。邹副主席也紧张，从不抽烟的一个人，不仅接过来，还点上了，一口一口抽得有模有样的。这场面让邢美玉看着十分舒心，还有点儿突发奇想，要是亲生该多好啊。过了两天，邢美玉忍不住打电话把儿子叫到来凤桥下的小屋里，母子俩关上门好好地谈了一次。说是谈，其实也都是邢美玉一个人在那里说，把肚子里的话一点一点地往外倒，就像在拆一件旧毛衣，来来回回，无穷无尽。儿子就知道低着头，一个劲地抽烟。说到动情处，邢美玉又有点儿眼泪汪汪了，看着儿子叹了口气，妈这可都是为了你啊。儿子不说话，也不敢看母亲的脸，扭头冲着窗外，还是抽烟。沉默中，邢美玉忽然有一种说不出来的揪心，特别酸楚，她屏住一口气，等了好一会儿，才让自己松懈下来，跟着儿子的目光转向窗外。

看了好一会儿，邢美玉小小心翼翼地对儿子说："那妈就把自己嫁出去了？"

八

现在，邢美玉就想日子过得快一点儿，最好一转眼夏天过了，秋天就来了。可日子这东西从来不听人的话，永远是自以为是的，该怎么过，还是怎么过。邹副主席看着邢美玉拿着内衣进了卫生间，听着里面的水声一响，赶紧打开大衣柜，从挂着的呢大衣的口袋里掏出一盒药片来，用力抠出一片，放在嘴里咬了半颗，想了想，把另一半也一起塞进嘴里，放好那盒子，重新关上门，就着床头柜的茶，一口吞了下去。邹副主席在床上用药，邢美玉是知道的。这种事哪个女人感觉不出来？邢美玉说过他好几次了，有一次还毫不客气地指出来，这种东西会要人性命的。可男人不这么想。男人都有一股拼死吃河豚的劲儿。而且，吃了还想吃。尤其是到了女人身上，谁还顾得了性命？就知道奔着更高、更远的目标去冲刺。邹副主席可以说是尝到药的甜头了，每次都那样的畅快淋漓，每次都像拿掉了五十岁。这小小的药片是什么？邹副主席曾经在一次事后得意扬扬地说是科学。科学就是为了改变生活嘛。谁知，这一次却是改变了命运。电视机里的《新闻联播》都结束了，邹副主席还在上面不肯下。邢美玉累得不行了，浑身都是汗，她抓过一边的睡裙抹了把脸上，也在邹副主席脸上抹了一把。邹副主席喘着粗气，忽然说不行了。邢美玉也喘着气，说那就歇会吧。邹副主席这回没逞强，"嗯"了声，一头趴下去。邢美玉人动不了，也懒得动，但还是伸着手替他擦了擦背上的汗。邹副主席又动了动，喘着气说他真的不行了。邢美玉没在意，心想，吃什么药，这还不是自作自受吗？就把话说得有点儿俏皮了，像个妈在心疼儿子。邢美玉说："少吃多滋味，还有明天呢。"

可是，邹副主席再也没有明天了。他真的不行了，歪在邢美玉的怀里说不出话来，就知道瞪圆了眼睛，两只脚才蹬了几下就不动了。乐极生悲这话说得一点儿没错。明天的太阳升起来了，邢美玉坐在派出所的一间办公桌里，一把鼻涕一把眼泪地哭。没有人理她，她只能哭。这个时候除了哭，邢美玉什么都不去想。就是想哭。想让自己一辈子泪水都在这个早晨流干。

柳营

柳　营

浙江龙游人，中国作家协会会员，国家一级作家。

在《收获》《十月》《小说月报》《小说选刊》等刊物发表小说150多万字。出版中短篇小说集《阁楼》《窗口的男人》《蘑菇好滋味》，以及长篇小说《阿布》《淡如肉色》《我之深处》《小天堂》等。

荣获2003年“浙江省青年文学之星”奖，小说《阁楼》被改编成同名电影，《窗口的男人》一书入选“二十一世纪文学之星”丛书（2004年卷）。其部分作品被翻译、引入法国、日本、瑞典等国家。

“柳营方式”

汪 政

在“70后”女作家中，柳营是比较安静的一个，这种安静首先表现在她的文学行为方式上，在这样一个喧嚣的年代，柳营可以算得上单一。她只是在边缘处静静地阅读、思考和写作，几乎没有什么其他的文学动作，除了以她的节奏发表作品外，她是不在意人们忘记她的。其次，这种安静还表现为她对自己写作方式的坚持。她不折腾，自然而非刻意地与潮起潮落的文学大环境保持着距离。算起来，柳营的写作也已经十几年了，但如果从风格上说，今天的柳营与过去的柳营几乎看不出有什么大的变化。她是在不断地前行，但她的进步是她自己的进步，如同一株杨柳，昨日的小苗已经长成大树，但她还是那棵柳树。而不像有些作家，今天那个系列，明天那种文体，如变脸术一样。我不是说后者不好，我只是想强调一下“柳营方式”，她是一种方式，她有她的意义。

对柳营与“柳营方式”熟悉的读者是不会对柳营的新作感到惊讶的，他们已经被柳营塑造出了相对稳定的阅读期待。那里有南方气质的意象世界，水气充沛，潮湿黏稠，山水交通，植物丰茂，穿行翻飞着许多倏尔即逝的小动物。那还是一个灵异的世界，充满先知、异兆与宿命，特别是暗夜中的故事，几乎与白日不相上下，不仅许多情节与细节发生在夜里，更有那么多的梦幻与魅影，它们的意义与人物的性格和命运相生相伴。但是，这种好像只能在前现代发生的叙述却常常被柳营熟稔地植进现代化的都市生活中，公司、白领、奢侈品、时尚与潮流性的都市消费方式是她作品丰饶的土壤与杂色的背景，她的作品就是在这种现代物质土壤消费气候中盛开着的罂粟般的诡异之花。

当然，柳营的读者从没把她归入时尚写作和都市文学，因为柳营的作品大都往返于城市与乡村。她的作品有着与她年龄极不相称的苍老沉重的乡愁，而且，这种乡愁不只是一种情绪，一种诗意的修辞，也不只是永无舟楫的此岸对彼岸的眺望，而是人物内心的情结和宿命，甚至是人物一辈子都在进行的救赎。所以，在她的作品中，不管人物走得多远，成就多大的事业，他总要有一次次对他的故乡的返回，那些隐匿在南方丘陵中的一个个小村庄，否则，他们无法说明自己，更无法解脱自身。

我曾经说过柳营的写作是带有些自传意味的，这样讲与其说她都在为自己作传，自恋式地晾晒自己的生活，毋宁说她在为一代人写作，为一类人写作。柳营文学舞台上的主角永远是年轻人，他们与柳营的年龄相仿，生活经历也大致相似。但要说到个体，命运就各自不同了。但概括地说，人生轨迹的大关节又有许多的重合面。他们出生在乡村，有着特殊的家庭背景和不一般的童年，许多人物曾经在童年受到过刻骨铭心的伤害。他们或者通过求学，或者是流浪和出走来到城市。虽然许多人物从世俗的层面上看具备了相当的生存质量，甚至可以说功成名就，但内心的孤独和与生俱来的阴影却迫使他们一次次改变生活方式，如轮回般地出逃、寻找、抛弃，重建，然后再打碎。如果用一个语词来言说柳营笔下的人物状态，那就是不停地流浪与自我否定，这种流浪与自我否定是外在的人生方式，更是他们的内心世界。这是柳营作品中人物的命运，也是柳营对人生的看法，对世界的判断。

这样的阅读视野是依靠柳营的长篇《树鬼》《小天堂》《淡如肉色》以及她的中短篇小说集《阁楼》《蘑菇好滋味》等建立起来的，也同样可以说明她的长篇新作《我之深处》。

这部作品的主人公是少年时的三个同学，雪竹、云雷和黑子。而小说的视点只在雪竹和云雷之间交替，因为黑子的生命被定格在十三岁。雪竹是一个弃儿，在少年时期就受到养父的侵害，黑子一直生活在父亲的暴力之下，而云雷因为鬼使神差的青春萌动所引发的嫉妒，竟然放任黑子死在农夫私设的电网下……虽然各自所承受的伤害不一，但都背负着沉重的心理压力和身心创伤。雪竹和云雷虽然后来都来到都市，都有了自己的事业和家庭，但一直自处在灵魂的煎熬之中。都市的欲望、纷争和物质背后的空虚常常让他们回首乡村，回首童年，回望少年时的欢乐、单纯和青春的萌动，但这样的回望又必然伴随着伤痛、追悔和对许多难解之谜的绝望，他们想回去，但又不可能回去，重返乡村只不过使他们的心灵雪上加霜。他们只能永远流浪，注定无家可归。柳营方式从人物、题材与主题上之所以有种同质性与承续性，就因为柳营觉得他们这代人的故事还没讲完，更重要的是他们灵魂深处的幽微还没有完全洞开，所以，柳营的写作呈现出纵向的特点，是一种不断向深处掘进的态势。而且，这种掘进不仅是对已然存在的勘探和开采，更是对可能性的想象与创造，因为对于柳营关注的这一特定群体而言，他们的人生还在继续，他们的精神世界还在发酵，他们的历史，他们的心结随着外部世界的变更和人生遭际的演化将会幻化出新的镜像。

柳营方式不仅仅是人物与人性层面的，它还是文体与叙事层面的。熟悉这位“70后”女作家的读者都知道，除了中短篇之外，她几乎都在写作“小长篇”。柳营显然受到欧美和日本文学的影响，比如“轻小说”，特别是日本私小说的影响。人物不多，线索单纯，多采用女性视角，回避宏大叙事，而且，篇幅一般也不长。这种长篇体式在有历史情结、其现代小说是在欧美俄罗斯现实主义小说影响下形成传统的中国并不占主流。这一美学偏见现在到了纠正的时候了。因为一大批青年作家已经在这一长篇文体上做出了成绩，并且使这一文体趋于成熟和稳定。我曾经认为这是一种新长篇美学。这种新的长篇美学概括地说首先是非史诗的，因为现在的社会已经远非前现代的行进方式，它们更理性、更日常、更细腻，也更人性化。其次，这种小说美学是下沉的，并且是趋向边缘的。如果说传统的长篇对政治、对社会的重大的核心的事件更感兴趣的话，那么新的长篇美学则更加关注日常生活，关注感性的经验，它不在中心，而在边缘，它在社会的神经末梢记录波动，在社会的微循环处收集样本。因此，这种美学必然是面向内心的，是向人的内心深处开发的。而从外观上看，这样的长篇是轻盈的、流利的、精致的，它努力适应当代人的阅读方式、阅读习惯，篇幅适中，具有可读性而又不成为负担，拿得起，又放得下。我说过，这样的小说美学虽然同时面对来自传统巨型长篇历史化和来自类型小说欲望化的双重压力，柳营却一直孜孜不倦，可见她对这一文体理解之深，自信之大。

一个人做一件事并不难，难的是一直做这一件事，柳营做到了，她以她的方式做出了成绩。

蘑菇好滋味

门铃响过一声后，我过去将门打开。

他站在门口，没带什么行李，就一个随身的背包。进门，换上他以前在家时穿的拖鞋，进洗手间。出来时，他心不在焉地接过我端去的茶，礼貌地说了声谢谢。喝茶的过程中，他接了一次手机，同样心不在焉，但我注意到他三次说道：“别开玩笑。别逗。”

他紧紧地抓着茶杯，好像一不小心茶杯就会从他手里滑下来摔到地上去似的。他的手比起他身上其他部位要老得多，我熟悉他身上的每寸肌肤，大都光滑结实，而他的手却像体力劳动者一样满是纹路，皮肤皱在一起，手背上布满纵横交错粗细不一的血管和块块棕色的斑，看起来像灰土，仿佛所有伤痛的经历都被他从身体里赶出来，将颓败和脆弱夸张地凝聚在手背上，以此迎接身体深处更大的衰老和死亡。

他喝完茶时，我则已经收拾好他带回来的行李坐在餐桌前等他了，各自的玻璃酒杯里都已倒上了红酒。

“喝一杯，解解乏，一路辛苦了。”我朝他举起酒杯。

他放下茶杯，过去将暖意舒缓的音乐关掉，屋子一下子显得有些寂静，空气中立刻飘荡起一股清冷之气，他在音响前微微迟疑了片刻，随后伸出左手顺势将旁边的电视打开，然后走到餐桌前坐下，看了眼桌上的菜，拿起他面前的酒杯左右晃了晃，将鼻子稍往酒杯前凑凑，轻轻吸口气，头随之摇动了一下，抑头，闭眼，一口喝尽。“晚餐挺丰富的，其实简单吃点儿就行了。”他客气斯文的样子让人觉得别扭。

我笑了笑：“多吃点。”

“你也多吃。”他夹起一小片肉，放进嘴里慢条斯理地嚼动。

两个人喝着酒，吃着菜，有一句没一句地说些不关痛痒的话，一切都浮在表面，看起来又亮堂又温暖。

吃完饭时，电视里的九点新闻和天气预报刚结束。“关上电视出去走一走吧。”他说。

我脱下那条并不让我觉得舒服的、在做完晚饭后特意换上的黑色低领长裙，换了牛仔裤白衬衣，穿上柔软的白球鞋。下电梯时，我们面对面站着，谁都没说话，但他身上浓郁的气息却如以往一样将我包围，以前我曾无数次把头埋进他结实宽厚的怀里，这样做让我觉得踏实，我喜欢他身上特有的味道，那味道里夹杂着骆驼牌子的烟草味。我会仰着头对他说：“你总是如此温暖。”

他去美国已经有三年多了，但我仍能感觉出他身上气味的微妙变化，这样的变化让我觉得异常陌生，我甚至后悔不该同他一道出来散步。虽然我每天都是有散步的习惯，可是，今晚与他走在一道，亲密友好的样子，实在让人觉得有点儿装模作样，不过，为什么就不能这样？

街上没什么人。只有一排停放在路边的车，一排樟树和一排暗淡的街灯，有几盏还是坏了的。在我眼里，街道树木以及车辆还有不远处亮着灯光的公寓突然间成了业余舞台的布景，我和他是布景前的男女主角。

男女主角总该对点台词的吧。可该说点什么呢？重要的早已在电话里反复讨论商量过了，就说点儿不着边际的话吧。

我们走过路边的垃圾桶，一只受惊扰的野猫仓皇逃出垃圾桶，几乎撞上我们。我哆嗦了一下，他伸过手来拍了拍我瘦弱的肩膀。

“别怕。”他说。那一刻，他显得很男人，声音沉稳有力。

继续往前走，听着他的脚步声，和以前一样，前脚重，后脚轻。彼此一时无话，似乎能在空气中闻到类似于尴尬的气味。

“这次回来，去看你妈么？”我在从一条路往另一条路转弯时扭头问旁边的他。他在美国的三年间，我每年春节都会去看他妈一次。他妈生活在另一个城市，是个退休了的中学英语老师，丈夫早些年就去世了，另有一个女儿也在其他城市工作生活。她安宁平静，把一个人的日子过得踏踏实实、有规有矩，就如一只准时简单的钟。日复一日。有一年去看她，大门开着，她一个人在厨房炒菜，一边炒菜一边扭腰，嘴里哼着有旋律的英文小曲，一副自得的样子。我喜欢这样的老人，特意把她接来和我小住，那是一段每天从学校回家后都有暖饭热菜备着、有说话伴儿陪着的实在日子，可两个礼拜不到，她就趁我去上班时留了一张纸条自个儿偷偷坐火车回去了，她说她是一棵树，老了，移不得了，喜欢把自己安置在气场熟悉的地方，在那里，吐气呼气，都是安稳的。

“要回去的，三年没见到她了，电话倒是一个礼拜打一次的。”他说。

“回去看看她，就你一个儿子，尽量多陪陪她，做母亲的不容易。”话一出口，自己就觉得有点儿老气横秋一副要教导人的样子，便在心里暗自好笑。

“她习惯一个人过，本想过把她接美国去，她不肯，也不愿意见到那个人。”说到这，他停顿了下，又补了一句：“她喜欢你。”

“别从我身边走开，别丢下我。”这话在我心里，但没说出来。实在不能够说出来，说出来，就全都乱了，一直来的坚持就散掉了，阴冷之水会重新从隐蔽的暗处汹涌而出，冲垮脆弱的堤岸，理智移开，一切都无法在现实中顺理成章，生活就没了方向。

保持沉默。避而不谈。该是最好的方式。

在暗淡的街灯下，他停下脚步，从裤袋里取出烟，点上，烟味在寂寥的空气中散开去，我闻了闻，发现这不是骆驼牌子所特有的烟味，他身上的气息已被另一种烟味取代，杂乱、空白而遥远。

街道拐角一个街灯光线照不到的地方，纹丝不动的一对年轻人儿紧紧拥抱在一起，像重叠的雕像一般。他们吻在一起，在那个长吻里定住身形，周围的世界不复存在，他们的灵魂在别处。可从我这个角度看过去，他们像是在黑暗中嘴对嘴做人口呼吸，极是有趣可爱。我暗自猜想，被男孩吻住的女孩会不会是自己班里那个在耳朵上打了十四个耳洞的叫艳霞的女孩，她早熟、性格倔强、反叛、冲动、冒险。我们从他们身边走过去，我无法不让自己盯住他们看，但他们的轮廓似乎被暗光抹去了。我的行为倒像辨认嫌疑犯一样可笑，在黑暗中，我毫无理由地涨红了脸。

“这里是夜，美国太阳刚刚升起。”他声音深沉平静，带了一丝思念和犹豫，余音里还夹了点儿尴尬，他在疑心我是否会听出些别的意思来，他这一疑心，反倒真让我在原本清晰澄明的话语里听出了自己内心处潜藏着的不堪。

“夏天很快要过去了。”我文不对题地胡乱回应了一句。

我们很快就走到运河的一个拐弯处，一片阴影嵌在路上，是旁边那幢要拆的老百货大楼的影子。它将被推倒，被遗弃，又很快会在原地悄无声息地盖上另一幢五星级酒店，富丽堂皇，人来人往。多年前，我的订婚戒指，就是他在这个百货大楼选的。三百零六块钱。差不多是他当时两个月的工资，现在只够买张音乐会的三等票。现在的一切，哪儿来的一切？似乎突然间什么都有了，什么都来了，但另一些更重要的东西没有随之一道而来。虽然那时候什么都没有，但那时却是不一样。

再过两条街，前面便是大湖，灯已暗去，湖面漂着冷光。湖边的第一个车站，是我平时散步的尽头，到了这里，我就要往回走了。他走在前面，他的影子覆盖了我和我的影子，因为我走得离他太近了。今夜的月光有些锐利，夜比往常澄明。

我们穿过两条街，仍旧沿着运河回家。路过一个教堂，我们在教堂门口站了片刻。教堂门正对着河，我们看运货的船从河面上划过，发出一两声悠长的笛鸣。有牛奶色的雾气慢腾腾地升起来，笼罩了整个河面，犹如黑暗中的悲伤。

我都没怎么感觉到他拉着我的手，并用另一只手掌轻轻地抚摸了一下。很快，我就抽回了手，我已经不习惯在这样的状态下感受另一只手的情感，而这样的情感是言说不清的、不自觉的、没头没脑的。如果这是外科大夫灵巧的手，那么这手或许能够抚摸出我隐在肉里的伤，但他能吗？

从旁边公寓的某扇窗户里传来一声常见的、平稳的哭声，出自一个心满意足的婴儿嘴里，他将会长成一个怎样的人？平静安宁的、冷淡漠然的、或者一生都暴躁不安的？

我们绕过教堂，踏上回家的路。夜光变得柔和并且开始变蓝。有狗从路边黯黑的灌木丛中跑出来，在近处的路灯下，停住，看了看我们，然后夹着尾巴掉头走了，狗脖子上还挂着一条绳，就那么拖着，长长的。是一头挺可爱的小狗，迷路了？它的眼睛里有着令人同情的迷惑不解。

或许我该把它领回家，给它洗澡、喂养它、逗它开心，在走廊里给它安个窝，兴许它最终会适应我的抚摸，对我产生温暖贴心的依赖。它应该是斯文的、好脾气的，因为我几乎没听它吠过，连一声哀鸣都没有。下班回家有条狗陪着，围在脚边转动，该是亲切闹腾的。可它已经跑远了，穿过几条街道，拖着长长的绳子，从黯黑的灌木丛跑到另一丛黯黑的灌木丛里。

回来的路上，两个人几乎都没再说话，坦然地沉默着。他走在我前面，胳膊抱着肩膀，好像身体不够暖和似的，这是他一直以来的习惯动作。一时间，我竟然有一种念想，如往常一样，靠近他，将胳膊绕过去，环抱着他的腰，大拇指搁在摸起来粗糙的宽皮带上，用心感受着旧皮革和汗水及烟草夹在一起的味道。而念想仅仅只是念想。

一进家门，他就进了浴室。刚认识他时，他喜欢站在水龙头下，边洗澡边用年轻的声音歌唱，唱邓丽君的所有老歌。我从厨房里忙完活出来，偶尔会走过去靠在浴室门边，听歌声夹着“哗啦啦”的水声从里面传出来，想着他赤裸的、健康结实的身体在水龙头底下一边手忙脚乱地洗澡一边快乐歌唱的样子，温暖而舒心。我不知道是从什么时候开始，他不再在浴室里歌唱了。就如今晚，能听到的只是浴室里喷水的声音，吹风机和柜橱抽屉打开关上的声音。

三十分钟后，他清清爽爽地出来了，身体裹在一件枣红色的棉质浴袍里，那浴袍是我之前出差到上海时给他买的，买回来没几个月，他就去美国了。三年里，是他第一次回国，坐了二十几个小时的飞机后，看起来并没我想象中的那样疲倦。他在客厅里走动，大腿充满活力，身上散发着浴室里携带出来的热气和浴液的雅香，热腾腾的身体在棉质的浴袍下均匀地呼吸。

我坐在客厅的沙发上看着他，恍然间觉得自己的指尖正如刚恋爱时一样温柔地划过他宽大饱满的额头和已经萌出的几根变白的短发，划过他的眼睛鼻子嘴唇，划过他的手臂和胸部。他的身体还是那么硬朗厚实，皮肤里包含着隐蔽的欲望，可以将所有温柔细腻娇小彻底地拥抱并环绕。

我想象着那个并没见过面的身体，他把那个身体纳入他的身体，努力触及她的每寸皮肤，无比陶醉和温情，甚至不顾及他自己身体的感受，他将她胎儿似的包在他的身体里，像翅膀下的小鸡，他向她投降，听她的话，给她付出，付出，再付出，她故意滑出他的怀抱，从他令人迷惑的纵容中，她让他仰面躺下，她小猫一样伏在他的身体上，温柔中含了小小的狡猾与调皮，她给他回报，努力地，全神贯注地，乌黑的发丝垂挂在他结实的胸前，以爱回报爱，一直到他们互为对方，像四手联弹的二重奏……

就如我们当初一样。

此般的想象是尖锐的针，身体某处最脆弱的部位揪心地疼了一下，痛感瞬间游遍全身，有冷意浸进胃里，我的胃开始收缩，手脚有些微麻。

他给自己倒了杯温开水，如往常一样加了一匙蜂蜜，他一直是个懂得保养自己的人。他边喝水边对我说：“有些累了。”

我笑了笑。

他接着又多余地补充了一句：“我睡书房，你也早休息。”

我仍旧笑了笑，在他没离开客厅之前进了厨房收拾晚餐的残局，洗净擦干所有的碗、碟、筷子和杯子，水“哗啦啦”地冲着，我陶醉于洗碗带来的片刻安宁之中。收拾好一切，将厨房的地面也用洁白的毛巾细细地擦了一遍，已经没有什么可做的了，我关掉厨房的灯，走进客厅。

他已经回他的书房了，灯亮着，我隐约听到翻书的声音。

我在餐桌前坐下，批改好学生的作业。在餐桌旁喝了杯水，然后进了浴室。浴室里还飘散着他洗澡时留下的余味，熟悉的，但这样的熟悉里含着看不见的距离。有多远？说有多远就有多远。或许洗完澡我可以进书房主动和他聊聊，聊聊我们的过去，可能会有的将来，试着缩短这看不见的距离？可是，能聊什么呢？词句有时如此无能为力，它一经我的嘴，便会让他误认为只是个无聊的圈套，只是想更大可能地得到我想要的。他会说："我们不是早就谈好了吗，再谈，能谈出什么来呢？"

还是算了吧。我脱尽衣服，在浴室的镜子里看了眼自己，镜子里贴着一副苍白的肉体，可疑地微笑着，笑容底下深藏着旁人看不到的虚弱、无力和哀伤。

从浴室出来时，书房的灯已经熄了。他睡在黑暗里，也睡在他的思念里。那里有层层涌起的温暖，有无尽的可能，值得他付出，付出，再付出？更或是睡在对明天的等待里？

我从书房前走过时，脚步放慢了些，我试图抓到一丝他熟睡时的气息，里面没有任何声响，孤寂的夜色浸润着他的睡眠。我进了自己的卧室，以前是我和他的卧室。我走到窗前，拉上窗帘，顺势看了一眼楼对面杜老先生家的窗户。杜老先生有一架用来观星星的高倍望远镜，白天老人很喜欢用望远镜在窗口几个小时地观察下面的街道行人，有一个胖男人搂着一个穿白短裙黑靴子的性感姑娘从面包店出来，一个抱婴儿穿宽大蓝裙子的胖妇女挤在几个穿灰衣服的男人中间等红绿灯，或者突然来了一群放学的穿校服的中学生，每天早晚总有几十辆车会在十字路口的交叉处堵上三四十分钟。晚上，杜老先生就用望远镜透过整个夏天都开敞的窗户秘密地探索起邻居们的生活来。

我住十五楼，卧室的窗户正对着杜先生的望远镜。这个孤独的、自娱自乐的、坐在轮椅里专注于自己以外所有人的观察者，今晚不在窗口。下班时，在小区门碰到一辆救护车，我第一次近距离地看到躺在担架上的老杜，他肥胖的身体就如吸足了水膨胀起来的海绵，露在黑丝绸短衣裤外面的皮肤白皙得没有任何光泽，阳光似乎从未曾在他身上停留过。

阳光停留不到他的身上，却不影响他观察这个世界。实际上，他观察的并不是他所喜欢的这个世界，而是他自己的欲望，他坐在轮椅上躲在用望远镜后面所幻想出来的他的生活方式。就如大多数人所想象中的爱情与婚姻。因为活着有各式各样的欠缺，所以需要想象出来另一种生活方式，不断地在望远镜背后演绎它，变化它，丰富它，以它替代身体或者生命本身的欠缺。

我靠在床头，床头堆满了书，夜夜与它们为伴，对书的爱恋拿得起放得下，其间含着无法言说的愉悦和纯净的美妙。这夜拿在手里的是英国漫画作家雷蒙德·布里格斯的漫画作品《雪人》。一九七八年出版，总共只有三十页，讲了一个简单得不能再简单的故事：冬天早上，下过大雪，小男孩堆了一个大雪人，午夜十二点，雪人活了，小男孩激动莫名，带他参观自己的家，两人还偷偷开走爸爸的车，逛了一圈回来还不过瘾，直到雪人带小男孩起飞，掠过萨克斯郡的宁静夜色笼罩的茫茫雪原，直到海滨城市布赖顿，然后返回，赶在黎明破晓之前回家，两人在院子里告别，小男孩回去睡觉，一觉醒来迫不及待奔出大门，却只看见融化的雪堆，上面留着雪人的草帽。

很突然的、无言的结局。

我一时弄不透作者想要通过《雪人》传达什么样的一种信息，假如非要一个答案不可，我想，每个人的生命中都有一个雪人，它就代表走过我们生命的一些不同寻常的人，我们意外相逢，彼此喜欢，无奈他们总有离我们而去的一天，去到另一个地方，去到另一个世界，不断邂逅，不断别离，离开一些人，也被另一些人离开，这就是人生，不管我们是不是愿意，要不要挽留。

睡意在我胡思乱想时渐渐长出无数双手来，有些不耐烦地把我扯过去，书重重地掉在地上，那一瞬间我飞速关掉了台灯，右侧蜷曲着，想象中的雪人与我一起跌入漆黑。

我尽可能让自己与平时一样安心舒适地对待自己，对待熄灯后的黑暗，对待内心里闪动的灰色情绪，对待记忆中外公家门口那两棵粗大的樟树以及外公将我搂在怀里喊我“小猪宝宝”时微微眯起来的笑眼。

用棉床单将身体包裹起来，把放在胸前的那个绣花软垫抱紧了些。想想融化了的雪人，又想想樟树在春天花开时所散发出来的香味，浓郁的有些熏人，我在童年熏人的樟树花香中稍稍徘徊了会儿，心便往下一点点沉静，静到睡眠中去了。

我向来就有倒头便睡的天赋。

一条秋天的河。河两岸是成排的柳树。头天下暴雨，涨水了。年轻的小媳妇要过河，但面对着能把碗口粗的树枝、成堆的垃圾物旋卷而去的河面，她不敢下河去。没多时，来了一个高大的汉子，汉子看了看河面，弯腰脱下长裤，穿条红裤衩准备过河。小媳妇一声大哥叫住了他：“背我过河好吗?”

汉子抬头，看到了站在不远处柳树下的小媳妇。

“背我过河。大哥。”小媳妇的声音里含着笑。

“没结婚的汉子，怎可随意背女人过河。不背。”汉子回答得很干脆。

“背我过去吧，不亏待你，告诉你一个祖传秘方。”小媳妇的话比刚才又软了软。

“啥?”汉子生了些好奇。

“背我过去，自然告诉你。”小媳妇的笑脸里藏着秘密。

汉子迟疑了一会儿，走过去，蹲下身。腰背上多了一个柔软丰润的身体，汉子紧张起来，站在原地稳了稳，慢慢移动脚，往河里蹚去。每步都小心翼翼的。

在这已有凉意的秋里，汉子竟然出了身汗。上了岸，摸了把额头的汗，穿上外裤，再抬头，小媳妇已经走出一段路了。

汉子的声音追过去：“秘方呢?”

“野蘑菇汤浇饭，囫囵吞。”小媳妇糯甜的声音远远地飘过来，夹着热腾腾的蘑菇汤的滋味，黏附在秋天的河道边，潮湿而娇媚。小媳妇盈盈而去的背影在眼里渐渐消失，而“野蘑菇汤浇饭囫囵吞”却留在汉子的心里，一留就一辈子。

这是外公的故事。这夜，外公的故事以漫画的形式在梦里重现，因为睡前看了漫画《雪人》? 因为外公已离我而去? 因为记忆里野蘑菇的好滋味?

七岁时的春天，外公第一次带我去河边采野蘑菇，奶白色的野蘑菇就长在潮湿的柳树根上，肥嫩饱满。河对岸的油菜花开得疯狂放肆，外公在金黄色的菜花香中第一次和我说起“野蘑菇汤浇饭囫囵吞的故事”，他在故事结束时对我笑呵呵地说道：“你看，没白背她过河吧。”小小的我被这样简单微妙的故事吸引，更被故事的结尾吸引，我一下子就记住了外公的故事。那年秋天，外公重新拿到多年前的工资，重新回到单位工作。每次吃蘑菇汤时，外公总是咂着嘴，摸着胡须，眼睛长叹：“好滋味呐……”

他的声音和表情都是那般投入、享受，让人着迷。我喜欢外公的神态，温暖、舒坦、让人放松。是野蘑菇汤浇饭的故事? 是小媳妇的声音? 是野蘑菇的滋味? 反正总有东西是可以回味的，反复，又反复。

这夜，外公在我的梦里背完小媳妇后，站在秋天的河边，梦的背景空旷辽阔，他眯着眼，眼睛望着远方。有悠远、安宁、纯静的声音从空旷的远方飘来，就如风筝。风筝那头的线连着外公，外公随线而去，笃定沉着。我跟在后面，他回过头来，温和地看着我，缓缓说道："记住，生活总是有好滋味的，就如蘑菇好滋味。"

我一边追他，一边如一个被丢弃的孩子般喊道："请你不要离开我，不要丢下我。"可是我的脚步却为何如此沉重。

我只能看着他走远，然后独自从梦里出来，静静地躺在床上，街外的光投射在天花板上，冰冷、无力。

外公是个简单的人，他没有太多的天赋去理解和处理人与人之间微妙复杂的关系。他曾在某段特殊的时间里，受别人无端的折磨，子女的命运也因此改变。晚年，可以和一只猫一只狗快乐相处老半天的外公哼着小曲走在街头，遇上当年那个折磨过他、同样已经老去的人，外公笑哈哈地和他打招呼："身体可好?""儿女可好?""今天中午吃了些什么?""家里养猫养狗了没有?"

人还没到家，就有人将街头的情景告诉了外婆。一辈子活在世事隐忍之中的外婆，对哼着小曲慢悠悠回家的外公愤然叫嚷："忘记了？当年人家是怎样对你的？好了伤疤就忘了痛?"

"记住又能怎样？忘了好，忘了，心开阔了，就活坦荡了。"外公边说边走到一旁，看猫和狗打架去了。

外公生前最后那段日子，我正好闲在家里，天天陪他去小区对面的公园，听他断断续续地讲自己曲折而平静的一生。那是一个安静的河边公园，可以在那里看到很多东西，譬如狗儿们彼此在河里游泳，看很好的雪天，美丽的早晨，一天里光线的变化。它渐渐地长成了我内心里的一座公园，外公是公园里的一棵树。公园沉静简单，空旷自得，无论身处何种境地，我都还可以去我内心的公园里散步，这样让我觉得很好。

七点半时，他把我推醒。一觉之后，他充满朝气，刚刮过的胡子，轮廓清晰鲜明的脸，健壮结实的肩膀，一切都曾经无比熟悉。

我起来坐在餐桌前，糊里糊涂睡意蒙眬的样子。他给我拿了一杯热牛奶，几片烤过的涂了黄油的面包，一个煮鸡蛋。我一边吃一边问道："起这么早?"

"文欢，我想我们还是早去，怕去迟了，人多，耽搁你时间。"

"李刚，我缺的不是时间，向来都不是。"我将鸡蛋剥掉壳，一口咬下半个。

他不再说话，在我对面坐下，取出支烟，点上，等着我将早餐吃完。空气中浮动着我不熟悉的烟味。

很快就到了办证中心，人并不多，两三对而已，我指的是办离婚证的；另一边窗口同样挤了两三对，是拿结婚证的。

所要的证件齐全，没多少分钟就结束了。我们走出了办证中心的大门时，街对面的早点铺生意还很火爆。

他准备去车站，去他母亲的城市。我上午没课，便对他说："送送你吧。"车站离办证中心不远，就两站路，两个人便走路过去，谁也不说话，不说话挺好的。路过一间老年人服装店，我进去，给他母亲选了件秋衣，枣红色的，对襟，滚黑边，该是适合她的。他将衣服放进随身背着的、从美国带回来的包里，客气地说了声："谢谢！"

很快就到了车站，买了票，上车。上车时，他回头挥了挥手，那瞬间，我看到了他眼角闪着的一滴泪。所有我所能呈现的，也是我唯一能做的，都凝在了那滴安静无言的泪里。

车开动后，我坐车赶回学校，下午有三节课，有一节还没备好。傍晚几个同事一起聚餐，是其中一个未婚女人的三十岁生日。她情感脆弱，像一只飞虫，错误地飞进别人的屋子，明知是错误，却又狂乱地想和领她进屋的男人找到飞出去的窗户，窗户其实就在那里，她却什么也看不见，从这面墙扑到那面墙，从墙上撞到灯罩上，又冲到天花板上，掉下来，落在玻璃窗上，她看到了屋外的天空，于是更加疯狂地用身子撞击玻璃窗，等终于撞出窗外时，周围什么人也没有，只剩下浑身是伤的自己。她说，其实我应该缩在原地，纹丝不动。

回家已经是十点多了，喝了杯水，直接去了浴室，这里还有他留下来的气息，它一如既往地裹住了我瘦弱的肩膀。在浴室的一角，发现昨晚他换下的白衬衣还在，早上太匆忙，他忘记带走了。是从美国穿回来的白衬衣，衬衣里还留有他的体香，只是气息已与以往不同。衬衣是大号的，因为他有一个宽厚坚硬的胸，我曾无数次把头埋进他的怀里，双手环绕过去，抱着他的腰，两个大拇指搁在他摸起来粗糙的宽皮带上，这样做让我觉得踏实，我会仰着头对他说："你总是如此温暖。"

有流泪的酸涩欲望，忍了忍，最后将憋着泪的脸在镜子前开成一朵尴尬别扭的笑。

从浴室出来，我在餐桌前坐下，就静静地坐在黑暗中，仿佛是在等待体内发出些声音来，可以让我从厚实的坚硬中解脱出来的声音。不这样，又能如何。我在黑暗中坐着，静静的，纹丝不动。融化了的雪人，一个人在厨房里哼英文小曲、炒菜扭腰、自得从容的前婆婆，咂着嘴、摸着胡须、眯眼感叹“好滋味”的外公，在望远镜后生活的老杜：他们如节日的烟花，在黑暗中反复闪现。

坐久了，起身，我将脚步放慢、怕吵醒什么人似的从书房前走过。昨晚屋子里属于他的脚步声、洗澡声、开冰箱取蜂蜜声、锁房门声、翻书声都已经消失在时间里，然而他的气息却还真实地积聚在书房内，它穿越厚厚的墙壁朝我扑面而来，就如一团让人哀伤的浓雾。

我进了卧室，穿过玻璃门，走到阳台上。我喜欢夏天的阳台，暑气散开，夜晚缓缓渐入佳境，它努力延伸，欲图触摸清凉的黎明。有狗叫声传来，有一次似乎特别狂暴猛烈，声音从小区后面运河的方向、甚至更远的黑暗的小巷拐角处垃圾桶边传来，是昨天和他一起散步时遇到的那条脖子上挂着一条绳子的小狗么？渐渐地，吠叫声转为哀鸣，大约是嗅到了巨大的孤独和不安全的气息，或者正感受着强烈的饥饿滋味，一声哀鸣未散尽，另一声又响起，透骨，凄凉，仿佛是在哀叹着不可挽回的过去。城市在狗的哀鸣声中显得格外寂静，很多人早已经睡去，正在平和中做着梦，远离他们自己，远离痛楚和悲伤。月光古老、忧伤、宁静，它无生无死，就那样存在着。我伸伸胳膊，喘上几口气，又一天过去了。

从阳台转身回到卧室，拉上窗帘，摘下眼镜，我在床上躺下，随手拿起一本书。翻上几页，用不了多久，就会有无数双睡眠之手把我抓到梦里去。我必须睡好，明天有明天的辛苦。还好，我说过我有倒头就睡的习惯，很快就能沉入梦乡，说不定梦里还会有外公别的故事，外公的故事都有特别的滋味在其中。是的，所有的一切都有可能会离去，所能记住和留下的，只是那些滋味，就如蘑菇好滋味一样。

海飞

海　飞

小说家，编剧，中国作家协会会员，国家一级作家。曾在《收获》《人民文学》《十月》等刊物发表小说500多万字。

著有小说集《麻雀》《青烟》《像老子一样生活》等多部；散文集《丹桂房的日子》《没有方向的河流》等多部；长篇小说《花雕》《向延安》《回家》等多部；影视作品《麻雀》《旗袍》《大西南 剿匪记》《隋唐英雄》《花红花火》等多部。

曾获1998年“浙江省青年文学之星”奖、第十三届全国五个一工程奖、浙江省五个一工程奖、《小说选刊》双年奖、鲁彦周文学奖、《人民文学》奖·首届柔石小说奖金奖、南方阅读盛典金图书奖、《人民文学》新浪潮奖、《人民文学》长篇小说奖、西湖·中国新锐文学奖、《中篇小说选刊》全国优秀小说奖、2009年冰心儿童图书奖、贝塔斯曼全球华人大赛散文奖等。

日常人生中的悲凉与温暖

——《向延安》及海飞的小说创作

郑 翔

从2003年至今，海飞已经在国内重要文学期刊上发表中短篇小说几十篇，长篇小说多部，从而成为国内备受关注的、“70后”作家的代表人物之一。2011年发表在《人民文学》第7期上的长篇小说《向延安》是海飞的重要作品，这是一部建党90周年的献礼之作，可纳入红色叙事的范畴，所以从题材上来看，这是海飞对以往小说创作的一次“越位”。那么，这一“越位”和海飞以往的创作之间是否仍存在某些可以一以贯之的文化内涵？与传统的红色叙事、新历史小说相比，《向延安》又是否具有某种属于自己的历史观、价值观和叙事策略？如果有，那么，它是否某种程度上也代表了“70后”作家对于社会、人生、历史以及文学的独特理解？

本文试图以海飞以往的创作和传统红色叙事、新历史小说为参照，对《向延安》的文化内涵、叙事策略作一个扼要的分析和评论，并通过它来折射“70后”作家创作的某些独特性和文学史意义。

一、悲凉中的温暖

纵观海飞以往的小说，我以为，其最为核心并一以贯之的文化内涵是：必须在这个充满悲凉的人世间发掘人性的温暖，虽然这种温暖并不能改变人生的悲凉本质——因为这是一种宿命，但它却能滋润普通百姓孤独的灵魂，支撑他们艰难的人生。海飞是一个凭经验写作的作家，这种对悲凉人生中的温暖的发现，应该来源于他对生于斯长于斯的土地上普通百姓生存状态及其坚韧的、质朴动人的灵魂的细致观察，来源于他对这块土地上的地域文化传统的深入挖掘，而且，在发现的过程中，还包含着海飞对于人性，对于我们的时代、社会和现代性的审视，同时也表现了海飞对于人性善的理想主义情怀。

在海飞的小说中，温暖的人性总是绽放在阴冷的背景上，无论是在农村、城镇还是在城市，海飞笔下农村的生存环境是相当恶劣的。谢有顺在评论海飞的小说时说："一个村庄，隐射的是一个坚硬的社会，它的背后，活跃着一整套权力社会遗留下来的潜规则，即便进入了现代社会，对权力的迷信所养成的生存惯性，也还在决定人们的生活，这就是当下的现实一种"；而正是这种"难以撼动的""洋溢着令人窒息的腐朽和阴冷"的规则仍然控制着农村。[①]这里有飞扬跋扈的村干部，有恃强凌弱的地痞，有因贫穷、嫉妒、愚昧而时常摩擦、争斗的普通百姓，有大量习惯于伸长脖子看的"看客"，有对权力与金钱的普遍迷信以及由此诱发的人性之恶。这样的环境在《温暖的南山》（后改为长篇《花满朵》）、《到处都是骨头》《看你往哪儿跑》《遍地姻缘》《为好人李木瓜送行》《去杭州》《烟囱》《赵邦和马在一起》等小说中被反复书写；而《金丝绒》《医院》《自己》《蝴蝶》等小说中的城镇生活，也是由诸多的不如意和阴暗纠结起来的；城市的生存环境甚至更加恶劣，《城里的月光把我照亮》和《我叫陈美丽》中的打工妹都必须把身体、尊严和生存一起打包，即便是杭州城的原住民国芬（《像老子一样活着》），也必须面对生存和尊严的压力。而且，在几乎所有的海飞的小说中，主人公除了必须面对生存中有迹可寻的现实的艰难和痛苦之外，还经常要忍受无迹可寻的命运降临给他们的人生错位或灾祸，以及精神上无所依恃的疲惫与孤独。

海飞对人物生存环境的这种处理，包含着海飞对二三十年来我们的时代、社会、文化与人性的阴暗面的深刻体认，同时也包含着海飞对人（尤其是底层人）的命运的某种感想。从空间上来看，海飞的小说概括了农村、城镇、城市三级行政区划；从时间上来看，海飞的小说覆盖了新时期以来的三十年（个别作品还把笔触延伸到新时期以前），所以可以说，新时期三十年以来中国底层社会的丑恶、阴暗与荒诞面，在海飞的小说里得到了充分展示。但海飞的小说又非纯粹的写实，因为通过对现实与人生的阴暗面的描述，海飞也试图表示他对人生的某些感想，那就是人生的宿命感。无论你生活在何时何地，你所遭遇的都必然是如唐小丫（《医院》）所说的"阴差阳错的人生"，所以，在海飞的很多小说里，饱经磨难的主人公最终都会像李

① 谢有顺：《读海飞的小说有感》，《文学与人生》2009年第1期。

小布（《自己》）那样认识到"这人生本来就该有悲凉的"，从而使人生带上了宿命的色彩。这种处理当然一定程度上削弱了小说的现实批判力量，但也使小说对于丑恶、阴暗与荒诞的反复书写获得了一定的隐喻性，使小说的内蕴更加丰满。

描写人生的悲凉当然不是海飞的目的，在悲凉的背景上反衬普通百姓坚韧、质朴的灵魂，展示人性、人情最深处的温暖光华，才是海飞"乐此不疲"的母题，也是海飞小说中最打动人的部分。海飞小说中的主人公几乎无例外地遭受了生活的艰辛与命运的磨难，但他们从不怨天尤人，也不因此而损害别人，他们总是选择默默的忍受与承担，且仍能表现出对他人的无私、宽容与友爱——这真是人性的至善至美的体现。《城里的月光把我照亮》是很有代表性的一篇。小说的主人公芬芳到城里打工，生存极为艰难，她却自愿承担起照顾受了工伤的前男友和一个弃婴的责任，为此不惜重回发廊，到街头卖唱，甚至为了弃婴的病而入室偷窃，当她费尽心力找到了孩子的母亲时，却发现她是一个无力领回孩子的学生，最后芬芳只好将孩子送给一位好心人（因为她已患了不治之症），在一个充满月光的晚上回到了故乡（她长大的儿童福利院），在撒满落叶的故乡的土地上静静地死去——一颗极度卑微却至善至美的灵魂曾经在这里生长，现在回到了它该安息的地方。这篇小说还代表了海飞小说的另一个特点：生活、生命的艰辛与疲惫来自方方面面，但阴暗与悲凉的生命旁边，始终存在着光明和温暖（虽然往往也弱如萤火），它来自人与人之间的同情、宽容与友爱。发廊里的小姐妹们的重新接纳，男友牛娃曾给予过的体贴和照顾，医院护士长的温和态度，中年男人对她偷钱行为的宽容和资助，市容监察对她乱贴寻母启示的网开一面，都是芬芳能够坚持下来的重要原因，而儿童福利院的黄阿姨则是照耀芬芳的温暖的光源。

海飞对现存世界的运行模式和价值规范是持悲观和怀疑态度的，尤其是对"城市文明"的扩张保持着高度的警惕，但他始终坚信，人性的善、人与人之间的同情、宽容与友爱是永存的，它存在于民间，存在于底层百姓心灵的最深处，在历经磨难之后它将显现，在看破了人生，看破了尘世之后，它将得到提炼和升华。海飞的很多小说，写的就是这个过程。《到处都是骨头》是表现良心战胜邪恶的典型，《为好人李木瓜送行》是一个真诚、无私战胜权力的温暖故事，类似的还有《城里的月光把我照亮》《遍地姻缘》《金丝绒》《医院》《蝴蝶》，等等。《金丝绒》中的唐丽最后竟能和情敌崔曼莉住在一起，帮助历经磨难的后者一起照顾一个由国外带回来的小黑孩。之所以如此，是因为他们（大多是女性）最终都能看透人生悲凉的本质，并发现其实“大家都是可怜人”。既然如此，那么彼此间的争斗和煎熬还有必要吗？于是，宽容与友爱就升华为一种境界，达到了这种境界，人性就会散发出金子般纯洁的光华。《医院》对饱经磨难的唐小丫是这么描写的：“唐小丫后来出现在病房，她像一枚亲切而温暖的金子一样，替病人料理着一切。”人生的底色是黑夜，所以应该有月光，虽然它不能颠覆黑夜的底色，却足以照亮人类的灵魂，我以为这就是海飞反复书写温暖的目的和意义。

基于以上的分析，我以为，《向延安》的潜在主题仍然是海飞以往小说的延续：展示人物“阴差阳错的人生”和“悲凉的”命运并从中挖掘人世间的温暖。只是它把展示人物命运的背景放到了更为遥远的战争年代，这是海飞在小说题材和认识上的一个突破。对于整个人类而言，战争无疑是最为纷乱、阴暗和难以把握的事件，也是展示人物“阴差阳错的人生”的最好舞台，有如钱钟书的《围城》和张爱玲的《倾城之恋》。小说主人公向金喜一心想当厨师，结果却身不由己地参加了地下工作，他一心向往延安，结果却怎么也没去成，他为民族的独立和解放传递了那么多重要情报，最终却因失去了上线而无法得到证明，这岂不正是“阴差阳错的人生”和“悲凉的”命运的充分演绎？而小说中其他人物的人生和命运，基本也是如此。

从“温暖”的角度来看，向金喜在战火纷飞的年代里不断地寻找并力图给予他人温暖的过程，乃是《向延安》中最为感人的部分。和海飞之前小说中的主人公一样，向金喜的一生都被纷乱、阴暗和孤独所包围。这个本来家里开着药店，其乐融融地生活在一大群亲人和同学中间的三少爷，从小说开头就开始陷入了灾难与孤独。战争开始了，父亲死了，家空了，同学散了，他也因热衷于做厨师而被大家疏远。于是在这个战火纷飞的上海，我们看到向金喜一次次骑车穿行在上海的大街小巷，一次次站在已人去楼空的罗家英家的门前向里眺望，一次次在内心等待延安发给他的通知，一次次独自登上三楼的屋顶用望远镜向远方瞭望……但这一切都无法排遣战争带给他的内心的孤独，相反，他还必须不停地面对旁人的误会和亲人、朋友一个个离去的悲凉。寻找一份能够依恃的温暖是如此的重要，以至于他对曾经的邻居日本特务秋田一家的感情，和假扮妻子的表嫂袁春梅之间的感情，都异常珍惜。但是，缺乏温暖并不意味着就不能给予温暖，这正是海飞对于人性、人情的独特理解。寻找的结果很可能是失望和空虚，但给予却必定可以获得对方温暖的回报，这也是足以抚慰人心的。所以在《向延安》里，我们时常可以看到“可怜人”之间的相互协助和关爱。最典型的是向金喜对二哥向金水的相好凤仙的照顾。一开始，向金喜对凤仙并无好感，但当向金水被除奸队除掉，凤仙被卖到了妓院之后，他却毫不犹豫地赎出了凤仙，并安排她开了一家面馆。那么为什么要赎凤仙呢？“我要替我哥赎凤仙”是一个原因，更关键的是他对袁春梅说过的另一句话——“她很苦的。”这是一句体现海飞小说的核心精神的话语，可称之为“海飞式的温暖”。“海飞式的温暖”不但要照顾被照顾者的生活，还要照顾被照顾者的心灵，于是向金喜不但安排凤仙开了面馆，还一大早就起来去做面馆的第一个顾客。类似的细节遍布于海飞的所有小说，是构成其小说细腻、动人品质的重要因素。

温暖是可以超越民族与国界的。小说中的德国人饶神父，在战乱中竭尽全力照顾中国难民之时，自己的亲人也在国内遭遇了纳粹的杀戮，即便是作为侵略者的日本特务秋田，他一家人的命运又何尝是他们自己所能决定的呢，所以他们同样也是“可怜人”。不幸是向金喜与他们之间产生情感上的亲近的重要原因，而只有在类似于战争这样的灾难面前，整个人类的共同宿命和温暖主题才能得到更加清晰的展现。所以，虽然从表面上看，《向延安》是一部展示中国共产党领导的红色革命以及地下工作者对于革命的卓绝贡献的小说，但是，它的更深层却是一部以战争为背景展示个体及人类的悲凉命运、寻找人性、人情之温暖的小说。其实，从作家创作的角度来看，对于一个在长期的创作过程中始终有着自己的某种坚持的作家来说，要想真正改变自己的这种坚持，是很困难的，不过，对于海飞来说，由于选题的改变，《向延安》把他之前创作中所表现出来的对于底层百姓的人生、命运以及人性、人情的体悟，扩展到了对更为广阔的历史时空中人类整体命运的审视和关怀，可以算是一个不大不小的超越。

值得注意的是，对“温暖”主题的书写在21世纪的文坛可能是一个文学现象。根据近些年的阅读和了解，我发现，21世纪以来，不单文学期刊上有大量以“温暖”为主题的作品，文学评论也一直以比较高的密度关注着这类作品，单从《心灵深处的温暖》《发掘人世间的爱与善》《以悲悯情怀观照人生》《用诗意的目光温暖世界》《人道主义情怀映照下的苦难命运展示》等题目上就可见一斑。那么“温暖”主题为什么会在21世纪受到如此普遍的关注呢？谢有顺评论铁凝小说的一段话恰好从作家和评论家两方面解释了这一现象：“我特别看重她对人类生活中残存的善的发现，并把这种发现视为当代文学的一个重要的精神事件。因为在此之前，我不知还有哪一个有现代意识的年轻作家能如此执着地去发现人性的善，积攒生活的希望，并以此来对抗日常生活中日益增长的丑陋和不安。”[①]当然，每个作家用以对抗“日常生活中日益增长的丑陋和不安”的现实和文化资源肯定会有不同，海飞的资源主要来自他所生活的民间的仁爱，其中还含着佛教的慈悲和基督教的博爱。海飞是向后看的，过往的乡村文明中那些最美好、最温暖的部分，都是海飞所念念不忘的。有评论家说：“痛惜与爱怜、温暖与爱意，在迟子建那里差不多长成一种‘信仰’了”。[②]在海飞这里也是一样，而这种对于温暖（善、美、爱）的理想主义情怀，正是文学存在的重要理由，也是海飞小说存在的重要价值依据。

二、在“红色叙事”中还原日常人生

《向延安》是一部向建党90周年献礼的作品，它显在的故事脉络和主题确实都属于红色叙事，但与以“三红一创”为代表的传统红色叙事和新历史小说相比，《向延安》在对革命历史的叙述中所表现出来的历史观、价值观都有着自身的独特性和复杂性。因为在这篇小说中，日常人生已成为其历史叙述的真正中心和重点。这不但是21世纪以来日常化写作在历史领域的一个延伸，也是“70后”作家表达自己对社会、历史、人生和文学的独特理解的一个叙事策略，有其独特的文学史价值。

同样以历史为叙述对象，《向延安》与传统红色叙事、新历史小说的话语样式有着明显的区别。传统红色叙事是给革命历史作合政治目的论的意识形态解说，在这里，“社会历史全部的丰富性往往被抽象为一种社会变革的形式出现于历史小说之中”[③]。其叙事的“时间模型”是“集体时间”，是革命进化论、政治历史阶段论，所有的革命叙事在其结束之时，必然呈现为革命的阶段性胜利、主人公成长的完成、光明与美好未来的最终定局[④]。新历史小说的出现是对传统红色叙事的历史观的颠覆，在其中，历史的合目的性和必然性被打破，社会历史开始呈现出世俗化、零碎化、日常化的趋向。在叙事的“时间模

---

① 谢有顺：《发现人类生活中残存的善——关于铁凝小说的话语伦理》，《南方文坛》2002年第6期。

② 何平：《重提作为“风俗史”的小说——对迟子建小说的抽样分析》，《当代作家评论》2009年第4期。

③ 舒也：《新历史小说：从突围到迷遁》，《文艺研究》1997年第6期。

④ 张清华：《时间美学——论时间修辞与当代文学的美学演变》，《文艺研究》2006年第7期。

型”上，“古典叙事中永恒与循环的理念、人本主义与生命感伤主义的时间尺度”，即“个体生命时间”，得到了复活[①]。但是，由于过度放大了社会历史的偶然性因素，新历史小说最后在放逐了历史的确定性的同时，也放逐了历史本身。

《向延安》的历史观与前两者既有内在的联系，又有明显的区别，其话语样式和“时间模型”都存在内在的双线对立结构。从显在的也就是红色革命的层面来看，《向延安》的话语样式呈现的是与传统红色叙事相一致的合目的论的形态，采用的是“集体时间”：随着历史的推进，日本人被打败了，国民党被打败了，革命按部就班地走向了胜利。但是，从小说人物的日常人生的层面来看，《向延安》走的又是略近于新历史小说的路子，因为革命虽然取得了胜利，但“主人公成长的完成、光明与美好未来的最终定局”没有实现。历史的前进和个人命运的停滞形成了双线对立。比如向金喜，在参加革命前，他是厨师，在为革命做出巨大贡献之后，他仍是厨师，新的生活并没有开始。而且，在小说中有一个被叙述者反复强调的细节，即向金喜子承父业不断地登上三楼楼顶用望远镜远眺，这实际上正是一个时间循环论的隐喻。所以，“古典叙事中永恒与循环的理念、人本主义与生命感伤主义的时间尺度”同样在海飞的《向延安》中复活了，所不同的是，《向延安》并没有放逐历史，而是试图从两个层面同时抓住历史。

由于历史观不同，《向延安》的价值观也与传统红色叙事和新历史小说有别。“红色叙事类作品不仅仅是因叙述革命历史而具有了自身的特质，它更为重要的功能在于以革命为意义元点而对历史生活进行文本化的组织与叙述”，并以“革命为意义中心来组织全部的生活”，“只有统领到革命的旗帜下生活才能获得‘有价值’的意义”，“革命不仅在重组着个体的社会关系与伦理关系，同时也意味着对个体从精神到肉体的完全征用”[②]。在这种二元对立、一元论价值观主宰的话语样式中，历史的本体真实将不可避免地被遮蔽。新历史小说的出现就是试图解构传统红色叙事的价值观，恢复被其遮蔽的历史的本体真实，所以，“它大胆突入政治目的论历史观形成的某些‘遮蔽’，将笔触楔入了‘正史’之外的‘野史’题材之中”，“突破旧有的政治目的论价值观，在个体生命、民间生活、传统文化等方面表现出了多元的价值关怀”[③]。但这只是一

① 张清华：《时间美学——论时间修辞与当代文学的美学演变》，《文艺研究》2006年第7期。

② 郭剑敏：《当代红色叙事作品中的中国革命历史形象》，《创作与评论》2011年第3期。

③ 舒也：《新历史小说：从突围到迷遁》，《文艺研究》1997年第6期。

个方面。由于对历史的先文本性的认识，新历史小说作家们把更多的精力投入到了以相对主义阐释、解构历史的狂欢之中，于是，随着历史的确定性和纵向维度的消失，新历史小说在带给读者“个体和普遍的共同悲剧”的同时，迎来了循环论迷雾中的价值虚无，而个体也终于蜕化为阐释虚无的手段。

《向延安》的价值观同样存在双线对立的结构。称《向延安》为红色叙事，除了它把革命历史当作自己的叙述对象之外，还因为在显在层面上，它没有否定历史前进的意义，也没有取消革命组织社会生活的意义，而且总的看来，在《向延安》中，个人的情感、命运也都是服从于革命这一集体意义中心的。比如武三春起先是不想把表弟向金喜拖进来做地下工作的，因为他不希望向金喜也和姨父一样死于日本人之手，但最后他还是服从了革命的要求；向金喜并不喜欢地下工作，但他觉得在民族危难之际，他不能不加入；而且，无论在小说的开头还是叙述行进的过程中，经常出现的一群青年一起谈论延安的热烈场面和向金喜向往去延安的内容，都表明革命或它的代名词“延安”是有着毋庸置疑的价值合理性的。但这只是一条线，只要稍微留意就可发现，除了用“热烈”等词语简单地形容一下谈论的场面，外加“宝塔”“延河”“窑洞”等几个有限的地标性词汇之外，小说从未叙述过有关延安的具体内容，所以也一直没有解释延安为什么值得青年们向往，为什么具有毋庸置疑的价值合理性。相反，小说里倒是经常有这样的话：“金喜认为，延安就是罗家英的代名词”，“延安在金喜的脑海里，只是一个十分向往的图案”。所以，即便到了最后，延安、革命对于向金喜来说仍然是一个非常遥远而模糊的对象，对他来说犹如“一个梦”，而之所以如此，则是因为他们都是普通人。向金喜曾对恋人罗家英说：“家英，延安太远了，我们都是养家糊口过安分日子的人。”这就是问题的关键，他内心里遵循的人生目标就是安稳的日常人生，和革命属于两种不同的价值系统。所以，小说对革命、延安的价值合理性的设定实际上是先验的，革命历史实际上只是《向延安》的一个叙事背景，是它用来展示普通人日常人生的一个舞台，是一种叙事策略。

所以，我们在《向延安》中看不出新历史小说那种颠覆革命价值中心的主观意图，却可以在具体的叙述过程中发现普通人的日常伦理和情感，而这才是小说真正的价值元点。从“个体的社会关系与伦理关系”的角度来看，《向延安》中个体的社会关系与伦理关系并未如传统红色叙事中那样被革命所重组。比如，虽然在情节的发展中，做了汉奸的向金水杀了表弟武三春，后来军统除奸队的姐夫国良又除去了向金水，这看上去似乎是立场、理性在主宰着历史事件的发生、发展，但在向金喜心中，这些事情都是违背他的价值标准的，所以一向懦弱的他才会暴怒地责问向金水：共产党多了，你为什么偏偏要杀他？同样，虽然认可国良杀死金水是一次“正义的锄奸”，他心里也“总是放不下”。显然，是否符合人的日常生活伦理或者说自然的人性、人情，才是向金喜心中真正的价值标准，它是可以超越政党、阶级、甚至国界的，他和日本特务秋田一家的感情就是最好的证明。在两者的对比中，革命伦理违背自然人性的一面倒是显示了出来。日常的自然也就是世俗的，所以向金喜觉得，就国良挺拔的男人之感和才干而言，姐姐向金美离开国良去延安实在是不明智的。而对日常、世俗伦理价值的认定，某种程度上也是对民间、传统价值系统的认定，这与新历史小说有着一定程度上的相似性。

从革命与个体的关系方面来看，《向延安》也与传统红色叙事中革命“对个体从精神到肉体的完全征用”很不相同。在《向延安》中，向金喜的家人、朋友、同学有着各不相同的价值立场，但小说对此并未进行过多的非此即彼的价值评判。因为大家都是普通人，信仰固然是一种选择，日常生存未必不可以成为另一种选择。小说对主人公身份的设置则集中体现了海飞对于革命与个人之间关系的理解。向金喜喜欢做饭，他的理想就是做一个好厨师，在他看来，只要能做好饭，他的人生价值就能得到实现，所以他说，“乱不乱世，用不用武，都和我关系不大”，所以他说他去延安，仍是想给那里的人们做饭。这里其实暗含着这样一种逻辑：乱世、用武或者说革命对于人类历史来说都只是偶然事件，而吃饭、生活才是人类更根本也更恒久的事情。所以向金喜始终没有放弃厨师这一真正属于“他自己的事体”。而对于他的这一选择，虽然大部分人认为他缺乏血气，但谁也没有强迫他放弃自己的选择，所以，无论是精神上还是肉体上，向金喜都仍是自由的，他最终选择了共产党，其中也仍包含着自己的意志。在小说中，其他个体的人生选择也是自由的，而且个体的日常生活理想和情感与革命事业是可以并行不悖的，也就是说，这个世界是可以多元的。这一切在传统的红色叙事中是不可想象的，这都说明，“红色”并非《向延安》的叙事目的，而革命历史中普通人的日常人生或者说他们的自然情感和人性，才是小说更重要的叙述内容。

当然，在革命历史中还原普通人的日常人生的事，一部分新历史小说已经做过，但日常人生在那里主要是作为对抗主流意识形态的工具而非目的的，而像《向延安》这类在革命历史叙述中真正把普通人的日常生活当作叙述重点的小说的出现，主要是21世纪以来日常化写作潮流影响的结果，可以说是日常化写作在革命历史领域的延伸。日常化的革命历史叙事是对传统红色叙事和新历史小说在历史叙事层面的双重反拨，使历史叙事摆脱了理念先行的模式，回归到更加琐碎但也更加真实可信的日常生活状态，虽然这并不意味着它已触摸到了历史本体，但无疑是对过往历史叙事的一次丰富和补充。同时，从创作个体的角度来看，对日常生活经验的尊重，某种程度上也可以理解为创作个体对自身而非某种理念的尊重，表现了个体要以自己的日常生活经验参与历史、阐释历史的欲望。而这也是“70后”作家试图争取历史话语权的一种表现。

但《向延安》并不止于对革命历史的日常还原，对被还原的日常人生的荒诞感的揭示才是其与海飞之前小说一脉相承的思想内涵。如果从更长的历史常态的角度来看，革命所表现出来的正是人类历史的非常态，也是增加人类生存荒诞感的一个重要因素。在《向延安》中，人物无不因为战争的到来而增加了人生、命运的动荡感，对向金喜来说尤其如此。参加地下工作对他来说实在是一个命运的错位，他所一直向往的延安对他来说竟如卡夫卡笔下的城堡，总是可望而不可即的，而参加革命的结果对他而言几乎是一无所有。对个体与他者（包括革命）之间关系的反思，以及对个体命运的虚无感、荒诞感反复揣摩，是“70后”作家创作中一种比较普遍的现象。正如贺绍俊所说：“荒诞感可以说是时代留给70年代出生作家的印记。”①

以个体的日常经验来阐释当下生活或还原历史并从中揭示个体生存和命运的荒诞感，应该是“70后”作家对当代文学的一种贡献，但与西方现代派和中国先锋文学激进的精英姿态和强烈的批判意识所不同的是，“70后”作家在感受和叙述个体生存和命运的荒诞感时，显示的是一种比其更为平和的精神状态。不过，同样是“70后”作家的日常化叙事，他们所采取的叙事策略也有差异，有的选择退回自身，叙述个体的日常烦恼和内心荒凉；有的则采取向普通百姓的审美喜好靠近，在与官方文化、大众文化的合谋中，加入一点儿精英文化的内涵，以一种调和的姿态获取更大的市场空间。海飞的《向延安》显然属于后者，他也从不讳言自己的这一叙事立场。我以为，这种日常化、平民化、市场化的叙事立场对日益边缘化的中国当代文学来说，可以说是一种必要，但也必须以丧失文学的深邃性、超越性和经典性为代价，所以几乎也与“如何通过小说的本体话语来重建人文价值”等问题关系不大。

---

① 贺绍俊:《“70年代出生”作家的两次崛起及其宿命》,《山花》2008年第8期。

干掉杜民

所以，要干掉杜民

杜民的第一件事情是，他太喜欢女人。

现在，让我来说说一个叫丹桂房的村庄，这座村庄和其他的江南村庄没有什么两样。一样的小桥流水和竹篱茅舍，生活着许多的农民，小部分的富户，一户地主。现在，让我来说说现在的确切时间，一九三八年四月。那时候，我是一个年轻的东家，我的父亲陈老爷刚刚离世，然后我就由少爷变成了陈老爷。我不是主人公，我只是在这里给你讲一个故事而已。自始至终，杜民才是主人公。我要讲的，从杜民太喜欢女人开始。

杜民穿着青灰色的衣裳出现在丹桂房的一条弄堂口，其实他是一个美男子，他就站在弄堂的一小块光影下。太阳站得很远，太阳把光线也投得很远。四月，太阳总是想尽办法让大地温暖，升腾着一种热气。杜民把两只手插在了衣兜里，他的出场像一个明星。他的眼睛大而有神，眉毛很浓，个子高高的，走路虎虎生风。如果你是一个女人，你和他擦肩而过了，一定会回过头来看看他的背影。但是，杜民也是丹桂房最有名的懒汉，他没有土地，他仅有的财产就是一间破草房。他不喜欢工作。我家里有许多长工短工，但是他是不愿意来做工的。赵甲曾经在穿路廊对杜民说，杜民你为什么不愿意去陈老爷家做工。杜民盘腿坐在穿路廊的一块大石头上，他冷笑了一下。过了很久，他才对赵甲说，你以为我是谁，我凭什么要给那个姓陈的做工？赵甲笑了，说你不做工你怎么养活自己，你没爹没娘没有老婆没儿没女，你以为你又是什么东西。杜民也笑了，我不做工我不是活得好好的吗，我还比你胖了很多呢，赵甲你看看你脸上一点儿肉都没有。我没爹没娘，我就省心为他们养老。我没有老婆，丹桂房的女人都是我的老婆。没儿没女，说不定你家儿子就是我帮忙生的呢。

这些都是赵甲告诉我的。赵甲的声音里透着一种愤怒。我正在屋檐下喝茶，丫头小凤在我给敲背。温暖的春风一阵阵吹着，赵甲说这些话的时候，我差点儿就要睡着了。我的手里捧着茶壶，茶水一不小心漏了出来，落在我的裤腿上，让我惊醒了过来。赵甲弯着腰，他弯着腰的样子，像一只河里的虾一样。后来我哈哈大笑起来，我说赵甲你长得真像一只虾，你为什么把自己长成一只虾。赵甲也笑了，他一笑脑门上的皱纹就紧急集合起来，像一堆在一起开会的蚯蚓一样。赵甲说，我就是虾，嘿嘿，东家你说我是虾我就是虾。温暖的春风一阵阵吹着，我就想，地里那么多的庄稼，一定在春风里发出了欢快的笑声。再过几个月，黄灿灿的谷子就会在长工短工的一阵忙碌后，进入我家的粮仓。小凤也笑了，小凤是我从街上买来的，小凤不是本地人，她的老家在嵊州，据说那儿全部都是山。推开家门，你看到的只能是山。小凤的头发上插着一根草标，她站在枫桥镇十字街口的南货店门口，她的脸上有着泥污，她的眼神已经散了，她的裤腿已经破了，她说她想把自己卖了，她要拿钱救他的父亲。我站在很远的地方看了她很久，街上到处都是晃动着的人头，我的目光越过了这些人头，看到一个一点儿也引不起人注意的姑娘。我的目光其实有点像刀子，我一眼看出，这个女孩子其实是长得很漂亮的，我看到了她脖子上的一片月白色。我对身边的赵甲说，赵甲，你去把她给我买来。然后我进了一间茶楼，我在茶楼里喝茶，听月娘在小茶楼里给我唱戏。月娘已经不年轻了，但是她的声音很年轻，我喜欢年轻的声音。月娘唱戏的时候，我看到一只手在她的脸上摸了一把，那只手是我的。月娘笑了，她笑起来的时候，眼角有了许多的皱纹。后来月娘侧着头，把一只白净的手伸到了我面前。我从口袋里掏出银元，银元滚入了她的手心里。银元没有站稳，银元摇晃了一下才在月娘手心里站稳了。月娘一把握住了它，像握住了一种希望一样。我继续喝茶，月娘继续唱戏，没有很久，赵甲就把小凤带到了我的面前。赵甲对小凤说，这是陈老爷。小凤叫了我一声，叫得有些怯生生的。我笑了，我说，以后你就在我家里做丫头。

我讲了那么久，却仍然没有讲到杜民喜欢女人这件事。现在，让我来讲。杜民睡过许多丹桂房的女人，当然也许是有许多女人看上了长得英俊的杜民，半推半就就把事情做了。杜民曾经在村子里和毛大吵过一架，毛大像一只兔子一样在地上乱跳，说杜民有一天我会宰了你。杜民只是站在空地上冷笑，他喜欢把两只手插在衣兜里，这是他最惯常的姿势。没过几天，杜民就悄悄跟着毛大的老婆去了麦地。毛大老婆一点儿也没防备，就被杜民扑倒在地上。毛大老婆拼命地抵挡着，但是，她没能挡得过男人的力量。杜民冲进毛大老婆的时候，令毛大老婆倒吸了一口凉气。她用拳头捶打着杜民，她说，你这个杜民你这个杜民。她一直都在重复着这一句话，这句话的声音却在渐渐弱下去，最后变成了一种呻吟。我能如此详细地说出事情的经过，是因为杜民喜欢坐在穿路廊的那块大石头上，对许多人说，女人是不一样的。女人都是柔软的，都是水做出来的，但是水也是不一样的。水有冷水，有热水，有温水，有硬水，有软水。女人当然也有许多种。杜民讲这些的时候，身边就会围着一大群人。杜民告诉这些人，镇上红楼里的小红是一种什么样的水，茶楼里唱戏的月娘又是一种什么样的水。人们就咂着嘴巴，就想象着这水和那水。然后，杜民会说村里谁谁谁的老婆叫声很响亮，谁谁谁的老婆一动也不会动像僵尸一样，谁谁谁的老婆能上蹿下跳，像一只白毛猴。

杜民能如此得意地讲这些荤事，当然会引起许多做了乌龟的男人的愤怒。杜民在温暖的风中讲得津津有味的时候，某户人家的家里肯定有一个男人按住自己的老婆一顿暴打。毛大的老婆也曾经肿着一张脸在穿路廊找到了杜民。她推开了人群，她看到了讲得正起劲的杜民。她的脸上没有表情，只是盯着杜民看。杜民一下子愣住了，杜民没有想到有一口痰落在了他的脸上，这口痰当然是从毛大老婆口里吐出来的。毛大老婆说，畜生，你这个畜生，只知道做事的畜生。杜民用手抹掉了脸上的痰，杜民突然说，你回去告诉毛大，他再敢打你，我就再干你一次。

我喜欢小凤给我敲背，小凤是个温婉的女人。她没有学过敲背，却可以把背敲得那么好。我也喜欢赵甲把腰弯成虾的模样，站在我的面前告诉我村子里最近发生的一些事，或是家里最近的收支情况。我是一个喜欢喝茶的人，其实我一天到晚都在喝茶，我端着那把宜兴产的茶壶，在院子里走来走去。我不太喜欢出门，喜欢坐着，喜欢眯着眼看着阳光一点点向西斜过去，喜欢在阳光底下打盹。下人们都说陈老爷这个人暮气沉沉的，一点儿也不像已经故去的老爷。这也是赵甲告诉我的，听了这话我就笑了，我说我为什么一定要像我爹。我爹为了聚财，把自己搞得太辛苦，把自己的命都丢掉了。我不愿意这样，我想多活几年。

我喜欢小凤。小凤进家门没多久，就成了我的人了。那天晚上我穿着月白的绸衫走进小凤的房门。小凤和一些丫头住在一起，我让赵甲支走了她们，我让赵甲带她们去镇上看戏。丫头们很开心，丫头们说现在的老爷比老掉的老爷好多了。小凤被留下了，我走进小凤房门的时候，看到了燃着的一支红烛。小凤留给我一个背影，她一直都没有转身。我走到她背后，我看到我的手轻轻落在了她的头发上，抚摸着她的头发。小凤显然已经梳洗过了，小凤说，我知道你会来的，我知道你看上了我。小凤叹了一口气，她说，我是你花钱买来的，你拿去吧。小凤站起了身，她和我面对面站着，一双大眼睛就那么一动不动地看着我。我看到了她眸子里面年轻的陈老爷的影子，那么傻愣愣地站着。眸子里的陈老爷终于伸出了手，轻轻解开了小凤的衣扣。

小凤的身子是白净的，她像一条白色的鱼。她附在我身上，让我突然生出了许多的爱怜。小凤说话的气息落在了我的脸上，是青草的气息。小凤生活在山里，当然会有青草的气息。小凤说，你会娶我吗。我睁眼望着蚊帐的帐顶，说，不会。小凤沉默了很久，她的手抚摸着我的胸膛，她的手像一粒虫子一样在我的皮肉上走动着。小凤又说，那么，你会在娶了正房以后，娶我做小吗。我沉思了好久，才说，可以考虑。我看到了一朵盛开的红艳艳的花，花开在床单上。我望着这朵花好久，轻声对小凤说，我不会薄待你的。小凤叹了一口气，小凤说，你薄待与不薄待，全凭你的高兴了。我是你的人，我当然要听你的。

我是不可以娶小凤做正房的。我想要娶的是赵小兰。那是富户赵天的独生女儿。赵天的田没有我那么多，长工没有我那么多，他只有这样一个女儿。也就是说，赵天的辫子一翘，他的田就是赵小兰的，也就是我的了。赵小兰是赵甲的侄女，我对赵甲说，我看上你侄女了，你帮我去说说，看行不行。赵甲匆匆地去问了赵天，又匆匆地告诉我，说行。赵甲说，赵天说行的，但是赵小兰说不行。那时候我捧着茶壶，我说，赵天说行的，就是行的。

但是有一天晚上我睡不着，睡不着我就喜欢跑到院子里走来走去。我看到了一堆月影，月影像是湿漉漉的水，四处淌着。我看到了一个人影从小凤的房间里出来，然后迅速冲向院墙，只一搭手就翻身过去了。我走进小凤的房间，我问小凤是谁来看你了。小凤的眼神里掠过一丝丝的慌乱，小凤的脸色绯红。蜡烛在“噼啪”地燃着，我开始拿起一把剪刀修蜡烛的烛芯。我没有急着问，只是微笑着看着她。好久以后，小凤才说，是杜民，他想要我，我没给他。他后来翻墙走了。我的脸上还是挂着微笑，我看到小凤的两只手在相互绞着，而且在不停地抖动，她一定是害怕了。我轻轻地拍了拍她的脸，轻声告诉她，小凤，你不用害怕。但是以后杜民如果再翻墙进来，你得告诉我。小凤点了一下头，她把头抬起来时，眼眶里全都是泪水。我一动不动地站在她的面前，我看到了泪水终于从她眼眶里掉了下来。我轻轻地替她擦着泪水，我说，别哭，这点小事有什么好哭的。

赵甲告诉我，赵小兰死活不同意。被赵天打了一顿，还是不同意。赵甲还告诉我，赵小兰心里有人了，问了好久才套出原来她心里的人就是杜民。有个货郎来换鸡毛的时候，赵小兰去买了一盒胭脂，这个时候她看到了杜民。杜民站在一棵树下朝着她笑，把她的心笑得咚咚乱撞，像撞着墙门。这些是赵甲说的，赵甲说得有些气愤，他的气愤完全是为了讨好我。我说赵甲，如果我是一个女人，我也会喜欢杜民。赵甲愣了一下。我说你陪我去赵天家吧，我要去见见赵天。

在赵天家客厅里，我见到了赵小兰。赵小兰把头昂得很高，她不愿看我。她说你不要以为你有几个钱，就能办得到任何事情。赵天很尴尬，赵天说陈老爷你放心好了，我一定会说服小兰的。我站起身来走到赵小兰身边，我微笑着盯着她看了很久，我轻声说，杜民有什么好，杜民除了长得好，其余都是不好的。我除了长得不好，其余都是好的。你为什么喜欢只有一点好的人。赵小兰的脸一下子就红了起来，她撇了撇嘴说，谁说我喜欢杜民了？

赵小兰离开客厅上楼上。上楼之前说，你死了心吧。她的辫子在走动的时候一甩一甩的，辫梢上的蝴蝶结就上下翻飞起来，像两只围着赵小兰转的蝴蝶。我和赵天坐在八仙桌边，我们聊起了今年的天气和收成，我们甚至还聊起了国家大事。很久以后，我带着赵甲离开了赵天家。临走时赵甲对赵天说，堂哥，你好好劝劝小兰吧。我说，不用劝的，有一天她会答应嫁给我的。我走到屋檐下的时候，才发现丹桂房的傍晚已经来临了。我和赵甲走在一片红彤彤的夕阳中，我和赵甲成了两个红色的人。

杜民的第二件事是，他喜欢偷东西。

我知道中国人喜欢用一个偷字的，比如杜民睡了那么多丹桂房的女人，其实也可以说成是偷女人。杜民还喜欢偷其他东西，他要养活自己，不偷东西怎么行。他偷过毛大的老婆，还偷过毛大家的五只鸡。为了表示他对毛大的愤慨，他还偷偷在毛大夫妇去田里割麦的时候，溜进他们家，在他们的水缸里拉了一堆大粪。他偷别人家的米，偷别人家地里的庄稼，他甚至偷别人晒着的衣服。他拿着衣服到镇上的裁缝铺里去找老裁缝稍稍改一下，就变成他的了。杜民坐在穿路廊的那块大石头上让人猜谁是丹桂房最富有的人。大家都说是陈老爷。不管是老去的陈老爷，还是现在的小陈老爷，这几十年里，丹桂房就他们家是最富的。杜民笑了，他说你们错了，最富的人是我杜民。大家问他为什么，杜民说，因为丹桂房是我杜民一个人的，我是丹桂房最富的人。赵甲告诉我这些的时候，小凤仍然在给我敲背，我仍然在喝茶。小凤听到这些的时候，落在我背上的拳头的力量就有些变弱了。我知道小凤在想着一些什么问题。过了很久，我才对大虾一样的赵甲说，赵甲，你出去吧。然后，我看到赵甲轻手轻脚地退了出去，退出去的时候，他迟疑了好久才说，赵小兰死活不同意嫁给你。我想了想说，赵甲，以后你不用去赵天家做说客了，你只要给我留意一下，有没有人到赵小兰家去提亲就行了。赵甲走了。赵甲一走我就开始叹气，我说这个杜民，看来我得干掉他了。小凤的身子开始颤抖起来，我微闭着眼睛，但是仍然能感觉到她的拳头落在我背上的力量是不均匀的，她鼻孔里呼出的气息也是不均匀的，她的心跳也不均匀。我又叹了一口气，我轻声说，小凤，小凤你完了。你为什么要喜欢一个渣滓。小凤什么话也没说，她咬着嘴唇。过了很久，我看到她的下嘴唇被她咬得变白了，她说，东家，我没有喜欢他。

我开始给小凤讲故事。我说按照丹桂房的族规，偷东西是要斩手指头的，偷族里的东西，是要挨皮鞭的。偷得厉害的，是要投进水里沉入河中的。说这话的时候我在想着丹桂房村庄外的那条河，那条河发出了许多的水声，我看到河水里一个叫杜民的人在痛苦的挣扎。我笑了一下，我说小凤，杜民偷了很多东西，他甚至在肚子饿的时候偷过村里人供在祠堂里的供品。他偷肉，偷馒头，偷苹果，偷走所有祠堂里供着的东西。他还偷了祠堂里的蜡烛，你说，这样的人该不该干掉他。小凤没有说话，她的眼睑一直低垂着，她在看着地面上的一小块青石板。我伸出手去，托住了她的下巴。她的脸抬起来了，她的目光平视，和我的目光对撞在一起。我说，小凤，我叫人去干掉杜民，你说好不好？小凤的脸痛苦地扭曲着，小凤的目光惶恐而散乱，她不敢看我的眼睛。很久以后，小凤才说，如果他改正了，如果他不再偷东西了，是不是可以放过他。我说当然可以，只是他能做得到不偷吗？就好比太阳能做到从西边出来，再从东边落下去吗？

杜民的第三件事是，他是个畜生。

我是不能随便说谁是畜生的，但是我很坦然地说杜民是个畜生。他是个逆子，他喜欢赌博，他还睡了他的嫂嫂。让我来请杜民的嫂嫂出场，嫂嫂叫米，很温婉的一个女人，是从邻村大竹院嫁过来的。大竹院人都姓骆，所以嫂嫂就叫骆米。但是，我们仍然叫她米。米是个不太喜欢说话的人，见到村里人都会脸红。在我的心目中，米是一个好女人。米跟着老公杜仲在田里奔忙，像一只勤快的麻雀。米为杜仲和杜民的老母亲端茶送水，伺奉天年。米喜欢红着脸，米红着脸是因为她不太会说话，她怕和生人说话。每年夏天，她和老公杜仲都会到我家里来打短工。有一天我在一堆稻草边碰到了她，我是去田里看看收割庄稼的长工和短工们的，我在一堆刚刚收割起来的、刚刚脱去粒的、散发着腥草味的新鲜稻草边碰到了她。我说你是米吗？太阳白晃晃的，像一碗烧得很稀的白粥一样倒下来，我的眼睛一点儿也不适应田野里那种很强的光线，我和米说话的时候是眯着眼睛的。米的脸一下子红了起来，她点了一下头轻轻地嗯了一声。我说米你以后不要去割稻子了，你去我家里做帮工吧，你去跟赵甲说一下就行了，就说是我说的。一个女人，不能干太累的活儿。米的脸色一下子变得惶恐起来，她说陈老爷不用的。我看到她白净的腿上有许多稀泥，有一处还冒着血。我看到了一条蚂蟥叽叽笑着，正叮在她的腿上。我俯下身去用两只手指抓住了那条蚂蟥，蚂蟥肥嘟嘟软绵绵的身子开始挣扎起来。米扭动了一下身子，米显然被我这突如其来的动作吓了一跳。她的脸显得有些惨白，她说陈老爷不碍事的，一条蚂蟥对我们务农的人来说不算什么。我也笑了，我说我知道的。蚂蟥被我丢在了地上，我狠狠地踩了它一脚。我说你走吧，你想到我家里打杂，你就去找赵甲说，你不想来也可以的。我转身走了，我看到了很远的地方工人们在田间劳作着。我闻到了稻草的气味，这种气味越来越浓烈，让我一不小心打了许多个喷嚏。

后来赵甲告诉我。米被杜民睡了，米是回家去收谷子的时候被杜民睡的。米的婆婆的眼睛已经很不好使了，她的眼睛总是一年四季淌着水，像两只烂桃一样。她的手里老是捏着一块手巾，手巾因为每天都要擦她的烂眼睛的，会发出难闻的气味。婆婆坐在绵软的日头底下，她只看到有一个轻快娇小的人影一闪而过，她就知道是她的儿媳米回来收晒在院里的谷子了。她挤出一个笑容给米看，然后她又看到一个高大的人影一闪而过，两个人影重叠了起来。再然后她听到了挣扎的声音，听到了一种异样的声音。她的脸色突然变了，她想一定是发生了一件她最不愿意知道的事。她顺手拿了一根竹竿，她拿起竹竿找到了那个白晃晃的人影，她对着人影打了下去，她说你这个畜生，打死你这个畜生。人影终于说，妈你别打了，是我，我在和嫂子一起收谷子呢。婆婆听到了小儿子杜民的声音，也听到了米的低吟。婆婆举起的竹竿没有再打下去，她只听到了小儿子在她的眼皮底下用力的声音，只听到儿媳妇低吟的声音。米的声音越来越急，终于米长长地叫了一声。婆婆想，这个夏天怎么这样热啊，这个夏天是我一生之中遇到的最热的夏天。婆婆傻愣愣地站着，在杜民起来之前，婆婆终于倒在了地上。

赵甲说婆婆一下子被气死了。杜仲回到家里和杜民干了一仗，但是他打不过杜民。杜仲又打了米一顿，米只知道流眼泪。最后夫妻两个都流眼泪，抱着头哭了一个下午。赵甲说这些的时候，小凤仍然在给我敲背。我一转头，看到小凤也流眼泪了。我说赵甲，你去把九公请来，让我们一起干掉杜民。小凤说老爷，你为什么一定要干掉杜民呢。我说我是一个地主，也是一个村民，我有权利提议干掉杜民。赵甲说，老爷，九公是族长呢，以前你爹在的时候，每次都是亲自去见九公的。我说，你去请他，你给他准备一些礼物，你再叫上村里一些德高望重的人。九公一定会来的，以前我爹去见他，只是想为了省钱而已。我不想省钱。

赵甲走了。我坐在庭院里，开始絮絮叨叨地说起杜民的种种坏处。我是说给小凤听的，我说，小凤我还那么年轻，但是为什么那么喜欢絮絮叨叨，是不是因为我老了？小凤说，老爷我求你了，你别说杜民了。我说那么请给我一个不说杜民的理由。院门口的人影晃了晃，九公和三爷四爷六爷八爷一起出现了。一直以来，丹桂房的许多大事，比如铺路修桥等，都是这五个老头坐在一起决议的。现在他们出现在我的院子里，我说小凤泡茶，我说赵甲你给每位老爷来一碗莲子汤清清火。

我们坐在院子里，一直坐到黄昏。我们先总结了杜民的种种坏处，然后我们一致决定，对这样的败类，不能承认他是村子里的人。因为他睡了那么多丹桂房的女人，因为他喜欢偷东西和吃喝嫖赌，因为他还是一个畜生，所以，我们要干掉杜民。

现在，让我们干掉杜民

现在，让我们来干掉杜民。

人是赵甲挑的，赵甲挑得最好的一个人就是杜民的哥哥杜仲。杜仲出现在我面前的时候，手里提着一把锄头。杜仲说，陈老爷，我要把杜民的脑壳像锄草一样锄掉。杜仲说这话的时候，我在他的眼睛里看到了一条蛇，那条蛇在一堆火里扭动着身子，发出了“噼噼啪啪”的声音。我知道现在杜仲就像那条蛇，那条在火中煎熬的蛇。现在，已经是一九三八年的秋天，秋天的风从四面八方涌向了丹桂房，我就在风中露出了笑容。我对八条汉子说，九公说了，三爷四爷六爷八爷也说了，你们可以干掉杜民。干掉杜民就是为民除害。九公和三爷四爷六爷八爷说的话，就是我们村子里的圣旨，所以你们是领着圣旨去的。我没有说话的份，我只是一个丹桂房的地主。你们干掉了杜民，我请你们喝酒，请你们吃香喷喷的狗肉。你们去吧。

小凤站在院子里。我不知道她的目光投向哪一个地方，我只看到她站在院子里像一只木鸡一样发着呆。我还看到了她的鼻孔流出了两汪清水。我摇了摇小凤的肩膀，我说小凤你怎么啦？小凤脸色苍白地笑了笑，说，没什么东家。她把目光抬了起来，她一定看到了正走出院门口的八条汉子，他们一边走一边谈笑风生。他们手里操着锄头、铁棍、柴刀等利器。我知道这些利器迎向杜民的时候，任何一件利器都足以干掉杜民。我特别看好的是杜民的哥哥杜仲，我把希望寄托着杜仲的那把锄头上，因为我看到了他眼睛里那条在火中痛苦扭动的蛇。

我在院子里喝茶。我说，赵甲，你来给我拉一曲二胡。赵甲去房里拿了胡琴来，他不仅是一个好管家，还是一个拉胡琴的好手。赵甲站着给我拉琴，他的身子仍然呈现出一只虾的形状。小凤冷笑了一下，小凤转身离开我们走了。我仍然微笑着，我低头抿了一口茶，但是我心里对小凤是不满的。因为，小凤有什么资格对着一个拿钱买下了她的人冷笑。

杜仲带人去的是一户叫香香的人家。香香是个寡妇，住在半山腰的猪场里。现在，你可以想象一下杜仲一行八个人行进在一条山路的情景，可以想象着杜仲带人两人一组从四面包抄猪场的那间小屋的情景。杜民常去找香香，因为香香喜欢他，他也喜欢香香。根据村里人的猜测，他们在床上一定会很疯狂，一定会很好，所以他们才那么投缘。秋天的阳光是高而远的，杜仲他们就在高而远的阳光下行进着。杜民一定不知道，他的亲哥哥，已经带着人把他包围了。他们想要他的性命。

门被踢开了，杜仲带着另一个人挥舞着锄头冲了进去。杜民光着膀子坐在床上，他愣了一下，然后他冲向了后窗。香香扑向了杜仲，她死死地抱住了杜仲的腿。另一个人冲上前去一锄头磕在了杜民的腰上。杜民还是跳窗跑了，但是窗下有人，窗下守着的那个人将柴刀挥了过去，砍在了杜民的胳膊上。这些都是杜仲后来告诉我的，杜仲说，让他跑了，最后还是让他跑了。那个叫香香的女人连命也不要了，她还在我腿上咬了一口。杜仲是卷着裤腿出现在我面前的，我看到了他腿上沁着血水的牙印。赵甲皱了皱眉头，对杜仲说，你们真是没用，你们有八个人，怎么干不掉杜民。你们不能追上去干掉他吗。杜仲的声音放轻了，他说我追不到，他跑到树林里我们就找不到他了。我看到不远处站着的小凤微微笑了一下，转身走开了。我也微微笑了一下。天气，开始渐渐变冷，我反背着双手，对杜仲说，你们坐下来吧，干不掉杜民没关系，我请你们吃狗肉，我请你们吃十八年陈的老酒。日子长着呢，总有一天我们会干掉杜民的。

此后的许多日子里，杜民一直没有在村子里出现，他一定躲在山上的某一个洞穴里，衣不蔽体地生活。现在，是他付出代价的时候，他怎么可以让全村人都对他恨之入骨呢。我让赵甲去找赵天，我说你去和赵天说，把香香给辞了。香香在赵天家里打杂，她能帮助杜民逃离，那么她一定要吃点儿苦头。我还让赵甲去把香香唯一的八分薄地买过来，让她永远变成一贫如洗的人。我还让赵甲想办法让香香生一场病，生什么病，就看赵甲去镇上的药店里买什么药了。赵甲弓着身子，他的腰越来越弯了。我对他说了这些后，他点了一下头，然后匆匆地离开了。

现在，让我告诉你。冬天已经来临了。冬天怎么可以不来临呢，秋天都过去那么久了，冬天当然要来临的。现在，再让我告诉你，香香的八分地已经被我买过来了，她还生了一场重病，病治好了，她卖地的钱也用得差不多了。香香现在在我的家里打杂，香香说，陈老爷你能收留我吗。她出现在我面前的时候，穿着破旧的衣服，脸色还是蜡黄的。我笑了一下，我说香香，我真担心你这么瘦的人会被一阵风吹走啊。香香的黄脸浮起了一丝红晕，她把希望能留下做工的话又复述了一遍。我点头答应了，我说你留下吧，谁没有一个艰难的时候呢。香香在我家院子里哭了，我没有看她，我只是抬起头看着一场雪的降临。每年冬天，雪总会降临在丹桂房的，像是和丹桂房订了一张合同似的。下雪了，我心里想，下雪了，下雪了躲在山上的杜民他该怎么活下去。我把赵甲找来，轻声对赵甲说，你去找杜仲，你就说，陈老爷还是喜欢他锄草的模样，你让他用锄头去锄掉杜民的头。赵甲说，杜民在哪儿，杜民躲起来了，找不到他。我说，杜民今天晚上会来祠堂里偷供在祖宗们面前的食品吃，你让杜仲带着八个人守在祠堂里。但是，你让他们不要打死他，敲断他一条腿就行，然后让他跑掉。

我踩着雪去了赵天的家。雪在我的脚底板下发出了“咯叽咯叽”欢快的叫声。这个冬天，我的脚底板因为走路的缘故而变得异常温暖。赵天正在抽一袋烟，他斜倚在一张榻上，披着一条狗皮毯。见到我的时候，他很快从榻上下来了。他给我一个笑容，说，你来看赵小兰。我说不是的，我来看你，你不允许我来看你吗。赵天大笑起来，他的笑声在落雪的安静日子里传得非常远。老妈子为我沏上了一壶茶，我就坐着和赵天喝茶。我还是见到了赵小兰，赵小兰从楼梯上下来，赵小兰看着我很久，我看着窗外很久。赵小兰说，听说你想干掉杜民，是因为我吗？你今天来也是为了看我吗？这时候我才把目光投在赵小兰身上，我说我今天不是来看你的，我是来看你爹的。你的话说错了，我没有想要干掉杜民，更没有想到要为你去干掉杜民。是族长九公和三爷四爷六爷八爷想干掉杜民，是杜仲、毛大和许多丹桂房人想干掉杜民。赵小兰不说话，过了很久说，杜民，怎么就那么引人注目呢。我说引人注目很容易的，比如我突然一刀杀了你，也会引人注目。关键是我不敢杀你，因为我怕坐牢，也怕抵命。而杜民不怕坐牢，所以，杜民会引人注目。

赵小兰也坐了下来，她和我说了许多话。她说你真的很想我嫁给你吗。我说是的，因为我喜欢你；而且，你一定会嫁给我的。你如果不嫁给我，你就不是赵小兰。说完我就拿出了一串桃木手链，那是我让人从贵州山区去找人加工来的，如果要卖钱，它不值钱，但是它花费了我很多人工费和路费。我把手链轻轻放在了八仙桌上，在放下手链之前我一直抚摸着桃木。桃木透出了一种柔软的力量，它淡淡的纹理让我感到温暖。然后我站起了身，我走到了赵天家的天井里。我站了一会儿，站在雪中。雪不停地飘着，它们落在我的肩上，它们落在我的脖子里，让我感到一丝丝凉意。凉意在我的全身游走，和我的体温抗衡着，这让我感到了一种快感。我站在天井里对赵天和赵小兰说，我走了。这个时候黄昏已经来临，我快步走出了赵天家。

这天晚上，小凤在我的房里生起了火炉。她一言不发，火光就明明暗暗地在她的脸上映照着。雪仍然从天上落下来，风仍然从四面八方涌向丹桂房。小凤为我的被窝里塞上了一个暖壶。我喜欢这样的冬天，外面是寒冷的，屋里却是温暖的。寒冷像一个外壳，把我包裹起来。我整个晚上都迷迷糊糊地时醒时睡，温暖如春的房间里我做了许多的梦。我还依稀听到雪压折后院竹子的声音，像很远的地方有人在放炮仗一样。

第二天清晨，我伸着懒腰起床。我走到院子里的时候，雪已经停了，太阳明晃晃地照着丹桂房。赵甲站在不远的地方，而院子中间站在杜仲他们八个人。我说赵甲你带他们去喝酒，带他们去吃狗肉，带他们去暖暖身子。杜仲说，陈老爷，我们已经打断了杜民一条腿，他拖着一条伤腿跑了。我说我能猜到的，你们八个人，怎么可能打不断他一条腿呢。杜仲又说，杜民跑掉的时候说，他要找你算账，他要杀了你。我挥了挥手说，这我也知道的，谁能咽得下这口气呢。能咽得下这口气，这个人就一定是白痴。

杜民一直没有出现，杜民生活在山里，像一个野人一样。这当然是我猜想的，我猜想他的头发一定很长了，他的衣服一定很破了。他回不了村里，一回村里就有人提着锄头铁棍找他算账。但是我知道，杜民一定还会来我家院子里的。我去镇上见了乡长，我让赵甲准备了礼物。我和乡长说了杜民的事，我说，我要把杜民干掉。乡长说不可以，你有没有王法。我说，如果他想杀人，我是不是可以把他关起来。乡长说那当然可以，但是关键是先要让他想杀你。我说他会来杀我的，等他能一瘸一拐地走路时，就会来杀我的。到时候，我把他送到警察局。

杜民果然来了，杜民来的时候是一个没有月亮的夜晚。冬天还没有完全过去，春天在不远的地方探头探脑的。我很久没有去田里走走了，那天白天我说赵甲你陪我去走走吧，我们就去了田里。庄稼的长势良好，青青的麦苗在风里招摇着，我知道今年又是一个好收成。但是我脑子里老是想着一件事情的发生，我在想有一件事情就要发生了，一定有一件事情要发生。我看到了赵甲头上的白发，看上去赵甲已经很老了，但是实际上他只有五十多岁。他以前帮助我爹打理家中的事，现在又帮我。我说赵甲，今天晚上杜民要来找我了，我们回去吧，我们去准备迎接他的到来。

这天晚上杜民手里捏着的是一把半尺长的篾刀。我是在灯光下看到这把篾刀的，它闪着寒光躺在地上，而杜民已经被杜仲他们绑了起来。我是被赵甲叫起床的，其实我在迷迷糊糊中听到了喊叫声，我就知道杜民已经来了。但是我实在有些困，所以我不太想起床。直到赵甲来叫我，我才从床上披衣起来。我看到杜仲正在抽杜民的脸，杜仲什么也没说，只是抽着杜民的脸。然后，毛大过去抽杜民的脸，他先是拧了一下杜民的脸，然后他开始抽打。杜民的身边是一张网，那是一张牢固的渔网，是我白天就让赵甲准备好的。我说杜民一跳进院子，就让他跳进一张渔网里，我要像抓鱼一样把他抓起来。现在杜民已经成为一条鱼了，这条鱼正被八个男人欺侮着。我看到了小凤，小凤站在走廊上，她很冷地看了我一眼。我微微笑了一下，我微笑的时候心里却开始疼痛。为什么会有很多人喜欢一个渣滓，难道现在的人都喜欢渣滓。但是我的笑容仍然是灿烂的，我在等待，我等待杜仲他们打够了杜民。这个时候我才说别打了，再打就要打死了。杜仲把杜民的头提了起来，我看到了杜民嘴角的血，像面条一样挂着。小的时候我学过医，因为我经常生病，所以我爹常带我看先生。在看先生的过程中，我知道了怎么样去看一个病人。我眼里杜民已经是一个病人，他不仅是一个瘸子，而且现在他一定已经有了内伤。我对赵甲说，我们要遵纪守法，他想杀我是他的错，我们送他去警察局，我们让他们去处理杀人犯。我弯下腰去拾起了那把篾刀，我用篾刀在我指头上轻轻一割，马上冒出几个血珠。我当然能感知疼痛，我想哭，我突然感到我很孤独。这种孤独像一把足以致命的小刀，在一刀一刀割着我。我把篾刀交给了赵甲，我说你带上这凶器吧，你对警察局的人说，就差一点点，这把篾刀就插在我的心口了。

杜民被送到了警察局。他被关在地牢，吃最差的饭，被同牢里的人打。他是一个十足的地痞，但是他在牢里就算不上地痞了，因为他每天都要吃尽牢里人的苦头。他被关的地方是潮湿的，没多久他的身上开始长疮，他的断腿的陈伤发作，他变成一个半死不活的人。我在自己家的院子里来回走路的时候，碰到了小凤。小凤很久没有为我敲背了，我说小凤，你是不是不愿为我敲背。小凤想了想，说是的。我说小凤，你来家里已经一年了，我仍然想着春天的时候我去镇上，一眼就在南货店门口看上了你。我说这话的意思是，小凤你还记得吗，你是我花钱买来的，你不可以在我面前威风。小凤果然没再说话。我说小凤，你想见见杜民吗，你想见的话，我一定会带你去的。

小凤跟我去见杜民。铁门"哐当当"地打开了，我站在小凤的身后看着一群乱哄哄的人。牢里的人突然安静下来，他们都在向外边张望着。他们一定都看到了小凤。他们的中间，有一个叫杜民的人。我看到杜民的目光是呆滞的，杜民正在被一群人轮流当马骑着。杜民做马做得很认真，他在牢里已经爬了好几圈。我看到小凤的嘴唇开始颤抖起来，她一言不发地转身离去。我也离去了。小凤说，你为什么要送他进牢房？我说因为他想杀我，如果我不送他进牢房他会继续杀我。你希望他杀了我，还是希望我送他进牢房。小凤无法回答我的问题，走出警察局的时候，她很长地叹了一口气。天开始下雨，我撑着一把油纸伞和小凤一起走在街上，我们谁都没有说话。我不想说，我突然感到了从脚底板升上来的悲哀。在十字街口的南货店门口，我看到了小凤去年此时插着草标蓬头垢面的样子。那时候我在茶楼里听月娘唱戏，那时候我让赵甲走过去买下了这位从嵊州来的姑娘。

我们从镇上往丹桂房走着。这是一段三里的路程，我们走得很缓慢，好像要从一个季节走向另一个季节。春天又开始从四面八方向丹桂房涌来了，它们包围我和小凤，并且吞咬着我们。一个村庄因为少了一个叫杜民的人，而突然感到安静，或者说是寂寞。走到村口的时候，我看到了赵小兰。赵小兰也撑着一把黄色的油纸伞，她站在杜民常坐的那块大石头上。我笑了笑，我说赵小兰你自己也站成一块石头了，你看看你多像一块望夫石。赵小兰笑了一下。赵小兰说，杜民怎么样了。我说我刚去看了杜民，他出来的话想要杀我，那么你是希望他杀我呢，还是希望他继续坐牢。赵小兰也没说什么，赵小兰实在想不出应该说什么。我知道，就算她想让杜民出来，宁愿让杜民杀我，她也不敢说出口来。我面对着两个女人，我说，原来女人喜欢漂亮男人，比男人喜欢漂亮女人，有过之而无不及。

赵甲来接我，他弓着腰站在穿路廊。他曾经提醒我再一次去山上看看刚种下的栗树，但是我一直没有去。雨水很旺的季节，山上都是烂泥，我害怕我的脚陷入其中拔不出来。我说，赵甲，我们还是把杜民去弄出来吧，你去张罗一点儿钱，上下打点一下。赵小兰和小凤一动不动地站着，她们不相信我的话，她们提出让我复述一遍。我抬眼看着雨，我是对着天空复述的，我说我要去警察局上下打点，把想杀我的那个人弄出来，好让他养好伤继续杀我。

"让我们干掉杜民"，但是，却没有真正干掉杜民。杜民马上就能回到丹桂房的，我知道，只要我愿意，他一定能回来。

杜民被干掉了

香香正在院子里洗刷着一只缸，那是一只七石缸。她站在缸里的时候，我看不到她的人。她突然站了起来，我才看到了胸部以上的她。她的头发是蓬乱的，因为久待在缸里的缘故，她的脸上汇聚了许多的血色。她的手里拿着一把刷子。见到我时她愣了一下，我告诉她"你的杜民马上就可以出来了"的时候，她又愣了一下。她和赵小兰还有小凤一样，希望我能复述一次。我对着缸和缸里的女人复述了一次，我说，我要把杜民弄出来。香香哭了，她站在缸里抽抽噎噎地哭着。后来她突然从缸里爬了出来，跳下缸沿的时候还差点儿摔了一跤。她在我面前跪下，磕了一个头，她说没想到东家会有这样的大量。我什么话也没有说，我只是离开了院子走到我自己的房间里。

我一点儿也想不通我爹为什么积下了那么多钱，他让我生下来就是一个小地主，让我在他突然死亡后又变成了陈老爷。我也不知道我拿那么多的钱干什么，也不知道为什么还想着娶赵小兰，以便能继承她家的财产，这样我就可以拥有更多的钱。我把赵甲叫进了房间，我对赵甲说，从现在开始，你每天去一趟警察局，你每天都对杜民说，就说我花了很多钱保住了他的命，然后每天都给他送东西。你可以第一天送新衣服，第二天送新鞋子，第三天送烟叶进去，第四天给他送喷香的云片糕，第五天给他送一只烤鸡。你告诉他，这些都是陈老爷送的。你还要带一些药去，你治好他脚上的疮，他的脚已经烂得一塌糊涂了。你还要治好他的腰伤，然后你再带他出来。

赵甲按照我说的去做了。我也在等待着这个丹桂房人重新返回丹桂房。不知道什么原因，我最近老是头痛，赵甲为我采来了一些草药，煎中药的气息弥漫了整个院子。我喜欢睡觉，只要好好睡觉，头痛的症状就会减轻。小凤来到我的房间，小凤的脸上有很长时间没有笑容了，但是这次她却满面含笑。我看到她的脸是红扑扑的，像是在春天的时候，进行了一场跑步以后才会有的脸色。我坐在椅子上，她就坐在了我的腿上。我在她的眸子里看到了柔软，我从她扭动的腰肢间感到了柔软。我知道自己陷入了一种柔软中，像是陷入一块软软的泥中一样。我们一句话也没有说，我们只是默默地把这个季节狠狠地撕碎，好像和这个季节有了极大的仇恨一样。后来小凤开始抽泣，我也一样，我不知道为什么鼻子突然就酸了，就开始流下眼泪。小凤一直没有停，像一头乱冲的小鹿。她的指甲掐着我肩头的皮肉，我知道，那儿一定起了一块皮。那儿传来的痛感，像一场突如其来的寒流一样。我就像一片挂在枝头将落未落的树叶，我在枝头上簌簌发抖。然后我就感到我从寒冷的高处跌落下来，一点点地飘落。我看到了由远而近的大地，那么温暖的、温软的、温湿的大地，这样的大地让我感到踏实，感到从来没有的熨帖。小凤抱紧了我，她的整个身子就蜷在了我的怀里。她轻轻叫了一声，像是一只轻手轻脚走过的猫突然轻轻叫了一声一样。她的叫声让我成了一枚飘落的叶片。

小凤后来一直抚摸着我的耳朵。她的嘴巴就附在我的耳朵旁，我能感受到她呼出的热气。她说你以后不要太累了，你这样子会很累的，你以为你是一个了不起的男人吗。她说我想要离开了，我想回到嵊州去，但是我是你买来的，你会答应让我离开吗。她说杜民是一个令人失望的男人，许多女人会喜欢他也真是天数。我说，你还喜欢他吗，你如果喜欢，我可以把你嫁给他。小凤摇了摇头，说以前是的，但是现在不喜欢了。我说那又是为什么呢，为什么喜欢。小凤说，因为他会在货郎那儿买一块花布，买一根头绳，买一盒胭脂送你，他会逗你笑，会假装很关心你的样子，会陪你玩，会说一些体己的话。你知不知道，对于一个女人来说，有时候能够要到这些就够了。

在小凤离开丹桂房以前，我没有再见过她。她执意要离开了，她也没有再见过我，她说想要在杜民来到村庄以前离开丹桂房。赵甲到账房那儿去支了钱，那是一笔不小的安家费，小凤一文不少地拿走了。她很清楚，钱可以换来衣服和食品，更重要的是钱可以治病，为家人也为自己治病。小凤的身影从此就在丹桂房消失了，而寡妇香香一直显得很兴奋，她走路都开始呈现出飘来飘去的样子，脸上荡漾着笑纹。她知道杜民就要回来了，那个很久没有在村庄出现在杜民就要回来了。那个天杀的杜民就要回来了。

杜民终于回来了。是我让赵甲叫了轿子把他接回来的。杜民出现在穿路廊的时候有许多人在路口看着他，他们一言不发，看着一个穿着新衣服的，显然是洗过澡理过发的男人，突然又回到了他们中间。杜民的五官仍然漂亮，但是他的目光中看不出油滑了，他的身上不再带有丝毫的锐气。他很礼貌地招呼着每一个人，甚至在口袋里拼命掏出一些什么，像是要在口袋里寻找到可以送给村里人的礼物一样。他掏了很久也没能掏出什么，所以他的脸上显现出窘迫的神色。杜民走路的样子，是一瘸一拐的，那是因为他在寡妇香香家里被杜仲他们围住了，在逃跑的过程中受到的伤害。现在香香也出现在他的面前了，香香望着一个瘸子，一个曾经英气逼人，但是现在却瘦弱得像一根草的男人，突然有了一种陌生感。她从人群里走出来，伸出了一只手，那只手在阳光下显现出粗糙却白皙的样子来，那只手伸向了杜民。那只手对杜民说，拉住我的手吧，我带你回家。杜民向后退了一步，香香就向前进了一步。太阳的光芒有些扎人，扎到人的皮肉里，扎到人的骨头里，让血液都变得温暖。大地上流动着植物生长的气息，流动着动物腐败的气息。这种气息让杜民感到亲切和百感交集，他没有把手伸给香香，他好像已经不认识香香了。他只是打了许多个喷嚏，他打完喷嚏说了第一句话。这句话是对赵甲说的，他说赵甲，我要见陈老爷。

赵甲领着杜民来到了我的面前。我在喝茶。小凤走了，没有人再来为我敲背，我也不想有谁来为我敲背。茶是好茶，茶当然是好茶，丹桂房有我一百多亩高山茶，我能喝到的，是那种刚刚发芽就被采摘并且经过精心烘焙的茶。我称这样的茶为少女茶，我看到茶叶在那把宜兴茶壶里面，叶尖向上笔直地竖着。我在数着浮在水中的茶叶，我老是要数错，所以就老是要一遍遍地重数。杜民突然出现在我的面前，他叫了一声陈老爷。我没有应他，因为我还在数着茶叶。他又叫了一声陈老爷，他叫了无数声陈老爷，我都没有应他。他的脸上显现出比哭还难看的神色。他跪了下去，腿一点点软下去跪了下去，磕了一个头。他说陈老爷谢谢你救了我，陈老爷，以前是我对不起你。我仍然没应，我数着壶中那些绿色的叶片。香香站在不远的地方，她终于忍不住了，她说，陈老爷，杜民在叫你，杜民给你下跪呢。我对香香笑了一下，我说我在数茶叶的片数，我数不清楚。香香愣了一下，她是因为没有想到居然会有人数茶叶的片数而愣了一下的。她听到了一声暴喝，是杜民冲着她吼的。杜民说，陈老爷在数茶叶片，你为什么要打扰他，你是不是骨头在叫了，是不是你的骨头需要我给你紧一紧了。香香的眼泪一下子下来了，她站在那儿不知道该怎么做，她当然没有想到会发生这样的事。她等了杜民很久，结果杜民却骂了她一顿。杜民骂完了，转头看了一下院门口，他的脸色一下子白了。

杜民的脸色白是因为他看到了八个人，他的哥哥杜仲站在最前面，他们都手持柴刀铁棒和锄头，他们像从地底下冒出来一样，悄无声息地出现了。杜民开始颤抖，他轻声地叫，陈老爷，陈老爷，他的声音中带着明显的哭腔。我把头抬了起来，我吐了一口唾沫在他的脸上，又吐了一口唾沫，我吐了无数口唾沫。杜民的脸上已经有了星星点点的唾沫，他抬手用袖子擦了一下脸，他的脸上就变得稀糊糊一片了。我说杜仲，你们出去吧，杜民是你兄弟，你该出的气也已经出了。毛大你也出去，杜民只是睡了你的老婆，女人总是要有人睡的，你就当不知道你的老婆被人睡了。你们都出去，如果你们的气还没有消，那么，你们去找赵甲，让赵甲给你们钱。钱是能消气的，你们拿着钱去镇上的牡丹楼玩女人吧。那儿来了许多的东北女人，东北女人和南方女人是不一样的。现在，你们离开。

杜仲他们都愣了一下，但是很快他们就离开了，像又突然钻入地底下一样。我的手在衣服里摸索着，我摸到了一件坚硬的铁器，那是一把锋利的篾刀。我把篾刀扔在了杜民的面前，我说这把篾刀是你的，还给你。我有些累了，真的想休息啊。丹桂房人没有人敢杀我的，不如你杀了我吧。你不要捅我胸口，你捅我的脖子吧，像杀一只羊一样，从喉咙的一侧捅进去。杜民的脸又一下子白了，他抱住了我的腿开始“呜呜”地哭起来。他突然明白了许多道理，他突然明白以前他的力量其实像一根草一样。杜民哭了很久，他一直抱着我的腿哭。我在想象着一把锋利的篾刀刺入我脖子时的痛感，我想，我一定会感到脖子热了一下，然后流出许多热的血。它们“哗哗”响着，从那个小小的洞口流出来。然后我的身躯开始单薄，开始变得像一张白纸一样。我渴望着杜民捡起篾刀，但是他一直没有捡起来，他只知道抱着我的腿哭，嘴里含混不清地说着什么，大意是陈老爷你原谅我。后来赵甲让杜民离开了，赵甲说，杜民，你和香香离开吧，香香等了你那么久，你不许再有其他女人了。陈老爷说了，你必须和香香一起过。

乡长在这个时候突然来访，我听到院外响起的声音里夹杂着乡长的大嗓门。乡长走了进来，他留着小胡子，穿着绸衫，小巧的个子，像一只老山羊一样。杜民仍然抱着我的腿，他的两只手就像和我的腿长在了一起一样。赵甲费了很大的劲儿才把他的手扳开。赵甲有些生气了，赵甲说杜民你不可以这样，陈老爷会生气的。杜民终于站起了身，起身之前他磕了一个响头。然后他一瘸一拐地跟着香香离开了。他走路的样子小心翼翼像一只蚂蚁，生怕要吵醒丹桂房的任何一种作物，任何一个人。乡长说，这个人是谁。我想了很久，然后才告诉乡长，这是一个没有名字的人，现在他已经死去了，他被干掉了。不过以前，他的名字叫杜民。乡长噢了一声，他突然想起了我曾经找到他，对他说，要把杜民送到牢房里去的事。

乡长是来为他的侄女提亲的。乡长的侄女在一所女子中学上学，她们家住在城里，开着酱园和米行，有着许多的产业。和赵小兰一样，乡长的侄女也是独生女，他们需要寻找的，是一个懂得经营的人。我说让我想想好吗，你让我好好想一想。乡长笑了一下，说，你会愿意的，你一定会愿意的。如果不愿意，你就不姓陈了。

乡长走的时候，我很想睡一觉。我走到了房间里，因为没有阳光，房间里有些阴冷。在睡觉以前，我对赵甲说，杜民，被干掉了。

赵甲说，是的，杜民已经被干掉了。赵甲垂手立着，起风了，他弓着身一动不动的，就像一只风中的大虾。

究竟谁能干掉谁

一九三九年的春夏之交，麦子可以开镰了。赵甲变得很忙碌，他在叫一些短工帮忙收割。我在一九三九年，仍然是一个昏昏欲睡的人。杜民被干掉了，接下去我应该做的，以及现在我说的，都是与干掉杜民无关的事了。所以，我不能老是絮絮叨叨，我要说得简洁些，我要把我自己的事说一说。

我去了赵天家里，我是去请赵小兰到镇上的戏院看戏的。我站在赵小兰的楼下，我对着楼上的窗口喊，小兰，我请你去看戏，筱丹桂要来枫桥镇上唱戏。赵小兰从窗口伸出了脖子，她朝我笑了一下，就下楼了。村里有许多人都看到，我带着赵小兰去看戏。我们在大戏院里听筱丹桂唱戏，我还喝了一斤斯风酒，这酒的后劲儿很大，让我面红耳赤。赵小兰哧哧地笑着说你看你喝的。我把手伸了过去，像捉住一只彷徨的白兔一样捉住了赵小兰的手。那只白兔犹豫了一下，最后很温顺地躺在了我的手中。

我说杜民回来了。

赵小兰说我知道的杜民回来了。

我说你还喜欢他吗。

赵小兰说我不喜欢了。

我说为什么不喜欢了。

赵小兰说因为他不是一个男人，男人是击不垮的。

我说谁像男人。

赵小兰说你像男人，丹桂房你最像男人。

我说那你愿嫁给我吗？

赵小兰说我已经准备好了要嫁给你的，你找我爹赵天下聘吧。

我说那我给你讲一个故事吧，这个故事，也因为我是一个男人。

我开始给她讲故事，筱丹桂在台上唱着戏，我们都没有听筱丹桂的唱词。我说，你知道我爹为什么身体那么虚弱吗，是因为他选了赵甲做他的管家，是因为我爹其实在外边和一个戏子生下了一个儿子。我爹准备把戏子连同小儿子一起娶进家门。我很早就没有妈了，爹对我很不错。但是他不可以把戏子和小儿子带进家门。那样的话，我们家的财产我只能得一半。所以，我爹开始生病了。其实他的小儿子，那个我从未见过面的小弟弟也开始生病了，是赵甲让他们生病的。病了一段时间，我爹终于就老去了，那个小弟弟也去了。只剩下那个戏子。你想知道那个戏子是谁吗，那个戏子叫月娘，她在茶楼里唱戏。

赵小兰的脸一点点开始变白，白得像一堵墙一样。赵小兰说你说的是不是真的？

我说我喝醉了，我不知道是不是真的。

赵小兰说没想到呀，你是一个文弱的人啊。

我说文弱的人一般情况下都会比孔武有力的人可怕。

赵小兰后来一声不响了，她的手从我的手里退了出去。

这天我把赵小兰送回家，就再也没有去找她。赵小兰没多久就许配给了大竹院的骆家少爷。

现在，让我来给这个故事结尾。一九三九年的微风里我显得很疲惫，但是我突然变得喜欢在风里行走。我把家里的大事小事都交给了赵甲，赵甲一直是我们家最忠实的仆人。我爹是得病老去的，我也没有一个未曾谋面的小弟弟，我只是给赵小兰讲了一个虚构的故事而已。现在我出现在丹桂房的土埂上，一人出行让我感到很轻松。我去找长得像山羊一样的乡长，我要让他带我去城里见他的侄女。那个女校的学生影子，一直在我的脑海里浮现着，当然，还有她家的酱园米行还有无数产业，也在我脑海里晃动。一九三九年的微风里，我的骨头在发胀，我的口袋里藏着一把篾刀，看到它，我浑身就会产生一种快乐的痛感。田里的庄稼在欢叫，它们疯狂地生长，然后等待镰刀降临它们的头颅……但是，但是当乡长带着我到县城他侄女家里时，我在他们花园的草地上，看到了杜民居然在陪乡长的侄女——那个女校学生打球。女校学生发出了“咯咯咯”的声音，我看到了她脸上的小雀斑在阳光下很醒目。杜民的腿不瘸了，相反地健步如飞。我不知道他是治好了腿，还是一直在装瘸。乡长愣了一下，说，这不是那个没有名字的人吗。我微笑着点了一下头。乡长马上对侄女说，侄女，你把这个人叫来干什么。女校学生没有停止打球，女校学生说，他叫杜月生，是我们家新来的保镖。我喜欢让他陪我打球。

这时候我看到了杜民的腰部鼓鼓的，我看到了一支短枪隐隐外露的枪管。杜民现在是保镖了，保镖腰间当然是插着武器的。球落在我的脚边，杜民过来捡球。我一脚踩住了球，刚刚弯腰的杜民缓慢抬起了头，他在微笑着，但是他的微笑在一点一点淡去。他轻声说，陈老爷，香香已经在这个世界消失了，香香不在我可以轻松许多，我不用再去管她了。我说，杜民，香香为什么不在了？杜民说，我现在叫杜月生，请你叫我杜月生。你也不用问香香为什么不在了，这与你是无关的。说这话时，杜民已经完全站直了身子，他的声音充满愤怒。他冷冷地说，你把脚抬起来。我看了看乡长，又看了看女校学生，露出了苍白而无力的微笑。女校学生站在了杜民的身边，看来他们已经很亲近了，她正疑惑而且不友善地望着我。风一阵一阵在我的身边奔走，我一把握住了口袋里的篾刀。篾刀让我的血液奔流加快了速度，但是我不知道该把脚抬起来，还是继续踩着球。我只听到了远远传来的鼓乐，我就想，会不会是赵小兰正和她的嫁妆一起走在去大竹院骆家的路上？

赵海虹

赵海虹

科幻作家，1977年生，杭州人，浙江大学外国语学院英美文学硕士，浙江工商大学外语学院讲师，中国美术学院艺术人文学院“中国美术史与外国美术史”方向博士，国家级精品视频公开课《诗画中国——中国山水画史英文专题讲座》主讲。

1996年在《科幻世界》杂志发表在处女作《升成》获“光亚杯”校园科幻故事大赛一等奖，迄今在《科幻世界》《少年文艺》《小说界》等刊物发表中短篇科幻小说、幻想小说三十余篇计三十余万字，翻译小说数十篇四十余万字。已先后出版个人选集五部，长篇一部，译著四部，并有多篇科幻文学评论发表；小说《蜕》《一九二三年科幻故事》被译为英文在美国、香港杂志发表。

曾获第六届宋庆龄儿童文学奖“新人奖”、第六届全国优秀儿童文学奖（青年作者短篇佳作奖）、2005年“浙江省青年文学之星”等文学奖项，并曾六次获得科幻银河奖，其中《伊俄卡斯达》获1999年银河奖特等奖。

生命的颤音

——读赵海虹的科幻小说

韩　松

像刘慈欣一样，赵海虹是上帝送给我们的一份惊喜。

我阅读她这个选集收录的中短篇科幻小说时，首先惊艳于她的语言。她的那些句子，充满了韵味。她的语言富有感染力，是传神的，展示了文学蓬勃的生命力，也像一曲婉转凄美的音乐，使阅读充满了舒畅、愉悦和享受。你不能不被她的叙述慑服。她文中有的段落，使人想到了张爱玲，使人想到了苏童……她笔下的人物，栩栩如生，这在一般的科幻小说中，中国或外国的，都是比较难以见到的。

同时，她还是一个讲故事的高手。几乎每一篇，都有一个抓人的故事，像中国传奇小说那样，一波三折，起伏跌宕，悲欢离合，颇得小说的精髓；又有着莎士比亚戏剧般的激烈冲突，让人怆然不已，掩卷沉思良久。然而，她又是不紧不慢、娓娓道来的，就像坐在一盆炉火边，向一群围坐的孩子，讲述那些勾魂的、不可思议的、永恒的故事。

她小说中的素材，仿佛随手捡自我们的日常经验和生活，即便是太空宇宙、外星生物、人工智能、时间穿梭，也都不是在凌空高蹈，虚渺无章，而是那么脚踏实地，朴素真切，血肉丰满。她的小说极易激起读者心中的共鸣，使其仿佛从中看到了自己，也便为她赢得了那么多的“赵迷”——我也是其中的一个吧。

她的丰沛的笔触，洞穿一层又一层高科技的幕墙，针脚细密、一丝不苟地描述了人类自古以来的忧伤、困惑、矛盾，以及人性深处的冲突，人与人之间的复杂关系……最后，落脚于人生最大的秘密——生死！这正是她一以贯之的，也是最难能可贵的。她的贡献，弥补了中国科幻小说的一个缺憾——人的缺场。在她小说离奇的情节下，潜隐着深深的悲恸和广阔的怜悯；人们难以实现的梦想和人生的遗憾与错失，在那儿交织。"遗忘就是对自己存在的践踏，原来这么危险"——也许，只有赵海虹笔下的人物，才能说出这样使我们的情绪久久悸动的话吧。

她写的是男男女女的命运，为生，为死，而挣扎着。秦放与小风，苏帛与栀子、柳荷，贾苏与梅樱、泡泡，路与滴滴，透与贡……这一对对奇妙而纠结的组合，是多么让人战栗不安，欲望在飞扬中幻灭。当然了，最妙的还是她笔下的女人——她在中国科幻文学中，用工笔的手法，第一次展示了那么多丰富而细致的女性人物形象。哦，也许只有赵海虹，是可以轻轻一笔就能描绘出每个女性的独特的，比如写泡泡："这个女人的步态是那么与众不同，她在飞影流红的舞池中穿过，如一把尖刀剪开了浓情的光色。锐利。干净。"这是在中外的科幻作品中，我很难见到的，更是男性科幻中，所欠缺的。

她对人物的描述，我觉得可以用一个词来形容：准确。这在小说创作中，是很难做到的，也是很高级的。舞小姐梅樱，革命者泡泡，作为电脑的栀子，未出场的柳荷，机器人滴滴，从少妇而母亲的蓝子……她都用精设妙造的笔触，勾画出了她们的言语、仪姿、心境、脾气、情感、命运和灵魂。像《宝贝宝贝我爱你》里的蓝子，最初是不想要孩子的，后来母性本能勃发，使她把整个身心，都倾注在了孩子的身上。赵海虹在描绘蓝子看到别家孩子的神态时写道："蓝子一直挂在脸上的淑女式的微笑消失了，换成了一种白日梦般的茫然。"这真是很确切的，让男性读者看了目瞪口呆。更让人感动的是，作者给予她笔下的女性们以深深的赞美和同情。这些普普通通的女人，同时还折射出了男人颤抖的灵魂，贾苏也好，苏帛也好，老洪也好，这些了不起的"创造者"，竟都有着不敢触及的记忆。从某种角度上说，赵海虹笔下的男性，是复杂纠缠的，是多少有些软弱的，是半隐半显在阴影中的。

我常常想，赵海虹是在用小说与遗忘做斗争吗？人一生的存在，就是一段短暂的记忆吗？这段记忆能永恒吗？她是否已找到了答案？其实，赵海虹写的，无非是她自己的生命感悟。而也正是这种感受，首先打动了作者本人，由此才最终感动了读者。她把她的生命历程，融入文字中了。这是最重要的，超出了技法。中国的科幻小说一段时间以来，在某些地方，似乎陷入了一个误区，也就是纯粹地强调技法——这个段落应怎样，那个场景应怎样，都有一套规矩，详略呀，道具呀，结构呀。这些自然不可少，但其实是次要的，是壳而不是核的。赵海虹的小说，则是用了精湛细腻的个人化的感受，在探讨"她的”这一场生命冲动。这才是艺术的不可替代性。

我看到，在《破碎的脸》中，充满了那种纠结的、扑朔的东西。全篇布满了死的影子——赵海虹的小说中，总是有死！女性特征的电脑，因为嫉妒，而为男性主人公设计了一种软件，用来破坏人脑的辨识功能，使其忘却死去的女友。最后，设计者死了，电脑也自焚了，一切成空了。小说最出彩的笔触，我以为是来自最后的叙述者与天才少年的对话。少年认为人为色相所困，而电脑是在驱逐魔障；叙述者却认为，正是因为有了色相，人才会有爱。那么，到底哪个对的呢？人生好无奈啊。要是没有了这一段，就会少了好多东西。有读者说，看这篇小说，不下十遍！

而《来，跳一跳》是一个多么感伤的故事。滴滴，T3型机器人，忠诚于主人，还爱上了主人，最后却被主人卖掉——仅仅是为了讨得几个维持生计的钱，而这点儿钱，也使滴滴永忘了她曾挚爱的主人！赵海虹阐释了她的爱情观：要么全心全意，要么恩断义绝。这是一篇多么绝妙的小说，在科幻小说中，我曾看到，机器人也许都是相似的，但赵海虹却用一个又一个的细节，写出了“这一个”机器人，一个独一无二的机器女人。在终止运行时，“怀中的滴滴全身一颤，她仰起脸来望着我，目光中流露出濒死的动物在猎枪前的那种绝望与哀伤。”谁读了不动心呢？她是死了吧！主人公的心也死了吧！后面是一个更无情的问题：什么才是真正的生命？这是一个无解的难题。

《蜕》更是对生命和真实的拷问。穴人被人类捉来，扮演戏剧中的角色。但除了演戏，它们的真实生命是什么？哦，它们是要蜕皮的。每一次蜕皮，是痛苦，甚至是死，却又是新生。它们在人类的语境中忘了其本能吗？冲击我的，是透的死亡！小说让读者记住了这样一句话：“生命可以短暂，不可以虚伪。”作者用声音、气味、形态、体温、心理，描述出了穴人的挣扎、柔弱、刚强与反抗，以及穴人之间的复杂微妙关系：分身、亲人、兄弟、恋人、爱人、恩人……后面，则有文明的影子，文化的考量。生命不仅仅是一个活着的问题。

《宝贝宝贝我爱你》更加直接地面对生命了——生命的创造及意义。在现实中，男女在一起，本来就是要像上帝那样，创造血肉的生命，这是符合自然的；但在科技时代，这整个的过程，却蜕变成了为了市场的利润，公司的前途。生命终于成为了一个玩具；生命的每一次悸动，都化作了一个电子程序；生命赖以播种并收获的爱情、婚姻和家庭，亦都发生了严重的变形，乃至死亡——又是死亡！但生命却依然是强大的，真实的生命与虚假的生命在激烈地争战着。最后谁赢了呢？问题似仍没有解决。

也许，小姬在一篇文章中引用了的赵海虹的话，颇能描述作者想要表达的：“伦理道德这种缘于现实、滞后于现实、然后又掣肘现实的现象，正是我想探讨的主题。”——在讲到《伊娥卡斯达》时赵海虹说，从欧辛的角度讲，这是一个传统文学中最常见的寻根形象，他的根，最后是一个女人的子宫。所以小说中的“爱情”也绝不是单纯的男女爱情，而是一种关于生命本源的力量。

拥抱生命的赵海虹是一位优秀的科幻作家。她构思出了奇妙的科幻创意，制作出了推动情节发展的独特技术之核，并由此增强了作品的感染力和拷问力。她把人物的命运置于最极端、最疏离的境地来传递情感。读罢《桦树的眼睛》（又一个贯穿死亡命题的惊骇故事），我便不由得联想到自己，仿佛身边正围聚着森林，而每一棵树干上都长有一双眼睛，正注视着我的言行，那么，我还能不警惕吗？我还能不忏悔吗？离地三尺有神明，科学，竟然使这成为现实。而在《一九二三年科幻故事》中，“水梦机”更是一个独特的创造。这台能制造出幻象的机器，是可以收藏记忆的，却是20世纪20年代中国“不应时”的机器。革命者泡泡（最后被暗示被杀害），一个人待在男人的实验室中，与水梦机共处一室，“几十只甚至上百只瓶子里的液体在唱歌。”她才恍然觉察到了自己是女人。她与自己头脑中的另一个人斗争着：她是革命者，还是女人呢？在水梦机的背景下，一切与上海的十里洋场勾连在一起，与血腥的刑场、夜总会的歌声交织一起，那样的一场“水梦”，昔日女人和男人的背影，延留到了21世纪的、复兴中的中国，又被来自国外的异乡客目睹，这是怎样的一种错乱和无解？在《世界》中，“灵波”的创造更显示了她非凡的想象力——灵波作为一种能源和信息的载体，同时也是一种生命体，灵波是活的！整个星球“诺亚”因此成为一个巨大的生命，世界也因此拥有了新的秩序。这种看似自由、丰盈而完美的秩序中，生命竟是被控制、被囚禁、被隔绝的，生命最终是多么孤独而无助。

赵海虹的专业是英美语言文学，这使她的创作，获得了另一只眼睛（她还翻译了一批世界科幻大师的杰作）。她把西方与中国的文化进行了融合；也把作为舶来品的科幻与中国现实中的文学，进行了杂交。我很是叹服，常常心想，她的手下，怎么能流淌出这样撼人的文字呢？小姬说：“我欣赏她在柔美的笔触下，内心的那股执着，和听命于真心的勇气。”赵海虹坦言：“只有科幻才能给我那种兴奋，那种新奇感和力量。”因为只有科幻才拥有最奔逸的想象。“喜欢看科幻的人是幸福的，因为他心底总藏着对宇宙的好奇，一种美丽的天真。”赵海虹还说：“我一直在寻找存在的意义。”

我也想到，中国还有很多科幻小说，应该得到更高的评价，尤其是女性的科幻小说。在大陆，赵海虹、凌晨、钱莉芳、迟卉、夏笳、程婧波、晶静、米兰、张卓……在台湾地区，女作家张晓风曾写出了台湾第一篇科幻小说，洪凌则创造了华人科幻惊世骇俗的新维度。这是一个值得尊敬的群体。与男性一样，她们感受到了宇宙的神秘召唤，正如赵海虹借作品中人物之口道出的那样：“不得不承认造物的伟大，我要造一个电子婴儿都难成这样，而这种神秘的力量不仅造出了几十亿人类，千万亿种动植物，还造就了浩瀚无边的宇宙群星。”这或就是科幻异于一般文学的特质吧。在宇宙面前，男女平等。而女性的心灵，在这个时空中，又是直觉的，敏锐的；她们的视角，又是独到的，深邃的；她们的情感，又是细腻的，丰富的……由此，她们创造出了迥异于男人笔下的世界，不可替代。若讲到新时期的中国科幻小说，是应给她们极重要的位置的。

一九二三年科幻故事[1]

每个人都得有个理想才能活下去吧?

贾苏的理想是造出一部机器。

泡泡的理想是革命。

梅樱的理想是从良。

这是二十世纪的二十年代，在上海，终日可以听到周璇、白光[2]的歌声，甜腻的、低沉性感的声音在空气中化开，销魂蚀骨。在这样的空气中生活的人，像喝了酒一样，带着微醺的醉意，送走一个个丧权辱国的日子。

——写到这里，我仿佛已经听到了愤怒的抗议，二十年代的上海是个多么革命的地方，纸醉金迷，十里洋场，只是这个城市妖异的侧面。比如泡泡，她就是个不寻常的人物，她属于这个城市的另一面，但此时此刻，却恰巧走岔了，撞进了灯红酒绿的“海上花”。

我想象中的泡泡发型怪异，也许是《刀马旦》里的林青霞给我的印象太深，我毫无理由地认为泡泡留着一个男式的短发，两三寸长，现在看来并不起眼，在当时却过于超前。浓而黑的眉毛，压得有点低，同那双灵动的黑眼珠子凑到一处，三分俊俏，七分锐利，乍看之下，整张脸只剩下了这副眉眼。

泡泡进门时，海上花门口的女招待以一种类似打情骂俏的动作拍打她的前胸，顺势把一支白玫瑰插进她中山装左上方的口袋。“先生……”

女侍的话刚出口，她还滞留在泡泡胸前的手指遽然弹起，如同惊飞而起的

---

① 本篇由Nicky Harman & Pang Zhaoxia英译，收入Renditions, No.77 & 78(香港中文大学主办的《译丛》杂志2012年秋冬科幻专号《晚清与当代的中国科幻小说》),该期杂志的扩充本将于2018年由哥伦比亚大学出版社在美国出版。

② 其实周璇、白光都活跃在二十世纪三十年代。二十年代应该也有同类风格的曲目，但并不知名。此处用这两位歌手代指同样风格的歌者，后文借用了一首白光的歌。

鸟翼。泡泡嘴角牵动了一下，流露的笑意消弭了女招待眼神中的讶异。

“我找人。”泡泡平静地吐出这三个字，然后就化入那个流光溢彩的世界，那里的每一个人都像是斑斓的热带鱼在暗夜的波光里游弋。泡泡融化在这一池彩光中，我的想象几乎抓不住她滑溜的鱼尾，正在这时，贾苏出现了。

泡泡走近贾苏的时候，看到他的脸如同一块逐渐浮出水面的石头，坚硬而棱角分明。那正像是很多女人想依靠的那种石头。

可是泡泡不是女人，她是革命者。

我无限憧憬地想象泡泡和贾苏的第一次相见，想象他们交谈的第一句话会是什么。“你好，我就是你在等的人。”或者，“我是贾苏，你在找我吗?”我近乎着迷地为他们设计台词，并没有为这种出乎意料的热情感到对不住故事的第三个主人公——梅樱。

梅樱是我的太婆。在十岁之前，我一直和太婆、外婆和外公共同生活，第一次听到太公的故事是九岁那年。九十岁老太太的记忆力加上九岁孩童的理解力，这个不令人看好的组合并不能成为驱使我记下这个故事的动力。在她过世已近二十年后，我却突然想写下那个原本就不完整并被时间磨损了的故事。起因是一本家谱和一只盒子。

上个月我回国休假，中国的空气质量比N国差，所以刚回来那阵子我老咳嗽，咳得惊天动地，无法出门。闲在家里便起性整理起陈年的旧物事来。

储物柜里有不少父母从老家带过来的东西，我以前从未留意，这一回却一样样地仔细打量。一只锈迹斑斑的铁盒子，挂着一把铜锁，看上去很有些年头了，我好奇地摇了摇锁头，还很结实，可惜没有钥匙。

“里头是什么呀?”晚饭时我问母亲。

“我也不知道，好像是你太婆藏着的东西，‘文革’的时候埋在老房子后院里的。”

“有趣有趣。”

“听说是家谱，不过我也没见过。”

有那么沉的家谱?“钥匙呢?在哪里?”

“有钥匙的话早就打开了。老人家去世以后才到我们手里，也不知道钥匙在哪里。”

我把铁盒子小心地举起来掂了掂。“不会吧，这种锁不会很难开呀，你们居然等到今天!”

“你要玩就拿去吧。”母亲挥挥手，“不会有什么值钱的东西，不然早些年她也不会过得那么苦。”

好玩好玩。咳咳。

贾苏，字听涛，号宁江，浙江绍兴柯镇人氏，生于公元一八九四年，逝于公元一九四五年，享年五十一岁。贾家世代书香，自清朝乾隆年间，屡出进士；听涛自小聪慧，勤学诗书……十八岁时，考中庚子赔款公费留洋学士，赴大英帝国之剑桥大学攻读物理、化学两科，获物理硕士与化学博士学位。一九二三年学成归国……

从记忆深处，有一些久远的头绪被这些半文半白的句子牵了出来。这并不是一本家谱，而是太公过世后，他的朋友为他写的小传。纤瘦潇洒的竖行小楷，密密地排列在已发黄变脆的纸簿上。和它放在一起的，还有两个黑乎乎的瓶子，沉甸甸的。

一九二三年八月，搭乘大英帝国“乌斯兰”号抵达上海……

一九二五年，研制“水梦机”失败。和许氏梅樱结婚。后离开上海，赴燕京大学执教……

我仿佛看到贾苏的形象从夹在纸簿里的照片上溢了出来，慢慢扩大，连微笑的嘴角都在逐渐拉开……

太婆第一次碰到太公时，正在“海上花”当舞女。她父亲当时在拉黄包车，母亲生着肺病，哥哥罢工游行被枪毙，一家人求生无门，她只好去做了“舞小姐”。

那个晚上，刚刚归国的贾苏受海外朋友之托，带些资料给革命党人，地点在“海上花”舞场，接头的人是个留短发、穿黑色中山装的年轻女性。她就是让我向往不已的泡泡。

贾苏对泡泡说：“这都是普通的资料，你们能有什么用处呢?”

“那边普通的东西，这里也是难得的。”泡泡淡淡一笑。“况且一件东西的用处，不能从表面简单判断。”她的含而不露更显深沉。

两人模糊的应答化在舞池的歌声、人声里。

选择这个时候出场，实在是梅樱的命运。母亲肺病加重，父亲夜里还要拉车赚钱，她不能不照顾这个烂摊子。赶到化妆间时她已上气不接下气，又被老板娘在脖子上狠狠拧了一把。她在叫骂声中上了妆，用香粉掩藏了耻辱的印痕。

乌黑柔顺的头发挽成两个髻，弯弯的月牙眉，秋波流转的桃花眼，微翘的嘴角仿佛天生会笑——我见过一张她在那个时代的老照片。照片里的人很像一度复古风流行时从陈年箱底里翻出来的香烟画里的美女。同样的妩媚甜腻，同样的娇柔温婉。我无法把她和我记忆中鸡皮鹤发的太婆联系到一起。那样的梅樱早已消失，那样的梅樱只属于那个时代。

贾苏是先听到歌声，然后才留意到了歌者。歌声凄婉，却有一种奇特的力量，那歌声里有生命的挣扎。

他侧过头，就找到了梅樱，她的美并不夺目，却有一种奇异的姿态，仿佛她的整个身躯都悬在曲调之中，她的七情六欲，身家性命，都被这一线歌声牵引，去向一个未知、而正在努力探寻的地方。

她唱的是白光的歌。她没有白光低沉、性感的嗓子。可是连白光都不能这样唱：

——如果没有你，日子怎么过。
我的心也碎，我的事也不能做。
如果没有你，日子怎么过。
反正肠已断，我就只能去闯祸。

我不管天多么高，
更不管地多么厚。
只要有你伴着我，
我的命便为你而活……

贾苏像是被那声音下了蛊，呆望着那个方向。梅樱一直星眸半掩，陡然睁开眼，就看到了那张岩石一般的脸。

我打开放音像制品的柜子，从收藏的古老CD片中找出一张《昨日之歌》。按下按钮，就听到了白光在唱：“如果没有你……”我真想让时光倒流，听八十多年前的梅樱那一夜的歌唱。

太婆对她丈夫的评价非常简洁。她说当时在那种地方看到他，真的吓了一跳。她说他一看就是那种“靠得牢”的人，舞厅里几乎从来见不到那样的面孔。可以理解，生活贫困、需要依靠的她，从此就想方设法地靠过去了。

同一个故事可以有完全不同的很多种写法，而同一件事在不同人眼中看来色差很大。贾苏的失神落在泡泡眼里溅起一丝不屑：所谓的留洋学生也不过是一个登徒子。于是我的第一次纵情臆想到这里便匆匆收场。望着泡泡潇洒地挥手而去，贾苏的愕然可想而知。这个女人的步态是那么与众不同，她在飞影流红的舞池中穿过，如一把尖刀剪开了浓情的光色，锐利，干净。

但是，贾苏终于没有尾随她而去。在第一次交锋中，太婆便略微占了一点儿上风。我想那是因为泡泡给人的鲜明印象并未张扬女人的特质，她像一个谜，像剑一样锋利、寒光冽冽而又难以捉摸。而梅樱，似一杯酒，甜香扑鼻，她的吸引力有着明确的性别特征。

今夜我小心翼翼地打开了那只尘封多年的铁匣子，面对匣中那两只不透明的密封容器，左眼皮无端地跳动起来。容器是瓶子的形状，然而很沉。我捧起一只来晃了一晃，似乎里面还装着液体。

会是什么呢？我问自己。

在古人的故事里，封存多年的液体只能是酒。想到这里，我几乎就没有兴致了。但是——这两个容器并不像酒瓶或酒坛，而且我也无法把贾苏和一个好酒之徒联系在一起。

“噗嘟，噗嘟。”我又听见那液体摇动的声音，仿佛那声音可以穿过漫长的时间的隧道，向我揭示出不为人知的秘密。

“贾先生有人找——”

贾苏听到校役通传，眉头顿时打了个结。他以为那是梅樱。这个时间学校的人很少来打搅他。

即使是留过洋的先生，让舞小姐找到学校里来还是有伤颜面的事，贾苏也未能免俗吧。但进来的却是泡泡，她随身还带着一只箱子。

“怎么……”贾苏的表情疑惑。

“贾先生，换个地方说话。”泡泡平静的面孔底下透着一丝焦急，无须是聪明人也知道她遇上了麻烦。

贾苏把她从门房处带进实验室——这已违背了他给自己定下的规矩。

“您这是在……”一进门，实验室里的情形便让泡泡耸然动容。

实验室正中一个黄铜色的巨人伸出无数触手，仿佛一尊千手金刚，每一只手上都嵌着不同颜色的大小玻璃容器，容器里的液体有着梦幻中才能出现的色彩。液体在振荡、歌唱。手掌边沿跳动显示着可调节的温度指标，从手掌开始、沿着手臂，爬满了赤橙黄绿青蓝紫的“血管”，血管中霓光闪烁的液体汇入金刚的肚腹——半透明的水晶缸，里面沸腾着色彩斑斓的泡沫，它们蒸发的气体通过手臂粗细的“气管”上升到这巨人的头部——一只正在加热的圆水罐。水罐下三分之一处那正面朝外的圆管就像是巨人的嘴，这张嘴现在被上下两片活动闸封住了。巨人也有鼻孔，那是圆水罐正中的两个气孔，细细的烟雾不断地从那里喷涌而出，在空气中形成各种古怪的烟圈儿。

那些声音啊——液体煮沸的“咕嘟咕嘟”声，烫人的蒸气从瓶口喷出的呼呼声，机器内部加热炉运转的“隆隆”声，药物受热发出的“滋滋”声，混合成奇特的音响。冷猛不丁听到这种声音，会让人产生幻觉，甚至昏昏欲睡。

泡泡的脸上沁出一层薄薄的汗珠。薄削的嘴唇因为湿润而显出难得的红晕。“太奇妙了。”她叹出一口气。

“这里很安全，”贾苏说，“有什么事快说吧。”

“上头在抓我，想在你这里避两天。”泡泡说。

“这里？”贾苏环顾四周，他望着这尊黄铜巨人的目光依依不舍，仿佛已经看到了因为收藏通缉犯毁掉眼前一切的后果。

泡泡的嘴角抽了一下。“抱歉，恕我冒失。你我并无交情。”

“不，我不是这个意思。只是太突然了。”贾苏慌忙摇头，“你等等。”他转身出门。

泡泡将厚厚的深蓝色窗帘拉开一角，看到远处的贾苏和门房处的校役比画着。老实人说谎话都有明显的特征：如频繁做出无谓的动作、面红耳赤或表情局促。这些贾苏都没有。他一脸的宽厚，仿佛正在解释为了某种道义上的理由，他必须收留一个朋友。

看着看着泡泡有点怀疑，这个无甚交往的留洋先生也许并不值得信赖。但是她没有选择。她周围可靠的人都已被监视，只能在贾苏身上赌上自己的性命。

她回转头，环视一屋子高高低低幽蓝浓绿朱红的玻璃瓶子，她那对犹疑的黑瞳的影子在透明、半透明的彩瓶里荡漾的液体中载浮载沉。突然，巨人的嘴巴——那朝外的铜管口的封闸自动打开，“噗”地喷出一汪色彩变幻的水汽，同时从巨人胸腹深处发出一声悠长的低鸣，那是无数容器中液体的共鸣，隐约似一声“唉——呀——”，从遥远的地方，遥远的年代，悠悠传来。

泡泡迷惑不已，却不自觉地和了一声叹息，一直绷紧的肩背顿时松弛下来，这才放下了手中一直提着的黑色皮箱。

她重新打量了一下这个地方。实验室不算太大，共四间房，两间用来存放化学药品和物理器械，另有一小间供加班时临时住宿，而主厅周围摆放着各种实验中的药剂，正中的一尊“千手金刚”就已占据了主厅一半已上的空间。

空气中弥漫着一股气味，带着淡淡的酸，又似乎有青草叶的微甜，不同液体的蒸气汇成一股股扭动、纠缠、带着朦胧颜色的气流，幻化出各种形象。呼吸着这样的气息，耳边响着那奇特的合唱，泡泡紧绷的身体渐渐软化，靠着窗台滑坐在地上，看那红色蓝色的烟，在空中一圈圈地绕，绕出一个妖冶的美人跳舞的身姿。美人青蓝色的衣裾忽悠悠地飘过泡泡的头顶。泡泡瞪大了双眼，凝住一脸惊诧：她认出了这个烟雾糅成的身影，虽然原身的美丽与性感都经过了夸张和放大，她依然认出了这个雾里的女人是梅樱。我的太婆梅樱。

“水梦机”到底是什么？我假设那是一部和“水的记忆能力”有关的机器。我唯一一次看到相关的技术报道，是发布该学说的法国人获得当年度的“臭蛋诺贝尔奖”。那么这个世界上并不存在充满记忆的水，就如贾苏的水梦机研究从来没有成功过。可是，弥漫着淡彩的水汽从那发黄相片一样古老的年代向我涌来，毫不客气地霸占了我全部的想象空间，它们借着老唱片“沙沙”的背景声和白光同样沙哑怀旧的声音翩然起舞，一个丰腴而妖娆的夸张版本的梅樱无比真实地向我张开双臂。歌声仿佛从“她”张开的嘴——那个烟雾的空洞后面喷薄而出：

如果没有你，
日子怎么过。
我的心也碎，我的事也不能做。

那天傍晚，贾苏继续着同梅樱的约会，但总是心绪不宁，惦记与泡泡同处一室的“水梦机”。

梅樱立刻觉察出贾苏有异常。

“贾先生，你有心事?”她用温软的话音试探，这句话带着余韵，如一只弯弯的小钩子，轻悄悄地带住他的话头，一点点往外拉。

“我有点儿惦记实验室。”这并不算谎话。“你也该上班了，我回学校看看，今天就不去你那儿了。”

“贾先生……”梅樱立刻产生了危机感，从偶尔的舞场相见到难得的场外约会，又到如今日日到贾苏的住处给他做完晚饭才上工，她在短短五个月间就促成了两人关系的飞跃。但她总还要担心，倘使不能尽快让贾苏完全接纳她，从良的梦想也许终只是镜花水月。她咬了一下嘴唇，断然说：“那我也不去了。”

“你……别闹了，想想你家里人吧。”贾苏显然对这样的回答缺乏准备。

梅樱眼圈一红，叹了口气。

贾苏微红着脸低下头。他知道两人现在已算恋爱关系，但要他立刻拍着胸脯答应娶一个舞小姐，却还没有那么大的勇气。

——我是不是逼他太紧了？梅樱的脑海中无数个念头搅在一起飞快地旋转，她只觉进退失据，但面上的笑容依然是甜蜜蜜的。

天色已晚，第一抹月光催着梅樱动身了。她从来没有觉得离别的脚步这样沉，女人过于敏锐但有时又会失去分寸的直觉把她祸害苦了。

我找来了可以打开世界上任何一种瓶子的全套器械，准备对太婆留下的瓶子下手。也许是“水梦机”这三个字带给我的联想，我甚至以为容器中盛载的是比陈酒更悠远香醇的旧日梦寐。如果可以，我更希望见到泡泡。

小时候，母亲曾经神秘兮兮地对我提起，当年太公在上海收留过一个被通缉的女革命党，“那个人非常厉害，是同盟会会员”。这句话在我脑海中埋藏日久，已经生根发芽、抽枝长叶，恣意纵情地茂盛起来。这个二十年代的革命党人，是我心中的一棵树，总在不经意间花开满枝，将我想象中的家族史熏染上清雅而悠远的芬芳。

我握着工具的手微微出汗，心头忐忑。窗外月朗风清，仿佛八十年多前的一个晚上。

夜幕低垂。一面是朗朗月，一面是北斗星。清风送爽，安抚心灵。但泡泡不敢招摇，在校园里小坐片刻就返回了藏身的房间。她晚上睡不着，实验室的临时睡房里有化学药剂的味道。被褥和床铺还留着男人的气息，让她有点儿浮躁。半梦半醒中，她如同漂浮在海上，机器运转的隆隆声便是托着她起伏的波浪。

她迷迷糊糊地听到什么声音，立刻警醒，摸出枕下的手枪，开门，走过让她有点发怵的大实验厅，靠近实验室的大门边。

“嘭嘭”——有人在敲门。贾苏正在门外叫她。“歇了吗?”他问。他当然是有钥匙的。这是君子的礼貌。

她拉开门，对他随意点点头，不再客套，转身回屋。

那晚贾苏在实验厅里折腾到半夜，离开时并没有和泡泡打招呼。他晚上过来，多半是怕泡泡擅动他的实验设备，看到她这么有规矩也就放了心。在蒸腾的药剂烟雾中挥汗的时候，他很偶然地想起来应门的泡泡在青白色的月光照映下略显憔悴的脸。像一朵月下的白兰花。那张脸第一次让他感到，这个神秘而冷淡的革命者，原本是个女人。

贾苏走后，泡泡醒了。她揉着睡眼推开门，扑面而来的奇特气息混同骤然高涨的机械噪音让她头晕，未完全苏醒的身体摇晃起来。

几十只甚至上百只瓶子里的液体在唱歌。

她隐约在那歌声中听出一点儿熟悉的韵律。带着微甜气息的蒸气将她的头部完全笼罩，烟雾和这些空气中的水珠围绕着她飞舞。她忽然想到，这是她儿时同母亲一起纳凉时常听母亲唱的那支歌——

小小妹子，上月桥啊；
黑黑辫子，两边摇啊；
遇见哥哥，笑弯腰啊……

她挥舞双臂，扑打眼前的水汽，仿佛这样就可以扑散耳边回响的旋律。可那旋律像是有生命一般，它是一根昨日的鞭子，抽打着她像陀螺一样飞快地旋转。歌声在她脑海中越来越响亮，她在雾水中看到许多依稀的影子，那些往昔的吉光片羽在她四周的水汽中一闪即逝，但是那闪烁的瞬间，却是如此鲜明。唱歌的母亲身后星幕如织的夏日夜空，私塾院里的夏蝉和秋虫，中年就在生活重压下凄惨死去的母亲——她枯叶般的手最后抚过头顶的触感，印刷地下杂志和传单的小车间里浓重的油墨味道，躲避追捕时紧张而恐惧的心跳，广州雨季的闷热气息，还有孙先生在某次誓师大会上慷慨激昂的表情。

这是怎么回事?

这是怎么回事！

她慌了。很久没有真正害怕过什么了，但这一次她真的怕了。

她扑倒在地上，听见自己的声音在上百只瓶子里说："我是革命者，我不是女人。我是革命者，我不是女人。"

而那一百次的回声之间有微弱的时间差，仿佛整个空间被精密地丈量分割，而每一分寸的地方都有这样一句话在等待着她，与她的大脑一次又一次地遭遇。

"我是革命者，我不是女人。我是革命者，我不是女人。"

"停止！停止！"她歇斯底里地叫出声来。

她看到了自己的脸。

确切地说，是她在镜中的脸。多少次她在照镜子的时候自我催眠似的喃喃对自己说："我是革命者，我不是女人。"

这是泡泡最深处的伤疤。在一九二三年，甚至更早，想做一个女革命党，要付出的太多太多。她必须有所选择。她从来没有后悔过。但是，她不想在这种情境下，看到自己的秘密在一百个瓶子之间被反复地转述。

"停止吧，求你们停止吧，"她不知不觉已把那些可以发出声音的瓶子当成有生命的，"我也希望自己是一个女人。"瓶子们仿佛受了惊吓，窃窃私语了一阵，原先反复回响的那句话便在纷乱间逐渐隐没了。"我也想做一个女人。"她对自己说，又像是对那个黄铜色的巨型机器说，"但如果必须做出选择，我选择革命。"

这是我想象中的"水梦机"——沟通、记忆、回响的液体和让它们产生这种能力的机械。真实的情形到底怎样，没有人知道。泡泡在贾苏的实验室寄居的那几日到底发生了什么，没有人知道。

明确的历史是：一九二五年贾苏放弃对水梦机的研究。同年他娶了太婆。这场婚姻当时遭到他家人的强烈反对，差点儿和他断绝关系，但他和太婆婚后感情很好，生下五个子女，其中的老三后来成了我的爷爷。

泡泡后来怎样了？我在太婆这里没有得到答案。她说泡泡之后就和他们失去了联络，余生再无消息。

贾苏是否也和梅樱一样，之后再也没有获知关于泡泡的任何情况？或者他知道，却一直不说，当作他一个人守一辈子的秘密。

他和泡泡相处的时间很短，但他接受她影响的时间也许很长。

一日一日，当他潜心研制他的水梦机时，那个巨人向他传达了何种信息？泡泡的所有过往、童年的回忆、内心的挣扎、女人的欲望，革命的理想，是否都通过水汽和烟雾透进他的毛孔，进入他的身体，成为了他的记忆？就如他脑海中的梅樱曾经在泡泡眼前翩翩起舞，泡泡的软弱与热情是否也在她走后的日子里与他朝夕与共？

我一边想，一边手下使力，“噗”的一声，瓶口的金属盖被撬开了。

周璇曾经唱过一首歌叫《龙华的桃花》[①]。我隐约记得最后一句是：——龙华的桃花回不了家。

龙华是一个刑场。

因此当我在瓶口中冒出的无数泡泡中触摸到“龙华”这个信息，你可以料想我心中的悲恸与震撼。

龙华的桃花回不了家。

我小心翼翼地慢慢放倒瓶子，银蓝色的浓稠液体漫过瓶口的边沿，却并未淅沥而下。液体一接触空气，浓稠滞重的质感顿时变得轻盈。

瓶口边的液体像一句涌到嘴边的话，就像佛祖未及说出的话开出美丽的莲花，“瓶子的话”骤然胀大，开出一朵银蓝色的半液态的花朵，花朵在瓶口外部的空气中膨胀，颜色越来越透明，终于像气球一样“嘭”地破了，溅出千万点银蓝色的星星，充满了整个房间。而每一颗飘浮在空中的星星发出“嘶嘶”的声响，绽放出满屋半透明的泡泡。

泡泡带着气息，让人怀念的时光的味道。泡泡透出颜色，银蓝色的底子，最薄最透明的部分却流光溢彩，闪现出各种变幻的颜色。泡泡里还有图像，就好像电影片段剪辑一般映出各种生动的画面，连续或不连续的。泡泡会破裂，它们互相碰撞的时候发出轻轻的一声“噗”，然而和它们一起消逝的还有一句模糊的话语，或是几个伤感的音符。

我举目四顾，无数个泡泡在我眼前发出“噗噗”的告别之声，在它们之间传递的种种稀薄的画面一闪即逝。我依稀看到了夜晚的“海上花”，贾苏的怪人实验室，和一个旗袍女子的背影，她正抬起纤柔的手臂挽起乌黑的发髻。还

---

① 在小说中泡泡就义的大致时间，龙华尚未成为著名刑场。此处作者为取得小说的艺术效果，借以《龙华的桃花》来指代泡泡的结局。

有，还有……

那天下午的阳光很暖，贾苏匆匆赶去上海城郊的一处农庄。

泡泡约了他见面，她马上就要回广州，参加孙先生下一次的起事。

贾苏一路在马车上颠着，紧闭着嘴，一言不发，一副心里有事的样子。

快到那个农庄的时候，他从远处看到了泡泡。院子里到处晾着茅草，泡泡穿着一件男式衬衫，惬意地大敞着领子，躺在平房铺晒着茅草的房顶上，阳光下的茅草金晃晃的。她的轮廓仿佛也有金色的光圈。有点儿像西洋画派的农女像，带着亲切的人间的气息。

贾苏远远望着，张开嘴，过了很久才喊出她的名字。

泡泡闻声站起来，利落地跳下地。近了，贾苏才看到她的嘴里叼着一根麦秆，一手还拿着一小瓶液体。空气中还有香皂的气味。那是已经破裂的泡泡留下的痕迹。

"你来了。"泡泡笑笑，像男人点烟那样，拿麦秆点一点左手拿的皂液，放在唇边吹了一口。

一串雪亮透明的泡泡随风飘散开来。

然后她笑，像一个男孩那样笑。

"什么时候动身?"他问。

"晚上。"她答，"走之前想再谢谢你，不过城里不安全，只能劳你大驾。"

"还回来吗?"

"嗯。不过下一次来，这里就是我们的天下。"

"要打仗?"

她笑笑。

他于是说了一句话。

她的表情变了。先是讶异，然后脸微微地红了，仿佛是一对粉色的蝴蝶飞上了双颊。阳光照射下她两颊的皮肤几乎是透明的，似乎可以看到蝴蝶的翅膀轻轻颤动。

然后，皮肤下涌动的红潮消退了。她又回复了一贯的冷静。

她答了一句话。

他站在那里，身体僵直，眉心有点儿拧，好像很痛。

她又笑，理解地笑，难过地笑。

于是他也笑了，有些落寞，带点温暖。

我多想听到那时他们到底说了什么，可是我听不到，无数个泡泡在和我指尖皮肤接触的刹那化为空气中一阵微薄的雾气，迅速消散。在那触电般的破裂瞬间，它们传递给我太多复杂的信息，多到我来不及捕捉，多到我来不及感受。

贾苏和泡泡在金色的茅草间那次简短的对答就这样隐没了。我尽力想抓住那声音，有一回几乎就抓住了，但它的裙角却变成了一条光滑的泥鳅，从我的手心里溜走了。

然后我又听到了清晰的音节。在一个泡泡破裂时那样干净利落地爆出脆响：

“不应时。”

那天分手前，泡泡对贾苏说：“我喜欢你的机器，不过恕我直言，这样的研究，太不应时。”

二十年代的中国，不需要水梦机，也不需要贾苏。

我不知道这句中肯的谏言对贾苏的影响有多大，但他终于放弃了水梦机的计划。此后成家生子，按部就班地教授他的物理和化学。

但是真如小传中所说，水梦机研究是失败的吗？那又如何解释我今天的所有发现，如何解释这满室充满回忆的泡泡，它们闪烁的画面、挥发的气息、跳动的声音？

我着迷地捕捉泡泡，用我的手指触摸着先辈遥远的记忆。我要快一点再快一点，因为它们马上都会消失，消失得像那段历史一样干净。

指尖的神经末梢从来没有像今天这样活跃，它们倾听，触摸，汲取，沉淀。

指尖开始发烫、发红、发麻，指尖好像有了自己的生命，它们在跳舞，唱歌。

泡泡都已经融化在空气中，但是房间里仿佛还笼罩着一层银蓝色的薄纱，一种怅惘的气息和着旧日的尘埃一同沉淀下来。

有一条细流在我胸中震荡、流淌，麻酥酥的，带着异样的甜蜜的痛楚。

我抱住剩下的另一个瓶子，对自己保证永远不再释放这个记忆的魔瓶。让贾苏、梅樱和我最心爱的泡泡，这样一直活在这黑沉沉的昨日之瓶里。

我口中不自觉地哼唱：如果没有你，日子怎么过……

不是白光，不是梅樱，而是某夜泡泡揽镜自照时奇异的低吟。那一弹指间便幻灭的水泡，让我看到她微微翘起的湿润的唇，和唇上细细的绒毛。

我没能听清蓝色水泡中贾苏对她的呼唤，但那一刻我决定，这个二十年代的奇女子叫“泡泡”。

贾苏的瓶子让我做了一个梦。关于泡泡，梦里并没有特别明确的结局。如果瓶子里保存的是贾苏的一段记忆，那也许关于泡泡的死是他不敢触及的禁区。只有“龙华”这两个字，带着无限的伤痛时隐时现。

还有躲藏在实验室的夜晚，泡泡那白兰花一般皎洁的面容，一双闪着异样执着和天真的眼中流淌着忧伤的月光。

后 记

这篇小说，起意于一本家谱。早知道奶奶的父亲，我的曾外祖父在民国时代是一所女校（中学）的校长，看到那本记录了他简历的家谱（他友人在他过世后编写），才知道曾外祖父年轻时曾经是一位很有理想的科学家，但一定是一位浪漫主义的科学家，因为他曾经想发 明“永动机”，结果当然是失败了。之后他发明了一部与农产品加工有关的机器（这个由虚到实的转变够大的），获得了民国时期科技发明的政府奖项。而爷爷的父亲赵稼书是同盟会的会员，早期的革命者，与曾外祖父是世交，我把这两个人的信息合在一起，分在贾苏与泡泡的身上。

小说起意于1999年年底，2000年写了三千字，然后就一直放着等感觉，直到2004年读了林语堂的《中国传奇》，书中的故事给我带来了创作冲动，终于引导我完成了“幻想”部分的内容。

小说中的“我”设计为陈平，作为这篇小说和我以往科幻创作的一个联系。我认为这是一篇纯文学的小说，不过最后的结果也许是一篇Science Fantasy。

文中泡泡的形象来自《刀马旦》中的曹云（林青霞饰）。同时以本文纪念我在高中时代唯一一次最接近追星的迷恋和狂热。谢谢永远美丽的林青霞。

俞梁波

俞梁波

男，1974年生，杭州萧山人。中国作家协会会员、浙江省作家协会全委会委员、杭州市作家协会副主席。

2000年开始小说创作，在《山花》《江南》《北京文学》《青年文学》《钟山》等全国几十家文学刊物发表长篇、中篇、短篇小说200余万字，有作品被《作品与争鸣》《中华文学选刊》《小说选刊》《短篇小说选刊》等转载，有作品被收录《中国年度最佳短篇小说选》（漓江版），发表长篇小说《谎言》（《钟山》），出版长篇小说《一个人的路》《我们的父亲》《刺刀》，出版中短篇小说集《爆炸的河》《规矩》，出版长篇报告文学《感动湘湖》《当家人》《圆梦湘湖》《荣耀与梦想》。主编各种书籍近20余种。

曾获西湖文学优秀创作奖、首届西湖文学小说提名奖、2006年“浙江省青年文学之星”奖、杭州市精神文明五个一工程奖等。

现代人生形式：真相与谎言的相互还原？

——读俞梁波长篇小说《谎言》

张光芒

俞梁波的小说《谎言》叙述的是一个巨大的谎言：女主人公如蜘蛛侠一般吐出“经天纬地”的谎言之丝，以“李小钰”“绿萍”“小影”“小金”等各种神秘多变的影像，构置起张三、李四、王五以及吴天等男性“朋友”充斥着的假象的情感生活。最终谎言被拆穿，女人死去，相互残杀的男人们的情感世界流泻出失乐园般悲惨的景观。在《谎言》的叙事流程中，作家似乎埋进了更为深层的逻辑：这贯穿始终、最终造成严峻后果的谎言并非图谋，更非阴谋，只是游戏；而游戏则正是现代都市生活唯一真实的生存样貌与法则。真实与谎言之间的这一密切关联，在当前正“蓬勃”行进的物质世界的肉体上揭示出一个强大而永远无法愈合的悖论。

“谎言”当然是深藏的脉络。浮现在“谎言”之上的，则是小矮子赵六所讲述的他以及周围几个朋友张三、李四、王五、吴天等的木城生活故事。赵六是一个从小丧父、母亲改嫁的侏儒。他被迫却又很主动地离开故乡楼镇来到木城，寻找自己的乐园，用他自己的话说，就是找寻那“无比漫长的幸福生活”。“高大雄伟”同时又“艳丽多姿”的木城无疑是现代大都市生活的经典标本。在这里，现代生活的标志不再是楼镇那喷云吐雾、害人得肺病死亡的大烟囱，以及引诱无数女人竞折腰的铁路线，木城显然已迈过了这个阶段，正如小说借人物之口所说的“木城没有棺材”，只有幸福美满、欲望横流。只有在这里，小矮子赵六才能不再天天沉浸在多长“五公分”的梦幻中，才能找到自己所渴望的“巨人”一样的生活。他在木城交往的第一个朋友，就是有着修长的腿的巨人吴天。而吴天美丽无比又浪漫神秘的女友李小钰，则成为他心目中深深眷恋又崇拜的女神。

谎言发生地（即木城）的生活是如此的真实：到处是有钱人或羡慕巴结有钱人的人，就像赵六所说的，有钱人的概念在木城很简单，拥有实业，拥有大量存款，拥有一个情人，或者至少包养两个小姐，最好的汽车三年必须换掉；到处是豪华酒店夜总会；到处是小姐滋生的高级美容院；到处是男人女人或死或伤，或离或怨的新闻、绯闻、丑闻……真实得如同我们生存于其中或一心向往的每一座大都市。女主人公编织的"谎言"之所以能够畅行一时并同时摧毁几个人的生活，恰恰得益于以木城为标本的这一无比真实的都市生活法则——人人都在有意无意地遮蔽着某一个或几个生活真相，即使是朋友之间也没有办法摘除横亘在脸与脸、心与心之间的面具。因为只有如此，个体才能有生活下去的勇气与渴望：当女主人公是吴天的女友李小钰时，他们生活在人人羡慕的高档住宅小区。然而，拥有巨型身材的吴天却是一个性无能者，口袋里的钱也早已为这豪宅压扁，他只能像守财奴一样守着大房子与美丽女友，始终不敢将她带到张三、李四、王五等朋友们面前，只有赵六因不具有危害性而得以一睹传说中的美女李小钰的芳颜。吴天甚至向赵六炫耀自己的性能力，以此来维持木城生活的能量与信心，从而使得这个圈内的谎言得以畅行无阻。身体残缺的赵六也由此成为这个谎言故事的绝佳的叙述者；而从另一个意义上说，也许只有无法进入都市生活核心的人，比如侏儒，才能经历并进而洞穿人人都在有意无意隐蔽的生活真相。

无形中，这个谎言故事就将都市情感生活隐秘的核心凸显了出来，即阿多诺所说的，在现代生活中，"没有人能去爱，也就是每一个人都觉得极少被爱的原因"。我们看到，挣扎在谎言中的人们渴望着被爱，却无一例外地丧失了爱的能力。当女主人公是木城大学的校花绿萍时，张三对她的追求只是出于贫困羞辱所带来的生活刺激，他不过是利用绿萍对某种精神信仰的守护而暂时得到她，而当她一旦从精神的冰箱中苏醒过来，现实火热的刺激立刻就将其信仰以及他们之间的爱情消解掉了；当女主人公是美容院老板李四的小姐小影时，她的神秘气质赢得了李四的青睐，可是阅人无数、靠着小姐身体赚钱的李四，除了青睐又能做什么呢？小影只能像个影子一样消失；靠着向女上司出卖身体而向上爬的公司男白领王五对小金的感情更不值一提，他所谓的爱只是对其美貌（比女部长还要美）的渴慕，而在内心深处却要时刻猜测她的来历，甚至在向小金表白后立刻后悔，说自己不过是部长的一条狗。面对这样猥琐的男人，除了蔑视，小金还能做什么呢？她只能再一次神秘消失。一次次消失又一次次出场的女主人公就这样串起了城市生活的角角落落、方方面面，侏儒、大学生、白领、老板，校园、公司、美容院、高档社区，都市生活万花筒似的同时又如此千篇一律地在我们面前一一显形，所谓万变不离其宗，都不过是丧失了精神内在的物质生活的各种版本。

小说的叙述语言时缓时急，时有理性较真的清醒，时有如梦般的迷幻，这种能够创造城市生活空间并取得契合对应的叙述空间，自然是拜侏儒的叙述视角所赐。借助它，我们才能够将各种叙述的碎片拼凑起来，从而进一步通往生活表象背后的心理空间。到底是什么样的原因，使女主人公如此辛苦又不知疲倦地穿梭在男女情感这一都市生活肮脏又湍急的底层旋涡之中？她到底在追逐什么呢？绝不只是为了钱，从叙事者的讲述中我们得知，受过高等教育、天性聪慧的她完全可以凭借自己的努力过上非常高雅的生活；也许是为了爱，因为前面说的几个男人都不能使她产生真爱。可是且慢，这个编织谎言的女人唯一爱过的人，是准备洗心革面、重新做人的陈子恩。但也正是陈子恩和这一次真爱，使她从单纯的、脱离世俗生活的精神信仰中走了出来，使她从"铁石心肠""根本就不能叫作女生"的状态走向热气腾腾、火焰缭绕的现实人生。她的欲望苏醒了，她想寻找血肉丰盈的真实的自己。然而在坚硬如铁的现代性体系中，欲望早已经物化为永不能给人带来慰藉却吸引着个体不停追寻的魔鬼。就在这种追寻中，她丧失了爱的能力，也丧失了停留下来的能力，像穿上红舞鞋的舞女，永远处于流动、追逐、变化的状态中，再也无法停止，再也不能将红舞鞋脱下来过正常的生活，只能变换成不同的角色，无奈地挣扎，成了一个游戏人间、无家可归的浪女。只有死才能让她真正解脱，才能让她从这种可怕的游戏中停下来。物欲横流、永远向前的现代人生法则使她的自我追求与满足变成了游戏，即使这自我追求和满足与其他人完全物欲情欲化的追求的出发点完全不同，却也不能摆脱游戏人间这一现代都市生活的基本样貌，甚至表现得更为放荡淫荡，结局也更加悲惨。

这一干男男女女中，只有赵六的结局看似完满。作为一个侏儒，他向往都市生活但又被隔离在真正的都市生活之外。这反而成全了他，使他没有陷入可怕的都市游戏规则中，女人死前对他说"我真正爱的人是你"。这也许是真的，但也许是更大的谎言。不过真假对他来说倒没有什么，因为他不会对这句话认真，他爱慕李小钰，但绝不在现实生活中试图追逐她，而只是抓住手边的幸福。认真追逐自我的人不能不游戏着人生，由于种种原因被迫踯躅在边缘的人反而能认真生活。这又是真实，还是谎言？当我们发出这一疑问时，可能还会想到，近年来的小说创作以爱情、欲望以及都市为题材者层出不穷，但谁又能将真实还原为谎言，抑或将谎言还原为真实呢？这也许正是《谎言》要回答的，也是它给读者的最大启示。

黑白的声音

1

路灯昏暗。

过了一个拐角，李蒙感觉前面立着一个人，她不禁紧了紧心，胸部起伏汹涌。虽然，在毛家巷行走已经有一个月了，她几乎不再惧怕这长长的巷道了，也不再讨厌两面旧墙弥漫的陈腐味道，但是冷不丁出现一个人还是让她觉得有些紧张。她稍一思忖，继续低头走去，每一步都显得特别僵硬，麻麻的，木木的。经过那个人时，她屏住呼吸用眼睛的余光扫视了他。他好像揉成一团的球。也许是个醉鬼。

三天后的夜晚，走在毛家巷的李蒙觉得头有点儿痛。或许跟天气有关系。雨如同一把把针从天上撒下，在灯光下就像无数游动着的细微虫子。她的脚步声零零碎碎地跳来跳去。远处的路灯闪了几下，居然灭了，以致她跌进一片无边无际的黑暗之中。她小心地摸索着，生怕脚下打滑。

然而，在摸过了拐角之后，她尖叫了起来。她摸到了一张脸，胡子拉碴的脸，使得她的手心隐隐作痛。慌乱中她踩了这个男人一下，狂奔起来。好像很远了，大口大口喘气的她才止住脚步，回头张望，路灯闪了几下，奇迹般地亮了起来。模糊的男人就像一团泥似的倒在地上……

李蒙发烧了，额头就像一只亮了一天的灯泡。在6楼狭窄的阁楼里，她一阵阵地呻吟。外面的风雨声像一个巨人的呐喊，把她的呻吟淹没得一点儿不剩。她紧靠着墙，眼睛睁得像圆球。然而，眼前不时出现幻象，是一个漆黑的男人，他断断续续地走动与上升，他的牙齿都是黑的，他朝她笑的时候，令她看到了一个深不可测的黑洞。

弥漫着一身浆糊气息的奶奶从火柴厂回来了，径直上了阁楼。奶奶走得很小心的样子，好像她的鞋底裹着棉花。奶奶轻声说：“小蒙，我今天发工资了。”奶奶的声音里有着一股掩饰不住的喜悦，散开的皱纹像花朵一样美丽。

李蒙惊醒，然后坐了起来，迷迷糊糊地说：“奶奶，你回来了。”

奶奶擦了一下眼睛，然后发出了一声惊叫，身体开始剧烈地摇晃，好像天都要塌了。

火红着脸的李蒙觉得眼皮特别沉，像被胶水粘住了似的。她拼命地晃了下头，然后用肿胀的嗓子说：“奶奶，我给你倒水。”

奶奶用她干瘪的手臂把李蒙扶了起来，颤抖着说：“小蒙，你怎么了？”奶奶用手按了李蒙的额头，然后呼天抢地般地说：“你发烧了！上医院，走。”

医院？一个个浮动着的幽灵？一年前，李蒙上过一次医院，那次她也像现在一样发高烧，导致扁桃体发炎，她在医院里挂盐水，可是还没等一瓶盐水挂完，同病房的那个人就死了。他的哼哈声就像是被人突然扼断的。从此，李蒙就害怕上医院。现在，李蒙仿佛看见了那条黑暗的毛家巷，那个醉鬼，不，那更像一个鬼魂，是一年前的那个鬼魂。她尖叫起来，然后用被子裹住了自己的脸。

李蒙没有跟奶奶去医院。奶奶喂了她一碗生姜水，她睡着了。

天亮的时候，奶奶又去火柴厂上班了。虽然，那是一个即将倒闭的小厂，现在谁还用火柴吗？一次性打火机取代了火柴，燃烧的历史早就改变了。而且，在火柴厂，奶奶干的是没有阳光的工作，她在一间黑暗的小屋跟几个妇女一起粘火柴面贴。那些面贴显得很单调，都是某某宾馆、酒店的标志。可是，从去年开始，一些宾馆、酒店都把火柴盒交给广告公司了，他们改用印刷了，又快又省力。然而奶奶却把这三年的日子都扔在了那里，也把所有的对生活的希望扔在了那里。

奶奶与李蒙相依为命。李蒙的父母三年前来木城打工，起初还每个月按时汇钱，半年后便杳无音信了。李蒙与奶奶猜测了一个月后，曾经来过木城，然而，李蒙父母以前打工的制衣厂在一夜之间化为了灰烬，听说死了八个人，工厂老板至今在外逃。李蒙认定自己的父母是死于这场灾难了。半年后，李蒙与奶奶也来到了木城，乡下的日子比城里的日子还艰难，是那么多的税、费，丧心病狂的村主任变着法子要烟钱，治保主任要收治安款，村会计要诈账本钱，都像一座座大山一样压着她们，现在，村里已经很少看到年轻人了，留下一些老弱病残者守着寂寞的家园。

李蒙从床上起来，感觉自己的身体轻了许多。她吃了奶奶烧好的稀饭，然后走下阁楼。在6楼的这户人家门口，她扶着墙休息了一下。她听到了6楼的一对夫妻正在吃早饭，吃得稀里哗啦的。这是一对来自外地的夫妻，他们与李蒙她们住同一个房东的房子，这家的男人是在街上摆摊的，是那种羊肉串儿摊，听说生意不错，女的在马王弄附近的一家小饭店做服务员。平时，李蒙与他们不说话，因为她觉得那个男人的眼睛怪怪的，好像里面长着一个小肉瘤似的。事实上，那个男人从来不跟她说话，他也不跟他妻子说话，好像他把所有的话丢在羊肉串摊上了。有时候，男人的妻子会跟他吵架，但是，他不说话，就像一个哑巴似的。这是一对奇怪的夫妻。

通往学校的路很长。

虽然，奶奶并不知道李蒙在一个月前就离开了学校，李蒙每次依旧会朝学校的方向走去，跟以前没什么两样。只不过，她抄了毛家巷这条近路，很少会碰到同学。在离校门口不远，她左顾右盼一会儿，然后飞快地跑了。她会一直飞快地跑上200米，这可不是一件轻松的事，有时候她会觉得整个人像散了架一样。但不跑不行，如果让老师或者同学发现她的行踪，事情就变得复杂了。在学校里，已经出现了女生去夜总会打工，被人诱奸的丑闻。

现在，没有一个地方是安全的。

2

李蒙现在在知音饭店做服务员。

饭店在田园路上，田园路据说是木城最冷清的一条路，因为以前有过一场大火灾，烧了整整半条街，烧死了很多人。而且，最后调查的结果确定火是从一家饭店的厨房开始的。之后，很少有人愿意在田园路投资开饭店，觉得是个晦气的地方。现在，依旧可以看到火烧过的痕迹，新建起来的相邻房子的地面，如同涂了一层黑油。

知音饭店不大，上下两层，从外面看，很少有人会认为这是一家饭店。外墙的颜色特别鲜艳：大红。

但有点儿特殊。饭店老板是位钢琴师，在少年宫教授钢琴。他每天下午四点左右来饭店，独自泡一杯茶，然后小心翼翼地抚摸着他的十根手指，他的手指很漂亮、洁白，就像根根纤秀的白玉。在二楼的走廊上，摆着一架钢琴，偶尔，他会坐在钢琴前弹奏，但听说从来没有从头至尾，完整地弹完一首曲子，不知道为什么。他的妻子吴媚总是穿着一双红色的高跟鞋，盘着头发，插着银色的发卡，其实，发卡更像一把银色的刀子。她只在傍晚的时候露一下面，也就是那把银色的刀子闪了几下，然后就悄无声息地消失了。

饭店里的事务主要由大厨负责，大厨是个北方人，据说以前也开过饭店，发了，开始赌钱了，彻底不归了，妻子居然跟一个南方客人好上了，把银行的存款全部取了，私奔了，好像逃到南方，也就是到木城来了，一夜之间，他又成了彻头彻尾的穷人，于是也来到了木城。他长得五大三粗，双臂简直长错了地方，比大腿都粗，说话大嗓门，特别是在晚上生意好时，他的大嗓门就像喇叭一样在操作间吼叫，震得服务员们的耳朵嗡嗡响。一共有六个服务员，李蒙是年龄最小的，也是最漂亮的。饭店的生意一向不错，好像并不是开在田园路上，而是开在江岸路上似的。

李蒙还记得那天因为考了一个低分，又遭受了班主任的恶言恶语。班主任是个更年期的女人，常把积聚的无端的情绪都发泄在学生身上，学生们见了她就像见到了阎王，目光安静的借读生李蒙常常是她的攻击对象。李蒙内心涌动着痛苦，她厌倦了上学，想逃离学校，然而，她无法向奶奶交代，奶奶不止一次地说过，要她好好学习，考上大学，做个真正的木城人。她茫然地走着，就像一个无家可归流浪的孩子。

在一个路口，她遇见了钢琴师。钢琴师刚好从少年宫回来，他撑着一把遮阳伞，戴着一副深色墨镜。在红绿灯下，他突然摘下墨镜，安静地看着她，很是亲切。李蒙觉得这是一个很特别的人，在灼热得令人汗流浃背的夏天，他的双手居然戴着白手套，在左手的手指上还戴着一枚钻戒。钢琴师把没戴钻戒的右手上的手套取了下来，然后轻声问："你怎么了？"李蒙觉得声音像一阵轻风，她不禁茫然极了。钢琴师用右手拉住了李蒙的左手，他的动作很自然，就像拉着妹妹一般。

到了知音饭店门口，钢琴师放开了手，然后把手套重新戴上，他的脸恢复了先前的平静。如同梦中醒来一般的李蒙发现这家饭店的外墙上贴着一架巨大的钢琴，不，应该说是画着的，钢琴的黑白琴键极为耀眼，黑得发亮，白得醒目。李蒙感到有些头晕，觉得自己就像一只蝴蝶一样轻盈。而此时，钢琴师说话了，他说："你想进去待一会儿吗？"他的腔调很是柔和。李蒙突然想起了刚才她就是被钢琴师拉着来了，她跟他居然走了这么远，她有些害羞地点了点头。

走进饭店，李蒙看见了几个女孩，她们穿着黑白相间的衣服，垂手立着，她们的目光中流淌着一股不安，但是，当钢琴师的目光在她们身上轻轻掠过之后，她们便变得有些平静了。

钢琴师说：“逃学?”李蒙摇摇头，马上又点点头，她想他什么都知道，简直神了。钢琴师说：“你还没吃饭吧，就在这里吃一点儿吧。”李蒙拼命地摇头，她可没有钱在饭店里吃饭。钢琴师好像知晓她的心思，他带着笑意说：“我请客，你尽管吃。”李蒙并不知道钢琴师就是这家饭店的老板，她想她得离开了，奶奶还在家等她，她不回去，奶奶会着急的。她便迈动了步子。钢琴师并不阻拦地说：“什么时候你都可以来这里。”李蒙走了一段路，回头发现钢琴师站在饭店门口，他的手指闪烁着一道耀眼的光。

李蒙捧起饭碗时，发现奶奶一副幸福的样子。奶奶的牙前几天又掉了一颗，奶奶说，再过个半年一载的，她可能就会掉光所有牙齿了，那时候，就真的成了一个老太婆了，那时候，就省得吃饭了，只要喝汤就行。奶奶说房东终于同意减一点儿房租，但有一个条件，每天得把他家的楼梯打扫干净。奶奶慢腾腾地咀嚼着，不时地用舌头卷一下嘴唇，好像她已经开始提前操练以后的生活了。奶奶后来说，火柴厂的日子一天不如一天了。

吃完饭，李蒙装作看书，其实心里一直在想那个饭店，那个钢琴师，她想或许她应该跟饭店里的女孩一样，她知道她们是服务员，看上去她们的年龄比她大不了多少。她也可以当一名服务员，她可以赚钱。学校，她真的不想去了，反正学校也不会管她的。可是，他们会要她当服务员吗?听说服务员每天要洗无数的盘子、碗、筷，洗得两只手都会掉一层皮，光这些她也能承受，但她最恐惧的是那些喝醉酒的人，他们一旦醉了，什么事都干得出来。因为房东就是这样一个人，有一回，醉酒的他无缘无故地打了卖羊肉串的男人两个巴掌。

奶奶把灯关了以后，躺在李蒙身边，叹了口气说：“小蒙，我现在挺想念村里的，我们出来有三年了，什么时候才能回去?你要好好读书，奶奶老了，死了也没关系，可是你还小呢，以后的日子还长，我算计着，你的命一定比我好，以后呀，你就是个正儿八经的木城人了……”李蒙并不搭腔，她知道这是奶奶的老习惯了，睡觉前总会这样叹息一阵，不久，奶奶就会睡着的。奶奶总不敢相信儿子与儿媳妇死于那场火灾，她始终认为儿子一定活着，或者说躲在哪个地方了，有一天一定会回来的，所以她与李蒙就在离火灾现场不远的这个地方租了阁楼，安了家。而且，有时她从火柴厂回来，会去那块废墟站上一会儿。

李蒙最后决定去饭店是因为一次考试。

那是一次单元测验，考试时，李蒙埋头答题，突然有个纸团扔到了她的桌子上，她抬头犹豫，心想一定是后面的同学扔给前面的同学的，由于扔得不准，便掉在了她的桌子上，于是，她并不去理会，继续答题。然而，紧接着又一个纸团掉在了她的桌子上，她真的不知如何办了。这时，监考老师——班主任突然站在了李蒙桌前，她冷笑两声，然后大声说："李蒙，你给我站起来。"李蒙站了起来。班主任说："你居然敢光天化日下作弊，无耻，简直无耻到了极点。"二话不说，便将李蒙的卷子扯了个粉碎。李蒙愣了，没想到会是这样的。班主任好像还不解恨，她大声地命令李蒙站到讲台上去，说是示众。李蒙没有动。班主任便用力地扯她，那一刻，李蒙觉得愤怒与屈辱如同火山喷发一般，她狠狠地给了班主任一巴掌。

因为这一个巴掌，李蒙那天在操场上一直站到了傍晚。学校已经放学了，在那些孩子幸灾乐祸的目光中，她觉得他们都是她的仇人。她想她应该回家了，否则，奶奶会像个瞎子一样在夜色中乱撞的。她小心翼翼地尝试离开，可是她的两条腿像是被铁浇铸了似的，无比沉重。她便咬着牙，使劲地拔腿，她"轰"的一声倒在地上，麻木的她用手背擦了一下鼻血。空荡荡的操场。学校里的老师们也走光了。她已经望不到明亮。她双手撑地，终于起来了。

离开操场的她就像一个受伤的士兵。

学校外面的空气也是重重叠叠的，车来车往。李蒙心想这个时候的奶奶已经在奔走呐喊了，她从来没迟到家过。她便像是生了翅膀一样跑了起来。然而，在那个楼下，似一发炮弹的她撞倒了像一扇腐朽之门的奶奶。倒在地上的奶奶呻吟着，奶奶的最后一颗牙齿也飞走了。奶奶吐掉一口血水，又摸着嘴说："这下可好了，我用不着为这颗牙齿发愁了。"奶奶的声音变得怪怪的。她搀着奶奶慢腾腾走着，在奶奶含糊不清的唠叨中，她对学校的仇恨像海浪一样在心中起伏。

晚上，奶奶很是疲倦地睡着了，之前，她对自己逃跑的那颗牙齿无比怀念。而李蒙，却始终被仇恨鼓舞着。有个巨大的声音在教唆她，它说：复仇！复仇！她要复仇。她计划把班主任的自行车偷走，丢在一条阴沟里，变成一堆废铜烂铁；计划把教师办公室的玻璃窗砸破，粉碎一地；计划把学校大门口的牌子砸碎……她脑中设想着种种复仇方式，后来，她甚至想要是有一把火，她一定会把学校烧了的。

然而，她再次遇到了钢琴师。

钢琴师也没想到会再次碰到李蒙。他刚刚从一个学生的家里出来，学生去钢琴房练琴，而学生的母亲纠缠着他，不时地暗示如果他需要，她随时随地都可以奉献，她甚至带他进了卧室，充满情调的卧室向他展开了一个少妇的所有秘密，但是，他低头了。他在那个女人的惋惜声中下了楼。之后，他在楼下站了几分钟，把对面的那一排新种上去的香樟树看得黑了叶子。他走了。在一家店铺门口，他发现了她。他对这个女孩已经渐渐地淡忘了，在木城，他是个活在女人堆里的男人，女人的脸总是弥漫着柔和与虚假，变不了模样。他再次看到她时，是一张畸形的仇恨的脸，多么新鲜，在木城，他从来没有见过这样的表情，而且还是一个女孩的表情。他像触了电一样，浑身颤抖了一下。他叫住了她，她愣了一下，然后脸上的表情突然就消失了，取而代之的是一种漠然。钢琴师内心一阵疼痛，他把白手套摘了下来，一只修长的手按在了她的头发上。然后，她跟着他走了。

他们在饭店的包厢里进行了一场没有对话的交谈。李蒙的目光在不断变化，倔强重复倔强，而钢琴师始终用他白皙的手在摩挲着他的手，左手，或者右手。确切地说，李蒙是被钢琴师的手征服的，在耀眼的灯光下，那一双手简直不像是一双手，而是艺术品，比艺术品还艺术品。李蒙的目光越来越柔和，最后就像一滴水掉进了一盆水中，无影无踪了。

李蒙离开饭店的那会儿，她想自己喜欢上钢琴师了，不，喜欢上他的那一双手了。她再也不想去另外的地方了，她只想待在饭店。

就这样，李蒙成了知音饭店的一名服务员，她与另外五个女孩一起生活在钢琴师身边。

钢琴师觉得生活就是一架黑白相间的钢琴。虽然，他时时觉得没有自己的生活，但是，他无法从生活中消失，除了死。在他看来，如果快乐，那么就是白色，如果痛苦，黑色便是痛苦的脸。然而，他始终无法把握这样的生活，他像个丧失了骨架的人一样软塌塌地倒在生活的面前。他内心无数次的哭泣也无法拯救实实在在的生活。

钢琴师很多次想到自杀，死是一件容易的事，然而，死的痛楚会像潮水一样把自己淹没的现实却让他胆怯了，他还得活下去，如果有一天吴媚死了，他才可以死。他等着她死去。她生来就是他的克星。

李蒙是他收留的第六个女孩。这两年中，他好像成了木城的收容站，女孩们陆续地来到饭店，她们的背后都写着一个词：生存。他记得第一个叫小秀的女孩是他从火车站领来的，她因为逃婚逃到了木城，她已经身无分文，被一个长相凶恶的中年男人盯着，他给了男人500块，然后把小秀带走了；桂平是在人民广场遇到的，她像个没头苍蝇一样在广场上瞎转，她的脸跟她的双手一样黑；紫女是一家美容院门口发现的，她在痛哭，她说有人要开她的苞，她誓死不从，遭到了一顿打；李美是水果市场捡来的，她那天躺在一堆烂香蕉旁，如同一具早已腐烂的尸体，他把她送进了医院，住了半个月的院；柳三的经历更为复杂，她是个卖唱的，在夜宵摊旁卖唱，他遇到她时，她的眼睛都在唱，她已经掉进了唱的天堂，在地上抽搐的一分一秒都博得了看客们的尖叫，他知道她犯了羊角风。她们来到知音饭店的那一天起，他想，她们的明天也许就变了，他是她们的未来。以致他把以前的几个服务员一一辞退了。而他，则承担了父亲或者兄弟的责任，他不知道接下去会怎么样？但他知道，当初的这个决定是错误的，他拯救了她们，却又将毁灭她们。

因为吴媚也在她们身边。

李蒙觉得生活开始变化了。从她成为一个服务员开始，生活就毫不犹豫地变化了。另外的五个服务员，她们居然都不是木城人，她们的言语，她们的长发，她们的脚步却跟木城的女孩一模一样了。只是，她们有些不安地看着她，好像她是来监视她们的。其实，她与她们一样，只是端菜盘子，给客人们倒酒，打扫地面，偶尔也在厨房择择菜叶，她根本没有想那么多。端盘子与坐在教室里读课本相比，轻松与快乐得多了。而且，她还会得到报酬，每个月有500元。这样，奶奶与她的生活就可以得到彻底的改变，她想，再过一阵子，奶奶可以不去火柴厂上班了。

唯一令李蒙感到不安的是老板娘吴媚。在饭店，吴媚像是一位统治者，她虽然每天在饭店待的时间不长，几乎可以用秒来计算。可是她用足了每一秒。在她的目光中，仿佛饭店里的人都是一些不安分的人，都是一些可以让她为之恼火的人，都是一些即将逃跑的奴隶。尽管她的脸始终保持平静，可是她的步伐显现了她的内心。

吴媚到饭店来，快乐的唯一表示便是与大厨说话。她来饭店，更多的时间是钻在厨房，那时候，厨房就像多了一个疯疯癫癫的人，不时可听见她开心的笑声。当她从厨房出来，便像换了一个人似的，话一句不说，笑容从来没有。她开始拨弄自己的手指，她的手指肉鼓鼓的，甚至有些丑陋，完全不能跟钢琴师的手指比。当她离开饭店前，她会再去厨房，依旧是说说笑笑，好像如果大厨手头没活的话，她一定会拉着他离开厨房，找个安静的地方说个痛快。

跟她待大厨比，服务员好像都是小娘养的。她有时候会无缘无故地呵斥她们，使得她们战战兢兢，悄无声息。有一回，她把她们的眼泪都骂下来了，可她并不想歇一下嘴，她甚至扯住了紫女的嘴，骂她天生就是个小婊子。服务员们在她不在的时候，偶尔会小声议论她一下，但绝不能让大厨知道，大厨的耳朵总贴在吴媚的身上。

钢琴师来到饭店的那会儿，他只要一看她们的脸便知道她们之前遭遇了谁。他站着，用好看的手指在空中弹拨了几下，然后上楼去了。坐在钢琴前，他总是很快地按下第一个音符，长长的余音掩盖了余下的所有音符。客人们会从大厅，或者包厢里出来，他们探了一下头，便像影子一样消失了。他站在走廊上，居高临下地看着活动着的她们，偶尔会有一点儿眼泪，如同钻石一样耀眼。

尽管如此，李蒙觉得这样的日子跟在学校比，还是幸福得多了。

平常，来饭店的客人大都显得文质彬彬，好像都是钢琴师的朋友。他们喝酒吃饭时，会不时地问她们钢琴师的行踪，好像他的行踪充满了神秘，他们说钢琴师真是一个了不起的男人，他的双手是木城唯一的双手，也是木城艺术的双手。当然，也有一些长相粗俗的人进饭店，在饭店里，他们同样显得安静，因为他们看到了饭店墙上的一张表，那里写着钢琴师的学生家长的职务，他们中间，有相当部分人占据着木城的各个权力岗位。表如同一块警告牌。

有时候，也会有一些年轻的女人来到酒店，她们不是来吃饭，而是来找钢琴师的。钢琴师若不在，她们便很快像风一样消失了。若在，他便一定会把她们叫到楼上的一个雅间，然后轻声细语。女人们离开的时候一脸春风，好像之前在温泉中浸泡了很久似的，她们的脚步就像蝴蝶一样美妙。事实上，她们是替她们调皮的儿子，或者可爱的女儿来寻师的，钢琴师在少年宫教学的影响已经渗透了整个木城，前不久，一场由钢琴师教授学生表演的钢琴演奏会在木城大剧院举行，场面空前。

木城不缺钱，可是缺艺术。木城是个遍布暴发户的城市，有人说过，在木城的街上，你一不小心就会撞上一个家财过亿的人，也许，他长着一颗农民的脑袋，披着一件民工的外套。然而，女人生活在木城是一种悲哀，在流来淌去的夜晚里，她们的容颜在渐渐老去，她们抓住了今天，却抓不住明天，她们的偶像已经成片地倒塌，或者死去。木城的外地人口已超过了木城的本地市民，尤其是年轻女人，她们是木城最为轻盈的船，如同一片片自由的羽毛。艺术成了女人们的最后一根稻草。

可是有一天，钢琴师与一个年轻女人吵了起来。

那是一个阴雨天，饭店的生意有些惨淡，李蒙与另外几个服务员觉得昏昏欲睡。李蒙认为，也许是季节的缘故，南方的梅雨季节就要来了，在闷热之中，人变得像喝醉了似的，只想找一张床。然而，她们听到了激烈的吵架声，那几乎全是女人的声音，一阵接一阵地，语速飞快，甚至有些蛮不讲理。

女人说："你为何要这样？为何要这样？你说呀，你一定要说出来，我今天非得让你说出来，你不要躲避，也不要找理由，你就老老实实给我说出来……"钢琴师几乎没有说话。女人拍着桌子的声响就像鞭炮一样响亮。这跟她之前来到饭店的装束极为不符。她来的时候就像一位淑女，一位连每一个步子都散发着秀丽与妩媚气息的淑女。

女人离开的时候，在钢琴的琴键上狠狠地按了一下，巨大的奇异的声音使得李蒙捂住了耳朵，一波一波地震荡。女人下楼来了，一脸的怒气使得她漂亮的脸蛋变得相当滑稽，好像别人的脸贴在她的脸上了。她站在饭店门口，一副痛苦的样子，使劲地跺脚。没过半个小时，她又回来了，把正要离开饭店的钢琴师堵在了门口。钢琴师的脸在一刹那变得纸一样白，他用戴着白手套的手捂住了自己的脸。女人愕然地退后了几步，然后垂头走了。

钢琴师像个无辜的孩子一般在饭店门口淋了一会儿雨，也走了。

吴媚那天来酒店特别晚，好像刚刚从外地回来似的，她从车上下来的时候，一脸疲惫。她像以前一样进了厨房，没几分钟，她从厨房出来了，脸色变得发黑，好像被人涂了锅底灰。她上了楼，进了雅间，然后把门重重地关上了。

下楼后，她坐在靠饭店门口的那张椅子上，玩弄一只小茶杯。饭店的小茶杯都是精致的，烫着纤细的花纹，听说是钢琴师从省城的一家文物商店买来的。她的手指在小茶杯里不停地绕着，然后使得小茶杯转动起来，越来越快，终于掉地上碎了。她拿起了另一只小怀，依旧如此，也碎了。她一直玩碎了6只小茶杯，然后才起来。紫女拿着扫把走过来了，可是吴媚却给了她一个巴掌，说："就你多事。"

第二天上午，吴媚双眼红肿地站在厨房，她与大厨不停地说话，大厨不停地点头，使得外面的客人都嚷嚷说"菜呢？菜呢？"吴媚走出厨房，瞪了客人一眼，然后上楼了。她站在钢琴面前，左看右看，仿佛这架钢琴隐藏着一个秘密。

下午两点左右，大厨离开了厨房，又离开了饭店。

那时候的吴媚便心满意足地坐在了椅子上，开始嗑瓜子。她吐瓜子壳的那个模样，就像是在吐一小片金子似的，小心翼翼却又不失优雅。门口，她红色小车的两只巨大的前灯就像两只巨大的眼睛，监视着饭店。后来，隔壁日用品店主人的一条狗慢腾腾地逛了过来，它绕着车子走了几圈，突然提起一条腿，把一泡尿撒在了车的前灯上。吴媚霍地立了起来，冲了出去。狗被她吓跑了。吴媚不依不饶地追着狗。在日用品店里，吴媚跟店老板吵了一架，她让老板把她的车擦干净，老板说狗不是人，狗的事是狗的事。吴媚一脚踢破了一个玻璃柜，方才作罢。

李美拎着水桶站在车前，她有些犹豫。吴媚说："一桶水哪够，至少三桶水。"她走过去，把一桶水泼在了前灯上，然后让李美擦车。李美弯着腰擦车，可是，冷不防地，吴媚在她屁股上踢了一脚，李美便一头撞在了车上。吴媚脸上划过一道笑，然后说："以后要是再敢抛媚眼，我撞死你。"

钢琴师来到饭店的那会儿，脸色惨白，他像个傻子一样站在吴媚面前，戴着白手套的双手在颤抖。吴媚望了他一眼，然后说："你的事情都瞒不过我，我有的是办法对付你跟那些不要脸的女人。"钢琴师的嘴动了动，却没有发出任何声音。这时候，大厨回来了，他的袖子捋得很高，头发上沾着一片树叶。他朝吴媚使了个眼色，吴媚跟他去了厨房。他们把门关上了。半个小时后，吴媚出来了，大厨头发上的那片树叶现在贴在了吴媚的前胸，像一块标牌在微微晃动。吴媚开车走了。

钢琴师呆呆地立着，听着外面如诉如泣的雨声，把白手套取下后，用手指托住了下巴。他像个哲人。

李蒙踏着夜色回家，虽然，饭店的营业时间会很晚，有时候，甚至在凌晨一点。然而，钢琴师已经关照过大厨了，让李蒙早一点回家，因为她不跟其他五个女孩住在一起，尽管大厨并不听他的，但大厨好像对李蒙还不错，他说李蒙像他的妹妹，有时候，他会对她笑一下。

过毛家巷成了李蒙一件为难的事，这条巷长长的，在白天都望不到尽头，更别说晚上了，黑咕隆咚的，路灯时好时坏。但是，这是通往阁楼的最近的通道，她不能不走。虽然，她已经买了一个小手电，但像上次遇见那个男人一样的事还会发生的……于是，她采取了奔跑，在毛家巷奔跑，就像在一条长长的走廊奔跑似的，足音异常清脆。

奶奶自从牙齿掉了之后，就一直念叨着装假牙，她说一旦装假牙了，就可以吃肉了，现在奶奶就爱吃肉，好像吃了肉就可以长生不老。李蒙已经攒了一点儿钱，她问过毛家巷弄口的那个牙医了，牙医说可以打折，她算计了一下，差不多了。她要把这个喜讯告诉奶奶。

奶奶还没有从火柴厂下班。李蒙收拾着阁楼，然后听到了楼下剧烈的响动。她凝神又细听了一会儿，剧烈的响动就像地震似的。后来，她听到了一声尖叫，女人的长长的尖叫，然后是安静。她便装作下楼去洗菜，凑近门缝望了一眼：一个赤裸的粗壮的男人压在女人身上，女人在反抗，不过，她的反抗更像是在迎合，她的双手紧紧地抱着男人的腰，地上胡乱地扔着衣服。她慌张地逃跑了。

奶奶回来后，洗了把脸，便开始唠叨她的牙齿了。李蒙说，奶奶，你去装假牙吧。奶奶笑着，露出空洞的牙床说，小蒙，要花钱的，奶奶舍不得。李蒙说，奶奶，装假牙不贵的。奶奶摸了一下嘴说，就是装好了假牙，我也吃不长肉了，你的爹娘这么早就没有了，要是他们在，我还可以享享福。奶奶叹了口气就不说话了。吃过晚饭，李蒙躺在床上，留心着楼下的动静，奇怪的是，楼下异常安静。

李蒙一早就起来了，奶奶还在睡。奶奶这阵子特别爱睡觉，好像一只睡猫。而且，奶奶还会打呼噜，一阵阵地，就像抽着风箱。李蒙站在楼下的房门口往里凑了一眼，这一眼差点让她尖叫起来，她发现躺着的男人居然是个陌生人，不是摆羊肉串摊的。她按住怦怦跳的心，然后飞快地上楼。奶奶已经醒来，打了个长长的哈欠，然后说，小蒙，该去上学了。李蒙装作把书包背上，然后下了阁楼。

她慢腾腾地走着，脑子里却不断出现那张陌生的脸儿，那个男人成了她心中的一个问题。她想，摆羊肉串摊的男人呢？他去了哪了？于是，她下意识地朝摆羊肉串摊的地方走去。男人正在吹炭火，红红的炭映得他的脸特别奇怪，好像肿胀了很多似的。他抬头看了她一眼，然后又埋头吹炭了。李蒙很想将这个事情告诉他，可是话到嘴边却又缩了回去。他把炭吹旺后，就把羊肉串摆了上去，顿时，发出了特别清脆的吱吱声，使得李蒙不禁咽了一口水。然而男人并不理会她。李蒙便有点愤愤不平地走了。

中午，饭店里来了一帮人，看上去都是一帮文化人，有男有女，这从他们说话的语气可以看出。有个男人是诗人，他突然大声地念了一句诗，他的长发垂挂下来，如同一条巨大的马尾巴。他们上楼，或者下楼，对着饭店的布置指指点点。在钢琴面前，一个漂亮的女人坐了下来，轻轻地弹起一首曲子来。

李蒙觉得声音好听极了，把她带到了一个遥远陌生的地方，蓝天白云青草地……她情不自禁地上了楼，站在女人身边。看着那些跳动着的琴键，她的手已经伸了出去，想去抚摸一下它们。然而，女人停止了弹奏。因为钢琴师回来了。

钢琴师的脸上划过一道阴暗，然后双手张开着，仿佛一只大鸟。他站在他们中间，不停地微笑着。

他们在一个包厢里坐了一桌，钢琴师亲自陪着他们，李蒙是他们的服务员，她替他们开酒倒酒。在他们一阵阵的似乎不怀好意的笑声中，李蒙就像一个聋子。钢琴师小心翼翼地喝着酒，好像这家饭店不是他开的。长头发的男人高声说：今天我们聚会，很不容易，大家干一杯。他们都站了起来，钢琴师举着杯，然后他们一饮而尽。刚才弹琴的女人脸若桃花，她的眼睛就像蓄满了水似的，不停地向钢琴师倾倒，然而钢琴师却摆出一副视而不见的样子。她的脚伸了过去，搁在了钢琴师的脚背上。

他们一个劲地说着木城的新鲜事，说前几天木城来了一个骗子，吹嘘自己是中央某部的处长，跟某某领导人是亲戚关系，吃住必五星级酒店，穿必世界名牌，使得一个局长屁颠屁颠，最后被骗了三十万。有人补充说，这个局长的名字就在楼下的表里填写着。在他们的狂笑中，李蒙看到诗人的一只手不见了，躲在了弹琴女人的大腿上，而弹琴女人的目光还聚焦在钢琴师的脸上。

李蒙后来站在门后，她想这些人从来没有来过饭店，他们大概是一群很好的朋友，他们都开心地笑着。然而，事实上她的判断马上出现了错误。两个男人突然争论起来，他们争得面红耳赤，一气喝了三杯酒后，两人又突然扭在了一起，别人的拉扯都无法使得他们自然分开。被按在地上的那人使劲儿一蹬，桌子被蹬翻了，顿时，一阵砰砰啪啪声，一地狼藉。大家都愣住了，地上的两人爬起来后也愣住了。钢琴师满脸通红，像一个做错事的孩子一样，不知所措。李蒙醒悟过来，然后收拾。

他们一个接一个地走了。最后只剩下钢琴师站在残碟破盘中，涨红着脸，拼命地憋出一句："不是人养的。"

钢琴师整个下午都待在饭店，情绪一直低落。当吴媚来到饭店时，他的眼神活跃了一下，但马上又熄灭了。因为他看到吴媚走进了厨房。不一会儿，厨房里爆发出笑声。钢琴师站在厨房门口，仿佛在犹豫该不该进去。但是，大厨出来了，现在的大厨打扮得像个蒙古武士，腰间挂着一把刀子，随着他的走动，刀柄一抖一抖的。大厨并不跟钢琴师说话，他大大咧咧地去了厕所，回来时，一只手还在拉前门的拉链。大厨在厨房门口停住了，点着一根烟，他心满意足地朝天吐了一口烟，然后才进去了。

钢琴师把李蒙叫了过来，他忧伤地看着她，就像看着一个巨大的伤口似的。他把白手套戴上之后，小声地说："我要去上课了，我要去上课了。"李蒙点点头，她想他为何要跟她说呢。钢琴师说："我失败得一塌涂地。"说着他便站了起来，慢腾腾地走了。

李蒙一直望着他的背影，觉得此刻的他就像一个年迈的老人。

傍晚，下起了大雨，密密麻麻的。李蒙觉得晚上饭店肯定不会有生意了。这好像是个惯例，一旦下起了大雨，来吃饭的人就少了。李蒙坐在一张桌子旁，开始思想早上的发现，那个男人是谁？然而，这样不着边际的想让她很苦恼，她便对自己说，不去想了。她开始百无聊赖地等待黑夜的到来。

服务员们有了一份宝贵的空闲。柳三已经睡着了，就在那张椅子上，她斜着的身子就像一朵被揉碎的花似的。紫女不时地对着一面小圆镜看自己的脸，使劲地抠一颗下巴上的小痘。桂平有点儿喃喃自语，说她有点想家了。小秀与李美则回忆那个诗人，她们说他念的那句诗是什么意思？——大鸟的翅膀没有羽毛。难道是一只赤身裸体的大鸟吗？

李蒙不太与她们说话，她们之间也是如此，好像都是独立来自于一个世界，存在着语言沟通的大难题一般。李蒙曾经猜测过她们的家乡，然而，只是猜测。而且，每天早晨，她们来到饭店的那会儿，总是一副疲倦的松松垮垮的样子。

钢琴师撑着伞来到饭店是下班之前，李蒙望着外面越来越大的雨，她想不知该如何回家。钢琴师的目光越过她们，然后掉在了李蒙身上，他朝她微笑着。李蒙心里突然有了那么一点儿慌张，她觉得钢琴师的眼睛里弥漫着一股无法言说的不安。钢琴师把伞撑在了李蒙的头顶，他说："我送你回家。"李蒙慌张地说："不了，我……我……"钢琴师说："走吧。"

他们在雨中就像两片树叶。

雨简直不是雨了，是一盆一盆的水倾倒直下。伞在风雨中就像一面旗一样呼啦啦直响，竭力想要挣脱钢琴师的手。钢琴师把另一只手圈在了李蒙的腰上。李蒙颤抖了一下，马上便觉得温暖。她想这是一只艺术的手呀。他们实在不能再前进了，钢琴师低了下头，凑在李蒙耳边小声说，我们找个地方躲一下雨。李蒙点点头。于是，钢琴师与李蒙便走进了路边一家商店的屋檐下。钢琴师收了伞，然后朝着空中甩了几下。李蒙觉得有点儿冷。钢琴师说："我希望一直下雨。”李蒙吃惊地看着他，心想如果一直下雨，饭店也将一直没有生意。钢琴师把伞放在地上，然后开始活动他的十个手指，十个手指一齐弹动起来，简直就像玩魔术似的，李蒙的眼睛都要花了。钢琴师玩弄了一会儿手指，然后像是下定了决心地说：“走吧。”

他们沿着墙走了一段路。雨依旧下得很大，仿佛要把整个木城淹没似的，已经看不见人，一些灯光都被雨遮得无影。李蒙觉得这样很好，先前的紧张与不安慢慢消逝了，如同被雨水冲刷过一般。他们悄无声息地走着，身体偎依着。钢琴师的手开始了骚动，根根手指就像一只只小虫子在李蒙的腰上游动，渐渐地上爬，在背上停留了一小会儿，然后是脖颈，李蒙觉得浑身都燥热起来。这时，前面开来一辆汽车，喇叭按得很响，到他们跟前时，刺眼的灯光使得李蒙闭上了眼睛，钢琴师的手也好像突然消失了。他们站着，直到汽车的喇叭声变得遥远。钢琴师突然把伞扔掉了，他紧紧地抱住了李蒙，然后像发了疯一样吻着她。李蒙整个人如同被电击一般瘫软了。

接下来，李蒙就像被劫持了一样被钢琴师带进了一个安静的旅馆，带到了一张宽大的床上。当钢琴师整个身子像山一样压下来的时候，李蒙听到了自己的骨头的尖叫声，咯吱咯吱，像是要碎了。她闭上了眼睛……她后来感到了一阵刺痛，然后便是冗长的黑暗。

第二天早晨，李蒙醒来看到了阳光。钢琴师依旧睡得很熟，他的身体如同他的手指一样晶莹，使得李蒙不敢有丝毫的动弹，生怕一动便在他的身体蒙上了一层黑纱。李蒙睁大着眼睛，望着天花板，她想，昨晚发生的一切就像做了一个梦似的。一个梦。她感觉身体就像一块溶化的糖一样绵软无力。

钢琴师醒来后开始活动他的手指，好像他是独自一人。他的十个手指在空中快速地弹动着，然后他下了床，开始穿衣。当他打扮完毕后，脸上呈现出一种厌恶的表情，仿佛床上的李蒙是个妓女，是她把他勾引到床上的。李蒙茫然地望着眼前的男人。钢琴师在开门走之前说：“你可以一直睡到中午十二点，今天就不用去上班了。”他走了。

李蒙从床上起来，看到床单上那一摊印迹，觉得一阵头晕。她定了定眼神，然后开始收拾，她把床单裹成了一团，然后在卫生间使劲地刷洗，可是那摊印迹并没有褪色，她只得无奈地放弃了。然后她坐在抽水马桶上发呆，镜子里的她脸上有着一层奇怪的颜色，好像水煮的猪肉红。怎么办?

李蒙离开旅馆的时候刚好是中午十二点，这个时候，她觉得饥饿，她想吃一碗米饭。于是，她朝阁楼走去，路上，她觉得丢失了方向，她不时地用手按一下脸，她想昨晚奶奶一定会一晚都睡不好的，她第一次在晚上离开了奶奶。

到了阁楼前，她浑身疲惫极了。她开了门，进去后发现一切如旧。她在床上躺了下来，她想她得找个理由在奶奶面前搪塞过去。但是，下面的嘈杂声把她惊醒了。她下了床，然后走了下去，结果她看到了血，那个摆羊肉串摊的男人的手腕上滴着血，而他则像个与己无关的人一样脸上带着笑容。李蒙捂住嘴，然后哆哆嗦嗦地上楼。她像只老鼠一样重新躲进床，心想那个男人一定是疯了。楼下继续传来断断续续的嘈杂声，最后很沉闷地响一声后，便归于安静了。

夜幕就要降临了。

李蒙从菜场回来，她买了好大一块肉。她烧好了饭，等待奶奶回来。

钢琴师失魂落魄地走着。他从旅馆出来的那一刹那，觉得自己像禽兽，然而，那种久违的喜悦又将他先前的想法击得粉碎。他是个正常人，虽然李蒙成了他检验自己的牺牲品，但毕竟他开始重新了解了自己。他需要再次征服吴媚，让她知道他重新恢复了。他拨了吴媚的手机。关机。他开始跑往饭店。他在心里喊：吴媚，吴媚，我行了，我终于行了。

饭店显得安静，吴媚坐在椅子上嗑瓜子，一副漫不经心的样子。唯一不同的是，她把瓜子壳吐到了地上，一片一片地重叠。

钢琴师小心翼翼地站在吴媚眼前，他的十个手指开始弹动起来。

吴媚说："我打算把这饭店卖了。"

钢琴师的身子抖了一下，然后竭力平静地说："我行了。"

吴媚吐出一片瓜子壳说："迟了。"吴媚说完便起身去了厨房，不一会儿，厨房里传来了吴媚放荡的笑声。

钢琴师慢腾腾地上楼，在钢琴面前，他突然狠狠地踢了一脚，好像它是块绊脚石。然后去了那个包厢。他像个失败者一般伏在桌上，把头伸得很长很长，如一截葫芦。之后，他开始拼命地拨自己的手指，一下一下，没完没了。起身时，天色已近傍晚。

这个时候，厨房里传来了大厨砍肉的响声。

钢琴师自己也没有想到，他会跟汪叶丽喝交杯酒，汪叶丽的样子很放荡，穿着低胸薄衫，乳沟清晰无比。钢琴师记得以前汪叶丽的每一次挑逗都无法令自己兴奋，可是这一回不一样了，也许是酒的缘故，他觉得汪叶丽就是吴媚。他抱住她，语无伦次地说："我行了……行了……"汪叶丽很是得意，她把被钢琴师弄乱的头发用手指轻轻地梳理了一下，然后开始小声地笑。

他们一直喝着酒，汪叶丽后来也醉了，她把钢琴师的头搁在胸前，像玩一样东西似的玩弄着钢琴师高挺的鼻子。钢琴师打着轻微的呼噜。他睡着了。

吴媚推开包厢的那会儿，脸上没有表情，借着微暗的灯光，她看到钢琴师像个孩子一样睡着了，汪叶丽的头趴在桌子上，酒瓶在地上倒着，酒液如同鲜血一般慢慢渗入地毯。吴媚轻叹了一口气，然后招呼大厨说："把他们抬到杂货间去。"大厨轻笑了一声，便叫了几个徒弟一起把钢琴师与汪叶丽抬进了杂货间。吴媚望着开始解围裙的大厨说："一对狗男女。"

钢琴师觉得自己很舒服，他不停地做着梦，李蒙在他的梦中不断出现与消失，那是一个血淋淋的李蒙，李蒙对他说："你糟蹋了我，我不想活了。"钢琴师醒来后是在半夜，他抹了一脸的冷汗，然后开始推旁边的汪叶丽。汪叶丽睡得依旧很沉，就着头顶的灯光，发现她的脸很幸福。此时，钢琴师的手指碰到了一摊软绵绵的东西，他惊了一下，然后发现是一只腐烂的死老鼠。他尖叫了一声，跳了起来，然后大口大口呕吐。

汪叶丽醒来了，她眯着一只眼睛说："怎么了？"钢琴师使劲地甩着手，结结巴巴说："杂货间，她把我们关进了杂货间。"汪叶丽坐了起来，然后说："不就一只死老鼠吗？我愿意待在这儿。"钢琴师停止了徒劳的甩动，然后悲哀地说："你害了我，也害了你。"钢琴师看着手指，流下了眼泪。

天亮的时候，钢琴师与汪叶丽离开了杂货间。是汪叶丽用脚踢开的，汪叶丽说对付吴媚，只能用暴力解决，征服女人最笨也最有效的办法就是暴力。钢琴师觉得汪叶丽在睁眼说瞎话，他的手指怎么适用暴力呢？钢琴师还想找到吴媚，他知道吴媚不会在家中，她一定跟大厨在一起鬼混，可惜他不知道他们现在在哪儿。

雾很大，一阵一阵的，好像是被一把大扇子扇来的。钢琴师小心翼翼地擦掉了汪叶丽送给他的一个吻，在饭店门口蹲了一会儿。他的头很痛，昨晚的酒似乎并没有完全消退。可是，他不能老待在这儿，随便哪个地方都比待在这儿强。他跌跌撞撞地走了。

奶奶没有回来。

李蒙脑中闪过无数个不祥的念头，她开始了呼喊，但是奶奶就像一个调皮的孩子一样躲在一个角落里不肯出来。凌晨4点，精疲力竭的李蒙瘫倒在一家杂物店卷闸门前，她想奶奶难道被那场大雨冲走了，她的泪水源源不断地流出。这时，她听到了一个熟悉的声音，原来是紫女，她说："你少给我50块。"男人说："我身上没钱了，以后再给。"紫女说："以后？谁相信？木城100多万人，我去哪儿找你？"男人恐吓说："你不怕我把你杀了？"说着顾自走了。紫女愤愤不平地喊："你会被汽车撞死的。"

紫女看见李蒙时，吓了一跳，连退三步，然后说："你是人是鬼，想干吗？"李蒙说："我找奶奶。"紫女用手轻抚了一下胸口，然后把嘴唇上鲜艳的口红擦掉，把衣领子提了提说："你全听到了？"李蒙点点头。紫女说："其实不光是我一个人，桂平、小秀、柳三，还有李美，她们同我一样的，都在江岸路活动，都这样。"李蒙说："你们的事我不想知道。"紫女说："只要在知音饭店上班，就逃不脱吴媚的手掌。"说着，她跑走了。李蒙觉得紫女就像个鬼。

梦游般的，李蒙走到了饭店门口，雾一团一团地围住了她，她累了，想坐一会儿。

早上六点，大厨与服务员们都来了，他们看见李蒙时都大声叫了起来。大厨说："李蒙，你干吗呢？"李蒙望了一眼垂着头的紫女，嘶哑着嗓子说："我奶奶不见了。"大厨摸摸头说："不见了？你奶奶多大了？"李蒙说："68岁。"大厨说："什么时候不见的？你报警了吗？"李蒙摇摇头。大厨从腰上拔下手机，然后拨打了110。

李蒙在饭店的上午就像是一个没有灵魂的上午。

吃过中饭，派出所来电话说，找到李蒙奶奶了。李蒙风一样奔了出去，在门口，一头撞在钢琴师身上，钢琴师仰面倒下的那一刻，那双白手套像两只鸽子一样飞了起来，掉在了一张废报纸上。李蒙愣住了，她用手去拉钢琴师的那会儿，钢琴师的呻吟声把她吓坏了，她便没命地逃跑了。

在派出所，李蒙见到了奶奶，奶奶神情木然，像遭受了巨大的伤害。她不认识李蒙了，嘴里重复地叫着："小蒙，小蒙……"李蒙抱住奶奶哭着说："奶奶，我是小蒙，我是小蒙呀。"奶奶摇摇头说："你不是小蒙，不是小蒙，小蒙你在哪里？在哪里……"李蒙抱着奶奶痛哭起来。派出所的一个警察说："你奶奶的脑子一定是被大雨淋坏了，你带她回家去，喝点热粥，让她好好休息，说不定过几天她会醒过来的。"李蒙搀着喃喃自语的奶奶走出了派出所。

一路上，奶奶步子僵硬，好像腿上绑着木头似的，李蒙觉得奶奶的身体变得越来越重。到了楼下，奶奶直盯盯地望着楼顶。李蒙顾不上擦汗了，奶奶走到三楼，突然停住了，不想走了。李蒙说："奶奶，我们马上到家了。"可是奶奶就是不想走了，奶奶双手扶着墙，像个倔强的孩子似的不想登一级台阶了。

李蒙坐了下来，喘了口气，然后像哄孩子一样哄着奶奶，可是奶奶嘴里依旧喃喃自语说：“小蒙呢？小蒙呢？”李蒙知道这样僵持下去总不是办法，她无论如何也得把奶奶带回家，让奶奶好好躺着。于是，她紧紧地捉住奶奶的手，然后说：“奶奶，我烧肉给你吃，满满的一碗肉。”奶奶咧开嘴笑了。

进了阁楼，李蒙开始动手做饭。其实，昨晚的肉还在桌上，她想再回锅一下就行。躺在床上的奶奶不时昂起头说：“我要吃肉。”李蒙一边忙着，一边说：“奶奶，马上就好了。”

很快，整个阁楼便被一股肉香浸透了。李蒙觉得她与奶奶很久没有闻过这样的肉香了，她盛了一碗肉递给奶奶。奶奶也不用筷子，手抓肉便吃了。看着奶奶一副狼吞虎咽的样子，李蒙想奶奶真是饿坏了。

奶奶吃完肉后便安静地睡着了。李蒙把奶奶的湿衣服脱掉了，奶奶的身体如同一个巨大的软冬瓜。她小心地理着奶奶的头发，一夜之间，奶奶的头发全白了。昨晚，奶奶在风雨中呼喊了一遍又一遍，因为自己。李蒙觉得很想痛哭一场，可是，下午她还得去上班。于是，她小心地把阁楼的门关好，然后下楼。楼下的那户人家的房间里居然又有一阵嘈杂声，她犹豫了一下，便往里面望了一眼。结果看到了摆羊肉串摊的男人躺在地上，一脸笑意地看着她。李蒙心想他脑子一定出了问题，昨天把血涂在自己腕上，现在居然躺在冰冷的地上。她顾不上多想，便匆匆跑了。

快到饭店门口时，李蒙突然想到了一件严重的事，就是她把钢琴师撞倒的事。于是，先前钢琴师的呻吟声重新清晰了起来，不知道他怎样了。李蒙小心翼翼地躲在饭店对面，张望着。然而，饭店一切如旧。她犹豫着进了饭店，钢琴师不在，李蒙的心便放了下来。

快到中午的时候，饭店生意出奇的好。客人们像是从地底冒上来似的，一串串的。客人们的身份是外地游客，他们来看木城的一个人造公园，那里据说建造了许多微型的宫殿，一座排着一座。李蒙忙得出了一身汗。客人的喧哗声就像鼓点一样在饭店回荡，都是些男人，看上去大腹便便。他们的目光却游离不定，在几个服务员身上打转。李蒙也感受到了这些眼光，好像牛皮糖一样黏着她，让她不自在。很快，走了一批人。

到了下午一点，只剩下一桌男人了，他们早就吃完了饭，用牙签剔牙。他们还没有结账。

李蒙擦了一把汗，她的双腿都站得麻了。她心里开始挂念奶奶，不知她有没有醒来。但是，客人们没走，她也无法离开。终于有个客人站了起来，他问李蒙："你们这儿有唱歌的吗？"李蒙摇摇头。客人说："没有？那有没有桑拿？"李蒙摇摇头。客人无比失望地说："除了吃饭，另外的什么都没有？"李蒙点点头。客人说："你们老板呢？"李蒙小声说："不在。"客人说："叫你们老板来。"李蒙为难了，可是客人说完后便重新坐了下来，一副老板不出现不打算结账的样子。

李蒙去了厨房，跟大厨说了。大厨拍了一下腰间的刀子说："他们想干吗?!"大厨走到了桌旁。客人打量了一下大厨说："你是老板？"大厨说："老板教弹琴去了。"客人们一阵哄笑，然后说："弹琴？我们也想弹琴。"大厨眨了几下眼，像是明白了，他去一旁打了电话。

约莫半个小时后，吴媚来了。她打扮得甚是暴露，这好像是破天荒的一次。长发垂挂的她手里拿着那把银色的发卡，站在桌旁说："老板们呀，想玩点儿什么呢？"有个客人色迷迷地打量了她一下说："是老板娘吧？我们想弹琴。"吴媚说："弹琴，可以，不过价钱很高的。"客人说："钱好说，只要弹得舒服。"吴媚就开始叫服务员，紫女、桂平、小秀、柳三、李美她们一溜儿地站在桌子旁。这时，有个客人说："还少一个。"吴媚说："李蒙，你过来。"客人们都开心起来，然后对吴媚说："楼上有包厢吗？"吴媚说："你们一人一个，上去吧。"

李蒙跟着一个大胡子男人进了包厢，大胡子男人看了一眼包厢里的真皮沙发说："这地方好像小了点。"李蒙并不知道他想干什么，弹琴？弹什么琴呢？大胡子在真皮沙发上躺了下来，把鞋子蹬掉后说："来吧，好好给我弹弹。"李蒙不安地站在他身边，双手有些发抖。大胡子说："怎么了，还让我教你吗？"他抓住李蒙的手一拉，李蒙倒在他身上了。大胡子把脸在李蒙脸上蹭了几下，然后说："还挺嫩的。"李蒙心里一阵慌，使劲挣脱了大胡子的手，准备逃跑。但是大胡子用脚把门关上了，然后说："你真不会弹琴，没弹过吗？"李蒙说："你想干什么?!"大胡子说："你听听隔壁。"

隔壁的一间正是吴媚的那间，她的声音十分清晰，她说："老板，我的手可只是给我老公弹过琴呢。"客人说："你可长得真是丰满呀。"吴媚说："老板，你的手可要老实点儿呀，手莫乱伸，伸错了手，可得吃官司的。"客人哈哈大笑。

大胡子说："听见了吧，你老板娘都这样了，你还不赶紧，我会多付你小费的。"李蒙开始明白弹琴是怎么一回事了，便坚定地说："我不干那些坏事的。"大胡子笑得胡子都快要掉下来了。大胡子把泪水擦干净后说："你叫什么？我非得记住你，木城唯一的崇高的小姐。”李蒙说：“我不是小姐。”大胡子坐了起来，然后整了整自己的衣服说：“好样的。”他开门出去了。

李蒙也下了楼，站在空荡荡的餐厅。大胡子自己倒了一杯茶，然后对李蒙说：“来吧，坐一会儿。”李蒙说：“不了。”大胡子说：“我想认你做妹妹，怎么样，我可是说真的。”李蒙看着大胡子，觉得他那张脸渐渐变得温和起来。李蒙坐了下来，低下了头。大胡子说：“再过半个小时，他们应该下来了，我给你一张名片，你碰到什么难事就来找我。”李蒙接过名片，发现大胡子是木城无间道咨询公司的。无间道？不是木城人到处说的电影吗？大胡子得意地说：“我特意取了这个名称，不错吧。”

楼上一干人下来果然是在半个小时之后。大厨与他的徒弟咬牙切齿，好像要杀了这几个男人似的。吴媚却一副什么事也没有发生的样子，不过，她走路的姿势开始变化了，两腿有些僵硬，好像膝关节被固定住了似的。有个男人轻轻地拍了一下她的肩说：“老板娘，这地方真不错呀。”吴媚的脸色变了一下说：“那是当然，钢琴师开的饭店嘛。”他们哈哈大笑。

他们走后，吴媚独自上了楼。大厨也上了楼，不一会儿，传来了争吵声。大厨怒气冲冲地下来了，他进了厨房开始磨刀，吱吱啦啦的声响穿透了墙壁，使李蒙的耳朵里像有东西在钻似的。李蒙心想钢琴师为什么一直没来，平常这个时候，钢琴师早就坐着弹琴了。

天色越来越暗。吴媚从楼上下来，打了个长长的哈欠，然后就顾自走了。大厨站在饭店门口望着她的离去，牙齿咯咯响。他走进厨房的那一刻骂了一句：“婊子。”

直到天色完全暗了下来，钢琴师也没有出现。李蒙看着紫女，发现她脸上浮着一层笑。后来，她走了过来，悄悄地对李蒙说：“早上损失的50块回来了。”李美也走了过来，她说：“李蒙，你们怎么那么早就下来了？那个大胡子不行吗？”李蒙说：“我们没什么。”李美哦了一声，然后走开了。

晚上，饭店居然没有生意，一个客人也没有。大厨大声说：“你们走吧。”李蒙跟着紫女她们走出饭店。小秀说：“李蒙，跟我们去玩吧。”李蒙说：“我奶奶病了。”柳三说：“走，我们去看看李蒙的奶奶。”她们在水果摊买了水果，李蒙不让买，可是她们不听她的。

奶奶依旧睡着，呼噜呼噜的，就像一台机器。几个人站在阁楼里都觉得很闷，但是，却很快乐。她们走的时候已经很晚了，李蒙送她们到了楼下，然后上楼。在经过那个房间时，她听到了笑声，是女人的笑声。她凑眼一看，那女人在摆弄自己的身体，她赤裸着身体，双手在自己的身体上抚摸，嘴里轻声笑着。

李蒙飞快地跑上去了。

钢琴师从医院出来的那一刻，觉得天空像一架巨大的钢琴，而他已无法驾驭这架无边无际的钢琴。他仰望着天空，就像仰望着一个无可奈何的自己。他不想再去饭店，确切点儿说，他现在害怕看到李蒙。虽然，她撞了他纯粹是偶然，她不可能也不会故意用身体来撞击他，让他受伤，或者死去，但是，他感受到了力量，一股无法阻挡的力量。而且，撞击的后果便是他的鼻子一直在流血，使得他狼狈极了。

钢琴师摇摇晃晃地走着，他不知道到哪儿去。那个家已成了一个冰窖，吴媚根本就不理他，虽然他跟她说他已经行了，可是，她的心已经不会接受了。他觉得对这样的生活厌倦了。他点着了一根烟，洁白的手指夹着洁白的烟，然而，烟雾却是青色的，把他的脸慢慢包围。这个时候，他突然怀念那个大雨之夜的旅馆，他想在那个旅馆里住上几天，他想，他的短期失踪也许会让吴媚回心转意，其实，他们都离不开对方。

旅馆里，钢琴师像个旅行者一样倒在床上。他仔细地打量这个房间，发现真是一个不错的房间，墙上的一幅裸女像充满了艺术的张力，顺着窗望去，天空像一块纯净的蓝布。他在床上不想动一下，然后开始回忆他在木城的生活。他从艺术学校毕业后，就在少年宫教钢琴，他那时候想他是木城唯一的钢琴师。一年又一年，他认识了吴媚，一个爱好艺术并宣称是他崇拜者的女人，那时，他刚刚获得了一个全国大奖。他着迷的并不是吴媚的身体，他始终觉得吴媚的身体有着显而易见的缺陷，那就是她的双乳到肚子之间的那段距离，显得很长很长，然而，缺陷却是美的，他想象那就是一架钢琴。那天晚上，他弹奏着这架肉体的钢琴，声音的华丽简直让他发疯了……

钢琴师醒来的时候已经晚上八点了。他觉得应该吃点儿什么，至少，喝碗稀饭什么的。他对于自己的身材是极为关注的，比一个恐惧衰老的女人更关注。平时，他吃得不多，时时对自己的肚子警惕。他不敢想象有一天他会成为一个胖子，如果成了一个大腹便便的胖子，他的艺术生涯也就结束了。他走出了房间，在旅馆门口张望。这时，他发现了大厨。大厨嘴里咬着烟，悠闲地晃荡着。钢琴师把身子缩进旅馆，他想这个时候饭店应该还在营业的。他注意到大厨是跟着一个女人的，那是一个身材高挑的女人，在夜色中，她的脸模模糊糊。他们一前一后有节奏地走着。钢琴师想那是一个不良的女人，也就是木城人说的“鸡”。钢琴师想，这几年来，他一直对吴媚忠心耿耿，绝无二心，可是吴媚却因为他的一次不行而与他越来越远，而且居然还与大厨勾三搭四的。他这样想着，内心便开始愤愤不平起来，之前他漏掉了那么多女人，那些女人有的甚至愿意为他去死的，汪叶丽就跟他说过，只要他让她死，她不会有丝毫犹豫的。

他为大厨的行为感到愤怒，如果让吴媚发现这些事实，吴媚也许会回到他的身边。于是，他拨了吴媚的电话。吴媚很快就将他的号码按掉了，她不接。他便跑出旅馆，用公用电话跟她打。结果，吴媚接了。他说：“我看见大厨了，他跟着一个女人。”吴媚说：“不关我的事。”他说：“他现在在子阳路上，一个高挑的女人。”他把电话挂了。他知道吴媚的性格，他不能多说话，每次他跟她说话，他不能超过三句，因为吴媚的腔调可以摧毁他的信心与底气。然后他跟踪大厨。他们一直在走着，好像永不会停止似的。他们从子阳街路到了未来路，然后又从未来路转到了人民路，最后他们拐入了一条新近命名的太阳路。

他们进了一家喜来宾馆。

钢琴师再次拨通了吴媚的电话，告诉她大厨在喜来宾馆的7楼714房间。然后他离开了，他知道接下来的那个场面一定是疯狂的场面，他现在没有力气了，他只想躺在床上。当他回到旅馆的那一刻，他突然想到了李蒙，他想他应该与李蒙建立一种关系，尽管他隐约感到这里面会有一种危险，可是，李蒙是弱者，他是强者。他可以掌控她们，包括李蒙。

他便往那条长长的小巷走去，他希望能在小巷遇上李蒙。

奶奶睡着了。

李蒙的动作就像猫一样轻盈，她在床上躺了下来。但是，她无法入眠。几天之间，她感觉她什么都改变了，真的，什么都改变了。对于钢琴师，她不知道该不该恨他，那场大雨把她的感受冲刷得几乎一点儿不剩了。她从床上坐了起来，然后回想自己在饭店的两个月间发生的事，她觉得自己掉进了声音的陷阱。她感到了一种害怕，她以后会怎么样。弹琴？原来是弹琴！她现在突然有点儿想念学校了，尽管那个厉害的班主任曾经对她如此不公。她下了床，然后开了门，整个楼道很安静，只有远处隐约的汽车轮胎擦过地面的声响。

多么安静的夜晚。

李蒙下了楼，然后心事重重地走着，她不知道该怎样安排这个夜晚。

张

忌

张　忌

1979年出生，宁波人，中国作家协会会员。

2002年开始发表小说作品，先后在《江南》《钟山》《人民文学》《收获》等杂志发表长篇及中短篇小说上百万字，出版过中短篇小说集《小京》《海云》《素人》，长篇小说《公羊》《出家》。

曾获人民文学新人奖、於梨华青年文学奖、2007年“浙江省青年文学之星”奖、2017年首届京东文学奖年度新锐作品奖。

素人的味道

刘晓闽

一本叫《素人》的书，是由六个小说组成的一本集子。作者张忌用了“素人”来做小说集的名字，但是何谓“素人”？朱自清先生说：“我是彻头彻尾赞美梦的，因为我是素人，而且将永远是素人。”张忌认为，“这句话，似乎更符合我所理解的素人的含义。素人，应该是对生活缺乏野心、缺乏功利心的一类人，他们只是听从自己内心的想法，即便是做梦”。翻开《素人》，我们看到一群边缘人漫走在张忌的文字中，他们都是一些本真的人、本来的人，就是素人。素，即素朴，自然，本真，贴心。这构成了这部小说集的基调。《素人》集中的小说没有大开大合的情节跌宕，却处处藏有独具匠心的人物关系设置，别有慧心的悲喜叙述。在已经有人主张“写出‘让读小说的人狂喜，让想写小说的人望而却步’的优秀作品，才是真正‘王道’”的文学时代，张忌依旧坚定着自己的文学信仰和操守。他坚持在平淡无奇的人物和事件中去发现，去挖掘，用一颗素心道尽了人世间普通人的烟火人生和世俗生活故事。

柏拉图的《理想国》描述了他心目中的理想国图景，《素人》中的平凡人也都有自己的梦想建构。短篇《素人》的开篇这样写道：“苏老师说，古琴是座高山，我永远在山脚下行走。”对古琴的向往与追求就是苏老师的理想国，更是主人公——33岁未婚女职员赵一新的理想与追求，当然她的理想中还要多一样——茶艺。小说中的主人公似乎都有一个属于自己的理想国：风月场中的女按摩师渴望一段有尊严、有真爱的情感经历，痴想那个有家有室注定会离弃自己的男人只要是自己的恋人就可以了；离婚后独自一人生活，期望能顺利与搭子合作支撑完儿子大学毕业前生活的亚飞；简单希望有家庭生活，能与婚后儿子生活在一起的孤独母亲；徒劳盼望找回青春，最后只能寄托于给一个晚辈女性亲戚写信，以此来唤回青年时光的老人光明；以及信仰基督教、嫁给一个“四反”活动头目，并全心拯救他灵魂复苏的苏醒。这些平平常常的人，都在努力将自己的理想带入现实生活中，看似平淡的期盼牢固地牵绊着他们的人生。将梦想之光照入现实世界之后，生活并未随之光亮起来，相反，甚至瓦解了他们的命运。他们为此变得更加辛苦无奈，或是付出了惨痛代价。

本是平常人的平常事却暗含着种种无常、巧合，以及让人惊悸叹息的过程与结局。这大概就是《素人》于平淡中有奇崛、无常中现哲理，让人不由怦然心动却满怀忧伤的另一种滋味。

《素人》中，以演习古琴与茶艺，而非考会计证、念MBA构建自己人生理想国的赵一新，如苏老师一样，无法真正脱俗。以"悦己"为人生信仰的她，也得去寻找一个能与之平淡相处的男友。也许赵一新在这本集子中是最幸运且最好保留了自我的主人公。《船》中的母亲终于在儿子的睡梦中搭上了一艘拯救全人类的诺亚方舟，同早已因车祸而逝的孙儿安详离去。打扰儿子生活、被儿媳看作是"罪"，以去养老院并患老年痴呆、选择独自离去的"罚"终于画上完美的句号，但儿子所受的因想要建构自己的理想小家生活而不得不让母亲离去、甚至逝去为代价的"罚"却不知何时才能在心头停止。老人光明为了寻回青春梦，以信这样一种方式向自己晚辈亲戚中的女性忘情倾诉时，却忘了孙儿放学时间，导致孩子想爬墙回家而从楼上摔下最终致残之"罪"，依旧在他于"罚"的煎熬中被动开始新生活时继续"折磨"他。《搭子》中已经离异、甚至"经期都已经开始算不准"的亚飞，只因带着年轻的小美走上了和别人做搭子、以打麻将为生计的"歧"路，最终接受良心上的谴责，在小美遭受欺骗、被逼还高利贷的遭遇后，被动且无奈地背起照顾小美、放弃开始全新生活的"罚"之旅。《小姐楼》中，苏醒的宗教信仰——那人类最初的"原罪"以及此后纵贯一生的"罚"……

我们常常听到一句话——有梦想的人才有生活。而在张忌的笔下，我们看到的那些人，在搭建自己人生理想国时，遭遇到时代、社会和心理上的无常考验，以及个人所承担的"罪"与"罚"。他们艰难跋涉在各自的人生路上，稍不留神，就会失足掉入极致的险境中，社会、时代、他人或是自己本身都会成为自我的炼狱、甚至地狱。那么自我理想国的构建，也只能归结为一场梦了。

但在这梦中，我们仍能看到一丝微茫的喜悦。在"罪"与"罚"的循环之中，在这貌似无望的人生路上仍旧孕育着希望。

在中国这样一个多元化口味与西方多体多样的写作并行的背景下，在极力张扬个性和急功近利心态盛行的当下本土写作中，在这个被速度与激情操纵的新媒体时代，张忌的写作却呈现出了另一种气象——不疾不徐，慢慢悠悠，春生夏长养小说。张忌像一个农民一样，将小说的种子埋进泥土里，浇水、施肥，耐心等待着他播种的小说生长、蓬勃、成熟起来。在张忌的小说里，没有那种夸张、强烈的腔调，没有刺激的性描写以及博人眼球的情节铺陈与悬念设置，有的只是朴素干净的语言，淡雅而不张扬的表达以及张弛有度的叙事节奏。换句话说，张忌的小说不以宏大叙事的主题和波澜壮阔的情节取胜，而是在字里行间埋伏着细腻的描述，一个细微的动作、一句平常的对话、一次视角的转换、一个真实的细节，这些最容易被人忽略的细微之处，往往也是最迷人的地方。张忌正是透过这些丝丝入扣的叙述自然而然地顺着生活一路播撒开来，平静地呈现生活路途中那些细小的转折和心碎。即使是在对梦、无意识以及内心独白等这些不属于本土创作手法的追求上，也有着欲说还休、隐忍而不外露的中国品性和味道。细细品来，那种素然、本真的滋味，如茶如古琴一样，是那样让人念兹在兹却又耳目一新。这大概就是我感受到的素人的味道吧。

作品展示〉〉〉

沉 香

1

沙发底下有一串珠子。笤帚划过时，这串珠子便轻巧地滑了出来，滚动一阵，在深褐色的地板上蜷缩着，像是某种狭长的软体动物。

老段放下笤帚，弯腰将它捡了起来。他有些纳闷，办公室里怎么会有串珠子？

数了数，是108颗。会是和尚的念珠吗？他很快便否定了这个答案，他从来不跟和尚打交道。举起来，对着光线，材质是木头的，但看不出是什么木头。可能是在沙发底下待了很长的一段时间，珠子上满是尘土，灰扑扑的，显得很脏。老段随手扯过张餐巾纸，仔细地一颗颗擦拭。擦拭一番后，这不起眼的木头珠子，竟然透出了一股沉稳而内敛的光泽。放在鼻子下闻闻，竟还有股香味。

老段怔了怔，这香味似乎有些熟悉。闻了闻，脑子里突然闪出一个人来。会是她吗？她身上好像便是这种香味。而且，她喜欢戴珠宝，手上也总是带着一些珠子、镯子之类的饰品。不过，他不能确定，她手上有没有戴过这样一串木头珠子。

正琢磨着，窗外突然传来一阵急促的铃声。老段的身子微微一震，随手将珠子戴在腕上，快步走到玻璃窗前。透过眼前的落地玻璃，能看见整个工厂。此刻，工人们就像一个巨大的鸟群，受了铃声的惊吓，纷纷从工厂各处跑出来，拥挤在工厂的门口。仅仅过了二十几分钟，这几百号工人便如泄洪一般，涌出大门，消失得无影无踪。偌大的工厂，如同被掏空了内脏的动物。落日的残光落在车间屋顶上，金黄金黄的，显得有些不真实。

老段忽然觉得有些难受，他不喜欢这种突如其来的空荡，就像他的工厂刚刚遭受了一场洗劫。他厌恶漫长而无所事事的假期，他希望每一天都是忙碌的，一辆辆的货车在工厂门口进进出出，工人们挤在拥挤的车间里头，空气里满是机器作业时铿锵有力的金属声音。

老段转身走到沙发边，又机械地拿起那把笤帚，继续扫地。其实，地板并不脏，保洁阿姨会一天打扫两次。可他想找点儿事做，他显得有些焦虑。

在老段的记忆中，早些年，除了春节，他的工厂从来就没有过那么长的假期。虽然有法定假日，但在这里，一切都是他说了算。只要工厂需要，工人们就得留下来加班。如果有人不情愿，没关系，尽可以提出辞职，工厂根本就不担心招不到人。

可不知什么时候起，一切突然变了，工人越来越难招，也越来越难留。那些年轻人来工厂应聘时，除了收入，更关心的是这份工作苦不苦，休息时间能不能保障。甚至有一次，一个江西来的小孩子，居然还问工厂里有没有Wi-Fi。老段听不懂什么叫Wi-Fi。当他明白后，几乎摔了桌上的茶杯。

老段不知道这些年轻人的脑子里到底都装了些什么东西。要知道，以前的那些工人可不是这样的，他们就像爱惜眼珠子一样地爱惜自己的工作。

2

晚上，是陈行长的麻局。心底里，老段不愿意去，陈行长的麻局，他几乎没赢过。他倒不是心疼钱，而是不喜欢输的那种感觉。可他又不能不去，银行是得罪不起的。他的一个朋友，就是因为跟银行关系没处理好，倒贷的时候被卡住，断了资金链，弄得差点儿破产。

因为有麻局，老段的晚饭吃得很匆忙，撂下筷子时，桌上的菜几乎没动。妻子吕丽有些不高兴，说你急得逃命一样做什么？老段说，晚上有麻将，得早些去。你多吃些好了。我能吃什么？你又不是不知道，我只吃素。

老段撇了撇嘴，他不喜欢听吕丽说吃素的事。她还真把自己当成个修行的居士了。都是寺庙里的那些和尚教的，他们自己下馆子，进KTV，百无禁忌。可吕丽这样的人，却将他们当作宝，心甘情愿地上他们的当。

咦，你腕上带的是什么？

老段一愣，发现吕丽正在看自己手腕上的那串珠子。他想起自己在办公室里将珠子随手戴上，居然一直忘了取下来。

吕丽有些疑惑，是佛珠吗？你又不信的，怎么突然会戴？

老段随口答道，哦，是下午扫地时从沙发底下扫出来的。

扫地扫出来的？吕丽嘀咕了一句，便让老段将珠子取下来让她看。她将珠子放在鼻子下闻了闻，怎么还有股香味啊？

老段皱了皱眉，知道她又在猜忌些什么了。他抬腕看了看手表，真该走了。迟到了，陈行长那张嘴，又得说半天。

老段走进卧室，打开保险柜，取出十万港币。这是专门打牌用的，都是一千的面值。十万，也就相当于人民币一万的厚度。放在皮夹里，刚刚好。

晚上的麻局有张新面孔，听陈行长介绍，这个人叫何思年，一直在外面做矿产生意，今年才回来发展。何思年看上去很年轻，面相秀气，说话轻轻腔，挺斯文的。虽然是第一次见面，可他对老段十分尊敬，开口闭口之间，谦恭得甚至有些讨好。老段觉得挺受用，他对何思年的印象不错。

打牌的时候，何思年就坐在老段的上家。他打牌的动作和他的长相一样漂亮，可技术却不行，打得松松垮垮的。何思年的牌一松，老段坐在下家，便容易吃碰，几乎副副上听。打了一阵，老段忽然有些警觉，他疑心何思年是故意放他的。可他又想不起什么理由，萍水相逢的，他凭什么这么做？

可老段还是留了心眼儿，分明可以吃碰的牌，他也故意不动。可这时，他的手气却似乎已经好得挡不住了，不吃碰，反而歪打正着，张张上牌。

结束的时候，老段的皮夹几乎要快撑破了，估计赢了有20多万。陈行长看了看老段的钱包，说，段总，今天是有备而来啊。老段一愣，不明白陈行长说的是什么意思。陈行长便拉过他的手腕，笑眯眯地说，你看你手上这串珠子，不会是从哪位大师那里求来护身的吧？大家听了都笑，老段也笑。

回到家里，已经很晚了，可老段却丝毫没有睡意，他依旧沉浸在赢钱的兴奋之中。他坐在沙发上，又想起了陈行长临走时的那句话，便将腕上这串珠子取下来打量。戴了一晚上，这珠子似乎变得更加乌亮，似乎香气也愈发浓郁了。

今晚那么好的手气，真会是这串珠子的缘故吗？

这时，吕丽突然从卧室走出来上厕所。她瞟了老段一眼，嘀咕了一句，一串捡来的珠子，你还真当成宝贝了。

3

早上，老段被尿给憋醒了，起来上厕所，门却关着。吕丽在里面打电话，听着，像是打给儿子的。老段有些动心，便小心地将耳朵贴近，想再听得仔细些，却不想里面一阵冲水的声音。老段赶紧跑回床上。

吕丽走进卧室的时候，老段故意问她，谁啊，这么早打电话。吕丽平静地说，一个朋友，说明天去寺里的事。老段心里不悦，分明是儿子，非得睁着眼睛说瞎话。似乎这儿子是她的私有财产，不能跟自己分享一点儿。儿子在上海，两年没回家了，平时也从没给他打过一个电话。想起这些，老段就不高兴。这儿子，白生了一样。

整个早上，吕丽都在书房里念经。其实说是书房，不如说是一个佛堂。只要没事，她都会像只猫一样躲在里头。老段坐在客厅里，闻见书房里时不时散出的那股檀香味儿，心里便一阵烦躁。他讨厌吕丽将家里弄得跟寺庙一样。

他又想起了早上的那个电话。事实上，他有些嫉妒吕丽，从小到大，他一直那样疼儿子。每次出差，就算累得像条狗，也总不忘给他带礼物。可现在，他对自己，就像敌人。儿子的事，始终是他心里的一个结。听吕丽说，他现在在上海跟别人合伙办公司，具体做什么，她也没说。他不知道吕丽是不是故意不说。每次说儿子的事，她总是说个零星，一副怀揣机密的神秘样子，似乎这样能更好地体现她跟儿子的亲密程度。

老段胡乱按了会儿电视遥控器，脑中一阵迷茫，要知道这假期才刚刚开始，可他却丝毫不知道自己该干些什么。他的日常生活很单调，基本就是家和工厂，两点一线。有时候，静下来想一想，也觉得纳闷。自己办厂不就为了赚钱吗？赚钱不就为了过更好的生活吗？现在，自己赚了钱，真比以前好了吗？

他不确定。

老段将身体陷在沙发里，笨拙地盘弄着手中的珠子。老段手大，细小的珠子在粗壮的骨节间滑动，显得艰难。看起来，这珠子是越来越好看了，不像刚上手那会儿，灰头土脸的。他看着珠子上那一层软熟的皮壳，忽然又想起了她。她的皮肤可真好，一点儿都不像那个年纪的人。这珠子，要是戴在她的手腕上，肯定是最合适不过了。老段突然想，如果自己现在能出现在她面前，亲手将珠子给她戴上，她会怎么样？

吃过午饭，老段终于待不住了，他出了门，往足浴城的方向去。虽然他对泡脚并没有什么兴趣，但起码也是个出门的理由。他不想就这样无望地在充满檀香味的家里耗着。

给老段做服务的技师看上去很年轻，技术差强人意。领班说这是他们这里最受欢迎的技师，老段相信他的话，也知道她为什么受欢迎。她一弯腰，便能看见两只圆圆的乳房钟摆一样在工作服里晃荡。他知道她是故意的，她不可能不知道自己弯腰的时候，客人会看见什么。老段不喜欢这样，他是个古板的人。足浴就是足浴，干吗搞这些花里胡哨的东西。

老段记得，足浴刚兴起来那阵儿，各家足浴店里，还真有一帮正经技师，点刮推按，轻重分寸，都拿捏得到位。可现在，技师越来越年轻，越来越漂亮，可技术却越来越不到位。都不知道这些店到底是做足浴，还是做什么。

出了足浴店，时间还早。老段开车在街上又转了一阵，依旧想不到有什么好去处。开到兴工路的时候，他索性调了头，往自己工厂的方向开去。

老段的车子到了门口，门卫老丁显得有些意外。段总怎么来了？老段不能说自己没地方去，看见老丁手里拿着筷子，便问，怎么这个时候才吃饭？老丁不好意思地笑笑，一个人没事，就喝点儿酒。老段的眼睛绕过老丁，看见了折叠桌上的碗盆，突然有了点儿喝酒的兴致。

他将车停好，走进门卫室。老丁，我陪你喝一点儿。老段突如其来的要求，让老丁有些意外。他赶紧从一旁搬出条骨牌凳，让老段坐，他有些局促地说，我这里也没什么下酒菜，要不我骑电瓶车出去买点儿？老段看着桌上的东西，有半碟子花生米，还有一盆蒸鱼鲞。不用了，这样就挺好。

老段尝了一口鱼鲞，又喝了一口酒，觉得挺落胃。老丁介绍道，酒是番薯烧，是他一个什么亲戚烧的，鲞是米鱼鲞，是她老婆自己晒的。老段点点头，看见桌上还放了一盒烟，是那种很便宜的红梅，随手拔了一根出来，在鼻子下闻了闻。老丁赶紧递过打火机，老段摆了摆手，将烟又放了回去。他已经戒了快5年了，在此之前，他从没想过戒烟，这几乎是他45岁以后所剩下的唯一嗜好。

那一次，他检查出来肺部有阴影，虽然后来确诊是急性肺炎，但还是把家里人吓坏了。再抽烟时，吕丽便开始唠叨，说你身体抽坏了，我们怎么办？她反复地念，老段心里就不高兴了。自己身体不好，她考虑的只是她和儿子。

老段拿着酒杯，扭头朝门外看。偌大的工厂，被装在那个小小的门框里头，像张旧照片一样。这里，当年不过只是一片荒地。就是自己，像燕子筑巢一样，将一间间厂房搭建起来。自己活了50多岁，想起来，似乎一辈子也就是办了这么个厂。他将所有的时光都扔到了厂子里，除了生意，几乎没有别的什么兴趣爱好。别的人，到了自己这个年纪，差不多已经过起了退休的生活，养花的养花，钓鱼的钓鱼，可自己，却还是为这个工厂劳碌个不停。有时，他也羡慕。总想着等哪天儿子接了班，自己也去学学毛笔字，种种盆景什么的，可自己那个儿子……

老段扭过头，看见老丁就着香烟，又喝了一杯酒。不知是太阳晒的，还是酒醺的，老丁的脸膛显得特别红润。老段觉得，自己还挺羡慕老丁的。

4

吕丽一早就去寺庙了，今天好像又是什么菩萨的生日，他也搞不清。反正，在老段的印象里，寺里的菩萨时常要过生日。吕丽从来都记不住他的生日，可菩萨的生日，她却记得清清楚楚。

老段躺在床上，虽然睡不着，却也懒得起来，反正起来也没事做。这又是可以预见的漫长而又乏味的一天，想起这事，他就心烦。幸好，这时来了个电话，是何思年的。起先，老段还没反应过来何思年是谁，稍微琢磨一下，想起了陈行长家见过的那个长相秀气的年轻人。何思年在电话里邀请老段去喝茶，他说他搞了一个会所，刚刚弄好，想邀请老段去体验一下。老段应了。

何思年的会所在南门溪坑的北岸，开车20分钟的路程。算城区，但又不像城中心那么嘈杂。到地方了，老段才发现会所其实是一栋从安徽拆移过来的明清老宅子，何思年将它按原样搭建起来，弄得古香古色的，挺好看。老段四下里打量，发现这会所紧挨着溪南公园。这让他有些吃惊，公园旁边搞这么显眼的一个私家会所，可见这何思年的背景不一般。

何思年显得很热情，他将老段迎进茶室，在一张紫檀桌边坐下。何思年问老段喜欢喝什么茶。老段往桌上看了一眼，看见绸缎一般的紫檀桌上，整齐地摆着一排瓶瓶罐罐，搞得像是做道场一般。老段稍稍有些发懵，他对茶并不内行，说，那就来杯绿茶吧。何思年却摆了摆手，段总，我建议你别喝绿茶。我有一个朋友，浙医的，非常有名的一个外科医生。他告诉我，什么茶都可以喝，就是不要喝绿茶，长年喝绿茶，胃就不能用了。

老段一愣，不知道何思年说的是真是假。自己喝了那么多年绿茶，也没见自己的胃就怎么样了。

那就随便吧，反正我也不懂这个。

何思年笑笑，便像道士炼丹一样地摆弄起了桌上的那些瓶瓶罐罐。老段发现何思年的手指纤细白皙，看起来，像是从来没有干过什么粗活儿。不像自己，说是老板，一双手比车间里工人的还粗。随后，他又想着何思年说绿茶伤胃的话。他这么年轻，就开始养生了。相比较自己，什么都不讲究。他忽然有些伤感，随后又觉得可笑，自己干吗要跟何思年做这样的比较？

两个人喝着茶，扯了几句闲话，就说起了生意上的事。

段总，虽然我跟你做的行业不一样，但我想，我们的境况肯定也差不多。这办企业，人工啊，原材料啊，天天涨，还得拍政府、银行的马屁，说句不好听的，我们这些人，别人一口一个老板地叫，可实际上，也就是份讨饭活儿。

说到这里，何思年突然问了一句，段总，你有没有想过把工厂卖掉啊？

老段愣了一愣，不知道何思年为什么突然这么问？

就算卖，也没人买啊。你知道，工厂的那些机器设备，买来的时候是宝贝，可要卖，不过就是一堆废钢铁。

何思年也笑，卖机器当然没人要了，我说的是土地。

老段看了眼何思年，忽然明白了何思年为什么会约自己来这里喝茶，随后，他的脑子里浮现出了那天晚上打麻将的一些场景。

段总，我想买你那块地。你别怪我说话直。我们做生意是为什么，不就为赚钱吗？你办这个厂，一年能赚多少？我们都是吃这碗饭的，大家心知肚明。现在竞争那么激烈，市场又不好，生意有多难做，段总比我有数。现在土地价格好，你卖了，趁势脱身，我也刚好可以转行，赶赶房地产的末班车，这是双赢的买卖。

老段没应声，拿着茶杯，也不喝，只是在桌上转着。

段总，我知道，你是前辈，做实业比我早，也比我内行。可是，现在做生意和以前不一样了。做产品，还有什么意思？辛辛苦苦地研发出来，刻出模具，可到头来，你刚卖了没几个，就被别人学了去，价格还比你便宜，你说，这生意还怎么做？

老段仔细听着何思年的话，其实，他说的也不无道理。这几年，他也不是第一个跟自己提卖厂这个事情的人。可他从来就没真正动心过。他是知道自己的，这个工厂是他一砖一瓦建起来的，就如同是自己身体的一部分。如果真要卖了，自己这一辈子还有什么意思？那些钱，有用吗？当然，这个话，他是不会对何思年说的，他根本不会理解。

老段想心事的时候，便下意识地去摸左手的手腕。这时，他突然愣住了，那串珠子呢，怎么没有了？这可怪了，这几天他一直都将它戴在手上，甚至连睡觉都没摘下来过。这会儿，怎么突然就没有了？是掉了吗？老段努力回想早上出来时的场景，但他不确定自己出门时有没有戴在手上。会是落在车里吗？

老段开始心神不宁起来。他坐不住了，屁股上如同安了一颗钉子。努力坐了一会儿，他突然站起身来。

何总，我得回去了。何思年一愣，说，怎么了？没什么，就是茶喝太多了，现在我觉得我的肚子里都可以开船了。

说着，他就起身匆匆告辞，丝毫没有顾及一脸茫然的何思年。

老段快步到了自己的车里，仔细查找一番，却没有那串珠子的影子。他坐在驾驶座上，努力想了想，突然想起昨天晚上自己洗澡了。洗澡的时候，因为是木头珠子，怕被水泡了，就把珠子取了下来。好像取下来后，自己就没戴回去了。

想起这个细节，老段就像捞到了一根救命稻草，赶紧开车回家。一进门，他就跑到卫生间里一通乱找，可卫生间里没有。他又去卧室、客厅，四处翻动，依然还是没有。老段觉得有些烦躁，他努力让自己的脑子冷静下来，像放电影一样一帧一帧地回播画面。自己还去过哪里了？难道自己洗完澡，又将珠子戴回去了？他不确定。就这样，他站在客厅里，反复地回想自己昨晚洗澡后的行径，可越想，脑子越糊涂。最后，他终于放弃了，他的脑子如同失去信号的电视，再也没有任何画面，只是一片雪花。

老段一屁股跌坐在了沙发上。他的心头，涌现出一阵难以抑制的感伤。那串珠子，就这样在他的世界里消失了，就像它毫无预兆地出现一样。这让他有了一种深深的无力感。他沮丧地垂下头颅，几乎就要绝望了。可就在这时，他看见茶几底下，竟然躺着那串珠子。它安静而又调皮地蜷缩在地板上，散发出一阵幽幽的光。

5

她其实是他的客户，姓江，台湾人。台湾女人很有意思，只要没结婚，都称呼为小姐。其实她的年纪并不小，今年42岁，属虎。他不知道台湾的女人是不是都保养得那么好，虽然40多了，可看上去却只有30出头的样子。她喜欢戴蜜蜡，戴红珊瑚，戴翡翠，看上去很贵气，可这种贵气又不张扬，很得体，丝毫不让人觉得厌恶。看见江小姐时，老段便觉得，她就是他想象中最好看的那种女人。

每年，江小姐都会到老段的工厂来上几趟，验订单，看产品。每次来，他们都会去船上吃海鲜，然后再去南苑唱歌。老段记得，有一次，在另外几个客户的怂恿下，他和江小姐一起跳了一曲慢四。在孔雀东南飞的舞曲中，他搂住她的腰，就像搂住了全世界最柔软的东西。起舞的时候，老段感觉江小姐的胸时常会有意无意地顶在他的身上，很有弹性。他疑心她没有戴胸罩，想到这个，他的脑袋就一阵阵的发热。他努力控制着自己不失态。舞蹈结束，包厢里掌声一片，大家都称赞老段和江小姐合拍，又起哄着，让两个人喝了一杯交杯酒。江小姐落落大方，倒是老段，显得有些忸怩了。他担心江小姐在跳舞的时候，会察觉出他身体某些方面的反应。

想起这些，老段便觉着自己的身体有些燥热起来。他轻轻揉搓着手中的珠子，脸微微发烫。

吕丽突然从书房里走了出来。老段一阵心虚，仿佛自己正在做什么见不得人的事。他极迅速地将珠子放在了口袋里，似乎那珠子戴在腕上，会像将他的心事泄露出来一样。

可吕丽并没留意什么，她倒了杯水，又回到书房里去了。老段扭头看着书房的那扇门合上，松口气，又将珠子重新从口袋里取了出来。他觉得自己有些好笑，拿着一串来历不明的珠子，弄得像做贼一样。

其实，吕丽是知道江小姐的。那一次，江小姐来他工厂。在他办公室，他挨着江小姐，看桌上摆放的一个样品。他们背对着门，丝毫没留意到有人进来。等他转过身，便看见了站在门口的吕丽。她的神情显得诡异，站在那里，直直地看着他们。他不知道她在那里看了多久。平时，吕丽很少来他的工厂，可那一次，她却来了。后来，他也没问她为什么会来，这样的事情，他没办法开口。

后来，吕丽再也没有提过那天的事情，可他却能感觉出她心里是多么介意。她开始变得刻薄，说话总是阴阳怪气的。她心里堵了东西，他知道。这并不奇怪，江小姐是那种每个女人看了都会有危机感的人。他一直忍让，到最后，终于忍不住了，因为她说起了他的工厂。她反复地提及她对工厂的贡献，甚至，还搬出了那个早已死去多年的岳父说事。她提醒他不要忘本，如果不是当年还在当街道书记的父亲帮他弄到了这块土地，他根本就不可能有这个厂。那一刻，他出奇愤怒。他可以接受她对其他女人的嫉妒，却没办法接受她对他办厂这件事的侮辱。他扬着头，说，你有本事，把你父亲叫来，把那块地拿回去。说完了，他似乎还不解气，又说，让你父亲顺便把你也领回去。事实上，说出那句话，他就后悔了。他看见她脸上的神情变得惨白，像死人一样难看。其实，那只是气话，根本就没有别的衍生的意思。

后来，她像变了个人一样。好长一段时间不跟自己说话，每日里，只往寺庙里钻。他一直很后悔自己说了那句话。但他没有解释，也没办法解释。他知道自己可能一辈子都要承担这句话所带来的后果了，她是个记仇的人。

其实，吕丽的感觉没有错，自己的确喜欢江小姐。老段想，应该不会有哪个男人不喜欢江小姐这样的女人吧？他能感觉出，她也不讨厌他。可是，那又怎么样呢？他已经过了那个年龄了，如果时光倒退二十年，或许，他会跟她好。那时，他精力旺盛，胆子也大，活得随性、张扬，完全凭着自己的性情。他喜欢女人，喜欢赌博，最大的一次是在澳门的葡京玩百家乐，输了上百万，他也毫不心疼。

想起年轻时的那个自己，老段总会觉得有些难过，似乎记忆中的人跟自己毫无关系。那样一个人，不知从什么时候起，就不复存在了。现在的他，似乎成了一台机器，除了打出一个又一个产品之外，没有任何其他的意义。

老段叹了口气，将手中的那串珠子取了下来。他扯了张餐巾纸，一颗颗仔细地擦着。擦拭一番后，刚还有些凝滞的木头珠子，重新散发出一种沉稳而内敛的光泽。老段将珠子放在鼻翼下，细细地闻着。

其实，自己也只是在妄想。怎么可能回到年轻的时候，再说了，就算回去了，他也没办法追求她。她是他的客户，这是他的原则，生意就是生意，他不能让其他任何东西掺和进来的。在这一点上，他是没有办法妥协的。

6

中午，有人送了一条东海的大黄鱼来，金灿灿的，躺在一个泡沫箱里。吕丽说，这是她托海上的捕鱼人买的。老段觉得有些奇怪，好端端的，买这么大一条黄鱼做什么？这时，他忽然发现，除了黄鱼，吕丽还买了许多菜，放在厨房间，满满当当的。

老段问吕丽，是不是有什么客人要来？吕丽却不应声，脸上笑眯眯的。

吃过午饭，吕丽破天荒的没有去书房念经，早早地便钻到厨房做菜。老段觉得怪异，看这架势，像有重要的客人要来。会是谁呢？吕丽没什么重要客人啊，总不会请了庙里的和尚来吧？

老段有些纳闷，坐在沙发上，轻轻地摸着手上的珠子，忽然脑子里一闪。难道是他要来？老段觉着一阵的激动。事实上，他已经有两年没见过他了。这两年，他一直住在上海，除了每月让财务给他打两万生活费以外，他和他毫无交集。他怎么会突然回来呢？

到了四点多时，老段听见有人敲门。这一刻，他已经确定了，门外的那个人，就是他的儿子。他是他的种，即便隔着一座山，他也能知道是他。但他装作没听见，拿着本旧杂志，认真地翻着。最后，还是吕丽从厨房出来开的门。

儿子站在门口，叫了声妈，随后，他感觉着他从门外走了进来。他心里翻江倒海的，可手上，却依然捧着那本杂志，一动不动。

儿子站在他面前，略有些迟疑地叫了一声爸爸。他愣了一愣，儿子的举动让他有些意外。儿子跟自己很像，虽然娇生惯养，但骨子里，都是不愿意低头的人。可这一声，听上去却是那样柔软。他抬头，扫了他一眼，面无表情地应了一声。低下头时，他有些难过，他好像瘦了许多。

儿子站了一会儿，便钻到厨房里去了。他瞟了一眼，看见他和他妈妈靠得很近，背对着他，像在说什么悄悄话。他怎么会突然回来？还这么顺从地叫自己爸爸。两年来，他们形同陌路，不要说回家看自己，就算一个电话也是从来没有的。

菜烧好了，摆了满满一桌。吕丽似乎忘了自己吃素的事情，拿自己的筷子挑开大黄鱼的蒜瓣肉，一个劲儿地往儿子碗里夹。夹完了，似乎像想起什么似的，又往老段的碗里夹了几块。吃了一阵，吕丽开口道，阿聪，你不是说有事情跟你爸爸说吗？儿子看了吕丽一眼，似乎有些犹豫，吕丽眨了眨眼睛，似乎在鼓励他。老段忽然觉得有些好笑，吕丽看上去就像在演小品一样。

爸爸，我想在上海开一个公司。儿子稍稍迟疑了一下，又说，我做过一些市场调研，发现眼下有一个很好的商机。虽然很多人都在网上销售国外的产品，但他们销售的品牌在国外大都没什么名气。所以，我想开一个公司，通过网络平台，把真正受外国人喜欢的品牌引进中国来。

老段皱了皱眉，儿子的口吻听上去有些熟悉，他记得，两年前，他就这样跟自己说过。当时，他要做房地产，他说房地产的钱真是太好赚了，他的那帮朋友，无论做汽配的，还是做文具的，没有人不在做房地产。可老段一口否决了他的想法。他觉得儿子把这一行想得过于简单了。房地产赚钱，但也不是谁都能赚，需要跟政府、银行，甚至是黑社会方方面面打交道。这些，他是做不到的，他太嫩了。而且，最重要的是，老段不喜欢盖房子，他是个实业家，不是包工头。

老段没应声，儿子的积极性似乎受到了一点儿挫折，不再说话，只是低头吃饭。这时，吕丽却将话接了过去。网上做生意好啊，现在不都说是电商的时代嘛，做电商最吃香了。

老段忍不住在心里笑了，吕丽这话分明是儿子教的。她除了那些菩萨的生日，又知道些什么？居然还冒出电商这样的词语。再说了，什么叫电商的时代？谁规定的？他不喜欢这些花里胡哨的东西。老的商业模式不是挺好的吗？各就各位，明明白白。他就喜欢按照熟悉的节奏，按部就班地走。可儿子这一代人不同，他们似乎更喜欢革命，喜欢将现实中的一切推倒重来。

对于儿子，老段一直有着清晰的规划。毕了业，自己带几年，等儿子完全上了手，就把工厂交给他。一切都顺理成章。可儿子却不肯接受这样的安排，他似乎从来就没喜欢过办工厂，这是老段最难以理解的。都说做生不如做熟，30岁，自己就开始办这个厂。他对这一行太熟悉了，接了他的班，儿子完全可以在他的帮衬下让工厂再兴旺十年二十年。可是，儿子就是不喜欢。他认定除了用油乎乎的机器打出一个个产品之外，世上还会有另外一条捷径。

老段没说话，只是慢吞吞地吃着菜。他不说话，儿子和吕丽似乎也卡壳了。一时之间，有些沉默。吃完了，老段用餐巾纸擦干净嘴巴，问了一句，你告诉我，办这样一个公司要多少钱？

两千万应该够了吧。儿子说了个数字。

老段撇了撇嘴，两千万？听他说话的口气，简直就跟说两万一样轻松。老段又想起了那件夹克的事。那时，儿子还在国外留学。回国时，给自己带来了一件夹克。有一次，他将那件夹克穿到厂里，业务部的一个小年轻看见时，嘴巴微微卷成一个大大的O形。老段问他为什么这么吃惊，他说，老板，你这衣服是PRADA的。老段不明白什么是PRADA。小年轻就告诉他，这叫奢侈品，一件衣服要上万块钱。回到家，老段将衣服脱下来，对着那个三角形的标识看了好一会儿。他用手摸了摸衣服的料子，的确挺软。但再软，也值不了上万块钱。他觉得真不公平，这样一件衣服可以卖上万元，可自己工厂生产的一个实打实的铜配件，却只能卖它百分之一的价格。据说，这样贵得离谱的衣服，中国人还都排着队抢购。老段觉得这个世界真是有些乱套。从此，他再也没有穿过那件夹克。

见老段不作声，吕丽又开口，钱倒不是太多，就是不知道这个事情牢靠不牢靠。儿子说，当然牢靠了，现在最有前途的就是做电商了。

老段白了吕丽一眼，她也太着急了，为了帮儿子，居然敢说两千万不是什么大钱。他恨不得驳斥她，既然不是大钱，那你给他好了。但他不能这样说，他已经两年没见儿子了。

老段没答应，也没拒绝。两千万，他有，他的企业日子还算好过。但那些钱，他不能动，他得准备着。没有这些钱，他心里不安。他知道太多的企业就是因为资金链断了死掉的。这些话，他没法跟吕丽说，也没法跟儿子说，他们根本就不明白办一个厂，有多艰难。

你让我考虑一下吧。儿子似乎有些不大高兴，他瞧了瞧吕丽，吕丽赶紧说，我去问过菩萨了，菩萨说，阿聪有经商的命。老段不高兴地白了她一眼，你总不能让我现在跑银行去给你取两千万出来吧？

7

老段躲在厂里。他坐在办公室的沙发上，无聊地翻动着手机上储存的号码。本来，今天是说好了一家人去乡下一个农庄玩的。可临了，老段却反悔了。他不愿意看到那种不真实的亲情场面，他们不过是想逼着自己应承下那两千万。

老段陷在沙发里，不知道是昨晚睡眠不足，还是什么原因，他觉得脑子昏昏沉沉的。他继续翻动着手机上的号码簿，很快，他便看见了何思年的名字。说来也怪，原本，他以为那天以后，他会继续纠缠，可这两天，他却一直没有联系自己。他能感受到他对他那块地的渴望，可他却能这样沉得住气，这让老段有些吃惊。随后，他又翻到了江小姐的号码，他稍稍停留了一下，下意识地摸了一下那串珠子，便很快划了过去。

老段在办公室里一直待到了七点钟。他一天都没有吃饭，懒得动，肚子也不饿。不知道吕丽和儿子是不是已经回家了，这是悲哀的事情。心底里，他是盼望着儿子能回家，但是真的回了，家里，却又像自己的禁地。

老段从冰柜里取了十条软中华出来。他不抽烟，但办公室里总是会备着一些烟，他这里，总有形形色色的人需要招待。这十条中华，是给李副市长的。他约了老段晚上喝茶。其实，他不约老段，老段也想约他。他是市里分管工业的常务副市长，儿子的那个事情，倒是可以先问问他的。他跟他是多年的交情了，或许，这个事情，他能给他出出主意。对于电商这样的新生事物，他心里真是没有底。不管怎么样，儿子的这个事情总不能一直这样僵在那里吧？

老段到了茶馆，开好了包厢，坐在里头等。半个小时后，李副市长来了。坐下后，李副市长便问老段工厂今年的形势，老段如实说了，他们是多年的朋友，他对他没有隐瞒。最后，他又将话题引到了儿子，说起了儿子想自己干电商的事。和老段不同，李副市长倒是很赞同他儿子的想法。他说现在政府层面也很鼓励电商，如果能将这个事情做起来，还是有前途的。接着，李副市长像是有意无意地提了一句，段总，既然你儿子想做别的，那你有没有想过改行？老段愣了一下，摇头说自己暂时还没考虑过。李副市长继续说，段总啊，这个是我们私下里以朋友的身份聊。我觉得，你应该认真考虑一下。其实啊，这个事，我觉得你儿子比你看得长远。他为什么不接你的班？我觉得，还是有道理的。你们这一代企业家，很多做生意的方式已经过时了。

老段觉得李副市长的这几句话显得有些怪怪的，说着儿子的事，怎么突然就扯到自己身上来了。

李副市长点了根香烟，慢条斯理地问了一句，段总，最近是不是有人要买你的厂啊？

老段一愣，脑中顿时浮现出何思年那张漂亮的面孔。难道李副市长？

段总，你可不要误会啊，我可不是在为谁当说客。其实啊，我觉得，如果价格真的合适，你还真得认真考虑一下。现在工业形势那么差，有个好价格，脱了身，不是很好吗？

李副市长的言辞和何思年很像。老段心里有点儿不舒服，他不明白，为什么每个人都好像不喜欢自己办厂？

李副市长似乎看出了老段的心思，又继续说，其实啊，如果你愿意继续办厂的话，你这个厂卖掉了，还可以到乡下的工业园区再建一个。土地，我给你想办法。办个规模小一点儿的，压力别那么大。李副市长顿了顿，段总，我透个底给你，其实，你这地，卖不卖也是早晚的事。你的工厂离城区那么近，早就纳入了新城区的规划。现在房产还热，土地价格还好。可谁又知道几年后政策会怎么样，土地还能不能卖上那么好的价格？

老段看着李副市长的嘴唇在不停地翕动，飘散出一口漂亮的男中音。现在，他心中那种不舒服的感觉已经没有了，他只是好奇，何思年那样一个年轻人，到底是用了什么手段，会让眼前这个跟自己打了十多年交道的副市长这么用心地帮他说话。现在的年轻人，呵。老段想，或许自己这一代连Wi-Fi都不懂的企业家，真是已经过时了。

段总，你手上戴的这串是什么啊？老段一愣，回过神来，发现李副市长又盯着自己手腕上的那串珠子看。他摇了摇头，我也不懂。李副市长便让老段取下来，他将珠子放在手上，细细地打量。随后，他又将它放到手心轻轻搓了搓，送到鼻子下面闻。

呦，段总，你这串东西是沉香啊，看这油线，没准还是奇楠呢。

沉香，奇楠？老段越听越糊涂。李副市长看了老段一眼，段总不会真不知道这是什么东西吧？不过，也难怪，你这样的大老板，这种东西算什么。

把玩了一阵，李副市长将一整串珠子撩起来，你看，这沉香啊，都是从沉香树上取下来的。沉香树受了伤，它里面的树脂就会流出来，保护这个伤口，这些伤口上的树脂便是沉香。有些人为了得到沉香，还会特地在沉香树上割一个伤口，为的就是让树脂流出来，能够结成沉香。这沉香可是好东西，戴在身上，对失眠啊，肾虚啊，都好。

陈副市长熟练地将珠子戴在了自己左手腕子上。他的腕上有一块劳力士的金表，老段认得这块表。有一次商会组织活动去新加坡，在金沙购物时，他注意到陈副市长试戴了这块手表，他看上去很是喜欢，反复把玩，但最终还是没买。老段看在眼里，便偷偷买来送给了他。

以前，别人也送过我一串沉香珠子，不过成色可没有这么好。李副市长在珠子上比划了一阵，这串珠子好，不多不少，戴着宽松刚刚合适。

他将珠子戴在手上，就没有再摘下来。

老段坐在旁边看着，发现李副市长的手跟何思年的那双手很像，纤细、苍白，这串暗沉发亮的珠子被他的肤色一衬，像打了一层极薄的蜡，竟有了些珠光宝气。的确，这珠子戴在他手上，要比戴在自己手上好看许多倍。老段又偷偷地看自己的手，他的手骨节粗大，如同竹鞭。掌心的皮肤又是那样的粗糙，就像粗砂纸一般。和陈副市长的手比起来，他的手显得要苍老几十岁。他忽然觉得有些难过，他说不出这种感觉。他仿佛看见自己的手开始绽裂出一个又一个的伤口，一些油脂缓缓地从伤口里吐出来，但这油脂不是黑色的，而是血一样的红色。

结束时，老段去吧台埋单，李副市长则径直往门口走去。老段付完钱，正好看见李副市长要出门。在那一刻，也不知道怎么回事，他突然一阵紧张，紧接着，他的嘴里就滑出了一句话，李市长，珠子。

李副市长刚要跨出门口，听了老段的话，站住了身子。他卡在门口，看上去十分的尴尬。但他毕竟是个领导，稍稍怔了怔，很快便调整了过来，轻巧地将手腕上的珠子取了下来，递给老段。

段总，不好意思啊，我竟把这事给忘了。

离开茶馆，老段没有回家，而是独自去了工厂。快到工厂大门口的时候，他熄灭了车灯，将车停了下来。此时，他的心情还有些激动。想起茶馆门口的那一幕，他依然觉得有些不可思议。其实，他并不是舍不得那串珠子，什么沉香不沉香的，对他来说，那都算不了什么。但不知道为什么，那一刻，他就是不想给。这么多年来，他已经习惯了别人对自己的索取。可那一刻，他却突然那么坚定。

老段在车里坐了许久，激动的心情终于慢慢平复了下来。他安静地注视着眼前的这片工厂。工厂漆黑一片，只有大门口的门卫室，还亮着灯。黑暗中的厂房，就像海里的礁石，而那个门卫室，就好像是大海里的一盏灯塔。

他将口袋里的那串珠子取出来，放在鼻子下，细细地嗅着那丝若有若无的香味。她说在阿里山里有套别墅，如果老段有机会去台湾，可以住在她的别墅里看樱花，看云海和晚霞。老段眯着眼睛，仿佛眼前就出现了那些云和那些晚霞，如同梦境一般。

她身上的味道，真好闻啊。

老段叹了口气，微微欠身，将手中的这串珠子挂到了后视镜上。他用手轻轻地碰了一下，珠子便在微弱的灯光中微微晃动，散发出一种暗沉而又深邃的光泽。

东君

东　君

本名郑晓泉，“70后”写作者。以小说创作为主，兼及诗与随笔，偶涉戏剧。若干作品曾在《人民文学》《收获》《十月》《江南》《西湖》《作家》《花城》等文学刊物上发表。

著有长篇小说《树巢》《浮世三记》，另有结集作品《恍兮惚兮》《东瓯小史》《某年某月某先生》《听洪素手弹琴》等。

曾获2008年“浙江省青年文学之星”奖、《上海文学》中篇小说奖、西湖·中国新锐文学奖、咖啡馆短篇小说奖、《人民文学》短篇小说奖、第九届《十月》文学奖、第二届郁达夫短篇小说奖、储吉旺文学奖等。

独自漫游

——从东君的感觉谈起

张春梅

我见过东君，但并不认识东君。东君的《某年某月某先生》在2016年的5月与读者见面，我因此获得了认知东君的机会。或许有人会说，“人如其文”的说法早就被推翻，是作不得数的。可我还是很落伍地企图借助文本认识这个或明或隐的叙事者，文本之内，或文本之外。我竟然觉得，我在阅读当中实现了这个想法，而实现的助力就是对东君作品的“感觉”。

“感觉”这个词，在科学研究中是很靠不住的，即便是文学研究，也太有先入为主的嫌疑。东君倒似乎很喜欢这个词，要想找“感觉”一词，是很好找的。我先列举一二，就拿《某年某月某先生》来说。如“他（主人公东先生）老是觉得生活里会冷不丁地出点什么让人无法解释的事。四十岁之前，东先生感觉自己没有什么不正常的”；东先生“感觉她的眼睛里藏着清澈的忧郁”；“三年前她突然感觉头晕”，“一种近乎无耻的渴望被睡的感觉在那一瞬间竟那样恣肆地冒了出来”；“他感觉自己好像被什么奇妙的力量抛进了另一个维度的世界”，“他觉得自己也无须为此烦恼”。我们看到，无论是东先生，小说中的叙述者，还是那位“她”，都被感觉牵引着，而且之后的叙述确实证实了他们就是因为感觉而存在的，感觉成了存在的方式。这就不能不让我心生疑问并进而思考：一篇小说“感觉”的多少本不决定整体表达，但若感觉漫布整个故事流，在不同地域、不同时间、不同人那里都静静地凝视，那就必须要追问了，是什么样的感觉，从何处来，又将往何处去，这种“感觉”的主观性、偶发性与作者想要表达的和作者的观念又有怎样的关系？作为读者的“我”，也希望借助感觉把握整体的东君和他的文本世界。在《某年某月某先生》，东君借助东先生的口说，“我就是一个诗人”，这也为我把东君与东君之作联系起来提供了可能。

既然是“感觉”，是人的感官的综合感受，那触及眼帘的场景，即所视，常常是第一位的。我们先来看看东君作品中借人物的“眼”所见的物的景观。在《夜宴杂谈》开篇，“我”就看见了“杂谈”的地点，“瓯风塘”会所的贵宾厅与别处的包厢果真是大不一样：茶叙与宴饮的区域以绘有梅兰竹菊的屏风间隔开来，茶酒流连，足以把一个人性情中的清淡与浓烈都化在那里面。会所前身据说是民国初期一位绸缎商的私宅，几度易主，但格局一直没变，依旧是三进三退（我们这儿通常把一进房子称作一退，大约是取‘以退为进’的意思吧）。从台门到里屋，灯或明或暗地照着，仿佛是替老宅还魂的。——这样的地方自然也就限定了“杂谈”的重心，看似“杂”，其实是有讲究的，后面证明果然如此。就比如“据他（一位姓王的古玩收藏家）描述，顾宅像一座地主屋，光是书房，就堪比这个贵宾厅。书房中间有一株树，树不大，但坐在树下读书、闲聊，会是一件非常惬意的事。古玩收藏家说，顾先生的书房里有幅字，上面写着：长做树下闲人。”此景与“闲”并置到了一处，而“感觉”也就综合起来。

“闲”，是从“所视”到“所感”的部分，像“河流的悠长与时间的闲散，在悄然散落的阳光里，反复有着对应的关系”，是很常见的。在《长生》的开篇，东君便把“我”与“闲人”并置，“有一阵子，我喜欢去河边走走、坐坐”，“于是，就有人说我是个闲人”。只不过这里的“我”并不是个“富贵闲人”，只是个“喜欢闲逛”的司机。但我们丝毫没有感觉到话外的声音有讽刺、不屑，就是那种面对一个无所事事的人的正常眼光，恰恰相反，这个“我”与“闲”被赋予了情趣上的意义，是会享受舒生活的、不随波逐流的生活态度。于是，一种闲适的价值观便占据了高位。而之后关于“长生”的故事也就自然而然地顺理成章，人物也自然地形成了一个精神主导的群落，从长生，到胡家老爷和他的儿子们。这些人，都与水有关，也就是说，精神更多高位者是具有“水”的智慧，而“水”旁自然是有“山”的，比如胡家大少爷就爱带他们去“龙泉看树”。除了“水”所隐喻的人生智慧，《长生》里的“水”还有清洁的意义，胡大先生为何喜欢坐一辈子不下船的长生父亲的船，就是因为“你爹的心地也是干净的”，而听这话的长生觉得“胡大先生也是干净的，天空与河流也都是干净的”。“水”的洁净意义，具有冲刷一切的力量，在文本的结构上，相应就有了结构文本和解构历史的功能。这种“解构”，主要是针对“文革”的，描述不多，简单一句，如“‘文革’来了，人心也变得不干不净了”，其中态度立现。而在《长生》的结尾，“我”的感觉更加明晰，“阳光照在长生身上，也照在我身上。那时我居然觉得，一个人待在一个熟悉的地方晒晒太阳也是一件挺好的事”，“太阳慢慢西斜，船在阳光和阴影间缓缓穿行，我消受着整个下午的散漫”，“慢”在全文故事的笼罩下，也就有了形而上学的意义，有“顺应自然”之感。

实际上也正是感觉，为人物提供了促发行动的动机。无论是《在肉上》，还是《某年某月某先生》，或者《先生与小姐》，都有一个对现实生活觉得“无聊”的人物，而之后所发生的一切只不过是这个人物为了打捞自己的精神世界的努力，并试图为“无聊”的生活提供一条出路。

东君首先确定了“走出”和“走入”的感觉环境，那就是慢。慢而从容，也正是东君作品的气息所在。讲故事慢，故事本身并不面面俱到，也不故意制造什么惊天动地的噱头，一切都是慢慢来，随性而至，吸引人的那股力量和生活中的“趣”“味”也就在这“慢”当中了。

什么时候能做到“慢”呢？自然是要清减实务，让自己闲下来，所以，“闲”随之成了故事人物的主要特征。《夜宴杂谈》中在名利包裹下的“做闲人难”如此，《长生》中的“我”如此。《苏教授的腰》尽管在“不得不为”的事件压迫下不得“闲”，但“闲”却是苏教授这一辈子的追求，尽管“向主脉靠拢”很难办到，最终若能够“到山区买一栋老房子……在那儿，单门独户，远物远俗，是颇合他心意的”。从杂事中回到自然而为的状态，是苏教授的“闲”。《你是何人我是谁》中的“我”，“是那种喜欢在好天气里带上自己的影子四处走走的闲人”。《在肉上》看似写婚姻生活中的互相削减，其实还是一个“闲人”与一个追求“品质生活”的人的心埋战，只是作者将这种对立放在最基本的物质层面和欲望层面。这直接导致生活追求的不同，冯国平是“忙如骤雨，闲如浮云”，林晨夕却因为“副科长”的鱼饵“干劲就上来了”。这样两个不同生活态度的人混战起来，其结果当然是“不闲”了，就像林晨夕的尖叫，“你知不知道，你已经把玩笑开大了”。在这个故事中，我们还是能感知到叙事者的立场其实还是偏向冯国平的，尽管是这个男人将女人置于不可收拾的困境，但似乎总是事出有因。从这一点就得出东君的男性中心立场似乎很不够，但他对男性的偏重，或者善于写一个“闲人”男性，却很明显。

当我们在慢慢讲述一件事情的时候，时间固然是充足的，但支撑起“慢”的恐怕多是过去的事情，在东君这里，回忆，几乎结构了整个文本序列。

东君作品里的“感觉”大多是先有一个现在的视点，也就是“我”，却实为时空上的“过去”的引子，或者是讲现在的事，精神却内在于过去的感受或者观念，这样看，其“感觉”还是依托已有的精神向度而行，既是向内的，也是向后的。这样的节奏和观念，自然也就与所谓的现代社会、数码、互联网、全球化隔了开来。这就有点在日常生活中看古玩的感觉，好是好的，却让人不忍触摸，有种模糊的即逝感。或者说，现实是表，观念或者关于生活的看法才是里子。这就要涉及东君作品中的人与人的关系。

在我看来，看似是站在人物的角度说问题，实际上东君的感觉始终是决定全文走向的引线，这也使东君的作品形成了自己的人物谱系。我们不妨来看看出现在短篇小说集《某年某月某先生》中的这些人们：《夜宴杂谈》就很有趣，主人公顾先生“到底还是没有来”，说明这是个没有出场却始终在场的主人公。做到这一点，就要靠“我”这个看似旁观的叙事者了。“我”与顾先生的关系，从故事开头就没有个明确的说明，一如整个故事中悬置的疑问——顾先生为何请客？这些人与之有什么关系？顾先生为何没来？我们姑且来梳理这部作品中的人物关系。“我”肯定是认识顾先生的，但是关系还没有到请客的地步，所以“我收到请柬之后，仍然不清楚自己为什么会在受邀之列”，也因此，除了“受宠若惊”，“心头仍然挂有一丝疑虑”。话说到这里，“顾先生”的神秘已经有了，这种“被宠”的感觉始终笼罩在“夜宴”之上，其他人物的表现也就有了交代。那位“秘书”其实也是神秘的所在，在他身上附着了隐秘的顾先生的信息，在与来客的关系上，他始终站在高处、带着距离代表顾先生发言，并将话题渐渐收拢在顾先生身上。而作为“秘书”的他，基本上是功能性的存在，倘若没有顾先生的“宠”，他也就不会出现在夜宴，同理，在座的“客们”也都有此等功能。这样，就滋生出一个疑问——从“我”的角度来看，这都是些什么样的客人？——“长发披肩者”，不是“俗人”，而是个有“雅趣”的人，这一答案通过此人对“京城茶馆”的“玩点笔墨情趣”的不屑得出。庹先生是吸引客人眼球的一位，大学教师，特别喜谈歌剧，还能富有逻辑地打趣自己教的“逻辑学”，显然也还是有些“雅”的。当下一位人物“杨女士”出现后，这位庹先生的“雅”更多了些“做戏”和“附庸风雅”的味道。“杨女士”也并不逊色，“名”人，还是全球化的，“世界各地都有人请她吃饭”，是“见过世面的人”。因为“杨女士”的存在，“客们”“捧场”的脸谱已近在眼底。待下一位客人苏教授到场，“风雅”之味顿时倍增，这位“客”是“一派民国风”，平时会像“老派英国绅士”那样跟人点头。应苏教授的评点，大家因为“坐在这里好比吃‘前朝饭’而有了实实在在的‘躬逢其盛’的感觉”。如此一来，似乎每个人都成了某种“风雅”的陪衬，而且自我感觉良好，却又不把事情说清楚，也就多了几分故弄玄虚的味道。

《夜宴杂谈》揭示了一种“隔”。这种“隔”体现在说者和听者的关系上，听与不听，各随自心。站在人与人关系的角度上，《夜宴杂谈》大致把人摆在各自的位置上，话题之中时有交集，但实际上无形中“隔”了很远。这种“隔”还体现在与“人间烟火”的关联上，有点影影绰绰的。这种感觉正合了叙事者看似不确定的描述：“仿佛是替老宅还魂的”，这是在说夜宴所在——瓯风塘；说那位杨女士，有“昆曲的一派遗风”；而那位苏教授，则是“夕阳无限好”，几处与后面讨论的《崔莺莺别传》叠加，便产生了浓重的“挽古”气息。只不过，这种远距离的评点带出的戏谑，加上《崔莺莺别传》自成小叙述所产生的“猎奇”“八卦”味，使这种“遗风”成了被说的对象，既有调侃，还有几许怅惘。

在《夜宴杂谈》中，“我”与赴宴的诸位表面上主要是“看”与“被看”的关系，“我”虽未直接参与对话，却着实是重要的会话参与者。“我”的参与主要通过反讽、腹诽、戏谑等形式完成，在结构上形成巧妙的扇形结构，即一个主体，其他人物则八仙过海，各显神通，“我”正好看热闹。当然，“我”主要看的是自居风雅的文人的热闹。有意思的是，这个“我”也并不是那么淡定，有时也会忍不住在内心加入这个行列，比如“我”眼中的瓯风塘和民国调调，比如那简单的一句，“我就是陈宿白先生的曾外孙”，既极富反讽又是对“风雅”的肯定，既是针对那些“文史专家”自以为是的考证，又告诉读者自己的“正统”，这显然是有文人情结的。所以说，“我”是既在其内，也在其外，但从“根”上是在其内的。

跟《夜宴杂谈》比，《长生》中的人物看似不少，其实简单。有个精神一统的人物链，“我”关于长生的描述，算是精神路径的指向，“我是个闲人”，“有时候我还可以在散步途中发现一些鲜为人知的乐趣”，“我的生活节奏就这样慢下来了”，这些感觉决定“长生”的出场不会流于时俗，会与众不同。长生是“一个老人”，“划着一艘小船往返于河面。他不钓鱼，不摆渡，也不做航运赚水脚钱，就是在河里划过来划过去”。见面后长生的问话也颇类佛门偈子，“你要坐我的船去哪里？”我们知道，“我”坐上了“你”的船，而叙述也就随之一江春水向东流了，也就是精神的统一。长生回忆中的“胡老爷”是个定格了的精神存在，“穿一件无袖的绸衫，摇着一柄带坠子的折扇，慢悠悠地走过来”，而那个去向，是“风从哪个方向吹过来，你就往哪里走”，总之，胡老爷“是长生这一辈子见过的最有风度的一位大先生”。胡老爷的大儿子也是有风度的，“他会拉大提琴，也会拉大锯。但长生从来没听他拉过什么大提琴，只是听他说过，拉起大锯来，声音要比别人悠扬”，总之也是卓尔不群的。次子“是个好玩之人，平素喜欢种花、养狗、熬鹰、遛鸟”，却在“土改后”“莫名其妙”地成了名医，和村人相较，显然也不落俗套。至于好赌、后来浪子回头的三子，自号“柿叶山房主人”的四子也都是“不群”的。这些人物和他们的不流俗的行为编织了全文的调子。

有了这些人物群好像还不够，还要把他们放在特定的历史语境里，故事才能有牢靠的支撑，于是就有了隐形的与现实的对照，这个对照很有意思。现实是有社会和政治因素的，一句淡淡的“土改”基本划定了故事发生的背景，也就是“不流俗”与“俗”的关系。原本在把“胡家”“长生”的故事做了精华和肯定的叙述之后，将其毁灭的力量自然就处在了对立面，甚至是被批判的反面。但在《长生》中，你不会有这么强烈的感受，因为“我”被分割了几层。第一层的“我”，充当了超叙事的观看者，不在故事之内，却在结构上很重要，没有“我”，长生的出现就没有了媒介。长生也就自然充当了第二层的叙事者，他在故事之中，他的叙事视点与“我”的视点基本在一个平面。长生的重要之处还不在此，他把叙述一下拉回“斗地主分田地”之前，“提起老古早的事，他的目光就跟流水间的叶子似的，一下子就飘远了”，这样，“我”就与正在进行的叙述拉开了距离，“我”的感受开始不能决定叙事的走向，与读者，自然也没有了同一的位置。换句话说，读者与“我”都与故事有了距离，都只能很有限地知道即将从“远处”飘来的故事的本貌。“我们”所有的“知道”，尽在字里行间和我们的想象。且不说这在审美上的观照效应的妙处，在人物关系上，回忆与现实拉开了距离，以人物为中心，悬置起了那个始终在对立面的历史事实。原本应有的浓烈现实，被叙事者的“回忆现场”轻描淡写地带过，那个“历史”就因此变得朦胧，仿佛是带了面纱的恐怖，虽还是恐怖，却因了面纱而减缓了几分。

东君作品中有“闲”。《如果下雨天你骑马去拜客》和《梦是怎么来的》可放在一处来读，写得不重，但读起来很重。从人物关系上看，更是如此。我认为这也是东君这部小说集最有社会关怀的部分。《在肉上》也有，但写得比较实。先来说《如果下雨天你骑马去拜客》。单从题目上看，这个假设汇聚了弥漫着古意和闲趣的想象，其中风雅自不待言。但聚焦到人物上，却不期然生出异样的枝杈。“海归学子仨”是故事的引线，是叙事者，也是观察者和参与者。他们一如前面提到的几部作品，是“不群”的，“远离尘表，把工作室搬进了一座深山”，不以“我”存在的叙述者这样描述三人，“过的是一种很世俗的朝九晚五的生活”，但“偶尔从工作室里探出头来，呷着咖啡，望一眼窗外的白云绿树，大概也会有一种出世之感吧”。这样的描述让人会心一笑，还是附庸风雅的一群，犹如《夜宴杂谈》中的那群先生。只不过，这群人现代感很强，做的是开发软件的事，是要冲击并占领世俗世界的“海龟”，因此，在山里的生活，大略是身在曹营心在汉的。但即便我还没有阅读后面的段落，我心里已经有一种一定不止于此的期待，那个山里独居的老人和孩子的出现，完成了我的预期。或者说，是东君作品中始终散发的“异质”气息决定了我的想象。他的人物始终正面而不流俗，带有古风又能在市井中悠然自得。我很难相信这不是作为书写者的东君的人生态度。有点不同的是，文中的阿义太公是自然而然地过自己的生活，非比较过后的选择，或许这就给现代生活留下了缝隙，以致后来变成了资本，变成了摆设，却并不自知。如开始出场的阿义太公，一定也是东君所心仪的阿义太公，“这么多年来他把整座山当成自己的家，无论山底下的地有多深，山顶上的天空有多高，仿佛也都有赖他的看顾”，这种自在的生活，后来成了装点，“有时阿义太公接到‘先生’的电话，就立马换上一身新买的道袍，施施然回到树下，兀自盘坐。……阿义太公坐在一阵清风里，不禁感叹，“世上光阴好”，从自得的“人”装扮成“他人眼中的自己”，这是我所说读起来重的原因。

《梦是怎么来的》也很重。寻求梦想的人们，受着欲望的驱使，做着逆天的事情，最终失落于梦魇，原有的天平轰然倒塌。这里其实就两类人，被欲火焚烧的人和有自我的鲜活的人。其结果是令人胆战心惊的。

东君作品中还有“情”，这是其感觉隐秘的面向。因为，这个“情”也是与“闲”连在一起的，“闲”是“情”的前提。比如《先生与小姐》。这个小说是站在大众以为的“小姐”的反面来写的，或者说，对那些有“小姐”经历的女子进行了历史的语境化，“小姐”也就不再只是身份和社会意义上出卖肉体的人，而是一个“活生生”的人。做过“小姐”的苏红就是“我”关于小姐调查的田野，而且把这个田野放在了苏红的家乡，放到了乡村。于是，乡村的没落、光耀门楣的渴望、做人的脸面、乡村的闲言闲语、父亲的谅解，纷至沓来。这些都是“情”。作者写得很“淡”，但情感很“浓”。在小说最后，有这么一段叙述，平淡而动人：

白天，我唯一要做的一件事，就是坐在苏老师坐过的那张椅子上，看着天上的流云。直到把白云看成一大片白云，直到乌云变成雨水滴，“吧嗒”一下落在我的脸上。然后，我就把椅子搬到走廊上，继续看雨。天黑了之后，我就在屋子里静静地躺着，听着雨声，直到天明。这屋檐上的瓦片、屋后的竹叶，都是世间的无情之物，但被夜雨打过之后，就变得有声有色、有情有味了。

这段叙述，跟第二部分中苏老师的话呼应，“苏老师说，我在看天上的流云，天天看云的人，会把世上的一切看淡”。看似闲散，“情”却能体悟，也许过分的忙碌，就会堵塞“情”的孔道，也是因为这个，开篇“我”才会有“忽然想要做一个漫游者”的想法。不过，这种“云淡风轻”的“情”，实在缺一点实在的温暖的力量。

在《夜宴杂谈》里，东君是有“情”的，对陈宿白先生与《崔莺莺别传》有趣味上的共情，对老先生则有仰慕之情。在《长生》里，东君的“情”既在趣，也在善。长生是善的，与“我”“相见如重逢”；长生爹是善的，否则与胡老爷结不了善缘，也不会“这辈子从没上过岸，但为了胡老爷，他破了一次例”，在历史情境中的批斗风潮中“替胡老爷殓尸”；胡大先生对长生的收留是善的，所要求的“谦卑和勤快”更是引人向善，还有胡二先生给予的“重五柑”，胡三先生的教“画”都是善举。从人与人的关系看，东君的“情”之根本也在于“善”。而在《如果下雨天你骑马去拜客》里，三个海龟对小男孩的评价也是善，如“这个小男孩的脑子里装着许多跟我们不一样的想法”，“我们把电脑带到山里来，对他们也是一种冒犯”，“跟他们保持一点距离是必要的”。这些看法与最终对山间生活的贩卖形成极为锋利的反讽，但这种反讽本就是依托了这种尊重对方的“善”而来的。

因为有闲适心，有情，有善，“感觉”自然会有倾向性，我们在东君作品中时不时感觉到的冷幽默、讽刺或者调笑，也都与其“感觉结构”有关。《梦是怎么来的》中做“通天梦”的纪老板，最终魂断梦消。这个人是个“世界人”，作者调笑了这类“崇洋”的家伙，“没有人发现，纪老板的西服袖口还残留着上一回在华盛顿鸡尾酒会上带来的粉红色酒渍”，“他的头还在西半球打转，双腿却已踏进了东半球”。简短的两句，简直是刻薄之极，也极爽！但我还想问上一句，“没有人发现”，那怎么就被“看见”了呢？这自然得归功于全知全能的隐形叙述者“我”了，这种“感觉”等同于东君的发言。《夜宴杂谈》里的庹先生，承载了太多东君对孤芳自赏的“雅士文人”的嘲讽，比如下面这句，“庹先生喝咖啡时不谈点文艺，或者谈文艺时不谈点西洋歌剧，或者谈歌剧时不夹杂几句英文，似乎会憋死的。因此，他的话题无非就是歌剧。”“似乎会”“无非就是”，如是判断放在这位庹先生身上，不是什么预判，什么可能性，而是十足的揶揄、打趣。而这样观看的“我”既是一个看客，在情节结构上也是一个知情者，起码对这样一个群体并不陌生。所以，看似客观的“我”，看似在“冷眼旁观”，实际上仍不断有感觉介入进去，甚至这才是全文的基调。也就是说，“感觉”依然是东君的武器，是“看”世界的方式，却也因此缺乏了参与和行动的力量。

但最后，回过头来看东君的感觉和东君的闲适情怀，我们却发现，所有的故事均出于偶然，是一次次不经意的邂逅，最终帮助他心中的“人物”完形或显形。如《某年某月某先生》中的东先生“在南方某座山中遇到了某女士”，某女士“突然得了一种莫名其妙的病”，然后又“莫名其妙”得好了，这一切成就了东先生“在山中的一段算不上艳遇的奇遇”。在《他是何人我是谁》里，在恍如“马原的游戏”的叙述中，“我稀里糊涂地去了一趟拉萨”，“我”与顾农、姚曳，或者姚曳与顾农，都是相遇而有了一段奇特的经历，之后则各奔东西。在这个缘起的架构里，看似是偶然改变了整个文本的世界，但事件和问题却被撂在那里，只有这种境遇中的某个人，而且是“不群”的人才能获得某种体悟。这是不是说，东君对他的理想生活的设想和想象实际上昭示的是对梦想的不确定，像王大木那样，“他感觉自己又回到了老家，心里面似乎有一座安稳的山”，像西鹿那般，“这个有幸被上帝的手指触摸过的人，内心的一点灵光益发明亮，让他得以化怯懦为勇猛，变愚钝为聪明，往后的好日子也被太阳照着了”。但人类的欲望即便上帝都觉得“可怕”，“塔有多高，他的欲望就有多高”。西鹿因为上帝的照拂而有光明，王大木却只能在希冀中走向死亡，最终成为欲望集团的牺牲品。同理，东君笔下的理想，或者说就是东君的理想，在欲望的重重包围之下，是否能被那束光照亮？光又在哪里？当文本内部都已被外溢的欲望流漫，文本之外的世界，除了“似乎”的“感觉”，也在提醒俗世中的人们，慢一点，再慢一点，静下心来，或许会有意外的发现。在“标准化的世界”生活的人们，在这种时候，或许才会问出王大木那样的问题，“我怎么会在这里？”这其实正是对现代性反思的第一步。但，把人生的理想寄托于一场邂逅和偶然，是不是有些不靠谱？或者这本身便是对“采菊东篱下，悠然见南山”文化心态的追随和以之为介入世界方式的一种尝试？

而且，东君在整体的叙述里给自己划定了一个稳定的结构，“我”的职责主要在于观看，而不参与行动。因此，从故事发生之前，到故事终结，或者是停留在某个进行时的某一段，大略只有两种可能的表现方式。一种是“我”经过“看”获得某种心有戚戚焉的认同感，如《某年某月某先生》；另一种则是从故事的困局中撤出，不能提供解决的办法，如《在肉上》。或许，正是这种个人对于世界的无力感，促使东君采取了“观看”的写作策略。而“漫游”，也只是东君纯个人的对灵魂和自我的拯救之途，是独善其身，其结果亦十分可疑。

我想用《钢的琴》的一句台词结束我对东君的感觉的追索，或也可对东君的“闲”“慢”世界做一注解：

在有的人的眼里啊，他是成长的记忆，在有的人的眼里他是回家的坐标，在有的人的眼里它就是两根烟囱，但是在我的眼里，他就像是一个被我遗忘了许久的老朋友，当有一天听说他要走的时候，我才意识到，原来他一直就在我身边，我不知道是该竭力地挽留，还是该默默地看着他离去，突然有种莫名的忧伤，似乎觉得有话要说，却又不知道说些什么。

东君和他的人物的视而不为，是否也在这种困境之中？

好快刀

明末，济属多盗。邑各置兵，捕得辄杀之。章丘盗尤多。有一兵佩刀甚利，杀则导款。一日，捕盗十余名，押赴市曹。内一盗识兵，逡巡告曰："闻君刀快，斩首无二割。求杀我。"兵曰："诺。其谨依我，无离也。"盗从之刑处，出刀挥之，豁然头落。数步之外，犹圆转而大赞曰："好快刀！"

——蒲松龄《聊斋志异》

是的，我没听错，这一声"好快刀"就是从我嘴里发出的。围观者也纷纷赞道：好快刀！他们朝我围拢过来，仿佛要看看这一坨血淋淋的东西何以会张口说话。然而我很快就闭嘴了。我可以想象，我的嘴巴像傍晚时分的花朵那样，慢慢闭合。影随形，响随声，人影乱成一片，声响也叠作一团。一阵足以让围观者为之热血贲张、官兵为之忙乱不安的骚动持续了片刻，人群就朝四面八方无序散开了，留下满地的果皮和痰迹，离我不到三尺远的地方还有我脖子间飞溅的数点梅花状的血迹。几只恶鸟在天空画着圆周，久久不愿离开。我晓得它们不是来为我送别的。

一阵夹杂血腥味的风从我鼻尖吹过。我的鼻子酸了一下。

有人把篮子里的馒头递给刽子手说，行行好，内人得了肺痨，蘸一蘸这刀口的血吧……

有人嚷着，看呀，这小淫贼的眼睛还能眨动呢……

有人从人群中探过头来叹口气说，真不晓得，脑袋从脖子间落下来，会是怎样一种感觉呢……

有人把我的身体抬走，接着又有人铲了一抔黄土，把血迹盖住。然后就听得一声：大吉利市——与此同时，有一只枯瘦、黝黑的手伸过来，抓住了我的头发。未及多看一眼，我的脑袋已落入一个漆黑的布袋，但我依然能听到杂乱的脚步声和叫卖声。

提走我脑袋的，是一个老和尚。

在我脑袋尚未落地之前，我看到了那一圈又一圈争相围观的人。秋分，午时三刻，阳气最盛，那一刻身首异处，据说连鬼都做不得。在无聊的人们看来，这大概是一年中难得一见的景观了。围观者当中，有提着鸟笼闲逛至此的公子哥，有挽着菜篮子的妇人，有卖炊饼的小贩。也曾听人说，秋决之际，会有一些嗜好古怪的先生，坐着马车从远道赶来，在城里住上一晚，翌日特意在法场近旁的酒楼上拣一个雅座，端着一杯酒，十分悠然地欣赏刽子手杀头的场景，也不晓得是真是假。我是的确看见对面的酒楼上——阿爹曾请我在那里吃过一顿豆腩栗子肉——有位身穿蓝色绸衫的老爷正手搭凉棚朝我这边张望，他看了一阵子，就跟身边的妇人交头接耳，指指点点，不知说了几句什么；边上有个戴瓜皮帽的小男孩，也正伸长脖子朝我这边投来好奇的目光。

阿爹的脸在我眼前晃了一下，随即就在众多的面孔中消失了。阿爹有一张看起来多少有些滑稽的马脸，马脸上有两只不太对称的眼睛——他的左眼死了，右眼还活着，他喜欢用那只活着的眼睛看东西。看来看去，好像他无论看什么都能看出门道来。那年深秋，阿爹对我说，我带你去西门菜市场看杀头，去不去？我说不去。阿爹突然发出一声短促的冷笑。我胆子小，连杀鸡都不敢多看一眼，何况杀头？阿爹说，你不看杀头也行，我让你看看那个女犯是怎样骑木驴游街的。没等我发问，阿爹就接着说，有户举人家的姨太太跟管家通奸，一来二往，就被老爷逮个正着，他们一不做二不休，索性把老爷杀了，然后故意制造出窃贼入室行凶的假象。不过，他们之间的奸情最终还是被人告发了，定罪之后，管家照例要游街砍头的，而女犯呢？照例是要剥光衣裳，用绳索捆绑着，放在木驴上，让驴背的木头橛子戳进她的下体，后面有人推木驴，前面有人用绳子一拉，木橛子就在妇人体内胡乱搅动，那时候，妇人就会发出嗷嗷的叫声，她叫得越响，围观的人就越欢。据阿爹描述，每逢有淫妇骑木驴，城里的人便像是过节一般热闹。这样的场景，阿爹当然是不容错过的。那时我走到街口，忽然对阿爹说，我闻到了血腥味。阿爹说，前面就是法场了。我捂着鼻子，踌躇不前。阿爹问那边回来的人，前面可曾砍头了？那人掩面说，已经砍掉了好几个脑袋，实在看不下去了。阿爹怔了怔，弯下腰，在我鼻子上刮了一下说，你这鼻子真是尖。阿爹又说，嗅觉灵敏的人胆子通常很小，比如老鼠，嗅觉比别的动物要灵敏，所以它们的胆子就特别的小。

监斩官投下杀头的令箭时，人群中顿然响起一阵轰鸣。那一刻，我是多么渴望能看见阿爹那瘦长的身影和冷漠的眼神啊。我的目光在人群中扫了一圈，就缓缓抬高，掠过微微上翘的屋檐，朝更高的地方移去。那里，在一片足以遮暗一条街的长云下，一只鸟划过天空，落进我的视野，而我脑子里竟莫名其妙地跳出一只鲜血淋漓的公鸡来，与眼前那只鸟叠印在一起——以致我疑心，在我头顶盘旋的鸟就是被阿爹所杀的那只公鸡的化身，而它从高空俯视我的目光定然是阴冷的，夹杂着一丝怨怼的。我甚至觉得，还有另一个我，就站在不远处，近乎迫切地等待着我脖子间的鲜血像鸡血一样飞溅出来，落在地上。

仍然记得那个跟公鸡有关的奇怪的梦。那年我大概只有八九岁，我娘死（邻居们说娘是被我克死的）后第六天，我独自一人睡觉。黑暗中有人来到我床前，头戴红色帽子，双手作揖，说，我今日有难，你能否救我？我问，你是谁？为什么要我救你？那人说，我本是秀州府一位丝绸商，死后堕入六道轮回，做了一只公鸡，昨天我在院子里散步时，被主人抓去，送你父亲。现如今我就关在笼子里，等着明天挨刀子。我知道你有一片善心，因此斗胆请你帮个忙，把我放了，回归田园。我说，现在我很困，明朝起个大早，准把你放了。那人向我深深地鞠了一躬，就退到黑暗中去。第二天，我醒来后就抹着惺忪的睡眼，去鸡笼边看看那只公鸡。鸡笼是空的。我赶紧跑出院子，看到公鸡正躺在地上，脑袋无力地耷拉着，喉咙切开，鲜血直往外喷涌，满地都是它挣扎过后掉落的鸡毛。我怒气冲冲地对阿爹说，你竟杀掉了这只公鸡！是的，阿爹说，今天是做头七的日子，鸡血撒在家门口，可以驱鬼。我说，你可知道这只公鸡是谁？阿爹说，一只公鸡还会有高姓大名不成？我就把自己梦里的事如此这般地说给阿爹听。阿爹听了我的话，讪笑着说，你有佛性，不如让你出家去做和尚，往后好歹也可以混碗饭吃。阿爹说这话的口气就好像要把家中一件多余的物什送给别人。

我知道，阿爹一直不太喜欢我。在他眼里，我简直就个怪物。我出生之后，除了脖子和脑袋，通身长满了坚硬的鱼鳞皮。流汗的时候，我还能闻到一股鱼腥味。阿爹说，这一身鱼鳞皮是胎里带的，前辈子做的业带到了今生。阿爹还说，我从娘肚子里出来时，娘还在睡梦中，竟然一点儿都没察觉。按照他的说法，我像一条草鱼那样从娘的两腿之间游了出来。阿爹厌憎我这一身鱼鳞皮，就说我前世定然是个打鱼人。不过，有一点可以肯定，我是天生与水相亲的。有一回，我站在岸边，看鱼在水里游，似乎很快活，就跃入水中。我没学过泗水，却能浮着。我想我的前世不是打鱼人，而是一条鱼。小时候，我并没有觉得自己的身体有什么异样，手与足是相安的，头与身也是相安的；然而，打我懂事起，我就从别人的目光里看到了自己，也由此开始嫌憎自己的身体。又有一回，阿爹不晓得从哪儿打听到一种可除我身上鱼鳞皮的法子。他让我从水涧里抓来一条草鱼，放在砧板上。他用刀拍了拍鱼身，鱼就不能动弹了；接着，他往鱼身上抹了点儿醋之后，就开始抄起刀来，从鱼尾慢慢地刮过去，鱼鳞纷纷剥落，阿爹的口里念念有词，好像在念什么咒语。我不敢多看，闭上了眼睛。但听着刮鱼鳞的声音，身上还是十分难受。从小到大，我喜欢树的身体、草叶的身体、蝴蝶的身体、马的身体，唯独不喜欢自己的身体。长大之后我就越发不能忍受身上的鱼鳞了，鱼鳞只能长在鱼身上，就像人皮只能长在人身上。人长鱼鳞，无异于鱼生人皮。因此，他们都说我是一个人头鱼身的不祥之物。

阿爹死后（邻居们于是乎又说阿爹也是被我克死的），我一下子没了着落，过着有一顿没一顿的生活。饥饿时常像一条野狗那样追着我——对，饥饿就是这么一条狗，有一双冷冷的眼睛，还有一口白历历的牙齿。我没法撵开它。记得阿爹临终前曾对我说，你若是无路可走，就去衔草寺找木头陀，他或许可以给你指明一条谋生的路子。阿爹早年做过山贼，木头陀是个和尚，我不晓得他们何以会成为朋友。我在城里实在混不下去了，就来到衔草寺，找到了木头陀。木头陀问我，你家里还有什么人？我说没有。屋子？没有。媳妇？没有。我饿得头昏脑涨，就不耐烦地说，我现在什么都没有了。木头陀说，你摸摸看，你的眉毛是否还在？我摸了摸眉棱骨的地方，说，还在。木头陀说，既然眉毛还在眼睛上，你怎么能说自己什么都没有了？我张开嘴呵出一口气说，我的嘴也在，这里面除了舌头，什么都没有了。木头陀说，倘使你出家只是为了混口饭吃，终归是个饭桶和尚。以后你若是有肉可吃，有酒可喝，早晚还是要还俗的。

木头陀给我盛来了一碗冒尖的米饭，饭后又给我牵来一匹骡子，说，你爹没了，以后就跟它做伴吧。

这匹骡子是公驴与母马交配所生的，长得像马，所以叫马骡。它有一副强壮的身子骨，还有一副好脾气。在木头陀的安排下，我暂且在寺庙后面的柴房里住了下来，柴房旁边就是马厩。没事的时候，我喜欢跑过去跟马骡说话。它用清亮的眼睛看着我，便让我想起佛前的长明灯来。骡子既不是马，又不是驴。我呢？既不是人，也不是鱼。他们说得没错，我是怪物，当然是要跟怪物生活在一起了。话说回来，有了骡子，我手头就有活可干了。寺庙里的沙弥在山下采集了一些货物之后，就吩咐我牵着骡子去驮运。

有时，我经过半山腰的梦庵，里面会有一位师姑吱呀一声打开柴扉，一身缁衣，一张素净的脸，探出门外，合掌行礼、念声佛号之后，便递给我一张纸条——那手骨真是纤细，可以看得见淡青色的筋脉——细声细气地交代我下山后顺便帮她带些这样或那样的物什。她便是静莲师太，木头陀的妹妹。听说她自出生以来就不沾荤腥，小时候见人就合掌微笑，见佛就拜，不到十岁就出家做了师姑，每天念经书一部、法号两万声，抄经文五百字。木头陀说，静莲师太虽然年纪比他小得多，但道根已深，从她身上可以看到"大丈夫相"。有这种大丈夫相，离成佛也就不远了。但在我眼里，静莲师太就是个女人。是一个跟我娘一样温和、柔弱的女人。我娘已经死去十多年了。

衔草寺和梦庵都是小庙小庵，香火不旺，门头清寂。木头陀除了每天抄写经文，闲时还斫琴，一床床挂在墙上，那些爱风雅的居士如果喜欢，可以给寺庙捐点香金，"请"走几纸经文、一床琴。这些钱勉强可以养活庙里的十来个和尚。

木头陀斫琴，用得上各种木头。一般来说，一床琴要用两种木材合成。面板可用桐木，底板可用梓木。木头陀说，一面是阴，一面是阳。这琴才能合成一体。用佛家的话来说，这叫一合相。不过，木头陀对木材倒不是很讲究。没有桐木、梓木也不打紧，有时还可以用别的木头代替。平常没事，我就牵着骡子在山上或乡间转悠，专收陈木。木头陀看中了，我就拉去解板。给衔草寺干这些粗活，也可以赏饭的。木头陀坚持过午不食戒，每天只吃一碗粥。但我每回过来，他总是以饭招待。他说，干体力活的人，有饭落肚才管饱；不干体力活的人，吃点粥，也能管饱。

我从此把木头陀当作我的亲人。

我也想有个一辈子都属于自己的女人。斫琴所用的木头都要由一阴一阳合成的，何况是人？两个人的生活虽然难免有缺憾，但没有女人的男人毕竟是不完整的。在黑暗中独处时，我脑子里时常飘过一个女人的身影，柔柔的，白白的。但每回洗澡时看到自己一身铠甲般的鱼鳞皮，我就泄气了。因此，我总是像醒来后竭力忘掉夜晚的噩梦那样，从脑子里抹掉那个女人的身影。

有一回，我和木头陀一道去山中寻找陈木，出了一身汗之后，浑身散发着一股刺鼻的鱼腥味。我看见半山腰处有一口水潭，就赶紧脱了衣裳，一头扎进去，舒舒服服地泡了个澡。木头陀看着我一身的鱼鳞皮说，你的脑袋已经进化为人，身体却还是鱼。我问，法师可有什么法子将我的鱼鳞皮除去？木头陀说，这一副臭皮囊，是父母所赐，它该是怎样就是怎样，你理它作甚？我说，我眼睛看着，心里难受。木头陀说，人有一双美目，到头来还不是要烂掉？人有一身强壮的肌肉，到头来还不是被蛆虫吃掉？木头陀接着就给我讲了一个故事：他的师父坐化时，一直保持吉祥卧的姿势，弟子们都觉得他已修成了金刚不坏之身。然而没过几天，他的身体竟散发出一股尸臭，之后全身的皮肉尽皆腐烂，流出黄水。不过，与众不同的是，那些蛆虫居然还能列队从他的七窍里面爬出来，一点儿都不慌乱。木头陀从身与头的两无是处，说到“凡所有相，皆是虚妄”，我就听不明白他说什么了。为了打消我的妄念，他跟我说了许多，可我还是不能让自己变得轻松起来。

无聊的时候，我也会坐下来翻翻经文，或是听木头陀说法。可是怎么办？我的心底越是干净，越是无法容忍浑身上下的鱼鳞皮，以及它散发出来的鱼腥味。人有了身体，忧患就开始了。这是木头陀说的。也许不是木头陀说的，是某个说不上是谁的老人家说的。

剑子手雷大头来了，好威风呵。他们说。小淫贼，剜了他的心，刿了他的肺，喂狗吃了吧。他们说。哐哐哐、哐哐哐。有人鸣锣开道，县太爷也过来看热闹了。车马兵甲好威猛，转眼间灰飞烟灭。更莫说这一头黑溜溜秀发，那一身硬邦邦肌肉，到头来都是枯骨死灰。衔草寺里木头陀说色身，也说山河大地梦幻泡影。笃笃笃、笃笃笃。梦庵里的静莲师太，我把她放在心里供着了。回避，肃静；回避，肃静。县太爷来了，县太爷好威风呵。午时三刻转眼间到了。我总算是等到这一刻了。身体里有什么东西在吱吱作响？那是灵魂？那看不见摸不着的小东西是否要急着跑出来？还有那耳边呜呜作响的，又是什么？呃，是风声吧。冬日的风，一刀一刀的，直割人的耳。有人把我这一头乱发扎成一束稻草，露出后面一段细长的脖子。风一吹，脖子上这颗原本沉重的脑袋忽又变得轻盈了。小淫贼，剜了他的心，刿了他的肺，喂狗吃了吧。他们说。剑子手雷大头来了，好威风呵。他们说。

初识雷大头是在去年秋决过后。那天午后，我背着呜咽作响的北风，在寺庙后院劈着木头，听得两个小沙弥正聊着闲话。

一个说，都已经是深秋了，这庙里怎么又闹蚊蝇了？另一个说，难道你还不明白？这蚊蝇是法师的朋友带来的。

哪位？

就是在法场上拿刀的那位呀。

他来了，为什么就带来蚊蝇？

这你就不懂了。

他们说着说着就转到别处去了。

是夜，灯还未熄，就有一只蚊子迫不及待地叮我左臂，我当即用右手拍死蚊子。左臂留下了一道蚊子状的血迹，蚊子的尸身却粘在我右手的掌心了。事后没过多久，奇怪的事发生了：那只被蚊子叮过的左臂没有发痒，拍死蚊子的右手掌心却奇痒难耐。本来想以这事请教木头陀的，但觉得小事一桩不足以搅扰人家，作罢。熄灯之后，我细细琢磨，不得其解，只能说是因为我右手杀生之后，突然起了悔意，以致左臂的痒突然转移到了右手掌心。但清晨起来转念又想：人生了杀生的念头，全身都是杀气；所造之业，岂分左手和右手？出门，太阳照在身上，觉得自己为杀死一只蚊子而苦恼实在荒唐。

下午，我把几根陈木送到木头陀的房间时，迎面就看见一副木架上正挂着一把刀，刀上血迹未干，也许还会有蚊蝇停在那里忘情地啜饮吧。

之前就曾听木头陀说过，他有个好朋友，叫雷大头，是章丘城里的刽子手。每年秋决之后，他就带着犹沾血迹的刀来到寺庙，同木头陀一道，念三天三夜的经，超度亡魂。

禅房里坐着三个人：木头陀和静莲师太相对坐着，我只能看到他们的侧影，正对我坐着的那一位黑脸团团，胡子拉碴，自然就是雷大头了。多年前，阿爹带我去西门外看杀头，我迟迟不敢近前，但阿爹不管三七二十一，一把抓住我就扛在肩上，大踏步走进人群里。阿爹指着一个袒露上半身的壮汉说，喏，他就是刽子手雷大头了。此人手执一刀，气定神闲。手一挥，脑袋落地。然后就是一片喝彩声。他十分满意地收起刀，眼睛微闭，嘴里好像念了几句什么，大概是希望死者莫要变成厉鬼，找他麻烦。他的脑壳很大，所以城里的人都管他叫雷大头。至于他真名叫什么，似乎也没有听人喊过。

见我进来，木头陀就向雷大头介绍说，你家里那张琴所用的陈木，就是他从济南府一座废弃的老宅里驮过来的。

雷大头双手合十，向我道了声谢。我问，你也弹琴？雷大头说，我是粗人一个，哪会弹琴？只是把琴挂在家中的墙壁上，每天看看也好。我那琴是法师弹过的，每晚夜深人静的时候，我对着那把琴，耳边就好似真的有琴声传来。琴的正音能辟邪气呢。

木头陀说，今日静莲师太正好也在，不如请她为你抚一曲。

静莲师太说，我的琴是法师教出来的，怎么敢在这里卖弄？

雷大头说，只怕我在这里，浊气太重，污了琴声。

法师说，你虽然是拿屠刀的，却有正心。

静莲也点了点头说，那我不妨在这里弹一曲。

师太这一弹，小小的禅房就有了天地，有了望不到尽头的青草，滚滚而来的白云；霎时间，有了男人，也有了女人；有了对话，也有了独语。这曲子我似曾听过，却忘了名字。先前听法师说，这曲子说的是一个女子在佛前倾诉自己一生的痛苦与爱，末后一段，就是女子安静下来，听佛如是说。然而，法师说，在凡人听来，这曲子仿佛是男女之间的絮语，有缠绵不尽之意。

师太弹完一曲，雷大头竟齐刷刷流下了两行眼泪。过了许久，他才开口说，方才听琴，忽然想起多年前遇到的一名窑姐儿，她会弹唱，也会作诗，天可怜见呵，只因有一回接客时那位老爷突然栽倒在她身上，七窍流血而死，她就被差人拘了去。她有理说不清，居然被县太爷稀里糊涂地判了个死刑。行刑时，我着实于心不忍，手一抖，没从骨缝下刀，那颗脑袋竟连皮带骨黏在脖子上，嘴唇一张一翕，一迭声地唤着"好痛呀好痛呀"。至今想起那一幕，手心都会出汗，心里直喊痛。

师太双手合十说，人人都说你是一个杀人不眨眼的刽子手，却不晓得你有一副菩萨心肠。

雷大头说，这么多年来，我一直谨记师父的教诲：一念成佛，一念成魔；手上即便有刀，心里也要有佛。我原本是收尸人的儿子，家里兄弟姐妹太多，父母养不起，就把我过继给刽子手做义子。十岁的时候，师父就开始教我如何杀地上会跑的兽、水里会游的鱼、空中会飞的鸟。他总是盯着我说，你的眼睛里有杀气，你的手上有杀气，这样子不行，等你身上没有一点杀气之后，方可做刽子手。可我还是太急于求成了。师父死后，我即刻补了他的缺。师父传授的刀法说穿了很简单，只有四招：出刀、举刀、挥刀、收刀。可是，你要是想把这四招全都练好，至少要花十几年的工夫。即便如此，这二十年间，我还是会出些差错、留点遗憾什么的。直到两年前有一天，我遇到了一个奇人，不仅赐我这把宝刀，还把奇妙的刀法倾心传授给我。

遇到奇人，必有奇事，师太说，不妨说来听听。

我没想到，法师和师太对刽子手的砍头活儿也很好奇，听雷大头一一道来，他们时而发出一声"噫"，时而又发出一声"唉"，更多的时候是双手合十，念声佛号。下面便是刽子手雷大头给我们讲述的一次奇遇：

两年前，章丘县危山一带闹匪乱，死了不少人。雷大头奉官府之命去收尸。那一路上，到处可闻嗡嗡之声。身边的人说，这些苍蝇都是冤魂的化身，他们在哭诉，在喊冤哪。雷大头正要把一具无头尸往袋子里装时，忽听得一个沙哑的声音：兄台，有劳了。雷大头十分警觉地缩回了手。环顾四周，没见人影。怔愣间，又听得一个声音：兄台，我就在你眼皮底下。雷大头低下头，看见那个头颅正咧着嘴，跟他打招呼，声音跟一缕烟似的飘上来。他擦了擦眼睛，再细瞧，那张嘴微微地张开，又缓缓地合拢。随行的人见了都赶紧丢开手中绳子，撒腿跑了。雷大头依旧留在那里，跟那颗脑袋聊了起来。不一会儿，走来一个形如枯木的老道，手里拿着一个布袋，对雷大头说，身体你拿去，头就交我吧。雷大头不解地问，你要脑袋作什么用？老道说，死者是我弟子，我过来的时候，他身上已扎出了好几个血窟窿，他在奄奄一息之际恳求我给他补一刀，早作解脱。我见他这痛苦模样，就毫不客气地砍下他的脑袋。这时，脑袋又开口说话了：我原本以为，我可以死了，谁承想，我的脑袋与身体分离之后，竟没有丝毫疼痛，而且还有知觉，也不知道师父施了什么法术。老道捋须一笑说，你我师徒有缘，心灵感应，这一刀若是落在别人身上还未必有这奇效。说着，他就提起头颅，放进布袋。雷大头突然回过神来，扑通一下跪在老道面前，请求他授以刀法。老道发出了爽朗的笑声，说，我知道你叫雷大头，而且素知你身为刽子手，却有一片善心。今番我失去一个弟子，又平白得了一个弟子，算是造化的补偿吧。就这样，老道把雷大头带到一座山上，授以刀法和秘咒。学成之后，师父又赠他一把宝刀，让他在一匹狼身上下手。雷大头斩落狼头后，那狼头在地上滴溜溜转了一圈，居然还能叫两声。雷大头十分满意地收刀入鞘，正要跟师父说话时，师父已飘然下山，迅速变成一个黑点，没入树丛。之后他就再也没见过师父一面了。

我就此记住了雷大头的故事。当然，还有那把刀。

雷大头的刀在木头陀的禅房里挂了一个月后，血迹全无，仿佛刚刚磨出来的。他来衔草寺取了宝刀之后，经过后院，见我正在劈木头，就蹲下来，夺过我手中的斧头，跟我讲解劈木头的几种方法。我说，你能否让我开个眼界，用手中的宝刀劈一下木头？雷大头也没二话，就拔出刀来，随手一挥，砍掉了我身边的一根木头。我还没看清，他已收刀入鞘。

我问雷大头，能否让我摸一下你的宝刀？雷大头说，你敢摸么？我说，又不是老虎屁股，有什么不敢的？我伸手摸了一下刀柄，立马缩回。那一瞬间，一种让我手上的血液骤然变冷的东西一点点扩散到全身。

想跟我学这门手艺活？雷大头问。

我摇了摇头。天色尚早，我给他斟了粗茶，请他坐下来聊会儿天。他把刀放在一边，兀自喝着茶。喉结一上一下地滚动。从瓜架上投射下来的阳光，静默地伏在他那双粗壮的手上。

那晚，我梦里出现了雷大头的刀和那只握刀的手。

第二回见雷大头，我们就喝起酒来了。坐在那间动一下手脚就有可能碰落灰尘的屋子里，我喝得浑身发热，并没有觉出外人所说的那种阴寒之气。对面的土墙上，跟那把刀并排挂着的，是一张木头陀所斫的琴。他说这样可以调和阴阳之气，我实在不明就里。

我们都是独身，性格孤僻，说起话来还真个投缘。我告诉他，很早以前，我就听阿爹说起过他的一桩逸事：一天傍晚，他喝了点酒，独自一人穿过一座山，经过一条狭窄的山路时，迎面撞上一只老虎。他走上前去，摸了摸老虎的前额，老虎竟低下了头，从他身边过去了。

雷大头点点头说，有这回事，但情节有点夸张，那日，他在山中一家酒店喝醉了酒，独自一人扶篱摸壁回去，天色还没完全暗下来，朦胧间看见一头庞然大物立在面前。他看得不甚分明，便打算上前打个招呼，走近了，才发现眼前站着的便是一只老虎。老虎看他一眼，就转头离开了。回到家中，他睡了一觉，方才清醒过来，回想起那只吊睛白额大虫，身上直冒冷汗。他弄不明白，老虎见了他何以没有猛扑过来？他曾将这事告诉木头陀，木头陀解释说，他刚刚从法场回来，身上的煞气重，老虎也怕。

我身上的煞气太重了，雷大头说，所以要借助佛法，消除一身煞气。

说话间，有几只老鼠不晓得从哪儿钻出来，左右嗅嗅。雷大头把碟子里面的罗汉豆丢几颗在地上，老鼠叼了，又回到黑黢黢的洞穴里去了。雷大头砍过不少人头，却没有杀过一只老鼠、臭虫什么的。这是木头陀说的。

我问，时常听法师说色身，你可知道什么叫色身？雷大头说，色身嘛，就是肉体之身。我又问，色身都是虚妄的吧？雷大头点了点头。又问，你跟女人睡过么？雷大头说，早年间睡过一次。我说，一个人不曾进入过女人的身体，如同未生一般。所以，像我这样的人，已是生不如死。雷大头吞了一口酒，长叹一声说，跟我睡过的是一个女犯，到了秋决的时候，她的脑袋还是我亲手砍掉的。

上回你说，有位老道传你身首分离的刀法，可曾在人身上试过？

不曾。

可否拿我试刀？

什么？莫非你要我削去这一身鱼鳞皮吗？我的刀法再好也帮不了你这个忙。

不，我是说，你可以直接给我脖子间来一刀痛快的。

我这么做就无异于杀人，你以为我醉了吗？告诉你，我没醉。

我也没醉。实话跟你说吧，在这世上，我就是不愿意做一个人首鱼身的怪物。

你没醉，可是你疯了你知道不？

求求你，就拿我的脑袋试一下吧。

师父说，行此身首分离续命术，除了念咒，非得两人心灵感应不可。

那么，就让我做你的徒弟吧。

我醉了，不知道你在讲些什么。你也醉了，是不是？有事明天再说吧。

我跟刽子手雷大头歪歪斜斜地躺在一张破床上，一直睡到日光照亮东窗。我是被嘴里的一口苦味呛醒的。酒醒了，脑子醒了，舌头也醒了。雷大头还是死活不肯收我这个人头鱼身的怪物做徒弟，但他自此把我当作兄弟来看待。

跟刽子手雷大头熟识之后，我的脑袋便决意要跟身体作别了。一颗头颅，暂寄项上，浑浑噩噩，不觉间又过了一年。我虽说没有跟自己的身体反目成仇，但我对它的厌憎已是日甚一日。每晚睡下的时候，只觉心里有一团黏稠的、化不去的黑暗，跟蛇一样盘着。那一晚，我喝了点酒，竟做了一个春梦。我梦见了什么？当然是女人。确切地说，是师姑（师姑当然也是女人）。师姑盘腿坐在床上，整个身体被绯红色的圆光笼罩着，仿佛正在入定。我大着胆子，伸手探了探她的鼻子，尚有微细的鼻息。我的手指碰到了她的嘴唇，她没吭声。我的手不听使唤了，沿着脖子，一径滑入了领子，触摸到了锁骨和肩胛窝。这双手仿佛在那一瞬间变成了两尾鱼，在她衣服里面游动起来。

我醒来后，回想梦中那个女人的面容，猛然坐起。那个师姑不正是梦庵的静莲师太吗？一个月前，她沐浴更衣后，跏趺而坐，弟子过来问话，她没反应，推她，也无动静。起初庵里面的众尼都以为她已入于禅定，后来过了一天，才晓得她已经坐亡。跟别的僧尼不同的是，她圆寂之后身相如生，脸上仍见肉色。据说这事惊动了京城，朝廷特地派来了宫廷画师，说是要给师姑写容；地方官员、缙绅、男女两众也都闻风过来，持香礼拜，称她为肉身菩萨。

我从那个绯红色的梦里脱身出来的时候，手指上还留着一丝温热，好像我真的触摸过什么。尽管是做了一个荒唐的梦，但我还是感到羞愧难当。我下了床，走到门外，撒了一泡尿。听见枯叶瑟瑟作响，禁不住打了个冷战。那一刻，回到柴房里，我突然想找点什么。找了好久，才想起，我要找的，原来是酒。喝了点酒，我就有了一种想干点什么的冲动。一个人下定决心之际，仿佛能听到内心传来咔嚓一声。咔嚓，那么果断的一个决定。

兄弟，喝了这碗酒吧。雷大头把满满一碗酒递了上来。那酒看上去分明是一碗汤药，黑乎乎的，像冷天里凝固的猪血。如果此刻能配上豆脯栗子肉就好了。过了午时，对面的醒春居又会有人喊着豆脯栗子肉了。他们就要吃掉我喜欢的豆脯栗子肉了。

那天是我留在衔草寺的最后一天。我偷偷吃掉了一碗豆脯栗子肉，也许还吃了点别的什么。总之，我把所有的食物都留给身体了。直到傍晚，我就牵着骡子下山去。途中碰到一些熟人，他们打量一眼驴背上的靓蓝布袋，就问，送货吗？我说，法师刚做了两床琴，今晚就给买主送去。我下得山后，钟声飘了过来，又随风飘远了。庙在夕阳那边，红得像一片枫叶。

下山之后我就知道自己不会回到衔草寺了。我骑着骡子出了章丘城，前面连荒村野店都没有，只有一座茅草搭就的路寮，但我不敢在那里借宿。我知道，明天天一亮，章丘城里就会传出肉身菩萨被盗的消息。再过些时辰，就会传出官兵追捕我的消息了。我也没有打算穿州越府跑得更远，只是想去城外走走。在这个清冷的夜晚，蹄声由轻快而变得滞重。骡子跑着跑着，突然停下来，分开后腿撒了一泡尿，月光下，尿色淡白，且带泡沫，表明它已极其疲乏了。举目四望，分不清远处是水还是月光。我翻身下来，身上的勇气仿佛被黑暗一点点吸走，脚下不稳，打了个趔趄，险些瘫软在地。我把骡背上的布袋卸下，放在一边。骡子歪歪斜斜地躺在一边，发出吭哧吭哧的声响。夜风吹来，我冷得直打哆嗦。月光下，我仅凭嗅觉，就找到了几块干牛粪，因为外层被夜露打湿，不易点燃，我不得不弄来一堆枯叶，费了点劲才把它引燃。等牛粪烘干之后，我就把它投进火堆里。我的手脚慢慢开始暖和起来了。

师太，请了。我打开布袋，对里面那个一辈子都没沾过荤腥的女人说，恕我失礼了。师太手柔足小，身体看起来只是比琴体大一点，手指间依稀可闻桐木的清香。我摩挲了一下她的四肢关节，让她盘起腿来，端坐树下。师太当初死状吉祥，即便经过这一路颠簸，她的脸庞在火光映照之下也依旧是一副庄重淡静的表情。我跪在师太跟前，告诉她，我想完成一个夙愿，这事只有她可以帮得上忙。因为冷，我的舌头显得不够利索。风从我们中间吹过，我想风会把我的话带给她的。天地是她的，也是我的，有男有女的天地是完整的。我念了一句佛号，直觉得口舌生津，眼中涌出了喜悦的泪水。当我抬头之际，似乎看到师太的脸上露出了似笑非笑的表情。

我没想到自己的行踪这么快就被人发现了。远处有人直着嗓子咋呼，好像是看到了林中的篝火。静着的天空忽然有了异样的响动，起初以为是闷雷。细听，才发觉这声音是从地底传来的。随后，一阵急骤的马蹄声掩涌而至，我有一种即将被流水淹没的感觉。我紧紧地抱住师太，好像随时会有一股流水把她从我身边卷走。马蹄声近了，一群人下了马，形成了一个包围圈。他们踩着积叶，在黑暗中跑动，风声满地。我大着胆子睁开眼时，一匹马的阴影已迅速覆盖了我的脑袋。带头的那个官差举起火把，在我脸上照了照，随即翻身下马，用刀指着我的脑门。一阵风忽地朝我吹来——经过刀刃吹来的风让我禁不住打了一个冷战。我终于听到心底里有什么东西坠地的声音了。

拿刀的雷大头，还是跟往常一样板着脸。我跪着，他站着，圆壮的肚皮在我眼前凸显着。彼此间只是对视一眼、点一点头，没有多余的话。除了对自己在那一瞬间表现出来的平静微微感到有些吃惊之外，我心里居然还滋生出一种要跟身体就此诀别的急迫感——船要离岸，一个人要远离自己厌憎的地方，大概就是这样一种感觉吧。刽子手雷大头近乎无声地拔出刀来，双手举着，向天地敬拜，嘴里还念念有词。念毕，刀对着太阳晃了晃，一道光嗖地一下反射到我的眼睛里。然后，他就站到我身后一侧。我能感觉到他的刀正对着我脖子间的某道骨缝，斜斜地举起来。那一刻，我还是没忘记瞥一眼自己的身体。这应该是最后一瞥了。

是呀，他们说得没错，我是强盗的儿子，天生就是做贼的料。不过，我偷的不是别的什么东西，而是人。也不是人，是死掉的人，应该叫尸体。也不是尸体，应该叫肉身菩萨。这一回，县太爷动了怒，满脸溅朱。公堂里我满耳都是他呵斥的声音。什么，竟有这等事？伤天理呵，你竟盗了肉身菩萨。你的手伸进福田衣底了吗？你这恋尸的狂生，伤天理呵，非但辱尸，而且渎神，犯的是人神共愤的大罪呵。来人，先拖出去当众打他五十大板，再斩狗头。噼噼啪啪、噼噼啪啪。他们在打我的肉身，而我却在一边叫好。打完了，我被几个差人从门外拖到了公堂，待画完了押，县太爷就拿起朱笔，在纸上重重地点了一下。然后掷笔离开。

眼看这一年秋决的时辰又快到了。

我坐在牢里，一直等待着雷大头手中的刀。但我等来的却是木头陀。说实话，我有点羞于见他。深夜吃过辞阳饭后，我就看见木头陀手里抱着琴，来到我跟前，盘腿坐下。木头陀说，人身难得，佛法难闻，你何苦如此？我问，你都知道了？木头陀说，都知道了。我说，知道我的人只有两个，一个是你，一个是雷大头。木头陀说，还有一人，是师太。我双手合十说，这回我让师太蒙羞，真是愧疚啊。木头陀说，既然你已经抱着必死的念头，我也不再劝阻。我有一曲，是神灵所授，只在半夜弹，而且只弹给将死之人听。你若不嫌憎，我就为你弹一曲，送你上路吧。

木头陀的手指在弦上挥动之际，我的心尖颤抖了一下。听着这曲子，我感觉自己跟一只白鸥似的，在海上漂漂荡荡，找不到岸，也不辨方向。忽然，一轮红日跃出海面，一道金光下隐隐约约浮现出一线岛屿。我的脑袋晃荡了一下，岛屿、红日随着波浪浮荡起来。一切都似隐似现。外面风声一忽儿紧，一忽儿慢，灯光也是忽明忽暗的。木头陀弹毕，双手凝然不动，琴曲却在我耳畔缭绕不绝，暗夜里有了暖意，不能说，于是默然地喝上一口水，把要说的话含在唇齿间了。

木头陀也没说什么，就抱琴走了。灯灭后，琴声又响了起来。我拍了拍自己的身体，告诉它：你在世上的日子已经到头了。

日子已经到头了，日子已经到头了，阿爹在临终前也是这么说的。日头落下，日头出来，阿爹说，两个日头之间无非是夹着几个梦罢了。梦这东西，到头来还是随了身体，一并消散。都是空的，都是空的。

风是斜斜地刮过来。咔嚓一声，我的脑袋飞了起来。

然后，我就听到自己发出一声赞叹：好快刀！

陈集益

陈集益

1973年生，浙江金华吴村人。现居北京。中国作家协会会员。2000年前后尝试写作并发表。2002年起“北漂”至今。2014年7月起，在《青年文学》杂志任编辑。

主要作品有《往事与投影》《城门洞开》《洪水、跳蚤》《野猪场》《哭泣事件》《吴村野人》《人皮鼓》《驯牛记》《制造好人》等，发表于《十月》《人民文学》《钟山》《花城》《大家》《中国作家》《天涯》《山花》《芙蓉》《江南》等刊，共计一百余万字。有作品《小说月报》《小说选刊》等选刊。出版有小说集《野猪场》（入选21世纪文学之星丛书2010年卷）《长翅膀的人》《哭泣事件》等。

曾获《十月》新锐人物奖、2009年“浙江省青年文学之星”奖、2012—2014年度浙江省优秀文学作品奖、第二十三届全国梁斌小说奖、第三届青年产业工人文学奖等。

在深渊里寻找光
——陈集益小说综论

王　芳

《野猪场》《长翅膀的人》《哭泣事件》是陈集益较重要的三本小说集。我第一次读他的小说是在几年前，读的是小说集《长翅膀的人》。该书内封上那张剪着板寸头、穿着白T恤的作者照片给我留下很深的印象，因为照片里的他有一种野蛮的坦荡气质，看起来不像一个作家；至少给人一种不被驯服的感觉。果然，他没有令人失望，小说集里的小说充满不可捉摸的诡异质地，有着坠入黑暗的绝望、沮丧，又有着对光的渴求、追寻，如此，他的小说就像在深渊里杀出一条血路，让人读后仿佛看到有微弱的光一步步击退黑暗。这样的小说及其作者，在我看来有点“孤胆英雄”般的悲怆。

陈集益的小说集《哭泣事件》，可以看作他“在深渊中的呐喊”的扩音筒，本文以分析这部小说集里的小说为主线，兼论另外两本小说集里的小说为副线，对陈集益的整个创作进行梳理。

一、吴村，一片真实中写满荒诞的神奇土地，是天堂，也是深渊

一个作家欲使自己的作品打上个人化的清晰标记，往往要为其作品中的人物构建一个特殊的叙事环境，这样的环境可以是真实的，也可以是虚构的。陈集益选择了用真实的吴村来讲虚构的故事，用荒诞的情节来描述真实的现实。

吴村是浙江内陆的一个小村庄，在解放前这里还不算太贫困，因为这里可以走水路往山外贩卖木材。然而解放后，在特殊的历史决策下，这里因为修大型水库而被人为地阻断了出山的路。陈集益在《往事与投影》这篇有点自传性质的小说中，以儿童的视角写了“吴村”的闭塞和贫穷。还在一篇回忆童年的

文章这样说：”在我的童年，眼睁睁地看着一个人因为一件很小的事想不开，自杀或者发疯，是经常的事。另外，除了疯子，村里还生活着许多性情古怪的半老头子。”陈集益相信“记忆比客观现实更具有文学价值”，因而儿童时代的记忆，慢慢形成了小说的情节、主要人物和他们的行事方式和处世态度。比如，《吴村野人》里的蛮娃以及人们对待蛮娃极残忍的态度；《杀死它吧》中那头被赶往屠宰场的猪总是不与主人配合，人的情绪极度压抑，几乎无法正常喘息；《离开牛栏的日子》里的父亲将自己的儿子送给村长，只为获得一点点与权力亲密接触的机会；《代孕》中那个带着自己的妻子为人代孕的阿松，只不过是为了想盖一间像样的房子；《被证明死亡的人》中小男孩蚂蚁的爸爸毛宗文带村民出去打工，结果却要不到工钱，最后客死异乡……总之，吴村的闭塞使人向往外面的世界，挣扎着直想杀出一条血路，而现实则令人深感寒冷暗黑，于是作者努力想通过自己的书写，为那处于寒冷与黑暗中的人们寻找一点光。

可以说，翻开小说集《哭泣事件》，便是翻开了一部个人史，翻开了一个村庄史，甚至是一个从封闭中走出来的时代的历史。因为吴村是无数个像吴村一样的中国村庄的代表，陈集益是无数个从农村里走出去的进城农民的代表，至少是从农村出来的”70后“一代的代表。陈集益高中毕业后，曾在多个城市打工，做过多种苦力，甚至经历过没有地方可以容身的窘迫。他曾亲历过20世纪90年代民工被老板残酷剥削的生活，对中国私营企业家血泪斑斑的资本原始积累历史有着深切的感受，他有太多的故事要去告诉这个世界，关乎精神而无关乎物质，这大概可以为《哭泣事件》一书做一个现实的注脚——他曾经承受过超负荷的劳动，亲历过当代中国翻天覆地的变化，看到过太多田园牧歌式生活下的残酷真相，这使他不由自主地背负起了历史赋予的使命。

陈集益书写处于资本原始积累时期的中国民工的血泪；书写中国农村的贫穷、封闭，农民的麻木、狭隘；他不抱着城市人居高临下的写作态度，也不似鲁迅式的鞭挞，而是满怀悲悯，忠实于他的记忆、在场的感受、个人的体验，去除粉饰，让人看到走不出困境的绝望抑或愤怒，从而告诉人们，当一个人身处真正的底层时那种在深渊里无可奈何静静等待命运判决的处境、心境。这是陈集益的写作与大部分同龄人不一样的地方，当他笔下的现实越残酷，他的心承受的痛苦、审判就越残忍，有时甚至是鲜血淋漓的。

从这一意义上说，陈集益的吴村，与鲁迅的鲁镇、莫言的高密东北乡、刘亮程的阿不旦、谢宗玉的瑶村一样，同样可以成为这个时代最独特又最具代表性的文化符号。因为他们都以各自不同的视角诠释着农村，表现每一座村庄的进化历程。而村庄的历史，何尝不是人类发展的历史？村庄的人性，何尝不是所有人性的缩影？

二、绝望，一种悲观但不颓丧的情绪，逼人疯狂，也使人抗争

诗人策兰说："艺术就是要进入你深层的困境，让你彻底自由。"陈集益几乎所有作品在情节的安排上都使人有一种陷入感，仿佛他笔下的人物总是被一套残酷的逻辑美学控制着，祸事连连，危机迭起——这使得无论是故事中的人物、叙述者"我"还是读者，都被困入恐惧与紧张中，而作者却在这种将苦难推向极致的书写中获得了彻底的释放。

陈集益曾说，他是一个悲观主义者，对这个社会乃至对自身都充满了绝望的情绪。尽管如此，他的小说却没有让人物在绝望里任由命运摆布，即便将死，也在一刻不停地挣扎反抗，从这一点来说，陈集益的绝望是一种抗争的绝望，因为抗争，绝望中的人就容易发疯，所以他的小说中常常有疯狂的人物出现。但是这些因为绝望而抗争、最后被逼得"疯狂"的人，就应被理所当然地视为疯子吗？答案显然是否定的。从另一个角度看，他的小说里的"疯狂者"只是不甘于与这个世界苟同，所谓的疯狂仅仅因为"抗争"而已——且不论是与现实做抗争，还是与命运做抗争。

《谎言，或是嚎叫》中的张德旺，在打猎时看到了一个野人，在追寻无果后将看到野人的事告诉了村里人，可是村里人不相信他看到过野人，于是引发了一场信任危机。一向视信誉如同生命的张德旺，开始了寻找野人之旅，他毅然离开妻子、孩子、村庄，向大山深处走去，这一找就是二三十年，直到他面目全非，被另一个村庄的人当成野人抓进笼子。这篇略带荒诞色彩的小说，从张德旺进山开始整个故事就处于一种紧张的状态中，似乎到处一片黑暗，希望之光——也就是抓到野人以证明清白——始终没有照亮张德旺的生活中。作者也试图给张德旺希望，比如家里人来寻找他，比如有几次他似乎看到野人的身影，但终究，他既没有找到野人，也没有选择下山。张德旺地坚持寻找，一方面显得悲壮，掺杂着他对尊严和对真实的捍卫；另一方面又显得可悲、可笑，显得那么无意义。这是绝望与希望、真实与谎言、光明与黑暗、野蛮人与文明人……相互倾轧、随时颠倒的过程。而张德旺的人生悲剧，归根结底是由他自己的抗争造成的。

同样，在《离开牛栏的日子》中，那个冷面无情只倾心于权力的父亲，给“我”、“我”的弟弟、母亲和爷爷带来灾难性的打击。因为父亲，“我们”一家人不得不住进能够靠近权力的牛栏，之后一系列倒霉的事就降临在“我们”一家。而最可悲的是，父亲竟然要把“我”的弟弟过继给没有子女的村长做养子。“我”的母亲痛恨父亲的恬不知耻，长期阴云笼罩。“我”呢，一直胆怯地看着这一切，即使到了文章的结尾，绝望的状态也没有丝毫缓解，“她（母亲）那男人一样的身子如同山顶的孤树摇晃着，窒息的哭声时断时续，像溺水的孩子，我紧张而惶窘地在灯的暗影里站着，直到面孔浮肿的一轮月亮，压上屋檐。”在小说结尾，“我”、母亲、祖父、弟弟，这四个人的绝望是明显的，表面上看都是父亲造成，其实在乡村权力的掌控下，“父亲”的绝望才是最深刻的——他通过一系列别人难以理解的行动，力图摆脱这种绝望，却进入了一个癫狂的怪圈。

而《哭泣事件》中的父亲，因为他对“老将军”的膜拜，在被拒绝靠近“老将军”之后引发了一次不被允许的哭泣，从而被冠以“扰乱公共秩序”之罪遭到逮捕。在这里，权力被赋予了耀眼的光环，每一个人对于不可企及的权力都表现出了极度的虔诚、畏惧，而父亲卑微的愿望——“见一眼老将军”，“为老将军打一次麻糍”竟然难于登天。父亲哭，既源于悲伤，也源于委屈。历经周折的父亲后来虽然被释放，但是郁积于他心里的冤屈始终没有平息。于是在北京工作的儿子成了他“惩恶扬善”的希望，他开始上访，逼儿子帮他告状，他对于悲伤与委屈的执着的反抗，使他的儿子、老婆也被卷入了这绝望的旋涡之中。

还有《杀死它吧》里的那头猪，始终无法被杀掉；《被证明死亡的人》里流落街头无法要到工资的宗文在谣传已死后，终于死去；《逃跑》中的“我”被城市生活围困找不到突破口最终逃离家庭；《代孕》中的阿松从村子里忽悠来一些妇女为一个老板代孕，而当妇女们肚子大起来后老板却消失不见，不仅发财梦破灭，而且不知该如何处理妇女肚子里的孩子们；《长翅膀的人》则写一个长了翅膀却永远不会飞的人的全部悲哀，那人对飞翔的向往充满无法描述的悲凉感，长久地回荡在字里行间。

可以说，绝望成了陈集益所有作品的共同特点，它使人如同陷落于深渊之中试图挣扎。然而，细读之后，又会发现他笔下的人物是那样富有韧性，无论被生活逼到了怎样的角落，总要想方设法活下去，也总能想方设法活下去，让人不断地希望看到希望，让人坚信光总是会有的。这样的书写显然与陈集益的底层经历有关，而这种底色是否可以理解为一个时代中大部分底层人的生存状态呢？

三、隐喻，一个执着恳切不惜为之将自己变得面目全非的理想，要虚构，也要真实

亚里士多德曾从修辞学角度来谈隐喻，反复强调，唯有隐喻能破掉俗套，能把话说得生动，从而也给听者某种可持加领悟的东西。可见，隐喻因为其强大的现实描写能力，以及透过现实引发联想从而留给读者巨大思维驰骋空间的能力，能使作品达到“言有尽而意无穷”的效果，被许多作家青睐，从而被广泛运用。马尔克斯、博尔赫斯、卡尔维诺、川端康成等世界文学大师，无不是将隐喻用到极致的高手。从这一点来说，作品拥有强大想象力并能游刃有余地运用隐喻的陈集益，其写作已具有世界性。用陈集益自己的话说：“将一个你要书写的故事借助想象力推向极致，随着想象力持续推进，故事情节不断地向现实的边界扩延，在即将跨越写实的那个临界点上，现实好像要展翅飞翔起来，这时就自然而然地产生隐喻、象征等等效果。不论是你提及的隐喻、象征或思考，都会伴随着想象的推进而产生。”①

但陈集益的隐喻显然不同于其他作家的隐喻，其他作家的故事往往一开篇就朝着隐喻的方向走，如《河的第三条岸》，意象纷繁迭出，带有很强的虚构性。又如《百年孤独》，成天织着裹尸布的姑娘，长着猪尾巴的孩子，魔幻特征明显。陈集益的隐喻却隐藏在真实的社会事件内部，看上去是老老实实的写实，仔细想又感觉被他套进去，即便明知虚构，却仍有震撼，思考接踵而至——同时，隐喻的效果也达到了。

陈集益小说的隐喻集中表现在小说主人公所执着追求的某一事某一物上。纵观其所有小说，每一个主人公都会带着执念追求一种理想意义的东西，有时是公平，有时是尊重，有时是正义，有时则是金钱、权力、名声，尽管这些东西看不见摸不着，但他们执着、恳切，甚至不顾一切，为了得到它们，不惜把自己变得面目全非。《谎言，或是嚎叫》中的“野人”，《哭泣事件》中的“老将军”，《离开牛栏的日子》中的“牛栏”“村长”“爷爷”，《代孕》中那些孕妇们腹中的“孩子”，《逃跑》中的“房子”，《被证明死亡的人》中那个始终没有

① 陈集益、梁帅：《想象力能把故事推向极致》，《北方文学》2016年第7期。

出现的毛宗文，全都是现实生活中真实的可触可感的人、事，一旦被赋予隐喻功能，便给人留下了巨大的想象空间——陈集益的隐喻使他故事的真实与虚幻相得益彰。

比如，在《谎言，或者嚎叫》里，一开始，野人只是作为猎人的张德旺亲历过的一桩怪事出现，因此野人的形象十分清晰，你半点儿都感觉不到是张德旺的意识之类出了什么问题。可是，随着事件的推进，再也没有出现野人，为了证明自己的诚实，张德旺走上了一条寻找野人的路。这时的野人，已经不再是野人本身，它象征了张德旺所渴望的被认可。因此，野人愈加难寻，也愈加模糊难认，直到张德旺自身变成野人，野人就成为了一种虚妄的执着与无望的等待的隐喻，让人想到，每一个心中何尝不都住着一个“野人”，只是有的人愿意跋山涉水寻找，有的人任其沉睡。

《哭泣事件》中的“老将军”则隐喻人们心中对权力的膜拜。对于很多人而言，权力就是其信仰，因此，获得权力的青睐将让人热泪盈眶。“我”的父亲，作为男性膜拜权力的代表，他虔诚的泪水，并不是为老将军吃过祖传的麻糍而流，而是为能与无上的权力有亲密接触并有可能受到权力福庇而流。至于《杀死它吧》里的那头无人宰杀的猪，从原来一家人的希望所在，成为了一家人的累赘与痛楚；而阻挡着山里人出山、平原人进山的大型水库，则成了一个更大的隐喻。《离开牛栏的日子》里，那间臭气熏人、使人无法入眠的牛栏成了与村长交好的桥梁，牛栏的隐喻也就显而易见。小说标题为“离开牛栏的日子”，到底是我们离开了关进牛栏的日子，还是始终没有逃脱牛栏的笼罩？这是否意味着，权力的压迫与奴性的滋生此起彼伏，我们终究无法摆脱。

其实，除了作品所设置的隐喻，作者采用的虚实相间、故事往往被推到现实的边缘等丰富的叙事手法，又使其体现出可供读者想象的各种小人物、小物件的隐喻，有些隐喻可能是写作者自身都意识不到的，正所谓一千个读者的眼中会有一千个哈姆雷特。这种种隐喻构成了密不透风的故事通往外界的一个出口，从这个出口里涌进来的光足以把读者的心照亮。

四、幽默，一阵不动声色的黑色旋风，可荒诞，亦可歌泣

作家谢宗玉曾以《一个一本正经的荒诞者》为题评论陈集益小说的整体印象，其中写道：“他一本正经地叙述，却显示出一种特别真诚的成分，不要半点奸巧，让人感觉他就是在说身边的真人真事，增加了荒诞文字的真实性。看

似笨拙的语言充满了韧性和耐性，仿佛如果你不相信他，他就要把每一粒文字血淋淋的心脏挖出来给你看，让你体验到文字本身的耿直和诚意。”——这个印象是准确的。陈集益的大部分小说，明明说着的是一个荒诞的故事，读者却能在这荒诞里体味出泪水、痛感。

陈集益善于运用令人信服的夸张手法讲述残酷与逼仄的现实，他的夸张笔调与情节的荒诞感里有很浓的幽默成分。在针对陈集益小说的众多评论里，独特的“陈氏幽默”几乎被忽略。这或许跟他本人性格木讷、不苟言笑，而作品主题沉重悲伤有关。事实上，其小说沉重、绝望等灰色的基调，恰恰充分地凸显了他独具的幽默特色。他的幽默是严肃的幽默，沉重的幽默，悲伤的幽默。

陈集益的出生地吴村，坐落在浙江一个叫汤溪的地方。据资料显示，汤溪镇地处金华、兰溪、龙游、遂昌四县边隅，在古代是一个出土匪的蛮荒之地，其方言“汤溪话”因未受南宋官话的影响目前只有几万人使用。据说汤溪话很特别，浊朴，直接，野蛮，而且俏皮。汤溪人更是善用喻，喜说笑话。这对陈集益产生了很大的影响。我们来看看《吴村野人》里“我”兄弟的名字：陈集宝、陈集军、陈集财之类，均以类似“陈集益”的名字来命名，这使那个疯狂的野人的故事在荒诞里夹着令人无法拒绝的幽默感，使人无数次回头再去看作者介绍。

陈集益的幽默具体表现在两个方面：夸张的情节和不合常理的人物言行；奇特的设喻和联想。

先说第一个方面，夸张的情节使作品具备了嬉笑怒骂的张力，不合常理的人物言行与现实产生了巨大的反差。如在《特命公使》中，七十岁的村长因为误食了做兽医的女婿准备给猪吃的性药而性欲苏醒，难以自持，权力的欲望也随之而膨胀。一方面是曾经的“壮年”如今日益苍老，而年轻人都外出打工，乡村里一派衰败的景象；一方面是人到暮年、无法扭转颓势的村长性欲勃发，以至于他对自己异乎寻常的状态既欣喜又惶惑，既想跃跃欲试，又惶惶不可终日。《代孕》中，有一个孕妇很会吃，一天要吃上五六顿，还没有节制地放屁打嗝，“铁珠的腹部，在怀孕之前，就因为脂肪堆积，比别人大许多，貌似乡干部的啤酒肚”，而另一个孕妇却想着减肥而不敢吃，终日担心吃多了，随手一个对比，就给人一种强烈的漫画感。还有《杀死它吧》中那头叫“流肥油”的猪，刚开始家里人担心它长得太慢，以至于极尽夸张地为它去弄饲料，而猪被催大以后却无人来杀；以及《哭泣事件》中人们对“老将军”那莫名其妙的崇拜、期待……每一个夸张化的情节，都可以用“幽默”来形容，而幽默的背后则充满了嘲讽的力量。

第二个方面，奇特的设喻和联想。这里仅举几个语言的例子。如用“像刚刚倒进农药的鱼塘那样喧闹”，来形容集市上的人；用“就像大树底下的一棵禾苗，只有等到大树倒下之后，它才会得以重见天日，日渐繁盛起来”，来形容人们对张德旺见到野人的怀疑；用“像一个衰老的女人，变得枯槁、阴郁起来”来形容冬天的山；用“她整个人垮了，就像堵不住水的堤坝一样”，来形容一个伤心的女人。这些就地取喻的例子在小说中很多，新奇恰切充满喜感，“草根化”却不俚俗。

幽默能体现写作者看待世界的态度，陈集益的幽默常常表现得不动声色，却能以千钧之力击中读者，使人既想笑又想哭。他的幽默，恰恰是对严肃沉重的主题的一种形式上的补充，使作品读上去稍显轻松，也使深陷黑暗中的阅读有了可以追寻的光亮。

五、男性城堡，一次杜绝女性参与的狂欢，有痛斥的怒火，也有悲悯的泪

评论家谢有顺说：“越来越多的作家，躲在书斋里，无视日益尖锐的现实苦难，而只是在一些无关痛痒的问题上玩弄文字和技巧，他们的写作，普遍充满了精神软弱带来的屈服性。”从这一点说，陈集益是当之无愧有担当的作家。他在一则创作谈中说道：“我从没有忘记我的写作动机：它是与我们身处的这个时代，还有那个被损害被侮辱的群体联系在一起的。”陈集益的孤高，体现为不合时宜的愤怒，不愿苟且的坚持以及对弱势群体的悲悯。

因此，陈集益的写作，有意避开了男欢女爱、风花雪月之类的题材，甚至淡化了对女性的描写——仅对“母亲”有少量着墨，而着墨之处也没有刻意表现女性的温柔与美丽，而是强调母性如大地一般宽厚与坚韧。因此，可以说，陈集益在他的作品中构建了一个复杂的男性城堡，因为男性是对外的，是乡村世界的主宰者，即便他们来到城市，男性也依然是站在最前面打拼的那一批人，他们对于人类的进化具有代表性的意义。

男性城堡的构建，以他先期的两本作品集中的“父亲”系列为代表。刚刚出版的这本《哭泣事件》中有继承更有拓展。评论家吴秉杰说：“如何看待父亲，也就是如何看待历史。”陈集益说：“我写父亲，因为父亲是一个家庭与社会的纽带，社会生活可以通过他反映在家庭生活上。”“父亲的形象，很多时候是应对着我们的统治者。选择父亲，其写作情感就要复杂得多，它掺杂了崇拜、叛逆、对

抗甚至恨。”——因此，“父亲”的形象，往往是既可怜、可敬，又可鄙、可笑的。而陈集益在描写父亲的笔调中，自然就满含嘲讽、痛斥，对权力进行一次又一次深入的挖掘与清算，而对于只能屈从于父亲权威的“家人”，则满含着悲悯。

《哭泣事件》中的父亲名叫“苦瓜”，为了打麻糍给“老将军”吃，不惜用高价换回品质更好的稻米。事实上，他跟“老将军”没有任何交情，但他对待“老将军”比对自己的亲人还亲，为什么呢？因为“老将军”代表至高无上的权力，而父亲渴望这样的权力能给自己带来荣光。同样，作者给《离开牛栏的日子》里的父亲命名为“瘌头”，外表形象已经十分猥琐，所作所为更是恬不知耻，他毫不掩饰地给村长拍马屁，甚至心甘情愿将自己的小儿子过继给村长。他的权力意识的觉醒使他几近癫狂，因而也更加暴戾。另外，《谎言，或者嚎叫》中的张德旺，对“野人”的执着追寻是想证明自己并没有撒谎，而撒谎意味着男性尊严受到质疑；《杀死它吧》中的父亲亲自磨刀杀猪，最终猪却从案板上逃走，父亲愤怒却软弱无奈；《逃跑》中的“我”是城市的打工一族，在关于“房子”的一场谎言中，那样负累重重却又无能为力；《代孕》里的阿松，更是无耻地忽悠村里的女人到城里“出租”子宫……可以说，整个男性世界都是不堪的，他们自私、暴躁、崇拜权力、毫无底线，所作所为简直匪夷所思。他们或是做久了顺民，突然有一天就爆发了；或是心怀恐惧，仍然麻着头皮在错误的路上越走越远。几乎所有的男性都处在一种内外夹击的痛苦中无法支撑。但不管如何，仔细阅读，又觉得作者对这些男性并不抱似厌恶与仇恨，而是带着悲悯，对他们表示同情。他小说的言外之意是，如果能够不活得像蝼蚁，谁愿意在不见天日的黑暗中混沌度日，哪怕在黑暗中依然可以呐喊。

可以说，陈集益小说中的男性城堡是一个独特的文学存在，这座城堡的隐喻义不言自明，但其讽刺效果却难免微弱，这可能跟作品的具体事件太多、看上去太真实而哲学性的思考和探索相对较少有关。卡夫卡的《城堡》使站在外面的“K”无法走进去，陈集益的男性城堡则渴望有人推开那扇门，走进去，找到自我的镜子。从这一点来说，陈集益既继承了卡夫卡，又形成了自己独特的写作范畴与态度。他用悲悯，在伸手不见五指的人性黑暗里，寻找可以突破一切的光。

结语

总而言之，陈集益的作品整体上形成了一种态度，即撕开生活温情脉脉的面纱，将苦难一波又一波地推到读者面前，为民众的苦难发声。苦难是无尽期的，或来自于外部，或来自于内心，对于自我意识尚处朦胧阶段的民众而言，苦难更多来自外部，因此，通过外部来映照内心的苦难成了他不动声色地执行着的写作理念。在这本《哭泣事件》里，陈集益自觉承担起为农民阶层和城市打工一族发声的责任，关注包括代孕、乡村集权、蜗居、上访等社会事件，从弱势群体的角度给这个社会敲响警钟，虽然明知力量微弱。

日本作家村上春树在某次演讲中讲道："在一堵坚硬的高墙和一只撞向它的蛋之间，我会永远站在蛋这一边。"从这一点说，陈集益作为有担当的小说家，也从没有忘记自己的身份："我从事写作主要跟我反抗苦难、不甘屈服有关，所以我的小说情绪一般是激愤的，主题是外露的，风格是悲怆的。"他还在一次访谈中说："苦难不是计量单位，不能简单比较，应该说每代人各有各的苦难，都很沉重。就我而言，我想起贫穷的童年，洗脑的教育，理想的破灭，被故乡驱逐，在城里受难，前途无望，无力抗争，那种压抑绝望，至今想起来都让我感到窒息、暗无天日。有时候我想，苦难施加于人的程度可能跟受难者采取应对的态度有关。"陈集益无疑选择了站在弱势一边，他甘愿为弱势群体写作。

可以说，陈集益的小说，无论是为小说构架一个普遍意义上的环境，还是构造一个男性的城堡，通过隐喻和冷静的幽默表达呐喊、愤怒与反抗，都已经站到了小说写作的高层次上，给中国小说界带来一股倔强的清流，他的坚持给处于深渊中的一切带来光，让黑暗里的人们能保持愤怒，看到希望。

长翅膀的人

我是一个不幸的人，在我的肩胛骨后面也就是我的背上长有一对翅膀。我从小吃尽了苦头。我的翅膀被奶奶用布紧紧地缠了起来，就仿佛她的另一双小脚，紧紧地贴在我的背上。我是那么痛苦，就好像有两把刀插在我身上。我求奶奶把我背上的布解开，奶奶总是凶我：你是要做一个妖怪吗?！到时候老婆都娶不到！我说，爷爷也是长翅膀的人，你不照样嫁给了他？奶奶说，我是坐在花轿里被你爷爷抢走的，要不然，这辈子不会遭那么多罪……

关于爷爷的故事，大部分是从奶奶那里听说的。爷爷的故事太长了，爷爷的故事就像一个传说。现在，我老了，一天天衰老，越来越记不住其中的细节了，但是记得奶奶曾经说过：很久很久以前，有一个长翅膀的家族，居住在比吴村更深的深山里，他们栖息在悬崖峭壁上的岩洞里，过着与世隔绝的生活。也不知从什么时候起，他们中年轻的男性找不到配偶，陆陆续续下山了。时间长了，留在山上的长翅膀的人越来越少，几乎销声匿迹了。而在山下的村庄里，却繁衍出许许多多长翅膀的人的后代，这些后代后来感染上一场史无前例的鸡瘟，几乎全部瘟死了。到我爷爷那一辈，长翅膀的人已经少之又少，就跟看见驼背、侏儒那般，成了世人眼中的怪物。

我爷爷是当时村里唯一还长翅膀的人，可是爷爷的翅膀除了给家里人添乱，没有什么实际的功用。因为水稻是种在水田里的，番薯和毛芋长在泥土下面，玉米和高粱长在山上，人们不需要用飞翔的姿势播种、收获，更不需要用飞翔的姿势吃饭、睡觉。只有两件事情，爷爷做得比别人都要好：一是在小溪边的水碓里用翅膀扇起来的风，给刚刚脱壳的糙米吹去上面的米糠、粉屑；二是给孕妇掏鸟蛋补身子。只要他想掏，鸟儿把巢筑得再高他也能掏到。不过这后一项技能，很快被村里的老人制止了，因为他把鸟蛋掏下来让人吃掉，等同于他把远房亲戚的骨肉掏下来让人吃掉。他就再也不掏鸟蛋了。可是，爷爷即便一辈子不掏一个鸟蛋，也不可能为他赢回一个好的名声，因为他是一个浪荡之人。

在吴村，至今还流传着我爷爷在青年时期演绎的各种版本的浪荡故事。他不喜欢读私塾，长大后却喜好作诗，他的诗友遍布天下。他长年累月在外地与诗友见面。他穿一身长衫，梳一条小辫，一对收拢的翅膀就像京剧里的武生插在背上的旗，显得英俊而潇洒。特别是在平原上，人们对长翅膀的人只听说过没有见到过，爷爷每到一个地方都会引起不小的骚乱。爷爷总要选择一处最热闹的地方，站在某一屋顶朗诵他的诗，他原本是想通过这种方法让大家了解他写的诗有多么好，结果下面的人都哈哈大笑了。

“鸟人！鸟人！你们看呐，那个屋顶上站着一个鸟人！”人群里不断地有人扯着嗓门叫喊。爷爷非常气恼，他想在屋顶上棒喝一声，不料他发出来的是一声乌鸦一样的叫唤。人群笑得更响了。爷爷羞得从屋顶上跳了下去，然后在坠落中突然张开了翅膀，向嘲笑他的人群俯冲过去。站在下面的人完全吓坏了，四处逃窜。

爷爷就是这样一个风流、浪荡之人。当他渐渐厌倦写诗以后，开始把注意力转移到了女人身上。爷爷偷情的方式五花八门。没有人能在偷情的方式上胜过他，他是这方面的天才。据说，我奶奶就是他在这个时期“盯”上的。我奶奶是汤溪镇上大户人家的千金，我爷爷“盯”上她之后，飞到她家屋顶上日日夜夜守着，就像一只饥饿、落单的鹰。奶奶的父亲发现了他，回屋里取来猎枪瞄准了他。

“滚开，不祥的禽畜！别打我女儿的主意！”

“我只想看你女儿一眼，我不会伤害她的。”

“你再不滚下去，别怪我的枪口不长眼！”

“那就请你转告她，我不是一只鸟，我是一个人，我爱她……”

“滚你的蛋吧！我就是让我女儿嫁给一个傻子也不会嫁给你这等鸟人的！”

爷爷飞走了，在空中盘旋，又在离我奶奶家不远的一棵大树上歇了下来，他发出孤傲的叫喊：

“我想娶你的女儿——我爱上她了……”

如果按照民间流传的多个版本，将我爷爷如何追求我奶奶的整个过程用文字记录下来，一定会为这个刚刚展开的故事增色不少，但是我还是决定略过这个情节，从而直接写到爷爷的死。爷爷用死证明了他是一个真正的英雄，而不是一个混子。

那时，爷爷40多岁了，自从和奶奶成了婚，他就稀里糊涂地活到了这个年纪。有一天，突然有消息从山外传来，说日本兵已经从金华打进汤溪了。吴村一片恐慌。吴村人决定逃进深山里去。他们赶着牛和羊，牵着猪，背着粮食，走在荆棘密布的山路上。他们走了一天一夜，在一个幽深的山谷里停了下来，他们用石头垒砌简易的炉灶做饭，用篾席、蓑衣、狼尾草搭成帐篷过夜，忍受着寒冷、虫咬、恐惧的折磨。尤其是雨天，雨吹进了帐篷，就像泼下来一样灌进脖子里，孩子哭了，老人病了，更是增加了绝望的气氛。

然而日本兵到底进村了没有，或者还没有打过来？没有人敢回去打探虚实。这时人们想到了我爷爷。只有他能安全地飞过村庄侦察具体的情况。爷爷在脖子上挂了一竹筒山泉水，就出发了。

从结婚后，爷爷就很少长途飞行了。他飞起来很吃力，在路上歇了好几次才飞到吴村。他飞到村口，就看到村里的房门大多被砸开了，街上扔满了乱七八糟的东西。这时突然有狗叫声从村中心传来，爷爷倒吸一口冷气，飞到屋顶上，看见六七个日本兵，肩上的网兜里塞满了各色战利品。他们肆无忌惮地在空荡荡的村子里搜索活人和财物。他们把整个村子搜过了，在村中央点起篝火烤狗肉吃，想必那倒霉的狗是村里人特意留下来看门的。最后他们吃饱了，打完饱嗝之后要用火将村子烧掉。爷爷看清了他们的企图，飞起来了，在吴村上空，他发出了骇人的呐喊。

几个日本兵看见空中突然出现一只巨“鸟”，吓得跑到胡同里，然后躲在暗处朝天上开枪。爷爷中了一枪，差一点从空中跌下，这时……我无法想象爷爷在受伤的情况下，是怎么跟日本兵周旋，然后把他们吸引到村外稻田里去的。他在稻田中央一棵高大的老樟树上哇哇大叫。那几个日本兵受到挑衅，脱下鞋子卷起裤管，向大樟树包抄。大樟树下的稻田淤泥很深，日本兵深一脚浅一脚地向前迈进。爷爷看准时机从树上俯冲下去，将那几个两脚深陷的日本兵一个一个打倒在烂泥里。爷爷将他们消灭了。

毫无疑问，这件事让爷爷成了英雄。全村人都回来了，他们用烧红的铁钳从爷爷的大腿里夹出子弹，又用草药给爷爷疗伤。

然而，没多久爷爷死了。首先，爷爷打死那几个日本兵之后，日本兵更疯狂地向吴村的方向挺进。另外，爷爷的事迹轰动一时，他被国民党部队当作宝贝带到了战场上。他们逼他去做战事侦察。爷爷整天在弥漫的硝烟中飞来飞去，就像一只穿越森林火灾时烧掉了羽毛的鸟。后来，他在试图逃回吴村时被一颗子弹射中翅膀，摔死在岩石上。

奶奶说，爷爷死的那天，她看到老鹰在头顶盘旋，听到鸟雀在树林里哀鸣，鸡窝里的母鸡下了软壳的蛋……她感到不祥的征兆，她收拾衣物，背着年幼的儿子（即我的父亲），要去前线探望丈夫。一路上，却不断地遇到撤退的国民党士兵，他们劝她回去。他们说，日本兵已经卷土重来。奶奶却不听。奶奶说，等她终于在第三天见到爷爷时，遍地都是蚂蚁，爷爷已经被蚂蚁吃得只剩一具骨骼。

奶奶把爷爷的骨骼和一些被她掐死的蚂蚁带回吴村，埋葬在山上。奶奶哭了很久，直到喉咙里哭不出声音，哭出了血。

或许，正是爷爷的死，使奶奶变成了一个对翅膀抱有一种悲观成见的人。在她以后的人生中，她禁止我的父亲练习飞翔，而且在她的孙子（我）呱呱坠地之时，就用布条将我的双翅缠了起来。奶奶在我的印象中就像一个可怕的恶魔，从她那儿，我确切地知道长在自己背上的翅膀是多余的，不应该让别人看见。

说真的，我恨奶奶。

但是，当奶奶死了。我才知道，我是那么爱她。

是的，我从小和奶奶相依为命。我们在贫困交加中顽强地活着。直到我十四岁那年，奶奶死了，我才明白奶奶为什么要用布条十年如一日地缠裹我的双翅——因为她不愿看见我最终落得爷爷那样的下场；因为她早就想到了她死去的这一天，就再也没有人来保护我了——毕竟，这是一个由没有翅膀的人组成的世界，我总有一天要像个正常人那样融入这个世界，一个人去应付生活。否则，我能怎么办呢?

我相信奶奶早就想到了这一点。

我仍记得小时候，也就是奶奶还健在的时候，我总是被人欺负。伙伴们以欺负我为荣。他们给我取了一个绰号，叫“死麻雀”。那是因为我个子又瘦又小，性格孤僻内向，背上还长着一对被布条缠裹着的翅膀。尽管这对翅膀紧紧地贴在我的背上，藏在衣服里面，看上去我像一个驼背，但是谁都知道我是长翅膀家族的子孙，背上那隆起的部分是一对神秘的翅膀。于是他们就捉弄我。

“死麻雀，你爹你妈从头顶飞过去了。你爹你妈又去偷吃别人家的庄稼了。”

“死麻雀，那里有一只母鸡正等着你去交配呢，它说你是一只没有毛的公鸡。”

“死麻雀，有人看见你昨晚上和蝙蝠一起在村子上空飞，你的翅膀张开来有竹席那么大……”

他们你推我搡，用手抓我的背，用棍子捅我的腰。我进行还击，他们就把一些鸟的羽毛插在我的身上。他们要把我从桥上推下去，我吓得要死，抱住栏杆。他们就朝我吐唾沫。

“你跳下去死吧！不会飞的鸟！”

“没有用的鸟！”

我不知道这样的日子何时才能结束。我也开始以我的遗传特征和家族为耻。我就想：如果有一天，我有足够多的钱，我一定到大医院去做切割手术，做一个没有翅膀的人。这就是我当时的理想。

可是我又听说，曾经有一个长翅膀的人，因为请村里的木匠锯掉他背上的翅膀，悲惨地死掉了。这样的死亡案例让我胆战心惊，似乎是说长翅膀的人必须要在三岁以前做切割手术，等到翅膀的骨骼长大成形再做，就会危及到生命。据说，我的父亲就是因为被人锯掉翅膀，痛苦万分地死去的。

被锯掉翅膀的人往往死得很惨。

现在，我还记得父亲死去的那年，我已出生，不过由于年幼，只记住了他总躲在灶台后面哭泣，我很害怕看见他哭泣的样子，总是离他很远。

他像一只会飞的鸟吗？我觉得他一点儿都不像。

他像一只蝙蝠吗？也不像一只蝙蝠。

我只记住：他是一个阴郁的男人。我怕他，感觉他很陌生，好像不是奶奶家的人。每次我从他身边经过，不是走也不是跑，而是蹲下身子，像一只老鼠躲着猫，躲闪于灶台之下。

有一天，他把我叫住了。我不敢看他，僵在那儿像一个木偶。他呢，他的手也哆哆嗦嗦的，他把奶奶缠裹在我翅膀上的布条解开了。他抚摸我稚嫩而又变形的翅膀，我痛得几次想哭起来。他就给我擦眼泪，好像说了许多话，大意是要我记住，翅膀是我们这个家族的根，我们的命！以后一定要学会飞翔，就像爷爷那样……

我不明白他为什么要说这样的话，我感到很害怕，从他身边逃走了，那缠在我翅膀上的布条拖了一地。奶奶看见我，问我怎么回事。奶奶说：“你别听他胡说，他自己就因为长着一对翅膀，天天在受苦。”

后来，我才知道父亲活着的时候，跟我一样，从小被人欺负。但他的态度与我相反，他并不以长有一对翅膀为耻，他与那些欺负他的人打架，绝不认输。因为他认为他是英雄的儿子。

可是他没有想到，他虽然和英雄的父亲一样长着一对巨大的翅膀，他却不能飞翔。起初是奶奶禁止他练习飞翔。可事实上，他一直在偷偷地练习。奶奶打过他骂过他，也难以阻止他，奶奶就睁一只眼闭一只眼，任其胡闹。这样，父亲从十岁那年开始正式练习飞翔，几乎风雨无阻。练的时候，他张开翅膀从高高的陡坡往下猛跑，风呼呼的，人轻飘飘的，他感觉自己真的要飞起来了。可是这样的感觉随后就消失了，因为他已经跑到了坡底，撞在树干上。他跌断过腿，磕破过头，摔伤过腰，而那呼呼的风，还在欺骗他。

三年后，他也只能像一堵围墙上的母鸡那样，最多能飞出三五米之远。父亲的努力遭到了村里人的嘲笑。

他很痛苦，不知道问题出在那儿。

他曾经背着干粮去深山寻找长翅膀家族，希望从祖先那儿学到飞翔的技巧，然而在深山里，长翅膀家族大概真的灭绝了。他无功而返。他不死心，又到过许许多多曾经生活过长翅膀的人的地方，希望还能找到像我爷爷活着时那样翱翔长空的幸存者。最后，他找到了长翅膀的人没有，他又学到了什么，连奶奶也不知道。

奶奶说，父亲离家几年，当他再次回家，两只翅膀无力地耷拉在身后，他的性格也完全变了。他把自己关在屋里，养了许许多多的鸟。这些鸟是怎么冒出来的，是父亲从山外带回来鸟蛋孵出来的，还是他在夜间爬到树上去抓的？没有人知道，也不可能知道。因为那些鸟只跟父亲待在一起，它们跟父亲一样五官丑陋，一样默不作声，除了在狭长、高深的天井及天井上空活动，哪儿都不去。

父亲就整天待在毗邻天井的阁楼上，观察他的鸟儿在有限的空间里飞来飞去。他一边观察一边在纸上记下什么。这个时候，最痛苦的是奶奶。她每天要花很长时间清扫从天井上面掉下来的鸟的羽毛和粪便，还要厚着脸皮到处去为这些长羽毛的飞禽赊借粮食——我父亲的异常生活让她伤透了心。

奶奶说，她曾经想过在竹竿的一端捆上镰刀，将那些停歇在天井屋檐上的鸟全部捅下来。但是有一天，她早上起来，发现鸟儿不见了。她胆战心惊地顺着楼梯往上走，唯恐黑暗之中会哗啦啦地飞出那些既像秃鹫又像猫头鹰的东西，看见的却是她的儿子，上身赤裸地站在楼板上，正扭身要把背上的翅膀砍下来。奶奶一个箭步，夺下了儿子手中的刀。

“你要干什么？孽障!”

“妈妈，不要管我……长翅膀家族再也不可能飞起来了!”

奶奶真想扇儿子一个耳光，然而一声“妈妈”，让她心里如同刀绞。奶奶扔下砍刀，哭着下了楼……

从那以后，父亲就过上了破罐子破摔的生活，他喝酒、打架、赌博，甚至包括偷女人。偷女人在爷爷的履历中，多少带有传奇色彩，让人津津乐道，而到了父亲这里，则是如此不堪，他找不到愿意和他交媾的女人，只能靠死乞白赖，结果事情没有做成，已被对方的丈夫揍得鼻青脸肿。

奶奶怨他，又可怜他。他早该到娶妻生子的年龄了。可是，哪家女儿会嫁给他呢？姑娘们唯恐奶奶会上门提亲，见到她如同见到瘟婆。奶奶为儿子的婚事愁白了头发。后来，算是天赐良缘吧。在那个政治动荡的年代，某一个粮食歉收的年份，在别的地方许许多多人饿死了，而在浙中山区，类似吴村这样的小地方，却还能吃饱饭。于是，不知从什么地方流落到我们这儿来的乞丐多起来了。这时候，细心的奶奶收留了一个女乞丐。

她披头散发，衣衫褴褛，似乎神智也不是很清晰，但是模样周正，看上去还算年轻。最主要的是，她留下来了。奶奶不惜变卖手镯，把这个讲外地话的、胃口大得惊人的女人，养得白白胖胖的。然后她想方设法，在一个月圆之夜逼她跟儿子成了婚。尽管这个过程有些复杂，新娘因为新郎背上长有一对看上去别别扭扭的翅膀，不愿意和他同房，但是一年后，这个女人照样生下了我——总之，可以肯定的是，他们做了夫妻。不然，我又是从哪儿冒出来的呢？

然而，谁也不会想到，我的母亲在生下我一年之后，就丢下我，莫名其妙地走丢了。“走丢”只是一种现成的说法，更多的人则认为，她是不愿意和两个长翅膀的人（我和父亲）生活在一起，从而离家出走的。总之我的母亲，一个我至今不知道什么模样的女人，在我还不记事的时候，就不知所终了。从此，我那情感脆弱的父亲，再次陷入了更深的孤独与伤感之中。大约两年后，就死了。

我还依稀记得父亲的葬礼。父亲的葬礼是在村里的大会堂里举行的，我还是第一次看见父亲躺得那么平坦，几乎整个村子的人涌到了那里，在父亲的灵堂前默哀。我紧紧地拽住奶奶的衣角，对这样的场面感到害怕。

入棺的时候，我分明看见奶奶在棺材的底下放了一双鸡的翅膀。奶奶哭昏在地上。奶奶说：“儿呀，我没想到，我这样阻止你，你有一天还是跟你爹一样，为国家而死……今天，公社里的、大队里的干部，都来为你送行了，你就瞑目吧!”

到这时，我才发现，有几个穿制服的陌生人站在我们身后。他们的表情庄严，将我死去的父亲从倒翻的棺材盖上抱起，将他放进了棺材里，然后为他盖上了一面写着金色字体的锦旗。

原来，父亲是因为砍下翅膀而死的。而他这样做的原因，直到我长大成人后才渐渐明白：那是为了公社大办养鸡场的需要——砍去了他的双翅。尽管砍去双翅之后，赤脚医生对他实施了抢救，但还是流血而亡了。而那双脱离了他的翅膀，却活了下来，它作为公社养鸡场巨型公鸡的翅膀，和其他奇特的硕大的农产品一起，连夜送到省城去评奖了。果然，父亲的翅膀压倒群雄，在省城引起了轰动，很快变成了一颗卫星，发射到了北京。于是，喜讯不断传来，整个公社跟着沾光。

所以，父亲的葬礼也是英雄的追悼会。是的，在这之前大概谁也不会想到，我的父亲也有一天成了英雄。父亲入棺后，漆成红色的棺材由大队干部亲自抬出，公社干部护送，民兵连长开枪送行。在那通往墓地的崎岖山路上，全村几百号人臂缠黑纱，胸戴白花，缓缓而行。虽然我那时还小，无法理解父亲的伟大，无法理解村里人为什么都来送葬，但是这个热热闹闹的场面，一辈子都萦绕在我的脑海，挥之不去。

长话短说，父亲死后，家里只剩下了奶奶和我。正如前面说的，我和奶奶相依为命。奶奶一直抚养我到十四岁，最后她终于老了，死的时候，没有忘记叮嘱我：孩子呀，你不要把背上的布条解开，老老实实待在吴村种地……但是我没有听她的，她死后我就把背上的布条解开了。我感到背上那两把刀拔掉了。我急着要离开这个让我压抑的村庄，到一个没有歧视、没有偏见、没有人知道我身世的地方去。于是，我把祖屋和其他财产都卖给了邻居，离开了吴村，开始了新的生活。

我漫游各地，干过各种工作，什么苦都吃过，但是最终露宿街头。在那最绝望的日子，我甚至想过脱下我的衣服，向世人展示我的翅膀，以此乞讨，但是我没有这样做。二十多岁时，我从南方流浪到北方，在一座小得不能再小的县城，我有幸遇到了一个背部同样隆起的人（他是一个驼背，我之所以不愿提到这个词，是不想产生歧视的意思），他教会了我篆刻和修理钟表的本领，这样，我才有了一技之长，能够自己养活自己。

后来，我也开了一家篆刻小店，而且在店里我遇到了一个愿意嫁给我的姑娘。她叫“美翠”，是来我这儿修理手表时认识的，一来二往，我们恋爱了。我跟美翠说：“我是一个驼背，又比你大十岁，你嫁给我不要后悔。”美翠说：“我不会后悔的，你虽然是驼背，可你人品好，又会手艺，我还指望你什么呢？我们结婚会很幸福的。”

原来，美翠也是一个苦命人，她的母亲生完她就死了。跟我一样，她也由奶奶拉扯大。不幸的是，美翠的父亲是一个酒鬼，喝酒就喜欢喝醉，喝醉就喜欢耍酒疯，他永远都能找到喝酒耍酒疯的理由。美翠脸上有一道长长的疤痕，就是他喝醉了拿酒瓶砸的。美翠第一次带我到她家，她爹就喝得醉醺醺的。他只知道伸手向女儿要钱，美翠几乎是在父亲的拳头下长大的。不过，正因为美翠有这样一个凶恶糊涂的爹，她才会愿意嫁给我。

婚后，我们的生活还算和睦。只是，由于我个人的原因，我们一直没有发生性关系。我们所谓的新房，就在篆刻店的狭小阁楼上。那上面黑乎乎的。结婚之前，我们只在上面接过吻。结婚之后，则是另一回事了。美翠一到晚上就在上面等着我，催我从梯子上爬上去。可我每次忐忑不安地爬到竹梯子上，又悄悄地溜了下来。不是我害怕与她发生性关系，而是害怕脱光衣服后，被她发现长翅膀的秘密。因为我没有勇气告诉她，背上那个隆起来的东西，是一双扭曲的翅膀。

于是，妻子很不满。

“驼背，你今天还要加班吗?!”

“不，不加班。还不困。”

“你早点上来睡吧!”

“好，好的。我马上就上来。”

不过，妻子最终理解了我。有一天，她红着脸对我说：

“驼背，你不愿跟我睡觉，是怕我碰你的驼背吗？你既然不愿意让我碰，那我答应你，我不会碰它的。”

这样，我们才有了“洞房之夜”。然后，妻子顺理成章地怀孕了。我可没有经历过这档子事儿。我高兴得昏了头，根本没有心思干活。我到处去为妻子买好吃的，给孩子准备奶粉和尿片。认识我的人都祝福我：“驼背，你真行啊，你把美翠的肚子吹胀起来了!”

我乐呵呵的，有时候误以为自己真的很有本事。我沉浸在前所未有的甜蜜中，人如同飘浮在云端上：想想自己十四岁出来流浪，处处被人歧视，差一点饿死冻死，现在呢，我什么都有了，有了篆刻店，有了妻子，又快有孩子了。我心花怒放。

可是，我很快就冷静下来了，辗转反侧睡不着。有一天，妻子问我："驼背，你这几天闷闷不乐的，怎么啦？"

"其实也没什么，就是担心，这孩子……要是生下来也是驼背，美翠，你会接受吗？"

"真是乌鸦嘴！我不许你说这样的话！"

"可遗传这东西，不好说……"

"他就不会长得像我啊！"

可是，我还是很忧虑。我瘦了。我总是跟妻子反复提起："美翠，要是小家伙，既不遗传我，也不遗传你，而是，他自个儿长出来一双翅膀，怎么办呢？！"

"驼背，你整天神神叨叨的，发什么神经病？一会担心孩子是驼背，一会儿担心他长什么翅膀，尽说不好听的话。咱是人不是鸡，人怎么能长出一双翅膀呢？！"

我一时语塞，感觉到妻子对长翅膀的人是那么反感，感到无比心寒。我说："你干吗要说长翅膀的就是鸡呢？你就不会想象他是天使来到人间啊？"

妻子说："驼背，你真是无聊透顶，如果不想睡还是下去加班吧！这样还可以多挣几个钱。你如果不放心，我有一个表姐在医院工作，过段时间我去照个B超吧！"

我从被窝里爬起来，坐在篆刻的工作台前，眼泪哗哗哗地流下来。我觉得，如果真生下来一个长翅膀的人，妻子一定会嫌弃他的。

我一天天怀着恐惧的心理，看着妻子的肚子一天天大起来。我怀疑，那是儿子后背上的翅膀直愣愣顶着子宫的结果，就像撑着一顶帐篷似的。我甚至想过，夜间在竹梯上做一番手脚，让妻子早上爬下来时摔下来，导致流产。

有一天，妻子突然走到我跟前，把我的一只手拉到她的肚子上，说："驼背，他（她）刚才踢了我一脚，你摸摸看，是不是他在踢我？"我紧张得发抖，感觉摸到了儿子（或者女儿）的翅膀。妻子说："你怎么啦？满头大汗的？他又没有踢你。"我差点儿把真实的顾虑说出来。

妻子真要去她表姐那里做B超了。说实话，我就像杀人犯在街头看见通缉令一般，两腿发软。

“美翠，你不要去好吗?”

“为什么?”

“生男生女都一样，不如不照，到时候来个意外的惊喜。”

“你懂什么？我还没做过一次常规检查。”

“那你为什么要到表姐那里去做?”

“你不就早想知道孩子是不是四肢健全吗?”

“那你说实话，你会不会嫌弃他?!”

“就算是驼背，我也要生下来的。”

“既然这样，你为什么还要去检查呢?”

“我……真是跟你说不清。我看你怕生驼背都快成疯子了！我既然不嫌弃你，也不会嫌弃他的，我对天发誓，行了吧?!”

妻子口头上已经能接受一个驼背的孩子了。可是，驼背终究是我的谎言，驼背实际上是由一对紧贴在背上的翅膀组成的。而我知道这个世界上的人，他能接受一个背部同样隆起的畸形人，也不愿接受一个长翅膀的正常人。大概这也是长翅膀的家族当年只能在深山峡谷里生存的原因吧!

我睡不着，忍受着煎熬。有一天，我想忘掉烦恼，收工后想一个人到街上走走。我想喝点酒，甚至去打架。当我走到这座小城的广场上，看到一个流动马戏团在演出。我就凑过去看，马戏团的广告牌上印着一群光屁股的女人，她们的胸脯就像葡萄一样挂了一串。在那牌子的上方，还写着一行醒目的字：世界之大，无奇不有，人长翅膀，还会下蛋……我感到一阵战栗。

“多少钱一张票?”

“二十。”

我进去的时候，帐篷里正在演出的节目是一个打扮成香港歌星模样的小丑拿着一副纸牌给台这边的人看看，又给台那边的人看看，最后纸牌没了，从手心飞出一只鸽子。之后又演了几个别的节目，我一个都没有记住。直到帷幕重新拉开，我吃了一惊：在舞台的中央已经摆着一只巨大的笼子，一只灯泡悬在笼子上方。随后，笼子又被帷幕遮住了。

“女士们、先生们，这是神州马戏团新近购回的人鸡，该人不但像鸡，下的蛋更大，大伙瞧好了，要看的，加收五元钱。不看别后悔哪!”

我走过去，其实我并不想走过去。我知道，这不会是一次愉快的猎奇。因为，我也是一个长翅膀的人！但是，我还是忍不住挤了过去。我看见：舞台上一个长翅膀的老人，他似睡非睡地坐在笼子里，一双巨翅就像受了伤一样垂落在席子上。

“嘿嘿，站起来！扇动翅膀！”观众们对他的怠倦很不满意，有人用一块小石子扔在他的翅膀上。只见他的翅膀扇了一下，刮起了一阵尘土，他从笼子里站起来了。人群吓得退后几米之远，每个人都屏住了呼吸。

“饿的祖先来自遥远的南方……那里有一个长翅膀家族，他们栖息在悬崖峭壁上的岩洞里……”我的两眼黑了一下，紧张得打摆，牙齿碰着牙齿。“饿从小就被饿娘送了人……”

我也不知道我是怎么挤到人群的最前面去的，我的眼里都是泪水，我多么想冲到笼子里去，抱着这位长翅膀的老人，痛痛快快地哭出声来……然而，我又听到一个反对的声音，它在提醒我，我是一个驼背。不能与他相认！

我实在受不了这样矛盾的感觉，魂不守舍地从人群里退了出来。我蹲在一个没有人的地方，遥望流动马戏团那边，不断地传来观众的欢呼和受惊的叫喊。

我回到家时已经很晚了，篆刻店已经反锁上了。我拍门，大声叫喊美翠的名字，过了很久，门才打开了。

“你死到哪里去了？这么晚才回来？”

“我在外面转了一圈，散散心。”

“以后少出去，现在拦路抢劫的坏人很多。”妻子说完，挺着大肚子爬到竹梯上。她在上面歇了好几次才爬了上去。

一晚上，我的脑海中久久地萦绕着那个长翅膀的老人，他的模样，他的自白，以及垂落在席子上的翅膀……他是谁，他会不会是我那浪荡的爷爷在平原上播下的种子？

我准备了一些钱，几乎是我开篆刻店的一半积蓄，一早就去昨晚看马戏的广场。那里停着一辆垃圾车，几个穿黄色衣服的人在打扫地上的垃圾。他们在谈论着那个关在笼子里的长翅膀的人。我问他们马戏团到哪里去了。他们说，刚刚走了。我问马戏团离开的方向。他们说，朝着城外的方向开去了。

我拦了一辆出租车，赶到城外的收费站，然后，又改乘中巴车，赶到了下一个小县城。事情出乎意料，我没有在路上追上他们，我也没有在下一个县城找到那个流动的马戏团。我想他们一定到别的地方去了。我想原路返回。这时，一群嘻嘻哈哈的小青年，突然叫住了我：

“驼背！过来！”

“干什么?”

“不干什么？我们打了一个赌。”

“我没有钱跟你们打赌。”

“我们不需要你掏钱。”他们嘻嘻哈哈地靠近了我，“你只要让我们摸一下你的驼背就可以了，有人说驼背是肉做的，就像女人的乳房。”

我说：“不行!”我将手按在口袋上。

他们说：“我们会给你钱的。你说摸一下多少钱吧？喂，站住！老实点!”

我正要拔腿跑，他们已经扑上来，有人抱住了我，我拼命挣扎，不想让他们碰我的背。可是，他们人多势众，将我摁在地上。然后，他们叫起来：“驼背是硬硬的！不是软的，哈哈!”

他们一哄而散。我从地上爬起来，他们的手仿佛还在我的背上乱抓。事实上，我就是这样长大的。我垂头丧气地走到汽车站，这时，我才发现我的钱被他们抢走了。我一屁股坐在了地上，我不但无力去拯救那个长翅膀的老人，现在，我连自己也难以保全了。

当我终于讨要到回程的路费，在回来的汽车上，几次流泪。我不希望我的孩子将来重复我的人生。想到这一切，想到辛辛苦苦积攒的钱没有了，我有些害怕回家。但是，我又那么想见到妻子，因为家是唯一能容纳我的地方。

终于，妻子的预产期日益临近。她步履蹒跚，紧绷绷的肚子看上去像一个定时炸弹。可以说，我是在心力交瘁中熬到了这一天。妻子说：“驼背，我大概再过半个月就要生了，我要先住到表姐那里去。今天你就把孩子要穿的衣服、鞋子，还有尿片、奶瓶、奶粉准备好，你送我到表姐那里去。”

到了这时候，我不想让妻子看见我的担忧。我马上丢开手中的活，听她的吩咐。妻子说：“等你送我到表姐那里，再回来开店，等到生产的那一天，我通知你，你再早一点来。”

我表现出了做父亲的快乐。是的，我马上就要做父亲了，不管怎么说，做父亲是让人快乐的。东西整理好之后，我们打出租车去美翠表姐所在的那个医院。不料，美翠在路上肚子就疼起来了。到达医院时，肚子疼得下不了车。

我在出租车司机不满的抱怨声中向医院急诊楼跑去叫医生。一刻钟后，美翠被送进了产房。她要提前生产了。我在产房外，听见自己的心脏怦怦怦地跳个不停。我想，如果这是一个正常的孩子，怎么会早产呢？我感到灰心、焦虑，很想趁孩子还没有生出来，逃掉。

不一会儿，美翠的表姐出来了。我立刻站起来。

“怎么样，生下来了吗？”

“没有呢！哪有这么快?!”她的表姐没好气地说。

她的表姐是一个四十多岁的老女人，大概由于职业的原因，脸上仿佛挂着一层霜。她站在窗前点了一根烟，一根香烟抽完了，还站在那儿。她怎么不进去呀？是不是被美翠肚子里的胎儿吓着了？我焦躁地在走廊里走来走去。

也不知过了多少时间，仿佛过了一万年，手术室的门打开了。一个护士叫了美翠的表姐一声，她刚进去，我就听见了美翠的哭喊：“驼背，驼背，你这害人的东西！我好疼啊！”我不知该用什么语言来表达我的恐惧和绝望，我不知什么时候已经吓得跪在地上。

“苍天啊，保佑美翠顺利地生下孩子吧！不管这孩子是驼背、是聋子哑巴、还是长翅膀的人，你发发慈悲，都让他的母亲少受一些痛苦吧！”

这时门突然开了：

“谁是家属?!”

“是……我。”

“你妻子难产，要立刻实施剖腹产！”

不祥的预感得到了证实，我几乎晕倒。签字后，我完全瘫在了地上。

没错，在一阵撕心裂肺般的折腾之后，儿子降生了，是一个正常人。这是我绝没有想到的。我笑了，笑了很长时间。我着迷地爱上了这个孩子，他也喜欢我。我很庆幸妻子没有给我生下一个长翅膀的人，否则，我该如何向她交代我的身世，又如何来安排孩子的前程？

我终于过上了一个正常人的生活，我真的什么都不缺了。随着儿子一天天长大，我的篆刻事业也蒸蒸日上。我不敢说我是一个成功的人，但是我的确摆脱了贫穷以及被歧视的目光。甚至可以说，因为有了一些钱，别人开始尊重我，喊我“老板”。当我走到银行或者饭店里去的时候，站在门口的服务生立刻给我开门，“先生请进”，而不再是像一条恶狗那样的，“驼背滚开”！

我开始习惯于这样体面的生活。当儿子长到六岁那年，有一天我带他到玩具商场转悠，儿子看上了挂在墙上的一双天使的翅膀，那是用鹅毛扎成的一双翅膀，洁白、轻盈，但是假的。我一口拒绝了。他却让妈妈把它买回来了。看着儿子戴着它玩得很开心，看见他把自己当成了真的天使，我流下了眼泪。要是儿子也有这样的一双翅膀该有多好！

这是我第一次产生了这样的联想。尽管这样的联想改变不了事实，我也知道自己不是真的希望他变成一个长翅膀的人，但是我开始发现自己不再像以前那么快乐了……

我接着在城里开了三家篆刻店，还开了一家钟表店，柜台里摆放着价格昂贵的瑞士手表。我自己的手上，就带着这样的手表。有事没事，我总爱把袖子往上捋一捋，就像在炫耀手腕有多么细嫩似的。

这时候，我曾有过再生一胎的设想，但是妻子在那次难产之后，子宫已切除一半，再生的希望已经没有了。再说，家里的开销越来越大，美翠还想买一套更好更大的住房，我也就投入到更加努力的赚钱中，不再胡思乱想。

于是，时间就这样过去了。一转眼，我的儿子年满十四岁了。这正是我当年离开吴村的年纪。在这个年纪，儿子早已不再像小时候那样爱把一对假兮兮的鹅毛翅膀插在背上，他现在打扮得很时髦，光是头上的毛发就染了三种颜色。在儿子生日的那个晚上，我再一次感到悲哀。

这是一种我说不出的悲哀，这种悲哀刚开始不是很强烈，我只偶尔一次、两次地感觉到。但是随着一天天衰老，我越来越明显地感觉到了。毫无疑问，长翅膀的家族，在比吴村更深的深山里的确存在过，在那里，曾经有一个兴旺的家族，他们在山崖的岩洞里栖息，如老鹰一般从岩洞里飞进飞出。

我开始梦见奶奶，梦见父亲，梦见从未见过面的爷爷。我几乎身不由己地在清醒的时候也想着他们。我开始越来越想回家，回到南方那个曾经让我厌恶的地方。这时候，妻子和儿子都没有放过我。他们说：“你的家就在这里，你回去，你回去干什么？那里会有更多的钱挣吗？”

我知道，我和他们是两种人。我现在重新在篆刻店的阁楼上铺了被子，越来越不喜欢回家。白天我在下面干活，晚上我在阁楼上睡觉。阁楼上的木板，经过多年的烟熏火燎之后，一如我的骨头变得坚硬了。我辗转反侧。半夜里，我伸手摸到后背上那对枯柴棒一样的日渐萎缩退化的翅膀，我哭了起来。

我虽然长有一对翅膀，是长翅膀家族的子孙，我却从来没有飞起来！哪怕像一只母鸡从墙头飞到地上的念头也不曾有！我急着要离开我的家乡，到一个没有歧视、没有偏见、没有人知道我身世的地方去。到底获得了什么？我终于明白，我的父亲，他为什么会坐在灶台后面哭泣了。

现在，我老了，一天天衰老。我不知道，我死后，配不配和爷爷、父亲埋在一起。他们的坟上，都竖着石碑，石碑的顶端雕刻着一双鹰的翅膀。我想，他们死后一定像鹰一样飞到了天堂。他们在天堂看着我。我不禁为之战栗。

我在心里说：长翅膀家族的祖先啊，原谅我吧，原谅我这个驼背，在这个世界上伪装了一辈子，我欺骗了所有人，连我的妻子、孩子，都不知道我的秘密，但是，我从来没有忘记，我欺骗不了我自己……

现在，我终于要脱去我的外衣……

我已经准备好了。

杨怡芬

杨怡芬

女，1971年出生，浙江舟山人，供职于国税系统，中国作家协会会员，鲁迅文学院第十三届青年作家高级研修班学员。

2002年开始写作，已在《人民文学》《十月》《花城》等期刊发表中短篇小说70余万字，出版中短篇小说集《披肩》、中篇小说集《追鱼》，有小说入选年度选本及选刊。

2009年，作品被入选中国作协“21世纪文学之星”丛书；2010年，获年度“浙江省青年文学之星”；2013年，荣获第12届“作品奖”（广东省《作品》杂志和鲁迅文学院联办）。

现代女性伦理之殇的洞察与摹写

郭　艳

杨怡芬以“披肩”的方式出场，披肩既是风情的展露，亦是一种对身体欲扬先抑的遮蔽。流连在飘逸的披肩里，女人毕竟是女人。然而，杨怡芬写出了不一样的披肩和别样的女人，才情亦在披肩的背影中让我们识得。套用张爱玲的一句话，“因为懂得，所以慈悲。”杨怡芬因为懂得，所以投向女性、婚姻、家庭和伦理的一瞥，才会有着同情的慈悲。然而，她又决然不是张爱玲式的，甚至于恰恰和张爱玲相反，杨怡芬的慈悲是一种凝神、忘我状态的体察与真心。

当下的社会问题不可谓不多，但是如何让社会问题进入文本艺术层面，并非是简单写实的问题。生活真实面相上的写实往往很难抵达人性坚硬的内核，在平面化的苦难叙述中，文本无法达到对于生活本质的照亮与呈现。杨怡芬是个留心的观察者，她的小说往往从当下最普遍的社会现象入手，比如，为什么这么多人离婚？有了《披肩》；街上为什么有那么多的棋牌室？有了《棋牌室》；房价为什么这么贵，有了《金地》；流产广告为什么会做得这么温馨？有了《鳗秧》……她对各色的社会面相有着自己独特的视角，在对长白岛众生相的世情摹写中，凸显人性中的坚韧与颓败，打量世俗中的情感，低吟婚姻内外的困扰与无奈。

杨怡芬的小说是在不断成长的。比如《披肩》和《迷藏》同样是关于婚外恋的，披肩是女人心性的展露，而《迷藏》则是对人性幽暗隧道的一次温和的触摸。如果说妻性在《披肩》中展露飘零的心境，《迷藏》中的“我”则在两性的心性较量中，获得某种知性上的平等与快感。《别怕》是非常用心思的一个中篇，探讨了当下女性对于爱情的极端不信任感。忠诚与信任在当下是匮乏的，而真正的婚姻和爱情是以这两点为基本认知的。在此，伦理之殇再次以对信任和忠诚的渴望在杨怡芬的小说中闪现，体现出她对社会精神生活的真心体谅和洞察。文本有着明显的浪漫与理想色彩，却照亮了我们向好向善的灵魂。

现代伦理之殇非但呈现在两性之间，还在母与子两代人之间产生了巨大的裂缝与痛楚。《金地》同样是观察社会问题的视角，杨怡芬独特的切入点让人在母性的慈悲坚韧中，看到了子辈的颓败流离。在这种坚韧与颓败中，传统母慈子孝的伦理境遇再次遭到了物质主义无情的鞭挞，甚至于让我们感慨：这对母子的境遇远比传统的不孝敬、不赡养的忤逆更不堪。子辈的颓败是根本性的，它击垮了上一辈人建立在传统伦理基础上的精神空间。母亲在上海小弄堂的吆喝声回响在长白岛潮湿的空气中，儿子建生长大的肉身却像一团甩不掉的污垢，紧紧黏在母亲宽阔的心上，无法抹去。相对于《金地》中母辈精神的被击垮，《棋牌室》则在不经意的结尾处暗示父母辈竟然也快速接受了新的非道德非伦理的现实。具有反讽意味的是，潘多拉的父母尽管教唆女儿撒谎，自己却是勤劳而节俭的，忍耐着命运，过着卑躬屈膝的生活。在这里，父母成了撒谎者的帮凶，甚至是撒谎的启蒙者。在弥天的谎话下，潘多拉的婚姻也笼罩在一片阴霾之中，就这样，子辈的伦理颓败便如江河日下。于是这样一个问题自然浮出水面：子辈的伦理颓败与父辈的坚韧恰恰形成了一种荒谬的悖反。这个短篇针对当下日渐颓败的传统与伦理现象做出了惊心动魄的揭示：父辈在金钱与物质的压力下竟然比子辈更加急速地认可了新的价值观念，传统伦理的衰败自然无可避免。

杨怡芬的创作有着明晰的变化轨迹，从自然流转地呈现女人心性，精心体贴地设置人物关系，到最近多视角多声部地进行文本探索。无论何种形式，她的眼光始终在家庭、伦理、婚姻的内瓤里，对于人性的各种维度和面相进行独特的触摸和打量。当下社会道德伦理一路坍塌崩溃，很多文学作品在呈现社会现实的时候，多从苦难、权力甚至是欲望的角度，写这个时代人的生存状况，而鲜有从道德伦理嬗变的视角去触摸中国当下普通人的精神裂变，尤其是向中国传统伦理中温和坚韧的母性和妻性投去无限同情的一瞥。因此，杨怡芬的写作在当下是独具面目的。杨怡芬行走在多路向的写作中，她善于用真心与体贴触摸社会现实对于人心和精神的伤害，她小说的慈悲之处在于同情理解中的轻哂与嘲弄，不苟同也不迎合，公正地洞察着常态婚姻、家庭伦理中的死水与微澜。

有凤来仪

我真不明白我为什么那么喜欢她。

我们是在市总工会的演讲比赛上认识的，我是工作人员，她是参赛选手。市总工会的演讲比赛历史悠久，说不清是从哪一年开始的，反正，二十多年前，我参加工作的时候，它就有了。我工作第一年，就报名参加了比赛，同办公室的姐姐劝我不要去，因为此前我们局从来没有一个人在这么大的全市比赛中获过奖，没希望的事，去做它干吗？还有，万一讲砸了，会被人家笑话的。我说，没事，不就是去演讲一下嘛，学校里我们常常演讲的。就这样，我去了，得了一个二等奖，高兴得我们局的工会主席在单位院子里的黑板上写喜报；第二年，我又去了，得了个三等奖。反正，走下坡路了，自己也就见好就收。其实，得奖也就高兴一阵子，最让人高兴的是能交到几个朋友。二十年前的交通没现在方便，那会儿选手报到后同吃同住得待上两天，不像现在，上午来，下午就散了，都说不上一句话。也许就因为混吃混喝过，对这每年一度的比赛有感情，偶尔得了个做工作人员的机会，我就欣然来了，做了前台接待，签到、分发议程，还有引导座位，除此外，但凡选手出声相求，只要我能帮，我就一定帮。当然，我知道没一个选手会念我的好，一转身，他们就把我忘了。

她是个例外。

那天，她来晚了，第一个选手已经开讲了，她才到。

“姐姐，你，你有卫生巾吗？”她凑到我耳朵边说。她用了点香水，那味道，我闻着像兰蔻的“真爱奇迹”，我年轻的时候，也特爱这款。至于卫生巾，这不是问题，我包里总有一包备用的。生气过度、紧张过度、兴奋过度，都有可能引发月事。这女孩子就是这样，紧张过头了。我把卫生巾塞到她手里的时候，她的手冰冰凉的。她一转身，我看到她的裙子上有一团血痕，那裙子是白色的裹裙。我叫住她，跟着她一起去了卫生间，把我身上的套装换给她。

腰头松了近两寸，我就用一个小燕尾夹帮她别了一下。她看着镜中的自己，挺满意的。说实话，她自己穿的那套像是来相亲的，换了我的衣服，才更像个胸有成竹的选手。她去比赛了，我呢，费了老大劲儿洗掉那团血渍，在干手机下面把裙子吹了个半干，幸亏裙子腰围是有弹力的，我吸了口气，穿上了。在盛夏，穿着足足小了两号的衣服，你想想，这个样子能见人吗？我都不敢看镜子中的自己。幸好我随身带了一条真丝披肩，本来是预备万一室内空调太冷时保暖的，现在刚好用来裹身子。等我把自己收拾妥当，对着镜子，我看到了一个像从印度歌舞电影里走出来的女人。这会儿，我才想到，我根本没留下她的电话号码，甚至，我都没让她签到，我现在能做的就是赶紧坐到我的位置上去，等她来找我。

我坐在那里，垂着头看书，不打算和进出的人有目光交流，暗暗祈祷千万不要遇到熟人，一个都不要。

但就是有一个人走到我面前，站在那里一动不动，我只好抬起头来，果然看到了一张大笑脸。是我的高中男同学。他斜着眼睛从上到下地瞄我，就好像我什么都没穿。我和这个家伙，有一回差一点就“礼节性”上床。那次同学聚会，我有点醉了，他送我回了旅馆的房间。孤男寡女，不发生点什么，似乎反倒不对头——大概他是这么想的。我止住了他的动作，我说：“哎哎哎，别毁了我们的友情好不好。”他也笑了，说：“你真不礼貌！”

从那之后，我真的滴酒不沾了。我也有点刻意回避他，同学聚会里如有他，我就告假不去，只听说他仕途得意，一切都很好。我也就听说过，毕竟，在各自的日常中，我们并没有什么交集，但这会儿，我这么妖娆地坐在会议室门口，偏又被他撞上，我的脸还是腾地红了起来，我甚至已经开口解释了一下我身上这套衣服的来源。

“噢！”他恍然大悟：“怪不得！我还以为你变了呢。”

幸亏没有第三个人听到我们之间的对白。

“我们单位也有个选手来参赛，我过来给她鼓鼓劲！”他也开口解释了一下他在场的原因，然后我们客气道别，他进场去听演讲，我依旧在老地方垂头看书。我带了个Kindle，下载了七八十本书呢，看上一年都没问题。那天我在读的是《红楼梦》，正读到尤三姐用鸳鸯剑抹了她自己，不知怎的，每回读到这里我都会想，这才是一个好的收场啊，难道尤三姐和柳湘莲能过得了平常日子？

那天，我停下来问自己，我怎么会这么想呢？

这些年来，我过的也就是平常到不能再平常的日子。年轻的时候，我也在舞台上光鲜过，虽然是小舞台，但也总是舞台嘛，我当过主持人，朗诵过诗歌，演讲，给话剧念旁白，到最后，是在给一场演讲比赛当签到的工作人员。舞台下，我结婚生养，买菜做饭，工作兢兢业业诚惶诚恐，好歹升了个副科级，就这样，把平常日子都过了四十多年了。四十多年了啊。

我就这样发了一阵呆，又把书页退回去几页，再读读尤三姐的收场，也许，我刚才问自己的答案就在这几页书里呢，哪有那么容易找到答案的？我把书页一阵乱退，退到了贵妃省亲那一章。《红楼梦》就是那样，平常和聚会盛宴混搭，那些人天天盼聚会似的。那个有千竿翠竹的清幽所在，先被宝玉结结实实为颂圣题的“有凤来仪”，后让元春贵妃给改成了平平实实的“潇湘馆”。也许，人富贵久了，一眼就能看到平实，也不会以平实为耻；我们这些人，都还是初尝“物质”滋味（跟富贵还差十万八千里呢），都是跟宝玉一样，动不动就要端出凤仪来的，怎么敢就老老实实题个“潇湘馆”呢？

我正一边读一边乱想，她来找我了，小脸紧张兴奋之后红润之至，这粉嫩，真叫吹弹可破。我们就又到卫生间把衣服换了回来。如此，我才长松了一口气。

“真的太谢谢你了。”小姑娘说。

我说：“这个有啥好谢的？没事。”我拿出签到表，看她在表格中签了自己的名字，写全了手机号码。董小如。电话号码后四位一溜儿是2。

我们进场去等宣布比赛结果，在二等奖的名单里，头一个就是董小如，她倒只是笑眯眯的，朝我飘了飘眉毛，前几排却有一个男生激动得跳起来。她凑到我耳边说：“我男朋友。丑死了！”董小如白裙飘飘地上台领了奖，她男朋友在台下不停地拍照，等她下台后，又挽上她，一副恨不得全天下人都知道他是她男朋友的架势。董小如特意找到我跟我告别，她说：“您有名片吗？”名片这东西，我的包里也有，就顺手给了她一张。

接到她的电话是在半个月后，她说她在我单位门口，我惊讶了一下，等着她问我房间号码，可是她说：“张姐，你下来一下好吗？”到了门口，我才明白为什么她只能叫我下来，原来，她给我带来了一筐西瓜。

“朱家尖的西瓜，自家地里出的。”她和我合力把这筐西瓜扛上了我的车。

她的额头上沁了汗珠，棉布T恤背部也湿了一块。我都不知道她怎么把这筐西瓜拿过来的。我说：“到我办公室去坐会儿吧！”

这个办公室我已经待了快十年了。有几盆绿植，无非是文竹、绿萝还有一盆时不时会开出小花来的多肉。墙上的小画也有几幅，是孩子学油画时候临摹的莫奈的作品。冷气开得足，进门没多久，她的汗就都收了，我给她倒的菊花茶也凉到可以入口了，她坐在沙发上开始放松起来，摊手摊脚，斜靠着沙发，开始夸墙上的画不错，“那池塘里的水就像真的会流动一样，还闪亮，哎呀，还有小草和泥土的倒影！”她说的，也正是我最欣赏的一处。我就开了柜门打算找出莫奈的画册来让她看，但就是找不到，一沓获奖证书倒是翻出来了，她拿在手里看，尖声说：“哇！你和我一样，千年老二啊！”我示意她轻声一点。我的正主任就在隔壁办公室。她笑了，低了嗓门说：“一等奖都是给‘伟光正’的选手的，我们这样和风细雨的，能得二等奖，就不错了。”

这些年，我也是这么想的，但想到最后，参加了那么多回演讲比赛，居然一次也没得过一等奖，总是遗憾。当然，这种遗憾，她这样的年纪，是不会有的。

我们说说笑笑，我觉得和她处得很轻松自然。到了我这个年纪，孩子都上大学了，对年轻小姑娘，自觉不自觉地就端出妈妈架子来，难得的，董小如让我觉得我就比她只大了那么一点点。送走她后，我特意把她的电话号码存在手机里了。我还静静坐了一会儿，平复一下刚才兴奋了的心情。她让我想到我跟她一般大的时候的一些事情，甚至，我想起了几乎已经被我遗忘的一个年长闺蜜。当年，我是董小如，她是我。对了，我们也是在演讲比赛中认识的，我们都是选手，吃住在一起，特别投缘，演讲赛后，就跟小姐妹一样走动了，算起来她年长我十岁总有的，那年，我二十出头，她三十出头，孩子上幼儿园了。开头也是我去找她的多，后来，她会叫上我一起玩。我并不觉得她比我大很多，我记得我也跟她讨教过一些羞于问妈妈的问题，她都答得很自然，似乎一切本该如此的样子。这会儿，我想着她，心头居然一软。

有缘的人，总会在预约之外的地方碰到。

每年农历六月十九前后，只要有空，我就会去普陀山进香。那几天，舟山街上满是背着个黄布袋的女人，年纪大的有，年轻的也有，大家看着都觉平常。每年二月十九、六月十九、九月十九前后朝山进香，在舟山，几乎算是一大民俗。据我观察，这民俗波及的区域包括宁波、上海和福州等地。三个十九的前夕，普陀山上灯火通明，人山人海，渡船快艇整夜不歇，说是海上仙山，实为不虚。年轻的时候，我就喜欢混迹在进香的人群中，三步一拜，从法雨寺旁的香道拜上佛顶山，做梦一般。现在的我，总是在十九前后三天里选个好天，那几天虽也人多，但多得恰如其分，不会拥挤，也不用处处排队。

那一天，我正走在从普济寺到紫竹林露天观音的步行道上，那段防腐木铺就的栈道，缓缓从百步沙上穿过，道旁青松蔽日，隔着松林就是沙滩，浪头优雅地涌上退下，声响也不大，做步行时的背景音，再好不过了。我缓步走着，后来的行人一个接一个超过我，有一个女孩在快要掠过我的时候停了下来，我闻到了“奇迹”的香味，也听到了她欣喜地叫声：“张姐!”

这一邂逅，就有点“在千万人中，遇见了你”的意味了。

我看了看她身后。董小如笑了，说：“他呀，太烦了！来进香，我才不要带他呢。”我们俩就搭伴去拜了露天观音，说是搭伴，我们的话也并不多，也没有勾肩搭背，也就是不前不后这样走着，对着这一片莲花洋和对面的珞珈山，默默无语。

一直到黄昏时分，我们才回程，到城内时，已经路灯初上。我说：“我们一起去吃个饭吧?”她微笑点头，好像实在应该一起去吃个饭的样子。

我们点上菜，我还叫了瓶红酒，我说：“喝不完你就打包走。”她说：“哪会喝不完？我们两个，干掉一瓶，不在话下。”我真的有好久没喝酒了，不过，今天这不算应酬，心情放松地对酌，面前还是个赏心悦目的小美女，喝上一两杯，那是不成问题的。一杯酒下肚后，我开始跟她讲我刚毕业那会儿参加市总工会演讲比赛的事情，说到我们单位的工会主席往黑板报上用白粉笔写喜讯，她的眼睛睁得大大的，憋住了才没笑出来。我也说到了那位比我年长十岁的闺蜜胡姐，甚至说到了她的丰胸细腰，腰身一尺七，胸却是D杯，背影看着瘦怯怯的，当面一看，真有点惊心动魄。董小如斜着眼看我，说：“这也是我的尺寸，你觉得我惊心动魄不?”我笑了：“哎呀，那时我才多大？没见过世面。现在不会了。”接着，我好像又和她讲了讲我那时候追的星，第一是张国荣。电视机和录像机都设好定时开机，早上一睁眼醒来就看张国荣的演唱会，最爱他轻摆臀部，真的，相比他迷离的眼神，我对他的臀部更入迷。这话都说出来了，显然，那天，我的酒喝得太爽快了。董小如报了一个男星的名字，说是她的男神，她说：“不过奇怪了，现在的男生都好像没有臀部的，那个瘦啊……”那男星的名字，我听过就忘了。人到一定年纪，真的会和流行绝缘。我有个年长的摄影师朋友，有回在沈家门夜排档遇到周迅，有幸和她说过几句话，但是他“不认识周迅”，这事情，我们年轻人一直笑话他，他呢，一直以此为傲，然后，我忽忽长到这个年纪，才发现“不认识”明星是件多么正常的事情啊。

这个感慨，我却懒得和董小如说，说了，那就是倚老卖老，何必呢。于是我就又开始说胡姐，说我们那时候的演讲比赛。

我讲得很投入，直到董小如站起来恭恭敬敬招呼："汪局，你也在啊。"我才看清，我那男同学站在我身边。他笑着拉开椅子，在我们桌边坐下来："小张，这也太不够意思了吧？喝酒都不叫我的。"我说："哎呀，本来我就是个没意思的人嘛。"董小如招呼服务员又加了一副杯碟，给他倒上了一杯红酒。我们的红酒，也就够倒这一杯了，菜也吃完了，董小如要加菜，我说："不用了吧？我们以后再请汪局吃饭吧。"我那男同学也是喝过酒了，脖子都红通通的，坐在那里，看看她，又看看我，问："你们俩认识？"我说："嗯，好朋友。"汪同学狠狠拍了我一下背："那你怎么不早说呢？害我这两年都没好好照顾你的小姐妹！对了，那天演讲，我就是去给小董加油的呀。早知道你们认识，我就要你张罗庆功宴了！"他又转头对董小如说："我和你张姐，那是穿开裆裤一起长大的交情，你叫她姐，好比我就是你姐夫，以后有什么事，直接和我说！"董小如笑着点头，一边在电话里和她男朋友说饭店的地址，和汪同学一起吃饭的人也来找他了，于是，我们就散了。

我们走到饭店门口，她男朋友已经在那里了，我和他们告别后，一个人步行回家。舟山的气候，入夜后就夜凉如水，我越走越清醒，和胡姐有关的旧日时光也越来越清晰，方才知道，我其实想告诉董小如的是关于胡姐的另外一个故事。

话说我和胡姐越来越熟了，熟到我会和她诉说失恋的烦恼，她呢，会和我说调动的苦楚，他们夫妻分居两地，她一个人把自己的工作、住房都弄好了——她是个能干的人，但她老公的调动一直卡在那里，她说："帮忙的人没真把这事放心上啊。"我也替她着急。但这事情，光着急也没用。她也张罗给我介绍新男友，有一回，连人带饭局都张罗好了，只要我到个场。她说："你只要穿得漂漂亮亮来就好了。"我就去了。一桌人的饭局，都是胡姐的朋友和同事，我被安排在一个并不年轻的人旁边，看样子已经四十多了，整个人端着，像一定要人知道他多莫测高深的样子，一桌的人都叫他李局。饭吃好后，接着去跳舞，那时候时兴跳交谊舞，李局是分配给我的舞伴，他的话不多，我们就这样一支舞一支舞地跳，彬彬有礼地跳，也不觉得有什么不妥。他跳舞时话也不多，也没问我从哪里来的这样初次见面会问的问题，只是有时候会随着乐曲节奏捏捏我的手。有一支舞跳到中场的时候，我的脚崴了一下，那天我穿着高跟鞋，这一崴，到底痛的，我就退下来，缩到我们在的那个小包厢的角落里，那里灯光照不到，黑咕隆咚的。从我这个角度看过去，胡姐已经接替我在和李局跳了，他们跳得很默契，步态懒洋洋的，松弛得很。过了一会儿，又有一对进包厢来了，他们没看见角落里的我，一半也是太心急了，当着我的面搂在一起，密不透风地亲吻着摸索了一会儿，看得我心惊肉跳。好在，也就那么一会儿。那女的先说话了："今天看样子是小胡给李局在介绍对象？"男的笑了一声，说："那女的是小胡的闺蜜，这下好了，成娥皇女英了。"女的躲进他怀里，说："别掉书包，什么什么啊？"那男的却懒得解释，索性就又把女的吻了个密不透风，摸了个无所不至。我在那里走也不是，留也不是，万一他们一回头看见我，那多尴尬啊。他们吻好了，拉好了衣服，又开始刚才的话题，那女的显然已经把这典故想起来了，她说："小胡这招好毒啊，她的小姐妹嫁给李局，以后她还是李家半个女主人，是吧？"男的说："我看小胡倒不是为这个，她是为她老公的调动，要李局实打实地帮忙起来，这样老吊着，总不是个事情。"女的有点生气了，说："我看你也是被小胡魔怔了！否则，怎么像她肚里蛔虫似的！"男的说："姑奶奶，我就一个身子，都在你那里呀。"

蜡烛不点不亮。当时的我，如果没有这一对野鸳鸯来点醒，一定还会以为来和我相亲的人根本就没来呢。

这一对踩着舞曲的尾巴又滑进了舞池，我也趁着一曲终了的混乱从安全门那里走了。也是盛夏，站在午夜的定海街头，我浑身哆嗦。那时候手机还是"大哥大"，是奢侈品，我的寝室里没装电话，要联系我，还是得打办公室电话。接下去的足足一个月，听电话前，我都先看一下电话号码。我害怕，如果胡姐打电话找我，我应该怎样说话。但胡姐一直没有打电话来，我也不再去找她，似乎很轻易地，我们的亲密就消散了。

那么，现在的我，能原谅她吗？我一边走，一边问自己，直到回家洗了睡下，我还是没有给出答案。

盛夏过了，初秋过了，日子都获得了加速度，一不留神，就不留痕迹地过去了，或者也可以这样安慰自己，因为太平无事，所以日子飞快，这是好事。到冬天的时候，董小如来说准备和男朋友结婚了，日子定在转年五月份。送她什么结婚礼物呢？挑来拣去，我选了一颗淡粉色的日本Akoya海水珍珠，十二毫米直径，浑圆无瑕，光泽是从珠体最深处发出来的，又润又亮。董小如很喜欢，喜欢到拿它配了婚纱，婚礼现场，那颗珍珠闪闪发亮，无来由地让我想到鲛人的泪珠。汪同学自然也在，被安排在我身边，不知怎么，一高兴，我就告诉他，新娘脖子上的那颗珍珠是我送的。他盯着新娘看了半天，说："真美啊，除了说真美，还有什么好词吗？"确实，新娘董小如美得让人看着遥不可及。他又低声说："你看看新郎，配不上她啊。"我装没听见，只顾看董小如和那颗珍珠。婚礼快结束的时候，我那汪同学突然和我说："有件事，我想我还是先告诉你吧，我可能轮岗到你单位当局长，百分之九十是定下了。"我怔了半天，才回过神来。

接下来一段日子，我坐在办公室里，总是心神不宁。过了一个月，先是任命文件下来，紧接着，人就来了。同事们有知道他是我同学的，便悄悄恭喜我，说："这下好了，你这个千年老二马上就能扶正了。"同学们就更是闹猛，张罗着要来一个聚会庆祝一下，听说汪同学倒是一推再推，说是一呢不过是平调，二呢万事还是低调一些的好，但是这场聚会还是被定下来了，汪同学，不，汪局长说："你叫上董小如吧。"我打电话过去的时候，董小如在那头先迟疑了一下，问道："张姐，你是当真去的喽？"我说："那是，我肯定在的。"

同学聚会向来是放松的，一帮人又回到"从前"，无论喝酒的还是不喝酒的，座上没一个是安静的——你也没法安静，你一安静，就显得与这饭局格格不入了。我还开戒喝了点酒，因为后怕还在，毕竟自己把住了。不知怎么，董小如和汪局长一起成了桌上的焦点，她喝了不少酒，我说："哎呀，留点肚子过会儿唱歌喝嘛！"我们有个同学开了个量贩式的卡拉OK，同学聚会的保留节目就是一帮人饭后杀到他那里，占据他那里最大的包房，鬼哭狼嚎一阵散散酒。很多时候，说是散酒，其实是再喝一场酒。这次也是。董小如走路已经有点发飘了，我搀着她走，她说："张姐，要么我回家吧？"我说："你这样子回去，你那醋坛子老公要骂我的。我们还是先去唱歌的地方散散酒，我一滴酒都不会让你喝的，你放心。"我都这样打包票了，自然强硬着要说到做到。我知道我同学的包房里有给散酒人躺一躺的长沙发，有一层纱幔和唱歌的地方隔开。我也曾躺过一回的。到了之后，我就把她径直送到那个地方，脱了她的鞋子，又让人拿了一床毯子来，让她睡下了。我呢，在她身边坐着，拍着她让她安心睡。她蜷着身子，头抵着我的大腿，这睡姿，像个孩子，有一刻，我简直要掉下泪来。

同学们在起哄让汪局唱歌，在我们班，他是被我们称作情歌王子的，一不小心，这样的卡拉OK就会变成他的独唱音乐会，可是，今天他却和一个女同学在合唱一首《明天我要嫁给你了》这样的老歌，唱得连调子也跑了。过了一会儿，他进来了，打了个手势让我去唱歌。他轻轻地拉了我起来，自己坐到我坐过的位置上，董小如迷糊中呢喃了一声，头又向他的大腿那边移过来一点，汪局长坐稳了，也像我那样轻轻拍着她。我站了一会儿，他看也不看我，只是垂头欣赏酣睡中的董小如。我又站了一会儿，看了看原先的这层纱幔不知道什么时候换成布帘了，可我还是退出来了，自己去点了一首《北国之春》。同学们依旧是闹，歌也唱，酒也喝。我一只耳朵听着布帘子后面的动静。有同学问：“汪局人呢?”我回答说：“他有点事情，过会儿就回来。”布帘子后面没有什么大动静，只有一次我好像听到董小如呢喃了一声，我竖起耳朵听，可并没有异样的第二声传来。闹到十点半，同学们说主角都逃了，我们也散了吧，我说，你们先走，我等会儿和董小如一道走。

等他们散尽，我在布帘子外又逡巡了一阵，才撩开进去。董小如面朝里依旧睡着，汪局见了我，满面春色，朝我得意地眨了下眼睛，一边人就要往布帘外走。我一把拉住他，一边说：“小如，睡醒了吗？我们走吧。汪局，你打电话叫你的司机过来吧。”汪局只好站住，在那里给他司机打电话，董小如呢，也不应我的话，一个人默默起来，原先束着的头发现在披散开来，遮住了脸。她闷声不响地撩开毯子，裙子齐齐整整的，然后坐起，低头穿好鞋，也不让我扶，打头走在前面。我们三人同车，先送董小如。车上，董小如从包里取出梳子，把头发梳成一个纹丝不乱的马尾，再拿出香水小样，在耳背后点了一点，车里满满的“真爱奇迹”的味道。汪局打开了一瓶矿泉水给她，她也接了，默默喝着。我给她老公打过电话说过五分钟到的，我们车到她家楼下的时候，他已经在楼道门口等着了。我和董小如一起下了车，跟他说：“啊呀小陶，真不好意思，闹到这么晚才送回来。”她老公说：“没事，小如跟着张姐玩，每回都蛮开心的。”董小如在楼道的暗影里用平常跟我道别的语调，高高兴兴地喊：“张姐，再见啊！”这回的声音，像是高兴过了头，听得我后背一阵发冷。

过了一周，又过了一周，董小如都没有打我电话，倒是她老公小陶给我打了个电话，说：“张姐啊，你能劝说小如这周别和你一起去杭州玩吗，要么你们带上我？这个周末正好是她生日呢，她说回来再过。迟了的生日，再过，有什么意思啊?”我愣了愣，猛想起汪局昨天有意无意跟我说要去杭州看烟火大会，我挣扎了一下，马上打起精神说：“你还是把小如借给张姐吧！烟火大会的票子，我好不容易弄到两张，难得的很呢。你们天天腻一起的，我就借一天还不行吗?”放下电话，我一阵恶心。

第二天上班的时候，我把这通电话和我的回答都复述了一遍，汪局听着笑了：“这小陶，还会来手反调查啊？那就委屈你这周末待在家里别出门了吧。”我也对着他笑，说：“董小如头一次到我办公室来就嘲笑我是千年老二，她这一向没在你面前笑话我吧?”汪局收了笑容，说：“她说她再也不想见你了，我劝也劝不好，都怪我。你的事，你放心好了，我都会弄好的，本来，也是应该弄好的，我不过是顺水推舟。”

董小如果真没有再来找我，倒还是小陶有一次打电话来，说：“张姐，小如升职宴，她这两天忙，叫我打电话。”我没等他说时间地点，先就说：“我不是和小如说了吗？那天我正好老家有客人来，走不开的，以后我单请吧！”

零零星星地，汪局会跟我说些董小如的喜讯，总之，是顺风顺水。我呢，也算是扶了正，要独立主持一个部门，处处觉得累，反倒怀念起做千年老二的时光。真的，以前我心里坦荡，吃得下，睡得着，面色纯净，现在色斑一天天多了起来，照镜子的时候，我都不敢正眼看自己，就是在不得不对镜梳妆的时候，我都眼神闪烁。

镜子是唯一能与自己面对面的地方——你说说看，还有别的地方吗？而我，对镜中的自己也能视而不见，即便是刷睫毛膏这样需要小心观察的事情，我也能顺手做来，不费眼力。垂头在Kindle上读书的时候倒是越来越多，《红楼梦》被我翻来翻去，聚会啊看戏啊，这样的章节，我看得最投入，它们是戏中的戏，虚中的虚，能把我忽忽地吸进去。

鲍贝

鲍　贝

原名鲍优娟，1972年出生于浙江象山，现居杭州。毕业于北京理工大学。中国作家协会会员，一级作家，鲁迅文学院第十一届青年作家班学员，鲁迅文学院第二十八届青年作家班高级研修班学员。

已出版长篇小说《观我生》《空花》《书房》《空阁楼》《独自缠绵》《你是我的人质》《伤口》《岂曰无衣》《出西藏记》等，中短篇小说集《松开》，散文随笔集《去奈斯那》《轻轻一想就碰到了天堂》《悦读江南女》《穿着拖鞋去旅行》《去西藏，声声慢》等。

曾获2011年“浙江省青年文学之星”奖；获2011年度青海省“青海湖文学”奖。作品多在《人民文学》《十月》《当代》《钟山》《作家》《西湖》《时代文学》《星火》《山花》《文学界》《青海湖》《当代小说》《小说选刊》《中篇小说选刊》等刊物发表、转载。作品入选多种年度选本。

低调洒脱具有“内爆力”的鲍贝

——鲍贝小说综述

邱华栋

有的作家，属于那种不声不响发生自我裂变的。鲍贝就是这样一位小说家。本来，浙江的青年作家这几年呈现出开锅的状态，有十几个青年作家的风头都很健，沸水奔腾，打开杂志，到处都是他们的作品占领头条。鲍贝在其中，属于低调的实力派，并不高调，却非常从容。我看过她的一些作品，发现她勤奋而具有内爆力。

鲍贝写有长篇小说多部：《空阁楼》《观我生》《你是我的人质》《独自缠绵》《书房》《空花》等，还出版有中短篇小说集《松开》. 其中的短篇小说《空瓶子》《我爱张曼玉》，中篇《松开》《朝圣》《带我去天堂》等获得了很多赞誉，被编入各种选刊。她还出版了多部散文随笔，如《穿着拖鞋去旅行》《去西藏，声声慢》《去奈斯那》等，都是她游走世界各个热闹地方和偏僻角落的〞心花路放〞。这些作品，加起来，构成了鲍贝的文学形象：丰富、内敛、洒脱、冷静、超越、尖锐和犀利。无论是观察人性，还是观看世界，鲍贝带给我们的，都是经过了淬火的书写。这也难怪，她是毕业于北京理工大学的研究生，在理工大学学习，作为一个理工女，成长为一个好作家，其独特品质是带有铁器的冷艳，和冰雪之下的热情。

鲍贝最近又出版了三本新书：《观我生》《书房》《空花》（此三本书出版于2015年。——编者注），拿到小开本硬皮精装，我完全被惊艳到了，这应该是我见过的十分精美雅致的当下小说的精装本了。从书名上看，像《书房》《空花》，这样的名字我一开始还以为是谈禅说佛的散文集呢。《观我生》是老版新出，《空花》《书房》则是我第一次读到，三本书都是由北岳文艺出版社出版的，精美的开本和装帧，容易让人误以为是散文集。撕开书封，才知道，

《书房》和《空花》都是她的长篇小说。

人靠衣装马靠鞍，人不可貌相，对于一本书来说，当然更不可貌相。我得承认，促使我阅读鲍贝的这三部小说的最初动机，是因为书做得太精致漂亮，以至于拿在手中有点爱不释手。另外，还有一份隐秘的好奇心也促使着我静下心去读一读。就好比遇见一位气质优雅的女子款款走来，会有瞥一眼的下意识。所以，这三本书一起出来，让我们看到了鲍贝要建立的文学世界、文学眼光和她所关心的问题，这三本小说就是进入鲍贝小说世界的三条小径，在里面，有一个洞察幽微人性的林中空地。

先说说《观我生》。

《观我生》初版在2013年，时隔两年之后，由北岳文艺出版社再版。先前那个版本我读过，李敬泽的序言非常好，光是题目就惊艳无比——天堂在虎穴中。伴随着对序言的阅读，让敬泽大师以这样一个句子来形容的小说家，鲍贝——其独特性和犀利性，其动静之迅捷和身形之矫健——真的就如狼虫虎豹来到我们眼前一样了。

的确，一个人与一部小说的相遇，也是有它的缘分的。虽然现在的我们已不太愿意去说“缘分”二字，它已被人用滥用俗了。但它存在着，无处不在。在《观我生》里，也处处充斥着扑朔迷离的缘分，一场又一场，情缘，或者孽缘，貌似巧合，却也暗合着某种宿命般的必然。小说写了一个中产阶级的女子“我”从天堂般的城市杭州出发，途经尼泊尔辗转到达另一个天堂般的国家不丹，一路寻找失忆的那个自己，路上所遇的奇缘层出不穷、巫幻森森。“我”所遇见的那个叫Frank的男人，经过一层层剥洋葱似的叙述，最后知道他原来是一个叫贡布的喇嘛。当然，主人公“我”在路上遇见的喇嘛已不再是喇嘛的身份，他已还了俗。还俗的原因是爱上了一个女子，或者说，是遭遇了一场爱情。对一个生下来就出家从未经历过红尘的喇嘛来说，遇上爱情，注定万劫不复。

既然写到喇嘛，必然会涉及宗教和信仰的问题。鲍贝有她自己的直接观察和体验。这跟她多年来多次去过西藏、印度、尼泊尔有关。据说，这个故事是有原形的，是鲍贝去不丹的旅途中听一位藏族驴友所说，当时，让她大为震撼的并不是喇嘛与一个都市女人的爱情，而是，那个女人把还俗之后的喇嘛带进滚滚红尘之后，最终抛弃了他。那个喇嘛，一生都在寺院里度过，除了念经之外什么都不会，在都市生活中毫无能力自理，他该如何生存？鲍贝先是被这个问题给击中了。然后，她设置了一条与她自己走过的相同的路线，试图还原这个故事，再安排喇嘛经过重重艰难困苦，抵达另一个天堂不丹，一个是全民信佛的国家。喇嘛最后爬上不丹的虎穴寺跳崖自尽。当然，对于一名佛教徒来说，死并不意味着生命的结束，从某种意义上，死是一场救赎，或者，是生命的另一种回归。这就让我们感到震撼了。

小说中的“我”亲历并见证了这场死亡，主人公似乎在恍惚之间，确定的却是死亡的事实。我想，鲍贝在写这个故事的时候，也一定很迷茫。她内心迷茫于人的命运被神秘而不可知的色泽所笼罩，又仿佛被看不见的魔掌所控。人在迷茫或者需要自我救赎的时候，一般都会自然而然地想到宗教。然而，宗教真能拯救得了一个迷途中的人吗？小说中和喇嘛相爱却最终迫于现实不得不选择分手的那位女子，意识到自身的罪孽，带着身孕一路磕着长头去西藏，结果死于一场车祸。车祸当然属于意外，但谁知道呢，所有的意外都是冥冥中神的安排。小说家的思想如闪电般划过天地，带有原罪的拷问，还有来自古希腊悲剧传统的宿命的因子。在鲍贝的小说中，每一个人都是可怜的，可怜地处于被命运所折磨和愚弄的地位，无论你贫富贵贱，无论你怎样挣扎和抗拒，都不能挣脱冥冥中那双看不见的手的拨弄。小说中的每一个人，也即带着一种与生俱来的罪感，都生活在罪的世界里，自己有罪，并迫使他人有罪。

这种罪感，在另一部小说《空花》中也同样存在，并且更加深重和荒诞。《空花》，听这名字就带有佛教的某种说法，或者说联想。小说由四个汉族女子的故事组成，她们在自己的城市里漂浮沉沦，各自经历了人世间的“残忍”与“冷酷”，不约而同地到了西藏，从拉萨结伴出发去转冈仁波齐神山，神山海拔接近七千米。对于佛教徒来说，转一圈神山即可洗清一生的罪孽。小说中的四个汉族女子皆非佛教徒，然而她们却冒着生命危险决定去转山。其中一位的原形即是鲍贝自己。她与藏族佛教徒之间的一场纠葛，导致她愤然将对方告上法庭。然而，她虽然赢了官司，但存在于内心的迷津却仍然无法驱散。她带着混沌状态再一次走进西藏，并毅然决然地踏上了朝圣之途。在神山上，与她同行的三位女子，其中一位坠崖自尽，另一位失踪。在一种极度的迷茫和混沌之中，鲍贝把自己关进书房，于是就有了这部小说。对于一个小说家来说，处于一种混沌状态的创作，内心的情感或许反而可以直接与上苍交流，抵达一种形而上的灵光，那是一种原始力的弥散。鲍贝让人惊异的地方正在于此，她绝不迎合那种针对她的抒情的、小资的、唯美的、俗气的审美期待，她顽强地走到了一片十分幽深的林中空地，在那里，安静地捕捉人性之豹倏然闪过的身影。

可以说，《空花》延续了她前一部小说《观我生》的绝望与宿命的主题。

鲍贝把每一个人物的性格和内心的复杂性都把握得很到位。她的努力和天赋是惊人的。她的作品总能带领你进入一个不能解释且布满迷津的道场。正因为不能解释，便有了让人思考的余地，小说的深广和静穆也便自然呈现。

鲍贝平时给我们的印象是温润又柔和的，她活得优雅从容、无忧无虑。我们所见到的她穿长裙、布衣或旗袍，很难想象，她是如何一次次地只身去西藏，为何要冒着生命的危险去转山？相信在朝圣途中的她一定感知并获取了某种可以与天地自然互通的精神密码。在她的作品中，面对人性的荒原，她冷静地把藏匿于世界的隐秘和暗黑无情地拉扯出来，那种真切感和无力感令人措手不及。

相比《观我生》和《空花》这两部小说，《书房》明显要更贴近生活一些，我的意思是更接近我们的日常生活经验。《观我生》中喇嘛的爱情和“我”在不丹路上的自我寻找之旅；《空花》中四个女子怀揣着各自秘而不宣的悲惨经历踏上朝圣之途的故事，听起来似乎离我们都很遥远，小说中的人物也感觉如天外来客一般。然而，在《书房》中的每一个人物，你都能感觉到他们就生活在我们身边，和我们有着密切的交集，彼此息息相关，并惺惺相惜。小说中，怀才不遇的文教授以辞去大学教授的职务作为对当下体制的一种对抗。然而，对抗的结局是更为不堪的生活。一个大学教授最终沦为一个私人书店的临时配售员。鲍贝以她洞察幽微的叙述呈现了一个落魄文人在这个时代无处安置的现状。在我们的生活中，这已经是个很普遍的现象。当代生活并不好写，但鲍贝对人物和命运的把握可谓炉火纯青。小说中的书房和书籍仅仅是小说中的道具，是通往自由生活的唯一途径和精神密码。小说中的那些人物，都是爱书之人。文教授、书店老板娘、李教授夫妇、李总、金万亿、温小暖……因为爱书，这些人便交集在一起，不经意间在生活中演绎了一场啼笑皆非的荒诞剧。而文教授始终穿梭其间，他遇到了真正的爱书人，遇到了为装门面不得不“爱”上书籍的人，遇到了为了“爱书”而去爱人的人，也遇到了为了“爱人”而去假装爱书的人……总之，这是一个病态的时代。一个追求理想的“正常”的人，这个时代注定失败，最终不得不做出妥协。从有限者的失意与挫折里，更能看出人的本质。

鲍贝借助这些人物，满怀忧伤地提醒我们：人的存在从来都不是诗意的，人生下来就走在死亡的路上，人的本质是悲剧。当然，并不是说，人反正是要死的，就不去好好地活了。相反，正因为人是要死的，生命短暂，我们更加要好好地活，活出精神，活出自己。但是，我们是谁？我们到底在为谁而活？为了什么而活？在这个时代，我们到底应该怎样活着？……在鲍贝的每一部小说里，都存在着诸如此类的追问。

“观我生”，“我观世”，这之间，有着多么大的缝隙能让一个人穿过，鲍贝做到了，因此，她成为了一个独特的小说家。由鲍贝，我联想到美国南方的几位杰出女作家，奥康纳、尤多拉．韦尔蒂、麦卡勒斯，她们观察世界的眼光和她们创造的文学世界。鲍贝快比肩于她们了，甚或是，在某些方面，如《观我生》达到的高度，已经并不逊色。

由此来看，鲍贝在当代文学经验中的独特性已经逐渐凸显了出来。她能出能入，自如地游走在外部世界和人的内心之间。看世界上的外部风景，却能描绘出人心和命运更加复杂而深沉、热烈而壮美、沉静而内爆的景象，这样的小说，好看而带有教益，像是一场探险，她绝不想让你一开始就如履平地，她期待的读者，也是胆大心细、善于攀援绝境的会心人。

最近在2017年第1期《十月》杂志上，又读到了鲍贝的一个中篇小说《出西藏记》。这个中篇一改她以往的写作风格，采取写作者最难把握的第二人称进行叙述，引起大家的广泛关注。听说《出西藏记》已被扩写成长篇将在今年夏天继续以精装书亮相，让我们拭目以待吧。（该书在本书付样时已经出版——编者注）

作品展示 〉〉〉

此刻有谁在世上某处走

1

我把一大束勿忘我插进一只陶罐里，最近发现用这种质朴的陶罐插花很好看，比起透明的玻璃花瓶更有质感，别有一番田园风味，尤其用来插这些粉紫色的小碎花。拧亮台灯，顺手把天棚上的顶灯熄灭，夜晚已睡意蒙胧，不需要过于强烈的光亮。一壶老白茶刚刚煮好。花香、书香和茶的暖香交织浮动，若有若无。书桌上电脑开着，小说写了一半，故事里几个人物一直在脑海里晃荡，晃荡来晃荡去，晃出来千头万绪，却又毫无头绪，不知道下一步该怎么写。正绞尽脑汁思考，手机响了一下，是有人想加微信。

在请求通过的验证栏里写着："你好，我是《观我生》的主人公。"

半夜居然还会有这种事发生？纳闷又好奇，摁下"接受"键，夜晚忽然变得有些诡异，甚至有些惊悚。

《观我生》是我在五年前写的一部长篇小说。小说中的主人公被我写死了，死于自杀。可是，此时此刻，他却突然出现在微信中，仿佛阴魂不散、百转千回之后又找上门来——

"你好，是天葬把你的微信号给了我。"

"啊，你好，是吗？"这深更半夜的，真吓人，几乎有点语无伦次了："我该怎么称呼你呢？"

"泽郎。"

"泽郎，你好，我叫鲍贝。"

"我知道你，鲍贝，女作家，喜欢走世界。"

"你看过小说了？"

“还没有，是听天葬说的，他说把我的故事讲给你听了，然后，你把它写成小说出书了。是吗?”

“是的。不过，小说里的故事情节都是虚构的，因此，小说中的你其实已不是你，你只是故事最初的一个原型。”

“原型？那还不就是写我吗?”

“应该这么说，是你的故事启发了我。”

“能否满足我一个请求?”

“请说。”

“可否寄本小说给我，签上你的名字，也签上我的，可以吗?”

“当然，当然可以!”

“太好了！我很好奇。想看看你是怎么写我的。”

“是这样，泽郎，由于小说情节的推动，最后把你给写死了，不，不，我是说，把小说里的那个你给写死了，不是现实中的你，请你千万别对号入座。小说都是虚构的。”

“没事没事，人最后总要死的嘛，谁会在这个世界上永垂不朽?”他在这句话的后面特意加上了一个笑脸符号，表示他根本不介意我在最后是把他给写死了，还是写活了。他只是对内容充满好奇。这种好奇也是人之常情，完全可以理解。

就如五年前的那个冬天，也是因为好奇，我才会写下这个故事。想起来，五年前的那场旅行，也是阴差阳错，我经过拉萨，到尼泊尔，最后到达不丹。途中遇到天葬涅槃，“天葬涅槃”是他的微信网名，泽郎可能打不出涅槃两个字，或者嫌麻烦，直接就省略成“天葬”了。如果没记错的话，天葬涅槃的真名应该叫利嘉则仁，是个读过很多书的藏族小伙，在北京工作。知道我经常行走西藏，便自然而然地跟我讲起他朋友的爱情故事，故事发生之前，他的朋友是个喇嘛……

“喇嘛是在25岁的时候，遇到一个比他大几岁的北京女孩。两人相遇并相爱了。这两个人，一个是从小在寺庙里修行的喇嘛，一个是来自北京城的开放女子，他们把人世间最无可能的事情变成了可能。不管世俗的眼光，也不管佛门的戒律，爱得死去活来，爱得刻骨铭心，爱得诚惶诚恐，爱得天崩地裂，爱到背叛宗教最后连信仰都变了。最后，喇嘛为了爱情还了俗，彻底离开佛门净地，跟着女孩到了北京。他从一个佛世界迅速坠入俗世间的过程惊心动魄。但他很快发现自己根本没办法适应都市生活，除了念经，什么都不会。面对喧嚣而又高科技发展中的现代生活，他几乎连日常生活都难以自理。步入红尘的他，就是个一无所知的废物。爱情毕竟不能当饭吃。女孩很快就把他给甩了。在北京，喇嘛一个人举目无亲，被抛弃在茫茫人海里……”

这就是天葬涅槃对我讲述的全部内容，他并没有提供其他任何细节和更多的场景，当时连他朋友的名字都是隐去的。

虽然，我对这个喇嘛的爱情充满好奇，但真正让我震撼并促使我写下这个故事的原因，并非那场爱情。爱情没什么好说的。爱情只是一场虚幻，就如梦境。作为一个喇嘛，一个虔诚的佛教圣徒，为一场爱情放弃修行，成了宗教的背叛者，成为一个现世罪人，最终又被爱情抛弃……当然，我并不想对此作出任何是非对错的评价，更无意于谈论宗教。真正击中我的是这个毫无生活能力的喇嘛，连最后的一根救命稻草也失去之后，他将如何获得重生？又靠什么来支撑他顽强地活下去？

想到那个喇嘛是否能够劫后重生，又该如何独自一人去面对这个世界时，我的内心充满荒凉和苍茫。可以这么说，他和我们身处的这个现实世界毫无关系，也正是因为他与这个现实世界毫无关系，恰恰就是与这个现实世界最有魅力的一种关系——至少作为一个写作者的我是这么认为的。

通过他，我看见孤独、纯真、挣扎、欲望、荒凉、悲绝、坚强、冷酷、成长、轮回、迷失、救赎和自我救赎等，这些原本沉寂在生命中的许多词汇，开始在我心里交织浮动，并被某种遥远而神秘的声音唤醒。一个生下来就被送进佛门去修行的生命，他本不应该存在于这个“兵荒马乱”的现实世界中。然而，命运却偏偏将他抛置于此，就像进行一场穿越幽暗森林的孤独的冒险。而对于我来说，要鼓起勇气去写这部小说，也像是进行一场穿越幽暗森林的冒险。虽然我并不了解他的生活状态，更不了解他的内心世界，我仍然抗拒不了去尝试书写此种冒险所赋予我的隐蔽的快乐与冲动。

从不丹回来之后，我便以这个故事为原型，花了差不多一年时间，写成了一部十多万字的长篇小说《观我生》，2013年由北岳文艺出版社出版，2015年以精装本形式再版。2016年，我又把这个故事改写成了一个中篇小说《带我去天堂》，发表在《星火》第4期。

为了书写方便，把故事发生的地点北京换成了杭州，杭州是我居住的城市，写起来比较顺手。至于安排主人公从拉萨出发，途经尼泊尔，最后到达不丹虎穴寺去跳崖自杀所选的这条路线，正是我在旅行中走过的那条路。因此，书中所提到的路线和地名几乎都是真实的。每一条路，每一家酒店、餐馆和咖啡馆的名字也都真实可寻。有个姐妹带着我的书去尼泊尔，按照书中所提供的路线，很顺利地找到了我曾经去过的某家咖啡馆，并在咖啡馆里连同我的书拍了张照片发在微信上。当然，也会有路线属实而店名虚构的部分。比如在杭州的某位朋友看完小说之后，居然根据小说里描写的地址，去西湖边找那家虚构的“梅茶馆”，绕来绕去，却怎么也找不到。

这就是写小说的好玩之处，假作真时真亦假，无为有处有还无。

回到小说的主人公，就是这个深夜突然出现在我微信里的泽郎，神秘又诡异，仿佛从天而降，又有点空穴来风。他无缘无故的出现让我想起里尔克在《沉重的时刻》里描述的诗句：

此刻有谁在世上某处走，
无缘无故在世上走，
走向我。

这个“无缘无故在世上走”的人，是他，也是我，或者，也是所有人。要不是我在5年前“无缘无故”走到不丹去听来这个故事，并把它写出来，这个叫泽郎的人，此刻就不会“无缘无故”地走向我。如果仅仅是来索要一本书，那倒没什么，可是，我总有点担心，会不会发生些别的什么事儿。

怎么说呢，小说的主人公是他，但也不是他。小说里所有描述的细节和经历，都和现在的泽郎毫无关系，都是经过虚构想象出来的。但我又不得不承认，这个小说的源头却是因他和他的故事而起。

生活总会有惊奇和意外突然而至。直到现在，我仍然会孩子气地觉得生活总在前面，就在前面的某处准备给我一个惊奇或者某件意外的事。而生活确实也常常如此。就如这个夜晚，泽郎的出现就是一份惊奇。

然而惊奇并非惊喜，倒有点让我心生不安和惶然。为什么不安，却又说不清楚。直觉告诉我这并不是一件令人喜悦的好事。也许是我过于敏感，出于一种本能的反应，我向泽郎再次解释：

“小说都是虚构的，务必请你不要对号入座。小说是小说，现实是现实。两者之间千万不可混淆在一起。”

“明白明白，我明白的……”，感觉得出来，泽郎已经很不耐烦。我也觉得自己强调得有点过了，不就是一个虚构的小说嘛，又不是纪实，谁会介意你最后是把主人公给写死了还是写活了。我不再解释，岔开话题——

“明天寄你书，地址?”

“四川红原金珠小区。”

“没房号，能收到?”

“能。地方小。”

对话至此，差不多就该结束了。我随手记下这个地址，心中仍有好奇。我到过藏区很多地方，却并不知道有个地方叫红原。应该是座县城，也不知道他在红原县干什么，过着什么样的生活。于是又忍不住问他：

“你家住红原？还是在那儿工作?”

“我开了个小酒吧，在红原。”

“不错，有机会去你酒吧坐坐。”

“非常欢迎！你到红原县，找泽郎酒吧，随便找个人问下就知道，就在红原路上。小地方，好找，到时候，让我陪你喝一杯!”

“好，庆祝你重生。”我安静地打着字，心里却有点懵，盯着手机屏幕好一会，从喇嘛到酒吧老板的身份切换，似乎有点戏剧化，很魔幻，我需要稍稍调整和消化一会。

“你在哪儿?”他问我。

“杭州。”

“哦，没去过。”

“有空过来玩。”

“非常感谢，有机会去。”他又在句子后面加了个笑脸符号。紧跟着又发过来一句：

“我还有很多故事，你都可以写，有机会我讲给你听。”

“你们都是传奇。”我也发过去一个笑脸。

“不传奇，但调皮。”

他说的“调皮”，应该是指“有趣”，或者“有点意思”的意思。想起来他在寺院里当喇嘛的时候说的都是藏语，汉语应该是他去北京之后才开始学的。

“你的汉语不错。”

“不行。还要学习。”

“已经很好了!”

“要是有你一样的才华，我也会把自己的故事都写出来，分享给大家看。”

“你的文字表达已没有任何问题。”

“谢谢，是很大的鼓励。”

这样的对话，因其简略而妙趣横生。就像一个外国人在说汉语，有点生硬，但酷酷的。

不同的民族、不同的信仰和其原先奇特的身份和经历，使得他在我心里始终有点神秘而遥远的感觉。而此刻，我们相隔着遥远的时空，居然通过微信在你一句我一句地发生着对话，这种感觉真的很虚幻。

已过零点。铁壶里的水又烧开了，不断发出扑哧扑哧沸腾的声音。我关掉烧水键，电源指示灯灭掉之后，水开的声音才慢慢变弱。

泽郎又发过来一句："来了几位朋友，我要去陪他们喝酒了。"

"好。"

"真希望你也能过来，就坐在我的小酒吧里，一起喝酒说话，多好！"

"下次一定去。回头再聊。"

"好，再聊。"

放下手机，不再看微信。茶已淡至无味，夜静了下来。我又回到自己。想着是应该换茶呢，还是干脆泡杯咖啡。我的夜晚从零点开始，得为自己提提神，开始写新小说。

我为自己泡了一大杯卡莎咖啡，此种咖啡绵密浓郁，强度指数12，有着非凡的烈性和强劲，犹如酒中白烧，味道醇厚辛辣。每次只要喝上一杯，便可清醒至天亮，大脑几乎能够整夜保持在活跃状态。最近写小说的这些夜晚，对自己有点狠。可以这么说，在深夜里喝大杯浓咖啡，是一个女人用来自毁自残的最佳配方，也是能够让我保持最好写作状态的良药。

2

书寄出后，我便把泽郎这个人抛至脑后，本来就素昧平生，那夜从天而降在微信中现身之后，我仍然不知道他长什么样，完全形同虚构。就如我每次呕心沥血地写完一部小说，就彻底摆脱了那个故事。我创作的激情和兴奋点永远都只停留在书写期间或还未完成的下一部。对于已经付印流入市场的小说，几乎都不愿意去重读，那会让我疲惫。

然而写作经年，虚构的人物无数，连自己都数不清，也记不清了。还从未碰到过小说中的主人公哪天会突然找上门来的。

唯独泽郎，泽郎是个意外。这个意外，原本以为在那个深夜找上门来相互牵扯一通便也罢了。给他寄书，不过是出于一种礼貌。如若不寄，也不会有多大关系。他若出于好奇，非要看这本书，也是轻而易举的事，只要通过天葬涅槃，或者，直接去书店购买一本即可。

但是，恰恰是我寄给了他书，又加了微信，一个写作者和书中主人公的友谊便微妙而牢固地建立起来了。平时通过微信的联系便成了彼此之间的家常便饭。

有个深夜，他又突然发微信来——

“你好!”

“你好。”

“在写小说?”

“没有。”

“那你在干什么?”

“看书。”

“什么书?

……

我无语。心里有些抵触，很反感这种对话，尤其在两个并不熟识的人之间，难道我还需要去告诉对方我正在看什么书、做什么事。这跟他又有什么关系？我认为他一定是在百无聊赖中随便想找个人来闲扯解闷。我可不愿意去配合他的无聊。

我没回复，接着看书。还没看几行，又有一条新的微信：

“我在看你的书，《观我生》，看到第二章了。此刻我正在尼泊尔。”

我不得不作出回应：“你去尼泊尔了?”

话一问出，便知中计。小说总共就四章，按地名进行分块：第一章，拉萨；第二章，尼泊尔；第三章，不丹；第四章，杭州。他说他看到第二章，也就是说主人公已经到了尼泊尔。看来，他是铁定把自己当成那个主人公了。

“是”，他果断回复，“我在尼泊尔，你也在，我们在一起，此刻我俩就在那个旅馆房间里。我在房间躺着休息，而你在浴室里洗澡，洗完澡你是穿着白色睡裙走出来的，我知道你还有蓝色的和红色的睡裙，你写睡裙那段文字太美、太性感，我想你穿上它们也一定很美、很性感……但是，你怎么就把我写睡着了？我怎么会睡着呢！我想，这种时刻男人一般都不会睡着的，反正，我是绝对不会睡着的。”

天哪！我的手指划过这些文字，身上一阵鸡皮疙瘩。我必须纠正他这么臆想下去。

“那都是虚构出来的人物，你并不是现实中的你，我也并非现实中的我，那都是小说里的人物，我不过用了第一人称来写。”

“知道是你虚构的。我在你书里有两个名字，一个叫贡布，另一个叫Frank，两个名字我都喜欢。你在书里的名字是古若梅，很有意思。这些，你都不用多解释，我都知道的。”

我无语，说不清楚了，不想再回复。把手机扔开，合上看了一半的书本，离开书桌。

身后的书架上全是密密麻麻的小说，古代的、现代的，国外的、国内的，还有一些是我自己写的小说，我的目光停留在《观我生》这本书上，然后，把它从书架上抽出来。翻开。翻到第二章：尼泊尔。

很快，便找到了泽郎说的那段关于睡裙的文字：

梦里的那条蓝色长裙，随着梦的消逝而消失了。我的箱子里，根本没有一条深蓝色连衣裙。昨晚冲完澡睡觉，套在身上的是一条白色睡裙。是柔软的棉布料子，长袖，圆领，极保守的一种款式。要不是它的过于宽松和镶在领口的那圈蕾丝白色小花边，让它看上去像条睡裙，完全可以当成普通的连衣裙穿出去。除了这条白色睡裙，我还带着一条红色丝绸睡裙，是法国一位内衣设计师最得意的作品。优雅、慵懒、性感和激情，是它的象征。那位设计师的理念是：满足所有对美好事物有着疯狂迷恋的女性。

一直以来，我好像并未疯狂迷恋过任何事物。这个世界在我眼里总是淡的、冷的。现实生活中的我，本能地拒绝过于浓烈的事物和情感。而这条红色的丝绸睡裙，我在巴黎香榭丽舍大街的内衣店里突然邂逅到它。我承认，在那个瞬间，它像一团火一样将我迅速点燃。我毫不犹豫地买下它。出于一种女人的天性。我模糊地相信着，在未来遥远的某个时刻，穿它在身上，是必须会发生的一件事情。

几乎每一次的旅行，我都要带着它。把它压在所有衣物的最下面，塞在箱子里最隐秘的地方。可是，我从没有在旅途中穿过它。一次都没有。从买下它至今，我只试穿过一次，就是在巴黎那家内衣店的更衣室里。我站在落地镜子前，褪去所有现实中的服饰，换上这条睡裙。我简直不相信自己的眼睛。轻薄华丽的丝绸紧贴着我的身体。我看见镜子里的那个自己，竟然如此轻盈性感，有着迷人的欲遮还休的风情。记得那天，我一个人，揣着那件红睡裙走回去的路上，一直深陷于一种自我陶醉般的满足和莫名的忧伤中。我经过凯旋门，经过巴黎铁塔。风吹乱我的长发，拂过我的脸庞，轻柔而温暖，犹如一双饱经沧桑却又充满爱情的手……

重读5年前写下的这些文字，并没觉得有什么异样。当时写下这部小说，也属正常。但谁又能想到，会引来泽郎这么个不折不扣一根筋搭牢硬把自己当成主人公、并把小说中所有细节都往自己身上去套的神经病，真是件令人头疼的麻烦事儿。

他现在才看到第二章，要是看到第三章的不丹和第四章杭州那段，里面有大量关于男女主人公的性描写片段，那还了得?!

还有，他最后是被我写死掉的人，他果真不会介意吗？要是他介意，然后不折不挠地来找我算账……想到这儿，我都心惊胆战了！

忽然问自己，小说家到底是个什么玩意儿？每天吃饱了撑着似的捕风捉影，抓住一个偶尔进入内心的故事片断或一个被感动的瞬间，便开始进行虚构、杜撰、编造故事，写出一种叫小说的东西供人消遣。在编排故事的时候为所欲为、痛快淋漓，敲打键盘的手就像上帝的手，极权在握、呼风唤雨，可以任意又任性地安排小说中的人物谁可以继续活下去，谁该去死了……好吧，此刻遭报应了！被我写疯写到失魂落魄直至写死去的人，现在附了魂魄返回人间来找我了。

泽郎就是个阴魂不散的人。我已经被他搞得有点阴郁了。重新坐回书桌旁，手机在桌上响了好几遍，微信提示：“您有5条未读信息”。

不用看，我也知道是泽郎。深更半夜的，除了他，还会有谁？我决定不回复。但还是好奇，打开微信，去看他发的内容：

“有一个地方特别佩服你，我们没见过面，你居然知道我脖子上戴一条绿松石项链，还知道这是我的护身符。嘿，它真是我的护身符。以前修行时戴着，还俗后也戴着，此刻我还戴着它呢。”

“你想不想看看这条绿松石，是否就是你想象中的那条？我可以拍一张发你。”

“对了，你想知道我长什么样子吗？如果你想看，我手机里就有照片，过去的和现在的都有存着。”

“小说里好像一直没有描写我外貌特征的文字，都不知道你想象中的我是什么样子的，你想象中的我帅吗？是否很高大威猛？嘿嘿，女人一般都喜欢又帅又高大的男人。”

“你在吗？那我先看书了，你忙完回复我。”

“嘿，你在吗？”

……

你在吗？

你是谁？

我又是谁？

他问的那个“你”，到底是现实中的我，还是小说中的我？我有点崩溃。此刻的我，明明坐在自己最熟悉的书房，却无端地感觉自己像是坐在虚构的小说世界里。

不，比小说更像小说。

“在。”

手指一动，我又回复他了。

大多数读者包括我看别人写的小说，都会去想象小说中的人物大概长什么模样。我闭上眼睛，想象我看过的作品中以及我自己写下的每一个人物，他们蜂拥而至，面目清晰，却又模糊不清，我仿佛看见他们，却又不能够说出他们。

比如，以泽郎为原型写的《观我生》里的主人公贡布，他与我在为期一年的写作时间里，几乎与我朝夕相伴，很多时候我的文字描写完全是被他推着走，而不是受我所控。另外小说中的“我”，也有着与我本人相暗合的性情，他们的一举一动、音容笑貌与神情在我心里都是一清二楚的，但我仍然无法具体到画像一样地去画出他们。虽然在长期的写作中，小说家所做的事情就是为想象中的人物画像，这里的人物包括想象中的他人和想象中的自己。但需要用想象去描摹出来的却是逼近人物内心与灵魂的文字，而不是外部相貌。

有个朋友在看完第三遍《观我生》之后，找我喝咖啡。我们俩坐在西湖边的一家咖啡馆里，窗外是传说中的断桥，细雨纷飞，梧桐叶到处飘，天空阴沉灰暗，其实多半是霾让天空变灰变暗，而非雨雾。我们喝着咖啡，聊着小说里的人物，有点雾里看花，就像看着窗外的烟雨西湖。

我不说还好，说来说去把她想象中的人物说到变了形，她有点受不了。她说她想象中的那个人，可不是这样的！但到底是怎样的，她自己也说不清楚。她被好奇心缠绕，知道这个故事是有原型的，非要让她看原型本人的照片。

还有个在拉萨的朋友叫小雅，她看完这个小说，整夜睡不着觉。第二天推荐给她身边的另一个朋友立言看。立言看完一遍，又看了一遍，也睡不着了。某个晚上，她抱着书找到小雅。说是还书，其实是想聚在一起说说小说里的那个主人公。那个叫贡布的喇嘛，使得她们坐立不安，彻夜恐惧，她们是被吓着了。

那晚的她俩挤在一张床上睡，越聊越恐怖，就给我发微信，问我真的有这样的喇嘛吗？他所有的经历都是真的吗？

小雅和立言，她们身居拉萨，天天会在大街上碰到喇嘛。现在的她们都不敢多看他们，说是对这种身穿僧袍的喇嘛都有心理阴影了。我是可以理解她们的。她们年轻单纯，又都是虔诚的佛教信徒，尤其在圣城，喇嘛差不多就是神和信仰的化身。可是，我在小说里却把她们以往对喇嘛的这种身份认知完全给颠覆了。

我只有努力劝慰她们："小说是虚构的，别当真。"

她们回复我："虚构又不是撒谎，它只是你们小说家用来表达经验和重构世界的工具。"

我无言以对。她们比我深刻。

在这个深夜，我也像一个被好奇心驱使的读者，突然就想知道被我虚构的那个人，他到底长啥样？

微信一直没有动静。我想泽郎可能睡着了，或者看书看入了迷，忘了还有微信这件事。

夜晚又开始进入零点，每次在这个临界时刻，我又要开始纠结，喝茶呢还是喝咖啡？

还是为自己选了咖啡。咖啡散发出来的浓香让整个书房都弥漫着温暖的气息，而我置身其中。全世界安静下来，思绪开始纷飞，某些细节在我眼前舞动、活跃、纷至沓来。

我在写一个关于鱼的故事。我发现在写这条鱼的时候，其实也是在写人，写我自己。描摹鱼的委屈、愤怒、无奈和爱恨情仇，也都是我们人的情感。鱼生活在海洋里。在我肉眼看不到和我经验够不着的地方，我允许自己用想象的翅膀飞起来，用文字进入虚构。

咖啡续了又续。这是一个"人鱼合一"的夜晚，我一直写，一直写，直至凌晨天光渐亮，世界正从沉睡中清醒过来，而我却脑门发热头部像注满了铅似的从激情澎湃的虚构世界中抽身而退，就如结束一场爱情长跑之后的虚脱，满身疲惫而凌乱。收拾自己的最好办法，是立刻上床睡觉。

手机一直处于静音状态，后半夜开始就没碰过它一下。准备睡觉之前，又习惯性地看了下屏幕。不看没事，一看吓我一跳。

阴魂不散的泽郎，居然也没睡。他看书看到天亮，微信发到天亮。这些微信有的间隔几分钟，有的间隔半小时，最后一条发送时间是在两分钟之前：

“我失眠了，整夜睡不着。我已看完第三章，此刻我在不丹，你也在。你和我共处一室的情节看得我心惊肉跳，紧张得汗都流出来了！我现在浑身发热，喘不过气来。我们一路上居然发生那么多事情，仿佛都是我在亲历亲为。我知道所有情节都是你虚构的，但对我来说，这些经历比我在现实生活中发生的任何事情都要真实，它们让我着魔，也让我着迷。”

他看个虚构的小说就这般心惊肉跳、又紧张又窒息。此刻的我却是在现实生活中要去面对这么个大活宝，我才心惊肉跳、又紧张又窒息呢！睡意全被他赶跑了。身体疲软着躺在床上一动不动，脑海里却在万马奔腾、思潮翻涌。这样下去如何是好？再看他之前发的几条信息，更是被他搅得心神不宁、尴尬至死。

“原来两个人的性爱可以这么美妙，美到极致，就如佛光普照，灵魂升入天堂。”

“在你的小说中，我居然还有个还俗之前的名字叫哈姆，现在我有三个名字了，贡布、Frank，哈姆，好幸福。可是，你后来写的这一段话，让我好难过：

……我就在他身边。我们那么近，我们又那么远。身体紧密地黏合在一起，而灵魂却早已飞越千山万水。我们只不过借彼此的身体，将自己点燃，然后各自表述，各自完成。身体完成了我们的爱恋与欲望。他爱的人不是我，我爱着的那个人，至今下落不明，但绝对不会是Frank，不会是贡布，更不会是哈姆。

我们都无力推开命运的流离失所和生离死别。既然如此，那么，一晌贪欢又有什么不对？它至少还证明我们与这个世界与我们的此刻，还是粘连的，仍有着丝丝缕缕的牵引。我们从未孤绝。

当然，这也不过是狡辩，为这件不应该发生却已然发生的事情找个理由。但，我要拿这个理由何用？是为将来回忆的时候，有个托词吗？……

你的意思是，我们虽然做爱了，但其实并不相爱，对吗？”

“如果世上真有这么美的爱情，这么美的性，这么美的女人，我真的愿意为她去死。”

“我翻看了你发在朋友圈的所有微信，里面有好多你的照片，每一张我都喜欢。照片上的你和小说里的你，在我心里是吻合的。”

“你写我们在床上的那几段，好疯狂，我反复读、反复品。这些文字让我晕眩，心跳加速。这是从来没有过的感觉，很神奇。”

“嗨！你终于穿上了那条红睡裙，是穿给我看的！不信你自己看，在137页最后。”

……

崩溃，这也太像小说了！比我虚构的小说还要离奇一万倍。我开始有点后悔寄书给他了。如果他是在书店或别处买到书，至少不会直接找我抒情，他独个儿去想象、去意淫、去天马行空……都跟我没关系。可现在这个局面，让我很是尴尬，不知该如何收场。他抱着小说意淫了一个通宵，我想他一定被纷纷而至的情欲给点燃，并被烧得通体发热。让他自行冷却去吧，我再以懒得去做扑火工作。

我决定不回复。

关机睡觉前，还是没忍住好奇心，翻开书本第137页。事隔5年，我都忘了在不丹那个章节里，我还虚构过一条红睡裙。

我终于在这个夜晚，穿上了这条红睡裙，轻薄华丽的丝绸紧贴着我的身体。它与这个浓烈的充满爱情的夜晚如此吻合，我的身心变得无比轻盈。我想让今晚的这个男人，看见我穿上红睡裙的模样。今晚，我是他的新娘。

……忽然酥油灯落了地，光亮瞬间消失。他控制不住地抱起我，凶猛的吻，像雨点一样落在我的红睡裙上。我的身体被贡布使劲压着。他有一股蛮横的劲道，似乎欲将我碾得粉碎。我有些眩晕，想放弃一切追问，就这样死于宿醉……

赶紧打住。看不下去了。如果这些激情描写的文字都要拿来往自己身上套，整本书里应该还有更多热血沸腾的段落……那，这个叫泽郎的男人他还想活不想活？

不管他了。睡觉。但愿梦里风轻云淡，安然无事。

3

事实上在梦里也不得安宁。醒来时，梦已飘忽得不知所终。依稀还能够记得有人送来一束鲜花，我却始终看不清他的真面目。我并不知道，他来时是坐车还是步行，去时却见他骑上马绝尘而去，只记住了他的背影，当然，对于那个背影的记忆也是极其模糊的，还得靠想象去做些填充。

这是一件很让我困惑的事情。我好像从没做过这样的梦。我是在天蒙蒙亮时睡下去的，下午三点醒来，也就是说，这个梦整整做了一个白天。白天做的梦，被称之为“白日梦”。据说白日梦是永远也实现不了的，做了也白做。

起床，刷牙洗脸梳头下楼到厨房里去找吃的。下楼梯的时候感觉自己像在飘。睡裙太长，裙摆拖在楼梯地板上酥软无力，我的两条腿和整个人的骨架也是酥软无力的，像是另一种疲累。

咖啡在咖啡机上煮着，面包在烤面包机上烤着，牛奶最快，倒进杯子里微波炉转上一分钟就好，但我的胃拒绝空腹喝牛奶，只好耐心等着烤面包。世界上再也没有比我吃得更简单的人了。一个人在家，不管中饭还是晚餐，几乎顿顿都跟早餐一样解决，简单、方便、快速完成。

吃完面包喝完牛奶，咖啡也煮好了。我端着咖啡杯去阳台呼吸新鲜空气，花园里鸟语花香，可惜不见蓝天白云。下午三四点的阳光过早地显出它的软弱无力，霾占领了整个天空，阳光仿佛虚晃一下便遁形而去。眼前尽是灰暗，白天又快接近尾声了。不过也没关系，再过两小时，灯光便可以亮起来。对于把自己关起门来写作的人，最需要的就是灯光和电脑。阳光和外面的世界暂时跟我不发生任何关系。

喝完咖啡，回到书房，回到我的电脑前，准备接着写昨天未写完的故事。书桌边上有个炉子，铁壶里的水烧起来，很快就可以泡上自己喜欢的茶了。

当我喝上第一口茶的时候，心会安静下来，写作的一天才算正式开始。

这一天，原本是个极平常又正常的日子，直至我手机里的微信出现新的信息。真是万恶的微信啊，让我现在想起，依然心有余悸。是谁在这个世上发明了手机又创造了微信！把自己关在房间里也不得安生。

发过来的先是一张图片，点开，吓得我，差点惊叫！

一个身穿绛红色僧袍的喇嘛笔挺挺地躺在板床上，赤脚，光头，身体是横着的，照片上只看得清半边脸部，眼睛和嘴唇全都紧闭着……那是一个死去的人，不，是一具尸体！

难道这人就是泽郎？泽郎死了？死了的泽郎又通过自己的微信发给我他自己死去的照片？

手机躺在左手心，右手指僵在手机上方，仿佛我的双手就抱着那个人，或者那具尸体。我的心怦怦直跳，既恐惧又惊疑，怔懵了好一会。

新的微信又进来：

“别害怕！那个人不是我。”

“请你以后别再开这种玩笑，你这是恶作剧！”我狠狠回复。

“对不起，但从宗教意义上说，生死轮回也没什么好怕的。”

“别跟我谈什么宗教和轮回，我没兴趣。”

“你生气了？”

我没理他。

过了一会，信息又进来：

“结局真糟糕，原来我是这么死的。”

“这只是小说的结局，那不是你。”

“我明白。我还是很不安，有很多担忧和害怕。”

“你还是个佛教徒呢。”我有点烦，忍不住想嘲讽他一下。

“我早已还了俗，与你一样生活在这个俗世上，这你是知道的。”

“好好活着，别无事生非。”

“我今年正好39。”

“什么意思？”

“在我们这儿有个风俗，在他的生命中，每逢9必会出现一个坎，需要得到高人指点或神的化解方能平安度过。在你小说里我死于40岁。再过3个月就是我40岁生日。总之，感觉我已离死期不远……”

“那不过是个巧合！”有这么个逻辑来推理人生死的吗？我哭笑不得，但又不能置之不理。

“怎会有这么巧的巧合？这一定是冥冥中注定了的，为什么这个事不早也不晚，恰巧在这个时候让我知道，这难道不是一个提醒？既然冥冥中给了我这个提醒，那么结局应该还可以来得及更改。可我一点头绪也没有，不知道如何去改变我的命运。”

“谁能具备可以去任意改变和编排自己命运的能力？你别迷信了，再次请求你别当真，那不过是虚构的。再说那个小说写于5年前，你想想，就算你在40岁死去，那也是5年前的40岁，跟你现在的40岁有何关系？完全搞不到一块去的。况且现实生活中的你，不活得好好的嘛，硬要去扯出这些无中生有的理论来吓唬自己干什么？”

真是绕啊，打出这些文字，我自己都觉得自己也跟着对方在神神叨叨地说些莫名其妙的话，真是活见鬼了。

他契而不舍：

“你相信预言吗？5年前的我才35岁，还没到40当然不会死，再过三个月我就走到那个节点上了，这个节点就是一个坎，能过不过得去这个坎，我一无所知，但命运已给了我这个提醒，你说我能不紧张？”

我被他传染了，也紧张起来。虽然没有跟他面对面，但通过这些文字，还是能感受得到他极度的恐慌和不安。使劲想，怎样才能去说服他，帮他克服这种莫须有的不安，彻底驱走他的心理阴影。但又觉得在他这份近乎偏执的恐慌面前，好像说什么都无济于事。不理他又不行。生死是大事。你总不能置一个人的生死于不顾。

问题是，我又如何顾得了？

站在泽郎的角度去想，是我的小说给了他一个命运的启示和提醒，或者说，是冥冥中的一个诅咒。无论是诅咒也好，提醒也罢，都如驱之不去的阴影一般笼罩着他不得安生。除非等到他平安度过40岁生日，他才有可能松一口气。问题是，他该如何度过眼前这三个月？90个白天和夜晚，每一个日子都将在他的忐忑不安中变得无比恐惧而漫长。

下午开始到深夜，我没写一个字。手指打着字，心里有略微的不耐烦和无可奈何。好几次，都想狠狠心拒绝再聊下去，但终究还是克制住了。这件事对我来说毫无意义，我压根就不信那些。但对一个把所谓的预言和命运的巧合相信到骨髓里去的人来说，却是一件生死大事。就如同还俗之前的他，对于宗教信仰的坚信不疑。

后来我干脆把电脑也关上了，一直盯着手机，用微信聊天一直持续到后半夜。我们通过微信谈人生、谈命运、谈信仰、谈因果、谈生死轮回。

我知道谈人生改变不了人生，谈命运改变不了命运，谈信仰也改变不了信仰……但，还是要谈。

这是一场深刻而全面的交谈，直抵伟大却虚无的真理。

看过一部电影叫《无间道》，里面有一句经典台词：“出来混，迟早是要还的”。在那个你死我活的丛林世界中，这是一条中立、冷酷、无情的规则，另外，从因果上来说，“还”也是命中注定的事，不管你以何种方式“还”，或者被注入何种内容去“还”。

写小说这么些年，在虚构故事的时候，我在电脑键盘上天马行空、为所欲为，像上帝一样任意编排着人物的命运和生死。这种挥笔豪迈、快意酣畅的感觉我想每一个写作者都曾经拥有过，都很享受。好吧，享受的时刻你尽情享受。现在事儿来了。

经过你想象或者虚构的人物终于找上门来了。找上你的那个人，无论他跟你有没有关系不重要，重要的是你们之间必然有因果。有什么样的果，必然就有什么样的因。事出必有因。命运中的因缘巧合，你看不见，但它存在着。或许从法律意义上来说，这个叫泽郎的人，他跟我毫无关系。但他就是出现了。以一个小说原型的身份，外揣一份你写的结局让其陷入恐慌的理由，你就得担负起开导和劝慰的责任，如同欠债还钱般天经地义。不然，万一他出什么事，虽然从法律上你不用去承担任何责任，但在良心上，你总是会过意不去，会受到自我谴责。

就在我们谈人生、谈命运、谈信仰和生死轮回的同时，我仍不忘做出努力，试图去开导他。或许，奇迹会出现，或许他突然就从我的哪句话或哪一件事中得到某个启迪，瞬间顿悟了呢。

我问他：

“你去过尼泊尔吗?”

“没去过。我只到过印度，那时候没护照，也是偷跑过去的，后来被发现，进去了两年。”

“怎么就想到跑去印度?”

“绝望。没地方可去。从印度边境过去很方便。但到那边才发现，根本没办法生活。我汉语、英语都不好，工作不好找，也没个认识的人。想回来学语言，结果被抓了起来。”

“当时就没想过要在北京待下去?”

“在北京的日子生不如死，只想分分钟逃走。”

“理解。”

“那时候的我每分钟都在生死线上苦苦挣扎，你不会理解的。”

“也是。那你有没想过回寺庙去?”

“回不去的。”

“是回不去，还是不想回去?”

“两个都有。还了俗就不能回去，寺院里有规定。”

“你到过不丹吗?”

“除了印度，哪都没去过，跟你说了，我没护照的。”

“对了，你去的是印度。小说中我写的贡布，去的是尼泊尔和不丹，你和他出国的初衷和使命也完全不同。因此，你是你，他是他，你们根本就不是一个人。”

“怎么到此刻你还这么说话？哄小孩似的。我知道小说情节是虚构的，我只是个原型，你写我去印度、去尼泊尔、去不丹、或者去别的地方又有什么关系呢？就像你把我发生故事的地点从北京搬到了杭州，难道故事就不是我的了？我也从没去过杭州呢。听说杭州是天堂，很想哪天去看看，你会欢迎吗？”

我的苦口婆心、谆谆诱导再一次惨遭失败。除了继续陪他聊天，缓解他的恐慌感，我已束手无策。

“当然欢迎，有机会来吧。”

“你会陪我去西湖吗？”

“可以。”

“西湖边有座山叫玉皇山？”

“对。”

“玉皇山脚下你开的那家梅茶馆，现在还在吗？还有哈姆租过的那个屋子，我也想去看看，你可以带我去吗？”

看到这句，我默然崩塌了一会。攒足最大的耐心回复他：

“玉皇山脚下根本就没有梅茶馆，也没有那个屋子，所有的这些场景，都是我虚构出来的。”

“那，玉皇山和西湖总不是你虚构的吧。”

“当然。”

再没有比这更无聊的对话了，耐心差不多已耗尽。如果再这么继续下去，我想去撞墙。

“就算西湖和玉皇山都是你虚构的也不要紧，只要杭州这座城和城里的你是真实存在的就好。”

他在这句话后面加了个双手捂住嘴巴偷笑的笑脸。感觉他为自己能够说出这句话而表示非常得意和幽默的样子。

真是百无聊赖啊——出于礼貌，我回复他一个笑脸。

“真想此刻就飞过去，看看杭州，看看你。”

我再次回复他一个微笑，仍然出于一种礼貌。

“感觉你困了，想休息了吧？”

“很困。”我赶紧回复，再加一个打哈欠的表情。

又是凌晨三点。真是奇怪，我是夜猫子，喜欢夜里不睡觉，他为什么也通宵达旦不睡？他很快发过来一句：

“那休息吧，晚安。”

“晚安。”

终于，晚安了。

4

自从那夜道过“晚安”之后，好像成了一种习惯。每天夜里，泽郎都会发个微信来道个“晚安”，然后，我也会回他一句“晚安”。

偶尔也会晃神，每晚互道晚安这件事是应该由恋人们来做的。我们之间这算什么?

但想到他目前是个身份特别的人物，来自我虚构的小说世界，受到虚构情节的诅咒和控制，便又释然了。一种很深的歉疚感和罪恶感让我不得不做出伟大的妥协。就像面对一个不久于人世的生命，纵然你有多么讨厌他、排斥他，但当他快要死去的那几天，你总会大发慈悲，耐着心对他说些好听的话，并尽可能地去劝慰他、开导他和多陪陪他。

三个月，说长不长，说短也不短。不知道我是否有耐心坚持到第90天。我给自己一个任务，尽量不要在三个月内出什么问题。就当一场修行，培养自己的耐心和慈悲心。只要帮泽郎安然度过这三个月，他的魔咒自然就会解开。只要帮他解开这个魔咒，接下去他该怎么活就怎么活，该怎么死就怎么死，那是他自己的命运，跟我虚构的死亡再无任何瓜葛。到那个时候，我完全可以理直气壮地删除他，或者将他屏蔽。

对于我的这个想法，泽郎好像也是有所感知的。对于某些事物我觉得他就像一个藏于深山老林里的动物，天然地具有一种超级敏感的嗅觉和触觉，甚至敏感到有点神经质。

有一次，他忽然这么对我说：

“我们就像两个赌徒，赌注是三个月之后我的生与死。在这场赌里，你带着必赢的心态，因为你根本就不信什么预言和诅咒。而我，生死未卜，相信一切皆有可能。但我又那么希望自己能够全盘输给你。输给你我就赢了。但无论结局如何，最终谁赢谁输，有一点我是赢定的，那就是赢得你三个月的善意和慈悲心。虽然对于一个男人来说，要靠这个去获取女人的怜悯和慈悲是件羞耻的事。但我依然认为值得。虽然期限很短，只有三个月。”

“不用赌，我肯定赢。”我简单地回复他。有时候我会被他弄得莫名所以，时而觉得他浅薄无知、天真迷信又偏执，时而又觉得他波谲诡秘、高深莫测。而且他的文字表达能力日渐增长，甚至可以超越大部分文字工作者。

那天晚上道过晚安之后，他又发过来一条信息：

“忘了告知你，今天我去色达了。都说没到过色达，不知道灵魂可以重生。我从红原开车到色达，只要两个多小时，那么多年来，我却一直都没去过。五明佛学院里有七万多人在修行。看着那些穿着僧袍在我身边来来往往的喇嘛，我一次次地想起我的从前，恍如隔世。现在的我，已经是个彻彻底底的俗人。曾经我发过誓，再不去任何有僧人出现的地方。今天我却心血来潮去了趟色达。那里是全世界僧人最多的地方。我不知道我这是怎么了，只是想跟你说一说。你可以不用回复我，睡吧，再次祝你晚安。”

于是我假装已经入睡，没再回复。我知道这种话题一旦展开，又会没完没了。问题是，在他再次道过晚安之后，时隔大概一个多小时，又发过来一条很长的信息，显然用了心写了好久：

“有时候，会奇怪自己活着活着，怎么就活到快40了？仿佛有人跟我开了一个愚蠢的玩笑。有很长一段时间，我陷入一种活着不是，不活着也不是的尴尬境地，都搞不清楚我的活着和死去有什么区别。这些年，也认识了一些人，有几个所谓的朋友，但我从来没有亲人，一个都没有。有时候，我也会这么幻想一下，说不定在世界的某个角落里，肯定会有那么一个人，在开心地看着我，想象着我是如何度过这整整39年的。当然，也只是这么想想，我知道这个人并不存在。我的生命如此浅薄，又如此虚无。有时候想想，活着和死去似乎真的并无本质上的区分。但此时此刻，我却又如此眷恋我的生命，那么渴望自己能够继续活下去，有太多太多想做的事情还没有去做，太多太多的愿望还没来得及去实现……如果我现在死了，等于没活过，白白来这世上走了一遭。”

读完这段文字，越来越觉得泽郎并不是一个头脑简单、甘于认命的普通男人。他的现世并不安稳。为了活着，他可能屈服，也可能妥协，但更多的是不甘心。如果他一辈子身居寺庙的高墙之内，天天重复过着单调乏味的生活，或许会感到知足充实、心怀感恩。然而，命运偏偏又让他尝到了最致命最美味的爱情，而后又被爱情所抛弃，他心怀巨大的不甘和不愿。之后的他又经历了生活的复杂与缤纷，眼睁睁地打量着这个花花世界，然而他却从未进入过花花世界的内部。就像一位外来民工，虽然身居繁华奢侈的大都市，但他也只是看见外部的表象，真正的内部世界，他是进入不了的。进入都市内部的繁华生活是需要资本和身份的。

因为看见，所以不甘心。如果他生来就是一个俗人，可能又会是另外一番境况，无论他信不信宿命，都不会受控于宗教思想的约束。如今的他虽然还了俗，脱离了宗教，但信仰的力量还是在他内心根深蒂固，就如同布满他身上的血脉，怎么换血都不能够彻底洗净。

半个月后的某个夜晚，大概离他的生日又近了一些，他又陷入更深的恐慌与不安，像是中了邪，语词混乱，逻辑恍惚。但是通过文字表达出来的内容，仍然可以感觉到他内心深处有剧烈的不甘心：

“最近的我，实在没办法心安理得地活着，更没有办法去心安理得地接受死亡。我知道生活是有意义的，而我却还没有看清它的真相。我却快要死了，我就要死去，变成一具不会动的尸体，变成一把灰烬。这感觉太可怕了。为了逃避这种恐惧，我甚至想自杀。”

“你可千万别胡思乱想，好好活着。”我只得再次敷衍他。

“你是小说家，你也会有迷失的时候吗？”

“没有迷失，就不会写小说了。写小说不就是为了跟现世对抗，然后去追寻一些真相？”

“能否告诉我生活的真相是什么？”

“死亡。”

“生活的真相是死亡？”

“对，你苦苦追问的真相，就是死亡。所以别再追问、也别再纠缠不休了，一切都是无意义的。趁你还活着的时候好好活着，做些自己喜欢做的和有能力去做的事情，这就是活着的意义。”

“可是，我很快就会死。”

“你不会这么快死。”

“你能保证我不死？”

“我向你保证。”

“你拿什么保证？”

天呐，又开始无休无止、漫无边际了，再这么纠缠下去，他不死我都要被他烦死了。深呼吸，劝自己要耐心。

我再次使出十万分的耐心，命令我的手指打出这条信息，这个瞬间我感觉自己简直就是个伟大的圣母在面对一个神经错乱的孩子：

“你生日那天，我为你庆祝重生。”

“说真的？”

"真的。"

"那我们约定，生日那天我去杭州，去你的梅茶馆，我们就在你的茶馆里庆祝重生，好吗?"

突然觉得不对劲，我已告诉过他"梅茶馆"并不存在，是我在小说里虚构出来的场景，难道这么快他就忘了？或许，他最近又中了邪，每天神神叨叨、情绪错乱，把这件事给忘了也说不定。我不想再去提醒他，懒得去跟他反复解释，只想尽快地打发了事，就简单地回了他一句：

"好的。"

我哪想到，又会出现下面这种状况。他几乎立即就回复了，像是已经打好了字就等着摁下发送键：

"梅茶馆明明是你虚构的，它在这个世上并不存在，你却随口应诺。可想而知，你根本就没有诚心要跟我过生日，或者，你已知道我活不到那一天，故意这么安慰我。"

真是悬念迭起！瞬间我就从圣母变成了一个毫无诚意的撒谎者。原来他是故意为之。我想不明白，这世上怎么还会有这么个人物存在！比我在小说里虚构的任何一个人物都要离奇十万倍。好不容易攒起来的耐心，在渐渐消散，我的这场修行可能会提前终止。

当耐心消失，心里便开始赌气，窝着一小簇火，不想再回复他，我又不欠着他！

过了好一会，他又发过来一条信息：

"不过还是很感激你的，我知道这一切都不能怪你。虚构那个小说的你是无心的，而现在你又尽量在安慰我，知道你完全出于善意。我想趁我还活着，尽快去趟杭州。这是我目前最想去实现的一个梦想了。"

他明显在缓和一种气氛，言辞之间溢满讨好和被生活逼出来的豁达。

忽然很悲哀，为他，为自己，为所有正在被生活的虚无感和无休无止的困惑备受折磨和摧残的灵魂。

实在不明白，究竟是什么原因让这个男人对悲剧的想象力如此顽固而经久不衰，几乎每天都在变着花样设想自己的各种下场，总之没一个结局是好的，都是死亡。话说回来，我们每个人在生下来的那一刻开始，无论你怎么走、往哪个方向走，所走的每一步都是在走向死亡。殊途同归，有哪一条路不是最终通往死亡？令我诧异的是，这个叫泽郎的男人，他怎么会那么热衷于对自己命运的设计，在设计的过程中又时时让自己深陷恐慌与焦虑。要是他不能够自行停止这种对自我命运的“设计”和自我暗示，那么，耶稣、炎黄、诸神和苏格拉底都救不了他，我更不能。花那么多时间陪他微信聊天，只是不忍心做一个袖手旁观的人。谁让我无缘无故像上帝一样去虚构这么个小说出来。

“出来混，总是要还的。”还就还吧。继续忍耐，就当修行。

间隔好一会，他又发来一句：

“我能求你一件事吗?”

“你说。”

“我想请你再写一个小说。”

“什么小说?”

“为《观我生》写个续篇。”

“续篇?”

“对，此刻我突然想到，如果你能在小说中把我写活回来，自然就可破了这个预言，我的命运说不定就会发生逆转。”

好一个突发奇想！亏他想得出来，还真把我当上帝了不成，我要有这本事，我还坐这里写小说?!

气急，直想撞墙。但忍耐住，回复他：

“别迷信了，你想象中的事情压根就不会发生。”

“万一发生了呢?”

“没有万一。”

“世上有绝对的事情吗?”

“没有。”

“那就是了，既然没有绝对，那么我担心的事情它就有可能发生，当然，也有可能不发生。我的意思是，不管结局如何，但对目前的我来说，生死未卜、真相未明，这种恐慌焦虑、坐立不安的日子让我崩溃，我都想以死来逃避这种日子。还有两个月零七天，就是我的生日，也许，就是我的忌日。”

我已感觉到这个人很不对劲，几次想建议他去找个心理医生或精神病专家看一看，但这种建议很难说出口，弄不好会对他造成更大的伤害和焦虑。

既然已经对人家发了慈悲心，那就慈悲到底罢，何不铤而走险，干脆应诺他再写一个，反正他又不知道我到底在写不在写。就算真的写，不就编个故事嘛，到时发给他看就行，只要等他度过生日，一切就都释然了。至少，我的应诺可以缓解他两个月零七天的焦虑与恐惧。

然而，我还是把他想得过于简单了。事情远不只这样。当他得知我愿意写续篇，仅仅欣喜若狂了一分钟，也就差不多发一条微信的时间。

前一条微信是这样的：

“真的吗？太感谢了！此刻我突然松出一口气，就像一块石头被搬开了。你对我的慈悲和友善我会永远记在心上。”

后一条立马变成这样：

“可是，我还是很担心，就两个月零七天的时间，你真的能写完，并把它顺利出版吗?”

瞬间我目瞪口呆，呆若木鸡。这怎么可能！就算我不吃不喝不睡不玩用两个月时间把小说写出来，出版周期也需要很长一段时间去申报、校对、排版、印刷……哪这么容易！两个月一本书，从写到出版，这不是天方夜谭么?

我有点吃不准这到底是个什么样的人了，感觉他亦正亦邪，无药可救。时而觉得他本色、天真，时而又觉得他十分复杂；时而让人同情，时而又让人厌恶，对别人的要求得寸进尺，不知天高地厚。此刻他的这个要求，明显过分了。你可以理解他浅薄无知、不谙世事，也可以理解他心存揶揄、故意为之。无缘无故地涌起一种被人捉弄了的感觉，像吞吃了一只苍蝇。

“赶紧远离他，这种人不值得你为他花时间和精力耗下去。”心里有一个声音在朝我呐喊。

从那以后，我再不当伟大的圣母，也无意成为一个哄慰者，再没回过他任何信息。

而他，也仿佛知道了我对他的反感和不耐烦，突然间变得识相了，客客气气的，有点不太敢来打扰我，也不再对我提无理的要求。但每天晚上仍保持在微信上道“晚安”的习惯，隔开几天会偶尔发来一句问候，都是极其礼貌的问候语。仿佛也并不指望我给他回复。毫无疑问，这是个极度敏感又自知的聪明人。

这样也好，桥归桥，路归路，各人自有各人的命，过好自己的生活，相安无事，各自安好。

5

接下来的事情，说是机缘巧合也好，鬼使神差也罢，总之，它发生了。源头还是出在微信上，万恶的无所不能的微信啊——

那天从花市经过，仍然抱回来一大束勿忘我，那些深紫和粉紫混搭的小碎花令我心生愉悦。回到家，把花插好，茶泡上，心情不错。本想去阳台晒晒太阳。但，哪有太阳，最近每天雾霾笼罩，可能我的脑子也进了霾，想晒太阳想疯了。

在阳台上坐了一会，总不能一直待在外面吸霾，遂躲回书房。书不想看，小说没心情写，百无聊赖，只得喝茶。

茶喝着喝着，无聊中捧起手机刷微信。食指往上划去，微信一条一条往下滑，忽然看到北京的一位朋友蓝莲花正发了一组色达的照片，那密密麻麻占领山坡的喇嘛庙和蓝天白云瞬间吸引我。

我一张一张打开，共九张，每一张都充满美与神秘的气息，它们令我向往。记起前些日子泽郎也跟我提及过色达，说他刚从色达回来，那儿有七万多人在修行，是世界上最大的佛学净地。

我在那条微信下点了个赞，又留了一句："好美！"纯属无聊。

没想到蓝莲花正好在刷看朋友圈，几乎是神一般地快速回复："快来，我们在色达等你。"

"你和谁？

"和我北京的一个朋友。她知道你，你过来正好可以介绍你们认识。"

"你们在色达还要待多久？"

"今天刚到，应该会待五天左右。"

"怎么想到去色达了？"

"北京雾霾呛人，出来透透气。"

"嘿，你们这口气也透得够远的，几千公里。"

"杭州怎样，没霾吧？"

"怎么没有，刚就被霾驱赶进屋了。"

"那还不快跑出来？"

"想呢。"

"网上订张票，先飞到阿坝洲，我们租了车，正好过去接你，或者你在那儿自己租车过来。"

"还是你们来接我吧，我省钱又省力，主要是不认识路。"

"就知道你！订好机票告我时间。"

"OK！"

立马上网订了张机票，第二天就飞到了阿坝洲机场。哪知道我还在半空中飞，蓝莲花她们却被单位里的一件突发事件给紧急召了回来，留下个司机和一辆丰田越野车在阿坝洲机场等我。

司机给了我一张色达宾馆的房卡，说是蓝莲花为自己开的房间，预付了五天的房费，只住了一晚，退房的时候，怕我临时订不到好的房间，又想着把我“骗”过来她自己却跑掉，留给我免费住四天，好让我消消气。

我骂骂咧咧上了车。司机说：“你车费也不用付的，她们全付过了。她们说便宜你了！帮你车子租好，房间白住，还骂什么骂。”

她们怎知我会骂人的？我又好气又好笑，这司机传话也太本色，几乎原话照搬。我完全可以从司机的每一句传话中，还原她们当时在嘱咐司机时的所有表情和心情。

阿坝洲到色达还是挺远的，大概开了五个多小时才到。进入色达县天已擦黑。宾馆在五明佛学院内，我们在色达匆匆吃了碗面，连夜又到了佛学院。

外来车辆不得进入佛学院，司机把我送到佛学院大门，便又赶回色达县。原来他的家就在色达县城，离佛学院很近。他给了我一张卡片，让我第二天什么时候要用车，打电话找他，他就过来。

诡异神秘的气息是进到佛学院内部才感受到的。原来里面这么大。一路上没花没草没一棵树，山坡上全是黑压压的房子，都是喇嘛的宿舍。灯光影影绰绰，夜风在紧密的屋林间穿梭，呜呜呜地低吼着。几天前的色达刚刚下过一场雪，灯光下偶然可见路边仍有残雪未化。阴森森的夜空下阴森森的建筑像丛林密布。感觉自己一脚踏进了另一个完全陌生的世界。

这就是传说中的天堂，可以让灵魂重生的地方。

房卡上写着“喇荣宾馆”，我拖着行李，一路问，一路走，直走得气喘吁吁、浑身乏力，仍然遥不可及。

佛学院里没有出租车，所有经过的车辆都是他们内部的。不得已拦了辆小面包车，问司机是否可以捎我一程，我要去喇荣宾馆。

司机有点为难。显然他听懂了我的意思，但他对我说的话，我却几乎听不懂。只听懂了一点点意思，好像是说，他最多可以送我到宾馆的下面，但不能送到宾馆的里面去。

都能把我送到宾馆下面了，还有什么好说的？我死活要上车。

车门哗啦一下拉开，吓得我呆了！7座的小面包车里竟然密密麻麻挤了17个左右的喇嘛。我愣着，不知道上还是不上，怎么上得去。坐在副驾座的那个快速跳下车，用半生不熟的汉语告诉我，让我坐前面去，他挤后面。

我连声道谢，抱着行李坐到副驾座，再不敢往后看，密集使人恐惧，不知道他们是怎么挤下去的，而且挤得一声不响，一车人安安静静。也可能是挤得连说话的空间和力气都没有了。

车子开到宾馆的下面，我被放出来。再次道谢。道完谢后，目送车子绝尘而去。

我抬头找宾馆。找啊找，不是说下车的地方就在宾馆的下面吗？怎么就找不着。终于，看到天空中红星一样闪耀着四个字："喇荣宾馆"。

原来，宾馆真是在我头顶，在山的最高处，而我站在半山腰，我不知道还得绕来绕去绕多少层路才能绕到宾馆去。

夜更冷了，站在4000多米高的山腰道上，气有点喘。月亮悬在半空中，就在喇荣宾馆的右上角。索性站着看了会月亮，调整下呼吸再赶路。但，实在是走不动了。往上走海拔会更高，气会更喘。

只要有车经过我就拦，我只能这么做。反正在佛学院内也不怕有劫匪，只要脸皮够厚就行。

又拦到一辆车。开车的那个小伙子没穿僧袍，可能是哪个喇嘛的家人，也可能只是喇嘛换上了便服。不管他了，他一直在打电话，说的色达话我一句听不懂。他示意我上车，也不问我去哪里，我也不好打断人家通话。

不过盘山路只有这一条，没有岔道，绕来绕去只会往山顶上开，所以不怕开错道。果然，到了喇荣宾馆大门口，他把车子停下来，但电话还在打。我想表示下谢意，给他点路费，他挥挥手，车头一调又往原路开回去。我有点感动。还是对着车尾说了声"谢谢"。

当晚，我就很不争气地在喇荣宾馆高反了，整晚头晕、心跳剧烈、胸口发闷，翻来覆去、生不如死地在房间里折腾到天亮。天亮后摇晃着开门出去看日出。忽然被响彻漫山遍野的诵经声和钟声洗礼，煨桑的烟雾在山谷里弥漫，像是置身迷幻仙境。

以为一夜未眠会疲惫，没想到一走出房间，便觉神清气爽，好像刚刚从沉睡中醒来恢复了体力，我已满血复活。原来山谷里氧气充足。这里的宾馆都没有暖气和空调，怕冷，又是在一个陌生的黑夜里，窗门一直不敢打开，紧紧关闭了一整夜，造成室内严重缺氧，就差把自己闷死。

喇荣宾馆是住不下去了，海拔太高。再说一个人在佛学院里住几天也没多大意思。逛上一天差不多就可以撤了，撤到哪里去却没想过。

逛着逛着，发现手机丢了。开始以为在房间，回去找遍每个角落，没找着。我有点恍神了，一直回忆，一直回忆，觉得很大的可能性是丢在昨夜那辆小面包车上了，想起那密密麻麻一车人，半夜三更的，谁还能记得清谁的脸。我默默崩溃了好一会，找是找不回来了。七万多人，总不能一个个地去问。

幸好司机给我的卡片还在。借宾馆大堂的电话打给司机，让他过来接我。

没想到昨天夜里摸黑上山难如登天，而白天的下山路，却走得异乎寻常地轻松。

司机接上我第一句话就问："去哪？"

我真的没有经过任何思考，连一点犹豫都没有，一张口说出的目的地居然是红原。

"你想去红原县？"司机又问。

"对，开过去两个多小时？"

"差不多吧。"

司机转动方向盘，猛踩油门，车子直冲向去红原的那条土路，说："我发现你们这些从大城市里跑出来的女人，都有点奇怪，说来就来，说走就走，想到哪儿便到哪儿，雷厉风行。"

听得出来他有点羡慕和嫉妒，但更多的却是揶揄和嘲讽。他说出"大城市"这个词的时候，就像是另类得从正常的范畴无法去理解，等同于"动物园"或"另一个世界"的意思。

懒得搭讪，一肚子的事儿我需要静下心来理一理。于是侧过脸，看向车窗外，假装看风景。

我有点被自己惊到，无缘无故跑去红原干什么？就为了去看看泽郎，或者去他那个小酒吧里坐坐？我这好奇心是不是也太重了些，这不没事找事儿吗？

路上居然飘起些雪花，已进入初冬季节，北方的雪说下就下。山峦和田野呈现出满目的蛮荒。大地寂静。忽然有些悲伤。说不清楚为什么，有一股莫名的情绪在胸中涌动，仿佛正经历着里尔克的"沉重的时刻"，但内心又想着其实什么事都不会发生。在无穷无尽的天地之间，我们每一个人都是孤儿。无缘无故地来到这个世上，无缘无故地哭，无缘无故地笑，又无缘无故地走和无缘无故地死去……每一个时刻都很严重，每一个时刻又都充满虚无、毫无意义。谁也说不清楚，人在这个自然界中到底算是个什么？对于无穷而言，我们仅仅是虚无，而对于个体而言，我们又是所有，是全部。我们时而被虚无挟持，时而又狂妄自我、自以为是。我们患得患失，忽悲忽喜，总是置于虚无和全部之间，就像一个钟摆，不停地荡来荡去，不知来处，也不知归途。

车子进入红原县，我仍然有些茫然。不知道为什么走着走着就走到了这里。这是一座小县城，地处青藏高原的东部，海拔也在4千米左右。

司机问我，到这儿来是想去看草原吗？那儿有个红军烈士纪念碑，许多背包客都会去那儿缅怀一下。

我说不想去。

司机说：“也是，这个季节草都没了，去草原也没啥好看的。”

我说：“除了草原，红原还有什么好看的吗？”

司机说：“好看的有，寺庙、白塔、玛尼堆、经幡、石经墙都可以看，有个川西北最大的宁玛派寺院，就在红原县，叫万象大慈法轮林。来过红原的人，都会说这儿的经幡是最美的。”

好吧，既来之则安之，茫茫然且看风景。不过，我得先要找到一家手机店或者移动公司营业厅。

司机笑着说：“你们城里来的人，好像一天都离不开手机的。”

“你不也有吗？”都什么年代了，还为一只手机奇怪。

“我们要不是方便客人能联系到我们，都可以一年到头不用手机的。”

也是，他们的手机纯粹为了方便客人联系。而我们呢，我们的生活无时无刻不跟手机相连，没了手机，就不踏实，甚至会有一种找不到存在感的恐慌。整整一天，没有手机的我就有点魂不守舍，总觉得有些事情正在发生，有些事情因而就错过了。事实上，在每天都有手机陪伴的日子里，也不见得就天天有事儿发生。但无论如何，眼前立即需要解决的问题，还是得先去买回一部手机，给自己一个存在感。

司机带着我在县城里兜来兜去，终于找到一家移动公司营业厅。看到笑脸相迎的营业员，就像见到了久违的亲人。

我很快选好手机，但要恢复原号码却需要回到户口所在地去才可以办理，也就是说，我只能暂时买张卡，使用新的手机号。只好如此。我安慰自己。有手机总比没有手机好。

新手机里没有任何电话号码和微信号，所有的号码微信全都存在老手机和旧卡上。买了新手机换上新卡，还是和原来的人与事联系不起来。仍然和世界脱离。心有遗憾，无限惆怅。

结账时，忽然问营业员：“请问红原路怎么走？”

营业员朝门前一指：“这条就是。”

我一阵激动，暗自欣喜，原来鬼使神差找手机找到红原路上来了，干脆问到底：“红原路上有家泽郎酒吧，对吗？”

"酒吧？这里没有酒吧。"

"是泽郎酒吧。有吗?"

"这一整条路上都没有酒吧的，全是卖手机配件和小服装店。"

仍然不甘，再问："您是当地人吗?"

"我不是当地人，但我在这儿住了十多年，这座县城的每个角落我基本上都熟悉。"

"那你知道红原县有个叫泽郎的人吗?"我想我是疯了，居然会这么问。只存在万分之一可能性的侥幸心理，立马遭到消灭。

"这个我真不知道，县城里少说也有几万人口，我记不住那么多。"

"好，谢谢您!"怅然地告别营业员，有点尴尬。

真是心有不甘，还是让司机开着车在红原路上跑了个来回。路不长，油门一脚踩到底，几分钟就能把整条路开到头，两旁的商铺和店面也一目了然。没有"泽郎酒吧"，是根本就没有任何酒吧。

司机很好奇："你想找酒吧？这条街上没有，可以开车去别处找找，说不定有。"

"不用。"我说，"我只是看看。"

县城小而朴素，随便找了家酒店住下来。司机说他想去吃糌粑和血肠，那两样东西我都不碰，跟他说好晚饭各自解决，我想顺便一个人逛逛。

红原县并没有下雪，但高寒清冷，尤其到了傍晚，风吹过来像刀割。虽然穿着羽绒服，围着厚围巾，露在外面的脸仍有冻僵的感觉。

走进一家小面馆，吃下一大碗面条，还是没有消除我的疲惫，也没有把身体暖和过来。一个人在夜风中走啊走，走到红原路的尽头，是个丁字路口，有一条很深的河床横在前面，河水枯竭，烂泥巴敞着怀，像是被人揭穿的一个巨大的谎言。

风好大，我站在路口，望着黑漆漆敞着怀的河床。恐惧是在这个时候汹涌而至的。我不知道这个叫泽郎的男人为什么要骗我？红原路上并没有"泽郎酒吧"，就如同西湖边并没有"梅茶馆"。"梅茶馆"是我在小说里虚构的场景，现实生活中的泽郎为什么也要向我虚构一个"泽郎酒吧"？或者，世上根本就没有泽郎这个人？这太可怕了!

更让我恐惧的是，我怎么就无缘无故地走到了这个叫红原的地方，寻找一家并不存在的酒吧？难道在我潜意识里面就想着来找一个叫泽郎的人，证明他是否真的存在，还是，仅仅只是为了满足一份好奇心?

好奇心是没有道德的，也许这是人类可能拥有的最不道德的欲望，我们总是对未知的世界和那个世界里的事物充满好奇，无穷无尽的好奇。

大地暧昧混沌，黑夜有预谋地将光一一消匿，我左右四顾，找不到自己的影子，而月光已充满天空。我满身疲惫，又惊慌失措。抬头看月亮，风越来越大，吹晃了我的眼睛，仿佛看见恶魔的微笑。我的心因恐惧而跳动不已。夜风嘶吼，像是要拼力卷走河床两岸的枯树。枯树枝像群魔乱舞。我在一个人的世界里兵荒马乱，恐惧如影随形。拼命不去想泽郎这个人和关于他的一切事情。任何回忆只能加深我的迷乱和崩溃。

但我仍然不可扼制地想起曾经出现在我小说里的人物，贡布、Frank、哈姆，他们实际上同为一个人，却在此刻的夜晚各自成为他自己，或者，是他的一部分。当我在虚构他们的时候，我并没有过多的笔墨去描述他们的音容笑貌，文字无声，我更注重的是内在的灵魂。

对于他，或者他们，在我脑海里并没有一个具体的形象。就如现实生活中的泽郎，到此刻为止，我也没见过他，连照片都没见过。我不知道他长什么样。可是，他确实是我小说的原型，他在我心里是确切存在的。然而，此刻，我却并不那么确信，世上是否真有其人其事。我重新陷入真实与虚幻之间。

心慌慌忽然想到一个人，天葬涅槃，这件事情的始末多少跟他有关。没有他就没有这个故事，没有这个故事，我就不会心血来潮地去虚构这么个小说，又引出泽郎这么个人。我得找到他，跟他去聊一聊。

可是，新手机里空空如也，没有号码，没有微信，没有任何朋友的信息。我连身边最近的人的号码都懒得记，又怎么能记得住五年前天葬涅槃在不丹留给我的号码，而且这几年我们一直都没有联系过对方。

崩溃地回到房间，只想倒头就睡去，什么都不想，什么都不管，只求内心安宁，天下太平。

很多时候，只要你自己想太平，天下也就太平了。就如这个夜晚，再怎么兵荒马乱、辗转反侧、夜不成寐，后来还是睡着了。一觉醒来，神清气爽。想不通的事情不想，管不了的事情别管。冲个澡，换套干净暖和的衣服，对自己说，你只要玩好睡好管好自己就好。

接下来的几天，周边的寺庙、白塔、玛尼堆、经幡、石经墙我都逛了个遍，连草原也去了。还遇上了一场纷纷扬扬的大雪，拍了一些很美的雪景。红原的经幡果然是我见过最美的。途经很多佛塔，仿佛等着我们每一个人自己去领悟、去觉醒。总之，对于一个旅行者来说，没白走这一趟。

七天之后，我回到杭州。又是阴雨兼雾霾。听说晴空回来过，但第二天就被新一轮雾霾占领了。

回到家，才知天下并不太平，你想太平都太平不了。

首先，我要把脱离了七天的世界找回来，重新与原来的生活接上轨。我连喘口气的时间都不给自己，行李一放就跑到移动公司把原来的号码给申办了回来。恢复原号码后的手机握在手心里，就像重新握住了一份踏实的生活，总算有了一点存在感。

迫不及待地打开微信，看朋友圈，看私信，回复留言。惊世骇俗的事情发生了。我看到泽郎的信息：

"我在杭州了。你在哪儿?"

"你方便见我吗?"

"我没别的意思，只是想表示我的诚意，当面来恳请你能否为我写个续篇?"

"如果你实在不愿意写，也没关系的。"

"我在杭州了，我们能见一面吗?"

……

留言全都发在七天前。也就是我丢手机的那天。那天的我在色达，在被圣徒们称之为可以让灵魂重生的天堂。

就在这几天，他居然来了杭州，而我却在红原游荡，世上真有这种阴差阳错的事情吗？我几乎毫不犹豫地回了他一条：

"你在哪儿?"

信息没有回复。我又发了一条：

"前些日子我手机丢了，今天刚回杭州。"

仍然没有回复。

大概半小时之后，手机铃声响起，是个陌生的号码。我条件反射地想到这个号码可能跟泽郎有关。虽然我们只加过微信，从没留过对方手机号。

电话接通，是杭州市公安局打来的，说在死者的微信上查到最后的信息是发给我的，他们又通过微信后台上的实名制查到了我登记在册的名字和号码。

"死者?"我听见自己在尖叫。

"你的朋友出了车祸，我们正在事故现场……"

我的耳膜急剧跳动，接下来他们说什么我一句都没听进去，仿佛有个世界在我耳畔"砰"地一声关上门，瞬间我被惊悚、绝望、虚无、恐惧和疑虑重重纠缠撕扯，如雾霾般无声而凶猛。脑海里不断响起《沉重的时刻》里的最后那段，仿佛有人在诵吟佛经，不，犹如咒语：

……

此刻有谁在世上某处死，
无缘无故在世上死，
望着我。

哲贵

哲　贵

1973年生，浙江温州人。中国“70后”代表作家之一。中国作家协会会员，温州市作家协会副主席兼秘书长。

中短篇小说集《金属心》入选21世纪文学之星丛书，另出版中短篇小说集《施耐德的一日三餐》、中篇小说选《信河街传奇》、长篇小说《迷路》《空心人》《猛虎图》等。在台湾出版中短篇小说集《某某人》。

曾获2012年“浙江省青年文学之星”奖、首届人民文学新人奖、十月文学奖等。

限度中的力量

李敬泽

到目前为止，哲贵所写的都是一个特殊人群的故事——一群成功者，他们在中国过去三十年急剧的经济发展中积聚起财富，他们因此备受羡慕、备遭疑忌。在公众的眼中，他们在天堂也在地狱——某些世俗价值的天堂和道德的地狱。

这个人群如此容易引起争议，引起激动、激愤、不平衡，哲贵的态度却令人惊讶地平实。富贵寻常事，成功者亦寻常人，争议所发生的地方似乎不是他的关切所在，他所关切的是，这些人，在他们为自己划定的生活尺度内，所感到的寂寞、困惑、烦恼。

这就不得不提到哲贵所在的温州。哲贵的小说都有一个明确的背景，虽然他很少直接提到，但话里话外，读者能够明确地意识到信河街即是温州。温州在中国具有广为人知的特殊性，经济学中有温州模式，而近年来在公众的一般想象中，温州意味着流动、逐利、令人不安的如潮金钱。但温州的另一重特殊性却较少被注意到：这个在前现代地理中偏僻、闭塞的地方，有着极具韧性的、虽然也是发育不全的民间社会，这个社会有强烈的重商主义倾向，并顽强维持着相应的价值生活和伦理生活。在这里，金钱并不肮脏，它恰好就是衡量人生的基本标准。同时，商业伦理中的基本价值在这里也被充分尊重和恪守，比如勤奋、比如信用、比如一种克制低调的人生态度。

由此我们就可以理解哲贵为什么这样讲述他的故事，他的世界就是温州人的世界，这决定了他能看到什么，决定了他看不到什么——他的世界里有奇异的安稳和温厚，那里的人们，成功也好，困顿也罢，似乎从来不曾想起在更广大的社会结构中分析和看待自己，他们看得不远，但是看得具体、实在，因此倒有了一种对自身的信心和耐心，能一分一寸、一针一线地抓住眼下，那么，就不必为更大、更远的事而决断、决绝。

这决定了哲贵的小说的语调：总是温和的，总是慢的，但不是从容，如果从容是对于某种紧迫而巨大的事物的自觉的坚定反应的话，那么哲贵的慢条斯理与其说是从容不如说是迟钝，一种蕴含在特定世界本质内的迟钝。

多亏了这种迟钝，哲贵的小说具有了令人困惑的特殊性：他的人物固然自信和耐心，具有狭窄而稳固的价值观，但是，某些时候，厌倦会像某种病毒一样侵蚀这个世界，太耐心了太稳固了太不被怀疑了，这个安稳的世界有时慢慢地发现，它面对着它的成功所衍生的问题，就是厌倦。

哲贵的故事通常会这样慢慢展开。他的人物有了苦恼，这种苦恼是双重的：一重是苦恼本身；另一重是苦恼于不知道这苦恼是怎么回事，在他们的观念和词语中，没有为这苦恼做出准备，留出位置。虽然作为读者的我们通常会轻易地看出，他们的苦恼无非就是，生命意义何在？人生是否另有可能？

哲贵的小说的慢也是因为这种沉吟、这种自我寻思，这些小说都有一种温和的内省性，好比是一个从无思考习惯的人，渐渐地、困难地思考自身的生活和生命。

这个人的思考范围和能力都是有限的，他越不出他的世界，他也无法深入自己的内心，他简直是手足无措了。而哲贵深深地体会着这种无措，作为小说家他一定要想出办法来，他的办法就是寓言。哲贵的几乎所有小说，展开叙事的方式都是寓言性的，都必须也不得不借助于一个简明的、使得问题与他所写的世界的狭窄相匹配的寓言模式。

所以，哲贵的小说通常也是结束于沉吟：人物的苦恼不会使他进入精神上、生命中的绝境，他是寓言中的人物，同时他也在领会寓言，如果他陷入了绝境，那么谁来发出困惑的叹息呢？

以上所说，很难被视为对哲贵小说的赞赏，但老实说，这就是赞赏，到目前为止，哲贵成功地运用了他的限度——这种限度或局限，很难说是他天然即有的还是他深思熟虑地为自己确立的——他把这限度变成了一种力量，成为对在公众视野中备受争议的人群的一份公正的想象和洞察。

我使用“公正”一词，并非因为哲贵在小说中做出了什么结论，这不是理论和观点上的公正，而是艺术上的公正。这种艺术公正要付出代价——他省略了，或没有看到很多东西。但这种公正也有令人印象深刻的成果：他看到了别人没有看到的东西，他看到了他所写的那些人所能看到的东西，那些人在他们的限度内所能领会的真理，他们可能是，甚至只可能是这样看待和领会自己、这样看待和领会自己所在的这个世界。

我猜想，在很多年后，哲贵的这批小说会比现在很多在同一问题上发出慷慨激昂的声音的作品更有价值，因为他怀着同情，但又很可能是怀着最深的反讽之意，在小说中验证了他的人物的人性水平。

作品展示 〉〉〉

柯巴芽上山放羊去了

柯巴芽大学在杭州读，毕业时，父亲问她回不回信河街，柯巴芽没考虑过这个问题，回不回对她来说无所谓。她问父亲："你想我回还是不回?"

父亲说："如果你不想回就不用回。"

柯巴芽说："我回。"

柯巴芽在大学谈了一个男朋友，上海人，学校所有晚会，他是铁定主持人，是学校里的著名人物。可他不是柯巴芽理想的男朋友人选，他长得太周正，国字脸，五官精美，身材匀称，各方面太完美，像电视和杂志上的明星。他连酒也不沾。这让柯巴芽有点遗憾，一个人怎么可以没有缺点呢？但是，柯巴芽也想象不出理想的男朋友应该是什么模样，更不知道在哪里能遇上。两人从大二上半年开始约会，周末偶尔去餐厅吃一顿，柯巴芽叫两瓶啤酒，最后两瓶都是她喝。出了餐厅，去一百元一晚的商务宾馆住一宿，第二天中午筋疲力尽出来。可感情的温度始终上不去，放寒暑假时，联系也不多，只有身体需要时，才会想起对方。毕业前，他们又去了一趟宾馆。这次情况比较特殊，著名主持人咬咬牙，去了一家四星级宾馆，打折后三百元一晚。这晚上，他们另一笔费用是耗掉半打杜蕾斯。第二天上午，他回上海，柯巴芽回信河街。

父亲开一家服装公司，专做西服。公司规模不算信河街最大，但父亲是个热心人，喜欢做公益，乐意帮助别人，同行推荐他当了信河街服装协会会长，也算是头面人物，服装公司也跟着提高了知名度。

回信河街后，柯巴芽在父亲公司帮忙。她进公司前，跟父亲商量过，成立一个定制工作室，由她负责。进公司后，柯巴芽打消了这个念头。

柯巴芽读高一那年，母亲跟一个华侨去了法国，父亲没有再婚。进服装公司后，柯巴芽才知道，父亲身边有一个女人，原先是他秘书，现在还是秘书，但地位完全不一样了。柯巴芽不排斥父亲再婚，也不反对找一个年龄比他小十八岁的女人。如果她在读大学之前知道这事，内心会有抵触。她现在至少能够从生理上理解父亲，父亲是个男人，还不算老，像他这种年龄和身份的人，不太适合在外面饥不择食地找女人，有一个固定女人总比在外面乱来安全。她不知道女秘书是否真爱父亲，可是，爱与不爱有什么关系？她和著名主持人谈了三年恋爱，可她实在不能确定自己是否爱他。著名主持人倒是说过，他爱她。她很怀疑。她想起来，离开四星级宾馆的那个早上，双方都走得那么决绝，逃离似的。毕业以后，他们只在QQ上碰过一次，他主动说了一声“你好”，她回了两个字：你好。此后再无联系，好像什么事也没发生过。父亲至少给了女秘书物质保障，给她买了套房，买了迷你宝马，每月上万元工资。这些给予是在明处，父亲私下里给女秘书多少钱，柯巴芽不知道，也不想知道。她觉得父亲身边有个女人挺好，如果他是单身一人，柯巴芽倒觉得不正常了。但柯巴芽想离开父亲的服装公司，她不知道自己想做什么，也不知道能做什么，只是想出来。如果非要说一个理由，她觉得，她的存在会让父亲和女秘书不自在。好吧，她离开。

第二年夏天，柯巴芽参加公务员考试，顺利考上信河街农业局。

考上后，柯巴芽才将消息告诉父亲。父亲问她：“你喜欢当公务员？”

柯巴芽点点头，又摇摇头，说：“我不知道。”

父亲说：“那你一定不喜欢服装公司。”

柯巴芽摇摇头说：“我离开服装公司不等于不喜欢服装公司，考公务员也不等于我喜欢当公务员，就像当年考大学选择园林艺术系不等于我喜欢这个专业。老实说，到目前为止，我不知道自己到底喜欢什么。”

父亲停了一下，继续绕回他的话题：“你离开服装公司肯定是有原因的。”

“可能有原因吧，但我确实不知道什么原因。”柯巴芽笑了一下。

柯巴芽知道父亲想跟她谈女秘书的事，可他总是开不了口。对于他来说，跟女儿谈论这个话题，似乎是个禁忌。既然他没有开口，柯巴芽当然也不主动提起。柯巴芽还是蛮欣赏父亲这一点，他忌讳谈这个事，说明他内心有所坚守，他不是一个随随便便的人。当年也是母亲出轨在先，她跟法国华侨有了关系，主动离开他。他并没有指责母亲，唯一的要求是留下柯巴芽。可是，柯巴芽也不满意父亲的过分克制，做什么事都要考虑别人的感受。他就是娶了女秘书又如何？或者，他也可以换一个女秘书试试。她会为他暗暗叫好的，必要时，她会公开支持他。但是，父亲就是这样的人。他一直是这样的人。

柯巴芽在农业局上了一年班，主动申请调到特产站。柯巴芽不想每天坐办公室写材料和开会，她要到外面去，去有山有水有树木有阳光的地方走走。特产站是理想的选择，特产站管辖几百座茶园，这些茶园都在山清水秀的地方，只要肯跑，每天可以进行一次一日游。

信河街出茶叶是有史可稽的，出产的雁荡毛峰曾是明朝贡品。柯巴芽不喜欢喝茶，饮品中，她更喜欢咖啡和酒。但这不妨碍柯巴芽往大大小小的茶园跑，这些茶园在高山上，在峡谷里，在阳光普照的山之南，在雨水充沛的江之北，柳暗花明，云遮雾罩。到了这些地方，柯巴芽往往有留住下来的冲动。

特产站站长叫戴森，同事私下送他绰号戴喇叭，意思是他讲话像随身戴着一个扩音器。他是80年代毕业的大学生，读的是茶叶专业。但他身上已经看不出一点大学生痕迹，一双灯笼似的大眼睛，光头，黑脸，身材魁梧，手臂比一般人大腿还粗，动不动骂人“狗生的”，还喜欢随口吐痰肆意放屁。特产站的人都觉得很没面子，怎么能让戴喇叭这样的人当大家的头头呢？怎么可以在单位里骂脏话呢？怎么可以在办公室里随地吐痰和肆意放屁呢？你以为这是在茶园啊？

戴喇叭缺点很多，但谁也不得不佩服他的专业和能力。

信河街的茶叶原来各自为政，戴森做了站长以后才有现在的规划。根据信河街不同的茶叶产区和特点，划分五个区域，每个区域下培育多个品种，对外统一打一个牌子。

戴森每年组织茶叶评比，让五个区域几百个茶叶品种参加比赛，评出金银铜奖，参加一年一度的早茶节。每年早茶节都做得轰轰烈烈，前来品尝和购买的人将各个摊位挤得水泄不通。因为生意好，价钱卖得高，没有一个茶农不想参加早茶节。可他们想参加，得戴森点头才行。戴森点头只有一个条件，茶叶得好。茶叶不好，玉皇大帝打招呼也没用。

每年评奖前，茶农争着邀请戴森去指导，将最满意的茶叶拿给他品尝。一般情况，品过的茶，好的他就说一句好。不好的，他一声不吭。茶农这时很紧张，盯着他脸色，不敢乱问。也有茶农想试试他到底有没有真本事，将外地绿茶冲泡给他喝。他喝一口，“噗”的一声吐在地上，瞪起圆眼，瞪着茶农骂道：“你这个狗生的，想找死呀？”

柯巴芽在局机关听过戴喇叭的名声。调来之后，发现他也不是什么人都骂，只有怠慢茶农和办事拖拉的人他才骂。柯巴芽还发现，戴喇叭习惯性绷着脸，皱着眉头，他的脸本来就黑，这样一来，更黑。

柯巴芽不能理解他为什么整天黑着脸，笑一笑又不会死人。再说了，笑一笑，对别人是一种鼓励，对自己也是一种释放，这世界谁也不欠谁。

当然，这些话柯巴芽不会跟戴喇叭说。他们关系没有好到那个份上。柯巴芽也没想跟他有什么关系。特产站不到十个人，分两块内容。站长管茶叶，副站长管水果。柯巴芽归茶叶，她负责将分内的事做好，不让戴喇叭有骂她的机会。戴喇叭也确实没有骂过她，就是嘛，人家不偷懒不发脾气，凭什么骂人家，还有天理没有？他可能在野外待久了，确实有随地吐痰和乱放屁的习惯。柯巴芽尽量避着他。

柯巴芽唯一感兴趣的是戴喇叭身上的肌肉，据说他的手臂比一般人的大腿粗，他的胸肌会跳舞。但戴喇叭跟其他健身达人不同，别人有身材有肌肉喜欢秀，喜欢显摆，穿紧身衣服啊，穿短袖T恤啊。戴喇叭每天长衣长裤，将身体包裹得严严实实。

柯巴芽还听说戴喇叭每天去健身馆，已经坚持二十多年了，每天早餐要吃十五个鸡蛋。我的天！

戴喇叭身上肌肉到底是什么形状呢？柯巴芽有点好奇了。

戴喇叭将肌肉隐藏得越严实，柯巴芽的好奇心越重。

有一次，她去牛排馆用餐，经过透明厨房，看见里面挂着一排排椭圆形的牛肉，纹理清晰，结实饱满。她突然想到戴喇叭的肌肉。

有一次，柯巴芽下班路上，经过一家刚刚开业的商店，门口站着两个充足气的红色橡皮人，它们的身体好似要爆开了。她突然想到戴喇叭的肌肉。

还有一次是秋天，柯巴芽下乡归来，经过一农家菜园，看见架子上坐着一个巨大的金瓜。已经熟透的金瓜，一瓣瓣鼓出来，浑身散发着金亮的光芒。她突然想到戴喇叭的肌肉。

最不应该的是，她有一次梦到了戴喇叭，他脱了上身衣服，她居然来不及看一眼就醒了。

醒来后，她轻轻扇了自己一个耳光，自言自语：“柯巴芽，你是不是疯了？到底想干什么？”

过了一年多，夏天的一天，柯巴芽跟戴喇叭去天井茶园。

这是废弃的一个茶园，戴喇叭也没去过，据说在海拔一千两百米的高山上。信河街靠海，很少有八百米以上的山峰，更不要说一千两百米，何况还有茶园。戴喇叭一听说，立马赶过去。车停在半山腰，当地特产站的人说，还要再爬一个半小时山路。

那天无风，下车走了半个小时，柯巴芽觉得头顶上都是汗，汗珠穿过发根，滑到脸上，一颗接一颗摔到脚下的黄泥土里，将黄泥土砸出一个个气泡。她感到身上的汗水往下淌，湿透了内衣。又走了一段路，柯巴芽觉得外衣也湿透了，身上好似黏了一层皮，又重又闷。

柯巴芽走在队伍后头。她这时看见戴喇叭的背影。戴喇叭身上的蓝色衬衫（他总是穿蓝色和绿色的衣服，很少穿白色）已经被汗湿透，紧紧贴在身上。柯巴芽看见他的手臂像两把大锤前后挥动，随着手臂的挥动，柯巴芽看见他的两片肩胛骨像两把扇子一张一合。他的上半身像个倒三角形，腰身收紧，看不出一点赘肉。

刚好走到一座凉亭处，大家坐下来稍事休息。柯巴芽特意转到对面，果然，戴喇叭前面的衬衫也全湿了，紧紧贴在身上。柯巴芽看见，他两块胸肌像高压锅鼓出来。柯巴芽赶快将眼睛转开，快步走到凉亭口，深深地吸一口气。但她听见，心脏跳得又快又响，几乎要从喉咙飞出来。

又走了半个多小时，终于到了天井茶园。天井是一个自然村，原先有三户人家。后来政府动员村民搬迁到山下，给他们盖了房子，这里成了荒村。三幢房子还在，每幢三小间，都是用一块块青色的石头垒起来的，整齐又别致。只是现在爬满了藤蔓，让人不敢靠近。

茶园在另一个山头，中间有一条深不见底的峡谷。要进入茶园，必须经过一条约三十来米长的铁索桥。

铁索桥有点摇晃。这次戴喇叭没有走在最前头，他让大家先走。当地特产站的人走在前头，柯巴芽抓着扶手，紧跟后面。走出十来米，柯巴芽回头去看，戴喇叭还是一动不动站在那里，脸色发青，两手紧紧握成拳头。柯巴芽对他喊了一声："你怎么了？"

戴喇叭看了看她，说："狗生的，我有点怕。"

他的声音微微颤抖。

当地特产站的人转身回去扶他。让柯巴芽没有想到的是，这一扶，戴喇叭反而一屁股瘫坐在地，发出哇哇哇的哭声。哭声听起来那么无助，却又那么响亮。

哭了一会儿，他抬头高声质问当地特产站的人："狗生的，你怎么没说有一座铁索桥？"

那个人不敢回话，只是看着戴喇叭笑。

柯巴芽也很想笑。戴喇叭那么大的块头，那么健美的身体，那么彪悍的性格，居然会有恐高，反差太大了。

回去的路上，戴喇叭厉声威胁柯巴芽和当地特产站的人：“回去对谁也别说起这事。”

过了一会儿，他又补充一句：“狗生的，如果有第三个人知道，我就找你们两个算账。”

当地特产站的人连连点头。

柯巴芽从戴喇叭的声音里听出一种妩媚来。

从那以后，戴喇叭还是黑着脸，还是打锣似的讲话，还是瞪着大眼睛看人，生气了还是骂人“狗生的”。可是，柯巴芽发现他的神态发生了微妙变化，每一次看见她，他的眼神闪烁一下，立即转到别处。柯巴芽觉得戴喇叭并不像外表看起来那么强壮，也不像看起来那么凶。或者，也可以反过来说，戴喇叭外表的强壮和表情的凶悍恰恰反映出他内心的软弱。柯巴芽在想，或许正因为内心的软弱，才促使他每天走进健身馆，练出一身壮观的肌肉吧。

柯巴芽会不自禁地将戴喇叭和父亲做比较，他们年龄相仿，个头也差不多。可是，他们的差别又是如此之大。父亲也算注意养生之人，细声缓慢地讲话，不动怒，更不会骂人。注意饮食，不烟不酒，不吃夜宵。每天坚持饭后散步一个小时。他整个人就像一个时钟，有节奏有规律。可他的老态是掩饰不住的，无论是精神还是身体。而戴喇叭呢，他像一头原始动物，无论是精神还是身体，热气腾腾，生机勃勃，充满力量，叫人心动。当然，柯巴芽知道自己没有喜欢上他，他也不是理想中的男人，虽然她到目前为止还不知道理想的男人是什么样子。但柯巴芽对他的身体，特别是对他的肌肉充满了想象。这种想象有时像一团大雾，逶迤而来。有时在路上走着走着，这种想象便弥漫开来，将她笼罩，久久不肯散去。有时如一支利箭突然而至，一下子穿透她的身体。好多次，她在浴室里淋浴，往身上涂沐浴露。她从上而下抚摩身上的皮肤，猛烈地想起戴喇叭的肌肉。这种想象让她胸闷，几乎喘不过气来。

又过了一年，戴喇叭邀请一批外地专家在雁荡山举办一年一度的新茶评比。特产站所有人都去做会务工作。评比结束后，组织专家参观景区。

那天上午，他们去了大龙湫。大龙湫是个瀑布，有“天下第一瀑”之称。春夏多雨季节，水量充沛，水势磅礴，水泻之声隆隆如雷鸣，水雾远侵百米开外，整个山谷雾气蒸腾。由于长年瀑布冲泻，瀑布下面形成一个深不见底的大水潭。水潭三面都是大大小小的椭圆形石头，被游人踩得光可鉴人。游人喜欢蹲在石头上，弯腰掬水，即使是盛夏，依然冰凉刺骨。

柯巴芽随着大家从石头上走过，她没有蹲下掬水的念头，见前面有人，她准备快速绕过去。就在这时，蹲着的那个人站了起来，屁股一顶，撞到了她。柯巴芽没有心理准备，她甚至没来得及惊慌，身体像一根被砍断的树，直挺挺倒进水潭里。她听见自己摔进水潭的声音，身体一冰，四肢僵硬，浑身不能动弹，像一块石头往水底沉去。

她听见有人的惊呼声，接着，听见有人跳进水潭的声音。她看见了，是戴喇叭。她看见戴喇叭快速游来，伸手抓住她的手臂。接着，搂着她的背。她像一株水草，被戴喇叭捞了过去。她紧靠着他，将双手贴在他胸前。

四月初，信河街寒意未退，柯巴芽被捞上来后，被风一吹，连着打了三个喷嚏。戴喇叭让一个女同事送她回宾馆休息。

当天晚上为专家饯行。晚宴上，柯巴芽主动要求喝白酒解湿气。她给每一位专家敬酒，当然也敬戴喇叭，感谢他的救命之恩。

谁都看出来柯巴芽喝醉了，只有她知道，自己没醉。散场后，大家都走了，她坐着没动。戴喇叭看了看她说："还不走?"

柯巴芽冲他咧嘴一笑，命令道："你扶我回去。"

戴喇叭走过来，抓小鸡一样抓起她。到了门口，柯巴芽找出门卡让他开，进了门后，柯巴芽一下子扑在他身上。

几乎没有犹豫，柯巴芽伸手解开他的上衣。那是两块巨大的胸肌，像两块巨大的海滩，不见尽头。柯巴芽觉得自己突然缩小成一只蚂蚁，面对海滩，她在艰难跋涉。让她绝望的是，无论哪个方向，她都找不到可能的出口。海潮的声音从四面八方传来，一浪盖过一浪，将她一点一点淹没。她身体越来越酥软，渐渐忘记了身体的存在，甚至连眼睛也不见了。

过了两个月，柯巴芽发现月经没有来。她以前月经来得并不正常，有时三个月不见踪影。但这次不一样，身体反应不一样：嗜睡，尿频，腹胀，厌食。她去药店买来试孕纸，试了之后，上面的控制线和下面的反应线颜色一样。她又试了一次，还是这个结果。第二天，她没去单位。第三天，她去了一趟信河街中医院，挂了最著名的妇产科医师诸葛莉莉的号，她有送子观音的美誉。检查再一次证实她怀孕了。柯巴芽说做掉。诸葛莉莉问她不再考虑考虑？她说不。诸葛莉莉摇了摇头，开了药单和手术单子，叫她去缴费，先吃药，明天下午来做手术。

明天下午，柯巴芽应约去做人流，发现手术室门口坐着十几个女人。轮到她时，快到下班时间了。她进了手术室，诸葛莉莉看了她一眼，眼神是陌生的。她躺在一张简单的手术床上，褪下裤子，双脚叉开，被两个器具固定住。

然后，她感觉有一个异物进入下体，那异物张开巨大的嘴巴，将她的身体一点一点吞噬了。她觉得疼。这种疼以前从未有过，是被撕裂的疼，好像有一把刀，伸进体内，一点一点地刮。

当柯巴芽从手术床站起来，诸葛莉莉指着盘里一个血淋淋的小肉块，状如花生，问她要不要带回去。柯巴芽本想说不要，话出口时变成好的。诸葛莉莉叫护士拿一个小尼龙袋，装起来交给柯巴芽。

柯巴芽将那颗花生形状的小肉块带回家，她在床上躺了一个晚上，再加一个上午。身体才慢慢有了点力气。下午，她找来一把铁锹，将那颗小肉块埋在她家院子的榕树下。据说这棵榕树有五百来年了，父亲当年买下这个院子，很重要的一点是看中这棵榕树，它像一把巨大的雨伞撑在院子里，枝繁叶茂。

三个月后，柯巴芽离开了特产站。她报名参加了一个志愿活动，去青海的铁卜加草原支教。

没有人知道柯巴芽离开特产站的原因。从雁荡山回来之后，柯巴芽再没有和戴喇叭单独见过面，也没有说过话。有两次在路上遇见，戴喇叭嘴唇动了动，柯巴芽没有给他开口的机会，转身跑开了。

去青海之前，父亲找她谈话。父亲没有问她为什么离开特产站，也没有问她为什么去青海支教。父亲只是问她："我能为你做些什么？"

柯巴芽看了他一眼说："你跟你的女秘书结婚吧。"

父亲想也没想，摇了摇头说："不可能。"

柯巴芽说："我是真心的。"

"我知道。"父亲停了一下，叹了一口气说，"我过不了自己这一关。"

见他这么说，柯巴芽便不开口了。

离开前，父亲问她："你准备什么时候回来？"

"支教是两年。"柯巴芽眼睛看着远处，轻轻地说，"我看情况吧，或许不到两年就回，或许多待一段时间。"

那年九月，柯巴芽到了青海铁卜加草原的石乃亥小学。石乃亥是个乡，地处海南藏族自治州，又是海西、海南、海北三个自治州的三角地带，距离青海湖只有二十公里。

石乃亥小学是个藏汉双语学校，柯巴芽教三四年级汉语。这些孩子基础差，教的都是最简单的汉语，教学任务不重。

学校所在地海拔三千多米，柯巴芽刚来时有点高原反应，但不严重，因为四周都是草原，植被茂盛，氧气够用。大概过了十天，她就适应了。

她能感觉到当地老师和孩子对她的好奇，他们更多的是围观她，用藏语说着她听不懂的话，伸手指指点点，然后哄堂大笑，或者捂着嘴吃吃地笑。一个南方海边的女人突然出现在藏区，无论是身体外型和内在气质都是不同的。柯巴芽早有心理准备，这也正是她想要的环境。她不排斥老师和同学对她的围观，也不急于跟他们融为一体。她对谁都是面带微笑，点头致意，但从不主动向谁开口，不主动与人交往。

除了课本里的知识，柯巴芽也教孩子们唱信河街童谣，用信河街方言唱，然后一字一句解释。她教的童谣里有很多鱼，其中有一首是《海鲜十二月童谣》，从一月到十二月，将每月的时令海鲜唱出来，有青蛄、斓鲋、蝤蠓、水潺、子梅、鳎鳗、鲻鱼等，孩子们对这些鱼闻所未闻，听得津津有味。有时，柯巴芽让孩子们在课堂上唱藏族童谣，然后一句一句翻译成汉语。柯巴芽发现，地域不同，童谣里表达的物产不同，但基本调子是差不多的，都是抒情的，温暖的，让人觉得生活美好。

除了备课、上课和批改作业，剩下的时间都是她的。放学以后，学校就空了，清净得像一座寺院。吃过晚饭后，柯巴芽走出校门，绕过镇子，一个人进入草原。她不敢走太远，不时回头看学校上空那面红旗。

双休日，柯巴芽一个人背着双肩包，搭镇上的班车去青海湖。她有时选择一个地方坐一整天，有时沿着湖走一段路。有时当天晚上返回学校，有时住在青海湖畔的青年旅社。

她没有主动跟外界联系过，甚至连手机也没用。只有父亲，每周给她的学校打一个电话，谈话内容基本相同，父亲问她课上得怎么样？她说挺好。父亲问她睡觉习惯不习惯？她说很习惯。父亲问她吃得习惯不习惯？她说每顿比以前都吃得多。父亲问她什么时候回去一趟？她说放假了回去。

那年寒假，柯巴芽没有回信河街。她背着双肩包，去了兰州，然后又去敦煌。

到了暑假，她背起双肩包，去了西藏。在拉萨河边租了一个民房，住了两个月。她什么地方也没有去，每天在布达拉宫附近走走坐坐。暑假快结束了，才坐火车回到青海。

新的一个学年开始了。有一天，学校来了一队志愿者，他们从西宁开来两辆大卡车。卡车开进学校，跳下十来个青年男女，他们用接龙形式，将卡车上的书籍、文具和学生衣物搬下来。

带头指挥的是一个叫唐十三的男青年，后脑勺扎一条辫子。他们将卡车上的东西搬进指定的一间教室，又跟学生开了一个联欢会。他们表演的节目和学生的节目穿插起来。唐十三表演了一个舞蹈，表现一个渔夫捕鱼的过程。唐十三又高又瘦，上身穿一件宽大的白色T恤，下身穿紧身牛仔裤，腿像两条竹竿。他动作笨拙、生硬，像机器人的表演，引得学生一阵阵大笑。柯巴芽觉得有点难为情，可是，见他很投入地表演，表情那么认真，也跟着学生笑起来。

联欢结束后，大家去学校食堂吃饭。饭桌是临时拼凑起来的，摆了一长条。唐十三坐在柯巴芽对面。吃到一半，柯巴芽抬头看了他一眼，发现唐十三正看着她，对着她咧嘴一笑。柯巴芽发现，他笑起来时候，嘴巴朝右边歪去，流露出若有若无的嘲笑，可在嘲笑里又包含着单纯和天真。柯巴芽发现，他的上嘴唇粘着一颗饭粒，这使他的坏笑看起来有点滑稽。

离开前，唐十三找到柯巴芽，递给她一张名片。柯巴芽看了看，原来他是西宁一家青年旅馆的老板。他向柯巴芽要手机号码，柯巴芽说没有。他说那你去西宁打我手机，说着，他指了指名片。

两个月后，柯巴芽去了一趟西宁，在一堵古城墙边，找到了唐十三的青年旅馆，名字就叫唐十三青年旅馆。

柯巴芽到的时候快中午了，她进了旅馆，问一个穿工作服的小姑娘，唐十三在不在？小姑娘看了下时间，说他还在睡觉。柯巴芽问他什么时候起床？小姑娘说他一般十三点起床。柯巴芽哦了一声，说，怪不得他叫唐十三。见她这么说，小姑娘就笑了，问她有什么事？柯巴芽说，没事，就是来看看他，既然他没起床，我过了十三点再来。

柯巴芽出了青年旅馆，她什么地方也不想去，见有一些老人三三两两分坐古城墙下，有人听收音机，有人打瞌睡，她也找个地方坐下去。这一坐，她不禁微微笑起来，自己今天来西宁，好像就是为了来这里坐一坐。她前世似乎是这座古城墙的一块砖头。

过了十四点，她才慢慢起身，拍拍屁股的尘土，朝唐十三青年旅馆走去。到了旅馆，一进门，看见竹竿一样的唐十三，他正悠闲地歪在大厅的一张靠椅里。他一见到柯巴芽，蚱蜢一样从靠椅上弹起来，说："刚才来过的就是你？"

柯巴芽点点头说："我来过。"

唐十三甩了一下头，瞪大眼睛，认真地看着柯巴芽说："为什么不叫我？"

柯巴芽说："我没什么事，不用打搅你休息的。"

"下次不能这样。"唐十三突然下命令似地说。

"好，下次一定打搅。"柯巴芽笑着说。

“你还没吃午饭吧?”

“是的。”柯巴芽老实地说，她现在确实有点想吃东西。

唐十三让厨房烧了几个菜，居然有江蟹和带鱼。一问，原来唐十三是宁波河姆渡人。他三年前来青海旅游，待了两个来月，后来干脆留下来，开了这家青年旅馆，空闲时间就在青海四处跑。唐十三告诉柯巴芽，这里的海鲜都是从四川空运来的，味道和新鲜度都不如东海海鲜，他平时很少买。昨天去菜场，突然就买了江蟹和带鱼，没想到柯巴芽今天就来了，看来冥冥之中是有感应的。

他们浅浅地喝着啤酒。唐十三讲话时，总是看着柯巴芽。柯巴芽一看他，他就咧嘴一笑，嘴巴朝右边歪去，流露出若有若无的嘲笑。这个时候，柯巴芽就会着迷似的盯着他的嘴唇，仿佛那里还粘着一颗米粒。

吃完后，唐十三带着柯巴芽出了青年旅馆。不远处有公园，公园沿河而建，两边都是灰褐色的青海云杉，又高又大又直。河上不时有石桥横跨，公园里小径蔓延。

进入公园后，唐十三自然而然地拉住柯巴芽的手。柯巴芽没有挣扎，她也没有觉得这手拉得突然，好像他们一直这么拉着手。他们都不是话多的人，拉着手，慢慢地走，有一句没一句地说着话。讲的都是各自的经历，当然是过滤后的经历。柯巴芽不会向他敞开全部心思，他也没有刨根问底。当然，柯巴芽也没有深究他为什么不回宁波，他留在这里肯定有原因，但有时他也未必完全弄明白是什么原因。是啊，她也不知道自己为什么来青海。

他们在公园穿来穿去，好似漫无目的，又好似在等待什么。青海的天要到二十一点才暗下来。天暗之后，唐十三带柯巴芽去藏餐吧，据说是西宁最有名的藏餐吧。

晚上他们喝青稞酒。喝酒时，柯巴芽一直盯着唐十三的嘴唇。唐十三抹了一把脸，说，我脸上有问题？柯巴芽笑着摇摇头。柯巴芽发现唐十三喝酒容易上脸，先是粉红，再紫红，连眼睛都红。脸红的时候，他的嘴唇更红，好像要滴出血来。柯巴芽很想伸手去摸一摸他的嘴唇。这时，唐十三让服务员倒了一杯水。喝完一杯水后，脸上的酒红很快消下去，眼睛又恢复了清明。他接着跟柯巴芽喝酒，越喝脸越白，并没有醉态。

在藏餐吧，唐十三给柯巴芽唱了一首歌，是用藏语唱的。唐十三告诉她，这首歌名叫《香巴拉》，是青海作家龙仁青创作的，描写一个藏族姑娘寻找爱情的故事。柯巴芽问：“那个藏族姑娘找到爱情了吗?”

“歌词里只说她要去一个叫香巴拉的地方，她想要的爱情在那里，没有说她找到，也没有说她没找到。”

柯巴芽问：“她知道香巴拉在哪里吗？”

“她不知道。”

柯巴芽说：“不知道香巴拉在哪里怎么找？”

“我见过龙仁青，他对我解释说，或许香巴拉就在路上吧。”

柯巴芽点点头，没有再说话。

藏餐吧出来后，两只手很自然又牵在一起。又经过公园那片浓密的青海云杉林，唐十三站住了脚步，转身揽住柯巴芽的腰，柯巴芽知道他要干什么，站着没有动。黑暗中，柯巴芽看不见他的嘴唇，但能够感受到他嘴唇的热度。热度越来越近，柯巴芽仰起头，将嘴唇迎上去。她的脑子里，突然浮现出他嘴唇上粘着饭粒的样子。

回到青年旅馆，柯巴芽让唐十三开了一个房间。进了房间，他们又黏在一起，柯巴芽抱着他的脑袋，大口撕咬他的嘴唇。她真有将他嘴唇咬出血来的冲动。

当唐十三将手伸进她衣服里时，柯巴芽放开了他的脑袋。唐十三愣了一下，停下了手，问她：“怎么了？”

“不行。”柯巴芽摇了摇头。

“为什么？”

柯巴芽还是摇了摇头说：“我也不知道。”

唐十三没有再问下去，他默默站起来，伸手拍了拍柯巴芽的脸，说：“没事，你早点休息。”

柯巴芽点点头，将他送到门口。唐十三临开门，柯巴芽又将他拉住，抱住他的脑袋，然后才慢慢将他推出门去。

从那以后，柯巴芽每个月都会去一趟西宁，有时去两趟。到了之后，她和唐十三吃饭喝酒，手拉手到公园散步，亲嘴。有时，他们什么地方也没有去，静静坐在旅馆后面的院子喝普洱茶。柯巴芽总是盯着唐十三的嘴唇看。到了晚上，亲嘴过后，柯巴芽将唐十三推出房间。

有几次，到了周末，唐十三跑到石乃亥小学找柯巴芽。下课后，柯巴芽带他出了镇子，手拉手走进草原。他们站着亲嘴，坐着亲嘴，躺着亲嘴，滚着亲嘴。到了下午四点钟，柯巴芽会推开唐十三，拉着他的手回到镇上，那里有当天最后一趟去西宁的班车。

那年寒假，他们一起去宁夏，去了西夏皇陵，去了沙湖，去了沙坡头，还去了镇北堡。遵从柯巴芽要求，他们开了两个房间，每天晚上，亲过嘴后，柯巴芽将唐十三推回他的房间。

在宁夏的那个晚上，当柯巴芽将唐十三推出房间时，唐十三又一次问她：“为什么？”

柯巴芽摇了摇头说：“我也不知道。”

唐十三说：“你不喜欢我？”

柯巴芽说：“我喜欢。”

唐十三说：“可你为什么这样？”

柯巴芽说：“我也不知道。”

寒假过后，有一段时间，柯巴芽没去西宁，唐十三也没来石乃亥小学。过了两个月，柯巴芽忍不住还是去了西宁，他们还是像以前一样拉手和亲嘴。

又一个暑假快来了，那个周末，柯巴芽又去西宁，她刚进青年旅馆大门，看见唐十三搂着一个姑娘的腰，慵懒地从楼上走下来。唐十三抬头看见她，迟疑了一下，说：“你怎么来了？”

柯巴芽笑了一下，说：“我是来向你辞行的。”

说出这句话后，柯巴芽愣了一下。

唐十三说：“你怎么了？”

“支教时间到了。”柯巴芽发现所有话都是自作主张，“我要回去。”

唐十三的嘴唇突然向右歪去，出现若无若有的嘲笑，说：“原来是这样。”

柯巴芽这时很想上前摸一摸他的嘴唇，很想用力去亲一亲。但她只是看了一眼，轻轻地对唐十三挥挥手，说：“再见。”

离开青年旅馆，柯巴芽来到古城墙，找个地方，坐了下来，脑子一片空白。

学年结束后，柯巴芽回到信河街。父亲问她接下来有什么打算，她说没有打算。父亲说，你还是来公司上班吧，我只有你一个女儿，这公司迟早是你的。柯巴芽说，我不去。

柯巴芽在家里赋闲了半年，什么地方也没去。父亲上班去了，保姆买菜去了，家里只剩她一个人。她的房间有一扇巨大的落地窗，正好对着院子的大榕树。她每天对着大榕树发呆。

新年开春后，有一天，柯巴芽对着大榕树发呆，脑子里闪了一下，突然想起那个叫天井的自然村和那片茶园。她拣了两件衣服，背起双肩包，直奔天井村。

跟上次几乎一模一样，柯巴芽发现，外面的世界日新月异，天井村沉寂如昨。整座山安静得没有一点声音，像个荒芜的世界。让柯巴芽欣慰的是，村里那三幢房子还在，一块块青色的石头还是那么整齐和别致，爬在上面的藤蔓更加茂盛。柯巴芽又跨过铁索桥去看茶园，茶园也跟以前一样，破乱得像个孤儿。

柯巴芽下山后，找到当地特产站的人，说她愿意承包天井村的茶园和那三幢石头房子。特产站的人马上带她去找乡政府，乡政府的人求之不得，但他们要求柯巴芽出一个规划书，说明想在山上做什么。柯巴芽说我也不知道要干什么，就是种茶做茶，养几只羊。将三幢房子做成一个民宿，城里人喧嚣久了，或许想找一个清净的地方住两天。乡政府的人说，好的好的，你就将你讲的写成规划书就可以了，走个形式。

办妥所有手续，柯巴芽才跟父亲说这事。父亲想了想，问柯巴芽："你能不能告诉我，想在上山干什么？"

柯巴芽说："我不知道。"

父亲说："不知道你为什么要上山？"

柯巴芽说："我也不知道。"

父亲叹了一口气。

第二天，父亲陪柯巴芽去了一趟天井村。看了之后，他对柯巴芽说："这里太冷清了。"

柯巴芽说："我要的就是这种冷清。"

父亲盯着她看了一会儿，悠悠地说："我平时对你照顾太少了。"

柯巴芽转过头去，轻轻地说："我已经习惯了。"

父亲又叹了一口气。

接下来的半年，柯巴芽将那三幢房子进行了改造和装修。她保留了墙外的青藤，也保留了墙壁上青色的石头，只是对地面和内部格局做了精细化处理。

山上来了一个叫何小竹的姑娘，旅游学校毕业，是柯巴芽从网上招聘来的。还有一个老厨师，是父亲公司派过来，是他们家一个远亲，跟了父亲很多年。父亲派他来山上，当然有保护她的意思，这一点，父亲没说，柯巴芽也没说。

柯巴芽给这地方起了个名字：天井人家。

半年后，天井人家对外营业。只接受网上预订。

营业之后，柯巴芽基本上将天井人家交给何小竹打理。她与何小竹谈好，何小竹也是这里的股东。柯巴芽将精力转到茶园，她在茶园养了十头小羊。

铁索桥那边建有专门的羊舍，羊舍也是按照天井人家的模式建的。羊舍建成后，她便不允许别人跨过铁索桥一步了。除了管理茶园，她一有时间就往羊舍跑。第二年，有一只羊生病了，柯巴芽抱着它去了好几趟山下。最终，还是没有将它治好。那只羊死之前和死之后，柯巴芽一直抱着它，像抱着自己身体，越抱越紧。后来，柯巴芽在山上挖了一个坑，用白布将羊包裹严密，轻轻放进坑里，然后，盖上泥土，做成一个土墓，植上青草和鲜花。

从那以后，柯巴芽自学兽医，她网购了很多兽医书籍。还专门去信河街农业学院，拜动物科学系的一位专业老师为师，遇到问题立即向老师讨教。

两年后，山上有三十只羊了。柯巴芽每天赶着它们漫山遍野跑，跑不动的小羊羔，她抱在怀里。她不会厚此薄彼，她会一只一只小羊羔抱过来。跑多了，她心疼了，赶紧将它们赶进羊舍，挨个给它们洗澡。洗完澡后，用干毛巾挨个将它们身上的毛擦干。

戴喇叭来过一次天井人家。柯巴芽知道他来，躲进羊舍。戴喇叭等不到柯巴芽，坐了半天，什么话也没说，下山去了。

天井人家的生意不能算好，但每天总有几个外地客人慕名而来。生意基本能够维持下去，何小竹和厨师的工资每月也能正常支付。这就好。

有一天中午，天井人家来了一个长着国字脸的男人，他进来后这里看看那里摸摸。很久以后，用很标准的普通话问何小竹："请问这里有没有一个人叫柯巴芽的人?"

何小竹看了他一眼，问他："你是谁?"

那人说："我是上海来的，柯巴芽的同学。"

何小竹哦了一声，又看了他一眼，然后悠悠地看着门外，伸手指了指说："她上山放羊去了。"

高鹏程

高鹏程

1974年生于宁夏。中国作协会员。鲁迅文学院第二十一届高级研修班学员。

先后在《人民文学》《诗刊》《北京文学》《散文》《星星》《诗歌月刊》《诗选刊》《诗探索》等杂志发表大量组诗、随笔和诗学理论作品。作品入编《新中国六十年文学大系》《二十一世纪诗歌精选》《散文选刊三十年精选》《诗刊六十年诗选》等选本。散文《陶》收入复旦大学版中学语文教材。曾参加诗刊社第二十二届青春诗会并成为该届诗会头条诗人。2017年《诗刊》1月号编辑青春诗会纪念专号，再次成为该届诗会代表诗人。已出版诗集《海边书》《风暴眼》《退潮》《县城》四部，随笔集《低声部》一部。

曾获《人民文学》新人奖、全国红高粱诗歌奖、国际华文诗歌奖头奖、储吉旺文学奖优秀作品奖、於梨华文学奖优秀作品奖、延安文学奖、《黄河文学》双年奖等奖项、2013年“浙江省青年文学之星”奖。

存在之维

——略谈高鹏程诗歌创作的几个方面

马晓雁

在2016年北京文艺网国际诗歌奖的评选中高鹏程摘得一等奖。杨炼执笔的授奖词中高度肯定了高鹏程的诗歌创作，认为它具备了成熟诗作的诸种要素：“像一粒结晶，玲珑剔透，折射出真切的人生体验、深邃的哲理思考、精美的书写形式。它是现代的，又含蕴着传统的精髓。它是中文的，又对理解整个世界有效。”作为“70后”诗人，其诗歌创作在上升中还具备更多的可能性，但就目前的创作看，独属高鹏程的诗歌个性与品质已有相对明朗的轮廓。从物到词，从古至今，从中到西，从有形到无形，从庞大的帝国到精微的泡沫……在对万物做诗语征用的过程中，诗歌主体在诗的、历史的、文化的以及阔大的自然界中驰骋，收放自如，有磅礴之大气象。但诗歌并未朝着单一的诗歌气质在阔大与超脱的线性方向无限延宕。与之相反，诗歌在纵横捭阖的场域中却蕴蓄出滞重与缓慢的风格与气质。在阔大的诗境与滞重的风格形成的矛盾统一中，诗歌获得了它在整体上的艺术张力。就内容而言，高鹏程的诗歌大体可以概括为：“海边”系列、“南方行旅”系列、“县城”系列和“博物馆”系列等，在这些内容的诗中，“异乡人”的精神底蕴与哲思品质，在场之“场”的发现与书写，汉语诗性的挖掘与建构当属高鹏程诗歌中最突出的个性特征与价值所在。

一、“异乡人”的精神底蕴与哲思品质

除却关于故乡地理风物的书写与“把一生的辛凉还给薄暮下的清水河”的祈愿，单看他笔下常见的鱼、渔民、海岛、波浪等意象以及其诗歌更内在的诗体色彩、语言风貌和话语特征等，很难相信高鹏程是一位从祖国的大西北走出

来的诗人。少有飞扬、粗犷、凌厉，杨献平对其诗作品评的那种“绵柔与细碎”更符合人们对江南性情的印象。自“黄土高原”至“海岛之滨”，生活环境的变迁带给诗人观照世界方式的巨大变化，同时，也让诗人完成了精神上“异乡人”的身份认领。从写作的姿态看，他始终保持着一份“异乡人”的审慎与孤高。从与书写对象的关系看，诗人更忠实于一位茶客、一位旅人的身份。在光与影交错的昏暗一隅，品“只有逐渐冷下来的茶汤”般的生活，直到那“名叫泡茶等花开的茶馆”“浣衣送客”（《虚拟之诗：吃茶记》），或者像一位漂泊得太久的旅人，伫立于黑暗中听曲，直到身体历经时光泉水的浸泡“沥去过多的风尘而有了月光的质地”（《弓弦上的二泉》）。事实上，早在《途经》一诗中高鹏程便以散文化的诗语述及生命成尘的宿命和“异乡人”的身份存在感。在2009年给安德鲁·怀斯的献诗中，高鹏程便写下了自己诗歌的精神底本，同自己一样，这位“依靠乡愁取暖”的“同乡”怀着孤寂“沉溺于/事物自身的秘语”（《遗世录——献给安德鲁·怀斯》），他们分别以诗与画让“那些未曾说出的话语和光”，“沉淀下来……”（《遗世录——献给安德鲁·怀斯》）于是，高鹏程在“倾听”与“沉溺”中应合了诗对诗人的召唤。生命不过是一段旅程，不辞辛劳地途经，“匆匆经过别人/和自己的生活”，途经最终的也是最初的故乡。从“以梦为马”离开干涸、贫瘠的西海固沿着命运的轨迹一路南下，高鹏程便以十分审慎的态度去观察和领受他途经的每一寸疼痛与辛凉。他始终沉潜在一种浓得化不开的自我心绪中，与消费时代的时尚和公众目光保持着距离，孤清地抱守着自己“异乡人”的身份，审慎地保持着旁观者的姿态。

当然，“异乡人”在他那里不只是文化地理意义上的身份，更是存在和此在意义上的身份。在长久的探索之后与瑞典诗人特朗斯特罗姆《路上的秘密》的“遭遇”使得高鹏程诗歌写作进入了一个新高地，“异乡人”成为其整体诗歌创作的精神底蕴并显现出哲思品质。高鹏程为《路上的秘密》做了如下解读：“天地之间，乃至宇宙之间，本身就是一座巨大的博物馆。它最初，也是最终的展品，只有尘埃，无论是浩瀚的星系还是一介微尘。那是世界最初的形态和最后的秘密。”林莽认为在遭遇该诗之后，高鹏程的诗歌在葆有创作之初的感性与灵性之外更多了“智性”。已故著名诗人、前《人民文学》主编韩作荣先生这样评价他的创作：“在诗人眼里，自然、社会与人是浑然一体的，是灵性的渗入使事物呈现内在的本质，以独有的洞察与发现表达诗的感悟，既有新鲜、生动的感性，又有知性的透彻。”万物都在“秘语”，诗人要做的是倾听它们，参悟它们。一切对象物都是“我”的映现，在思与诗之间对存在的探问：关于将在的命运，关于现实生存，关于此在的身份。无论是徐渭、李渔、汤显祖，抑或是拉二胡的琴师、持熨斗的老裁缝，甚或是现实中的师友……无论是大港头、南明山、青瓷小镇、乌衣巷，抑或是各式各样的博物馆，甚或是一滴雨水，一堆乱石……都只是主体自我这个“异乡人”旅程中途经的风景，是时光展台上的展品，而同行的永远只有“我”和“我”，对饮、闲谈、扯心…… 最终，这一切都将消失或归尘。万物不过是一个过客，一个旅人，一个“异乡人”，旅途中的苍凉与繁华，都是表象，唯有主体自我的感知才是“真”，只是这“真”要由那些转瞬即逝的表象构成与映现，没有了那些虚拟，主体自我的感受之“真”便不复存在。“异乡人”的身份在高鹏程诗歌中更深刻的所在是主体对自我的怀疑与慨叹：“这个世界上，谁在按自己的意图生活/谁不是把一张面具活成了自己而把自己/活成了另一个陌生人？”（《从临川到忘川》）“这是否说明，我们此刻……活在未来目光的展览里”（《居家博物馆：木居年代》），“我们有限的人生/不会比一片碎瓷更光亮/也不会比一粒稻种更有价值”，“我们庞大的城市，最终只占它展橱内/很小的一角”（《余姚博物馆》）。

海德格尔在论及特拉克尔诗歌时认为：“每个伟大的诗人都只出于一首独一之诗来作诗。衡量其伟大的标准在于：诗人在何种程度上被托付给这种独一性，从而能够把他的诗意道说纯粹地保持于其中”。[①]虽然这首独一之诗是不可被道说的，也非诗人所有诗作的总和，但一切终将成尘，连同“我们自身”，这几乎成为高鹏程诗歌结语的异乡人之思之认之观，几乎便是那首属他的“独一之诗”的内核。也正是“异乡人”的身份让他从“逝者如斯”这一抒情结构的迷局中参透、开脱，在历史与现实之间游走，在光与影中交错，在虚与实之间“眩惑”与“醒觉”。

值得肯定的是，高鹏程的诗歌并没有完全坠入虚无或流连于对传统文化根须的品咂或迷失于言辞织体的构建中。在进入和把握住语言的瞬间，真切的生存感受与生命体验使得主体得以“幸存”。[②]同时，在洞悉存在本相后，沉重的生存让他获得了更加虔敬的人生态度。正如他诗中引用的诗句：“人间的低伤害了我，并非山野风物”。“十年尘梦”过后，他只是将对辛凉生存的叹息压得更低了一些。“十年了，我们都已年逾不惑/但我们的惑真的解了吗/至少，我

---

① ［德］海德格尔，孙周兴译：《在通向语言的途中》，第30页，商务印书馆1997年版。

② 唐晓渡：《什么是“幸存者”》，出自《唐晓渡诗学论集》，第133页，中国社会科学出版社2001年版。

依旧困于人，累于事/羁绊于稻粱之间”，“这些年，我只不过是/在一块陆地的最低处生活/也习惯把视线/移向更低处——”（《暮登南明山记兼致商略》）。带着这样的人间伤痛，途经的一切都几乎染上了风霜。在徐渭“那浓得化不开的墨块里看到郁结在一个人/胸中的乌云/从那些或徐疾、或疏密、或枯润的藤蔓里/看到你愁肠里的死结，看到命运的束缚、纠缠/纷扰以及挣扎”（《青藤书屋》）；在琴师的弓弦上倾听那“包裹着一颗被人世辛凉反复噬咬过的心”（《弓弦上的二泉》）；在熨斗博物馆里洞穿“老裁缝皱纹里的心酸/一百多年来，衣缝里夹杂的尘埃/和屈辱”（《熨斗博物馆》）……这一切让高鹏程的诗歌淤积着一股隐忍悲怆之气，使其诗歌有了缓慢与柔软、黏稠与滞重的质地，也使其诗歌在道说存在的玄思之时具有了深植生活的厚重与饱满。

二、在场之“场”的发现与诗歌抒写

现代新诗发展过程中，关于新诗是否表达了现代人的经验、城市经验的质疑成为指斥新诗的一个重要理由。先锋姿态的女诗人吕约在2007年的武汉诗歌节上即指出：“最奇怪的现象是，几乎所有的现代诗人都生活在城市里，很多人都在写乡土抒情诗”，“回顾‘五四’至今的中国新诗史，我们发现，一百年过去了，而新诗对现代人的经验、对城市经验的表达上，显得如此破碎、苍白、软弱无力，更没有形成整体的诗学观。”虽然这种认识具有一定的理论导向性与价值，但中国的现代城市文明远没有这些理论倡导者所认识的那么超前和一体化。中国的具体发展情形单从地域上讲就十分复杂，简单概括是东西部发展不平衡。在西北腹地，一些农村尚未脱贫，大部分农村尚在走向城镇化的途中。“城市化”距它们尚相当遥远，更毋需说“城市文明”。就少数中国的国际化大都市，“城市文明”的建构也并非完成时。“中国经济发展的长期滞后状态导致现代城市建设一直在‘赶工’模式中进行，城市化因缺乏相应的城市文化的支撑而一直处于跛行状态，甚至‘城市化’本身就在破坏城市文化。由于‘城市化’中‘城市文化’的偏废，‘城市’在很大程度上是作为一种简单的建筑现象存在的，‘城市文化’还停留在对西方商业街区的模仿和文学想象中，是文化偏废格局中一道幻景。”[①]在这种“片面城市化”的特殊语境中，“盲目平移‘市民社会’、‘公共空间’、‘中产阶层’等西方社会学概念来对大陆的都

---

① 傅元峰：《文学研究中的城乡意识错误及其根源》，《文艺研究》2016年第12期。

市社会文化进行对号入座式的理论演绎，不仅无助于阐明当下都市化复杂多变的文化现实，而且很容易以某种字面上统一的西方'现代性'标准垄断了我们解读具体文本的路向"。[①]对于创作主体而言，中国的城市化进程又相对急遽，农业文明、传统价值观念的破碎之声与现代城市文明建设的机器轰鸣声成为他们相对有限的人生经历中的交响乐。他们甚至无须离开故土，便可在生于斯长于斯的土地上书写因生活方式的变迁而形成的文化心理上的乡愁。那种"鸡栖于埘，日之夕矣，牛羊下来"的生活方式与节奏被城镇化的步伐打乱，他们被迫成为故土上的"侨寓者"，深入骨髓的乡土情结使他们永远无法作为现代城市生活的观赏者来陶醉其中。而对于中国的大多数，尤其是持诗歌言说权杖的人，他们并非生存在最偏远落后的农村，也并非生活在"十里洋场"的国际化大都市。他们更多的人生活在那种从行政区划上被称为"县城"的地方。在中国，抹去发展程度的差异，有2000多个县城分布在这片广大的土地上。作为一位有着长期"低处的生活"的经历者，高鹏程"发现"了这一在场之"场"，并书写了这一独具中国经验与时代经验的场域。

在"县城"系列诗歌的书写中，高鹏程建构了一座诗歌县城之维。建设路、靖南大街、塔山路、县前街、白泉路、东二环路、文化巷、电视台、邮电局、影剧院、信德堂、客运中心、图书馆、西寺、文峰塔、人民广场、新华书店、人民医院、洗浴中心，古董店、冷冻厂、旧货市场……沿着这些建筑寸寸前行，可以看到一个与主体自我置身其中的现实世界没有太大差异的场域。对于中国的大多数人，置身其中的正是这些大同小异的县城。交通相对便利，通信相对及时，有城市生活的种种迹象，却没有经济学上成为一个城市的庞大工业，也没有真正城市文学中波德莱尔式的诗性安居其中的人群与文化。在百度百科中，县城被解释为县政府所在的城镇。而城镇又是城市和集镇的综合体，介于乡村和城市之间的过渡型居民点。中国规定，县及县以上机关所在地，农业人口占50%以上的居民点，都是城镇。在这些异于乡村又算不上城市的中间地带，高鹏程以敏锐而细腻的笔触描摹着这个场域中的众生之相。修锁匠、油漆工、粉刷工、校对师、单位小秘书、乞讨者、剥虾女工……他们的喜怒哀乐，他们丰富的表情后面隐匿的生存本相在这些类似速写的诗作中以十分强烈的画面感进入读者的脑海，将那些人们每天里司空见惯的生活涤荡出更加清晰

① 聂伟：《都市民间：一九九〇年代大陆都市小说研究的新视野》，转引自傅元峰《文学研究中的城乡意识错误及其根源》，《文艺研究》2016年第12期。

的边缘与轮廓。例如《脚手架上的男子》，"偶尔朝下，他会看到火柴盒一样的工棚/他在这个城市唯一的/立锥之地。但他/更愿意呆（待）在高处。这个患有恐高症的男子/在陌生的高处，建立了和这个城市的联系……终有一天，这个脚手架上的男子/一脚踏空/像一枚锥子，戳进了他曾经的/立锥之地"。它们灰暗、它们低沉、它们悲催……但谁又没有见过这样一个或者几个站在脚手架上讨生活的男子呢？为这些县城里的生存者"锦上添花"的是打开的窨井盖，是拆迁，是菜市场，是花圈铺……在当下诗人中，少有如高鹏程者，那么集约地诗吟了每天与我们的生活打交道的工具：《电风扇之歌》《电冰箱之歌》《空调之歌》《抽水马桶之歌》《洗衣机之歌》《陀螺》《摩天轮》……恰恰也是这些现代咏物诗带我们离开了小桥流水人家的乡土与古代，终于得见现代诗歌中之现代。也正是这些根植当下生活、关注当下生存的诗歌才真正描摹了当下，描摹了我们所处其中的这个时代，这个场域。除此之外，高鹏程并没有忘记，也并没有忽略与人类相伴的那些朋友：鱼、蟹、壁虎，甚至螳螂，甚至蝙蝠，尽管它们中有些存在让我们看到阴暗、看到朽腐，但也是它们提醒我们是大地之上的寄居者。

当然，高鹏程的县城之诗也并未止于现象，社会风俗画或者时代风情画都不是其诗歌的旨趣。在这幅县城之诗的版图上，高鹏程诗歌的深度与高度依旧在于对人的精神存在的触及与关照。在跨性别关照的《芹菜之诗》中，将无名的县城女性置于厨房这一自然的、文化的、历史的与现实的处境之中，通过烧制一盘色香味俱全的芹菜的过程凸显其内心细腻、曲折而丰富的情思变奏。

三、汉语诗性的挖掘与建构

20世纪中国的社会动荡与"人"的主体自我的无处安放在话语层面呈现为语言的不断变革和新的追求。"从某种意义上说，现代中国人的漂泊状态和危机感正是现代汉语的不稳定状态中生成的"。[①]但从另一方面看，这种不稳定状态也是诗歌语言觉醒的确证。当代诗歌在20世纪后半叶经历了从政治化写作到个人化写作的嬗变，同时，当代诗歌也在诗学本体的纵深中不断探索与提

① 张向东：《20世纪中国诗歌语言观念的演变》，第37页，《兰州文理学院学报(社会科学版)》2004年第2期。

升。在当代诗歌语言觉醒的过程中，诗人、理论家在世纪末即认识到当代汉诗“汉语诗性”重建的重要意义。郑敏在探问民族母语、文学写作和文化继承与发展的相互关系中回顾了20世纪百年汉语诗歌新变过程中的得失，从民族语言发展变化的规律性角度指出“若想抛弃汉语的根本象征、指事、会意等以视、形为基础的本质，将其强改为以听、声为基础的西方拼音文字，无疑是一次对母语的弑母行为。”[①]进入21世纪，虽然当代汉语诗歌创作并未出现人们期待的嘉年华现象，但新世纪诗歌在重建诗歌理想和诗歌秩序规范过程中注入了新质，在诗语从20世纪末的“单质型”向“复合型”转型的过程中，当代诗歌的汉语诗性得到了重塑。在21世纪崛起的诗歌群体中，高鹏程的诗歌对汉语诗性的挖掘与呈现不仅有语言意识的意义，同时也具有个性特征的意义。诗歌是语言的艺术，诗不仅仅是使用语言，诗必须“创造”语言。从诗歌本体而言，高鹏程诗歌对当下诗歌最大的贡献与启示在于其意象的塑造与他对汉语诗歌诗性的探索与实践。

首先，其诗歌汉语诗性建构体现在对语言审美特性与表达功能的“钻研”上。汉字具有具象、可观的象形根性，其音形义的结合具有天然的审美表现力。高鹏程完全自觉于此，在灵感的闪现与“窑火一样的炙烤和煅烧”中，诗人捕捉和追索着汉语诗歌优雅、蕴藉与空灵的美学特性。同时，这种审美特质又恰切地表达出“事物本身的密语”，呈现出汉语本身的超强表现功能。例如，在《茶叶博物馆》中，诗人“发现”并“呈现”出“煎熬”一词。这一汉语词汇在这里至少体现了三个层面的功能和意义。描绘事物本身的属性、表现主体内心情境、呈现语言的审美价值。在意义涵盖上，它并非线性思维的简单流程，而是一个立体的意义织体。此外，在漫长的语言流变过程中，语词的原始意义可能会被逐渐湮没而只留下其比喻意义或抽象意义。作为一种语言陌生化的方式，高鹏程诗歌中会着意挖掘语词的原型并激活其原始意义。《茶叶博物馆》中的“煎熬”、《熨斗博物馆》中的“熨帖”、《秤砣博物馆》中的“权衡”，诗人追溯这些语词文化源头的内涵，让沉睡已久的原始意义得以再生。正如卡西尔在《语言与神话》中所言：语词经历着往返不已的灵魂轮回。“好文字的质地，仿佛/青瓷釉色上的那一抹清凉”（《青瓷博物馆》），诗人在直觉与运思的过程中采撷着文字叶芽上晶莹的露珠，使其在映现事物本质与表现

---

① 郑敏：《世纪末的回顾：汉语语言变革与中国新诗创作》，第17页，《文学评论》1993年第3期。

诗人情思之时也呈现出民族特有的精神气质。诗人也善于在历代诗人递相沿袭带有文化积淀的基础上叠用、累加，从而加强语词的蕴藉力。例如《废墟博物馆》中“在秋风中痛饮夕阳的人”，将“秋风”“愁”“酒”“夕阳”这些本已具有丰厚文化内涵的意象叠用，从而蕴蓄出更加强大的语言表现张力。除语词上对汉语诗性的挖掘与释放之外，其诗歌语言构造、语气节奏等要素都具有汉语诗性的创造机能。当然，更需要强调的是，高鹏程诗歌并未因着字斟句酌而失去篇章的整体诗意。

其次，独特意象的发现与建构。意象蕴含着民族独特的文化心理内涵，体现着民族独特的审美与哲思方式。意象的发现与成功塑造往往成就诗人在文学史中的经典形象，成功的意象甚至会在文学史经典化的过程中脱离诗人诗作成为独立的自足体进而成为民族的文化符号。顾城的“黑眼睛”、海子的“麦子”等因其高度的凝练与丰厚的蕴含而成为当代文学史上重要的诗歌意象。纵观高鹏程的诗歌创作，“石浦港”“县城”“博物馆”系列诗歌无不透露出诗人对主体“处境”的质疑与拷问，也是高鹏程诗歌给当代汉语诗歌在意象上的独特贡献。例如县城这一意象，不仅是诗人生存和观察生活以及思考存在的第一现场，同时也蕴含着当代中国特有的社会风貌，记录着当代中国的社会变迁，表达出特定群体在社会变迁过程中的心理轨迹。单看其博物馆系列，诗作在更高的时空意识关照中探询着人、人类的过客身份，蕴蓄出特有的东方哲思结构，将散落的古老文化符号以语词之线连缀锦绣成诗。“世界大抵如此：熄灭的炉火，凉掉的茶”（《茶叶博物馆》）；面对刀剑博物馆，诗人参悟的是“收敛锋芒”，“它们都曾是光的主人。而现在/它们都是黑暗的囚徒”（《刀剑博物馆》）；面对蝴蝶博物馆，诗人参悟的是“静止的飞翔”，“那薄如蝉翼的想象/带着死亡的甜味”（《蝴蝶博物馆》）；面对尘埃博物馆，诗人看清了事物的本质，“正是这些灰尘构成了时间以及/真正作用于这个世界的神秘力量”（《尘埃博物馆》）；面对泡沫博物馆这个“精微的宇宙”，诗人借用博尔赫斯的诗语道出“水，最终消失在了水中”的无痕无迹与归宿；面对清明博物馆，诗人有疑问有不惑，“毋须讳言，我们都将死去。死，永远都是/无可奈何的事情/无需故作旷达”，但一座清明博物馆，“它真正的目的，只是为了提醒活着的人/更加珍惜”（《清明博物馆》）……诗人识破了博物馆的魔幻术：时间即为空间，空间即为时间。丝绸、刀剑、瓷器……所有这些展品都带着时间的釉质，时间，是博物馆这一空间展台上唯一的展品。过去、现在、未来，在博物馆这一特定空间中成为“共时性”的存在物。博物馆是时间戎马倥偬的场所，“时间呼啸、静谧”，“只有薄薄的时光/沿着青铜器磨亮的边沿滑动/只有瓷器开片细微的声响，回应着时间内部/幽远的叹息”（《在国家博物馆参观中国历史文化展》）。“与其说是砖石、朽木、泥土/不如说是时间/构成了它的建筑材料”（《废墟博物馆》）。在博物馆，时间是唯一的建筑材料。当然，“共时性”的空间存在并非取消了时间的本质。时间即空间，万物不过是时间的具体呈现。时间瞬间在博物馆中一一呈现，万物的演化过程在博物馆中凝固、物化，一个王朝的兴衰；一个女子的荣枯；一场台风的起灭；一星泡沫的涨消……时间的容颜也在这些展品中斑驳陆离地映现。诗人无意追问，时间的博物馆以幽冥之声道说历史的原址与原质即时间的流逝，而博物馆以空间的形式核聚着时间，博物馆即时间的有形呈现与空间状态。时间与空间的辩证扭结开拓出高鹏程“博物馆”系列的诗语时空。

“最热烈的要最缓慢地言说”，慢，是高鹏程诗歌深谙的雕刻术，甚至可以慢于时间，与其说是在道说，不如说诗人在凝神谛听：时间的呼啸与其裂帛之声。读高鹏程的诗歌，有种煮茶品茗般的“煎熬”，缓慢的节奏、滞重的风格。从进入诗歌的精神状态看，高鹏程更像一位精雕师，手持一把语言的刻刀，“一刀、一刀、一刀……直到它/变得光滑，看不见一丝/雕凿的痕迹”（《徽州印象之雕花木窗》），以虔诚执着如修行者的姿态雕凿、书写。慢，是他深谙的精雕师的技艺，“更慢的，是雕刻它们的刻刀，是刀尖上/安静的光线/因为缓慢而变得柔软，因为缓慢而逐渐黏稠、滞重”。（《精雕博物馆》）因为精雕，因为慢，高鹏程诗歌带给人异样的沉寂与宁静，静到似乎可以听见时光在空气中剥落的声响。在昏黑的灯火之下，“已是深夜。一些中断的说话声还在继续/灯还在烧/灰尘，还在持续掉落/这没什么。不久之后，说过的话都会消失/黑暗会收走所有的记忆/连同我们陈旧的自身”（《虚拟之诗：夜谈》）。

命名与描述本身也是丧失，诗歌托举的诗所以为诗的部分恰在于“无词”的词与词的粘连地带。唯一可肯定的是：高鹏程“异乡人”的身份在严峻的现实生存中并非一种选择，而是难得的醒觉。无论进入生活还是诗歌，它在很大程度上决定了他的审慎态度、表达方式与言说姿态。在最深的意义上，这个“异乡人”在诗与词中抵达了故乡！

组　诗

渔家少女

有棕榈色皮肤的少女。她弯腰织网，垂下一对
明亮、小巧的乳房。
我要抓紧时间赞美，在海水涨到她的胸口之前
但海水持续上涨，她就要成为一只
网眼中的蚌——
一粒命数中的沙子，就要侵入她的身体。
开始它伪装得像是爱情，但最终它叫咸涩的漫长的
生活，默默忍受的慢性胃炎

海岛一夜

突然静了下来。这么多年，我似乎一直处于
失重状态。这些年，我总是被岛外的生活弄得
上气不接下气。直到失踪十年的涛声
重新回到枕边，心才渐渐踏实下来。
而涛声
还在继续，像倒放的录音带，倒回十年——
那个站在海边的小小少年
第一次看见海，他张大嘴巴，说不出一句话
十年了，海对他意味着什么，我依然不清楚

但我知道，时候到了，当落日沉入
我平静的胸口，大海就会
显露真相。
那时，我或许选择倾诉，或许将继续
保持沉默。
但现在，我需要再次调整呼吸
直到慢慢地，找回潮汐的节奏
直到窗外的大佛头山上空渐渐露出微蓝的晨曦。

海边的女人

这些海边的女人
幽蓝　宽阔
她们有潮水般的情欲
她们身体里藏着秘密的港湾
卸下了风暴和男人的疲倦

如此平静　与浩瀚
一生中男人从她们的嘴边
不断取走水族和爱情
她们乳峰上的灯塔
牢牢地把握了命运　可能的航向。

一生中　她们生下一片又一片海
把男人牧在里面　葬在里面
她们形如大海的子宫
安放了衰老和沉船
她们安静潮湿的呼吸
让沉在水中的灵魂　和星群
共同拥有了深蓝的睡眠

石浦教堂

目前，它肯定不在
坐标的中心。它尖顶上的十字架，和上帝的位置
稍稍有些偏离。而它弧形的穹顶和我们
黑压压的头颅
多么接近。它粗大的拱柱正在努力支撑我们生活
缺失的部分。

在教堂空阔的大厅，我遇到一位在早市上卖鱼的妇女
她和别人争抢鱼货时像一头发怒的母狮。
而现在，她打开体内自带的小教堂
红肿的手指捧着一本皱巴巴的《圣经》大声祷告
并且，泪流满面。

海平线

在一片灰蒙蒙的天和另一片灰蒙蒙的
海之间
是一条隐约的灰线
我这样描述，不代表它不产生歧义

是的，灰蒙蒙的天，
灰蒙蒙的
海
我这样描述
不代表它上面不是虚空，它的下面
不是深渊

是的，一条隐约的
灰线

不代表它不和一个人的心情有关。
不代表它不像一个伤心的人
被伤害的痕迹

鸟

它在海天之间翻飞
它在一个人忧郁的眼睛里翻飞

因为是白色的
它很容易地被我描述成了孤独

因为上下翻飞，
它被我想象成一枚
捏在谁手中的针，缝合着天与海
上下眼睑之间的裂隙

冬日海滩

云层压低了海面
因为冷，
冬日海滩把礁石缩成一粒一粒的黑点

最小的一粒
正在做梦
鱼群和光线穿过他冬眠的身体

远处的海岸线
落日挤出疲惫的水滴
竖在空中的渔网，正在打捞一天的最后一拨潮声

仿佛历尽了一生

最后一批渔民从海上归来
须发如深海的绿藻，空荡荡的身体沾满盐斑

在甲板上俯瞰星群

我又一次看到了你们，我年轻时仰望的事物
此刻，正混迹于水面的灯火

突然有多少回忆从那里涌出？
我的逝去的年华，并不
丰富的经历，感慨与失落
如今，除了这些我依然一无所有

如今我已习惯，把目光，从盛大的星空移向
昏暗的水面
就像今夜，从一艘破旧的渔船甲板上，我俯瞰这些
水中的光点，
它们依旧闪烁不定，
有着神秘的力量

年轻时喜欢对着天空撒网，
如今我习惯在浑浊的水底打捞自己的星辰

海岛之心

鱼群在海底游弋，带着祖先留下的指针。
在黑暗中待得太久了
灯塔的光芒有些茫然。

而一根插进海岬的铁柱，顶端的原点
仿佛海岛之心
它和头顶的光线以及

星球的转动
构成了某种神秘的对应。

相对世事
和人心的变动，它具有某种
恒久和稳定的意味

一个神秘的原点，它使一座海岛
更像是一枚秤砣
平衡了遥远大陆的倾斜。

生　活

这么快
好像昨天，我们还在为满屋子散发的甲醛
大伤脑筋

我放在衣橱里的柚子皮
已经干了 上面长满了霉菌
亲爱的——
我们的日子，不再光鲜
却像一件旧衣服
有了温情的底子和让人踏实的质感

房间里樟脑的味道
让人有些怀旧
窗台上的油漆被雨淋得起了壳
生活
发出了烂木头的气味
亲爱的，当我试图清除它的时候
手指触到了尖锐的疼痛——

它下面的一枚锈铁钉
闪出了一星狡黠的光芒

河流

霜降后，一条河流开始变得平缓、水量稳定
一些事物沉淀下来，另一些
逐渐露出真相，拐弯处
它看见自己的上游——

啊，必须对岸表达敬意
它温柔的暴力，犹如一场冷静的叙述
使我过剩的抒情获得了节制

而下游开阔，
大海似乎已经开始闪光
一条河流的掌纹逐渐变得清晰
它专注于对自己流速和方向的控制——

必须原谅河床底部的石块
必要的冲刷、磨砺，保持了体内的火焰
必须继续感谢冷空气　搬来冰层
将我的身体压得低些，再低些

最后，要感谢那个待在岸边的人
他柔软的手指，拉动我进入他的身体
回旋、上升
成为时间、命运和众多词语的隐喻……

乌　云

举重若轻。

只有它，把成吨的雨水和灰尘
成功地悬浮在了半空。

胸藏大恶或者大善
这取决于
由此造成的后果
它本身，并不构成道德的判断。

乌云在堆积。在我们
达不到的高处，独自承受摩擦和
撕裂的痛苦

而我们只是听到了雷声
并且借助
撕开它的刺目的光，荡涤胸中的阴影和积垢

乌云在堆积
它宽大的衣袖里，究竟藏着多少阴霾和
心酸的雨水
而云端之上的人，无动于衷
保持着隔岸观火的心态

乌云在堆积
遇冷下沉，遇热上升。
这使我确信，是人间冷暖，构成了对它有效的支撑。

灯塔博物馆

需要积聚多少光芒，才不致迷失于
自身的雾霾
需要吞吃多少暗夜里的黑，才会成为遥远海面上
一个人眼中的

一星光亮?
我曾仔细观察过它的成分：一种特殊的燃料
混合着热爱、绝望和漫长的煎熬
终于，在又一个黎明到来之前
燃烧殆尽
之后，是更加漫长的寂寞。
它是光燃烧后的灰烬
作为
自身的遗址和废墟
现在， 它是灯塔。灯塔本身
握在上帝（大海）手中废弃的
手电筒。被雨水用旧的信仰

渔业博物馆

在冬天，把渔网竖在空中，任凭风
一遍又一遍穿过它
而雁阵，是又一列鱼群，划过虚无的海水

在冬天，波浪静止，凝固。
藤壶在稀薄的阳光下紧闭着火山状的硬壳
在冬天，模仿礁石的生活
把冷穿在身外
留出中间的部分，让鱼群和光线穿过冬眠的身体

哦，在冬天
你胸腔中的深海，眼神里的风暴以及
嘴唇边，搁浅的船
都消失了。

被寒冷击打的汉字，像一排风干的鱼排
悬浮在人世，这片更大的汪洋里

海盐博物馆

首先需要以阳光的名义，让海水和晒盐人
经历双重的煎熬

纳潮　制卤　测卤　结晶　归坨，终于
多余的水分消失了，
晒盐人交出了皮肤里的黑；
而大海析出了它白色的骨头。

无须青花和白瓷
陶罐、卤缸以及任何一种寻常器具
都是盛殓舍利的佛塔

由此，人间有一种至味被称为清欢
有一种日子被叫作清白。
而更多的事物还将因此被
一再提纯。

海水平静。曾经的沸腾冷却了
那些结晶的事物，
将成为我们身体的一部分：
眼眶中的咸，骨骼中的釉色以及血液中的黏度?

在大港头谈论乡愁

一个宁静的小镇。
一条江水穿镇而过。

村口，几个闲散的人、一棵古树、一个埠头，流水
晃动着一些古老或者

新鲜的光阴

伊甸说，这个村口，符合中国人
乡愁的理念
我扭头看江面、看山气、又看村口，然后
点头称是

这乡愁忽焉似有，但很快会转浓，如果有人从这里走出。
很多年
如果山岚转淡，江面上的雾气
能散去一些，如果那艘来接我的船已经抵达埠头

当然这乡愁也可能会更浓一些，如果上面的第三
到第四行诗是这样：一些新鲜的日子正在老去，或者
已经古老

如果这乡愁要刻骨铭心，那么上面的第一
到第二行诗
要这样写：埠头下的船
已经走远
江水继续流淌。村口，只有一棵老树。已
没有人

在青瓷小镇

这是哥窑，这是弟窑，
这是冰裂纹，
这是高级的梅子青和粉青。

在青瓷小镇，
我们聊到诗。好文字的质地，仿佛
青瓷釉色上的那一抹清凉

但我们很少提到
在它产生的过程中，我们内心经历过的类似
窑火一样的炙烤和煅烧

熨斗博物馆

年轻的女诗人站在红帮裁缝的铜像下
手握熨斗。有一个词
又一次在此刻诞生：熨帖

时光如此平整，恍如女孩光洁的额头
没有一丝褶皱
让人忽略了老裁缝皱纹里的辛酸
一百多年来，衣缝里夹杂的尘埃
和屈辱

这是初夏。阳光沿着北回归线的指向继续熨烫
万物都在生长。连同它们的阴影
连同这一家由古老的宗祠改建的熨斗博物馆

在它幽暗的厅堂
我们欣赏着众多的熨斗
它们通体乌黑，似乎还在沿着一些事物深处的褶皱游走

隔着玻璃，我们无法感知它们的温度
如同我们无法感同身受
衣服上褶皱的骨折声
皮肉焦糊的味道

如此舒适。甚至让人忽略了
它的起源

来自于商周时代就有的古老的刑具

钟　声

钟声，住在钟里面。
一小团火，住在一盏青灯里。
一个枯寂的人住在自己身体的寺庙里。

一根黄昏或黎明的光线反复撞击着
肉体的殿堂。肋骨的穹顶以及
心脏里的铭文

一个沉默的人，有泥质、封印的嘴唇
他不会让钟声泄露
他耐心地收集着来自生活的撞击

那么多的暗伤，那么多
无处倾诉的悲苦
在他的内部
回旋、奔突，但它
不会腐烂，时间久了，它会变成固体的光
沉淀下来

偶尔，它渗出体外，在一张脸上
幻化出
异样的光泽

更多的时候，它像埋在我们腹中的一粒
药丸。在发炎的溃疡面
逐渐缓释的胶囊

漂　木

成为漂木之前，它应该是一棵树。有其根本
和繁茂的枝叶
后来，它被镶嵌进一艘船，成为它的一部分
它在海上漂移，遵从于
一艘船的意志和方向。
再后来，这艘船因溃败于时间和波浪而被拆解
它成了一根漂木，沉浮于
波峰和浪谷之间。
自由了吗？当然没有。它依旧
屈从于洋流的驱使和海浪的噬咬
逐渐朽腐的躯干里，长满了孔洞
它不再执着于对岸上某一片森林的渴念
或者回到一艘船上缺失的部分
它甚至确认并喜欢上了目前的状态
仿佛，这才是它颠沛半生最终确认的身份——
千疮百孔的身体，成为另一些微小生物的家园
而因礁岩碰撞和海浪噬咬形成的
某种类似命运、星象的纹路，已经成为众多艺术家追逐的目标

寒山寺

它曾经在遥远的郊外。如同一位曾与它邂逅的书生
被帝国的科举，又一次排除在外。
但那一次，命运
用他暗淡的前途换取了一首唐诗的光明

一千多年之后。我在另一个霜天里赶到。
乌啼消失。客船远去。
一盏失眠的渔火

已经被替换为满城闪烁的汽车尾灯。

一座旷野里的寺庙，已经被一座大城
包裹到了它的腹内。
但我知道，每年依旧有人，从它身体的边疆赶来
敲响古老的钟声。

仿佛一个隐喻。
在一个交通堵塞的年代，我们
依旧需要在体内，空出一小片旷野。一座寺庙和一口钟。
以便让迷途的灵魂，找到回返的道路。

余姚记，兼致干亚群、商略诸师友

时光在这里变得古老。但五洞桥下
流水依旧新鲜。
有人去了更上游的地方隐居
有人沿着它，把自己放逐到了海外

时节已是深秋。空气中依稀有桂花
和黄梨洲的甜
在阳明故居，我们谈起他的心学
仿佛瑞云楼下的文旦，已经结满了硕果
但依旧有很多人并不认识
这又有什么关系
在此之前，龙山上的寺庙已几经损毁

参观博物馆的人，专注于对一粒稻种
或者一只陶罐的凝视
文明在它的内部裂变
也从它破损的瓶口流出。

我们离开时，归胜山上依旧雾岚环绕
姚江继续东流
帝舜重华，两个瞳孔的人
恐怕也难以看清楚数十个世纪后的烟云。

我们有限的人生
不会比一片碎瓷更光亮
也不会比一粒稻种更有价值

我们庞大的城市，最终只占它展橱内
很小的一角

夏烈

夏　烈

杭州师范大学文化创意产业研究院院长，教授，一级作家。兼任中国作家协会网络文学委员会委员、中国文艺评论家协会网络文艺委员会委员、中国现代文学馆特邀研究员、民盟中央文化艺术研究院理事、浙江省网络作家协会副主席、杭州市网络作家协会主席、杭州市文艺评论家协会副主席。

有理论评论著作《观念再造与想象力重建》《隔海的缪斯：高阳历史小说综论》《裂变与交互：当下文艺生态的直观与反思》等6种，有随笔集《散杂集》《为爱找方法：夏烈教授给中学生的26封回信》等3种。在《新华文摘》《人民日报》《中国现代文学研究丛刊》《南方文坛》等发表理论评论文章约百万字。

获 2014 年“浙江省青年文学之星”奖、青年批评家奖（《人民文学》《南方文坛》）、浙江文艺评论奖（浙江省文联）等。

那些曾经年轻的“面孔”和“同期声”

——推荐夏烈的理由

王　干

这题目，有些感慨，也有些伤感，也有些艳羡。显然，是过来人的口气。过来人，不一定是老资格，不一定是成功者，只是经历者。过来人，是参与者，也是见证者，也常常是回望者。

回望不是一种生活方式，回望只是一种心理状态。回望是年龄和心理逐渐老化的特征。比如，我现在说到夏烈，想到居然是那些曾经年轻的面孔，陈思和、王晓明、黄子平、吴亮、李庆西、程德培、许子东、南帆、李劼、丁帆、李洁非、张陵、潘凯雄、贺绍俊等一干朋友，这些曾经的“青年评论家”，如今也逐渐中年化、领导化、脱评论化，成就依旧，但岁月的痕迹还是难以平复。

现在想来，“青年评论家”是个奇怪的称呼，这是20世纪80年代的特殊产物，之前之后好像再也没有那般响亮。在80年代，“青年评论家”似乎是一种身份，又似乎是一种组织，但细究起来，又什么都不是，只是为了区别年龄的差异，或者说为了区别两代评论家的称谓而造出来的一个概念。为什么会是这样一个称呼？只有在80年代那样的语境里，才可以体会到它的特殊含义。就像多年之后，人们会奇怪今天有网络文学这样一个称呼，文学写在牛皮纸上和刻在石碑上有区别吗？在网上阅读和写作与纸上有区别吗？但是，在今天我们会强调网络文学这样一个概念。

青年评论家自然是已经消失的概念，尤其在文艺理论和文艺评论日渐教授化和博导化的今天，青年评论家很容易和在读研究生混为一谈的。而网络上的那些青年们的评论，又容易有被屌丝化的可能。更主要的是青年评论家未能成为80年代那样富有生命力的群体，缺少整体的文学力量和效益，他们的声音常常被淹没在上一代人的声音之中。

在这样的情况下，我认识了夏烈，认识他好像是在湖州"80后"女作家群的研讨会上，他的年轻和发言以及私下的言谈让我觉得有新鲜感，他的声音好像不是我们这一代人能够发出的，之后又在网络文学一类的研讨会上见过面，他好像短时间还在一家网络公司的文学原创部门做过几天的头目。之后，又读了他的一些文章，发现他的文章有一股熟悉的青年评论家的气息，那气息来自熟悉的20世纪80年代：热烈、敏锐、抒情、理想。

热烈是20世纪80年代文学评论的情感标志，在一个百废待兴的年代，文学作为一代人的特殊利器，以高昂的热情去批判和呼唤是那个时代的必需，也是文学评论的动力。夏烈很难得地继承了这样一种文学批评精神，因为经过90年代的市场经济泡沫之后，文学的热情和评论的热情似乎被实用的市场效应和刻板的教科程序所取代，而文学评论尤其是当代文学评论需要的是热情甚至激情，因为当代文学的非经典性和流动性让人不能用静止的眼光和冷静的态度作马后炮式的言说，而是要与作家"同呼吸共命运"，这样才能置身其中，才能发出同期声。夏烈是时下不多的能够对当下发出同期声的评论家，与他的名字一样，他对当下的文学保持着夏天一样热烈的情绪，他对新兴的文学样式的发现和阐释，是那样及时和那样充满感情。这种热情不仅表现为对同时代人的赞叹和称道，也扩展为对上代人作品的欢呼，比如在他的《裂变与交互》一书中，既有对网络、类型、动漫等新的艺术样式的描述与分析，同时也有对莫言、苏童、袁敏等人新作的解读，还有对《山楂树之恋》这样畅销文本的"爱无力"的概括，你会发现，夏烈是用他并不特别宽广的胸怀努力拥抱着当下文学的山山水水。

敏锐也是20世纪80年代文学评论的基本品格，及时捕捉到新的文学现象，及时捕捉到新的文学动态，及时发现新的文学人才，从而推动整个文学的进步和发展。上个时代的青年评论家们过于敏锐，以致让作家感到被牵着走，或者说被撵着走。他们常常是新观念的发现者，也是新观念的宣扬者，还是新观念的推广者。夏烈似乎天性地拥有这样的禀赋，他敏锐地看到当代文学正发生着某种裂变，他通过对"转型"一词的解读，对我们沿用了二十多年的关键词提出了疑问，而这疑问首先来自于一种敏感，"如果说，转型一词的使用和断裂一词的使用可能昭示了如下两层意义上的不同：一、前者更多从社会政治着眼，后者更多从文化构建着眼；二、情绪意义的不同，即转型是温和的、和谐的、乐观的、体系开放的，断裂是坚硬的、忧虑的、悲观的、保守主义的——那么，我同意我处在文化构建的角度、焦点，但宁愿选择'断裂'作为立意和情绪表达。换言之，社会转型以绑架文化为荣，牺牲文化的生命性即文化在民众身心中的依存感、体验感、认知和记忆，我以为是非常糟糕、失败乃至不道德的事。那么，我开始反对文化简单地依存于社会、政治，而强调文化的独立性、超越性和责任感。”对转型的解构是有力的，尽管不是十分的利索，但怀疑本身就体现了对当下文化出于裂变状态的敏锐把握。

抒情对于学院派的批评来说，也许是缺少客观和审慎，但在20世纪80年代来说，青年评论家几乎个个都有抒情诗人般的气质，吴亮、许子东的文章里时有抒情的段落；当年北大学者黄子平的文章都曾用过“沉思的老树的精灵”这样的描写性题目，而对今天的高校来说，这样的题目是缺少足够的学术性的，因为没有学理性和严谨度。严格来说，“沉思的老树的精灵”甚至带有某种抒情性，对于80年代来说，文学评论缺少抒情的功能，是不可思议的。抒情性很大程度来自对评述对象的描述性，而描述植根于被言说事物本身变化不稳定的状态，批评带有呈现和再现的意义。夏烈的评论带有较强的呈现性，他虽然对评论的现象和作家有足够的剖析，但并不像有些人喜欢做斩钉截铁的宣判，他总是游刃于批评的刀锋与绣花的温柔之间，他用IT行业的术语对此加以解释，称之为“交互”，“交互”本身是对话的，是寻找兼容的，而这种用其他行业的术语转移到文学评论的领域本身，就是一种电子时代的抒情话语。

当然，80年代文学评论的抒情范儿还与80年代的理想主义情怀有关，理想主义是阅读80年代的一把钥匙。今天日渐琐碎的写实小说也是对当下现实的婉转认同和反讽，当你阅读80年代那些激情与梦想四溢的评论文字，你就会明白张承志何以不会用反讽的口气写作甚而对反讽写作的作家表示出极大的愤慨了。90年代之后文学理论界兴起的实证之风，其实是对这种激情与梦想的告别与埋葬，但文学有点燃理想的功能，文学评论不是现实的应声虫，理想不是罪过，疯狂和非理性才是害人之本。夏烈在他同时代的评论家中，是一位介入文学创作和文学生产过程比较具体的多栖人，他当过文学刊物的编辑，他做过作家协会的评论家，当过网络公司文学总监，编过图书，还策划过类型文学大赛，几乎所有的文学生产第一线都能见到他的身影，他乐观地认为网络文学将使文学发生巨大的裂变，他全身心地投身到文学活动和文学评论之中。这种带有进化论的文学观在80年代极为流行，渴望新潮，认为后出的思潮会远远超过前面的思潮，认为先锋一定取代传统，认为明天一定比今天好，青年一定胜过老年。这种文学的进化论者常常是理想主义者。当年伟大的鲁迅也是信奉进化论的，因为悲观主义者才对前途和未来丧失信心。所以，当看到夏烈在文学的第一线忙碌的身影，我恍惚觉得时光倒流，当年的青年评论家就是这样对文学充满理想而忙碌、而精力旺盛的。

大约两年前，张燕玲让我推荐评论新锐，我一下子想到了夏烈。两年之后，夏烈也长了两岁，我更是彻底步入中年的行列，因而文字颇多感慨，按照《南方文坛》的本意是要对夏烈这位新锐多加推荐的，但我的文字回望过多，对夏烈的学术性价值评估甚少，相信夏烈学术成就应该远在我评述之上，也相信夏烈的那些优点不会随着年龄的增长而减少，因为时间会慢慢将新锐钝化，会让青年变成非青年。夏烈的同期声能伴随当下文学多久？

庄严与游戏

——格非“江南三部曲”的历史意识与精神延异

一

在第九届茅盾文学奖的颁奖礼上，格非的获奖感言结实地提到了中国文学的史传传统和司马迁的精神遗产。他说：“司马迁的遗产对于今天的写作者而言，往往意味着出神入化的叙事技巧、奇崛瑰丽的修辞方法、错综含蓄的文体结构以及朴素华美的语言风格，也许很少有人会想起司马迁当初的叙事抱负和写作使命。”“如果让我来简单地概括一下这个抱负和宗旨，那就是明是非、正人心、淳风俗。”[①]。在面对“江南三部曲”（《人面桃花》《山河入梦》《春尽江南》）以十七年的创作历程终于完璧付梓，又在第二十一年获得茅盾文学奖的这一刻，把有限的时间篇幅交给致敬中国文学的史传传统和司马迁所承当的抱负与使命，我想，必不只是格非有言语意思要提醒今天的写作者，同样也在说明他创作“江南三部曲”乃有所背负。检索文献，发现类似的表达对格非而言由来已非一日，2012年暮春，《当代作家评论》《作家》杂志和上海文艺出版社主办的“江南三部曲”研讨会上，格非提出了“必须认真对待‘为什么要写作’这个问题”，他说，“我认为作家作为知识分子的一员，除了要开风气之先，还要挽救风气。”“我到三十多岁认真研究了中国文学史后才开始明白中国传统文化的重要性。像鲁迅、沈从文这样的作家，他们写作实际上也是为了纠

① 《第九届茅盾文学奖获奖作家获奖感言》，中国作家网2015年9月30日。http://www.chinawriter.com.cn/news/2015/2015-09-30/254479.html.

风气之偏。”“传统意义上，文学的功能，一是教化，二是审美，三是娱乐。现在，哪一个功能都已经不属于作家了。”[①]根据当时的语境，他这些话的意思既包括了对市场化环境下的创作越来越难以自由的警惕和抵抗，也是对自己年轻时候仅仅“专注于小说外在形式和文笔”的反思。于是，看上去不够时髦、古朴有余的文学观、价值观再次回到中心——格非的中心，这多少会引发读者与同行的一些驻足和沉思，牵连我们对于文学传统和文化传统的审视；而更关键的可能在于，格非为什么要讲作家和小说在匡正世道人心上的功能，他讲的史传传统的叙事抱负和写作使命指哪一部分、怎么理解，还有就是与“江南三部曲”的联系。

有必要稍加盘桓的是，由格非导出的主题“史传传统及其精神遗产”让我联想到了另一场颁奖礼中的另一位当代作家的演讲主题“讲故事的人”。莫言2012年在诺贝尔文学奖颁奖现场的关键词是“故事”，这个隐蔽在小说进化史论背后的古老概念同样因为一位出色作家的使用和阐述，刺激我们重估其历史价值和时代价值。虽然侧重点全然不同，但事实上这些古老而又核心的词语的重提，都是经过至少最近三十余年的当代文学实践，依然浩浩荡荡留下来或者堂堂正正要正视的“文学—人学”的基本命题、基本概念、基本范畴。在我的理解里，是现实生活的更加广大的力量在纠正一代人的观念世界，告知我们除了狭义的文学坐标系以外，还有更为阔大的人类生活和精神的坐标系包裹着作家这样一群人，当作家企图延展其文本意义的时候，必须以一个特殊灵魂体的形式融入生活和历史，亲历与感受是最大的回馈，然后就是传统与个人才能的融合跟创造。这一情形便如格非所言：“要成为一个好的作家，先要描写好现实生活，再来超越。这如同人生，只有你经历了苦难，希望才显得珍贵。”[②]

不过王德威说得很精准，“他（格非）显然无意我们熟悉的家族三代接力式的大河小说。相反人物之间如有似无的关系反而加深了我们对历史断裂、人生无常的感触。”[③]换言之，无法简单地比附“究天人之际，通古今之变”的传统史传来想象“江南三部曲”。在“三部曲”的阅读当中，始终活跃着一种丰富而互相对冲的意义场。无论认为这正是格非小说始终未丧失的先锋叙事或者新历史小说的基因，还是说格非的历史观深受存在主义、结构主义、精神分析

① 朱冬菊、于新超:《格非:求索新的文学》,《当代作家评论》,第202页,2012年第5期。
② 同①。
③ 王德威:《乌托邦里的荒原——格非〈春尽江南〉》,第46页,《读书》2013年第7期。

学的影响[1]，“江南三部曲”确实表现出不一般的中华百年史的叙述方式，一种格非式的处理。那么，习惯读传统史传或者历史小说的人会有所“陌生”。在“江南三部曲”里，历史时空与个人生活细节疏密有致地编织，最终个体生命的历史处境和精神困顿才是其史传品格的重点，而读者想要的某种鲜明的历史判断——史识的部分——是分歧的、含混的、多义的，或者说是被包围在“叙述和叙述行为忧郁品格的隐秘的诗学立场”[2]中的，以致连专业读者都对其中的乌托邦溃败表现出相当程度的不同的理解[3]。就这一点，我觉得“反讽”和“延异”是可以借鉴的概念，基于这两个概念与解构主义的密切关联，也许格非在结构的同时也在自我解构，一番对冲之后是什么、还留有什么，值得考究并可能蕴含着“本真性”的伦理尺度。

二

作为小说的“江南三部曲”在中华百年史的取材上保持了与历史的同构，换句话说，小说的史传格局以及思想、美学上的庄严首先直接来自晚清民国以降的中国大历史。

乌托邦的理想、冲动正是大历史处境中的几代中国仁人志士的典型写照，在过去的史述中，这一梦想、诉求、行动、牺牲一直被作为晚清近代以来中国人由“天下”到“世界”的转型中前仆后继的英雄特征而树以丰碑。“父亲从楼上下来了。”《人面桃花》以这一句拉开“三部曲”的大幕，也拉开了晚清近代第一代乌托邦形态的精神源起。从官场败退的陆侃所呈现的乌托邦无疑是一种古典士大夫情怀的乌托邦，他的物质依凭是一张传说中唐代韩愈所绘的《桃源图》。二十多年前，丁家的藏书楼在一场大火中化为灰烬，只有这张宝图却

---

① 参见梅兰、杨英：《格非研究综述》，《革命与游戏》第274-287页，长江文艺出版社2013年4月版。

② 陈福民语，转引自王德威：《乌托邦里的荒原——格非〈春尽江南〉》，第45页，《读书》2013年第7期。

③ 比如敬文东《格非小词典或桃源变形记：“江南三部曲”阅读札记》（《当代作家评论》2012年第5期）比较详细鲜明地阐述了“桃源梦”的乌托邦建构就是人类意识中典型的“魔念”，借助“江南三部曲”的解读对之给予了集中的批判；而孙萍萍《桃源梦尽：读格非的“江南三部曲”》（《当代文坛》2012年第6期）认为，“格非其实是想表现一种‘反乌托邦的乌托邦叙事’，既通过乌托邦叙事来坚持乌托邦精神，又通过这一叙事来反对任何超越一定现实界限的乌托邦的实践。”“正是因为人类拥有这一生生不息的乌托邦精神之火，才得以将人存在的价值照亮。”

奇迹般地存留了下来，之后被丁树则作为父亲五十寿辰的礼物来到了陆家，陆侃视若珍宝，不肯轻易示人，最终便是看着那张图发了疯。小说中述及这张《桃源图》的时候用别的字体补注了一段：“《桃源图》：传说为唐代韩愈所绘。普济丁氏代代相传，后又几易其手。1957年8月，经北京市和江苏省文物局组成的专家小组鉴定，被证明是伪迹。现藏于普庆市博物馆。”[①]格非在小说中编织了大量细密的象征和隐喻，《桃源图》就是重要的一个，对《桃源图》是为赝品的注脚是及时的反讽，不仅郑重其事地否定了“桃源”这样一个传统意象在认知意义上的“高大上”，指示其虚假性，也更隐晦地指出中国传统知识分子素来擅长的种种“伪托”叙事实际上常常是个人游戏性的冲动和意志，充满虚构性。可以说，格非之后用“三部曲”徐徐展开了对这一乌托邦精神及其现代实践的解构，尤其在拿它与现实生活的其他基本力量比较后更是如此。在此意义上，格非的历史庄严并非一种书写历史事件的庄严，而是思想史、社会学意义上的严肃精神，以及文学反讽主义者对于传统形而上学“俗见”的怀疑及其所谓“牺牲”后果的警觉。他不惮自己也是一名百年大流中的知识分子，首先向历史中被美化的“乌托邦—桃源”结构作解剖，给予厘清，从而具备了自身思维和立场的现代性。

之后，“三部曲”逐一呈示了百年来各式各样的乌托邦构思和实践形态，他为“乌托邦—桃源”结构专门制造了“花家舍”这个文学地理——在小说的整体世界中，花家舍无法脱离和逃离现实处境、历史处境，所以它实际上又成了福柯意义上的“异托邦”，一个（小说）现实中实际存在的异质空间。由“乌托邦”而“异托邦”对于小说艺术来说是非常便利也足呈精彩的衔接，创造了空间中的（并置）空间，用以比较、区别、演绎、渗透；何况在具体的乌托邦的溃败中还描述了其向“恶托邦”的转换，比如王观澄时期和郭从年时期——“三部曲”在触及人性真实及其可能性的同时有效地综合了人类历史上关于“空间—社会”改造的诸种欲望镜像和演绎结果，启示性地表达了“乌托邦”“恶托邦”“异托邦”之间具有微妙转化的通道，这是尤可注意的人性暨精神意志运动方面的“踪迹”。

《人面桃花》中早期秀米所经历的父亲陆侃的古典士大夫式样的桃源梦，以及花家舍王观澄对这种古典桃源梦20年的经营后沦为无法控制的江湖土匪窝，都是对他们口中“桑竹美池，涉步成趣；黄发垂髫，怡然自乐……夜不闭

---

① 本文所引“江南三部曲”的文字皆出自上海文艺出版社2012年版，不另注明。

户，路不拾遗，洵然有尧舜之风”的文人愿景的直接反讽。然而，无论父亲的血缘基因还是梦里王观澄神秘的预言“我知道你和我是一样的人，或者说是同一个人，命中注定了会继续我的事业”，中期的秀米选择了革命式样（启蒙式样）的乌托邦继续着父亲、王观澄的事业，并与革命党人张季元的“大同世界”一脉相承。而陆秀米的乌托邦实践同样悲凉而惨败，革命者、知识分子的想象与民众的隔阂复述了历史真实中的尴尬困顿——常规的历史叙事，每每会着重于屡败屡战之崇高宏愿的歌颂，执着说明乌托邦愿景在社会改造中的进步性，但格非和他的“三部曲”是“无情”的，随时借助小说的“小”——日常生活的丰饶、琐碎、矛盾、滑稽——对常规历史叙事中的崇高意志及其“神话”加以勘破。陆侃的疯癫走失、王观澄的不得好死、张季元的情欲纷纷、陆秀米的装疯失语，一个个理想主义者的天真和落实乌托邦历程中的不切实际，就仿佛秀米读了张季元情爱日记后的感受：“在普济的时候，那里的一草一木，一沙一石都蕴藏着无穷的奥秘……可如今她一旦知道了事情的底细，又觉得那些事是那样的无趣无味，让人厌腻。”难怪在民众的眼中，这一干人“整日沉湎于桃花虚境之中……可笑亦复可怜”。

《人面桃花》留下的是民众中朴素、善良、忠诚的那一群，他们无法被结构和解构对冲殆尽，他们具有来自生活和历史的智慧与美德。比如花家舍的韩六，普济的宝琛、喜鹊、孟婆婆、花二娘，还有天使般具有救赎性的秀米的长子小东西，这些人成了秀米在世界难得的依靠，成了大地中最稳定、厚实、富有经验的根性力，他们是秀米这样天真而不切实际的知识分子在世间的同情者、爱护者；他们不是反智的，像喜鹊身上原只有大字不识的愚拙劲，最终却为了照顾秀米而韧性地成就了自己田园诗人的身份，谭功达在《山河入梦》中还专门讲到“母亲生前最后一个伴侣，名叫喜鹊……留下了一本薄薄的《灯灰集》……普济一带的风光景致、农事稼穑，到了她的笔下，也能含咀英华，绮怀伤情”；智慧的比如韩六对王观澄和世道人心的评价：“那王观澄心心念念要造一个人间天国，只是在追逐自己的影子罢了，到头来只给自己造出了一座坟墓。”“人的心思最不好捉摸……要在太平盛世，这人心因着礼法的约束，受着教化的熏染，仿佛人人都可致身尧舜；可一逢乱世，还是这些人，心里所有肮脏东西都像是疮疔丹毒一般发作出来，尧舜也可以变作畜生，行那鬼魅禽兽之事。”之后百年大旱，一袋米，孟婆婆、花二娘帮着秀米每日施一次粥，村人、外乡人、乞丐相安无事，男女老幼井然有序，死过几回的秀米突然悲欣交集，“这一幕多多少少让她想起了张季元以及他尚未来得及建立的那个大同世界；

想起了自己在花家舍的日子，那个夭折了的普济学堂；还有父亲出走时所带走的那个桃花梦。”

知识分子的苦心孤诣和一往情深的理念救国，成了一部百年史中恢弘而悲切的话题。他们对于改造中国社会和政治、文化结构的作用不可谓小，“‘五四’所宣传的许多思想诸如婚姻自由、个性解放等等已经被越来越多的人接受，在某种程度上已经成为了社会‘常识’。但问题就在于，按照这种常识来实践，或者利用这些常识来改造社会却碰到了越来越多的问题，思想与现实的巨大落差导致了实践的不可能性，这才是‘五四落潮’的根本的原因。”[①]如果说《人面桃花》还是启蒙思潮下的故事，那么《山河入梦》则进入了社会主义建设初期，但弊病显而易见，拿李泽厚的话来说，就是“当以社会发展史的必然规律和马克思主义的集体主义世界观和行为规约来取代传统的旧意识形态时，封建主义的‘集体主义’却又已经在改头换面地悄悄地开始渗入。”[②]一方面是白庭禹、钱大钧、金玉这样的共产党干部充满了封建主义的细胞，拉帮结派、互为倾轧、牟取私利；另一方面是谭功达、郭从年这样的红色乌托邦实践者或荒腔走板，或将乌托邦带入了恶托邦的变种，才疏而硬干、自负而反受其害，那么被边缘化而遭受运命的戏弄，或者圈囿在“孤岛”等待失败成了他们似无出路的境遇。这种被现实历史压抑、排斥、围困、伤害的“孤岛意识”在进入改革开放后的《春尽江南》同样无法改变，甚至直接将第四代的谭端午（陆秀米的孙子）边缘出局，成了热闹嘈杂的大世界中的“多余人”。“如果说二十年前，与一个诗人结婚还能多少满足一下自己的虚荣心，那么到了今天，诗歌和玩弄它们的人，一起变成了多余的东西。多余的洛尔加。多余的荷尔德林。多余的忧世伤生。多余的房事。多余的肌体分泌物。”这段几乎会被所有评论者引用的话足以说明谭端午和别人眼里的诗人谭端午在时代中的位置，他则索性乐意以“无用的人”自居。此外，并非谭功达亲生儿子的王元庆继承了上几代乌托邦人的建设意志，差一步就走进花家舍这块专属空间，结果被更为流氓化的资本挤了出来，花家舍从此成了销金的“伊甸园”，乌托邦也就在20世纪末失去了“孤岛”一般的根据地。在当下资本和流氓文化的联合压迫下，知识分子的实践终至于无枝可依、无土可借，王元庆提前为自己修建了一个精

---

① 罗岗：《五四：不断重临的起点——重识李泽厚〈启蒙与救亡的双重变奏〉》，《五四运动与现代中国》，第16页，上海人民出版社2009年版。

② 李泽厚：《启蒙与救亡的双重变奏》，《中国现代思想史论》第29页，天津社会科学院出版社2003年版。

神病院（被时代缩略了的“异托邦”），回归到陆侃式的“疯子”身份来安身，而格非的“残酷”在于连这精神病院最终也难逃拆迁和撕毁土地合约的命运，王元庆同样因为疯了所以无法再履行法律主体的抗辩。对于知识分子百年努力的辛苦，格非是真心体量的，否则不会有那么多敏感、忧郁、温暖的细碎心绪密布在这些人物的言行之中，他自己也好几次说到陆秀米、姚佩佩的感受同样是他的感受；但对于这种百年以来知识分子的迂阔、隔膜、运命不济他并不掩饰，时时处处以反讽的笔力指出那个先天不足、后天破碎的镜像所在，使“江南三部曲”成了一部以反讽、隐喻、批判、忧郁做底子的独特的中国知识分子“心史”。

三

有一些由庄严到荒诞于是充满游戏感的隐喻、情节在“前人之述备矣”的情况下仍值一说。比如遗传繁衍的问题。

“江南三部曲”的精神遗传系统是比较清楚的，乌托邦的代际传承和“疯子”的显隐基因已经给予评论者足够的阐释空间和欲望，但论者们似乎忽视了身体系统的遗传中也存在着巨大的隐喻性。

《人面桃花》的陆秀米是诗书官宦人家的小姐。她纯情，所以对张季元的追求懵懂羞涩；她敏感，所以梦和直觉成了指引她情绪的路，她觉得“尽管她现在是清醒的，但却未尝不是一个更大、更遥远的梦的一部分”；她不谙世事，见着家里佃农们的辛苦忽然问“人家种出来的粮食，怎么会好端端地送到咱家来?”惹得母亲讪笑她“我家这闺女，别看她个子长得这么长，心眼倒是一点没长。白吃了许多年的饭，哪里懂什么事?”她心气大，即便在花家舍被五当家那伙土匪破过了身，依旧有所寄托：“这个王观澄这般无能，这花家舍要是落到我的手里，保管叫它诸事停当，成了真正的人间天国。”……总的讲，陆秀米是富贵身，前头太平、幸福，所以后头不免要如“花间迷路的蚂蚁”，终觉“生命中的一切都是卑微的，琐碎的，没有意义，但却不可漠视，也无法忘却。”她和革命党张季元算是一个阶层却并无缘分，她母亲包办她嫁去长洲侯家也是桩门当户对的传统婚姻，即便路上被劫去花家舍遭土匪破了身也终究没有怀孕，可小说最终让办了普济学堂的陆秀米校长同摇桨艄公谭水金家的儿子谭四有了子嗣，活着的次子谭功达在《山河入梦》里出任了梅城县县长。这一方面有历史真实的可能性——启蒙者和民众在那段历史上曾经出现过互为崇拜和学习的潮流，而格非更自然主义地表达了青春正盛的秀米身心安顿的客观需要；另一方面，这何尝不是有意借用大历史中的可能性隐喻中国知识分子在百年“心史”中的潮流性选择，即与另一个差异阶级的人婚姻繁衍来冲破旧制度、旧观念、旧阶级的限制，渴望一种自由平等的生活，甚或以追求贫下中农及其身份的某种道德优势表达自己的革命意志和平民主义。这是小说中主干人物、家族的第一次血胤的杂交，秀米是主动的，依旧包含着理念的推进，知识分子俯身向民间大众要遗传繁衍权。只是，谭四在小说中根本没安排一丁点戏份。

《山河入梦》在这一点上则更加惊心动魄。首先是谭功达作为失母失父的孤儿全赖军旅生涯锻炼成长，他的县长兼县委书记当得迂阔可笑，各种奇思妙想都早过了所处时代十数年或者数十年，格格不入、难切实际。他眼神见着女人会“放出虚光”，会“发痴”定格，生活上也是四体不勤全无过人之处。但谭功达四十未婚的情感生活也在美丽而出身良好的白小娴和同样美丽而出身不好（上海资本家家庭）的姚佩佩之间摇曳生姿，谁都不会料到普济大坝决堤后刚走了麦城的他，瞬间就被油滑有经验的上访惯户、带着拖油瓶儿子的寡妇张金芳办成好事，做成夫妻，诞下了谭端午。怀揣乌托邦梦想的谭功达连遗传繁衍的权力都不能把握，被动地受制于贫下中农里的另一类流氓无产者，无疑是陆侃—陆秀米一系的知识分子家族愈加无力主宰自身命运的征兆。可以说，两代人在身体遗传方面的经历和遭遇，与精神系统乌托邦构建的溃败相伴相行，指向尴尬龃龉的同时更多地指向了历史和生活的不确定性、偶然性和荒诞感。

如果问“江南三部曲”最为生动的力量何在，我以为是三部小说中的女性形象及其身心游历，这成了另一类无法被结构和解构的对冲削弱的生命体验。陆秀米、姚佩佩、庞家玉各有一次孤身担当的远行，这种游历和远行无论是被迫的还是主动的（其本质上都是被迫的），小说的生命感受和精神当量则出现了峰值。陆秀米因此失去了处子身成了另外一个人，她告别了父亲和王观澄的古典“乌托邦—桃源”梦，开始了革命的、启蒙式的乌托邦之路，从此的她注定了在大历史之潮中牺牲而成为英雄，逐渐模糊她个体生命琐屑又不可漠视的细节；姚佩佩同样失去了处子身，然后反击杀死了金玉，开始了自己的逃亡路，孱弱无依的她只能以一封封信件向“痴人”谭功达倾诉内心，宿命的回转使她的逃亡路兜兜转转、渐行渐近，最终在谭功达的老房子被逮捕，无法逃脱她紫云英“永远都在阴影中”的凄凉定数；庞家玉貌似是唯一一个自主选择游历远行的女主人公，实际上更是身不由己，因为晚期肺癌她秘而不宣地与丈夫解除了婚姻、痛心割舍了儿子远行西藏，“我曾经想把自己变成另一个人。陌生人。把隐身衣，换成刀枪不入的盔甲。一心要走到自己的对立面，去追赶别人的步调。除了生孩子以外，我所做的每一件事，都是自己厌恶的……每天提醒自己不要掉队，一步都不落下。直到有一天，医院的化验单温柔地通知你出局。所有的人都会掉队。不是吗？不过是时间早晚而已。”庞家玉的游历远行是对一生社会角色设计和努力的告别，“在某种意义上，端午像是虚无的影子，而家玉则是存在的符号”①，她为了区别于丈夫谭端午的自甘无用而兢兢业业、孜孜以求，结果一样被时代嘲讽得五体投地，在死亡的挟持下孤独离席。

格非在女性人物的塑造上卓有成绩，“江南三部曲”夸张一点也不妨叫作知识女性的三部曲。相较而言，她们的心智、情感、行动力都高于跟她们演绎对手戏的男性。《人面桃花》自不消说，以秀米的叙事视角开篇，整部书都以秀米为中心；《山河入梦》与《春尽江南》的谭功达、谭端午两父子，一个愚痴、一个无用，一个进退失据、一个避世独善，除了时势使然的一丁点机遇，他们个体是不具有抗拒或者游刃时代的能力的，反之姚佩佩和庞家玉，都在男性主体缺位的情况下做出了自己的调适和挣扎，固然同样是失败者却显出生命形式的生动姿采——所以是格非所谓的“肩负着反思重任”的“失败者”②中的积极生命样本。可以看到，姚佩佩和庞家玉在小说中的戏份是被逐渐加强甚至感觉是陡然被作家这个“上帝”赋予了核心意义的，在读者已然认为谭功达和谭端午是两部小说的主旋律的时刻，作家改变了书写的重心即情节纠缠的线索，愈益推高了她们的声音、画面、表情，最终使她们成为足以抗衡男人的调性，丰富了小说的声线变化，增饰了作品的华美和抒情性。何况，还有白小娴、绿珠这样的女性，一概显出格非的擅长与偏爱，甚至是作家向《红楼梦》致敬的情根深种。

《春尽江南》作为“三部曲”的终篇是比较出色的。虽然有评论者留恋前两部的典雅、诗意的语言，遗憾这种语言在《春尽江南》的淡出，并指认这同样隐喻着随着时代历史的变迁，生活的诗意愈来愈衰减，几近无存。而我个人认为，如果说前两部小说还多少是想见其人、隔水相望，那么《春尽江南》则是切中肯綮、直指人心。或者说，如何“写好现实生活”“经历苦难”必须有

---

① 程德培：《进步的世界是一个反讽的世界：读格非的小说〈春尽江南〉及其他》，第29页，《当代作家评论》2012年第2期。

② 格非、张清华：《如何书写文化与精神意义上的当代——关于〈春尽江南〉的对话》，第84页，《南方文坛》2012年第2期。

这样短兵相接的过程。比较一些关涉当下的长篇近作如李佩甫的《生命册》、余华的《第七天》等，《春尽江南》不遑多让或有过之而无不及。强大的信息流，时代知识分子及小市民中的代表人物，所有遭遇内化为人物的心理语言和心灵语言。固然有些议论过于放纵作家介入话题的权力了，但也可圈可点颇具见地。比较有趣的是，将这样一部对当下的理解和体验之作压轴，增加了“三部曲”整体上意义指向的不确定性（模糊而多义），某种意义上强调了时代伦理判断的难度，还原了生活现场的观念纷杂，让似乎颇为理性的阐述变得感性异常与悲欣交集。

四

就在《春尽江南》中，两次出现了“游戏”（GAME）一词，还有很多富有游戏性的情节。两次提到GAME，都是庞家玉的律所合伙人徐景阳的话，我们可以认为，这是律师徐景阳的口头禅，作家用以使人物更具风格化，有辨识度。但他又一直伴随着GAME一词的使用向家玉和端午传达一种观念：“在今天的这个社会，凡事都得有一个GAME心态，跟它不能较真的。”当徐景阳将GAME用作对法律的理解时，这种游戏性甚至转化为一种揭示“本真”的思维，不再受我们习惯性的道德眼光的压抑：“在法律的意义上说，有经有权，有常有变。”“法律并不真正关心公平”“法律的着眼点，其实是社会管理的效果和相应的成本……不论在中国，还是西方，完全一样。因此，真正重要的，并不是法律的条文本身，而是对它的解释和灵活运用。也可以说，没有这种灵活性，就没有法律。”在小说的结尾，格非提到了谭端午的某种直觉：“这个世界上，已无任何真理可言。所谓的真理，不过就是一种依时而变得说法而已。”这就仿佛曾经在花家舍时，秀米与韩六对话时说道：“好像这世上的一切都是假的一样。”“它原本就是假的。”

人们自然可以认为这是格非设计的角色语言，讽刺的就是徐景阳这样一种当代人，或者是谭端午这样一种虚无主义者，但也不妨碍换个态度，仔细理解一下这冠冕堂皇的异质喧声里具有的哲学意涵。格非“三部曲”给人的一个最大感受就是延缓了历史价值判断的孰高孰低、孰正孰倚，只着重于事件与事件的差异、人物与人物的差异、命运与命运的差异——这种“延缓”和“差异”接近哲学上“延异”一词的意思。是德里达，在法语里发明了“延异”（différance）的新词，其思想来源于索绪尔语言学的价值差异论和海德格尔哲学的本体差异论，并与柏格森的“绵延”等前后续承。广义地讲，他强调了意义不可能是稳定的，“每一概念在本质上被合法地刻写在一个系列或者系统中，其中以差异的系统活动或者说游戏的方式而指涉他者，指涉其他概念。”[①]人类对于一种所谓“真理”的设计其实就是通过制造差异性的话语体系来讲故事，凡通过“在场者”构成意义书写、意义踪迹的即为延异。任何一种类型的乌托邦何其不是如此？

当然，这里借用“延异”并不是准确意义上的德里达的原意，我只是强调一种历史意义的构成尤其是“牺牲话语”的意识形态的技术性同样可能是被制作的，采用一种大一统的话语体系后，许多生活的丰富、细节、个性化、多样的合理性就会被压抑然后覆灭，一个社会可能只得要求人们按照所谓约定俗成的一套“常识”生活，比如庞家玉的自我改造和更名（从20世纪80年代的李秀蓉到90年代的庞家玉的更名，象征着这个女子迎接时代大一统律令的转折和勇气），只有到了死亡这个最大的上帝设计话语系统的来临，时代“牺牲话语”体系才显得具有荒诞性，这个时候，游历远行、接近死亡的庞家玉又转换成“秀蓉”，和丈夫“端午”采用了感性的语言、诗的语言、人的语言、本真的语言。所以，“春尽”就是“诗尽”就是“语言之尽”，借道“反讽”和“延异”不是为了随波逐流、失心求幻，而是为了重新回到“存在”的新鲜和美感，在一个世界（空间）里感受到“江南”。在这个意义上，“延异”指的是精神衰坏的延缓、精神健康的延长以及思维切入历史时的异类角度——一种新鲜真纯的生命性容纳。

① Jacques Derrida, Margins of philosophy, University of Chicago Press,1982,转引自陈本益《论德里达的“延异”思想》,第13页,《浙江学刊》2001年第6期。

雷默

雷　默

生于1979年10月，浙江诸暨人，现居宁波。

在《收获》《人民文学》《十月》《花城》等刊物上发表小说若干，多篇小说被《小说月报》《小说选刊》《中华文学选刊》等转载，并入选年度选本，中篇小说《追火车的人》被改编成电影，出版过中短篇小说集《黑暗来临》《气味》《追火车的人》，《雷默短篇小说自选集》在美国出版，收入美国国会图书馆。

2015年荣获“浙江省青年文学之星”奖。

短小说何为

——由雷默四篇近作谈及他从前一些短篇

任茹文

我们的时代，仿佛动力火车拉起了时速，一切都很快，包括写作的速度。在一些写作者那里，书桌前码字，变得和工业流水线上的装配工一样，将速度和数量视作理所当然。速度化、数量化的写作对于文学作为艺术的功能绝对没好处。当然，拿它换钱买酒喝或派点别的用场又是另一码事。古往今来的文学史告诉我们：又有几个作家能像巴尔扎克那样为应付催账单而成功地建造起文字的巍峨大厦载入史册？急速而量大的写作以失败告终者居多。有鉴于历史的经验，有鉴于阅读的感受，看多了那些以凌烈派头一时占据数量优势而终难被历史永远高估的写作者，我真心欣赏那些写得慢、少而质高的作家。慢是一种目标的自律，更可贵；慢是一种自尊的素养，更高级。慢的速度感体现着写作者的耐心、定力、对深度的追求、对数量的控制，和内心深处对于远景的充分自信。

十数年的写作，雷默只有《黑暗来临》《气味》和《追火车的人》三本小说集。我相信他写得要远比面世的作品多，他反复打磨修改甚至推翻作品的时间或许够得上以不那么较真的态度再多出上三五本。但他只有三本集子，在这样一个人人比速度和数量、争先恐后犹如赶集的时代里，这非常好。集子与集子之间各个分明，篇目与篇目之间各个分明，一个个都长着自己的面孔流露着自己的品性，那样独立、清晰、笃定地报得出自己的来路，这非常好。

欣赏雷默只有三本小说集，并且，此文主要谈他2015年以来的四篇近作。如有必要，再追溯一下这四篇近作与过去作品的关系。成年人的容颜里藏着少年时的轮廓，少年已追不回，也不必追。看近作即可知过往至今的轨迹、布局与秉性。

慢的速度感：《信》

小说《信》在雷默的小说序列中具有象征意义，它象征着雷默作为一个写作者的感受力和表达式。《信》的道具是邮寄的信件。借助这个具象的参照物，雷默有效地提醒读者：我们一起坐在一趟叫作时代的列车上。我们坐在高速行驶的列车上。忽略了相对速度的比较而糊里糊涂跟着跑，身体跑在了前面，灵魂丢在了后面，身心分离不自知。什么是我们的时代？时代太笼统，在《信》里，时代就是“信”。

《信》以慢倒带的方式写出了时代的快速度。信件、田老师、田老师的年轻夫人彭娜几十年平静生活所构成的原地是静止的参照；我、新闻报社充满新事物嗅觉的工作、我与大学时代女友的分手、我与老婆带着成长中的儿子、互联网和一秒即达的电子邮件构成了向前运行的时代。这两个世界本来已互相隔离不相干，但有一天因为一个联络电话而构成比照和互动关系。我借助给九十多岁的田老师写信、寄信、收信的环节，重新整理了我的现在、过去和未来，重新打量所置身的这个世界如何以我们不可控制的速度和方式往前跑，重新感受在生老病死的永恒规律里那些被留下来的真正珍贵的东西。《信》，测出时代速度感的方式是倒带，倒带带出了将时代列车放慢后的速度感。这样的方式，是艺术的方式。世界就在那里，对于小说家来说，他的使命和任务只是寻找到一种方式将它表达出来，这个方式找到了，这个艺术品就成了。

慢，使作家进入了世道人心的内部而获得深度。小说中，田老师与夫人彭娜的关系是重点，雷默着墨不多，勾勒却异常清晰。两人的关系大概包含以下逻辑情节：九十七岁的田老师告诉“我”：彭娜当时也没有想到我会活得这么久。彭娜将田老师照顾得非常细致，她的细心照顾进一步延长了田老师的生命。田老师与彭娜在一起以平静方式度过了很长时间，彭娜从年轻美貌的姑娘步入貌似变局越来越小的中年。田老师死后，彭娜远走他国的原因是她无法接受一个遍布着田老师影子的祖国大地，她是逃离而不是背叛。从以上经我改写顺序后的情节逻辑来看，这个小说本来可以写成具有冲突性的故事，故事可以很精彩很曲折。事实上，《信》里这些冲突和矛盾都写得非常和缓和隐蔽，和缓隐蔽到轻易不会被发现。田老师和彭娜在一起度过的长达几十年的时间，只是借助互联网兴起信件消失、数码技术兴起照相馆停业的背景反衬而得到确认。他们之间的故事也只在“我”与田老师通信的过程中以八卦心态从侧面有所提及。这是一个完全可以换个题目换个写法变成冲突戏的题材，但事实上它根本就不是，它被成功地写成了在时间的河流里旧的战胜了新的、慢的战胜了快的、静止的战胜了流动的等关于时间的普遍性命题。

《信》是慢慢看的艺术感，它重新确立了时间河流里那些不会消失的价值，爱情、友谊，构成每一个即将消失的过去的我的一个个此在。因为写得慢，要写慢，小说的节奏非常从容，闲笔在急处闪光。“我”明明急着找到写信的笔，却在找笔的过程中重新回味了恋爱时写给老婆的密密麻麻的情书，将叙述者“我”以看似散漫的方式轻轻松松就写得很清楚。看似无规划的叙事节奏，暗喻着我们的人生，轻重缓急、情浅义重岂是理性可以规划？闲笔在情节的缝隙里闪亮。《信》不仅写慢的速度感，也以慢的速度感成就了自己的独特气质。

冷酷、希望与平静：《告密者》

作家以第三只眼将世界和人心看清，他的心脏也有两个心室：一边有多么冷，另一边就有多么热。在这一点上，《告密者》是一个值得深读的作品。

《告密者》是个如此血腥的故事，它以极度的冷静讲述内心的怯懦和残存的尊严如何打开了胆小者的凶恶和残暴，却在讲述的过程中充满了软心肠的忧伤和在场者的游离。张力构成了魅力。雷默在创作谈里说：当蝴蝶挥动翅膀的时候，谁能想到那是一场风暴？《告密者》写得极有耐心，作者抽丝剥茧地层层打开人心的内核，引发凶杀案的动力层层累积，整个故事无懈可击，最后的炸药终于被点燃，国光的爸爸用一把磨了三个晚上的尖刀刺死了邱老师。孩子间的原始嬉闹和无意泄密引发的人心连环套以成人世界的凶杀案方式得到解决。动机是这样的原始，方式是这样的粗暴，死亡是这样的无谓，孩子间的故事放大了成人世界精神深处的紧张、盲目和暗斗；孩子间的故事犹如反射玻璃，折射出成人世界人性底层的嫉妒、虚荣、冲动、怯懦、自私和不堪一击的脆弱。

《告密者》成功地设置了一组人物关系的多米诺骨牌，并以无懈可击的方式被完美推倒，它固然有凶案小说的机警和严谨；但相比于情节上的完美设置，我认为将这个小说在品格上推向高级感的是叙事者“我”的游离立场和忧伤情感。当“我”父亲在“我”去镇上上学伊始即希望白发老师予以照顾的时候，当由“我”父亲的告密而导致国光纠结同学们对“我”孤立的时候，当邱老师在课堂上以严厉批评国光的方式保护“我”的时候，甚至当凶杀案已经发生、国光父亲被带走、“我”在街上再次偶遇国光的时候，“我”的情感态度始终未与成人世界的判断完成融合。这是一场没有达成一致的道德审判。孩子与成人遵循着不一样的判断系统。“我”一直希望的是能回到入学之初，坏坏的国光始终对“我”一个人另眼相看，把“我”当作一个难得的朋友，他给其他人吃了牛肉都打了耳光，唯独对“我”手下留情放过一马。这是孩子内心的柔情和纯真，可是成人把这残存的柔情和纯真弄丢了。小说隐蔽地交代了国光父亲的状态：他胆小，要面子，性格简单，妻子死于惨烈的车祸，独自抚养孩子，一直被人看轻。可是在事件进展的过程中，这些具体的细节没有被成人世界的逻辑照顾到。大人们都忙着从自己的逻辑出发，希望事件按自己的愿望推进。在这个小说中，有一个人物值得注意，他就是我父亲的老师——白头老师。白头老师带着“我”父亲的委托前去和国光父亲谈一谈，他的身份是国光父亲和“我”父亲共同的老师，但最终的对话变成了“我当没有你这样的学生”和“我当没有你这样的老师”。身份成了障碍，引发了国光父亲以最后一点野蛮力量维护自己被忽视的尊严。胆小的证明了一次不胆小，吹牛的终于动了一次真格的，被轻视的终于以野蛮的形式被正视了一回。通过小说我们再次确认现实的误差：在人物关系的谱系中，有多少次，我们因为错误估计和错误设置关系路线而导致场面失控，如白头老师、如邱老师、如“我”父亲那样。无人有意为恶，但恶由众人酿成，众人的合力终于导向一个完全不可知的黑暗陷阱。最终，一切失控了。

有必要再重温《告密者》的结尾，这是个短促而有深度的结尾：

“我”后来在大街上碰到过一次国光，他远远地看到“我”，像碰到了鬼，下意识地往角落里躲。其实那一瞬间，“我”也下意识地想找个地方藏起来，我们彼此都看到了对方的惶恐，随后都慢慢地镇定了下来。

即使平静的生活表象下暗流涌动，像船遇冰山一样一旦触礁即船毁人亡；然而，就像小说的结尾“我”与国光逐渐“镇定”，所有的人最终都会平静下来。这件凶杀案最终会被生活的河流掩盖在河床的淤泥底下。人性中有一股自然存在的力量会重新控制住场面——平静。是平静扛住了黑暗的闸门，让脆弱而无助的人们出于安全感的需要留在太阳底下，这是人性最后的底线和规定性，它和冷酷、和温情一样在灵魂中默默存在，那是从旋涡、斗争和疯狂中复归正常的力量。《告密者》中，这三者都全了。

虚实产生意味：《深蓝》

好的小说，需要作家有坐实物质的敏感性与表现力。好比《红楼梦》中丫鬟小姐用的绉纱窗、穿的锦缎衣、住的大观园和行酒令时铺开的琳琅酒席。人物具体在哪儿活动？怎么活动？活动与环境的作用与反作用？环境起了怎样的作用？这些都靠物质性细节的建设在小说中得到确认。《深蓝》的物质是一艘远洋轮船，船舱、甲板、桅杆、渔网、油腻的床铺，隔开床铺与床铺之间的幔、几十条香烟码在床上，方便面和色情杂志，工友、老板、和得忧郁症后来跳海自尽的孤独的狗，这是《深蓝》的物质性。这些物质环境显得很可靠，故事都在这里展开。空网捕捞的不详预兆最终坐实，王武在大海的风暴眼里为救“我”而丢了性命，和他第一次出海时带出去的狗一起被大海召回了生命。

《深蓝》的叙事者“我”是一个成长期的叛逆少年，与父母之间在情感通道中的不畅和疏远使“我”踏上了远洋航行的旅程。这是成长小说的一般套路：主人公从家庭出发，出门游历，遇见各种意外和传奇，经历内心的冲突和嬗变，最终长大成人。看起来《深蓝》似乎也具备这样的套路要素。使《深蓝》摆脱一般成长小说套路痕迹的是小说中没有坐实的部分——这与坐实的远洋渔轮的物质环境构成了虚实呼应。正是这些虚化的部分使小说出彩。实的写实，虚的写虚，大海的归大海，人类的归人类。小说的题目“深蓝”是个深刻的隐喻。探究王武为什么见不得人落水而拼出命去救，从可见的故事元素推理，有两点是可能的原因：王武曾答应“我”的父母会照顾“我”，他搭上性命相救只为信守诺言。海风吹起的床幔后照片上那个与王武相像的少年或许是王武死去的孩子，他搭上性命相救只为父爱的转移。

小说的“实”提升可读性，小说的“虚”则产生意义的空间。《深蓝》最终并没有将原因点破，好处就在这里。《深蓝》如一场生命的潮水，将读者的悲伤淹没。海上暴风雨的恐惧过后，反观生命的崇高，这种崇高感曾经流淌在一副卑微的骨头里不为人知。就像雷默在创作谈里说的：“短篇小说并没有一个固定的模式，它有时可能也没有一个完整的故事或事件，而只是表达一个情绪或片段。小说被故事或者情感填满都会失去内在的气韵。”最终点化现实的是培根所说的“心灵幻象”。王武救“我”的背后还有很多推测的可能，人性多向度的可能——比如出于愧疚？出于水手的职业自信？像自杀的狗一样出自对无穷无尽的大海较量与探究的本能？大自然的魅惑力召回了在大海上讨生活的人命？然而，这些原因都已不重要了。生命就像蔚蓝幽深的大海，温柔而又狂暴，野蛮而又崇高，壮美而残酷。《深蓝》是个诱惑，诱惑我们读完，它或许不指向任何意义，却又对意义无限敞开。

短篇的高级艺术感：《奔跑》

《奔跑》是个写小人物零余者的小说，这样的题材和人物在雷默过去的作品中并不少见，并且这次走得更远，这次是走不了路的残疾人。雷默一直以来对弱者心怀柔情，一直在意被忽视的那些边缘人，他过去的多篇小说写小镇乡村和城市交流里的流浪者和漫游者，他的视线经常是在大众目光所及的平均线以下停留。对于写作来说，选择即情怀，只有心怀慈悲和爱，才能将视线的水平坐标放得那么低，

《奔跑》是边缘人的存在之歌，诗意提升了小说的美感。《奔跑》是一篇具有超现实感的小说，是一首飞翔的诗。我颂扬雷默在其他小说中的现实感，更加颂扬在《奔跑》中营造出来的超现实感。混合着眼泪、鲜血、伤痛和自卑，以骑自行车掩盖生理缺陷的飞翔渴望是残疾人马良内心深处的歌。马良想得有道理啊：修鞋不就是为了修鞋吗？因此他努力工作日夜修鞋、毫无吝啬买车修路、勤奋谦虚学骑自行车，终于，他学会了骑自行车。"马良不骑自行车的时候是个修鞋匠，骑上自行车大约会变成一个诗人"了。他变得和一天到晚在"鸟笼"里修钟表的浩明不一样了。最终， 马良的飞翔之歌尽管败了，但毕竟唱过了，他说："骑上它，我才明白为什么形容一个人跑得快叫'风快'，耳朵旁边就是风声，呼啦啦头发全往后扬，你看看我的头发，跟理发店吹出来似的。"马良尽管非常希望将骑自行车的飞翔之歌继续唱下去，但一个残疾人对于现实的驾驭力是他无法超越的，他付出的代价实在太大，一脚高一脚低的马良从此失去了一条腿，马良在医院里躺了三个月，然后拄着拐杖，拖着一条空荡荡的裤腿出院了。空荡荡的裤腿，马良和没有腿的好朋友浩明重新一起坐进了"鸟笼"，一个修钟表，一个修鞋。但是，等一切摆完以后，人们把目光投向了马路的尽头，那里仿佛随时会出现一个奔跑的身影。过去他们的视线只盯着手里的手表和旧鞋子。经过了自行车之歌的洗礼，生活毕竟变得不同了。

《奔跑》以循环闭合的结构建构了小说自身的艺术感，结构美感提升了小说的理性美。雷默曾在《短小说的格局》中写道："我觉得，短小说虽然篇幅有限，在做好细部的同时，也应该有相对开阔的视野。在这一点上，西方有些

优秀的短篇小说作家做得特别好，他们在小说可能性上不失丰富的同时，又能站在一个时代的高度，用全人类的视角去开拓小说的疆域，这尤其值得我们借鉴。”“我突然想到，这大约跟在米粒大的象牙上微雕是一样的，应该在米粒那么大的地方闪转腾挪，刻出一座豪华的宫殿来。细部与格局，这两者其实是不矛盾的，如果都可以做到，那应该就是一个优秀的短小说。”通过《奔跑》的结构可以看到雷默的匠心，“鸟笼”——马路——“鸟笼”，他像文字工匠一样铺起一条路，让浩明和马良这样的可怜人在生活的轨道上转一圈，风光了一回，嫉妒了一回，担心了一回，同情了一回，认命了一回，感叹了一回，又回到了原点。弱势群体的弱势不仅通过故事得到表现，更通过结构得到点化：正常人骑着骑着就骑出去了，残疾人骑着骑着就摔坏了。精巧的结构里藏着人性的无限悲凉，这是底层关怀的另一种写法，更隐蔽更含蓄也更具艺术感的写法。

汪曾祺在《短篇小说的本质》中说：“短篇小说者，是在一定时间、一定空间内利用一定工具制造出来的一种比较轻巧的艺术。……一个短篇小说是：一种思索方式，一种情感形态，是人类智慧的一种模样。”这样的写法我们以前在雷默的《气味》中也见到过，通过一个人的嗅觉，处处埋伏笔，最后勾点成线，连成一片，到处是门上写着“拆”字的废墟的时代。短篇，可以在精巧的形式里见到惊心动魄的时代，见证人类情感、智慧和思维的高级形态，它没有体型的拖累，更加直见人心，短篇的篇制可以在美的形式上引起读者阅读的战栗，也可以引发思想深处长久的回响。

丹纳在《艺术哲学》中谈如何写出一流的作品时说：即便是同一个作家，他的才具、教育、修养和努力始终相同，但写出平庸作品的时候，作者只表达了一些浮表而暂时的特征，写出杰作的时候，却抓住了经久而深刻的特征。可见“特征”——题材的偏好与艺术的风格经过作家心灵幻象的反射所形成的整体，对于一个作家确立自己的地标如此重要。雷默的小说，在小篇制里能如《深蓝》一样探底幽深的人心，又能在小篇制里如《奔跑》一样将跛足青年的灵魂带离沉重的大地，在邮票大的地盘上见到开阖有度的大气象大时代。那么，就像汪曾祺、林斤澜或者契诃夫、卡佛一样，一生只写短篇，只重在写短篇，只把短篇写好。除非真正想好了长篇的变法术，否则，写长篇的事情就让别人去干吧。只写短篇，已经足够，短篇也可以大有作为。

作品展示〉〉〉

告密者

十岁那年，我不得不离开村子去镇上。用我爸爸的话说是，学校到顶了，我的头皮已碰到天花板了。

我的一二年级，包括学前的幼儿班都是在同一个教室里完成的，老师也只有一个，是一个五十多岁的代课教师，村里除了她家里人，其他人都叫她老师。教室里的一块黑板被划成三部分，上完幼儿班的课，接着上一年级的课，最后轮到二年级，依次填满内容，谁也无法阻止一个幼儿听高年级的课，当然，高年级的人也被迫不停地温习幼儿园的知识。

我们一个学龄段大约六七个人，照理说我是可以跳级的，只是那时候并不具备相应的条件让我完成跳级。我每次都考一百分，考得老师也有点心慌，她总在找各种理由说我骄傲自满，其实我没有。

十岁那年的夏天，我从这个学校毕业，毕业典礼开完以后，我就迫不及待地想去捉泥鳅，老师叫住了我，她看着我，叮嘱我不要给她丢脸。我当时不明白，这句话究竟是什么意思，只是红着脸站着。她仿佛有很多话想交代我，最后只说了这么一句。

长长的暑假结束以后，我们去了镇上的小学。那学校真大，到处都是陌生的面孔，我童年的第一次忧愁大概就是从这时开始的。从学校报完名回来，爸爸告诉我，那也是他读过的小学，以前是个庙，在那里他完成了这辈子所有的学业。

他还问我某某老师在不在，我不知道他说的是哪个人。爸爸说，他头发雪白，面色通红。我还是没有任何印象，上学的第一天，我不可能去关注某个老师，除非是自己的班主任，我们的班主任姓邱，是个小伙子，据说刚刚从师范毕业。对于这么年轻的老师，妈妈显得很担忧，她说老师很要紧，没有经验，很可能会影响学生的成绩。

事实上，妈妈的担忧是多余的，第一次单元测验，我又考了满分，而且是班级里唯一的满分，这让邱老师也对我刮目相看。他认为，像我们这些从村小上去的学生，大多会有一个适应的过程，很可能跟不上原来就在那里读书的孩子，但我是个例外。

唯一让我苦恼的是我的普通话，这也不是我一个人的问题，跟我同村的小伙伴都被我们原来的老师教出了浓厚的方言口音。我记得在邱老师的语文课上，他喊我起来造句，我把“爸爸妈妈”的发音说成了台湾口音，惹得整个班哄堂大笑。

那是我觉得非常丢脸的事，尤其是坐在我背后的国光，他后来经常把我独特的口音挂在嘴边，用来取悦班级里的漂亮女生。

那以后，我变得不太爱说话。

爸爸似乎觉察到了这一点，他经常问我一些关于学校的事。那时候，我理解不了爸爸的世界，我觉得大人的世界是比较难懂的。妈妈说我爸爸曾经跟谁谁好得穿一条裤子，但在我眼里，爸爸就是一个人，没什么朋友，每天都骑着自行车去十里路以外的石灰厂上班，然后一身灰尘地回来，灰头土脸的日子让他几乎不跟别的人说话。爸爸的好朋友中有一个在我们自己村里，我看他们见面也不怎么聊天。

曾经为这事，我质疑过妈妈，妈妈只说了一句，那个人结婚的时候，所有的重家具都是你爸爸一个人替他扛回家的。这还是没能打消我的疑虑，倒给我留下了一个印象，在那个人结婚前，爸爸跟他是非常好的朋友，结完婚后，两个人就成了陌路人。

随着对学校的慢慢熟悉，我果真看到了爸爸所说的那个头发雪白的老师，他已经不教书了，在教务处工作，看上去像个元老。爸爸跟我说，那是他的老师，头发年轻的时候就雪白了，不是病，是品种的关系，他好酒，红润的脸色是长年喝酒喝出来的。爸爸还跟我说，如果有机会，让我告诉他，爸爸是谁，他肯定还记得。

我想爸爸说这些话可能是想让“白头”老师在学校格外照顾我一点。只是按我的个性，是不会主动去跟一个陌生老师接触的。

在学校里，说来也奇怪，我们村一共去了六个人，被均分在两个班里，到了一个新环境，原来的友谊仿佛都被抛到了一边，平时在其他同学面前，谁都不主动地跟对方打招呼。仿佛被同学们看出我们是从一个地方来的，是件不光彩的事情。

国光虽然取笑过我，但他跟我的关系却比我跟其他人都好。学口音那件事，我知道他不是针对我一个人，他遇见谁都取笑，不管你生不生气，他自己会很快忘了这件事，没心没肺地跟你聊天。他好吹牛，早自修之前、每堂课的休息间隙，就听他在那里高声大气地说话，说着说着，自己忍不住先哈哈大笑，笑声缭绕在教室密闭的空间里，热气腾腾，需要很久才能散去。

我发现他其实是在讲笑话，很多段子都是他凭空杜撰出来的。他成绩很差，这方面却禀赋惊人，这不能不说是个奇迹。比如数学老师在课堂上挖苦他的智商，一下课，他就把这事丢到了一边，拿数学老师开涮。

他拍拍我肩膀说，跟你说件事。我只侧过头，他感觉不过瘾，对我使劲招手，你转过来坐呐，这事不能让别人听到。我转过去，他眼珠子一转，开始编故事。他说："早上我去买油条的时候，你猜我遇见了谁？"

"谁？"

"就是刚刚给我们上课的那位，他在那里吃面条，一碗吃着，跟前还摆放着两碗，都是海碗，那么大！"他说着，双手比画出两个大圆，往跟前"咣咣"一放，自己先乐了起来，"这是猪的饭量啊！这还不算，他把早餐店里的辣椒罐拿过来，来一勺，不够！再来一勺，还不够，最后，整罐辣椒酱都倒进了面里，你猜他说什么？"说到这里的时候，国光已经乐不可支，双眼眯成了一条缝。

"说什么？"

"吃进肚子的都是自己的，哈哈哈……"国光乐翻了自己，他一边拍打着桌子，一边笑得脸上皮肉泛红，引得周围的女生骂声连连："神经病啊！又发神经啦！"他却越骂越癫狂，一副没完没了的样子。

我在里面充当一个无辜的可怜角色，听到后来也没有跟着笑，国光往往会问我："你怎么不笑？不好笑吗？"我还是没觉得这有多么好笑。

那天，爸爸问我，在学校里跟谁最好。我想了一下说国光。爸爸又问我，他学习成绩好吗？我摇了摇头说，他所有的作业都是我这里抄的。爸爸也没有说什么，他又问我，那你为什么跟他好呢？我说，他会讲笑话，吹牛是他最大的本事。

爸爸好像突然想到了一个人，他又问我国光是谁的儿子。这对我来说太难了，大人们总是这样，在聊到一个人的时候，总会想到去追问这个人的父辈是谁，他们家原来的情形怎么样。这对我来说，都不是兴趣所在。学校里的同学只有在骂人的时候，才去关心对方父亲的名字，把名字赤裸裸地叫出口就认为是一种咒骂，再恶毒点的就是带上对方父亲不怎么好听的绰号，比如癞头阿三之类的。

爸爸并没有死心，他又问我，那他是不是新林村人？我说是的。

我对国光仅有的了解是他家开小店，家境在同学中算优越的。有一回，他用报纸包着一块方方正正的牛肉来了教室，把班里的一帮同学馋坏了。我也从来没看到过牛肉，牛倒是见得多了，农忙的时候干活全靠它，但我们那里从来不杀牛，集市上也从没见过卖牛肉。

国光说，是因为他上学快迟到了，来不及吃饭，他爸爸才割了这么一块牛肉给他，让他饿了的时候吃。看到那么多咽口水的同学围着他，国光突然来了兴致，他说，谁让他打一个耳光，他就割牛肉给谁吃。

起初谁也没有发出声音，一阵静默之后，一个叫云飞的同学跳了出来，他像回答老师的问题一样，举了一下手说，我来！人群推来搡去，给他挤出一条缝。他钻了进去，又说了一句：牛肉，我没吃到过。他摸了摸自己的右脸，又摸了摸自己的左脸，似乎为哪边的脸挨耳光有点犯难，最终，他伸出了左脸，牙齿咬得紧紧的，脸上的肌肉绷成了一块板，那尖嘴猴腮的模样特别逗，但我们谁都没有笑。

国光毫不犹豫，“啪”的一声打了上去，这一下，让我们看的人心里“怦怦”直跳，仿佛打在了自己脸上。云飞叫了一声说：“哇，这么痛!”他使劲地搓了搓自己的脸，然后说：“好了，牛肉可以给我了。”国光拿出削笔刀，从那块牛肉上切了薄薄的一片，云飞又叫了一声：“这么小!”

云飞过后，像头羊跳下了悬崖，别的同学纷纷跟着往下跳。这件事，幸亏没有人告诉老师，不然国光肯定会挨老师的批评。

那次，国光破天荒地切了一片牛肉给我，跟我说，不打耳光，送你吃。惹得别的挨打的同学纷纷抗议，国光说，他手也打痛了，不想打了。那次之后，我对国光好感倍增。

说到国光家开小店，爸爸确定了国光的父亲，他言之凿凿地说，那不会有错的，他爸爸跟我当年也是同学，跟在我屁股后面甩也甩不掉。

我恍然大悟，一个地方读书，很可能世世代代都是同学关系。

爸爸又说了一句，他家全这个德性，好吹牛，吹牛能吹翻天。

我尴尬地立在那里，爸爸大概突然意识到这么说有什么不妥，也没跟我继续聊下去。吃饭的时候，他无意间又提到了国光，他说，你那同学的妈妈很早就死了，死于车祸，还挺惨的。这句话引起了妈妈的兴趣，两个大人开始聊一些细节，完全撇开了我。那顿饭，我吃得有点心塞。

我以为爸爸问过我就算了，没想到过了一段时间，发生了一件令我非常羞愧的事。那天一上学，国光在教室门口喊住了我，他说，“你爸爸是不是跟我爸爸去说，我作业都是抄你的?”我一下怔住了。

有同学围上来，我不知道该怎么回应，默默地坐回自己的座位，脸烧得很厉害。国光很生气，他又跟别的同学诉说了一遍：“他爸爸那天去我们家店里买香烟，问我爸爸‘你儿子是不是叫国光?’我爸爸说是啊，他还以为我在外面闯祸了，没想到他爸爸又说‘你儿子的作业都是抄我儿子的’。”

我不明白，爸爸当初为什么去跟国光的爸爸这么说，后来，我想这可能是一种自卑反击的做法。我们家一直比较穷，而国光家不一样，去同学家买香烟本来就有些卑微，我爸爸突然来了这么一出，拿儿子压压对方的气焰。我没法想象，当初爸爸说出这句话的时候，是怎么样一种感觉。

我看到那些同学拿眼角看我，他们围在国光的周围，什么话都没说，但这就是一种立场。如果换成一个成绩很差的同学，我猜想他们可能会当面奚落我。

接下来整天的课程，我都处于恍惚的状态。我始终觉得有一双恶狠狠的眼睛在背后盯着我，像一杆电焊枪，能把我背上烧出一个洞来。我不敢回头看，坐在那里，能清晰地感受到国光的愤怒，他时不时地弄出点响动来，比如把卷笔刀故意摔在地上，摔得四分五裂，又或者把脚贴在我凳子腿上，不停地抖，完了还用脚帮子一下一下地磕我的凳子。

回到家后，我挣扎了很久，终于问我爸爸：“你是不是到国光的爸爸那里去过了?”

我爸爸迟疑了一下，然后笑笑说：“是的。”我能感觉出来，他也意识到这样做不好了，他笑得很勉强，但事已至此，还能怎么办呢?

我恨死了我爸爸，但我也不能再质问下去，难道让爸爸跟我道歉吗?

过了几日，我发觉国光的反击开始变本加厉，他用家里小店的货物收买人心，让原本跟我还有交流的人都不再理我。他们还给我取了一个绰号，叫告密者。

这跟汉奸差不多属于同一级别，让我羞愧不已。国光开始为我编段子，下课后，他叫上一帮同学围着他，听他吹牛。当然地点选在离我较远的地方，有时候是操场上，有时候是花坛边。我知道他们在说我，从他们的表情里能看出来，每个人都鄙夷地看着我，还轻蔑地冲我笑。

我在厕所里碰到过这样的事，国光和班里的几个同学都在那里撒尿，隔门外，就能听到他们说话的声音。我突然闯了进去，他们都住了口，长长一泡尿的时间里，他们谁都没有再说一个字。

即便这样，我也从不争辩什么，我以为过段时间，国光态度会软下来，可他并没有要停歇的意思。他时常当着我的面，跟别的同学放肆地大笑，以此来嘲弄我的孤立无援。

我特别厌恶上体育课。那时候，我们没有校服，上体育课的时候，老师却规定我们必须统一着装，穿那种蓝白条纹的运动服。我的很多同学都有兄弟姐妹，共用一套衣服，勉强都能合身，而我和国光成了两个极端，他有一套新买的运动服，颜色鲜艳，几道白边亮得晃眼，而我家里买不起，只能到邻居上六年级的哥哥那里借，那套服装旧了不说，常常领子都是黑的，还有一股若有若无的狐臭味。

每次体育课，国光就这么带着奚落的眼神看着我，从头到尾一直很夸张地盯着看。那天，体育老师心情不好，看到我们这支“杂牌军”就来了气。他提了提我拖到地上的肥大裤腿说，你不是来上体育课的，是来唱戏的吧？

所有人都笑了，国光笑得最大声，捧着肚子蹲地上笑，差点就躺地上打滚了。那时候，羞愧的我其实在瑟瑟发抖，只是谁也没察觉出来。那堂体育课学做广播体操，我忘了很多动作，常常比同学们慢半拍，最后被体育老师揪到了边上，一直傻站到下课铃声响起。

那以后，国光嘴上还多了一个新词：贱骨头。虽然他从来没有说是在形容我，可我知道这词的出处，我们那里形容戏子，常常用这个词。国光明面上都在喊别的同学贱骨头，可在我听来非常刺耳。

终于有一天，邱老师把我叫到了他办公室，那时候我成绩已经落下了很多。他一脸严肃地看着我，问我最近怎么了。我低着头不说话。

这期间，有个人从门外进来，我瞥了一眼，是我爸爸的老师。他给每个老师发了一本小小的宣传册，发到邱老师身边的时候，我心里有一种很强烈的冲动，想告诉他我爸爸是谁。我不知道，这算不算一种求助？那一刻，我内心非常想找一座靠山，但他发完宣传册很快又出去了。

邱老师翻了几下那本宣传册，又放下了，脸上恢复了严肃，他说：“我们把你当尖子生培养，你自己对自己要求也要严格。告诉老师，最近到底怎么了？”

我说：“没什么。”

邱老师很生气："你以为老师不长眼睛吗？上课的时候，你眼神游离，昏昏欲睡，你以为我没看到吗？"

我又是一阵沉默。

"是家里出了什么事吗？"

"没有。"

邱老师叹了声气说："以前教你的老师前几天刚刚来过，还问你的情况，我都不好意思跟她说。"

不知怎么的，说到以前的老师，我的眼泪一下子流了下来，但我忍着没哭出声，低着头，眼泪大颗大颗地掉在地上，不一会儿，鼻子里有了鼻涕，我没好意思去擦，只能不停地吸着，那些尴尬的声响让邱老师停住了发问。

邱老师最终拿我没办法，他放我回去前，像个慈祥的长辈。他耐心告诉我，不要为什么事分心，好好学习，把落下的课程好好补习回去。我都答应了下来。

通过这次谈话，我恢复了一些元气，自己也暗暗地下决心，不再去管国光的事。但我小看了邱老师，他又找了语文课代表了解情况。

语文课代表是我的同桌，她平时也不太跟我讲话，却观察得很仔细，把事情原原本本地跟邱老师陈述了一遍，还把国光拉拢同学孤立我的事也说了出去。于是，我看到邱老师怒气冲冲地冲进教室，把国光一把拉出了座位，他随即又揪住了国光的耳朵，像拎一只小鸡一样把国光拎出了教室。国光一路都在"哇哇哇"地叫。

所有同学都吓住了，我看到国光离开座位的时候，还瞟了我一眼。我不知道，他是不是带着表演的成分，但"哇哇哇"的叫声都传到了我耳朵里，又通过耳朵落到了我内心深处，我真的有点坐立难安。

邱老师的办公室就在我们教室的隔壁，很多同学都跟着跑出去看热闹，我没有从座位上起来。隔壁办公室的声音很清楚，邱老师的嗓门很大，都是雷霆一样的怒骂。

"成绩像泡狗屎！"

"抄作业你还理直气壮了！"

"拉帮结派，孤立同学，怎么教出你这样的祸害来！"

……

喋喋不休的怒骂过后，突然传来了一声轰隆声，紧接着"啪"一声，我的心跟着一紧，随后，国光哭喊着从办公室跑出来，他号啕大哭的声音听起来像把锥子，一下一下地扎到了我心里。从办公室出来后，他径直跑离了学校。

据看到的同学回来说，国光结结实实挨了一个耳光，至于邱老师为什么要打他耳光，是因为国光一脚碰翻了旁边的椅子。也有同学说国光是故意踢翻的，所以邱老师才发了怒，争论持续了很久。

那天下午，我第一次见到了国光的爸爸，跟想象中的不一样，我以为国光的爸爸至少会长得斯斯文文，没想到跟我们大多数人的爸爸一样，五大三粗得像门山炮，而且头发秃顶，一颗硕大的脑袋看上去很不好惹的样子。

国光领着他爸爸来学校，引来了很多人的围观。我看到国光的脸肿得很明显，一边大，一边小，他像被抓了现行的小偷，在他爸爸面前畏畏缩缩地走着，好几次，他都想折返回去，被他爸爸粗大的嗓门呵斥住了。他爸爸紧跟着又喃喃道："有我在，你怕个球，该怕的是你那混账老师！"国光一直在哭，哭得心事重重，他突然使了性子，哭喊着"我不要读书"了。他爸爸一直用脚踢他，一边追，一边踢，那模样看上去很滑稽。

那天，他们父子来了我们教室，又去了旁边的办公室，都没找到邱老师。同学们私下议论，邱老师可能躲起来了。其实那天，我很担心，我怕他们找不到邱老师，会把账算到我头上。我后来坐回到了自己的位置上，一直趴着写作业，我能感觉到我的两条腿在微微颤抖，因为长时间盯着作业本，那些字突然变得遥远而渺小。

好在他们最终还是回去了，我记得国光的爸爸反复在嘀咕一句话："这么大了，我都没打过他的脸！"

似乎什么都能打，就是不能打脸！我很纳闷，国光不是也打过很多同学的脸吗？我同桌翻了一下白眼说，那能一样吗？那是自己愿意上去挨的，再说都是小孩子。

我同桌虽然年纪跟我一般大，但她好像早熟，什么都懂。她还偷偷地跟我说，邱老师也是镇上的人，跟国光家虽然不熟，但很可能排起来两家还是亲戚。我很惊讶，说从来没听国光提起过啊！我同桌"哧哧"地笑了起来，她笑起来特别好看，她说，这样的情况不是很多吗？路上碰到个陌生人，聊两句，发现两人原来是亲戚。

我一头雾水，分不清这是玩笑，还是真的，不过有一点可以肯定，这次邱老师对国光下了重手，让同学们对他多了几分忌怕，唯独我的同桌好像一点都没受到影响。可能是课代表的关系，她简直像邱老师安插在班级里的一个心腹。

我以为邱老师真的如同学们所说的那样，找个地方躲起来了，没想到当天下午，国光父子走后不久，他就来教室了。看上去，他对这件事毫不知情，一副气定神闲的模样。

他给我们开了班会，讲到了国光孤立我的事，他加重了语气道："在学校里就得有学生的样子，书不好好念，作业都抄人家的，这是个学生的样子吗？搞孤立同学的小动作，很多人还跟着学样，谁教你们的？"

说到激动处，邱老师还拍了讲桌，震倒了粉笔盒，腾起了一小撮粉笔灰。我留意到坐在我前排的几个同学低下了头。那时候，很怪异，照理说老师替我主持了公道，我应该感到安慰，但我内心却有一个强烈的念头，希望邱老师能早点结束讲话。

我以为这件事情就这么过去了，没想到第二天，国光的爸爸又来了学校，这次国光没跟着来，他孤身一人，但背上多了一杆猎枪。云飞趴在窗台上最先发现了"情报"，在静悄悄的自修课上，他"嘿嘿嘿"地笑着，把大伙的注意力都吸引了过去。看到大伙都看着他，他似乎有点难为情，指指窗外说："国光他爸爸！"

我也坐在窗台边，看到同学如潮水般涌过来，两扇窗户边一下子挤满了脑袋，后面还有人不断地往前涌。我快被他们压得喘不过气，就让出了座位，教室门口的阳台上也挤了长长的一溜，大家显得很兴奋，说起国光的爸爸带着枪上门，脸上都带了几分嘲弄的味道。

只有我一个人吓得大气也不敢出。

很多同学都看出了我的异样，他们也知道事情闹大了跟我有关系，可是没有一个人跟我说话，也没有人过来安慰我。

操场上传来了动静，感觉像在放炮仗，国光他爸爸每说一句话，都要拉长声调骂一声娘。安静的办公室里探出了一个脑袋，是我们的音乐老师，她看了一眼，又缩了回去，随后，办公室里涌出了人群。我看到邱老师敏捷的身影，很多老师都试图拉住他，但被他挣脱了，于是大家簇拥着去了操场。

女老师们无事可做，来驱赶我们回教室。我们各自坐回了自己的位置，我眼睛往楼下一瞥，看到一伙男老师组成了一支手无寸铁的队伍，浩浩荡荡地向操场中央进发。

我不敢多看，操场上乱糟糟的，教室里的每个人都伸长了脖子朝我这边张望，这种暴露在众目睽睽下的感觉非常难受。外面的分贝越来越高，我那时候真的怕极了，我很担心，突然传来一声枪响。

枪最终是没打响，上课的铃声响了，老师一进来就把门关得严严实实，她同时要求我们靠窗的同学把窗户也关紧。这堂课，老师的声音下意识地重了，可我还是能透过窗户隐约地辨认外面的情况，外面下雨了，雨滴很大，敲打在玻璃窗上发出了“笃笃”的声响，操场上一下子安静了。

我以为一场大雨平息了一场风波，下了课之后，我才发觉国光的爸爸没走。他和邱老师，还有很多老师都聚在校长室，双方争论得面红耳赤，像村子里两户人家打完架后，坐在村长办公室一样。

我偷偷地去看了一眼，发现那把猎枪靠墙竖着，显得特别扎眼。还有一个老师不停地拎着热水瓶给大家倒茶水，在那样的氛围里，给人倒茶真是一件不容易的事，我注意到那个老师的脸比谁都红。

那天回家，我把看到的情形跟我爸爸讲了，爸爸起初很惊讶，他说：“哦？长本事了！”随后他又笑得轻描淡写，说国光的爸爸就是这样的人，这都是吓唬人的，其实他胆子小着呢，起不了多大的浪花。

爸爸这么说，并没有减轻我心里的恐惧。

有一点是可以肯定的，那天在校长室调解得并不成功，不然国光应该回来上课了。国光的位置一直空着，邱老师来给我们上课，上课前也总往我方向瞧几眼，我知道他也在看国光回来了没有。背后的位置空着，我的心也一直悬着。

有一天，妈妈似乎看出了点苗头，她跟爸爸说，孩子整天皱着眉头，是不是吓着了？

我爸爸看了看我，一脸不信，他说，不可能吧？

妈妈不放心，让爸爸去找找“白头”老师，让他在学校帮忙看着我点。爸爸一提起“白头”老师，显得有些犹豫。从不发脾气的妈妈突然就急了，她说：“当初你不去出风头，会有今天的事吗？”这一句话就把爸爸问哑了，我第一次看到爸爸忸怩不堪的样子，他说，当年读书时调皮捣蛋，不知道现在老师还会不会怪罪。

我看到妈妈又怒又笑的样子，以为她会说什么，但最终什么也没说。

爸爸和“白头”老师见面在一个下午，我被叫到了教务处，我看到他们像久违的老朋友，相互拉着臂膀拍打着对方，爸爸的身上仿佛复活了年轻时的光芒，这让他看上去有了一些魅力。两个人见面，聊的都是过去的事，爸爸的脸上经常会浮现出难为情的神色。他们也说了很多关于我的话，我印象最深刻的是“白头”老师说我太腼腆，不像我爸爸。

后来，他们说到了国光的爸爸，两个人都亲昵地叫他“一撮毛”。讲到前几天他来学校闹事，“白头”老师说，那天他刚好不在，不然当面就骂他一顿，背着猎枪到学校来，算什么事呢？

爸爸郑重其事地说，这事还得您来管！

“白头”老师就笑了，他说：“我也不知道这张老脸还管不管用，校长后来是找过我，他知道你们当年都是我的学生。”

爸爸拍着“白头”老师的手说：“这事就拜托您了！”他又看着我说：“儿子太胆小，我怕他没法安心读书，所以特地跑来跟您说。”

我很厌恶爸爸这么说我，尤其在老师面前。我再胆小也是他生出来的，当初为什么不把我生得胆大点呢？

“白头”老师去了国光家，这是云飞回来告诉大家的。云飞家离国光家不远，那天放学回家，他就看到了“白头”老师和国光的爸爸站在小店门口，起初还好好的，后来两个人就越说越激烈，看上去变成了吵架。

“白头”老师说：“你以为背着猎枪到学校走一圈，就能吓破邱老师的胆？”

“我就是要吓破他的胆，现在我儿子被他一耳光打得不敢出门，如果他不上门来磕头认错，这事就算没完！”

有街里邻坊出来劝国光的爸爸，说人家好歹也教过你读书，怎么能这么没礼貌？这句话一说，点燃了“白头”老师的自尊心，他说：“教了一辈子书，现在都教到你儿子了，像你这样的学生还从来没碰到过。”

国光的爸爸一下子脸红脖子粗，他说：“好的，我也不需要你认我这个学生！”

云飞说到这里，我就知道“白头”老师是白跑了一趟。

云飞说：“更精彩的在后头，到了晚上，国光家里传出了磨刀声，动静很大，我爸爸都已经躺下了，特意爬起来看，看到国光的爸爸在一块磨刀石上磨刀，磨的那把刀是正宗的剔骨尖刀。我爸爸问他，大晚上磨刀干吗？他说要杀个人。我爸爸说，你别开玩笑了。他说，不开玩笑，一定要杀出条人命来。”

我当时的脸色也白了，有同学问云飞，国光的爸爸想杀谁啊？云飞很诡异地说了一句，那还有谁？

那天，一直下着雨，我看着窗外，感到惶恐不安。我想，如果雨在一刻钟内停了，我就跑去告诉邱老师，但雨没停。

那天，我除了匆匆忙忙上过两趟厕所，中途一刻也没离开过座位，但等到放学，也没见国光的爸爸闯到学校来。

第二天，云飞来上学的时候跟我们说，晚上，国光的爸爸又磨了一夜的刀，大晚上磨刀，太吓人了，听久了会毛骨悚然。

我很想提醒我的同桌，让她把这个消息透露给邱老师，最终我也没勇气跟她提，我总是这么宽慰自己：像我同桌这么机敏的课代表，不需要别人提醒，她也会跟邱老师说的。但从邱老师安然的表情来判断，她好像也没去说。这很奇怪，大家都觉得很恐怖，可是都保持了沉默，这似乎成了一个不能说破的秘密。

后来，我因为高度紧张，发了一次烧，请了好几天假。等我再回到学校的时候，云飞也没再说起国光的爸爸夜晚磨刀的事，大家好像已经把这事忘了。

邱老师一如既往地来给我们上课，有时候，在过道里，还能听见他在办公室里跟别的老师打趣，笑声既爽朗又年轻。

平静了一段时间后，国光依旧没来学校上课。他课桌上的书开始凌乱，那个空着的位置渐渐地给人一种荒废的错觉，我竟然也慢慢地习惯背后空着了。

一个月后，谁都觉得这件事就这么过去了。但有一天，我走进校园，感到气氛有些异常，办公室里的老师进进出出，脚步显得慌张而杂乱。上课铃声响了以后，本来的语文课竟然来了一位陌生女老师，她说邱老师有点事，临时来不了，她代邱老师给我们上课。

我感到教室里的气氛也变了，大家开始窃窃私语，猜测着邱老师去了哪里。我不知道哪里来的直觉，一下子想到了国光的爸爸，那一瞬间，我浑身颤抖，感到了前所未有的害怕。

几天后，我们得知邱老师真的走了，他是被国光的爸爸一刀刺死的。本来这件事可以避免，国光一个月没来上课，邱老师跟校长提出来要去家访，接回国光。校长经历了上次的突发事件，不同意邱老师去家访，但邱老师还是私自去了。

据说那天邱老师到国光家的时候，国光正坐在小店里打电子游戏，看到邱老师，国光撂下电子游戏机逃跑了。国光的爸爸从里面出来，看到邱老师，他转身到处找那把刀，那把磨了好几个晚上的刀早已生锈，抓在手里也显得不那么有底气了。国光的爸爸和邱老师两个人之间相互说了什么话都无从知道，有目击者说，当时那个小伙子一步步往小店里走，那个秃顶的男人一步步往后退，最后大叫一声，祸就闯下了。

救护车赶到的时候，人就不行了。随后，国光的爸爸就被警察带走了。

我后来在大街上碰到过一次国光，他远远地看到我，像碰到了鬼，下意识地往角落里躲。其实那一瞬间，我也下意识地想找个地方藏起来，我们彼此都看到了对方的惶恐，随后都慢慢地镇定了下来。

在那个明晃晃的午后，我们都低下额头，眯着眼睛，向对方走近。我发现一段时间没见，国光整个人都变了，他身上那股嘻嘻哈哈的劲头彻底不见了，换成了一股忧愁、胆怯的模样。

我问了他一句："你还好吗?"他歪过头去，"嘤嘤"地哭了起来。

这让我也跟着难受起来，我很傻地问了一句："怎么了?"说着还用手去摸摸他的肩膀，他大概觉得丢人，甩开了我的手。

我知道国光早就是单亲家庭了，他爸爸被抓了以后，他就成了孤儿。一想到这可怜的遭遇，我心里很同情他，但又不知道该怎么安慰他。

就这么哭了一会，他从悲伤中自己走了出来。他似乎好久没哭了，哭完之后，他仿佛从身上卸下了很多情绪，又让我有点熟悉起来。他不无鄙夷地说，他家里出了事后，以前那些同学一个都没来找过他。他知道，有些是家里的大人管得严，不让他们来见他。

说到同学，我问他什么时候回学校读书，国光冷冷地看了一眼远处，他说："不回去了，我叔叔要把我接到外地去住，以后这里就不回来了。"

我心里"咯噔"一下，继而强装镇定地问他："为什么要走呢?"

他说："我爸爸犯下了大罪，他们都盼着法院判他死刑，如果不是死刑，他们一家也不会放过我，世世代代的冤仇已经结下了，我也不想在这里待下去了。"

我听得心惊肉跳，很惊讶他为什么会有这样的想法。国光告诉我："邱老师的父母和兄弟把邱老师的血衣都藏起来了，这太危险了！也许我现在还小，他们不会拿我怎么办，等我大了，他们肯定会拿着血衣来找我算账的。"

我听着听着，第一次感受到了大白天汗毛直竖的感觉，国光跟我说："这我只跟你一个人说，你别说出去!"

那一刻，我们不约而同地想到了告密的事，但这次我对天发誓，谁也不说。国光说，这不算，还得拉钩。

于是我们在大街上拉了钩。

我说："这下你该信了吧?"国光冲我"哼"了一下鼻子，然后站在那里笑起来，笑的时候，我发觉他像我重新认识的一个小伙伴。

祁媛

祁　媛

1986年生人，2014年毕业于中国美术学院，同年开始小说创作，现居杭州。

小说散见于《收获》《人民文学》《当代》《十月》《西湖》等刊物。多篇作品被《小说月报》《小说选刊》等转载，并收入各种年度选本。

短篇小说《奔丧》获得2015年第三届“紫金·人民文学之星”短篇小说奖，获得2015年第五届“西湖·中国新锐文学奖”。短篇小说《脉》获“2016年十月短篇小说奖”。中篇小说《爷爷》获“2012—2014年度浙江省优秀文学作品奖”、2015年度“新荷计划·活力作家奖”。中篇小说《我准备不发疯》入选中国小说学会2015年度中国小说排行榜，获“2015年青年文学之星优秀作品奖”、第四届郁达夫中篇小说提名奖。

获2016年“浙江省青年文学之星”奖。

在珠穆朗玛峰顶种一朵花

——祁媛小说论

东　君

祁媛的专业是画画，写小说只是她的业余爱好。毕加索说：假如我能用言语把事物描述出来，那我还是不画为妙。他这话也许可以反过来说，假如我能把那些事物用画描绘出来，那我还是不写为妙。这种拟于吊诡的说法，有道理，也没道理。有些事物，只能以画面呈现，有些事物，却只能以文字呈现。库尔贝说：画你眼睛所看见的。这句话其实也可以换一种说法：写你眼睛所看见的。

我见过祁媛的线描画，线条纤细而爽利，可以想见，她画画时手指就是一根放大的神经，而线条就是她神经的延伸和分化，在纸上蜿蜒、缠绕，仿佛只要你的手指碰到其中任何一根神经，它就会发出琴弦般的声音。这些密布的神经进入她的小说时，就变成了一种个人化的、神经质的语言。她没有那种以文学为志业的专业作家所表现出来的雄心，但“无意于佳则佳”这句话却在她的作品中得到了印证。在《我准备不发疯》这篇小说中，祁媛颇为本色当行地谈起绘画：“陈杰从旁边的抽屉拿出几幅画给我看，那是些彩铅和蜡笔素描，下笔狠，落色毒，想象野”。证之于祁媛某一部分小说，也不乏“下笔狠，落色毒，想象野”的特质。

一、从《奔丧》到《约会》

《奔丧》写的是“我”坐绿皮火车回老家为叔叔奔丧。绿皮火车的特点是“慢”和“脏”，在高铁时代，它要么与“怀旧”这个词有关，要么与“偏僻”这个词有关。火车在奔跑或停靠的过程中，“我”的思绪也在时断时续地延展。显然，这不是简单的“回乡偶书”。“我”的回乡，既是一场诀别，也是一次情感的溯源。这一切看起来是那么空茫、无所依恃。故乡，在“我”看来，大概跟那辆又慢又脏的绿皮火车没有什么区别。“我”对故乡没有投注多大的情感，亦无所期待，甚至在半途中差点想下车踅返。当“我”置身故乡之后，故乡之于“我”的距离感才真正出现，这种距离亦即“我”与亲属之间的疏远。“我”所见到的堂妹已长到十五岁了，“肥胖而早熟，臃肿的身材就像她吃的鸡翅膀一样仿佛被注射过某种激素，被迅猛地催肥了”，而在“我”的记忆中，九岁的堂妹有着“少女的漂亮与妩媚”，甚至连邻家老太太都夸她比“我”漂亮。然而，她的成长如此“畸形而快速”还是让我大感意外。读到这里，“我”的脑子里莫名其妙地跳出前面一段看似不太经意的文字：“火车在一个不知名的小站临时停车了。这里大概是个工业城市，“我”看到一些烟囱矗立在楼房之间，在这样一个朦胧的雨天中，静静地向天空冒着白烟。”从“大概”这个词，可以感觉得到这个曾经熟悉的城市如今于“我”是陌生的，它的发展跟“我”那个堂妹一样，也是“畸形而快速”的。从城市的变化写到妹妹的变化，再连带而及写到婶婶变化，最终就是为了凸显叔叔的变化。叔叔曾经是个翩翩少年，吊儿郎当混到三十多岁后就跟一个彪悍女人结了婚，从此陷入不堪的生活，变成一个庸俗而猥琐的中年男人。他在世的时候，因为相貌发生剧变，“从此好像更没底气了，每次出门都站在黑胖妇人身后，心虚地微笑着”；死后呢？更不堪入目，“由于生前疾病留下的腹水，他的肚子像孕妇一样肿胀着，脸则像冻过的酱紫色猪肝，嘴唇和眉毛都结上了薄薄的冰霜，五官依稀还可以辨认生前的模样，身上穿的寿衣，做工简陋而粗糙，很明显是小裁缝铺里低价定制的……”写到这里，作者笔锋一转，“他也曾年轻过、鲜活过，不过这一切都像淡淡的水彩颜料在洗漱池里被水彻底地冲刷到污秽的下水道里去了。”这篇小说在漫不经心的叙述中时常会使用恶狠狠的比喻。比如：“焚尸炉的窗口合上了，他们要像烧一块破布一样焚烧我的叔叔了”；“开采过的山，地表的岩石丑陋地暴露着，像一个在活着的时候就被剥开了皮肤，露出了血淋淋恶心的皮下脂肪”。这些比喻，似乎隐含着内心的冷漠。

《奔丧》中的“我”有点类似于《局外人》中的默尔索。在《局外人》的开头部分，加缪写道：“今天，妈妈死了。也许是在昨天，我搞不清楚。”而《奔丧》的开头部分写到“我”获悉叔叔去世的消息，语调也是低沉而冷漠的：“对于他的肝硬化，我并不奇怪，倒奇怪他得的不是肝癌。”“我”对叔叔没有抱有那种至亲的情感，相反，他有一次酒醉时还掐过“我”脖子。这个人，曾经坐上火车想来城里看“我”，但因为车厢太热就在中途下车，然后回家。而“我”呢？居然也没有把这事放在心上。“我”与叔叔虽然形同陌路，但细究起来却有一份隐然的追诉。祁媛毕竟不是加缪，当我们以为她要冷酷到底的时候，她还是多爱不忍，在小说的结尾部分，她让女主人公心底深埋着的温情明白无误地流露出来。因此，当我看到她写到“不知为什么我的眼泪自己夺眶而出了”时，我丝毫不觉得这一句因为过多流露温情而打破之前那种冷漠的叙述氛围。真正的悲哀是在没有哭声的那一刻出现的。“我”坐在车上，捧着叔叔的照片时，忽然想到一年前爷爷去世时，“我”同样是捧着爷爷的照片，而叔叔就坐在我对面，手中捧着的是爷爷的骨灰盒。“我”是通过爷爷，突然对叔叔有了那么一点“了解”。在这里，作者找到了一个点，一个可以引发内爆的点。

读完《奔丧》，掩卷遐想。我脑子里竟无缘无故地蹦出了两句诗。一句诗是中国早期象征主义诗人李金发写的：死亡是死神唇边的一缕微笑；另一句诗是自白派诗人普拉斯写的：未来是一只灰色的海鸥。

《约会》中的女主人公照例是那种懒洋洋的人，她喜欢“慵懒地陷在柔软的被子里，体温在一整夜里与被子脉脉相融，难分彼此”。她睡在床上，也像是在游荡；而她外出游荡时，却像是在梦里。她去做什么？没错，去约会。她坐的是开往城西的公交车，虽然西区与约会地点相距不远，但标明的终点站是她所不熟悉的。反正时间还多，她便上了车。她在车上胡思乱想，恍恍惚惚，竟睡过了头。天色已黑，她从末班车上下来时，不知何去何从。错过约会，怅触于某段姻缘的无由抵达，索性就放弃了。约会，应该是一件欣快之事，但在祁媛写来，跟奔赴一场无聊的饭局几乎没有什么区别。读到最后，我甚至觉得作者是带着《奔丧》的笔调写《约会》的。两个女主人公几乎有着相同的特点：她们看不清这个世界，也看不清自我，她们甚至也没打算把这个世界与自我放在一起打量。对她们来说，生活就是梦的一部分，白昼就是夜晚的一部分。

从文本角度来看，《约会》跟《奔丧》一样，从头到尾似乎看不到混沌生活里的一缕清明，字里行间弥散着一种不想一条胡同走到黑但又不得不走的沮丧。但是，一种幽暗力量的凸显，使这小说呈现出另一种可能的方向。

从祁媛的小说里我重新发现了加缪，这倒不是说加缪给她带来多大的影响，而是隐隐约约觉得，她的某一段文字抵达了加缪曾经抵达过的地方。一个作家如果不能跟另一个作家并肩同行，也有可能在某个相交的点上与之擦肩而过。若干年后，祁媛倘若回忆起自己的文学起步，大约也会提到她与加缪的不期而遇吧。作为一名写作者，我早年也曾把加缪视作领路人。然而，展现在我眼前的路无疑是幽深而修远的。我跟随他走了一段路，就被他远远地甩开了。加缪的文学声音是独特的、不可模仿的。他的文字里交织着哲学家的冷与小说家的热：作为小说家的加缪喜欢描写诸如阳光、大海之类的浩大而沉默的事物；而作为哲学家的加缪，会冷不丁地说出一些让人想一想都会吸口凉气的话。我所知道的"中国的加缪"实在不少，但祁媛显然无意于做一个"女性化的加缪"，她只不过是在文学的十字路口向加缪先生借个火，然后向他请教后面的路该怎么个走法。一种精神层面的接近，带来的是语言内部的激活。这一点，祁媛做到了。

祁媛写小说时间不长，她的语言感觉非常好，手触文字，语感即生——像是天生的，不像是后天习得的。因此，凭借她的天分，她可以比常人更快速地找到自己要走的路子，剩下的事，就是为自己的脚找到一双合适的鞋子。

二、《我准备不发疯》：开出一朵呓语之花

祁媛写出了《我准备不发疯》之后，她就与身边那些作家区分开来了。私意以为，这可能是她迄今为止写得最出色的一篇小说，而她本人也认同此说，且表明自己"仍在掂量"。

《我准备不发疯》，写的是"母亲"，而不是像加缪那样，称之为"妈妈"。这意味着，"我"与母亲之间的关系是十分冷漠的。也就是说，"母亲"这个词奠定了作者的叙述语调。母亲那些听起来类似于超现实主义诗歌的疯话，就像幽灵一样，一直在"我"身边游荡。小说中经常出现这样一种场景："我"听到母亲说疯话就会掉过头去或神思游离，事实上，"我"不是没有感受到蕴含其中的哀意，而是害怕被母亲的疯话带进另一个世界。因此，作者故意在不同章节穿插母亲的疯话，并非为了找个引人发笑的噱头，而是出于一种叙述策略的考虑——它从另一方面影响了整体性的叙述语调，不知不觉就建立了一种可以随意切换时空的非线性叙述模式。就像一条林中小径会让月光有一种往复曲折的情致，她的非线性叙事模式也让文字散发出一种迷离、游移的气息。循此走进去，她的文字越发幽暗。

《我准备不发疯》不仅有疯子说的疯话，还有正常人说的疯话：

如果一个城市的人全疯了，一个国家的人全疯了，会是什么样儿？一定是很好玩的。最有意思的是：在这个疯人国里是没有疯的概念的，大家都疯，又相安无事，亲密合作，和谐无间。如果有外面的人来旅游探亲，在旁听在旁看，很快就会发现这里的人全是疯子，怎么办？注意，这时绝不能把实情说出来，你得装着什么也没发现，觉得这里一切都好极了，要让疯子感到你们彼此一样，这样你就安全了，否则你很快就会被疯子弄死。

国家应考虑建立这样的军队，全是美女，当快要打败的时候，美女大队在前沿阵地一亮，怎么样？停火了！永久性停火协议顺利签订，谁说的“不以兵屈人者，上”？以女退兵者，上上！

上面一段是陈杰说的，下面一段是“我”说的。从中可以看出，“我”与陈杰相处日久，也会用近乎阴郁的口吻说出一些疯话——说得越是荒诞，现实质感就越强。

小说里不仅疯话连篇，还有一连串疯狂的想法：

从窗子向下望去，人群不显得那么拥挤了，人与人之间有着不大不小的空档，容纳一个我的尸体应是够了。我要挑一块好位置，瞄准，不能落在楼外贴墙的广告台上，那样的话我更可能被电死，或者被什么铁杆戳死，脑袋则可能会完整留存，但我的痛苦的表情会暴露无遗，死相就不好看了，所以，最好还是直接落地，头颅摔它个落花流水的好，由此我便可以面目全非，真正“隐形”了……

这些想象性的文字通过虚拟、夸张的语调表现出来，忧伤里带点俏皮，绝望中夹杂反讽。母亲的胡言乱语和“我”的胡思乱想之间是一个冰冷的理性世界。如果说“我”的胡言乱语里面有一种起讫自如的狂想和可以自洽的逻辑，那么，母亲的胡言乱语就是在非理性世界开出的一朵呓语之花。

有些疯狂的想法居然还会付诸行动。其表现是：她跟自己选择的每一份工作赌气，她跟这个世界翻白眼，她可以肆意挥霍青春，她没钱也要任性。小说里面有这样一个情节：有一天，“我”来到婚纱店，挑了一件白色婚纱（为什么挑白色婚纱？）。当摄影师问“那位呢”，“我”却这样回答：“我自己同自己结婚。”“拍完照，脱掉婚纱的时候，我觉得我确实经历了婚姻。我结了婚，又离了婚，前后不到一个小时”。“我”就这么干，就这么莫名其妙。读到这里，我甚至觉得连作者也已经无法掌控这个人物了。

看得出来，写这篇小说的时候，祁媛已经无法顾及为自己的脚找一双合适的鞋子了，索性光着脚飞奔起来了。在疯颠叙述所制造的氛围中，她可以东拉西扯，其文字相较于其他诸篇也更有生气，呈现的是一种杂树生花、群莺乱飞的景象，一种美丽的疯狂、清晰的混乱。

当海子说“明天我要做一个幸福的人”，这一句话意味着“我”昨天、今天、此时、此刻是不幸福的；当“我”说“我准备不发疯”时，则意味着，明天、下一刻、下一秒，我可能会发疯。

祁媛好像写疯了，在小说中准备了那么多相干或不相干的人物：母亲、陈杰、疯老五、胡医生、小雅和“小雅的男友”……一个接一个的人物从你眼前走过。是的，他们看上去毫不相干，但又好像有什么相似的地方。这一路读下来，你就仿佛看到有一些人从不同的地方出发，穿过不同的巷道或隐秘小径，然后莫名其妙地走到了一起，坐到了同一条船上。如果你问他们为什么要来到这条船上，他们会一脸茫然地看着你；如果你再问，他们要坐船去哪里，他们则会摇摇头，仍旧是茫然不知。这条船就叫作“疯人船”，一些人已经疯掉了，另一些人正准备发疯。小说中还提到了另一时空的人物，他们是列宁、斯大林、希特勒、一个因病切除了脑部部分“海马回”之后只能保留20秒记忆的英国人亨利·摩莱森、死后大脑被泡在实验室玻璃瓶里的爱因斯坦，以及那些濒临疯狂的绘画大师毕加索、马蒂斯、梵·高、塞尚、培根、弗里达、小弗洛伊德，等等。这些历史人物跟“我”身边的小人物没有半毛钱的关系，但他们“混搭”在一起的时候，就有了一种奇妙的反讽效果。一些词语也是如此，高低错落、雅俗共存、正邪相生、庄谐并置，使人物与情节与语言以及隐藏在语言背后的幽思微情浑然一体，营造出跌宕起伏的律动感。

祁媛喜欢正话反说，用冰冷的语调叙说温暖的场景。比如《我准备不发疯》里面就有这样一段文字：

有一次，母亲和男人吵完架，突然跑到我那时就读的大学找我，事先连电话也没打，就忽然像天兵天将似的直接杵在了我宿舍门口。我已有半年多没见母亲了，猛一见，没认出来。她已变得苍老憔悴，完全像个村妇了，一只手还拎着一袋米。我觉得她丢人，突然就生气了，向她吼道：“来也不打个招呼，还带米，什么年代了，学校有食堂，还用我们生火做饭嘛！”母亲低着头，嗫嚅着，看了看我，又低下了头。

从《奔丧》里面，我们可以找到与之相似的一个场景：自从爷爷去世，“我”与叔叔之间很少联系。有一天，“我”突然接到叔叔的电话，说是要来杭州看“我”。“我”问他为什么来杭州，叔叔也说不出，只是支吾着说想来看看“我”。“我”的第一个反应不是惊喜，而是“纳闷和意外”。事实上，祁媛小说里的人物大都有上述这种“外冷内热、表贱里贵”的特点。

母亲是怎样发疯的，小说里并没有明确交代。但可以看到，“我”面对生活的压力、男友的玩弄、女友的背叛，精神一点点接近崩溃的边缘，当理性变得软弱无力时，发疯也就变得顺理成章了，于是，生活的荒诞感就出来了。

如果回过头来读小说的开头部分，我们也许会注意到：起初“我”听到母亲的胡言乱语就会感觉困倦与烦躁。后来，在某种悲伤的境遇中，“我”不再烦母亲的电话了，“我在听，在倾听，在倾听一个真正的独白，渐渐地我已分不清是谁的独白了”。“我”的艰难苦恨、“我”的寂寞寡情、“我”准备不发疯但又不得不发疯的纷乱情绪，从母亲那里找到了根源。于是，“我”之于母亲，从最初的不可理喻转变为最终的感同身受，这是一种痛苦而又荒诞的体验：“我”把一种活着的耻辱留在了耳朵与内心深处，打上了印记；母亲之耻，即“我”之耻；“我”耻于苟活，却又不得不忍辱偷生。

三、也谈祁媛小说的艺术特点

揆诸祁媛小说的艺术特点，大致可以罗列出几条。

病态叙事带来的颓废之美与疯癫叙事带来的荒诞感。祁媛的小说里最常见的一类人是病人。阅读过程中我有一种奇怪的感觉：那些小说人物的形象与她那种带有恹恹病气的语言风格相遇时，人物立马就有了可感的病态。因此，与之相反的感觉就出来了：她的小说里如果没有一个病态的人物，似乎就少了点什么。我不知道这在叙事学上是否有个恰当的称谓，我姑且称之为“病态叙事”。《脉》写的是一个失眠者与中医之间的一番推心置腹的交谈；《美丽的高楼》开头第一句就写到女主人公的丈夫患了癌症；《奔丧》写的是“我叔叔”怎样从一个生龙活虎的青年变成病恹恹的中年，最终死于一种死相难看的肝腹水。疾病作为一种隐喻，在小说中是显而易见的，由病人而引申出荒诞的人生和病态的社会，也折射出穷人与富人、平民与官僚、城市与乡村、以及自由与专制、孤独与喧嚣的对立、冲突。事实上，祁媛还写到了另一种病人，亦即精神病人。把他们作为叙事对象的结果是，这种病态叙事变得更夸张、极致，由此衍变为一种疯癫叙事。如果把《我准备不发疯》归类于英国评论家詹姆斯·伍德所说的那种“歇斯底里主义”也许失之武断，但这篇小说所展示的叙述风格每每让我想起“歇斯底里”这个词。可以看得出来，祁媛在写作过程中，有意让自己进入一种神经质（也许是一种谈不上神经质的神经质）的状态，甚至还有可能迷恋这种状态。这就不难理解，她的两部中篇小说《美丽的高楼》《我准备不发疯》都或多或少地写到了精神病人。前者是“我”通过丈夫拍摄的那些精神病人来了解这一群体，侧重于“看”；后者通过母亲电话里的胡言言乱语打开一个非理性世界，侧重于“听”。在“看”与“听”之间，也可以看出作者在写作这两篇小说之前对精神病的研究下过一番暗功夫。祁媛借助疯癫叙事的技法，写出了个体命运的悖谬和这个时代的荒诞感。加缪谈论荒诞感时，曾作了开宗明义的阐述：他的荒诞推理本着只对一种精神病态做纯粹描述的原则，暂不让任何形而上、任何信仰混杂其间。而另一位法国作家齐奥朗对作家下过这样的定义：作家是一个精神失常的生物，通过言语治疗自己。两个人的话合在一起，大概可以解释祁媛何以对疯癫叙事情有独钟。

“高光理论”的妙用。祁媛跟我聊小说时，曾谈到一个词：高光。这个词是绘画中的一个专业名词。高光不是光，而是物体表面最亮的那一部分。有高光，就有暗影。因此，所谓“高光理论”其实就是处理明暗的一种技法。祁媛是画家，把绘画中的技法有效地嫁接到小说叙事中似乎是题中应有之义。我注意到，“高光”这个词曾在《我准备不发疯》中出现过：“我似乎可以看到那里面苍蝇眼睛上翠绿的、闪烁的高光。”这个词可能是在不经意间出现的，但我们可以据此发现作者观察事物的某种独特方式。在素描中，“高光”处理得当，往往会让一幅作品更出彩。《我准备不发疯》里面有那么多阴暗面，但阴暗不是“一片漆黑”，它像素描画中的阴影部分一样，是有层次的。中国画有“墨分五色”之说，西洋画也有“明暗五调子”一说。如果把祁媛这部作品比喻成素描画里面的一个球体，那么，她那些或明或暗的文字就是这个球体所呈现的不同明度——它有亮面的亮调子，灰面的灰调子和暗面的暗调子。由许多面构成的“明暗交界”作为全画面中最暗的一部分，恰恰是为了凸显高光。她以阴郁的笔调给这个女主人公的周身涂抹了许多阴影，也因此给她带来了意想不到的“高光”。与绘画不同的是，文学作品的“高光”并非源自外部，而是内部。这篇小说被外部赋予的暗影越深，从内部透出的“高光”就越明亮。“野径云俱黑，江船火独明”，是视觉里面出现的“高光”；“蝉噪林逾静，鸟鸣山更幽”，是听觉里出现的“高光”。叙事中对“高光”的处理，使祁媛那种黑暗的小说散发着黝亮的品质。

祁媛的小说大部分采用第一人称叙事。我无意于打听这里面是否有着自叙状的成分，也无须去考证那些一根筋的女主人公是否有其本人的影子。然而，我可以隐约感觉到，作者在写作过程中有意无意地通过叙述者，把自己的某一部分现实境遇与精神状态投放到小说这个容器里。祁媛采用第一人称叙事，可以借助对个人体验的开掘填补生活经验的匮乏，从而顺理成章地把社会事件转换为内心事件。因此，她笔下的女主人公都像是祁媛本人的化身。从《我准备不发疯》到《约会》，我发现里面的女主人公大都是一副永远没睡醒的样子，有时候还会把梦话带到现实世界。因此，我读祁媛的小说，就会看到这样一种单一的表情。这种表情是漠然的，它意味着主人公与这个世界是扞格难入的、有距离的（这大概也是作者与现实之间所保持的心理距离）。八大山人的画里面，鱼与鸟大都是白眼的，一种远离世俗的漠然。意大利画家莫迪格利阿尼的画里面，人物通常是没有眼珠的，即便有之，也是漠然的。他们关注的好像不是外面的世界，而是自己的内心。观看这些人物，我有一种奇怪的感觉：他们好像无视于别人的存在，别人注视着他，他们不会以目光做出回应。相反，他们的目光是向内的，我们若是顺着他们的目光看下去，也许能看到自己。如果说，祁媛的小说里面有一双眼睛（很显然，这是第一人称所采用的视角），那么这双眼睛也是向内的。她通过小说看见了一部分自己。

作为一名老到的新手，祁媛的个人体验显然要多于生活经验。然而，个人体验常常会在写作过程中被自己慢慢耗掉，变得稀薄。她的一部分资源优势在《我准备不发疯》中获得了充分展示。之后所写的几个小说，就明显很难与之一争高低了。这好比一个人憋足了浑身的劲、吸了一口气跳出一定高度之后，便很难在短时期内再度发挥同样的高水平。

祁媛在写作完《我准备不发疯》之后，也许把自己的疯魔之气消磨了一些，也许还会在其他作品里继续撒一次野，发一次疯。她能走多远，我不敢预言。但可以肯定，她的领路人不止一个加缪，她的远方也不限于巴黎。无论如何，我还是相信她会写出一部让我们大吃一惊的作品，就像她在小说中写的那样：我在珠穆朗玛峰峰顶上种了一朵花，一朵在零下四十多度才会开的花。

黄眼珠

中年之后，我的生活是愈加不堪了。外遇到底还是被妻子发现，一场“沙尘暴”之后，离婚手续于十日内办妥，好在没孩子，程序简单，房子给她，存款也差不多都给了她，我又回到青铜时代——屌丝租房时代了，有点返璞归真的味道。一开始望着那空荡的席梦思床垫有点独怆然而涕下的感觉，后来觉得一个人生活也挺好，下班出去喝个酒唱个歌混到半夜，不再有人管，顿觉无家一身轻，但不久我又无聊了。老同学们有时吆喝个聚会，开始还有点新鲜劲儿，很快也味同嚼蜡，我也越来越不愿意参加了。我发觉那些同学都和我差不多的无聊。虽然大家奔着旧情来，但毕竟是彼一时此一时也，人早已变了，忘了谁说的，儿时的友谊如同儿时的衣服，不是不想穿，而是穿不下了，真是一点不假，而且，虽然大家各有成就，有的混了官，有的混成了学者专家，有的混成了一个混混，混得不怎么样的，自然也就不大热心来聚会，来了说什么呢？时间一久，各自忙各自的，不大见面了，也好。

然而每一次老同学聚会，有一个人是永远也不来的，这么多年来谁也没见过，只有一次，那是前年的聚会吧，有人在席间说见到了，说他在大马路的中间走路，来往的车骂他，他也不理，就那么低头走，好像在地上找什么东西。他戴个草帽，身穿破烂的制服，腰间系根草绳，光脚，手挎个篮子，篮子里有盒火柴。

“我当时在开车，和他也就是一步之遥，我没看错”，说完，这位老同学冷冷地看了我们一眼，说没想到他还活着。

他叫解兆元。

他是我们那届被学校开除的唯一一个学生。没人清楚原因，有说是旷课太多，有说是在外面肇事，还有说乱搞男女关系，但都没能证实，只是把他的事当作无聊时的谈资而已。

解兆元那时常穿青年装，立领子，三个口袋，走起路来很快，而且严重的外八字，可是他的鞋子却烂趴趴，像经不住主人走路速度的折磨而散了架。我和他同届不同班，但即便是和他同班的，也没人和他一起玩。他是何等人，我不知道，能记住的就是他那野兽般的黄眼珠，疯狂的样子，浓密的微黄的胡子遮住总是讥笑的嘴角，见到谁都不理，但有时又忽然亲切地笑了，叫人吃不准他这个人是怎么回事，特别讨厌。

那会儿国内闭塞，除了图书馆那些被翻烂和永远也不会有人看的画册和别的书，我们什么也看不到。解兆元那会儿口口声声抨击学校的教学，说是拾苏联的牙慧，他曾烧了一本从学校图书馆借的俄罗斯的契斯恰科夫素描画册，这可是当时图书馆和系里教学的“镇馆”之宝啊，他为此付出了沉重的代价，照书价十倍赔偿不说，还通报批评。我那时就很喜欢契斯恰科夫，夜晚熄灯后，被窝里打着电筒都看过那本被黄眼珠烧掉的画册，为此，我还和他吵过架，他那架势，差点要把我吃掉。

他画素描的铅笔线条很坚硬，像鞭子抽在纸上，一条条刺刺的“血痕”，看得难受。我认为他有暴力倾向。但他用这“鞭子”线条画大卫石膏像，空间感，重量感，体积感又都不错，居然把大卫那英俊的味道画出来了，构图也妥帖，我真是不知说什么好，想到他那黄眼珠里面的黑瞳孔，我怀疑他的前世绝对不是人，可能是只野猫。我讨厌野猫，猫是阴险的，浑身带着野气，当你看见它时，发现它已在打量你了，吓你一跳。解兆元的眼睛虽是黄的，阳光色，但眼神却是阴的，望去恍惚，谢天谢地，好在我们不是同班也不同宿舍，否则就麻烦了，不是他把我当耗子吃了，就是我把他当猫宰了。可是他好串门，每次见到他，总看到他不时地从口袋里掏出什么东西扔到自己的嘴里，然后咀嚼不停，胡子上总粘着什么瓜子或花生皮屑，妈的，连嗑瓜子的时候他都不可一世的样子。

多年了，要不是那个老同学提到了他，我早把他忘掉了，可那次聚会后，解兆元却不时冒出来，缘由也说不清，黄眼珠子，鞭子一样的素描线条，不可一世的样子，烂趴趴的鞋？

那年春节我从外地回去看父母，票不好买，费了半天劲才买到一张慢车车票，就是那种绿车皮，这种车票价便宜，几十块钱一张，过年过节回家，草根族就靠它了。火车到站时是凌晨三点，走出灯火通明的火车站后，街道就渐渐隐在黑暗里了。

我在离车站几乎一里路的地方才打到了出租，司机一副懒洋洋的样子，打着哈欠问我到哪里去，我说了地名，他说这么近还打什么车，走两步就到了，我操着当地口音的话说不近啊，至少有四五站路呢，他听出我是本地人，厌厌地叹了口气，说上吧上吧，倒霉！我感到非常内疚地上了车。一路上，司机把广播音量放得很大，一言不发，也好像防范我说话似的，我由内疚转为深感自己的多余，这样两人一路无语，广播里音乐一路高唱地驶入这座正日益扩大的小城市。

父母家在环城南路的一个单位大院，大院大门面朝西南，位处城市的一个小闹区，闹区归闹区，这时却是安静的。保洁工竟已在扫地了，“唰唰唰”的声音好清脆。我看了看手机上的时间，三点半多一点。我拎着行李下了车，站在单位大门口犹豫了起来。此时是父母正睡得最香的时候，我虽然有钥匙，也不好哐啷啷地开门弄醒两位老人，怎么办呢，传达室坐着一个保安打瞌睡，另一个人在打量着我和我的行李，旁边一把竹藤椅子空着没人坐，好像等着我，我坐了下来。那一直看着我的人好像总想审问我一下子，结果还是没开口，将目光转向别处。打瞌睡的那个保安的呼噜声更响亮了，快天亮的时候，也正是人最困的时候，我刚坐下不一会，也困了。

我忽然被什么声音惊醒，是保安的嚷嚷声，同时又有一阵急促的脚步声传来，我看到大门口外边有一个人跑了过去，他跑的步子有点像鸵鸟，速度不慌不忙，严重的外八字，头戴一顶草帽，紧跟在后面的那个人分明是追赶他的。此人一身白，连鞋也是白的，矫健地追着他，我觉得他很快被追上，于是我一下就全醒了，跟着刚才嚷嚷的那个保安跑到了大门口外，果然，“一身白”的人已经在猛烈地踢着倒在地上的那个人，与其说是踢，不如说是用脚在跺他的头，那鞋也是白的，皮鞋，跺在头上的声音并不响，闷闷地显得力道非常凶狠，脚脚要命。地上那个人完全不挣扎，只在那哎哎地喘气，那人继续跺，我冲过去对他说，你他妈的要把他跺死啊，那“一身白”有点吃惊地看着我，好像有点意外，说，他妈的，他抢我手机。我说抢你手机也不至于要把他弄死啊。

这时又多了几个围观的人，晨练的人吧。这些人都盯着那个躺在地上的人看，对“一身白”毫不注意，我发现地上那个人已经不再喘了，他满脸是血，头下有一片东西在湿湿地漫开，也是血，很多，越来越多。我于是寻找那个“一身白”，他还在那儿，这时却装成了一个围观的人，他发觉了我的目光，有点害怕，我说你打120，出了人命你要负责，他说手机没了。旁边一个人打了电话，救护车约二十分钟后来了，在我们眼前开了过去，又转回来了，估计是司机走了神。车停下，出来了两个人，拿出了一个很窄的担架，也不问些什么，直接把地上那个人拉起来，那人就坐在地上了，昏黄的路灯下的那张“血脸”五官模糊，两眼迷迷糊糊地闭着，像还没睡醒，耳朵里还在往外流着血，救护人员往他头上套了一个像睡帽的东西，然后被弄得平躺在担架上，我这时又在寻找那“一身白”，他已经没影了。

救护车要离开了，引擎却熄了火，于是大家都帮着在车屁股后面推，推一下，司机加一脚油，再推一下，司机再加一脚油，终于启动了。启动了的救护车一溜烟地消失在天色微明的马路上。围观的人慢慢散去了，车来人往，不到十分钟，地上的血迹就模糊得不能辨认了，那落在路边的草帽，也被一个买早点的人拾了去。

我看看时间，五点多一点，就来到父母住的那栋楼。楼道里还是没人声，都还在睡吧，我拿出钥匙哐啷啷地开了父母的门，门刚一打开，就看见母亲已往门口走来，她好像正要来开门，见到我，她说，回来啦。我问爸还在睡？母亲说还在睡。我向父亲的卧房探了一下头，听见了父亲打呼的声音。

父母退休在家快十年，身体都大不如以前了。开口闭口都是过去的事，我每次春节回家除了见见老朋友老同学之外，基本在家陪父母聊天，他们那些往事，我不知听了多少遍了，说实话，早就腻烦了。但为了不让他们扫兴，每次我都假装第一次听见，还不时插话，了解详情。有一天父亲问，你原来艺校的那个老师叫什么来着，就是那个瘦瘦的，有心脏病，说话文绉绉的那个，我说早死了。早死了？多早？我说，五六年前吧。父亲听了没吱声，说大院里那个居老头也死了，他自己作的，跳广场舞，跳着跳着就栽地上去了。还有那个洪大麻子，身体好吧，每天早晨出去遛鸟，逛旧货摊，有天死在回家的路上。家里人接电话后赶去，人已经没气了，鸟笼子里的鸟还在那跳上跳下，叽叽喳喳乱叫。

那天照例早早吃罢晚饭，之后接到一个电话。从来电显示看是一个陌生号码，接听后没说两句，我就听出是谁了。她是刘悦，艺校时的老同学，那会儿她漂亮，我追过她，没追上，以后也就没有音信了，今天她的电话有点突兀，她怎么知道我电话号码的呢？这么多年了，她在哪儿？她的声音细听也老了，显得“笨重”了，人的模样可想而知，我不由得想到她当年的样子，苗条的身材，秀气的杏仁脸，一笑起来嘴角的酒窝若隐若现，最动人的是她纯净的透着浅蓝色的眼白。

我们大约通了一个小时的电话，也许还要久，彼此沉浸在往日时光里。我忍不住对她说，你知道吗，那时你是舞蹈班里最漂亮的女生，全校公认的美女，电话的那头传来了叹息，说，哎，那都是多少年前的事了，何况当年我们班最漂亮的女生怎么可能是我，是那个后来进了剧团的沈兰啊，人家后来嫁了个有钱人，和现在的我相比，那是一天一地了。我听出了她口中的隐隐的沮丧和失落，于是安慰道，哪里哪里，被绘画班男生公认的美女才是第一美女啊，而且这是群众的意见啊！她听了不由得“格格”地笑了，这个笑声动人如初，使我仿佛“看”到了当年的她，我趁机约了她喝咖啡，她略迟疑，很快也就答应了。我们约好了时间和地点，然后彼此道了晚安。

挂了电话，我站在窗边往外望去。窗外不远处是大院的院墙，外面有一片小树林，冬日雨后，湿黑湿黑的，后面有一条护城河，河面的波纹平静而黝黯，路灯将一个个圆形光斑投射在河面上，使那条“亮链”如同一条长着斑点的黑色响尾蛇。

这么多年过去了，父母不可阻挡地老了，大院老了，水泥楼梯老了，电线杆子老了，我也老了，大门边的泡桐树和那个小树林却年年吐芽绽新，每次都好像平生以来第一次发芽似的那样认真，那样全力以赴，墙上的爬墙虎也岁岁蔓延，当它们爬到楼顶的时候，便无处可去了，有点壮志未酬似的。

刚上艺校那会儿我多大？十八九岁吧，真年轻啊，年轻得我都快忘了自己也曾经这样年轻过。那时，为了参加艺术学校的考试，请假复习，学校不批准，我找了后门，到医院割掉了扁桃体，争取了两个星期的假，我就是在那十二天里，伤口流着血，身上淌着汗，嗓子肿着复习着那些可恶的语文、政治和什么鸟历史，连咽水时伤口都疼，不料居然考上，也该考上，不然真是对不起离我而去的两个鲜活鲜嫩的扁桃体了，它们在哪儿？当时手术医生把那两颗扁桃体放到白色的瓷盘里给我看，并说看看吧。那两块肉真像菜场里刚宰杀的鸡肚子里扯出来的血淋淋的鸡胗，那一瞬间，我琢磨这是否取自我的喉咙，那医生看了看我，略停顿片刻，像在给我和那两块肉永别的机会，然后就端着盘子离开了。

那时的升学委实不易，每个考生可能明里暗里都有自己的故事，不说也罢。刘悦是舞蹈系里的女生，现在想来，她当时真是漂亮，身材也好，腿和胳膊都很修长，尤其出挑的是她的长相有点像是混血儿，骨相眉宇都有点像外国人，后来听她说她父母都是土生土长的湖南人。记忆里，夏天她总爱穿一条灰白格子的长裙，配一双白球鞋，走起路来轻得像一朵云。她的身材比例在我们这些学画画的男生眼里看来，是标准的九头一身，我们常常私下说要是刘悦能给我们做次模特该多好，裸体不敢奢望，但能画画光着的腿也是好的啊。那时很多人追过她，包括我，但都被她一一无情拒绝，大家都觉得她根本看不上我们。有个声乐系的男生不知用了什么招，成功地把她约去了公园，结果差点出了事——那男的在遭到拒绝时使劲掐她的脖子，幸亏当时天没黑，公园里还有些人，听到喊声跑来报了警，才救了她一命。后来刘悦就不见了，有人说她休了学，有人说她去了外地走穴，总之再没见到她了，直到毕业时，在舞蹈系毕业表演的演出上，她才忽然亮相。她演柴可夫斯基《天鹅湖》里的黑天鹅，光芒四射，造成轰动，她那绝佳的舞感和一身黑的打扮，美得让人发呆，远远盖过了女一号白天鹅，那晚整个舞台是属于她的。可自从那晚惊鸿一瞥之后，我们大家就再也没有见过她了，若说起她，大家几乎一致认为她傍了大款逍遥而去了，于是纷纷感叹在金钱面前艺术是何等脆弱和不堪一击。

第二天去约会地点，我特地早到了十五分钟，倒不是紧张，好奇而已，路上我还买了一把小雏菊。经验告诉我，无论如何，女人总是喜欢殷勤的男人的，对大龄女人来说，更是如此，她们需要更多的殷勤和眷顾，果然，当刘悦缓缓走来的时候，我发现她的眼光率先被我手中的那捧花吸引过去了，即露出愉快的甚至感激的神态。

那天她是一身黑的打扮，这个用心，使我觉得她的可怜。这么多年过去了，难道她还活在过去的辉煌里吗？她的大轮廓虽然还在，但一眼看去，整个人有种模糊的暮气。头发梳得精心，口红是泛冷的玫瑰色，这是特别适合中老年女人的一种颜色，因为会显得人年轻，不燥气。可她的皮肤还是不可避免地松弛了，脸色也灰白，像是经常没有睡好觉的那种脸色，我已无法将她与当年那个舞台上的黑天鹅联系到一起了。

她看到我的一瞬间略显矜持，脸色刹那间泛出红晕，这种变化，估计她自己也感到了，知道我在打量她，因而镇定了一下自己，大方地伸过手来和我握了握，搞得像签合同仪式那样的架势。寒暄之后，我们走进那家茶室。

喝茶，吃点心，当然不是约会的目的。窗户被密集的冬青树遮掩得严实，使这间屋子显得幽暗私密，可是我和她并没什么私密可守，彼此虽是同学，但十几年的两无消息，现在又能怎么样，这个“私密”空间好像来得早了点，或者永远不应该来。

我感到她在注意我。她比当年更瘦了，眼袋有点明显，因此眼眶发暗，眼影涂得略浓，有点太浓了，反倒增加了她的憔悴，显得有点像巫婆，说实话，如果不是她那残存的轮廓呼唤着我对她从前的巨大好感，以她现在的相貌，走在街上，我恐怕不会多看一眼的。这时，她那样地看了看我，说：“我老了吧?”我赶紧说没老没老，还是美人呢。她听了笑了，可以看出在这个微笑里，她原谅我的不诚实。她说你们男的就不能说点新鲜的来讨好女人吗，我听了也笑了。

我问她毕业后的情况，她说她早就改行去卖保险了，老同学也来往得少。我问为什么不跳了，你的条件那么好，而且当年的黑天鹅多么轰动啊，她眼睛一亮，说老了，跳不动了啊。她说的是实话，舞蹈是吃青春饭的。我们又继续叙旧，不外乎是些热烈的废话。我发觉我问了她什么后，并不关心她的回答，她问了什么后，也根本不留意我的答复。这样一来一往，我们俩好像说了很多话，又好像什么也没说。

我们在附近的一家酒店开了房。这个过程很自然，双方默契。我对此曾闪过迷惑。说实话，她曾很美，但眼下她却明摆着即将是个老女人了，青春的魅力早就没了，为何还开房，而且这么自然，是惯性还是别的，我也不清楚，她毕竟是我追过的女人。

她没有当我的面脱光自己，而是跑到洗手间待了很久，出来的时候穿着一件浴袍，然后她说关灯吧，没等我反应过来，灯已被啪地关掉了。但即便在黑暗中，肉体也是有年纪的，肉体自己会说话。当我摸着她的乳房，腰，大腿的时候，它们已不再天真了，已变得很“老练”。肉体的气味也怪，由香水和体味混合而显得混浊沉闷，她平日就用香水，还是今天有备而来？这么多年过去了，她显然不再是那个靓丽的女生。我明白无误地感到我是个后来者，忽然间，我感到自己的愚蠢。

那次的做爱草草了事，完了，她径直去了洗手间冲澡，后来我也起身跟了进去。我看到灯光下的她了，那曾让我想入非非的肉体。她看我进来感到很不自在，让我出去，我赖着不走，也就拿我没办法。她戴浴帽，不愿意弄湿头发，我想是因为她头发已经稀少的缘故吧。此时，喷头喷出的水很大，水雾弥漫开来，虽然浑身被沐浴液的奶白泡泡笼罩，她的肤色还是黝黯的。我发现她腰部有条蛮长的疤，三四寸长吧。那像条小蛇的疤是哪来的啊？我没问，我这个年纪已不再轻易地问那些愚蠢的问题了。

洗完后，她从容地一件一件地穿上内衣，毛衣，从容地盘起头发，她那盘头结发的姿势依旧妩媚。她烧了壶水，然后泡上了两杯旅馆里的那种劣质的绿茶。

“我知道我老了，事实上，我早就老了，我也不知道为什么总是提不起生活的兴趣。我对很多东西都失望，包括对我自己，我试着努力生活过，但没过多久就心灰意懒了，像长了一块顽固的皮癣。我年轻的时候你们一个个围着我，追我，可是现在我身边什么也没有，但我也没有到了一败涂地的程度，因为我真的爱过，也许也真的被爱过，所以我还是满足的。

我不知说什么好，对那个她“真爱”的人是谁，也没有问的兴趣，看她那样子也不想对我说，但又为什么说这些？她见我，总不会就要告诉我这些吧，我不明白，坐在那里喝着那杯劣质的茶。我想到那道疤。

夜宵是在酒店里吃的。她的胃口居然不坏，显然是常熬夜的人才有的习惯。吃完后，她说出去走走吧。夜里的空气寒冷清爽，走在路上，我才注意到她穿的是黑色过膝长筒靴，紧紧裹着双腿，夜色里，一下是看不出这是年过四十的女人的。我必须承认她腿的修长和步姿的好看，女人老了，腿居然还是年轻的，这是我那个夜晚的一大发现。她挽起我的胳膊，像真正的情人那样在马路上走着。我们来到一个公园。这个公园很大，但现在已经没什么人了。树丛里的翠绿色的照明灯依旧亮得刺目，把本来光秃秃的冬林照得如同夏天那样郁郁葱葱，被绿光照亮的河水显得绿得不自然，似乎里面有毒，靠岸的水面有些薄冰，绿光之下泛着冷色，仿佛地摊上廉价的翡翠。

走到一个地方，她停下脚步，向那个方向望去。我看到一个被灯光照亮的塔。我差点都忘了这是一个老塔了，由于光照的原因，黑暗里那座塔透着浓艳的橘红色，显得格外的灿烂，好像里面正在举行着华美的盛宴或舞会，宾客们兴高采烈，人声鼎沸，可是那座塔却明明是宁静的，宁静得可怕。她望着那个塔的神色很怪，好像被得罪了似的，突然，她说那塔好像在燃烧，真是一个辉煌宁静的塔啊。

之后，我们又见了几次，我们再也没有开过房，然而除了聊那些过去的事，也就没什么可说的了。我感到彼此的来往可以到此为止了。可她还是继续约我，再说些什么呢，她感到我逐渐表现出来的冷淡了，也就不再那样无话凑话地闲扯了，那天，终于在完全沉默后，她忽然向我问起了一个人。

“你有解兆元的消息吗?”她问。我说没有。她对我的回答显得不意外，所以没再问什么，她弹了弹指间的香烟灰，望着很远的地方，轻叹了一下，稍停片刻，接着说道:“他才是一个真正的男人。”然后把目光转向我，盯着，好像这几次见面她第一次真正地正视我。

“没人能比上他，你也比不上，相比之下，你们都是平庸的人。”说着像男人那样深深吸了一口烟，再缓缓吐出来。她说的这些话时的样子，完全无视我的自尊，所以我觉得她好像在挑衅。

这个解兆元，刘悦不提也倒罢了，提了，而且如此夸奖，我几乎要怒了。我本来就讨厌解兆元，现在刘悦这样夸他，引我加倍反感。可细想也没有什么具体的理由，他就是这样的人：你和他说一句话都会嫌多的人。记得有一次我在学校门口的小卖铺里买牙膏，和他撞了个面，他见我手里抓了个新买的牙膏时，便一脸的轻蔑，那意思是你们这种俗人，还买牙膏！我当时就想在后面踹他屁股一脚。可我这个念头刚冒出，他已经外八字地走开了。妈的，那你他妈的来商店干吗？莫非来宣讲康德?！那时学校图书馆不知怎么有人借出了一本康德，在学生中迅速传阅，可很快也就没动静了，那时没人能读懂康德，或者懂了也不敢说，有一次在食堂，解兆元捧着饭缸子，边吃边露出那惯常的轻蔑的神气，说你们读过康德吗？没人理他，他继续嚼着肉，问你们知道什么是“先验论”吗？还是没人理他，“悖论”呢？众人开始不耐烦，白他眼，可他也无所谓。

刘悦说完就起身告辞了。当时我感到不悦，认为她的轻视并非一时的心血来潮，而是由来已久的。我已决定不再和她来往了。

当天半夜就接到了她的电话。电话里她的声音几乎在央求我和她见面，我说现在都凌晨两点了，她沉默片刻，说，那么明天吧，不不，是天亮吧，六点，七点，一起吃早饭？

她的样子显然是一夜没怎么睡，也没任何化妆，显得更疲惫了。摆在她面前的咖啡和三明治她一口未动，好像有什么东西在催促她似的，她说道：“最近不知道怎么了，老想到解兆元。”我问为什么？她说：“我平生第一次也是最后一次追的男人就是解兆元……周围的男人，我都看不起，都低眉顺眼娘娘腔。我讨厌这些，我爸就是这样子的，我不喜欢我爸，心想将来我找男朋友，一定不找我爸这样子的男人。可我总是碰不到自己看得上的男人，我也无所谓，那时我还年轻。那些恨我的人都等着看我的笑话，我说你们看着吧。”

我在十九岁的时候碰到解兆元，一下子就喜欢上了他，他笑起来的时候太可爱了，一口白牙不说，那一笑，那蔑视的味道，简直要把世界都给欺负了。我从没想到我会追男人，可是我追了他，而且没追上，好笑吧！

为了得到他，我成为他姐姐的朋友，虽然我一点也不喜欢他姐姐。后来我也想成为他父母的准闺女，但他父母早亡；我也想成为他哥们的朋友，可是他没有哥们，一个也没有，奇怪得很，大家都讨厌他。人人都是无聊平庸的，可个个活得比他好。

他画过我的裸体，我要他画的，想不到吧。他脸都红了。地点在他的宿舍，那时四人一房间，暑假时画的。你没想到暑假的宿舍楼是空的吧！

宿舍窗子外有条狗，不知谁养的，脸像人脸似的，苦歪歪的很丑，眼珠子也是黄的，一副恶相，可它安静，我都没听它叫唤过。你知道那条狗吗？不奇怪，没人知道。不知从哪里冒出来的。解兆元有时给它蒜吃，它喜欢吃蒜。他和那狗蛮亲的。每当我们在屋里烧饭，放音乐，那狗都蹲在窗外伸着舌头往这边看着。

我脱光后躺在床上摆pose，我是第一次在男人面前那样做，紧张得发抖，但过一会儿就好些了，毕竟是我自己追他的，把自己送上门的。哈，解兆元也紧张得发抖，我俩抖到一块了，他黄眼珠子都变黑了，后来他说他那是第一次画女人裸体，换句话说就是第一次看女人裸体。以前看的都是画册上的。他鼻头直冒汗，严肃极了，都快庄严了。这个素描高手，第一张没画半小时，就被他撕了，接着画，又撕了。

晚饭是我做的，煤油炉，暑假没人管，我自己带的菜，我也不知道那天怎么还带了菜，就像早知道要走到那一步似的。可他一直哑巴，我给他夹菜，发现他比看上去还瘦，脸色也不好，大概是老抽烟，一根接一根的。

他忽然对我说，你不要对我好，你这样，我就画不好了。我听了，反倒觉得他可爱，一下搂住他，他躲闪，但躲不开，也就搂住了我。

当晚我想留下来，可他不干，觉得走廊有人，窗外有人，树上有人，我笑了，说没想到你胆子也这么小啊！他听了显得十分不自在。我关上窗，拉上窗帘，他还是什么也不敢做。后来他执意让我走，让我明天再来，很坚决，我只好走了，伤心极了，我没有被人这样拒绝过。

第二天再画，他虽稍微镇定些，但还是心神不定，那只拿炭笔的手还是犹犹豫豫，不敢肯定，总在寻找什么，又总没找到，愣在那里发呆。我唤了他一声，他一惊，似乎不知道该看哪里。我看他这么紧张，便笑了，说怎么了，我吓着你了？他没理我，还待在那里，我一时也不知如何是好了，我提议给他跳段舞看，他看着我，没吱声，像没听懂，但也没反对。我本想光着身子跳的，可担心那样会让他更不自在，就穿上了衣服。

我似乎不假思索就跳起舞了。自己也弄不清这跳的是什么，反正想把有生以来所学的都一下亮出来。我开始的那个动作肯定是彻底打动了他，因为他瞪大了双眼，十分天真地看着我，我很得意，心想这算什么，有你瞧的，所以我接着给他跳一段民族舞，但是宿舍太窄了，腿脚完全伸展不开，我还不小心一腿踢到了脸盆架中的脸盆上，脸盆咣啷啷地摔在地上。他见状说我们出去跳舞吧。时值初夏，学校的小池塘里开着紫色的睡莲，天空是鸢尾花的那种蓝色，月光清澈又明亮，向路边那开花的乔木投下了朦胧而扭曲的影子，空气中有一股混杂的微甜的气味，知了的叫声好像不知疲倦，偶尔有个什么人走过，像保洁啊，花工啊，偶尔还有老师家属什么的，他们是没有暑假的。

篮球场算是校园里最大而又平坦的一块空地了，我们来到那里，他眼睛亮亮地看着我，说你跳吧。那时我虽是在校生，但已经常参加社会上各种大小的表演和比赛了，台下那些观众的眼神不仅不使我紧张，反能让我兴奋，所以老师同学都说我是演出型的演员，就是“人来疯”，可那天来到四面都是教学楼的篮球场上的时候，感到那楼上无数黑洞洞的窗户里有无数眼睛盯着我的时候，我紧张了，四肢僵硬，不听话了。我跳了新疆舞、蒙古舞、朝鲜舞，越跳越紧张，那跳得什么呀，我很不满意自己，觉得自己在他面前出丑了，我想摆脱那种状态，于是就选了一段我当时正在排练的舞蹈——《天鹅湖》里的黑天鹅上场时的那段。因为当时常排练，跳起来顺一些，终于感觉得心应手了。旋转，腾跃，大跳，小跳，急停，跳着跳着，感到血脉流畅，身边生风了，舞感又回来，我看到天上亮亮的小星星了。他站在一边看着看着，突然也来了劲，在那儿奇怪张狂地瞎跳起来，他的舞是四不像，开始时简直像傻瓜在乱蹦，后来变得嚣张起来，跳得癫狂，动作可笑而让人意外，有时像在打拳，分明在攻击什么，后来更得意了，把带来的一瓶白酒喝干了，然后把瓶子往地上狠狠一摔，破碎而尖锐的玻璃散落开去。我闻到空气中烧酒的味儿了。

那天晚上他让我留下来。我们很快就睡着了，后来不知怎的我忽然醒来，看见解兆元在脸盆里烧火，他正在往火里加烂纸，目光像野兽，火势倒不大，灰烬已有不少了，我一惊，喊怎么烧火啊，他转过脸来朝着我笑了笑，说火好看。我发现那些烂纸都是他的素描和水粉画，我说你怎么烧自己的画啊，他说画坏了，不要了，我说那也不能烧掉啊，于是我把那些画从他手里夺来，展开看。画我是完全不懂的，是外行，但可以看出这些画都是费了很大工夫才画出来的，特别是那几张素描，线条那么密，那么细，要花多少工夫啊，我很喜欢，我说不要烧吧，不要就给我吧，他说不，画坏了的画是要毁掉的，画得再好看，也没有火好看。然后说，火苗多好看，奶奶的，多好看！这是绝对画不出来的，唉，画不出来的！

接下去的几天他接着画我，可我心里老是想到那天晚上他烧自己素描的火焰，我想眼下他画我的那些素描，会不会也会在某一天毁于那样的火焰之中？我问他会不会烧掉画我的这张素描？他说那要看他的手气，画得不好也要烧掉，我心里想我的这个相貌难道不能让你动心而让你碰上好手气吗，但嘴里没说。他一边画一边继续说有关火的话题，说现在所有人的画，包括那些很多国外的大师，他也看不上，那些画都是僵死的，没有灵气。你注意了吗？火的奇异，是它自己发光，火焰自己是没有投影的。

他渐渐沉下心来，画了一上午没说话，完后忽然还要撕，被我拦住。我很喜欢那素描，线条一反他的常态，不是那种“鞭子”，而是纱窗的“网状”的细密轻盈的线，很奇怪，没画我的脸，所以画里的我是没有头的，就像被“斩首”了，问他怎么不画我的脸，难道我长得丑？他没说话。我当时心里一沉，有种不祥的感觉。

后来我们来往了一阵子。我帮他收拾，一起做饭吃。除了画画，他简直什么都不会做，而我觉得那是他的优点，男的干吗做那些鸡零狗碎的事啊！我替他做就是了。有一天，我正帮他收拾床换床单，发现床垫子下面有很多素描压在那里，我好奇，一张一张地翻看，画的全是狗，因为压在床垫子下面，所以上面的铅笔线都被磨糊了，整个画面的狗群显得云山雾罩，朦朦胧胧的，有点可笑，从狗的特征讲，可以看出是窗外那只讨厌的狗。

暑假过后没多久，解兆元被开除了。后来，解兆元告诉了我他被开除的原因，他说被开除的正式理由是他宣扬现代艺术，其实真正的原因是他瞧不起系主任，他说这个姓马的主任，专业特差，常常出笑话，又特别傲慢，觉得这个系就是他的，解兆元瞧不起系主任的画，说是“土包子”，结果传到系主任耳朵里去了。

“系主任把我叫到他办公室里，关上门，然后点燃一支烟，直直地盯着我，说：‘你知道我为什么开除你吗？告诉你吧，并不是什么资产阶级现代派，不是的，其实我也看现代派的画，不是这个原因，是我讨厌你，我讨厌你的那双眼睛，那双鸡屎黄的眼睛，你小子太狂了！给我滚蛋！’”解兆元对我说这些时，那神态并不愤怒，而是他那惯有的轻蔑。

被开除后，解兆元没回老家，就在街上混，卖过瓜子花生，摆了个画像摊，我还帮过他。开始还有点生意，挣点钱，但他脾气不好，动不动就和人家吵嘴，也不能全怪顾客，你说人家来画个像，他把人家都画毛了，说画得太丑了，解兆元说这是表现派，而且也是很像的，可顾客不愿付钱，解兆元就不干了，其中一次他把人家脸打肿了，旁边人说，嗯，现在那画像倒是蛮像的了。

这样的事发生了几次，生意就没了。他那时很难。被开除的事他一直瞒着他父母，因为他是农村出来的，是他全家的希望。过年他也不敢回家，没钱，一个大男人。后来父亲去世，他赶回老家奔丧，我去火车站去送他。我给他买了一些送给他母亲的补品之类的东西，让他带着。上车前，他紧紧地抱着我，像是不愿和我分开，又好像想对我说什么，但欲言又止。他在最后一分钟上了车，我跑到车厢的窗口找他，看着他，他的也怔怔地看着我，有点像孩子。随着车的移动，他的脸也渐渐移动起来，远去了，消失了。那时我不知为什么隐然地感到这是最后一次见他了。果然，他回去两个月一点消息也没有，不知道他那边发生了什么事。想写信问问，却没他老家的地址。我独自去了趟黄山，想忘掉解兆元。可却在那个时候发现自己意外怀孕了。回学校后，还是联系不上解兆元，我想打掉又不敢，不得已休学半年，回老家把孩子生了下来，谁知道那孩子先天不足，不到半个月就死了……

毕业后我去了深圳，一晃二十多年过去了，解兆元的消息一点也没有，最近不知怎么了，忽然想他了，只是同学里几乎没人知道他的行踪，最近我把那张我从解兆元手里要来的素描翻出来看，都发霉了，霉得厉害，我要不要把它装个画框呢……

那天长谈之后她便回深圳了。走前来了个电话，简单而匆匆地道了别。春节后我也离开了这个城市，生活很快就回到原来的轨道了，日子日复一日地重复着，大同小异，小异大同，而已而已。

没过多久，我在艺校老同学的QQ群里看到一句留言：“你们的老校友刘悦因病医治无效，于二零零九年八月十七号凌晨三点四十七分去世，遗体告别仪式定于二零零九年八月二十四早八点半在H市殡仪馆举行。”消息来得突然，我感叹不已。春节期间的见面聊天也就是三个月多前的事吧，那时她知道自己得癌了吗，也许是知道的。

我谈不上爱刘悦，那么多年过去了，原来的情谊早已褪色，但那天晚上我却坐立不安。晚饭后不再像网虫那样待在网上，我出了屋子，自己一个人四处乱走。我发觉自己好像很久没有自己一人毫无目的地瞎走了。周围的街景楼房树丛也变得陌生，不知不觉，我走到了旧城区。

斑驳的旧墙长了些青苔，有些墙上的字迹已褪了色，无法辨认了。另外的一段墙面上也有类似的景观，不同的是在那片模糊的字迹上面又增添了新的广告词语，还有手机号码，这些字迹互相渗透融合，因而彼此都模糊掉了。这时小巷里走出来了一个驼背老人，眨眼间把我吓了一跳，他的左眼上面长了一个核桃大的瘤，黑红色，水汪汪的，像行将腐烂的水果。店铺门前搭在木凳子上的两个粉红色的旧枕头大概是主人忘了收回去，白色路灯下，变得冷红。过了座小石桥，路的转弯处在一片广告牌投射过来的大黑影中，黑影中有个窗子，里面的暖光中传来流行的老歌，那是家咖啡馆，我想起来曾在这里约过朋友，聊过天，里面那个女老板年纪不大却通晓世故，几乎所有的顾客都被她服侍得舒舒服服的，成为她的铁杆回头客，可今晚我一点不想进去。胡同越往前走越窄了，也越来越破，墙上开始出现“拆”字，这些“拆”字写得果决而潦草，表明写的人知道这些墙和房子很快就会被拆掉的，但从字迹看，那些字却是很久以前写上的。房屋窗子里也漆黑寂冷，像已死掉。继续往前走还是掉头回去？然而，我的脚步没有停下来。

年底的一天，出差时我在一个小城市里滞留了几天，看到一则寻人启事，启事上照片里的人有点眼熟，竟有点像解兆元，但不能确定，毕竟，那黑白照片太小，又经风日夜侵蚀，显得模糊。我又读了一遍文字，从年纪，籍贯等方面看，此人和解兆元没有任何关系。可是他真的有点像解兆元，特别是那轻蔑的眼神，模模糊糊地望着前方，我想，如果他死了，他的黄眼睛会首先烂掉，失去了眼睛的头颅想来是不会和别人有什么区别的，那么，解兆元在哪？我想是没有人知道的。

附

历届“浙江省青年文学之星”获奖者名单

☆ 1998年　　艾　伟
☆ 1999年　　洪治纲
☆ 2000年　　赵柏田
☆ 2001年　　夏季风
☆ 2002年　　畀　愚
☆ 2003年　　柳　营
☆ 2004年　　海　飞
☆ 2005年　　赵海虹
☆ 2006年　　俞梁波
☆ 2007年　　张　忌
☆ 2008年　　东　君
☆ 2009年　　陈集益
☆ 2010年　　杨怡芬
☆ 2011年　　鲍　贝
☆ 2012年　　哲　贵
☆ 2013年　　高鹏程
☆ 2014年　　夏　烈
☆ 2015年　　雷　默
☆ 2016年　　祁　媛